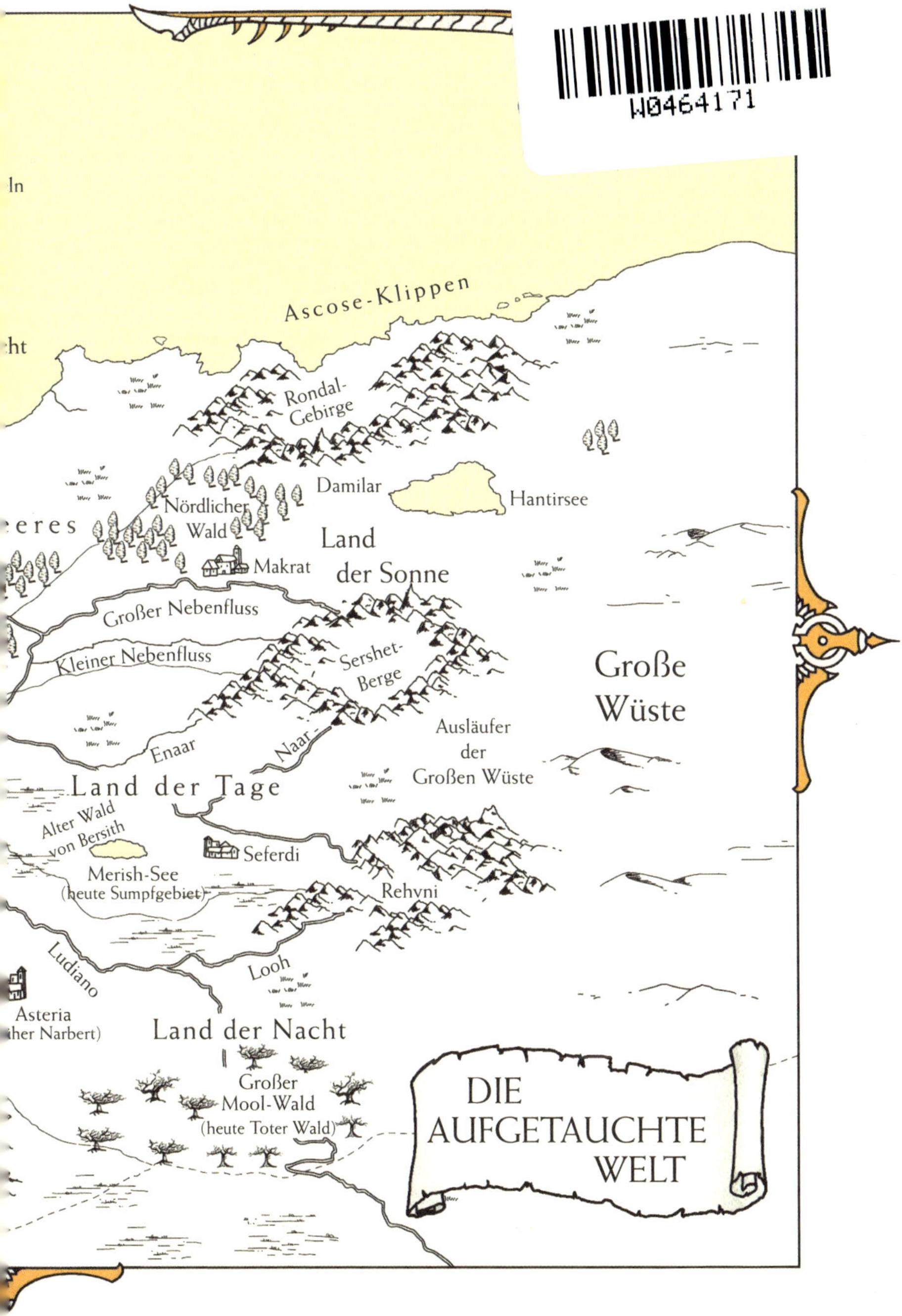
Ascose-Klippen
Rondal-Gebirge
Damilar
Hantirsee
Nördlicher Wald
Makrat
Land der Sonne
Großer Nebenfluss
Kleiner Nebenfluss
Sershet-Berge
Große Wüste
Ausläufer der Großen Wüste
Enaar
Naar
Land der Tage
Alter Wald von Bersith
Seferdi
Merish-See (heute Sumpfgebiet)
Rehvni
Ludiano
Looh
Asteria
Land der Nacht
Großer Mool-Wald (heute Toter Wald)
DIE AUFGETAUCHTE WELT

Die Feuerkämpferin

LICIA TROISI

DIE FEUER KÄMPFERIN

IM BANN DER WÄCHTER

ROMAN

Aus dem Italienischen
von Bruno Genzler

HEYNE

Die Originalausgabe erschien unter dem Titel
Leggende del Mondo Emerso – Il Destino di Adhara
bei Arnoldo Mondadori Editore SpA, Mailand

Redaktion: Dr. Ulrike Schimming
Herstellung: Helga Schörnig
Gesetzt aus der 11,5/13,8 Punkt Weiss
Satz: Christine Roithner Verlagsservice, Breitenaich
Druck und Bindung: GGP Media GmbH, Pößneck
Printed in Germany

ISBN 978-3-453-26617-9

www.heyne.de

Inhaltsverzeichnis

PROLOG 9

ERSTER TEIL: Das Mädchen auf der Wiese 17

1 Das Erwachen 19
2 Amhal 37
3 Die Suche 48
4 Ein Name 60
5 Die Seuche 75
6 Der Prinz und die Königin 93
7 Amhals Gesichter 106
8 Antworten 119
9 Die Hohepriesterin 134
10 Ein Geständnis 146
11 Die Begegnung 161
12 Anzeichen eines neuen Lebens 173

ZWEITER TEIL: Die Gesellschafterin 187

13 Die Königliche Familie 189
14 Amina 203
15 Freundinnen 216

16 Rückkehr 230
17 Der Held 245
18 Beziehungen 262
19 Ein besonderer Tag 278
20 Der Tempel 295
21 Die Erweckten 310
22 Verwirrung 325
23 Wolken am Horizont 338

DRITTER TEIL: Adharas Schicksal 353

24 Trauer 355
25 Der Anfang vom Ende 370
26 Unterwegs nach Damilar 383
27 Chaos 396
28 Jenseits der Grenze 410
29 Die Gefangennahme 423
30 Ein wahnwitziges Unterfangen 436
31 Der Ausbruch 450
32 Der Beginn 463
33 Das Ende von allem? 475
34 Die Wahrheit 487

EPILOG 503

REGISTER 509

Für Melissa
und die Leute von Lands & Dragons

Prolog

Ohne Hast, aber sicheren Schritts, die Kapuze tief ins Gesicht gezogen, während der Saum seines Mantels die Stiefel umspielte, bewegte sich der Mann in Schwarz durch die verlassenen Gassen der Stadt. Ein Schatten unter Schatten. Nun bog er ab, schlug ohne Zögern einen Weg ein, der ihm bereits vertraut war. Einige Tage zuvor hatte er alles ausgekundschaftet, was er wissen musste.

Der Eingang war unauffällig: eine Holztür, ein steinerner Sturz. Dennoch musste er nicht aufsehen und nach dem Symbol suchen, das in den Schlussstein eingemeißelt war, um zu wissen, dass er angelangt war.

Einen Moment lang verharrte er und dachte daran, dass dies nicht sein eigentliches Ziel war. Seine wahre Mission war eine andere.

»Du musst ihn finden! Das ist von ungeheurer Wichtigkeit für uns. Vergiss das nicht«, hatte Kryss ihm bei ihrer letzten Begegnung eingeschärft.

»Ich weiß ...«, hatte er lediglich erwidert und dabei das Haupt geneigt.

»Du darfst nicht ruhen, bis du ihn aufgespürt hast, und nichts und niemandem gestatten, dich von deinem Ziel abzubringen.«

Ohne noch etwas hinzuzufügen, hatte Kryss ihm nur fest in die Augen geblickt, damit sein Gegenüber die volle Bedeutung dieser Worte – und dieses Schweigens – ermesse. Doch der Mann in Schwarz war nicht der Typ, der sich so leicht einschüchtern ließ.

Dieses Getue mag bei jenen wirken, die ihn wie einen Gott verehren. Bei mir nicht!

Als Zeichen des Respekts hatte er das Knie gebeugt und war dann zur Tür getreten.

»Erinnere dich unserer Abmachung«, hörte er noch einmal Kryss' Stimme, als er die Schwelle überschritt.

Der Mann in Schwarz verharrte einen Augenblick. Wie könnte ich die je vergessen?, hatte er gedacht.

Und nun stand er vor dieser Tür. Er hätte sein Vorhaben noch aufgeben und seiner Wege gehen, hätte kehrtmachen und sich wieder seiner wahren Mission zuwenden können.

Bist du auch dazu bereit, um dein Ziel zu erreichen?, fragte er sich, während sein Blick auf der Maserung des Holzes verweilte. Nein, nach der Antwort musste er nicht lange suchen.

Er atmete tief durch und zog langsam sein Schwert. Dann ein Tritt gegen das Holz, und er stürmte hinein.

Ein Saal mit einer sehr niedrigen Decke und Wänden aus schlichten Ziegelsteinen. »Habt Geduld, es ist ja nur vorübergehend«, beruhigte sie der Seher immer, »zumindest gewährt uns dieses Haus den Schutz, den wir so dringend benötigen. Später, wenn unsere Arbeit von Erfolg gekrönt ist, werden wir uns einen angemesseneren Sitz einrichten.«

An den Wänden befestigte Fackeln erhellten die bedrückend engen, unterirdischen Räume. In der Luft lag der Geruch von Schimmel und beißendem Rauch. Ganz in Weiß gekleidete Männer, die Gesichter hinter dunkel glänzenden Bronzemasken mit Sehschlitzen verborgen, streiften umher. Durch verschlossene Türen drang Gemurmel und schleppendes, einschläferndes Psalmodieren. Eine Atmosphäre von Blut, Magie und Tod strahlten die Wände aus. Der Schlag, als die Tür barst, durchbrach mit der Gewalt einer Explosion diese Düsternis. Die ersten Erweckten nahe des Eingangs kamen nicht einmal mehr dazu, zu begreifen, was geschah, da mähte das Schwert des Mannes in Schwarz sie schon mit einer einzigen fließenden Bewegung nieder. Die weißen Umhänge färbten sich rot, und scheppernd knallten die bronzenen Masken zu Boden.

Die anderen Erweckten konnten sich noch rühren. Wer bewaffnet war, zog sein Schwert und stellte sich dem Angreifer entgegen, die rest-

lichen ergriffen die Flucht, versteckten sich oder versuchten verzweifelt zu retten, was noch zu retten war.

Den Mann in Schwarz schien nichts aufzuhalten. Allerdings hatte er es hier auch nicht mit Gegnern zu tun, die ihm gleichwertig waren. In den langen Jahren seines Umherziehens hatte er sich mit Feinden ganz anderen Formats messen müssen, und die Narben, die sein Körper davongetragen hatte, zeugten von diesen Kämpfen.

Daran erkennt man sie, die Verweichlichung einer Welt, die gar zu lange schon im Frieden lebt, *dachte er voller Verachtung.*

Plötzlich raschelte es in seinem Rücken. Er fuhr noch nicht einmal herum, sprach nur halblaut die Worte, und schon umhüllte ihn eine gläserne Kugel, an der die auf ihn niederfahrenden Dolche wie an einer Wand abprallten.

»Ein Magier ... «, raunte einer entsetzt.

Der Mann in Schwarz lächelte grimmig.

Adrass schob den Riegel vor. Er hatte Mühe, zu Atem zu kommen, so als sei die Luft in seiner Lunge blockiert.

Er presste sich gegen die Tür und legte ein Ohr an das Holz. Das Klirren sich kreuzender Klingen, Schreie, die dumpfen Schläge von Leibern, die zu Boden gingen.

Was ging da vor sich? Waren sie entdeckt worden?

Entsetzen überkam ihn, und seine Zähne begannen zu klappern, doch er kämpfte dagegen an. Nein! Er durfte jetzt nicht den Mut verlieren, sondern musste sich daran erinnern, was man ihn als Erstes gelehrt hatte, als er zu den Erweckten gestoßen war.

»Sollte es jemals geschehen, dass man uns aufspürt, so setzt alles daran, unser Werk zu retten. Nur das zählt. Wir arbeiten an einem großen Plan, für ein Ziel, das über allem steht. Vergesst das nie.«

So hatte der Seher *gesprochen. Adrass schluckte:* Unser Werk retten!

Entschlossen stieß er sich von der Tür ab, hastete zu den Regalen an einer Wand des Räumchens, in dem er sich befand, und machte sich daran, eilig die Pergamentseiten durchzusehen, die mit seiner winzigen, eleganten Handschrift dicht beschrieben waren. Einige steckte er in seinen ledernen Beutel, andere zerschnitt er. Dann wandte er sich den Fläschchen und Krügen mit den Tränken, getrockneten Kräutern und Ähnlichem zu. Arbeit von vielen Jahren steckte darin. Unmöglich, in diesem hektischen Moment das auszuwählen, was von den Mühen eines ganzen Lebens erhaltenswert war.

Da lenkte ein Wimmern seine Aufmerksamkeit auf den Tisch in der Mitte des Raumes.

Und mit einem Male wusste er es: die Kreatur! Sie galt es zu retten. Sie war das Einzige, was auf keinen Fall verlorengehen durfte. Das Einzige, was mehr zählte als ihr Leben, mehr als die langen, so oft vergeblichen Studien, die sie betrieben hatten. Sie war wichtiger als alles andere. Von jenseits der Tür drangen nun die Furcht- und Schmerzensschreie junger Mädchen zu ihm.

Nein! Auch die werden nicht verschont!

Er trat zum Tisch und löste die Lederriemen, mit denen die Kreatur gefesselt war. Grob umfasste er ihre Schultern und riss sie hoch.

»Wach auf! Los! Wach auf!«, rief er, während er ihr ein paar Ohrfeigen versetzte. Doch sie lag weiter, die Augen halb geschlossen, reglos in seinen Armen.

Der Lärm jenseits der Tür schwoll an. Offensichtlich kamen die Angreifer rasch näher.

Adrass' Herz begann zu rasen.

»Auch wenn ich sterbe, unser Werk darf nicht verlorengehen! Auch wenn ich sterbe, unser Werk darf nicht verlorengehen …«, murmelte er in einem fort wie ein Mantra das Gebot, das man ihn bei seiner Aufnahme in die Schar der Erweckten *gelehrt hatte.*

Was lässt sie sich so gehen?, *dachte er verärgert, gegen jede Vernunft.*

Wieder riss er sie hoch und hob sie vom Tisch. Fast wäre sie ihm entglitten, doch er hielt sie noch und ließ sie zu Boden sinken. Nun bewegte sie ein wenig die Lippen.

Adrass griff zu einer Flasche mit Wasser und schüttete es ihr ins Gesicht. Sie zuckte zusammen.

»Wunderbar, so ist gut, sehr gut …, pass auf …«

Wieder packte er sie an den Schultern, setzte sie auf und starrte ihr in die Augen. Ihr Blick war erloschen. Vielleicht war doch bereits alles zu spät … Augenblicklich verscheuchte er diesen Gedanken.

»Hör zu, ich bringe dich jetzt von hier fort … Hörst du mich?«

So etwas wie Verständnis schien in ihren Augen aufzuleuchten.

»Gut, dann komm …«

Da, erneut polterte es heftig jenseits der Tür, und Adrass schrak zusammen. Noch einmal griff er unter ihre Achseln und begann sie fortzuschleifen.

Schließlich hatte er den Hebel in der Mauer erreicht. Er zog, und ein Teil der Wand sprang auf und gab einen engen Durchgang frei.

»Komm, streng dich an, wir müssen hier durch«, forderte er sie auf.

Dann bückte er sich, zwängte sich durch die Öffnung und zog die Kreatur ebenfalls in den Stollen hinein. Sie stöhnte, begann aber, sich auch selbst zu bewegen.

»So ist es gut, komm …«

Er voran und sie hinter ihm, krochen sie durch einen niedrigen Gang mit feuchten, moosbewachsenen Wänden. Der Kampfeslärm ebbte immer mehr ab, und Adrass' Herzschlag beruhigte sich langsam.

Ich kann es schaffen, ich kann es schaffen …

»Hier entlang!«, rief er, als er an einer Ecke nach rechts abbog. Noch ein kurzes Stück kroch er weiter, bis er endlich auf eine Mauer stieß.

»Da wären wir«, murmelte er, mehr an sich selbst als an die Kreatur gewandt. Mit zitternder Hand stieß er einen Backstein zurück, und augenblicklich öffnete sich vor ihm eine winzige Kammer. Schon packte er die Kreatur am Arm und zog sie hinein. Sie stöhnte, und als er zufällig ihre Wange streifte, spürte er, dass sie nass war. Es waren Tränen, und plötzlich krampfte sich ihm das Herz zusammen.

Doch schnell rief er sich wieder die Worte des Sehers in Erinnerung: »Die Kreaturen sind nicht mehr als bloße Gegenstände, Werkzeuge, die uns zur Rettung dienen, und nur als solche betrachtet sie. Seht in ihnen keine fühlenden Wesen, denn das sind sie nicht. Vertreibt Mitleid oder Zuneigung, die ihr empfinden könntet, aus euren Herzen. Sie würden euch hindern, eure Mission zu erfüllen.«

Adrass riss sich aus seinen Gedanken. »Hör zu, du wartest hier auf mich. Und sei ganz leise. Es dauert nicht lange. Ich werde dich holen kommen.«

Die Kreatur nickte schwach.

»So ist es gut.« Ein Lächeln stahl sich in Adrass' Gesicht. »Und bleib hier! Egal, was passiert!«

Nachdem er die Öffnung in der Wand wieder hinter sich geschlossen hatte, verharrte er noch einen Moment und lauschte. Es war alles still. Vielleicht hatte die Kreatur ihn tatsächlich verstanden. So hockte er da, atmete tief durch und versuchte sich zu sammeln. Jetzt würde er in Frieden sterben. Und dieses armselige Geschöpf, das gefangen dort in der Kammer saß, würde vielleicht die ganze Welt retten. Möglich war es. Doch egal wie, er jedenfalls hatte seine Pflicht getan. Er gab sich einen Ruck und kroch den Weg zurück, den sie gekommen waren.

Der Mann in Schwarz kannte keine Gnade. Jahre war es her, dass er zum letzten Mal derart gewütet hatte. Genauer, seit dem Tag, da man ihn ergriffen und er Kryss' Bekanntschaft gemacht hatte. Die harmonischen, wohlbemessenen Bewegungen seines Körpers, das leichte Reißen, wenn sich seine Muskeln bis zum Äußersten anspannten, der Geruch von Blut – all das berauschte ihn, und er fühlte sich prächtig.

Alle metzelte er sie nieder, ohne Unterschied. Anführer und Mitläufer, Junge und Alte, Frauen und Mädchen, ja vor allem die Mädchen. Letztendlich war er ihretwegen gekommen. Arme Geschöpfe in den Händen dieser wahnsinnigen Hexer. Einen Moment war er selbst überzeugt, sie müssten ihm dankbar sein.

Dies ist die Welt, die zu errichten du mithalfst, Meister. Vielleicht tatest du damals gut daran, dich von ihr abzuwenden und sie zu verlassen.

Wieder ein Tritt, und auch die letzte Tür barst. Dort stand er, mit abgegriffenen Büchern und Pergamentrollen in den Armen, während jetzt seine Hände zu zittern begannen. Der Seher, *das Oberhaupt dieser Gemeinschaft von Wahnsinnigen.*

Langsam trat der Mann in Schwarz auf ihn zu, während das Blut, das von seinem Schwert tropfte, eine Spur auf dem Boden hinterließ.

»Ein Mann allein?«, murmelte der Seher fassungslos.

»Ja, ein Mann allein«, wiederholte er mit einem grimmigen Lächeln.

Der Seher wich gegen die Wand zurück. »Wer hat dich gesandt?«

»Niemand. Aber auch wenn ich dir verriete, wer mein Herr ist, wüsstest du gar nicht, von wem ich spreche.«

Der Seher schwieg einen Moment, bevor er erklärte: »Unser Ziel ist es, die Aufgetauchte Welt zu retten! Ist das so schwer zu verstehen? Warum schenkt ihr immer noch den Illusionen dieser verblendeten Alten Glauben? Ohne uns wird nichts als Chaos und Verderben herrschen.«

»Diese Alte ist mir herzlich gleich. Und Chaos und Verderben oder diese Welt zu retten noch viel mehr.«

Trotz der Maske, die das Antlitz des Sehers verbarg, meinte der Mann in Schwarz, die ganze Bestürzung in dessen Miene zu erkennen.

»Du bist wahnsinnig.«

»Vielleicht.«

Ein einziger Schwerthieb, und der Seher sank zu Boden.

Die Gemeinschaft der Erweckten war ausgelöscht.

Erster Teil

DAS MÄDCHEN AUF DER WIESE

1

Das Erwachen

Hitze. Etwas Hartes, Spitzes unter dem Rücken und etwas Feuchtes. Eine rot gefärbte Welt, die alles einnahm, und Schmerzen, überall. Wie ein inneres Feuer, das sie verzehrte, so als stöhne jede einzelne Körperfaser auf vor Schmerz.

Irgendwo neben sich spürte sie eine Hand, und als sie die Finger bewegte, flutete eine beruhigende Wärme in sie hinein. Langsam schlug sie die Augen auf, und das Rot wurde abgelöst von einem blendenden Weiß. Ihr war, als kehrten plötzlich alle ihre Sinne gleichzeitig zurück, ein Chaos, das bedrängend auf sie einstürzte: mit einem anhaltenden Rauschen, durchsetzt von einem schrillen Kreischen in den Ohren, dem Geruch von Erde und Gras und dieser Feuchtigkeit, wie von Tau, unter dem Rücken. Eine Fülle von Eindrücken überwältigte sie.

Sie stemmte sich hoch und schaffte es, sich auf eine Seite zu drehen. Dabei stöhnte jeder noch so kleine Muskel, und der Schmerz nahm ihr den Atem. Blinzelnd versuchte sie, etwas genauer zu erkennen, und nach und nach zeichneten sich in dem grellen Weiß ein entblößter, blasser Arm ab, der sich auf dem Gras abstützte, sowie zwei schlanke, sehnige Beine, die von einem fleckigen Hemd nur wenig verhüllt wurden.

Wo bin ich?

Eine einfache Frage, die sie jedoch mit Schrecken erfüllte.

Denn sie wusste keine Antwort darauf. Lange betrachtete sie die von den Sonnenstrahlen beschienene Hand und nahm nun die Farben deutlicher wahr: das Blassrosa der Haut, dann das grelle Grün des Grases, die unbestimmbare Farbe des Hemdes, das sie am Leib trug.

Wer bin ich?

Keine Antwort. Angst packte eiskalt ihre Schläfen. Unwillkürlich legte sie eine Hand auf die Brust, auf die Stelle, wo sie ihr aufgewühltes Herz schlagen spürte. Und fuhr über ihre Brüste, die klein waren und fest.

Ich bin eine Frau.

Das begriff sie, und doch fühlte sie keine Erleichterung. Sie blickte sich um. Der Himmel war tiefblau und völlig wolkenlos. Die Wiese um sie herum schien grenzenlos weit, hier und dort erblickte sie das zarte Weiß von Margeriten und das satte Rot einiger Mohnblumen.

Niemand war zu sehen.

Sie versuchte, sich zu erinnern, sich Namen ins Gedächtnis zu rufen, vielleicht ein Gesicht, irgendeinen Ansatzpunkt, der ihr dabei helfen konnte, bekannte Bilder entstehen zu lassen. Nichts.

Immer heftiger spürte sie einen Schmerz in der Seite, auf der sie lag, so als bohre sich ihr dort etwas ins Fleisch. Wieder drehte sie sich auf den Bauch und führte eine Hand zu der schmerzenden Stelle. Da fühlte sie einen länglichen, rauen Gegenstand, der an einem Band um ihre Taille hing und aus einem Material bestand, das sie nicht benennen konnte.

Darum wirst du dich später kümmern, steh erst einmal auf, befahl ihr eine innere Stimme. Sie legte eine Handfläche auf das Gras. Erst jetzt fiel ihr die Rötung auf, die sich wie ein Armband um ihr Handgelenk zog. Unwillkürlich fuhr sie mit einem Finger darüber, zog ihn jedoch sofort wieder zurück. Die Stelle schmerzte entsetzlich. Und auch am anderen Handgelenk war die gleiche Rötung sichtbar.

Das ist jetzt unwichtig, du musst aufstehen, drängte die Stimme weiter. Als sie auch die andere Hand aufstützte, stöhnten die Armmuskeln und ebenso die der Beine, die sie jetzt anzog. Doch sie biss die Zähne aufeinander und begann sich mühsam hochzustemmen. Es tat höllisch weh, und sie keuchte und klagte bei der kleinsten Bewegung, wenn sich der Schmerz wie ein Stilett in ihr Fleisch bohrte. Dabei fiel ihr auf, dass auch die Fußgelenke von den gleichen roten Ringen gezeichnet waren.

Rote Haut. Das hat etwas zu bedeuten. Aber was, hätte sie nicht sagen können.

Taumelnd kam sie auf die Beine und sah sich um. Sie stand auf einer Wiese und hatte keine Ahnung, wie sie dorthin gelangt war, wusste nicht, wo sie sich befand, ja noch nicht einmal, wer sie überhaupt war. Als sie den Blick über Brüste, Arme und Beine bis zu den Füßen hinabwandern ließ, wunderte sie sich, dass dies ihr Körper sein sollte. Sie erkannte ihn nicht wieder. Er war ihr völlig fremd. Noch nicht einmal die Erkenntnis, dass sie ein weibliches Wesen war, brachte sie weiter. Sie trug ein langes, gras- und blutbeflecktes Hemd. Und nichts darunter. Um die Hüften jenes Band, an dem dieser längliche Gegenstand hing, auf dem sie gelegen hatte. Er wies einen Griff auf, den sie jetzt zögernd mit einer Hand umfasste. Ihre Finger schlossen sich darum und zogen, und mit einem schwachen Schaben kam ihr etwas entgegen, das in der Sonne silbrig funkelte. Sie kniff die Augen zusammen und betrachtete den Gegenstand. Der Griff war warm, von brauner Farbe und lag perfekt in der Hand. Der untere Teil, den sie hervorgezogen hatte, war hingegen aus einem anderen Material gefertigt, das glänzte und sich kalt anfühlte. Er war wie eine Schlange gewunden und mit eigenartigen Symbolen, die ihr nichts sagten, verziert. Als sie mit einem Finger über die Kante des kalten Teils fuhr, durchzuckte sie ein Schmerz. Rasch zog sie ihn zurück und sah, dass sich ein roter Strich darauf abzeichnete. Da dämmerte es ihr.

Das ist ein Dolch.

Der Gegenstand, den sie gerade hervorgezogen hatte, war dazu gedacht, jemanden zu verletzen und sich zu schützen, wusste sie aus irgendeinem Grund. Doch im Augenblick brauchte sie ihn nicht. Sie steckte ihn zurück und sah sich wieder um. Die Wiese schien grenzenlos.

Etwas anderes gibt es wohl nicht, überlegte sie beklommen. Dann aber erkannte sie in der Ferne einen dünnen, etwas dunkleren Streifen. Bäume?

Dorthin musst du gehen.

Als sie sich nach dem Grund fragte, fand sie keine Antwort, wusste nur, dass es richtig war. Und so machte sie sich auf, vorsichtig, mit einem Gefühl, als hätte sie noch nie zuvor einen Fuß vor den anderen gesetzt. Kaum gelang es ihr, das Gleichgewicht zu halten, die Beine schmerzten, die Rückenmuskeln ächzten. Am liebsten hätte sie sich wieder ins Gras fallen lassen.

Ich lass mich hier nieder und warte, dass jemand vorüberkommt. Ein tröstlicher Gedanke, und einen Moment lang war sie wirklich überzeugt, dass es das Richtige gewesen wäre.

Hier kommt niemand vorüber, ermahnte sie sich dann jedoch selbst mit eiskalter Gewissheit. Und so richtete sie den Blick wieder auf die grüne Linie vor ihr und schleppte sich weiter, Schritt für Schritt, wankend. Die Blumen um sie herum neigten das Haupt, wenn der Wind sanft über sie hinwegstrich, und träge wogte das Gras auf und ab. Doch davon ließ sie sich nicht ablenken. Obwohl in dieses Nichts eingetaucht und ergriffen von einer nicht abzuschüttelnden Furcht, verfolgte ihr Geist nun ein klares Ziel, das sie nicht aus den Augen verlieren wollte.

Je näher sie kam, desto höher ragten die Bäume vor ihr auf. Braune Stämme, Geäst, das sich dem blauen Himmel entgegenreckte, und eigentümlich geformte Blätter von einem verschossenen Grün. Wie auf eine Luftspiegelung starrte sie dorthin, während sie mit immer entschlosseneren

Schritten darauf zumarschierte. Und als sie endlich eine Hand auf die raue Rinde eines Stammes legte, lächelte sie erleichtert. Sie war erschöpft. Als sie sich an dem Stamm hinuntergleiten ließ, verhakte sich ihr Hemd an der Rinde und rutschte ihr die Beine hinauf, fast bis zum Gürtel – *ja, so nennt man das, Gürtel* –, der es in der Taille hielt. So saß sie da und betrachtete den Weg, den sie zurückgelegt hatte. Wie weit er war, hätte sie nicht sagen können, und auch nicht, wie lange sie dafür gebraucht hatte. Sie erinnerte sich nicht, wie ein Raum gemessen wurde, wusste nicht, wie man verrinnende Zeit bestimmte. Und wieder überkam sie Mutlosigkeit. Da spürte sie, wie ihr etwas Feuchtes über die Wangen rann. Sie fuhr mit der Hand darüber. Nass fühlte es sich an. Sie wurde noch trauriger und versank in abgrundtiefer Verzweiflung, riss den Mund weit auf, stöhnte und heulte, während dicke Tropfen ihr aus den Augen auf den Schoß fielen und den Stoff ihres Gewandes mit kreisrunden Flecken tüpfelten.

Sie war wohl eingeschlafen, denn als sie wieder zu sich kam, war das Licht anders. Nicht mehr grell und blendend wie zuvor, als sie sich über die Wiese zu den Bäumen geschleppt hatte, sondern rötlich, bernsteinfarben. Und es war kälter geworden. Als sie ihre Wangen berührte, stellte sie fest, dass sie mit etwas Rauem überzogen waren. Mit dem Fingernagel schabte sie etwas davon ab, steckte sich den Finger in den Mund und fuhr mit der Zunge darüber. Es schmeckte salzig.

Schmerz ist salzig, sagte sie sich.

Erneut versuchte sie, ihr Gedächtnis zu durchstöbern. Vielleicht hatte der Schlaf ihren Geist erfrischt, so dass die Erinnerung zurückkehrt war. Aber nein. Ihr Kopf war völlig leer, war wie eine weiße Fläche, auf der sich nichts als die Eindrücke abzeichneten, die sie seit ihrem Erwachen dort hinten auf der Wiese gesammelt hatte. Davor lag nichts, keinerlei Erinnerung, in ihrem Kopf war nichts als eine finstere, formlose Leere. Und wieder überkam sie diese kalte, schleichende Angst. Auch etwas anderes quälte sie, eine Trockenheit, die Mund und Kehle erfasst hatte. Da vernahmen ihre Ohren ein gleichmäßiges Geräusch, eine Art Gluckern, ähnlich jenem, nur viel klarer, das sie gleich nach dem Aufwachen auf der Wiese wahrgenommen hatte.

Dort muss ich hin. Warum sie das tun musste, hätte sie nicht sagen können, doch dass es das Richtige war, dass es ihr guttun würde, dies spürte sie ganz deutlich.

Sie hatte nicht vergessen, wie mühsam das Aufstehen zuvor gewesen war. Deshalb krallte sie jetzt ihre Finger in die Rinde und machte sich auf die Schmerzen gefasst. Doch es war halb so wild. Sie fühlte sich schon viel kräftiger, auch wenn ihre Muskeln und Gelenke immer noch ein wenig ächzten und stöhnten. Sie stieß sich von dem Stamm ab und marschierte los. Es war, als habe sie das Laufen bereits neu gelernt. Mit einer gewissen Sicherheit setzte sie einen Fuß vor den anderen, besann sich ganz auf den Rhythmus der Schritte und das Rascheln des trockenen Laubes unter den Fußsohlen.

Schließlich entdeckte sie ein silbernes Band, das sich zwischen den Bäumen entlangschlängelte und das rötliche Licht der erlöschenden Sonne spiegelte. Sie hastete zu dem Bach, tauchte das Gesicht ins Wasser und trank gierig.

Durst, ich hatte Durst, folgerte sie. Kühl rann ihr das köstliche Nass die Kehle hinunter und löschte den Brand, der sie gequält hatte. Als sie die Augen öffnete, erblickte sie lange schwarze und blaue Haare, die in der Strömung ihr Gesicht umtanzten. Ihre Haare. Sie tauchte auf und holte tief Luft. Ihr war eine Idee gekommen. Sie schaute sich suchend um und entdeckte nicht weit entfernt das, was sie im Sinn hatte. Sie überlegte, wie sie dorthin gelangen konnte. Dazu musste sie durch den Bach, zunächst über eine Reihe größerer Steine, und dann auch tiefer ins Wasser eintauchen. Das traute sie sich zu.

Sie war selbst erstaunt, wie flink sie sich bewegte, wie mühelos sie von Fels zu Fels hüpfte und dann auch bis zur Hüfte durch das Wasser watete. So erreichte sie die Stelle, die sie entdeckt hatte. Dort sammelte sich das Flusswasser zwischen einigen kreisförmig angeordneten Felsblöcken und bildete einen kleinen Teich fast ohne Strömung. Da ihr die Sonne im Rücken stand, breitete sich diese Lache wie ein heller Spiegel vor ihr aus. Sie beugte sich nieder, hielt jedoch plötzlich erschrocken und unsicher in der Bewegung inne. Die Furcht, im nächsten Moment vielleicht in ein Gesicht zu blicken, das ihr völlig unbekannt war, zog ihr die Eingeweide zusammen. Doch sie kämpfte dagegen an. Wahrscheinlicher war, dass ihr der Anblick weiterhelfen und ihr schlagartig all das einfallen würde, was sie vergessen hatte.

Langsam beugte sie sich weiter vor. Da erblickte sie einen zierlichen ovalen Kopf, umrahmt von schwarzen Haaren, die hier und dort von glitzernd blauen Strähnen durchzogen waren. Ein schmales, längliches Gesicht mit jedoch vollen Wangen. Eine hohe Stirn, vor der sich die Haare zu beiden Seiten wie ein Vorhang öffneten. Ein kleiner, schön gezeichneter Mund, rot schimmernde Lippen, die sich deutlich von der blassen Haut abhoben. Eine gerade, lange Nase, schmale Augenbrauen. So weit, so gut, doch ihre Befürchtungen bestätigten sich: Es war das Gesicht einer völlig fremden jungen Frau. Ihre Miene verdüsterte sich, und ihre Augen begannen zu glänzen.

So also verändert sich mein Gesicht, wenn ich Angst habe, sagte sie sich.

Die Augen waren es auch, die sie an ihrem Gesicht besonders faszinierten. Sie waren verschieden. Groß, länglich geschnitten und fast beunruhigend klar, war das eine tiefschwarz und das andere von einem kräftigen Violett. Das gab es wohl selten, dass jemand zwei verschiedene Augenfarben hatte: Aus irgendeinem Grund wusste sie das. Die Stirn auf dem Wasserspiegel glättete sich. Das konnte von Vorteil sein. Mit solch einer seltenen Eigenschaft war sie leichter wiederzuerkennen.

Sie richtete sich auf und tat entschlossener, als sie es eigentlich war.

Ich muss mich auf den Weg machen.

Wieder eine Aufforderung, deren Sinn sie nicht verstand, die aber so gebieterisch klang, dass sie ihr blind vertraute. Obwohl ihr der eigene Körper völlig unbekannt war, tat sie doch, wozu er sie anhielt. Als sie Durst verspürte, hatte er ihr eingegeben, was sie tun musste. Kein Zweifel, es war ratsam, sich an die Geistesblitze zu halten, die sie manchmal überkamen. Sie waren es gewesen, die sie bislang am Leben erhalten hatten.

Sie folgte dem Flusslauf, weil sie sicher irgendwann wieder Durst bekommen würde und nicht wusste, wie sie einen Wasservorrat hätte mit sich führen können. Zudem glaubte sie zu wissen, dass sie sich von dem Fluss leiten lassen musste, um vielleicht jemanden zu treffen, der sie kannte oder ihr einfach nur weiterhelfen würde.

Bereits unsichtbar, jenseits der Baumwipfel, vollendete die Sonne am Himmel ihren Lauf. Das bernsteinfarbene Licht wurde immer rötlicher und ging dann in ein blasses Blau über. Eine kurze Weile war alles um sie herum in violettes Licht getaucht, dann brach die Nacht herein, und die Finsternis senkte sich hernieder.

Das Mädchen hätte nicht sagen können, wie weit es bereits gelaufen war. Es wusste nur, dass es dunkel war und die Kräfte sie verließen. Ohne zu rasten, würde sie nicht mehr weit kommen.

So kletterte sie auf einen Baum. Aus irgendeinem Grund spürte sie, dass dies das Richtige war. Rittlings hockte sie sich auf einen dicken Ast und lehnte sich an den Stamm zurück. Ihre Muskeln taten weh, aber es war ein anderer Schmerz als der, den sie beim Aufwachen verspürt hatte. Jetzt waren ihre Glieder einfach müde.

Hob sie den Blick, konnte sie durch ein Viereck, das die Äste über ihr bildeten, ein Stück des pechschwarzen Himmels sehen, der mit unzähligen flackernden Lichtpünktchen gesprenkelt war. Die Luft roch gut, feucht und frisch, und einen Moment lang fühlte sie sich fast im Einklang mit sich selbst. Um sie herum waren die Geräusche des Tages neuen Klängen gewichen: einem langgezogenen Heulen in der Ferne, den huschenden Schritten irgendeines Tieres im Unterholz, dem sanften Zirpen von Insekten, an deren Namen sie sich nicht erinnerte. Sie hatte keine Angst. Oder zumindest schreckte sie diese verhaltene, wachsame Lebendigkeit des nächtlichen Waldes nicht. Eher schon die vollkommene Leere in ihrem Kopf, dieses Nichts, dem sie entschlüpft zu sein schien. Sie sah, wie der Mond, riesengroß und weiß strahlend, hinter der Baumreihe aufging, und spürte, wie ein flüchtiger Frieden, eine brüchige Sorglosigkeit ihr Herz erfüllte. Ein größerer Vogel mit gedrungenem Kopf und kurzem spitzem Schnabel durchquerte flügelschlagend die Weite, die sie vom Mond trennte, und stieß dabei ein düsteres Trällern aus. Mit den Augen folgte sie dem Tier, so weit sie konnte. Darüber nachgrübelnd, wie dieser Vogel wohl hieß, schlief sie ein.

Auch an den nächsten Tagen marschierte sie ohne Unterlass, ließ sich dabei leiten vom Lauf der auf- und untergehenden Sonne und den Bedürfnissen ihres Körpers. Als sie zum ersten Mal Hunger verspürte, war es ihr Magen, der sie zu niedrigen Büschen mit roten Beeren führte. Sie steckte sich eine ganze Handvoll davon in den Mund und pflückte noch einige mehr, die sie als Wegzehrung mitnahm. Um die Füße zu schützen, hatte sie diese mit Stoffstreifen umwickelt, die sie von ihrem zerschlissenen, nun sehr viel kürzeren Hemd abgerissen hatte. Aber dieses endlose Wandern schien sie zu keinem Ziel zu führen. Der Wald um sie herum blieb immer gleich, und sie erblickte nicht die kleinste Spur eines ihr ähnlichen Wesens.

Vielleicht gibt es gar nichts anderes. Vielleicht ist die Welt ein einziger endloser Wald.

Dann, eines Tages, hörte sie plötzlich Stimmen. Undeutlich, entfernt. In heller Aufregung rannte sie querfeldein durch das kratzige Gestrüpp in die Richtung, aus der die Stimmen kamen.

Kurz darauf fand sie sich auf einer Lichtung wieder. Da waren sie, gleich vor ihr, jünger als sie selbst.

Kinder, gab ihr die innere Stimme ein. Ein Mädchen und zwei Jungen, einer davon noch sehr klein. Die Kinder fuhren herum und starrten sie an. Die Zeit schien stillzustehen.

Sprich sie an. Sag etwas zu ihnen. Lass dir von ihnen helfen.

Endlich bewegte sie sich ein paar Schritte auf sie zu, öffnete den Mund und streckte die Hände zu ihnen aus. Doch über ihre Lippen kam nur ein wirres Stammeln, das selbst in ihren eigenen Ohren unheimlich, ja irrsinnig klang.

Der Bann war gebrochen. Das Mädchen schlug die Hände vor den Mund, der kleinere Junge suchte Schutz hinter ihrem Rock, der größere schrie auf. Und schon rannten sie Hals über Kopf in den Wald hinein.

Die Umherirrende hastete hinter ihnen her. In den langen Tagen ihrer Wanderung hatte sie immer auf solch einen Moment gewartet, darauf gehofft, jemandem zu begegnen, der ihr helfen konnte. Diese Gelegenheit durfte sie jetzt nicht verstreichen lassen.

Doch den Kindern, kleiner als sie selbst, fiel es leichter, geschwind durch das Dickicht aus Hecken, trockenem Geäst und Farnen zu schlüpften. Bald schon verlor sie die drei aus den Augen und folgte nur noch ihrem Keuchen und ihren raschelnden Schritten, bis auch diese verklangen. Sie war wieder allein.

Einige Augenblicke verharrte sie und fühlte eine blinde Wut in sich aufsteigen. Sie ballte die Fäuste und hielt die Tränen zurück. Nein, sie durfte nicht stehen bleiben. Und so setzte sie ihren Weg fort und versuchte zu erahnen, wohin die Kinder gerannt waren.

Als sie längst schon alle Hoffnung, sie wiederzufinden, hatte fahren lassen, traten plötzlich die Bäume zurück, und eine weite Ebene tat sich vor ihr auf. Zwischen dem saftigen Grün der Wiesen und dem tiefblauen Himmel verlor sich ihr Blick bis zum Horizont. In der Ferne, eben dort, wo Erde und Wolken sich zu berühren schienen, erhob sich etwas Riesengroßes. Es schien braun zu sein, obwohl auf diese Entfernung die Farbe nur schwer zu erkennen war, und ragte schlank und doch klobig aus der Ebene auf. Mit offenem Mund stand das Mädchen da und starrte es an. Es wusste nicht, was das war, vielleicht ein Berg oder etwas ganz anderes, doch vor sich erkannte sie eine Spur, die dorthin führte.

Da sind sicher Leute, sagte sie sich, *viele Leute.* Und unter vielen Leuten würde sie gewiss jemanden finden, der ihr helfen konnte.

Ob ich es wohl bis dorthin schaffe, bevor ich wieder Hunger oder Durst bekomme?

Mittlerweile hatte sie den Fluss aus den Augen verloren. Aber einen kleinen Vorrat an Beeren und Früchten konnte sie noch pflücken. Sie kehrte deshalb noch einmal in den Wald zurück und marschierte dann entschlossen los, auf diesen eigenartigen Berg zu.

Anfangs lief sie nur auf dieser Spur, einem staubigen, steinigen Band, merkte dann aber, dass es angenehmer war, barfuß durch das Gras zu wandern, und das tat sie, ohne aber den eigentlichen Weg zum Ziel aus den Augen zu lassen.

Immer mächtiger baute sich vor ihr der Turm auf – ja, so nannte man den Berg, wie ihr jetzt wieder einfiel. Er war rund und verjüngte sich leicht nach oben. An den Außenseiten ragten überall Gebäudeteile hervor, und sie machte Kuppeln und abfallende Dächer aus. Am Fuß des Turmes breiteten sich in alle Richtungen Häuser in die Ebene aus, so als seien sie aus ihm hervorgequollen, weil er es nicht schaffte, sie alle zu fassen. Es war ein überwältigender, aufwühlender Anblick, und ihr Herz bebte. Außerhalb des Waldes gab es also eine Welt, eine Welt voller Dinge, die ihr den Atem nahmen. Dort, zwischen den Bäumen, hatte sie instinktiv auseinandergehalten, was gefährlich oder ungefährlich für sie war. Aber wie würde es zwischen den Häusern sein? Sie zweifelte, ob ihr das Gespür auch dort weiterhelfen würde.

Lange noch wanderte sie auf den Turm zu und machte auch nicht halt, als die Sonne schon am Horizont unterging. Gemächlich legte sich die Dämmerung über die Ebene, doch sie musste weiter. Die Vorstellung, dort völlig ungeschützt im Freien am Straßenrand zu nächtigen, machte ihr Angst.

So war es bereits dunkel, als sie an ihr Ziel gelangte. Unter dem Turm stehend, kam sie sich klein und nichtig vor. Von weitem hatte er schon übermächtig ausgesehen, doch nun fühlte sie sich wie erdrückt davon. Mehr als die Hälfte des Himmels nahm er ein und schien sich endlos weit in die Höhe zu recken. Die Häuser, die rings um seinen Fuß lagen, wirkten wie zusammengestaucht durch seinen enormen Umfang. Den Kopf in den Nacken gelegt, starrte das Mädchen lange hinauf. Nur der Anblick des Mondes etwas seitlich davon machte ihr wieder ein wenig Mut. Sie fasste sich ein Herz und ging weiter, trat ein in ein Labyrinth aus gewundenen Gängen und Gassen. Nicht das kleinste Büschel Gras war mehr zu sehen, nichts als Stein und ein wenig Stroh auf den Dächern einiger Häuser.

Zögernd wagte sie sich weiter vor in eine dieser Gassen und bewegte sich entlang niedriger Behausungen aus rötlichem Backstein oder größeren hellen Quadern. Überall waren die Türen verriegelt. Durch die Fenster drangen matte, flackernde Lichter, auch hier und dort Stimmen von Leuten, die sich gedämpft unterhielten.

Und nun? Sollte sie jemanden ansprechen und versuchen,

sich mit Gesten verständlich zu machen? Doch es war niemand zu sehen. Aufs Geratewohl bog sie in diese oder jene Gasse ein in der Hoffnung, irgendjemandem zu begegnen, den sie ansprechen konnte. Doch was sie fand, war nur ein fremde, ungastliche Welt.

Erst als sie in eine breitere Straße gelangte, änderte sich das Bild. Zu beiden Seiten öffneten sich Hauseingänge, und hier und dort blickte sie in erhellte Innenräume, wo eine Reihe von Leuten an Tischen saß. Auch auf der Straße waren Leute zu sehen, nicht viele, doch das Treiben wirkte recht lebendig. Nervös nestelte das Mädchen an einem Zipfel seines Hemdes, bevor es sich endlich einen Ruck gab. Seine Wahl fiel auf eine Frau, die ihr einigermaßen vertrauenswürdig erschien. Eine Hand ausgestreckt, trat sie auf sie zu. Die Frau musterte sie einen Augenblick, machte dann einen Schritt zur Seite und ging ihr aus dem Weg. So stand das Mädchen ratlos auf der Straße und schaute dem langen Rock der fremden Frau nach, die sich, in den Hüften wiegend, langsam entfernte. Dann der nächste Versuch. Diesmal hielt sie einen Herrn in einem eleganten Gewand an. Sie hob eine Hand, um auf sich aufmerksam zu machen, und schon begann der Mann, anstelle einer Antwort, in einem Beutel zu kramen, den er am Gürtel trug. Das Mädchen atmete erleichtert auf und öffnete den Mund, um etwas zu sagen, doch der Mann kam ihr zuvor, indem er ihre Hand ergriff und ihr etwas hineindrückte, das sich kühl anfühlte.

»Hier, kauf dir wenigstens ein anständiges Kleid«, murmelte er, bevor er sich eilig entfernte.

Das Mädchen öffnete die Hand. Auf ihrer Handfläche blinkte golden eine kleine runde Scheibe, in die etwas eingraviert war: eigenartige Zeichen und ein stilisiertes Abbild des Turmes. Sie betrachtete sie genauer, und ganz langsam erhielten die Symbole einen Sinn.

50 HELLER

SALAZAR.

Laut versuchte sie, die Schrift zu lesen. Ihre Lippen bewegten sich, doch was herauskam, waren nur unverständliche Laute. Sie umschloss die Münze mit der Faust und schaute sich verwirrt um. Was waren Heller? Und was bedeutete Salazar? Als sie bemerkte, dass die Leute sie verwundert anblickten, bewegte sie sich unwillkürlich von der Straßenmitte fort, lehnte sich gegen eine Hauswand und atmete tief durch.

»Ein Teller gute Suppe! Nur einen halben Denar!«

Sie fuhr herum und blickte in das gerötete, pausbäckige Gesicht eines kleinen Mädchens mit einer Nase voller Sommersprossen und struppigen roten Haaren.

»Die Suppe ist wirklich gut«, setzte die Kleine mit einem Lächeln hinzu. »Pass auf, du kriegst auch noch eine Scheibe Brot dazu. Du siehst ja wirklich heruntergekommen aus.«

Das Mädchen versuchte zu sprechen, zu fragen, wo sie sich befand, zu erklären, dass es ihr nicht gutging und irgendetwas in ihrem Kopf passiert war. Doch was sie über die Lippen brachte, war nicht mehr als ein wirres Gemurmel.

Die Kleine musterte sie. »Kopf? Was ist mit deinem Kopf?«

Das Gesicht des Mädchens erstrahlte. Dann hatte sie also doch etwas Verständliches geäußert. Sie tippte sich gegen den Schädel. »Schmerz …«, versuchte sie zu erklären, in einem Mischmasch weiterer unklarer Worte.

Die Kleine stemmte die Hände in die Hüften und setzte ein verschmitztes Lächeln auf. »Ach, Kopfschmerzen hast du? Dagegen hilft nichts besser als eine kräftige Suppe.« Sie ergriff ihren Arm und zog sie mit sich, hinein in einen dieser erhellten Innenräume, die ihr gleich zu Beginn in dieser Straße aufgefallen waren.

Entgeistert schaute das Mädchen sich um. Sie stand in einem großen Saal mit gemauerten Wänden und einer hohen Decke, die von mächtigen Holzbalken getragen wurde. Zu einer Seite, in einer breiten Nische, knisterte ein Feuer. Vor einer anderen Wand erblickte sie einen breiten Tisch voller Schüsseln und Gläser, an dem einige kräftige, schwitzende Männer hantierten. Darüber hinaus war der Raum voller Leute, die an langen Holztischen saßen, größtenteils Männer, von denen viele an der Seite Gegenstände trugen, die ähnlich wie ihr Dolch aussahen, aber länger waren.

Schwerter, sagte ihr die innere Stimme.

Die Kleine zog sie weiter durch den Saal bis zu einer Theke. »Kel, eine Suppe für meine Freundin!«, rief sie.

Einer der Männer, kahl, mit einem langen Bart, drehte sich um und bedachte die Fremde mit einem misstrauischen Blick. »Kann sie denn auch bezahlen, deine ›Freundin‹?«

Die Kleine mit den roten Haaren lächelte schelmisch. Sie nahm die Hand des Mädchens und ergriff die Münze, die darin lag. Das Mädchen wehrte sich, aber die andere verfügte über erstaunlich viel Kraft und drehte ihr das Handgelenk um.

»Stell dich nicht so an, ich will's dir ja nicht stehlen!« Sie legte die Münze auf den Tisch. »Hier, siehst du? Meinst du, ich bringe dir Gäste, die kein Geld haben?«

Der kahlköpfige Mann lächelte auf eine Weise, die dem Mädchen nicht geheuer war. »Gut, soll sie ihre Suppe haben«, brummte er dazu und begann einen Teller zu füllen.

»Du kriegst auch noch etwas Wurst hinein, etwas Kräftigendes. Das kannst du brauchen«, fuhr die Kleine fort, wobei sie das Mädchen prüfend musterte.

Diese versuchte noch einmal, sich verständlich zu machen. »H… Hilfe …«

»Ja, klar, ich helfe dir doch, oder was glaubst du?«, antwortete die andere. »Fleisch würdest du mit deinem Geld jedenfalls nicht bekommen.« Sie führte das Mädchen zu einem Platz am äußeren Ende eines Tisches. »Setz dich schon mal, ich bring dir das Essen. Ach, ich heiße übrigens Galia«, fügte sie hinzu.

Das Mädchen antwortete mit einem schüchternen Lächeln. Und sie selbst? Wie hieß sie bloß? Seufzend ließ sie den Blick über die anderen Gäste am Tisch schweifen: Ein Mann und eine Frau neben drei Jungen in eleganter Kleidung, ein älterer Mann in einem Gewand, das ganz aus Eisen gemacht schien, ein anderer mit einem dichten Bart, der sein halbes Gesicht verdeckte, eine Reihe stämmiger Kerle mit prallen Oberarmen. Schließlich zwei schmächtige junge Männer, einer von ihnen kreidebleich im Gesicht. Sie spürte, dass die beiden irgendwie anders als alle anderen waren, hätte aber nicht sagen können, wieso. Vielleicht ihr Körperbau oder ihr Verhalten … Auf alle Fälle strahlten sie etwas aus, das ihr rätselhaft war.

»Bohnensuppe mit Würstchen!«, riss Galia sie aus ihren Gedanken, während sie eine Schüssel vor ihr auf den Tisch stellte. Sie beugte sich vor und flüsterte ihr ins Ohr: »Die Würstchen habe ich noch reingeschmuggelt. Rühr mal kräftig um, dann findest du sie.« Sie klopfte ihr noch ein paarmal auf den Rücken und verschwand dann wieder in der Menge.

Das Mädchen blieb allein vor ihrer Schüssel sitzen. Daneben lag ein Gerät mit einem langen Stiel und einem breiteren runden Teil an einem Ende.

Löffel. Dass ihr die Bezeichnung eingefallen war, half ihr allerdings nicht viel weiter, denn sie hatte vergessen, wie er benutzt wurde. Verlockend stieg ihr das Aroma, das die Suppe verströmte, in die Nase, und sie dachte schon daran, sich tief hinabzubeugen, um diese so köstlich riechende Brühe in einem Zug auszutrinken und womöglich auch noch die Schüssel auszulecken, da fiel ihr Blick auf einen der Männer, die mit ihr am Tisch saßen. Dieser tauchte den Löffel in die Suppe vor sich, hob ihn wieder heraus und führte ihn zum Mund.

Ach ja, so macht man das.

Sie nahm den Löffel fest in die Hand und bemühte sich, es dem Tischnachbarn nachzutun. Der erste Löffel schmeckte so unfassbar gut, dass ihr einen Moment lang die Sinne schwanden. Nachdem sie so lange kalte Beeren gefuttert hatte, war es schon wunderbar, überhaupt etwas Warmes im Mund zu spüren. Und dann die samtige Beschaffenheit der Suppe und der Fleischgeschmack … Sie aß hastig, fischte sich die Wurststücke heraus und verschlang sie gierig. Den Rest trank sie gleich aus der Schüssel.

Der Mann schräg gegenüber lachte: »Da hat aber jemand Hunger.«

Sie nickte nur.

Galia kam vorüber und warf ihr mit gleichmütiger Miene etwas Weißes mit einer dicken Kruste darum herum auf den Tisch, das verführerisch duftete. Das Mädchen nahm es in die Hand und schnupperte daran. Dann biss sie hinein und staunte, wie frisch es schmeckte. Im Nu hatte sie es verschlungen. Endlich knurrte ihr Magen nicht mehr. Sie legte die Hände auf den Bauch und tat einen langen behaglichen Atemzug. So saß sie da inmitten dieses Trubels, beobachtete die anderen Gäste und bemerkte dabei, dass diese sich erhoben, sobald sie fertig gegessen hatten, und andere ihre Plätze einnahmen, bis diese dann wiederum von anderen ersetzt wurden. Sie war gerade im Begriff einzuschlummern, als Galia sie an der Schulter rüttelte. »Du bist ja immer noch da?!«

Das Mädchen schaute sie verwirrt an.

»Pass auf, mit der Wurst habe ich dir doch wirklich einen großen Gefallen getan. Jetzt bring mich bitte nicht in Schwierigkeiten.« Damit ergriff sie ihren Arm, zwang sie aufzustehen und flüsterte ihr dabei zu: »Hier kannst du nicht bleiben. Den Platz brauchen wir für andere Gäste. Wenn du hier so lange hockst, wird der Wirt nur misstrauisch. Tut mir leid, aber du musst gehen.«

Sie löste sich von ihr, und das Mädchen nahm einen Anflug von Mitleid in Galias nussbraunen Augen wahr.

Dennoch zog diese sie jetzt durch den ganzen Saal und zur Tür hinaus. »Warte hier mal einen Moment«, sagte sie dann und verschwand wieder im Wirtshaus.

Da blitzte etwas im Kopf des Mädchens auf, wie eine schwache, wirre Erinnerung. Diese Worte, diese Situation ... Für einen Augenblick hoffte sie wieder, das Dunkel würde sich endlich lichten, sie habe einen Anhaltspunkt gefunden, der ihr herauszufinden half, wer sie war und woher sie kam. Da trat Galia schon wieder aus der Tür und drückte ihr etwas Gelbes, leicht Fettiges mit einer dunkleren Rinde in die Hand und dazu etwas von dem hellen Brot, das sie zur Suppe gegessen hatte. »Mehr kann ich nicht für dich tun. Und jetzt geh bitte«, sagte sie nur, verschwand wieder in der Schenke und kam nicht mehr heraus.

Mit dem Rücken gegen die Hausmauer gelehnt, stand das Mädchen mit Brot und Käse – genau, so nannte man das – in der Hand da. Der schwache Funken von gerade eben war schon wieder verglommen. Doch zumindest war ihr Bauch gut gefüllt. Die Straße lag jetzt dunkel und verlassen vor ihr, und das Labyrinth der Gassen zu beiden Seiten kam ihr wie eine düstere Höhle voller Gefahren vor.

Und nun?

Kein Baum, auf dem sie hätte schlafen können. Nur nackter Stein.

Ich werde schon was finden.

Sie drückte Brot und Käse fest an die Brust und tauchte ins Dunkel der Turmstadt ein.

2

Ambal

Eine ganze Weile hörte das Mädchen nur ein einziges Geräusch: den gedämpften Widerhall ihrer Schritte auf der Straße. Obwohl sie die Füße wieder mit den Stoffstreifen umwickelt hatte, war das Laufen auf dem Stein alles andere als angenehm. Hart und holprig war das Pflaster, und die Kanten der Steinplatten schnitten ihr in die Füße, so dass sie immer wieder leise aufstöhnte. Sie brauchte jetzt schnell einen Platz für die Nacht. Da war es im Wald doch einfacher gewesen, einen Unterschlupf zu finden. Dort hatte sie gespürt, was am besten für sie war, dass es am sichersten war, zum Schlafen auf einen Baum zu klettern. Doch nun fehlte ihr jeglicher Anhaltspunkt. Zwischen diesen Mauern schien ihr Instinkt zu versagen. Seltsam, nun, da sie das Gefühl hatte, schon ein wenig mehr herausgefunden zu haben über sich und den Ort, an dem sie hier war, vernahm sie ihre innere Stimme viel seltener, so als werde diese von irgendetwas erstickt.

So streifte sie durch verlassene Gassen und breitere Straßen, die aber ebenso leer waren, und glaubte zu spüren, dass hinter den Mauern der Häuser friedliche Menschen lebten. Vielleicht hätte sie irgendwo anklopfen und ihre Lage erklären sollen. Aber mit welchen Worten? Und außerdem hatte sie an diesem Abend bereits erlebt, wie die Leute auf sie reagierten. Nein, sie musste sich etwas anderes einfallen lassen.

Es war reiner Zufall, dass sie sich vor der mächtigen Mauer wiederfand, die den Turm umschloss. Bislang war sie nur zwischen den Häusern umhergeirrt, die sich außerhalb dieses Wohnturms an seinem Fuß ausbreiteten. Sie berührte die aus schweren Quadern bestehende Wand und schaute daran hinauf. Die Mauer war durchbrochen von zahllosen Fenstern, einige erhellt, andere von Läden verschlossen, nur wenige ganz dunkel. Vielleicht waren manche Behausungen in dem Turm unbewohnt, überlegte sie, vielleicht konnte sie dort einen Unterschlupf finden.

Dicht an die Mauer gepresst, machte sie sich auf die Suche nach irgendeinem Eingang. Der erste, auf den sie stieß, wurde von zwei bewaffneten Männern bewacht. Sie trugen eherne Brustharnische mit Symbolen darauf, die sie in der Dunkelheit nicht genauer erkennen konnte. Sich gleichgültig gebend, spazierte sie an ihnen vorüber.

Lange noch lief sie so weiter, während ihre Füße immer heftiger schmerzten und ihre Arme schwerer und schwerer wurden durch die wenn auch willkommene Last – Brot und Käse –, die sie in den Händen trug. Sie brauchte unbedingt einen sicheren Platz, um endlich zu schlafen.

Ihre Rettung war ein Durchschlupf in der Mauer, lediglich einige fehlende Steine, ein Loch, das sich auf einen Schlund so schwarz wie Pech öffnete. Sie versuchte abzuschätzen, ob sie hindurchpassen würde, sah an sich hinunter auf ihre schmalen Hüften, die zierlichen Brüste und schloss, dass sie es schaffen würde.

Schweren Herzens warf sie den Käse und das Brot durch die Öffnung auf die andere Seite und kroch dann hinein. Es ging leichter, als sie angenommen hatte, und erneut wunderte sie sich über ihre Gelenkigkeit. Behände krabbelte sie durch das Loch und ließ sich auf der anderen Seite, auf die Arme stützend, rasch zu Boden gleiten.

Es war stockfinster. Nur tastend fand sie Brot und Käse wieder, stand dann da und hörte ihr Herz pochen. Um sie herum war alles schwarz. Einen Arm ausgestreckt, wagte sie einige unsichere Schritte, stieß mit dem Knie gegen eine Kante, fiel zu Boden und landete auf etwas Weichem. Einige Augenblicke blieb sie keuchend liegen. Ein mächtiger Schreck war ihr in die Glieder gefahren. Mit einer Hand strich sie über die Fläche, auf der sie gelandet war. Wie Stoff fühlte sie sich an, ja, wie ein dicker Stoffballen. Mühsam richtete sie sich auf und machte sich wieder daran, die Umgebung zu erkunden. Diesmal aber war sie vorsichtiger, streckte wieder die Hände aus und bemühte sich nun, nicht nur die Dinge auf Augenhöhe zu ertasten, sondern auch alles, was unter- und oberhalb davon war. Es dauerte eine Weile, aber irgendwann hatte sie eine recht genaue Vorstellung von dem Ort, an dem sie sich befand. Gefallen war sie auf eine Art niedrigen Tisch mit verschieden großen Stoffballen darauf. Weitere Ballen waren entlang der Wände auf hohen Holzgestellen gestapelt. Als sie an ihrer ausgestreckten Hand den kalten Stein einer Mauer spürte, lächelte sie. Der Mauer folgte sie, bis sie Holz ertastete. Eine Tür.

Sie hielt einen Moment inne und überlegte. Hier drinnen war sie geschützt und hatte ein Dach über dem Kopf. Vielleicht wäre es ratsam gewesen, sich gleich hier schlafen zu legen und sich, sobald die Sonne aufging, wieder auf den Weg zu machen. Andererseits wirkte dieser Ort nicht sehr verlassen. All diese Dinge, die hier gelagert waren, die vielen Stoffe, ließen darauf schließen, dass der Raum ständig genutzt wurde. Nein, es war besser, sich etwas anderes, Abgelegeneres zu suchen.

Weiter tastend fand sie die Klinke und drückte sie hinunter. Nichts rührte sich. Noch einmal versuchte sie es, nichts, nur das Kratzen des metallenen Hebels, der im Leeren drehte. Ein panischer Schrecken fuhr ihr in die Glieder. Jetzt saß sie fest. Sie lehnte sich zurück an das Holz und versuchte, sich zu beruhigen. Da kam ihr eine Idee. Was sie brauchte, war ein spitzes Werkzeug. Wieder stahl sich ein

Lächeln in ihr Gesicht: Ihr guter Freund war wieder da, ihr Instinkt, der sie auch jetzt nicht im Stich ließ.

Zunächst probierte sie es mit dem Dolch. Sie zog ihn aus dem Futteral und versuchte, die Spitze ins Schloss einzuführen. Sie war zu breit. Nein, etwas Schmaleres musste es sein. Sie begann herumzukramen. Unter all den Stoffen musste doch irgendwo etwas Spitzes zu finden sein. Und in der Tat, als sie weitersuchte, stach ihr plötzlich etwas in den Finger. Unwillkürlich führte sie ihn zum Mund und lutschte daran. Es schmeckte nach Blut. Sie ließ sich nicht entmutigen, tastete, vorsichtiger nun, weiter und fand die Nadel. Behutsam zog sie sie aus dem Stoff.

Vielleicht ein bisschen kurz, überlegte sie, während sie mit dem Finger an dem Metall entlangfuhr.

Aber das bekommst du schon hin, antwortete ihr die innere Stimme.

Sie kehrte zur Tür zurück und steckte die Nadel ins Schloss. In der Tat war sie ein wenig kurz, aber das störte das Mädchen nicht. Sie griff die Nadel am äußersten Ende mit den Fingerspitzen und drehte sie geschickt im Schloss hin und her. Sie staunte selbst, wie sie das machte, beobachtete sich von außen, so als wären diese Bewegungen nicht ihre eigenen und ein anderer führe ihr die Hand.

Mit einem sanften Schnappen sprang die Tür auf und ließ einen Lichtstrahl herein, der ihr blendend hell vorkam.

Wo habe ich das nur gelernt? War das vielleicht Teil meines früheren Lebens?

Ihre Gelenkigkeit, die Striemen an den Hand- und Fußgelenken und nun diese Fingerfertigkeit. All das waren Hinweise, die zu einem eindeutigen Schluss führen mussten, einem Schluss allerdings, der ihr noch völlig unbekannt war. Diese Tatsachen wollten ihr etwas sagen, doch ihr fehlte der Schlüssel, um die Zeichen zu deuten und das Rätsel ihrer Herkunft zu lösen.

So gab sie sich damit zufrieden, dass die Tür nun offen

war. Sie blickte hinaus in einen langen, von einigen Fackeln erhellten Flur mit einigen breiten Fensteröffnungen. Das musste die Innenseite des Turmes sein.

Sie trat hinaus und schaute sich verstohlen um. Niemand war zu sehen. Sie schloss die Tür hinter sich und ging neugierig zu einem der großen Fenster. Es öffnete sich auf einen weitläufigen, von Mauern eingefassten Garten. Gut die Hälfte wurde von Ziersträuchern eingenommen, die fein säuberlich gezogene Gartenwege säumten und auf seltsam unnatürliche Art beschnitten waren, während die andere Seite als Nutzgarten mit verschiedensten üppig gedeihenden Frucht- und Gemüsesorten angelegt war. Viele ihr bekannt vorkommende Obstbäume machte sie aus, an deren Namen sie sich aber nicht erinnerte, sowie lange Reihen niedriger Pflanzen mit mehr oder weniger breiten Blättern. Erst jetzt hob sie den Blick, und was sie sah, verschlug ihr den Atem. Die Mauern, die diesen Garten umschlossen, reichten fast bis in den Himmel, von dem sie nur einen runden, von einem strahlenden Vollmond erhellten Ausschnitt entdeckte. Durch große Spiegel, die an den Mauern angebracht waren, gelangte das Licht jedoch bis zum Boden. Sie ließ den Blick daran entlangschweifen und zählte mindestens ein Dutzend davon.

Sie riss sich von dem Anblick los. Schließlich war sie nicht hier, um die Aussicht zu genießen. Sie musste einen sicheren Unterschlupf finden. Immerhin herrschte hier nicht solch ein Gewirr wie draußen bei den Häusern, die um den Turm herum lagen. Schnitten sich dort die zahllosen krumm und schief verlaufenden Gassen in den abenteuerlichsten Winkeln, so gab es hier offenbar auf jedem Stockwerk nur einen einzigen breiten Ring, der durch eine Treppe an den darunterliegenden anschloss und um den gesamten Innenschacht herumführte. Von jedem Ring gingen schmalere Gassen ab, die allerdings auch wiederum gerade geführt waren und an der äußeren Umfassungsmauer endeten. Das Mädchen beschloss, sie alle gezielt abzuklappern, merkte aber bald, dass zwar kaum ein Haus bewohnt war, die Türen jedoch verrammelt oder gar zugemauert waren.

Sie ließ sich dennoch nicht entmutigen und versuchte es auf der nächsten Ebene. Dabei fiel ihr auf, dass die Ringe, je höher sie gelangte, immer enger wurden. Doch sehr hoch musste sie nicht steigen, denn schon auf dem nächsten Stockwerk fand sie ein offenbar leerstehendes Haus, dessen Tür zerborsten in den Angeln hing. Vorsichtig näherte sie sich und warf einen Blick hinein. Es schien alles finster. Bemüht, keinen Laut zu machen, trat sie ein. Durch den ersten Raum gelangte sie in ein Zimmer, das durch eine Fensteröffnung ein wenig erhellt war. Ohne Scheibe oder Vorhang öffnete sie sich auf das Panorama der in weißes Mondlicht getauchten Ebene. Das Mädchen trat näher heran und blickte hinaus. Sie befand sich erst bei den unteren Stockwerken, und doch ging es schon ziemlich tief hinunter. Endlos weit wirkte die Ebene, wie eine ruhig daliegende, von einem sanften Sommerwind nur ein wenig gekräuselte offene Wasserfläche. Dann fiel ihr Blick auf den dunklen Teppich des Waldes, nicht weit entfernt zu ihrer Rechten. Wehmütig betrachtete sie ihn. Dort war es ihr nicht schlecht ergangen, zumindest hatte sie sich, umgeben von Bäumen und Tieren, weniger allein als hier unter den Menschen gefühlt. Der Wald war wie ein Geheimnis, das sie ergründen konnte, während ihr die Stadt ganz fremd war.

Zwischen geschwärzten Wänden waren einige Holzscheite am Boden des sonst fast leeren Zimmers verstreut. In einer Ecke lag eine Pergamentseite. Sonst gab es nichts, was ihren Aufenthalt hätte bequemer machen können.

Sie ließ sich nieder, Brot und Käse auf dem Schoß, und lehnte sich mit dem Kopf gegen die Wand. Kurz darauf fielen ihr die Augen zu.

Stimmengewirr. Lautes Keuchen. Das Mädchen schlug die Augen auf und war sofort hellwach. Um sie herum hatte sich nichts verändert. Viel Zeit schien nicht vergangen zu sein, denn das Licht im Raum kam ihr nicht anders vor als zu dem Zeitpunkt, als sie hereingekommen war. Nur ein wenig mehr vom Mond erkannte sie durch das Rechteck des Fensters. Sie lauschte auf die Geräusche, die sie geweckt hatten. Offenbar kamen sie aus dem Raum beim Eingang.

Ganz langsam richtete sie sich auf und schlich sich auf Zehenspitzen zur Türöffnung, durch die ein rötlich flackerndes Licht fiel. Sie hielt die Luft an und presste sich gegen die Wand, während sie rasch den Dolch ergriff und dessen Heft umschloss. Es waren zwei Männer: Einer hielt eine Fackel in der Hand, der andere saß am Boden. Kein Zweifel, es waren die beiden, die ihr bereits in dem Wirtshaus aufgefallen waren, und ihr Anblick jagte ihr einen Schauer über den Rücken. Leise unterhielten sie sich in einer Sprache, die sich anders anhörte als jene, die sie bisher von den Leuten gehört hatte. Dennoch gelang es ihr, hier und da ein Wort aufzuschnappen.

Dem am Boden mit dem Rücken zur Wand kauernden Mann schien es schlecht zu gehen. Er atmete schwer, und Schweißperlen standen ihm auf der Stirn. Die Tropfen, die ihm über die Wangen hinunterrannen, hatten dort eine fettige Substanz weggewaschen, mit der sein Gesicht überzogen war. So war sein rötliches Gesicht von langen hellen Streifen durchzogen, die hier und dort von unschönen schwarzen Flecken unterbrochen waren. Der andere Mann, der ihm jetzt eine Hand auf die Schulter legte, schien in besserer Verfassung zu sein. Er murmelte Worte, die sich nach Trost anhörten. Das Mädchen bekam nur Fetzen davon mit.

»Halt durch ... Mission ... wir schaffen das ...«

Sein Gefährte antwortete mühsam. »Glaubst du? Niemand ... schlecht ...«

Der andere ließ ihn die Fackel halten und entfernte nun mit einem weißen Tuch das, was von der rötlichen, fettigen Schicht übriggeblieben war. Zum Vorschein kam ein blasses, schwer gezeichnetes Gesicht, das mit furchterregenden schwarzen Flecken übersät war. Dann entnahm er seinem Quersack einen Tiegel, der eine rötliche Creme enthielt. Die verteilte er nun wieder auf dem Gesicht seines Kumpans, übertünchte so die schwarzen Flecken und täuschte eine kräftige Gesichtsfarbe vor. Währenddessen redete er immer weiter, nun aber leiser als zuvor, so dass das Mädchen, dem das Herz heftig schlug, nichts mehr verstehen konnte. Es war ihr überhaupt völlig rätselhaft, was da vor sich ging, aber es machte ihr Angst. Die ganze Szene strahlte etwas Unheimliches aus, vor allem diese schwarzen Flecken im Gesicht des kranken Mannes, die sie als eine Art düstere Vorahnung wahrnahm.

Schließlich holte der Gesunde noch ein Fläschchen mit einer bernsteinfarbenen Flüssigkeit hervor und hielt sie dem Gefährten an die Lippen.

Der widersetzte sich, indem er den Kopf zur Seite drehte. »Nein … schlecht …«

Doch der andere ließ sich nicht beirren und zwang ihn, aus dem Fläschchen zu trinken.

Als es leer war, schaute er sich um. Und augenblicklich presste sich das Mädchen noch flacher an die Wand. Was sollte sie bloß tun, wenn sie hereinkämen und sie entdeckten? Was würden sie mit ihr anstellen?

Von Furcht ergriffen, zog sie den Dolch. Da ließ das metallische Schaben, als die Klinge aus dem Futteral fuhr, die beiden Männer auffahren. Zunächst flutete das Licht der Fackel in den Raum ein, dann waren auch die Männer bei ihr.

Die Zeit schien stehen zu bleiben. Schulter an Schulter, der eine mit der flackernden Fackel in der Hand, verharrten die beiden auf der Schwelle, während sie ebenfalls wie erstarrt dastand, den Dolch erhoben, im Kopf völlig leer, ohne irgendeinen Gedanken. Dann brach der Bann: Das Mädchen reckte die Waffe vor, doch schon packte einer der Männer ihr Handgelenk und drehte es um, so dass der Dolch klirrend zu Boden fiel.

Wie dumm, wie dumm, wie dumm!, schimpfte ihre innere Stimme heftig. *Du musst schneller sein.*

Jetzt schlang ihr der Mann den Arm um den Nacken, schleuderte sie gegen die Wand und setzte ihr, noch in derselben fließenden Bewegung, das Schwert an den Hals. Das Mädchen schluckte, während die kühle Klinge ihren Kehlkopf kitzelte.

»Wer bist du?«

Der Mann sprach mit einem eigenartigen Akzent, und nur stockend kamen ihm die Worte über die Lippen. In panischer Angst starrte ihn das Mädchen an.

»Du bist so gut wie tot, weißt du das?«, fuhr er mit kalter Stimme fort, ohne eine Antwort abzuwarten.

Da spürte sie, wie etwas in ihren Armen und Beinen erwachte, wie eine ferne Erinnerung, ein Instinkt, der lange brach gelegen hatte.

»In zwei Tagen würdest du ohnehin Blut spucken«, setzte er kichernd hinzu. »Aber so lange können Radass und ich nicht warten. Deshalb hat jetzt schon dein letztes Stündlein geschlagen ...«

Das Mädchen beobachtete, wie der Mann, merkwürdig verlangsamt, so als schleppe sich die Zeit nur noch träge dahin, sein Schwert fester umfasste und zu der Bewegung ansetzte, die ihr die Gurgel durchschneiden würde. Doch plötzlich war ihre Angst verflogen, und eine eiskalte Sicherheit hatte ihren Körper ergriffen, der nun an ihrer Stelle zu wissen schien, was zu tun war. Doch sie hatte noch kaum die Hand gerührt, da riss ein schwarzer Blitz den Mann von ihr fort. Sie sah, wie ein Umhang durch die Luft wirbelte, und eine lange Klinge in dem Halbdunkel des Raumes aufblitzte.

»Hier habt ihr einen Gegner, der sich wehren kann!«

Es war ein Soldat in einem weiten schwarzen Mantel, der seinen Körper ganz umhüllte und aus dem nur die Hände, die ein langes Schwert umfassten, hervorragten.

Die beiden Männer hatten sich von der Überraschung

schnell erholt. Der mit dem Schwert warf sich auf den Soldaten, während sich der andere schleppend in eine Ecke zurückzog. Und der Zweikampf begann. Funken stoben auf, als sich die Klingen trafen, und metallisches Klirren erfüllte den Raum. Das Mädchen beobachtete, wie die beiden aufeinander einschlugen, und dieser tödliche Tanz hatte etwas Vertrautes für sie.

Parieren, Ausweichen, Springen …

Sie war geradezu in der Lage, jede einzelne Bewegungen der Kämpfer vorherzusagen. Sich mit einer Hand an der Wand abstützend, stand sie da und hoffte, dass der Soldat das bessere Ende für sich haben würde. Und der schien auch wirklich flinker, stärker zu sein, denn unaufhaltsam wütete sein Schwert.

Da sah sie, wie in seinem Rücken etwas aufblitzte. »Achtung!«, schrie sie, ohne auch nur einen Augenblick lang nachzudenken, aus voller Kehle.

Sich wegduckend, fuhr der Soldat herum. Der Dolch des zweiten Mannes, der das Getümmel genutzt hatte, um sich von hinten heranzuschleichen und zuzustechen, streifte seine Schulter. Doch er gab nichts darauf, schwang sein Schwert und stieß es tief hinein in den Unterleib des Feindes. Wieder in die Knie gehend, holte er noch einmal aus und ließ die Waffe mit einem mächtigen Hieb gegen die Beine seines Widersachers fahren, der aufschrie und zu Boden stürzte. Sogleich war der Soldat über ihm. Einen Augenblick lang schien er zu verharren und ihn zu betrachten: Dieser Feind war besiegt, unschädlich, wehrlos. Doch es sah aus, als weide er sich an dessen Schwäche, während sich ein unheimliches, zufriedenes Lächeln auf seinen Lippen ausbreitete. In den Augen des Mannes unter ihm erkannte das Mädchen ein verzweifeltes Flehen. Und einen Moment lang schien der Soldat es erhören zu wollen. Doch dann schloss er die Augen und versenkte die Klinge, blickte auf zur Decke, während der Stahl langsam immer tiefer in das Fleisch unter ihm eindrang.

Ein heftiger Schauer überkam das Mädchen, denn ihr war, als genieße der Soldat dieses langsame Sterben, als erfreue er sich an jeder Facette des Schmerzes, den er dem besiegten Feind zufügte. Dann endlich verstummte der Mann, das Röcheln hörte auf, und der Soldat ließ sich auf sein Schwert niedersinken.

Er nahm eine Hand vor das Gesicht und verharrte so einen Moment. Dann zog er mit Schwung das Schwert aus dem toten Fleisch und entfernte sich fast angewidert von den leblosen Körpern.

Er trat auf sie zu, beugte sich ein wenig zu ihr hinab, so dass das Mädchen ihn zum ersten Mal genauer erkennen konnte. Er war nicht viel älter als sie selbst, hatte langes kastanienbraunes Haar, das zu einem Pferdeschwanz gebunden war, der sich während des Kampfes ein wenig gelöst hatte. Mager und blass sah der Mann aus, doch was bei ihr den stärksten Eindruck hinterließ, waren seine Augen. Die Fackel war im Getümmel zu Boden gefallen und erloschen, doch auch in dem fahlen Licht schien das Grün seiner Augen noch zu leuchten. In seinem Blick stand echte Sorge. Schwer atmend von der Anstrengung, das bluttriefende Schwert in der Hand, sprach er sie an: »Ist dir etwas geschehen? Bist du verletzt?«

Vielleicht lag es am Tonfall, in dem er das sagte, oder vielleicht auch an diesen Augen, jedenfalls war ihr, als sei er *tatsächlich* besorgt um sie. Es war ein Gefühl, das etwas in ihr löste. Und sie fiel ihm um den Hals und begann hemmungslos zu weinen.

»Danke, danke …«, schluchzte sie.

Nach einer Weile spürte sie, wie er eine Hand, groß und warm, auf ihre Schulter legte.

3

Die Suche

Wind im Gesicht. Ein leeres Gefühl im Magen. Er flog. Unter ihm zog die Welt vorüber: Flüsse, Wälder, Dörfer ... Als er ein wenig die Augen hob, fiel sein Blick auf flammend rote Schuppen. Ein dumpfes, regelmäßiges Geräusch erregte seine Aufmerksamkeit. Er wandte den Kopf zur Seite und blickte auf riesige, schwarze Flügel, die sich auf- und abschwingend im Wind blähten und sie beide in der Luft hielten, ihn selbst und diesen gigantischen Leib, der ihn trug. Er ritt auf einem Drachen. Da schloss er die Augen, und ihm war, als ziehe ihn etwas fort, weit in die Ferne, und als er sie wieder öffnete, ritt er nicht mehr, sondern schwebte wie ein Geist durch die Lüfte, und auf dem Drachen saß ein anderer, eine Person, von der er lediglich den Rücken sehen konnte.

Er sammelte sich, um seinen Blick zu weiten und dem unbekannten Ritter ins Gesicht zu schauen.

»Ein Bier?«

Der Mann in Schwarz schrak zusammen. Blickte sich um. Er saß in einer verrauchten Wirtsstube voller lärmender Gäste. Soldaten größtenteils. Seine Hände ruhten auf einer Tischplatte aus grobem Holz.

»Ein Bier?«, fragte jemand noch mal nach.

Der Mann fuhr herum. Eine beleibte Magd mit den Zügen einer Bauersfrau hatte ihn angesprochen. Sie war sehr jung. Und da fiel ihm alles wieder ein. Ja, er hatte dieses Wirtshaus aufgesucht, um ihn zu treffen. Er selbst hatte ihn hierher bestellt. Und dann hatte ihn die Vision überkommen, plötzlich und unerwartet, so wie immer, und ihn in eine andere Welt entführt.

Er lächelte. »Ja, einen Krug bitte.«

Die junge Magd lächelte zurück und entfernte sich, während der Mann in Schwarz wieder in seine Gedanken abtauchte und versuchte, sich die unklaren Empfindungen der Vision zu verdeutlichen. Diese Bilder überkamen ihn häufig in jüngster Zeit, ein Zeichen, dass er seinem Ziel schon ganz nah war. Es handelte sich immer um dieselbe Szene: Ein junger Ritter auf einem Drachen mit schwarzen Flügeln. Das musste er sein.

Als die Magd wieder an seinen Tisch trat, um ihm den gefüllten Krug zu bringen, zog er sich rasch die Kapuze noch tiefer ins Gesicht. Ihm war nicht danach, mit jemandem ins Gespräch zu kommen. Langsam verlor er die Lust. Seit mindestens einem Monat hielt er sich nun schon in dieser Stadt auf, um die er am liebsten immer einen weiten Bogen gemacht hätte. Zu viele unschöne Erinnerungen waren mit ihr verbunden. Zum Glück waren seit damals viele Jahre ins Land gegangen, so dass er hier tatsächlich nur noch ein Fremder war.

Aber, so dachte er, während er den Krug mit einem Zug fast zur Hälfte leerte, die Mission verlangte dieses Opfer von ihm, und er musste sich fügen. Seine Mission stand immer über allem anderen.

Der Mann, mit dem er verabredet war, tauchte plötzlich aus der Menge auf und setzte sich wortlos zu ihm an den Tisch. Auch er trug eine Kapuze, die er sich jetzt noch tiefer ins kreidebleiche Gesicht zog. Aber das Licht in der Schenke drang durch den dünnen Stoff und ließ seine Augen erkennen, die tiefviolett waren.

»Hier ist zu viel los«, sagte er. »Findest du nicht?«

Der Mann in Schwarz lächelte. »Entspann dich. Wo könnten wir weniger auffallen als in diesem Mischmasch seltsamster Typen und verschiedenster Rassen. Hier ist jeder nur mit sich selbst beschäftigt. Und außerdem sind die meisten besoffen oder gerade dabei, sich volllaufen zu lassen.« Er nahm noch einen Schluck. »Hier wird dich niemand beachten.«

Der andere ließ einen besorgten Blick durch den Raum schweifen. »Hoffentlich«, brummte er, wenig überzeugt.

Die Magd erschien wieder an ihrem Tisch und fragte den neuen Gast nach seinen Wünschen. »Einen Obstwein«, murmelte der, wobei er sich von ihr wegdrehte.

»Natürlich, wenn du weiter so verschwörerisch tust, wird man schon noch auf dich aufmerksam werden«, zog der Mann in Schwarz den anderen ein wenig auf, als die Magd wieder fort war.

Der ging nicht darauf ein und tupfte sich mit einem Tuch die schweißnasse Stirn ab. »Hält die Schminke?«

Der Mann in Schwarz nickte. »Seit wann bist du krank?«

»Seit ein paar Tagen.«

»Willst du dich opfern?«

Der andere bedachte ihn mit einem beredten Blick. »Als wir aufbrachen, war sich jeder von uns im Klaren, worin unsere Mission besteht. Und niemand hat gekniffen.«

»Danach habe ich dich nicht gefragt. Ich will wissen, ob du dich behandeln lassen wirst.«

»Vielleicht. Aber wichtiger als mein Leben ist unser großes Ziel. Dafür bin ich auch bereit zu sterben.«

Die Magd servierte den Obstwein, und der neue Gast schien froh, sein Gesicht tief über das Glas beugen zu können. »Aber wie sieht es bei dir aus?«

»Mir geht's prächtig. Du weißt ja, dass ich immun bin.«

Plötzlich schien der Mann verärgert. »Das hab ich nicht gemeint. Ja, glaubst du denn, dass wir scherzen. Hältst du das alles für einen Witz?«

»Keineswegs.« Der Mann in Schwarz streckte sich. »Aber

auch bei den wichtigsten und gefährlichsten Missionen sollte doch ein wenig Spaß erlaubt sein. Oder bist du anderer Meinung?«

Sein Gesprächspartner antwortete nicht.

Der Mann in Schwarz seufzte und legte dann wieder die Ellbogen auf die Tischplatte. »Ich denke, ich bin ein gutes Stück weitergekommen«, erklärte er.

Der andere spitzte die Ohren. »Nun erzähl schon«, murmelte er, während er sich vorlehnte.

Aufgebrochen war er mit einer vagen Spur, einem flüchtigen Hinweis. Der Weissagung eines Priesters in einem Tempel.

»Ein Halbblut wird kommen, wie die anderen, aber er wird nicht aus unserem Geschlecht hervorgehen. Sein Blut wird sich in Wasser verwandeln, so wie sein Kommen die Wasser der Welt in Blut.«

Lange hatten sie mit Kryss über die Bedeutung dieser Worte gerätselt, den Sinn aber nicht voll und ganz erfasst. Bis ihn zum ersten Mal die Vision überkam.

Es war ein Traum, zwanghaft und immer gleich, der ihn jede Nacht heimsuchte.

Ein friedliches Dorf, Holzhäuser ruhten auf Pfählen in herrlich klarem Wasser. Ringsum Wälder, bewohnt von wunderschönen ätherischen Wesen, die sich zwischen Bäumen verbargen oder gar mit ihnen verschmolzen. Und ein Wort – Kahyr: wieder und wieder gerufen aus unzähligen Kehlen, niedergeschrieben überall, auf Baumstämmen, den Brettern der Hütten, sogar auf dem Wasserspiegel.

»In seinen Adern wird Nymphenblut fließen«, erklärte der Mann in Schwarz eines Tages an Kryss gewandt.

Der Herrscher schaute ihn fragend an. »Von wem sprichst du?«

»Vom nächsten Marvash, den der greise Priester im Tempel prophezeit hat. Er wird Nymphenblut haben.« Und dann erzählte er Kryss von seinem Traum.

Als er geendet hatte, kratzte sich dieser lange nachdenklich am Kinn. »Wie würdest du die Prophezeiung nun deuten?«, fragte er.

»Das scheint mir auf der Hand zu liegen: Das Blut der Nymphen ist durchscheinend wie Wasser, und so wird auch Marvashs Blut sein. Daher erscheint mir in meinem Traum ein Dorf im Land des Wassers.«

Als er diesen Namen, Land des Wassers, hörte, zuckte Kryss kaum merklich zusammen.

»Und dann dieses Wort: Kahyr ... Ich denke, so wird das Dorf heißen. Marvash muss von dort stammen, irgendwie ...«

Die Augen des Herrschers funkelten grimmig. »Du glaubst also, wir können ihn finden? Du meinst, Marvash auf die Spur kommen zu können?«

Der Mann in Schwarz lächelte. »Meine Träume zeigen doch, wie ich ihn wahrzunehmen beginne. Er ist bereits da, irgendwo in der Aufgetauchten Welt. Und er erwartet mich.«

»Du musst ihn finden!«, rief der Herrscher erregt. »Mit euch beiden, dir und ihm, auf unserer Seite kann der Traum Wirklichkeit werden. Ihr beide seid Waffen, die nicht fehlen dürfen in meinem Arsenal, wenn es mir gelingen soll, meinem Volk das zurückzugeben, was ihm zusteht.«

»Ich könnte mich auf die Suche nach ihm machen und mich mit ihm zusammentun, wenn ich ihn gefunden habe. Aber wirst du dann auch dein Versprechen halten?«

Kryss lachte grausam. »Ist dies nicht dein Schicksal? Ihn aufzuspüren und dich mit ihm zu vereinen?«

»Ach was, Schicksal. Das habe ich alles schon hinter mir gelassen. Nur ein einziges Ziel treibt mich an, und das ist dir wohlvertraut.«

Ein langes, vielsagendes Schweigen folgte seinen Worten. Schließlich lehnte sich Kryss, gelassener nun, auf seinem Sessel zurück und erklärte: »Ich habe dir ein Versprechen gegeben. Und das werde ich halten. Bring mir Marvash, und wenn alles getan und die Aufgetauchte Welt wieder in die

Hände ihrer rechtmäßigen Besitzer zurückgefallen ist, sollst du auch erhalten, worauf du aus bist.«

Der Mann in Schwarz verneigte sich.

Und so hatte alles begonnen.

Er war zurückgekehrt. Gegen seinen erklärten Willen und obwohl er geschworen hatte, nie mehr einen Fuß in dieses Gebiet zu setzen. Als er zum ersten Mal wieder im Land des Wassers unterwegs war, spürte er, wie ihn eine tiefe Niedergeschlagenheit überkam. Es war viel geschehen seit damals, und doch machte es ihm immer noch zu schaffen.

Es war nicht so einfach, dieses Nest ausfindig zu machen. Im Land des Wassers wimmelte es von Dörfern, die wie das in seinem Traum aussahen und so winzig waren, dass kaum jemand sie alle kannte.

Lange Zeit war er suchend kreuz und quer durch das Land gestreift. Dann die ersten verstreuten Hinweise, Mutmaßungen, bis er schließlich auf den Weg gelangte, der ihn an sein Ziel führte: nach Kahyr. Einige wenige Pfahlbauten in einem winzigen Wasserlauf, bewohnt von Fischern zumeist, und umgeben von einem Wald, der den Nymphen Heimstatt bot, die so ihr Leben mit den Menschen teilten.

»Damahar, ›Experiment‹, wird dieser Ort genannt«, erklärte ihm eine Frau aus dem Dorf, die als Einzige bereit war, ihm Auskunft zu geben. »Denn es ist ja noch nicht lange her, das wir Menschen uns wieder mit den Nymphen zusammengetan haben.«

Der Mann in Schwarz schaute sie fragend an.

»Woher kommst du?«, wollte die Frau jetzt wissen.

Er machte eine unbestimmte Handbewegung. »Von weit her. Und ich bin lange nicht hier gewesen.«

Die Frau holte Luft und begann zu erzählen: »Bis vor zwanzig Jahren noch war dieses Land geteilt: in die Mark der Sümpfe im Norden, wo wir Menschen lebten, und die Mark der Wälder im Süden, die von Nymphen bewohnt war.«

»Ja, das weiß ich noch«, warf der Mann ein.

»Nun, und dann wurde irgendwann beschlossen, es noch einmal mit einer gemeinsamen Regierung zu versuchen, so wie vor langer, langer Zeit, als Nihal noch lebte. Genau genommen, war es eine Idee von König Learco, dem König des Landes der Sonne und Stifter des Friedens, den wir jetzt genießen. Man sollte es noch einmal versuchen, meinte er, und die beiden Herrscher schenkten seiner Bitte Gehör. Und das ist dabei herausgekommen«, fügte sie hinzu, wobei sie die Arme ausbreitete. »Einige von Menschen bewohnte Dörfer entstanden hier im Süden, einige Nymphendörfer im Norden, und die Regierungen wurden vereint. Aber man kann nicht sagt, dass es sehr gut läuft. So ist unseres eines der ganz wenigen Dörfer, in dem Nymphen und Menschen tatsächlich Seite an Seite leben.«

»Seltsam, dass kaum jemand von euch gehört hat«, wunderte sich der Mann in Schwarz, »ich hatte große Mühe, euch zu finden.«

Die Frau stieß ihn mit dem Ellbogen an. »Das sagt doch schon alles darüber, wie das Experiment funktioniert, oder?«

Sie war die Frau eines Fischers. Der Mann in Schwarz hatte gehofft, hier eine Schenke oder Läden vorzufinden, wo er Erkundigungen hätte einholen können, ohne allzu sehr aufzufallen. Aber vergebens. Deshalb hatte er sich an ein paar Fischer gewandt, die mit ihren Netzen beschäftigt waren.

Sofort war ihm aber klargeworden, dass die Leute hier recht verschlossen waren. Murren und gegrummelte Aufforderungen, sich doch lieber um die eigenen Angelegenheiten zu kümmern, waren die einzigen Antworten, die er erhalten hatte. Bis er dann schließlich auf diese redselige Fischerfrau stieß.

»Ist es hier eigentlich auch zu Mischehen gekommen?«

»Warum willst du das wissen?«, fragte die Frau, plötzlich misstrauisch geworden, zurück.

»Ich bin auf der Suche nach dem Sohn eines Freundes.«

»Ach so.« Die Frau setzte eine verschwörerische Miene auf. »Nun, Verbindungen zwischen Nymphen und Menschen sind hier nicht gern gesehen. Lange zurück liegen die Zeiten von Galla und Astrea – er ein Mensch, sie eine Nymphe –, dem Königspaar, das dieses Land regierte. Was nicht heißt, dass es irgendwann einmal normal gewesen wäre, dass die beiden Rassen untereinander heiraten.«

Der Mann in Schwarz verharrte in Schweigen. Er hätte lieber weniger Tratsch und mehr Handfestes gehört, doch er wollte die Frau nicht bedrängen. Schon der Vorwand, den er sich hatte einfallen lassen, um seine Neugier zu rechtfertigen, musste recht fadenscheinig wirken.

»Jedenfalls hatten wir«, fuhr die Frau fort, nachdem sie Luft geholt hatte, »eine Halbblütige unter uns.« Sie hielt inne, um die Wirkung ihrer Worte zu beobachten, doch der Mann hütete sich, sich besonders beeindruckt zu zeigen. »Gherle hieß sie, ihre Mutter war eine Nymphe, ihr Vater ein Mensch. Und die ist hier bei uns aufgewachsen. Ihre Mutter starb bei der Geburt, und ihr Vater hat dann später wieder geheiratet. Eigentlich sah sie ja aus wie ein menschliches Wesen, wären da nicht diese Haare gewesen ... Du kennst doch Nymphenhaare, oder? Die sind aus Wasser und richtig durchsichtig. Nun ja, solche Haare hatte sie eben. Und dann natürlich ihr Blut. Klar wie Wasser, nur zähflüssiger ... wirklich beeindruckend.«

Das Herz des Mannes setzte einen Schlag aus.

»Blut wird sich in Wasser verwandeln.« So hieß es in der Prophezeiung.

»Jedenfalls ist sie bei uns aufgewachsen. Und dann ist es passiert. Du musst wissen, in den ersten Jahren nach der Vereinigung der beiden Marken kam es hier und dort schon mal zu Streitigkeiten. Wobei ... eigentlich waren es mehr als Streitigkeiten. Genau genommen, standen wir am Rand eines Bürgerkrieges. Deshalb wurden auch Truppen des Vereinten Heeres mit einigen Drachenrittern an der Spitze zu uns entsandt. Nun hatte ich ja eigentlich immer eine hohe Meinung von den Drachenrittern … ich weiß auch nichts Genaueres darüber, vielleicht hatte sie einfach nur Pech … Jedenfalls hat dieser Drachenritter der jungen Gherle, da muss sie so fünfzehn gewesen sein, den Kopf verdreht. Ich muss dir ja nicht erzählen, wie das läuft: Man verbringt den Abend zusammen, schaut sehnsüchtig zum Vollmond hinauf, unternimmt lange Spaziergänge Hand in Hand, ganz allein im Wald … Um es kurz zu machen: Sie wurde schwanger. Das ist jetzt ungefähr siebzehn Jahre her.«

»Junge oder Mädchen?«

Die Frau schien sich ungern unterbrechen zu lassen. »Warum willst du das wissen?«, fragte sie zurück und zog eine Augenbraue hoch.

»Ich suche den Sohn eines Freundes, das habe ich doch schon gesagt.«

»Ein Junge«, antwortete die Frau mit argwöhnischer Miene. Dann stürzte sie sich wieder in das Vergnügen, weiter zu tratschen. »Aber das erfuhren wir erst später. Denn als der Drachenritter hörte, dass seine Flamme ein Kind erwartete, macht er sich sogleich aus dem Staub, und das Mädchen zog sich die Verachtung des ganzen Dorfes zu. Sich einem wildfremden Mann hinzugeben wie eine Hure … Eine Schande … findest du nicht?«

Der Mann in Schwarz zwang sich zu einem Nicken. Er folgte dieser Klatschgeschichte nur noch mit einem Ohr. Was ihm wichtig war, wusste er jetzt: Das Kind, in dessen Adern zu einem Viertel Nymphenblut floss, war ein Junge.

»Wo finde ich sie? Diese Frau, meine ich, und ihren Sohn?«

»Die zog fort, bevor das Kind zur Welt kam. Sie litt wohl darunter, dass man hinter ihrem Rücken über sie tuschelte, und wollte auch ihrer Familie die Schande ersparen. Einmal kam sie noch zurück, um ihrem Vater den Enkelsohn zu zeigen, aber da kam es zum Streit, und danach hat sie sich nie wieder blicken lassen.«

»Wo kann ich sie finden?«, ließ der Mann in Schwarz nicht locker.

»Es scheint dir ja sehr viel an diesem Früchtchen zu liegen. Ach, ich verstehe, du bist ein Freund dieses schamlosen Ritters, der sie hat sitzen lassen!«, rief sie mit einem gemeinen Funkeln in den Augen.

Der Mann in Schwarz musste sich sehr zusammennehmen, um nicht die Geduld zu verlieren.

»Nun, ich kannte ihn«, erklärte er schließlich, um die Frau zufriedenzustellen. »Aber er ist gestorben. Doch auf dem Sterbelager gestand er mir die ganze Geschichte. Er bereute sehr, was er getan hatte, und bat mich, seinen Sohn zu finden.«

Die Frau lief tiefrot an. Wahrscheinlich stellte sie sich schon vor, wie sie diese aufsehenerregende Geschichte herumerzählen würde. »Es hieß damals, die Mutter sei nach Neu-Enawar gezogen.«

Endlich! Der Mann sprang auf. »Du warst mir eine große Hilfe.«

»Erzähl doch mal, wie war dieser Ritter so? Wart ihr eng befreundet?«

Doch der Mann in Schwarz ließ sich nicht mehr aufhalten. »Ich muss los. Die Angelegenheit duldet keinen Aufschub.« Und damit wandte er sich zum Gehen.

Das lästige Echo neugieriger Fragen verfolgte ihn, bis er die letzten Hütten des Dorfes hinter sich gelassen hatte.

Sein Bier hatte er längst ausgetrunken, während der andere noch vor seinem halb vollen Obstweinglas saß. »Aber mehr weißt du noch nicht?«

»Kürzlich hatte ich noch einmal eine Vision.«

Der andere horchte auf.

»Ich denke, der Junge hat wie sein Vater die Laufbahn

zum Drachenritter eingeschlagen. Und entweder lebt er hier oder in Makrat.«

»Dann bist du ihm doch dicht auf den Fersen.«

Er nickte.

»Aber noch eine andere Aufgabe wartet auf dich. Das weißt du.«

Der Mann in Schwarz spürte, wie ihm ein Schauer durch die Glieder fuhr. Er blickte zu seinem Gegenüber, der ihn mit einem brutalen Lächeln ansah und dann hinzufügte: »Denk dran, es darf nicht schiefgehen. Von Seiner Majestät persönlich stammt der Plan, wie du dich um ihn zu kümmern hast. Du weißt schon, wen ich meine.« Er blickte sich verstohlen um.

»Ich hab dir schon mal gesagt: Tu nicht so geheimnisvoll! Du fällst auf«, wies ihn der Mann in Schwarz gereizt zurecht. Der zweite Teil seiner Mission. Der entsetzlichere – trotz des Blutbades, das er einige Abende zuvor angerichtet hatte.

Der andere fuhr mit der Hand unter seinen Umhang und holte ein mit einer roten Flüssigkeit gefülltes Fläschchen hervor. »Das ist von mir. Ich habe es heute Morgen abgenommen. Das heißt, es ist mit Sicherheit infiziert. Du weißt, was du damit zu tun hast?«

Wie gebannt starrte der Mann in Schwarz auf den roten Widerschein des Glases. »Warum auf diese Weise?«, fragte er, fast zerstreut.

»Unsere Majestät glaubt, dass du es anders nicht schaffen wirst. Manchmal ist es schwer, eine alte Schuld abzutragen, und es gibt da wohl noch etwas, was dich an die Vergangenheit bindet. Nicht wahr?«

Der Mann in Schwarz fletschte die Zähne. Gern hätte er es abgestritten, darauf bestanden, dass dem nicht so sei. Aber er schaffte es nicht.

»Jedenfalls ist es der einfachste und sauberste Weg.«

»Der aber zu einem grausamen Tod führt …«

Der andere zuckte mit den Achseln. »Doch du wirst ihn ja nicht unmittelbar töten, oder?«

Der Mann in Schwarz schluckte, zögerte noch einen Moment und nahm dann das Fläschchen entgegen. Und plötzlich schien die Anspannung, die durch das Blutfläschchen zwischen den beiden aufgekommen war, wieder nachzulassen.

»Ich werde den Herrscher nicht mehr wiedersehen. Berichte ihm, dass ich für unser Volk gestorben bin.«

Der Mann in Schwarz blickte sein Gegenüber zerstreut an und nickte gleichgültig. An dem Plan, den Kryss entworfen hatte, um die Aufgetauchte Welt in die Hände zu bekommen, an den Rechtfertigungen, die er für diesen Eroberungsfeldzug anführte, lag ihm rein gar nichts. Wichtig war nur, was er bald schon würde tun müssen, sowie das eigentliche Ziel, das leider noch in weiter Ferne lag.

Der andere leerte sein Glas. »Dann also Lebewohl«, sagte er, während er aufstand und ihm die Hand schüttelte. »Ich weiß, du tust es nicht für uns. Man merkt es dir an. Aber dennoch danke ich dir. Unser Geschlecht wird dir auf ewig Dank schulden.«

»Kein Ursache!«, antwortete der Mann in Schwarz gleichmütig.

Der Gast wandte sich ab und tauchte in die Menge ein. Der Mann in Schwarz sah ihm nach, bis er ganz verschwunden war, und er erhob sich dann ebenfalls. Er hatte sehr viel zu tun.

4

Ein Name

Er hatte ihr seinen Umhang um die Schultern gelegt und ihr, ein tröstendes Lächeln andeutend, in die Augen gesehen. Wer sie sei oder was sie dort gesucht habe, fragte er sie nicht. »Hast du einen Ort, wo du hin kannst?«

»Nein …« Das Mädchen war selbst überrascht, wie schnell und klar ihr die Antwort über die Lippen kam.

Er blickte sie noch einen Moment schweigend an und erklärte dann: »Salazar ist nachts kein sicherer Ort für ein junges Mädchen, vor allem der Turm hier.«

Behutsam half er ihr auf, und sie vertraute ihm auf Anhieb. Er schien ehrlich um sie besorgt.

Als er ihr den Arm reichte, streifte ihr Blick den breiten Riss in seinem Wams, wo die Klinge seines Gegners eingedrungen war. Seltsam, doch der Stoff sah nicht blutverschmiert aus, nur feucht, wie durchtränkt von einer transparenten, zähen Flüssigkeit.

Sie stellte keine Fragen. War zu erschöpft dazu und hatte zudem ein verzweifeltes Verlangen, sich jemandem vertrauensvoll überlassen zu können.

So schritten sie nebeneinander her durch den Ringflur im Turm, während das fahle Licht, das durch die inneren Fenster fiel, ihre Gesichter ein wenig erhellte. Als sie immer häufiger stolperte, weil ihre müden Beine sie nicht mehr tragen wollten, beugte sich der Soldat irgendwann wie selbstverständlich zu ihr herab und machte Anstalten, sie auf den Arm zu nehmen.

»Nein … es geht schon …«, wehrte das Mädchen ab und staunte erneut über die jähe Wiederkehr ihrer Sprache.

Er schüttelte den Kopf. »Warum denn nicht? Du hast heute sicher schon genug durchgemacht.«

Sie spürte seine Arme unter den Knien, seine Hand auf ihrer Schulter – ein eigenartiges Gefühl, das sie verwirrte. Das sanfte Schaukeln im Rhythmus seiner Schritte und sein ruhiger Herzschlag am Ohr verstärkten ihre Müdigkeit, und sie schlang beide Arme um seinen Hals und ließ geschehen, dass sie langsam der Schlaf überkam. Nur noch verschwommen nahm sie das Licht in dem Gasthaus wahr, das sie betraten, vernahm wie von fern das Knarren der Holzbohlen unter seinen Stiefelsohlen, dann umfing sie die ersehnte Finsternis.

Eine Weile stand der Soldat nur da und betrachtete sie. Bereits schlafend hatte er sie in sein Bett gelegt. Nun schlummerte sie sanft, mit langen regelmäßigen Atemzügen wie jemand, der mit seinen Kräften am Ende war. Diese ruhig schlafende Gestalt zu beobachten, half ihm bei dem Bemühen, den Kopf freizubekommen, nicht mehr daran zu denken, was vorhin, als er sie gerettet hatte, wieder mit ihm passiert war. Doch ganz verschwanden sie nicht, die Bilder und die damit verbundenen Gefühle, die ihn bedrängten: der erregende Schauer, als er die Klinge in dem fremden Fleisch versenkt hatte, die Genugtuung im Anblick des sterbenden Feindes, das Vergnügen angesichts der Schmerzen, die er ihnen zugefügt hatte. Er nahm die Hände vor das Gesicht, und um die Verzweiflung abzuschütteln, die ihn zu erfassen drohte, sprang er auf, ergriff sein Schwert und stürmte hinaus ins Dunkel der Nacht.

Eins. Zwei. Drei. Schwung, Schwung, Stoß. Eins. Zwei. Drei.

Der junge Soldat schwitzte am ganzen Körper, und seine Armmuskeln stöhnten. Und dennoch trainierte er unverdrossen weiter, das lange, beidhändig zu führende Schwert zwischen den mit Blasen übersäten Händen.

Eins. Zwei. Drei.

Doch so viel Schweiß er auch vergoss, wie sehr er sich auch plagte und seinen Körper bis zur Schmerzgrenze beanspruchte, wollten Verzweiflung und Schuldgefühle, die ihm den Schlaf und langsam auch den Verstand raubten, einfach nicht weichen. Denn wieder einmal hatte er es genossen, Leid zuzufügen. Und erneut, wie bereits damals beim allerersten Mal, vermochte er es kaum, der Gier nach Blut und Tod zu widerstehen.

Er ist sechs Jahre alt. Jetzt haben sie es ihm ins Gesicht gesagt. Jetzt weiß er Bescheid. Von wegen, sein Vater ist ehrenhaft in einer Schlacht gefallen. Seine Mutter hat ihn immer angelogen. Er ist ein Bastard. Ein Kind ohne Vater und mit einer Mutter, die eine Hure ist. Das sagt jedenfalls der Junge, der jetzt vor ihm steht.

»Deine Mutter ist eine Hure!« Und die anderen um ihn herum lachen.

Er spürt, wie der Boden unter seinen Füßen schwankt und die Welt vor seinen Augen verschwimmt. Tränen verschleiern seinen Blick, und das Gelächter der Kameraden treibt ihm das Blut in den Kopf.

Und mit einem Schrei stürmt er los. Stürzt sich auf diesen Jungen, obwohl der viel größer ist als er selbst, und lässt es geschehen, dass der Zorn, der ihm durch die Adern rast, hervorbricht und sich Genugtuung verschafft. Er beißt und tritt, brüllt und kratzt. Wie ein wildes Tier fühlt er sich, und so wütet er auch. Und mochte es anfangs noch so scheinen, als kämpfe hier ein Zwerg gegen einen Riesen an, wächst ihm langsam, von irgendwoher, mehr und mehr Kraft zu. Schon bemühen sich die anderen, ihn von seinem Opfer fortzureißen, aber vergebens. Er wird siegen, immer lauter hört er den Feind unter seinen Schlägen aufstöhnen. Und da geschieht es zum ersten Mal, nimmt er sie zum ersten Mal in seinem Leben wahr, eine dumpfe, ihn ganz erfüllende Befriedigung. Er berauscht sich am Geruch, am Geschmack von Blut, tut Böses, fügt jemandem Leid zu. Und es erregt ihn. Das hat nichts mit den Dingen zu tun, die er gerade hat erfahren müssen, mit dem Zorn wegen der Verhöhnung, deren Zielscheibe er wurde. Es ist nichts anderes als Mordlust, das Verlangen zu töten. Und in diesem Verlangen verliert er sich, stürzt er hinab wie in einen lockenden Abgrund.

Er kommt erst wieder zu sich, als ein Erwachsener ihn packt und von seinem Gegner trennt. »Hast du den Verstand verloren?«

Die Wirklichkeit hat ihn wieder, und alles läuft wieder mit der gewohnten Geschwindigkeit ab. Der andere Junge liegt am Boden und rührt sich nicht. Sein Gesicht ist geschwollen, er hat die Arme von sich gestreckt, die bleich aussehen unter all dem Blut. Nur sein Brustkorb bewegt sich keuchend, hebt und senkt sich in schnellem Rhythmus.

Und jetzt endlich packt ihn die Reue, das Entsetzen. Der andere Junge weint, während ihn der Erwachsene zu trösten versucht, mit Worten, die er selbst nicht versteht. Jetzt hat ihn die Angst im Griff, Angst vor dem, was er getan, und mehr noch vor dem, was er dabei empfunden hat.

Abends ist er allein zu Hause, und als er es nicht mehr aushält, rennt er halbnackt in den Wald, in die Kälte. Denn so lässt sich die Verzweiflung besser ertragen, so lassen die Gewissensbisse ein wenig von ihm ab.

Das Mädchen wachte erst auf, als die Sonne schon hoch am Himmel stand. Alles war so hell, dass sie einen Moment lang glaubte, sie läge erneut auf dieser Wiese, wo sie ans Licht gekommen war, und all das, was seither geschehen war, sei nichts weiter als ein Traum. Dann fiel ihr der Soldat wieder ein, der sie in der Nacht gerettet hatte, und nach und nach rückte alles an seinen Platz. Nun zeichneten sich langsam die Umrisse eines kleinen Zimmers mit gemauerten Wänden ab, und einer Decke, die von mächtigen Balken getragen wurde. In einer Ecke stand ein Tisch, und an einem Bein lehnte eine Tasche. Auf der gegenüberliegenden Seite öffnete sich ein schönes spitzbogiges Fenster, durch das gleißend das Sonnenlicht hereinbrach. Das Mädchen richtete sich ein wenig auf und legte den Arm an die Stirn. Jenseits des Fensters erblickte sie nun einen Ausschnitt der Ebene, die sich endlos weit bis zum Wald erstreckte.

Sie lag in einem weichen, bequemen Bett unter frisch duftenden Leintüchern, mit einem flauschigen Kissen im Nacken und sauberen Verbänden an Handgelenken und Knöcheln. Immer noch allerdings trug sie ihre zerfetzten Kleider.

Gemächlich schwang sie sich aus dem Bett. Sie war allein. Wo mochte der Soldat sein? Eine spürbare Enttäuschung trübte plötzlich das vollkommene Bild. Vielleicht hatte er sie allein zurückgelassen. Aber hätte sie sich beschweren können? Schließlich hatte er ihr das Leben gerettet und sie hierher in Sicherheit gebracht. Was wollte sie mehr? Er war schon fürsorglich genug gewesen, und sie konnte sich ja schlecht wie eine Klette an ihn hängen. Gähnend streckte sie sich aus und genoss die angenehm warmen Sonnenstrahlen auf ihrem Rücken. Da bemerkte sie eine Truhe seitlich des Bettes, darauf einen Kanten Brot sowie eine Schüssel mit einer weißen Flüssigkeit, die mit einer dünnen Schicht sahnigen Schaums überzogen war. Sie musste lächeln. Auch wenn er gegangen sein sollte, dann nicht ohne eine letzte freundliche Aufmerksamkeit.

Die Beine übereinandergeschlagen, saß sie am Boden, knabberte von dem Brot und nippte an der Schüssel: Es schmeckte köstlich.

Während sie sich kauend umschaute, entdeckte sie ringsum viele Anzeichen dafür, dass er zurückkehren würde. Angefangen bei der Tasche, in der wahrscheinlich seine Kleider waren, über die Bücher in einer Ecke, von denen eines aufgeschlagen war, bis zu dem Gänsekiel, der auf einer Pergamentseite lag. Innerlich jubelte sie: Nein, er war nicht für immer fort.

Sie fragte sich, was sie jetzt tun sollte. Sie war allein und wusste noch nicht einmal, wo sie sich befand. Dem Ausblick nach zu urteilen einige Ebenen über jener, wo man sie in der

Nacht überfallen hatte. Sie hielt sich immer noch im Turm auf: Salazar hatte er den Ort genannt. Aber darüber hinaus waren ihre Erinnerungen an das, was vorgefallen war, sehr wirr. Wahrscheinlich befand sie sich in einem Gasthaus. Sollte sie auf seine Rückkehr warten? Oder wartete er darauf, dass sie ihrer Wege ging? Die Ellbogen aufgestützt und das Gesicht in den Handflächen, lehnte sie sich ins Fenster, schloss die Augen und genoss die warmen Sonnenstrahlen auf der Haut.

Das Geräusch der sich öffnenden Tür ließ sie zusammenschrecken. Sie fuhr herum und sah ihn, die Hände noch auf die Fensterbank gestützt, mit schuldbewusster Miene an. Er stand im Türrahmen, in demselben schwarzen Umhang wie am Vorabend, hatte nun jedoch die Kapuze ins Gesicht gezogen. Darunter trug er schwarze Wildlederhosen und ein weites weißes Hemd, das über der Brust von einer knappen, mit Nieten verstärkten Lederweste gerafft wurde. Über seiner linken Schulter ragte das lange Heft seines mächtigen Schwertes auf.

Er beeilte sich, die Kapuze zurückzuziehen. »Keine Angst, ich bin's«, sagte er.

Das Mädchen schämte sich nun fast, dass es sich so erschreckt hatte. »Ja … ich …« Erneut fehlten ihr die Worte.

»Du hast Recht«, sprach der junge Soldat weiter und nahm seine pralle Tasche von der Schulter. »Ich hätte dich wohl nicht allein lassen sollen, vor allem in Anbetracht dessen, was du heute Nacht ausstehen musstest. Aber als ich dich dort liegen sah in diesem schäbigen Hemd, konnte ich der Versuchung nicht widerstehen und habe was für dich besorgt …« Er lächelte sie an. »Ich bin übrigens Amhal.«

Er besaß ein schönes, offenes Lächeln, doch in seinen Gesichtszügen war auch eine Spur von Gram zu erkennen. Das Mädchen sah ihn an und wusste nicht, wie sie sich vorstellen sollte.

Eine Weile blickte sie in seine so faszinierend grünen Augen und antwortete dann in einem Atemzug: »Wer ich bin, weiß ich nicht.« Niedergeschlagen ließ sie sich auf das Bett sinken und rang die Hände.

Es dauerte etwas, bis sie ihm alles erklärt hatte. Auch wenn sie ihre Stimme wiedergefunden hatte, fiel es ihr schwer, die Verwirrung zu beschreiben, in der sie lebte. Sie erzählte ihm von ihrem Erwachen auf der Wiese, der Wanderung durch den Wald, ihrem Eintreffen in Salazar. Besonders schwierig war es, ihm verständlich zu machen, dass sie sich praktisch an nichts erinnerte, noch nicht einmal an den eigenen Namen, und dass sie das Gefühl hatte, an jenem Tag, als sie im Gras auf dem Rücken liegend erwacht war, zur Welt gekommen zu sein.

Immer nachdenklicher hörte er zu, während sich eine schmale Falte auf der Stirn gleich zwischen den Augenbrauen abzeichnete. »Dann weißt du also gar nicht, in welchem Land wir uns hier befinden?«, meinte er schließlich.

»Was ist denn ein Land?«, fragte sie mit verstörter Miene zurück.

Amhal konnte es nicht fassen. »Und dass dies hier die Aufgetauchte Welt ist …?«

Beschämt wandte das Mädchen den Blick ab.

Amhal lächelte. »Verzeih, ich wollte dich nicht in Verlegenheit bringen. Aber um dir helfen zu können, müsste ich verstehen …«

»Genau das versuche ich ja seit vielen Tagen: zu verstehen. Aber es kommt nichts dabei heraus. Seltsam ist zudem, dass ich einige Dinge ganz gut beherrsche, ohne dass ich sagen könnte, wie ich das anstelle.«

»Zum Beispiel?«

Sie erzählte ihm von dem aufgebrochenen Schloss und von diesem eigenartigen Gefühl, das sie überkommen hatte, als sie angegriffen wurde.

»Und dann wusste ich auch, was du tust, als du mit dem

Schwert kämpftest. Ich ...«, sie suchte wieder nach den passenden Worten, »... konnte deine Bewegungen vorausahnen.«

Er musterte sie eindringlich.

Es war ihr unangenehm, und so fragte sie schnell: »Wer waren die beiden gestern eigentlich?«

Die Miene des jungen Soldaten verfinsterte sich. »Keine Ahnung. Irgendwelche Gauner, Einbrecher ... Auf alle Fälle Gesindel, sonst hätten sie sich sicher in irgendeiner Herberge einquartiert.«

Das Mädchen überlegte, ob sie ihm von den seltsamen Flecken erzählen sollte, die ihr auf der Haut von einem der Männer aufgefallen waren, und dass sie sich in einer fremden Sprache unterhalten hatten, aber dann ließ sie es bleiben: Vielleicht war es ja ganz normal, dass sich die Bewohner dieser Aufgetauchten Welt in verschiedenen Sprachen verständigten und dass jemand, der eine gefleckte Haut hatte, sie mit irgendeiner Paste zu verschönern versuchte.

»Ich weiß einfach nicht, was ich nun tun soll ...«, stöhnte sie. »Wenn ich doch jemanden träfe, der mich kennt, der mir sagen kann, wo ich zu Hause bin ...«

»Kannst du mir diesen Ort beschreiben, wo du zu dir gekommen bist?«

Sie versuchte es und schilderte ihm jede noch so unbedeutend erscheinende Einzelheit. Aber letztendlich handelte es sich doch nur um eine Wiese, und all die Tage im Wald war sie ja ziellos umhergewandert, ohne eine Ahnung zu haben, wohin der Weg sie führte.

»Wenn du zunächst einem Fluss gefolgt bist, musst du von Osten gekommen sein«, folgerte Amhal.

Ihr Gesicht erstrahlte. »Dann kannst du dir vielleicht denken, wo ich zu Hause bin?«

»Nun ja. Im Osten liegt jedenfalls die Stadt Neu-Enawar, und noch weiter östlich das Land der Tage. Du scheinst mir menschlicher Abstammung zu sein, daher wirst du wohl einem Land entstammen, das überwiegend von Menschen bewohnt wird. Betrachtet man allerdings deine Haare und auch deine Augen …«

»Glaubst du, die könnten ein Hinweis sein?«, fragte sie hoffnungsvoll.

»Ganz bestimmt … Und auch die Waffe, die du bei dir trägst. Die scheint mir recht ungewöhnlich zu sein …«

Ein langes befangenes Schweigen folgte seinen Worten.

»Ich hab dir übrigens was zum Anziehen besorgt«, wechselte Amhal das Thema. »Deine alten Sachen sollten wir vielleicht nicht wegwerfen, die könnten auch Aufschluss über deine Herkunft geben, aber nur in diesem Hemd kannst du wirklich nicht länger herumlaufen.« Damit begann er seiner Tasche einige Kleidungsstücke in verschiedenen Formen und Farben zu entnehmen. »Die sind gebraucht«, erklärte er, »die Wirtin hat sie mir geschenkt, aber immer noch besser als das, was du jetzt trägst.«

Das Mädchen sah ihm zu, wie er, während er sprach, weiter in der Tasche herumkramte.

»Das hier ist dir vielleicht zu klein … Oh, eine Hose! Die gehört mir …«

Unsicher streckte sie die Hand nach irgendeinem Stück aus. Es war feuerrot. »Wirst du mir helfen?«, fragte sie plötzlich.

Er schien überrascht. »Ich bin auf dem Weg nach Laodamea«, antwortete er, »in einem bestimmten Auftrag. Daher …«

»Ich weiß nicht, wo ich hin soll«, unterbrach sie ihn. »Ich bräuchte … ich bräuchte nur ein wenig Zeit, um klarer zu sehen … Wenn du mir zeigen könntest …« Die Worte erstarben in einem unterdrückten Schluchzen.

Einen Moment lang schaute Amhal sie nur an. Dann lächelte er. »Wie gesagt, bin ich auf dem Weg nach Laodamea. Wenn du mich also begleiten willst … Ich würde mich jedenfalls freuen. Ob ich dir wirklich weiterhelfen kann, weiß ich dir nicht zu sagen, aber wenn du keinen Ort hast, wohin …«

Das Mädchen stieß einen erleichterten Seufzer aus und griff dann rasch zum erstbesten Kleid, das sie in dem Haufen fand. »Das hier könnte mir passen …«

»Gut, wenn du meinst. Dann probiere es an, ich gehe so lange hinaus.«

Amhal war schon in der Tür, da rief sie ihm nach. »Danke!«

Der junge Soldat drehte sich noch einmal zu ihr um und lächelte sie an. »Es heißt, wer ein Leben rettet, muss auch Sorge dafür tragen«, erklärte er. Dann ließ er sie allein.

Draußen im Flur lehnte er sich an die Wand. Jenseits der Tür hörte er das Rascheln von Kleidern und die Schritte nackter Füße auf dem Boden.

Jetzt fragte er sich, warum er eingewilligt, warum er sich bereiterklärt hatte, sie mitzunehmen. War sein Leben denn nicht schon verwickelt genug, wie auch der Vorfall am Vorabend mal wieder gezeigt hatte?

Weil sie dich braucht, antwortete er sich selbst. *Weil ein Ritter so handelt. So einfach ist das.*

Ehre. Seit er herausgefunden hatte, dass er ein Bastard war, brannte er darauf, sich Ehre zu machen, seinen Wert unter Beweis zu stellen, sich über seine Gewaltgelüste zu erheben.

Außerdem ist sie hübsch, sagte er sich und konnte dabei ein Lächeln nicht unterdrücken.

»Komm rein!«, rief ihn das Mädchen.

Amhal öffnete die Tür, blieb jedoch verdutzt auf der Schwelle stehen und brach dann in Gelächter aus.

»Stimmt etwas nicht?«, fragte sie verwirrt.

»Na ja … das sind Männersachen … noch dazu ziemlich groß für dich …«

In der Tat trug sie eine Hose, die viel zu lang und in der Taille zu weit war, weshalb sie sie auch ein paarmal umgeschlagen und mit dem Gürtel, an dem ihr Dolch hing, festgezurrt hatte. Dann hatte sie ein viel zu großes Hemd übergezogen, mit einer engen Weste darüber, die eigentlich das Oberteil irgendeines Kleides aus dem Haufen war. Allerdings hatte sie es nicht geschafft, alle Bänder zu schnüren, so dass die Weste schlaff und schief über ihrer Brust hing.

»Jedenfalls sind die Sachen schön bequem. Das rote Kleid habe ich auch anprobiert, aber ich finde, so etwas steht mir nicht …«, versuchte sie zu erklären.

»Schon gut, wenn du dich so wohlfühlst … Aber ich sollte dir trotzdem helfen, die Weste richtig anzulegen.«

Mit kundigen Händen zog und schnürte Amhal die verschiedenen Bänder, bis das Mieder ihren zierlichen Oberkörper fest umschloss.

Er trat einen Schritt zurück und musterte sie eingehend. »Vielleicht besorgen wir dir später irgendwo noch eine Hose, die besser passt. Was meinst du?«

Sie errötete.

Salazar empfing sie mit dem gewohnten chaotischen Treiben. Laut rufend boten Händler ihre Ware feil, kleine Jungen jagten hintereinanderher. Überall lärmte und schrie es, und die Leute hasteten geschäftig durch die Straßen. Das Mädchen fühlte sich verloren und fragte sich etwas mutlos, wie sie nur hatte hoffen können, hier die Lösung ihrer Probleme zu finden. Zu viele Leute, und alle waren zu sehr mit den eigenen Angelegenheiten beschäftigt, um sich für das Schicksal eines heruntergekommen wirkenden Mädchens zu interessieren.

Es war bereits recht spät, und so betraten sie ein Wirtshaus, um sich ein wenig zu stärken. Verglichen mit der Schenke, in der sie am Vorabend gesessen hatte, wirkte dieses Lokal weniger schäbig und schien von einer etwas besseren Kundschaft besucht. Die Bedienungen, jung und hübsch, bewegten sich leichtfüßig zwischen den Tischen, und niemand rief oder brüllte herum.

Amhal, der für sie beide bestellte, wählte sehr nahrhafte Gerichte. Ihr war es recht, denn nach den Entbehrungen der vergangenen Zeit war sie richtig ausgehungert, und ihr Körper verlangte danach, wieder zu Kräften zu kommen. Gierig verschlang sie alles, was ihr gebracht wurde, genoss die deftigen, kräftig gewürzten Speisen.

Ihr junger Begleiter schmunzelte angesichts ihrer Unersättlichkeit. »Du hast ja einen Bärenhunger …«

Mit einiger Mühe erklärte sie ihm, wie sie sich im Wald durchgeschlagen hatte.

Er stützte das Kinn in eine Hand und blickte sie an. »Schon bewundernswert, wie du das geschafft hast. Es ist nicht leicht, sich in der freien Natur zu behaupten. Zu unserer Ausbildung als Drachenritter gehört ja nicht zufällig auch ein richtiges Überlebenstraining. Zum Schluss wird man dann ohne Nahrung und Wasser allein im Wald ausgesetzt. Das ist eine der härtesten Prüfungen überhaupt, und es sind sogar schon Leute dabei draufgegangen.«

Das Mädchen blickte ihn verwirrt an. »Was ist denn ein Drachenritter?«

Amhal lächelte. »Eine Art Soldat. Jetzt in Friedenszeiten ist es unsere Hauptaufgabe, für die Sicherung der bestehenden Verhältnisse zu sorgen. Wie Wächter, aber auch im Kampf und der Kunst der Kriegsführung geschult. Aber das Wichtigste: Ritter reiten auf Drachen, ihren unzertrennlichen Gefährten in der Schlacht.«

Als er ihren fragenden Blick bemerkte, musste Amhal wieder lächeln.

»Du fragst dich, was Drachen sind? Ach, glaub mir, das sind wirklich fantastische Tiere, majestätisch, prächtig … Ich habe schon meinen eigenen. Du wirst ihn später kennenlernen.«

Sie nickte nur noch, ohne all das recht zu begreifen. Die Dinge, von denen er da erzählte, waren ihr völlig fremd: Vielleicht weil sie gar nicht aus der Aufgetauchten Welt stammte, vielleicht auch nur, weil sie sich einfach nicht mehr daran erinnern konnte.

»Wie soll ich nur dahinterkommen, wer ich bin?«, fragte sie ganz unvermittelt.

»Das weiß ich auch nicht ...«, antwortete Amhal unsicher. »Wie gesagt, ich muss dringend nach Laodamea. Morgen früh machen wir uns auf den Weg, und deshalb ... Aber ich glaube ohnehin nicht, dass du von hier stammst ... Wenn du so weit gelaufen bist ...«

Sie nickte, während sie jetzt noch in einen Apfel biss.

»In Laodamea werden wir uns umhören, Erkundigungen einholen, ausgehend von deinen Haaren und Augen. Die wirken so fremd, wie ich sie noch nie gesehen habe. Vielleicht müsste man in irgendwelchen Büchern nachschlagen.«

»Büchern?«

»Ja, darin sind Sachen aufgeschrieben ...« Er hielt inne. »Kannst du eigentlich lesen?«

Mit dem Apfel in der Hand blickte sie ihn aus großen Augen an. »Lesen? Ich weiß gar nicht, was das bedeutet.«

Amhal griff in seine Tasche und holte ein paar solcher goldenen Scheibchen hervor, wie sie das Mädchen am Vorabend zum Bezahlen im Wirtshaus benutzt hatte.

»Die kenne ich«, rief sie. »Dafür bekommt man zu essen.«

»Ja, so ungefähr. Münzen nennt man sie.« Dann deutete er auf die Gravuren.

»Verstehst du, was da steht?«

»Ja, klar. ›Salazar, fünf Heller‹.«

»Alle Achtung«, lächelte er, »du kannst lesen. Bücher sind Blättersammlungen, die mit Wissenswertem zu allen möglichen Themen beschrieben sind. Bestimmt auch zu Leuten mit blauen und schwarzen Haaren und zwei verschiedenen Augenfarben.«

Bei dem Mädchen keimte neue Hoffnung auf.

Die Ellbogen auf die Tischplatte aufstützend, lehnte sich

Amhal zu ihr vor. »Aber noch etwas anderes: Wenn wir zusammen unterwegs sind, kann ich dich nicht die ganze Zeit mit ›He, du!‹ oder ›Mädchen‹ oder so ähnlich ansprechen. Du brauchst einen Namen.«

Sie horchte auf. Ein Name. Eine Identität. Aus dieser Unpersönlichkeit hervortreten und einen kleinen Schritt tun zu einem echten Leben, das mehr war als Überleben, Essen, Trinken.

»Ich kenne meinen Namen doch nicht …«

»Dann bekommst du eben einen neuen. Wie würdest du denn gern heißen?«

Sie hatte immer mal wieder versucht, sich ihren Namen in Erinnerung zu rufen, sich irgendeines Anhaltspunktes zu entsinnen, der ihr auf die Sprünge hätte helfen können, aber vergebens. Auch die Städtenamen, die sie jetzt erfahren hatte, Salazar, Neu-Enawar und Laodamea, sagten ihr im Grund nichts, waren nicht mehr als Laute, aus dem Nichts hervorgesprudelt, eben jenem Nichts, das so hartnäckig alle ihre Erinnerungen festhielt und nicht preisgeben wollte.

Sie schüttelte den Kopf. »Ich kenne keinen einzigen Mädchennamen.« Dann, den Blick auf den Apfel senkend: »Auch keinen Jungennamen, ehrlich gesagt.« Sie dachte einen Augenblick nach. »Gestern Abend habe ich in einer Schenke ein Mädchen getroffen, das mir geholfen hat. Galia hieß sie.«

Amhal verzog das Gesicht. »Ein Allerweltsname, passend für eine Magd. Nein, du brauchst was Besseres.«

Sie blickte gespannt zu ihm auf. »Was schlägst du vor?«

Er zeigte nur den Anflug eines Lächelns. »Adhara.«

Adhara. Sie hatte keine Ahnung, was das bedeuten mochte, und ihr fehlten auch Vergleichsmöglichkeiten, um sagen zu können, ob ihr der Name gefiel oder nicht. Dennoch nahm sie ihn auf Anhieb als den ihren wahr, fühlte sich angesprochen durch diesen Namen: Adhara.

»Der ist schön …«

Amhal schlug mit der flachen Hand auf die Tischplatte. »Abgemacht! Von nun an bist du Adhara.«

Es war ein seltsames Gefühl, nun mit einem Namen durch die Welt gehen zu können. Im Geist sprach sie ihn sich vor, während sie mit wenigen Bissen ihren Apfel vertilgte. Adhara. Das namenlose Mädchen, das verloren durch die Wälder gestreift war, gehörte der Vergangenheit an. Nun war sie jemand.

5

Die Seuche

Am nächsten Morgen wachten sie beizeiten auf. So früh wie möglich wollten sie sich auf den Weg machen, hatte Amhal nach dem Abendessen tags zuvor erklärt und dann hinzugefügt: »Und vorher besorgen wir noch was zum Anziehen für dich. Mit den Sachen, die du dir da ausgesucht hast, siehst du wie eine Vogelscheuche aus.«

Adhara war errötet.

Raschen Schritts machten sie sich nun auf zu einem kleinen Markt: einige von Planen geschützte Stände vor einer Mauer, Obst und Gemüse auf Tischen der Sonne ausgesetzt, Fleisch verschiedenster Tiere und auch Kleider wurden feilgeboten. Adhara ließ sich verzaubern von den Düften und Farben. Es war kaum zu glauben, wie allein schon die Tatsache, nun einen Namen zu haben, alles in einem anderen Licht erstrahlen ließ. Zwar fühlte sie sich immer noch als Fremde in einem fremden Land, aber längst nicht mehr so verloren wie an den Tagen zuvor. Zweifellos trug auch Amhals Gegenwart an ihrer Seite dazu bei. Aber das war es nicht allein. Jetzt besaß sie eine Identität.

Sie lenkten ihre Schritte zu einem Stand, der von Kleidern überquoll. Aus einigem Abstand betrachtete Adhara befangen die dicht an dicht gestapelte oder aufgehängte Ware, und erst als sie sich ein wenig sicherer fühlte, trat sie näher. Sie betastete neugierig eine Hose, die aus Wildleder gefertigt war, suchte dann den Blick des Händlers und fragte schüchtern: »Wie viel?«

Hinter einem kleinen Wandschirm in einer Ecke konnte sie die Hose anprobieren. Ganz unbeobachtet fühlte sie sich dennoch nicht, aber immerhin stand ihr hier ein Spiegel zur Verfügung. Sich hin und her drehend, warf sie einen prüfenden Blick auf Gesäß und Beine. Die Hose saß gut, jedenfalls besser als die andere. Dazu suchte sie sich noch ein Paar Stiefel aus. Das Hemd mit dem Mieder als Weste darüber behielt sie hingegen an. Zuletzt zog sie noch den Gürtel mit dem Dolch daran fest und war fertig. Jetzt fühlte sie sich ganz wohl in ihrer Haut. Männerkleider seien das, hatte Amhal gesagt. Wieso passten sie bloß so gut zu ihr? Und wieso fühlte sie sich so sicher mit diesem Dolch an der Seite?

Diese Anhaltspunkte bergen das Geheimnis, wer ich bin und woher ich komme, sagte sie sich. Vielleicht konnte Amhal ihr tatsächlich dabei helfen, die Fäden dieses Rätsels zu entwirren. Einen Namen hatte er ihr schon gegeben, vielleicht verhalf er ihr nun auch noch zu einer Vergangenheit.

Natürlich musste er bezahlen.

»Danke ... hoffentlich ist es nicht zu viel«, murmelte sie, während sie zusah, wie er mit ein wenig besorgter Miene in seiner Tasche kramte.

»Nein, nein ... es geht schon. Außerdem stehen dir die Sachen wirklich gut«, antwortete er, wobei er sie noch einmal von oben bis unten musterte. Adhara lief rot an – und fühlte sich geschmeichelt.

Als sie den Turm verließen, hoben die Wachen am Tor nur die Lanzen an, und sie tauchten wieder ein in die Vorstadt Salazars, die sich in die Ebene ausbreitete. Es war dunkel gewesen, als sie zum ersten Mal hier umhergestreift war, und das Viertel war ihr unheimlich und chaotisch vorgekommen. Auch im Tageslicht erschien ihr das Gassengeflecht immer noch unentwirrbar, doch viel weniger bedrohlich. Einige der Straßen, durch die sie sich zwei Tage zuvor allein und verlassen geschleppt hatte, erkannte sie wieder. Sogar an der Schenke, in die Galia sie geführt hatte, kamen sie vorüber, und Adhara war versucht, einzutreten und sich vorzustellen.

Hallo, ich bin Adhara. Ja, zum Glück kann ich mich wieder an alles erinnern. Ich bin Knappe eines jungen Ritters. Eine hübsche Lüge, und es hätte ihr Spaß gemacht, sie zu erzählen.

So verließen sie die Stadt, jedoch nicht auf dem Weg, den sie vor zwei Tagen gekommen war. Kurz hinter der Stadtgrenze erkannte sie eine Ansammlung langer, hoher Holzschuppen. Darauf hielt Amhal zu, öffnete ein Tor und trat auf ein abschreckend ausschauendes Wesen zu: Seine Haut war von Kopf bis Fuß mit struppigen, rötlichen Haaren überzogen, und aus seinem Gesicht mit dem stark hervorstehenden Oberkiefer ragten bedrohlich wirkende Reißzähne hervor. Nicht sehr groß, aber dafür mit unnatürlich langen Armen ausgestattet, war es damit beschäftigt, mit ungelenken Bewegungen und einer Mistgabel in den Händen Stroh in einer Ecke aufzuhäufen.

Unwillkürlich griff Adhara nach dem Dolch, doch Amhal bremste sie. »Keine Angst, der ist harmlos. Aber du weißt wohl nicht, zu welcher Rasse er gehört?«

Sie schüttelte den Kopf. Sosehr sie sich auch bemühte, in ihrem Kopf tauchte keinerlei Erinnerung auf.

»Das ist ein Fammin. Die kümmern sich hier um den Stall.«

Amhal trat näher. »Hallo, Etash«, begrüßte er ihn mit einem Lächeln. Das Geschöpf hob den Kopf und erwiderte grunzend den Gruß.

»Was macht meine Jamila?«, fragte Amhal.

Etash zuckte mit den Achseln. »Der geht's gut. Du weißt doch, keiner behandelt die Drachen besser als wir Fammin.« Seine Stimme klang rau, kehlig und schien nicht zum Sprechen gemacht.

»Mein Meister ist ja der Ansicht, dass ihr sogar hervorragende Drachenritter sein könntet.«

Etash lachte bitter. »Dein Meister ist auch der Einzige, der einen Fammin als Stallmeister beschäftigt. Du weißt ja, für die anderen sind wir doch nur Abschaum … der übelsten Sorte.«

»Das ändert sich doch langsam.«

»Ach was. Seit hundert Jahren geht das nun schon so. Das wird sich niemals ändern, glaub mir.«

Etash voran, bewegten sie sich durch einen Korridor mit breiten bronzenen Türen zu beiden Seiten. Jenseits dröhnte mächtiges Getrampel, das den Boden erbeben ließ, und furchterregendes Brüllen erscholl. Adhara wurde immer unruhiger.

»Wie ich sehe, ziehst du auch menschliche Knappen vor«, bemerkte Etash irgendwann.

»Ach ja. Das ist Adhara«, stellte Amhal sie vor. »Ihre Geschichte ist ziemlich … speziell.«

»Wie ihre Augen.«

»Hast du solche Augen schon mal gesehen?«

Etash zuckte mit den Achseln. »Bei Menschen nicht. Deswegen sind sie mir auch gleich aufgefallen. Nur bei Fammin, aber selten …« Vor einer Tür blieb er stehen. »Nach dir …«

Amhal reichte Adhara die Hand und zog sie zu sich heran. »Bleib ganz ruhig. Rühr dich nicht und schau ihr nur in die Augen. Wahrscheinlich wird sie an dir schnuppern wollen: Lass sie. Und erschrick nicht, wenn sie knurrt.«

Das Mädchen versteifte sich. »Wovon redest du? Was ist denn da?«

Amhal antwortete nicht, stieß nur den Türflügel auf und überschritt die Schwelle.

Adhara spürte, wie ihr die Knie weich wurden, zusammen mit dem unwiderstehlichen Drang, das Weite zu suchen.

Sie standen in einer Art riesigem Stall mit einem mindestens fünfzehn Ellen hohen Dach und einem strohbedeckten

Boden. Darauf lag ein Tier von ungeheuren Ausmaßen, mit einem sich zum Maul hin verjüngenden, schuppigen Kopf, der hinter den Augen in einen knöchernen, mit spitzen Dornen besetzten Kamm auslief. Der gewaltige und doch geschmeidig wirkende Leib war mit Schuppen überzogen und ging am hinteren Ende in einen langen Schwanz über. An den Schulterblättern setzten riesige, membranartige Flügel von durchschimmernd wirkendem Schwarz an. Leib und Kopf hingegen waren von einem kräftigen, feurigen Rot, das nur von tiefgrünen Augen durchbrochen wurde. Kaum waren die beiden eingetreten, richtete sich der Drache auf, stellte sich auf die Hinterbeine, so dass sein Kopf fast bis zum Dach reichte, und stieß ein markerschütterndes Brüllen aus. Erschrocken presste Adhara die Hände auf die Ohren.

»Ruhig, Jamila, ruhig! Na, freust du dich, mich zu sehen?«

Das Tier senkte den Kopf und beugte sich zu Amhal hinunter. Allein sein Schädel war mindestens so groß wie der ganze Oberkörper des jungen Mannes. Der aber schien keine Angst zu haben. Er legte dem Drachen eine Hand auf das Maul und tätschelte ihn ein wenig, trat dann zur Seite und deutete auf seine Freundin.

»Das ist Adhara, mein neuer Knappe.«

Das gewaltige Geschöpf wandte den Kopf und starrte sie aus lodernden Augen an. Dazu stieß es schnaubend ein paar Rauchwölkchen durch die Nüstern aus.

»Erschrecke sie nicht! Sie hat noch nie einen Drachen gesehen«, fügte Amhal hinzu.

Starr vor Angst stand Adhara da und dachte daran, dass sich wohl hinter jeder der vielen Bronzetüren, an denen sie vorübergekommen waren, solch ein Tier aufhielt, und bei dem Gedanken fühlte sie sich einer Ohnmacht nahe.

»Gut so, bleib ruhig stehen«, raunte Amhal ihr zu, und sie dachte, dass sie sich, auch wenn sie gewollt hätte, keine Handbreit hätte bewegen können.

Jetzt reckte Jamila den Kopf vor und begann, an Adhara zu

schnuppern, wobei sie mit Entsetzen wahrnahm, wie der Feueratem des Tieres ihren ganzen Körper umhüllte. Schließlich versetzte ihr der Drache mit dem Maul einen sachten Stups, der sie fast umgeworfen hätte, während das Tier schon wieder gelangweilt den Kopf zurückzog und seine Aufmerksamkeit ganz Amhal zuwandte.

»Brav, brav«, lobte der Jamila, indem er ihr wieder das Maul tätschelte. »Sie stammt übrigens aus Dohors Stallungen«, fügte er dann, an Adhara gewandt, hinzu. »Sagt dir das was?«

Immer noch stand das Mädchen wie versteinert da und konnte nur den Kopf schütteln.

»Dohor war der letzte König, der den Versuch unternahm, die Aufgetauchte Welt zu erobern. Fünfzig Jahre ist das her. Damals hat er seine schwarzen Drachen mit anderen Drachen gekreuzt und so jene abartigen, entsetzlichen Kreaturen geschaffen, die er in seinen Schlachten einsetzte.«

Adhara hörte Amhal zwar zu, aber nicht zuletzt die Furcht vor diesem ungeheuren Tier verhinderte, dass sie auch nur ein Wort verstand.

»Als Dohor dann bezwungen war, getötet von Idos Schwert, beschloss der Neue Rat, diese gefährlichen Tiere alle zu vernichten. Jamila, damals noch ein Drachenbaby, entging ihrem Schicksal, weil ein Ritter, offenbar ein recht exzentrischer Mann, auf sie aufmerksam wurde und sie zu sich nahm. In einem Versteck in den Wäldern um Makrat zog er sie auf, und als sie dann entdeckt wurde, war Jamila bereits ausgebildet. Man steckte sie in ein großes Gehege mit anderen Drachen zusammen, und dort blieb sie, ohne dass jemals irgendjemand den Mut gefunden hätte, sie in einer Schlacht einzusetzen. Aber als ich dann meine Ritterausbildung begann, gestattet mein Meister mir, mich ihrer anzunehmen und Jamila zu meinem Drachen zu machen.«

Als er Adhara den Kopf zuwandte, sah er sie kreidebleich

im Gesicht, dicht an die Holzwand gepresst, auf den Drachen starren.

Er brach in schallendes Gelächter aus. »Was hast du denn? Es ist doch alles gut …«

Sie hörte ihn kaum und ließ sich an der Wand hinabgleiten, bis sie auf dem Boden saß.

Er beugte sich zu ihr nieder. »Nur Mut. Du machst das doch sehr gut. Du brauchst wirklich keine Angst zu haben.«

Adhara schluckte.

»Ich denke, wir sollten jetzt aufbrechen. Und glaub mir, Jamila wird dir keine Scherereien machen.«

Er wandte sich an Etash. »Öffne das Dach!«

Der Fammin nickte und verschwand.

Mit zitternder Hand zeigte das Mädchen auf Jamila. »Nehmen wir den Drachen etwa mit?«

Amhal lachte wieder. »Genau genommen, nimmt der Drache uns mit. Wir fliegen natürlich, das heißt, wir dürfen auf ihm reiten.«

Adhara stöhnte.

»Das ist einfacher, als du vielleicht glaubst. Halt dich nur gut an mir fest, dann kann dir nichts passieren.«

Er reichte ihr die Hand, und ihr blieb keine andere Wahl, als sich einen Ruck zu geben und hochziehen zu lassen. Mit einer Hand umklammerte sie ihren Dolch. So fühlte sie sich ein wenig sicherer.

Da hörte sie ein lautes Quietschen über sich und blickte auf. Angetrieben von zwei mächtigen, an den oberen Schuppenwänden angebrachten Zahnrädern, die sie zuvor nicht bemerkt hatte, öffnete sich das Dach und gab nach und nach den Blick auf einen tiefblauen Himmel frei. Den Kopf gereckt, ließ Jamila wieder ihr Brüllen ertönen.

Amhal führte Adhara zu einer Seite des Drachens und gab dem Tier dann einen Klaps auf den Bauch. »Runter, Jamila, runter.«

Der Drache gehorchte und legte sich flach auf den Boden.

Erst jetzt fiel Adhara das Zaumzeug und der metallene Sattel auf, der mit breiten Ledergurten festgezurrt war. Die Zügel waren Bänder aus starken, engmaschigen Eisenringen. Das Mädchen erschauderte, als sich Amhal leichtfüßig mit einem Sprung in den Sattel schwang, und wich unwillkürlich einen Schritt zurück.

»Das ist normal, dass du Angst hast«, rief er. »Am Anfang geht das jedem so. Komm, fass dir ein Herz!«

Immer noch zögernd betrachtete Adhara den Drachen, die gelblichen Schuppen des Unterleibs, unter denen sich die langen Rippen abzeichneten, und war wie gebannt von den schweren Atemzügen, die den gewaltigen Brustkorb aufblähten und zusammenzogen. Dann besann sie sich nur noch auf Amhals Hand und gab sich einen Ruck.

Ihre Hand fest umklammernd, zog Amhal sie in den Sattel vor sich, ergriff dann die Zügel und schlang die Arme um sie. »Hol noch mal tief Luft«, riet er ihr.

Er ließ die Zügel klirren, und plötzlich spürte Adhara eine Leere im Magen. Sie kniff die Augen fest zusammen, während ein starker Wind ihre Haare erfasste und zersauste.

»Schau doch runter, es ist herrlich!«, rief Amhal ihr ins Ohr, und langsam öffnete sie die Augen. Die Holzbaracken unter ihnen wurden immer kleiner, während ihnen der Turm von Salazar wie eine Klippe im Meer der endlosen Ebene entgegenkam. Vor Staunen riss sie den Mund weit auf, die Angst war verflogen und einer stummen Ergriffenheit gewichen, die alle Worte überflüssig machte.

Immer sicherer fühlte sich Adhara im Sattel und fand auch schnell heraus, wie sie Jamilas zuckende Bewegungen in der Luft mit den Hüften ausgleichen konnte. Schon viel ruhiger sah sie zu, wie nun auch der Turm immer kleiner wurde, und heftete dann den Blick auf die Erde senkrecht unter ihr, auf die samtige Fläche des Waldes, den sie durchwandert hatte, und das silbern glänzende Band des Flusses, der so lange ihr Reisegefährte gewesen war. Und ihr ging auf, wie groß die

Welt war, und sie kam sich klein und verloren in dieser Weite vor. Woher stammte sie? Welcher Leib hatte sie geboren, dort irgendwo zwischen den Wäldern und Wiesen? War sie überhaupt von dieser Welt?

»Nach Laodamea!«, rief Amhal und riss sie aus ihren Gedanken.

Jamila flog noch einen weiten Bogen, und die Reise begann.

Einen ganzen Tag lang sausten sie, ohne hinunterzugehen, durch die Luft. Grün und endlos zog die Steppe unter den Drachenschwingen entlang. Die Sonne brannte so stark, dass sich Adhara mit Amhals Kapuze ein wenig zu schützen versuchte.

»In Laodamea sollten wir für dich auch einen Umhang kaufen«, meinte er.

Die ganze Zeit über konnte sich Adhara nicht von dem Anblick der Landschaft unter ihr lösen. Es war überwältigend. Sie beobachtete, wie sich das Gras im Wind wiegte, und nahm jede noch so winzige Veränderung des Panoramas in sich auf, versuchte, sich alles einzuprägen und zu eigen zu machen, um dann in ihrem Inneren, ihrem Gedächtnis, nach Spuren davon zu suchen.

Hin und wieder erklärte ihr Amhal etwas zu dem, was sie unter sich sahen. Er erzählte ihr vom Saar, jenem mächtigen Strom, der links von ihnen lag – zu weit entfernt, als dass sie ihn hätten ausmachen können – und der die Flüsse speiste, die sie immer wieder überflogen, sprach von den Turmstädten im Land des Windes, jenem Reich, dessen Hauptstadt Salazar war, von der endlos weiten, von Feldern und Dörfern getüpfelten Ebene. Namen über Namen, fantastische Bilder, aber nichts, was ihr vertraut vorgekommen wäre.

Die erste Nacht verbrachten sie im Freien, und alles in allem war es ein angenehmer Aufenthalt. Ein sanfter Sommerwind, frisch und feucht duftend, strich über die Ebene.

Für die zweite Übernachtung beschloss Amhal, in einem kleinen Ort haltzumachen. »Wir haben gerade die Grenze zum Land des Wassers überquert«, erklärte er, während sie, die Sonne als roten Feuerball zu ihrer Linken, pfeilgeschwind dahinschossen.

Adhara sah wieder hinunter, und ihr Blick verfing sich in einem dichten Geflecht ineinander verschlungener Bäume, das zwischen einem Netz aus sich windenden Wasserläufen gewebt war.

»Kommt das von den Flüssen?«, fragte sie.

Amhal verstand sofort, was sie meinte. »Ja, das ist wie ein Dschungel. Ein Stück weiter noch liegt ein Menschendorf. Dort werden wir rasten.«

Auf einer kleinen Lichtung gingen sie hinunter. Jamila musste bei der Landung höllisch aufpassen, weil ihre ausgebreiteten Schwingen dort nur mit knapper Not Platz fanden.

»Du wirst hier warten müssen«, erklärte Amhal an Jamila gewandt, während er ihr das Zaumzeug abnahm. Dann drehte er sich zu Adhara um: »Im Land des Wassers gibt es keine Drachen, deshalb sind sie hier auf eine Unterbringung nicht eingerichtet. Aber in der Hauptstadt Laodamea sieht das anders aus.«

So marschierten sie los, während das Blau des Himmels langsam in ein Violett überging, das alles einnahm. Eigenartigerweise fühlte sich Adhara so ruhig und sicher, als sei sie hier zu Hause. Sie machte Amhal darauf aufmerksam.

»Gedulde dich noch bis Laodamea«, erwiderte er, »dort kannst du alle Nachforschungen anstellen, die dir nötig erscheinen.«

Sie wanderten ein Stück durch den Wald, während sich das violette Licht um sie herum mehr und mehr verdüsterte und zwischen den Bäumen immer neue winzige Lichter erglommen. Adhara beobachtete es fasziniert.

»Glühwürmchen«, erklärte ihr Amhal, »kleine Insekten,

die Licht abgeben. Vor einigen Jahrzehnten hätte es sich auch, wenn man im Wald Lichter sah, um Kobolde handeln können.«

Adhara blickte ihn fragend an.

»Das waren winzige Geschöpfe, nicht größer als meine Hand, mit auffallend großen Augen, kunterbunten Haaren und durchscheinend wirkenden Flügelchen. In der Dunkelheit gaben sie ein zartes Licht ab.«

»Das war sicher wunderschön …«

»O ja. Manche Leute glauben, nicht alle Kobolde seien ausgestorben. Einen einzigen gebe es noch, und der streife als einziger Überlebender seines ganzen Volkes allein durch den großen Bannwald im Land des Windes, dazu verdammt, niemals sterben zu können. Nachts künde ein einziges trauriges Licht von seinem müden Umherflattern zwischen den Bäumen.«

Adhara stellte sich die Einsamkeit dieses letzten Kobolds vor und dass sich Wanderer, die sich verirrt hatten, von seinem Licht leiten ließen. Sie selbst war wie solch ein Verirrter, und Amhal war wie dieser Kobold: ihr Licht in einer Welt der Finsternis.

Amhal streckte eine Hand aus. »Dort hinten siehst du jetzt schon die Lichter von Cyrsio. Es ist nur ein kleiner Ort, aber mit einem netten Gasthaus. Ich kenne die Wirtin. Du wirst sehen, es wird ein schöner Abend, und vielleicht hilft dieser Aufenthalt ja sogar deinem Gedächtnis auf die Sprünge.«

Adhara lächelte. Etwas Magisches lag in der Luft, und vielleicht war nun ja wirklich alles möglich.

Sie folgten einem gespurten Pfad, der nur vom Schein der Mondsichel sowie den flackernden Lichtpunkten der Glühwürmchen zwischen den Bäumen erhellt wurde. Kurz darauf lag das Dorf mit seinen strohbedeckten Holzhütten und einigen Pfahlbauten längs eines Flusses vor ihnen. Wie ein verwunschener Ort inmitten eines Zauberwaldes, dachte Adhara.

Dennoch durchliefen, je näher sie kamen, immer häufiger seltsame Schauer ihre Glieder. Amhal schien es ähnlich zu gehen, denn am Dorfrand angekommen, nahm er das Heft seines Schwertes fest in die Hand.

Es gab ein Eingangstor aus nur grob behobeltem, aber dennoch schön gearbeitetem Holz mit zwei eisernen Fackelhaltern. Eine dieser Halterungen war allerdings abgerissen worden und lag mit den erloschenen Fackeln, die ein düsteres Licht abgaben, am Boden. Amhal blieb stehen und hielt Adhara am Arm fest. Das Zirpen der Grillen erfüllte die Luft. »Da stimmt was nicht.«

Die Fenster einiger Häuser waren dunkel, leer wie leblose Augenhöhlen, andere mit Läden verrammelt.

»Bei meinem letzten Besuch war dieser Ort voller Leben.«

Unwillkürlich schob Adhara eine Hand zum Dolch an ihrem Gürtel. Doch es war alles ruhig, zu ruhig ...

Eine Hand fest um das Heft seines Schwertes gelegt, die Klinge gelockert in der Scheide, ging Amhal voran.

Aus dem Dorf drang kein Laut zu ihnen. Die Wege waren verlassen, die Fackeln, die sie erhellen sollten, niedergebrannt oder zu Boden geworfen. Adhara fühlte sich beobachtet. War da nicht jemand, der sie mit den Augen verfolgte und nicht gesehen werden wollte? »Vielleicht sollten wir besser kehrtmachen ...«, schlug sie vor.

Amhal antwortete nicht. Er war angespannt, und seine Züge wirkten so konzentriert wie in der Nacht, als er sie gerettet hatte. Umsichtig bewegte er sich, folgte aber ohne Zögern einem Weg, so als kenne er sein Ziel.

Vor einer Schenke blieben sie stehen. Über der Tür hing ein hübsches Holzschild mit dem gemalten Schriftzug: DIE HÖHLE DES ... Mehr war nicht zu lesen, denn der Rest des Schildes war verbrannt.

»Wolltest du hier übernachten ...?«, flüsterte Adhara. Amhal nickte nur.

Von der Tür war nichts mehr zu sehen, und die Fenster

waren geschwärzt von Rauch und Flammen. Es schien noch nicht lange her zu sein, dass es gebrannt hatte, denn in der Luft lag noch ein beißender Gestank.

Amhal trat ein.

»Vielleicht ist das keine gute Idee …«, versuchte Adhara, ihn aufzuhalten, doch schon tauchte ihr Begleiter entschlossen ins Dunkel ein. Einen Augenblick noch verharrte sie auf der Schwelle, dann folgte sie ihm.

Die Wände des Schankraumes waren tiefschwarz. Auf dem Boden lagen eine dicke Schicht Asche und noch glühende Kohlen. Einige Tische waren weitgehend verschont geblieben und nur umgeworfen worden. Von der Theke aber waren nur noch verkohlte Holzreste übrig, während alle Flaschen und Gläser auf den Regalen zerplatzt waren. Adhara trat ganz nahe an Amhal heran und drückte seinen Arm.

Der angehende Ritter riss sich von dem Anblick los. »Vielleicht hast du Recht, und wir sollten sehen, dass wir hier wegkommen.«

»Dann lieber der Wald«, fügte sie hinzu.

»Ja, dann lieber der Wald.«

So liefen sie den Weg zurück, den sie gekommen waren, bis sie an einer Stelle abbogen, weil sie glaubten, so noch schneller aus dem Ort hinauszugelangen.

Plötzlich standen sie auf einem kleinen Platz. Zu einer Seite spannte sich eine Holzbrücke über ein dahinplätscherndes Flüsschen. Und gleich vor ihnen erhob sich ein größeres Gebäude, ebenfalls aus Holz, aber doch aufwendiger gearbeitet als die Häuser, die sie bislang gesehen hatten. Der Eingang bestand aus einer zweiflügeligen, mit feinen Ornamenten bemalten Tür und darüber einer Schrift, die Adhara als »Theevar«, »Thiinar« oder so etwas Ähnliches – es war nicht deutlich zu erkennen – las. Einer der Türflügel war nur angelehnt, und aus dem Raum dahinter drang ein tiefes, unausgesetztes Stöhnen. Eiskalte Schauer liefen ihr über den Rücken, und etwas sagte ihr, dass sie sich schleunigst davonmachen sollten. Amhal schien jedoch nicht dieser Ansicht zu sein und strebte mit großen Schritten auf das Gebäude zu. Indem sie den Saum seines Umhangs ergriff, versuchte sie, ihn zurückzuhalten.

»Hörst du denn nicht? Da braucht jemand Hilfe«, protestierte er.

»Das glaube ich nicht. Sonst wäre schon jemand gekommen, um zu helfen.«

»Aber hier ist doch niemand.«

Adhara trat ganz dicht an ihn heran. »Das glaubst du. Aber hier sind überall Augen, die uns beobachten«, flüsterte sie.

»Wie kommst du denn darauf?«, fragte Amhal, fast höhnisch.

»Das spüre ich.«

Der junge Soldat zögerte, doch nur einen kurzen Moment. Dann wandte er sich von ihr ab und hielt wieder zielstrebig auf das Gebäude zu. Widerwillig, und nun fast krampfhaft den Griff ihres Dolches umfassend, folgte Adhara ihm. Drinnen war alles dunkel und die Luft erfüllt von einem ekligen süßlichen Geruch. Unwillkürlich legten beide eine Hand vor den Mund, um den Brechreiz zurückzuhalten. Amhal holte einen Feuerstahl aus der Tasche und entzündete das, was von einer Fackel in einer Ecke übriggeblieben war. Ein alptraumhaftes Bild des Schreckens entstand vor ihren Augen. Die Bänke, die wohl einmal in dem ganzen Raum aufgestellt waren, türmten sich in einer Ecke, und am Boden sah man einige Körper, vielleicht fünf oder sechs, die alle in blutbefleckte weiße Leintücher gehüllt waren und leblos wie Bündel schmutziger Lumpen dalagen. Das Wehklagen erfüllte den ganzen Raum, so als steige es von dem gestampften Lehmboden auf oder komme von der grob gearbeiteten Statue im hinteren Teil des Raumes. Sie stellte einen Mann dar mit langen, im Wind flatternden Haaren, einem Blitz in der einen, einem Schwert in der anderen Hand und gütigen Gesichtszügen.

Wie versteinert verharrte Adhara, die Augen weit aufgerissen und eine Hand vor dem Mund, auf der Schwelle. Kein Zweifel, unter jedem einzelnen Tuch lag ein Mensch, wahrscheinlich tot. Amhal hingegen trat ein und beugte sich zu den Tüchern hinab.

»Nein, bitte, lass uns gehen«, rief sie leise, doch ihr Gefährte schien sie nicht zu hören. Er ruhte nicht eher, bis er herausgefunden hatte, woher das Stöhnen kam.

»Komm mal her!«

Adhara rührte sich nicht, ihre Beine weigerten sich.

Amhal drehte sich zu ihr um. »Komm doch!«

Langsam setzte sie sich in Bewegung, die Augen starr zu Boden geheftet, um die Leichen nicht einmal mit dem Blick zu berühren. Erst als sie neben Amhal stand, wandte sie den Kopf. Auf der Erde, zu ihren Füßen, lag eine Gestalt, vermutlich eine Frau, doch mit dermaßen verzerrten Gesichtszügen, dass sie unmöglich ihr Alter und kaum ihr Geschlecht mit Sicherheit hätte bestimmen können.

Ihr Mund war ein finsterer Schlund, aus dem ein ununterbrochenes Röcheln drang, ein unnatürliches Keuchen, das schon vom Tod kündete. Auf ihrer Stirn perlte der Schweiß, und ihre Haut war mit schwarzen Flecken übersät. Es waren genau solche Flecken, wie Adhara sie bei einem der beiden Männer, die sie angegriffen hatten, gesehen hatte.

Sie wich ein paar Schritte zurück. »Wir müssen hier fort.«

Amhal antwortete nicht.

»Diese beiden, die mich überfallen haben … die hatten auch solche Flecken, und einem ging es ganz dreckig.«

Amhal betrachtete das Gesicht der Sterbenden, ihren gequälten Körper, der Blut auszuschwitzen schien.

»Amhal!«

Endlich rührte er sich. Den Blick weiter starr auf die Frau gerichtet, stand er auf und trat einige Schritte zurück, hin zu Adhara, die rasch seinen Arm ergriff und ihn mit sich hinauszog, nur fort aus diesem Raum.

Sie rannten ins Freie, in die frische Abendluft, zurück zum Plätschern des Flusses und dem Zirpen der Grillen. Wild hasteten sie durch die Dorfstraßen und hatten nur noch eins im Sinn: fort, fort aus diesem Dorf.

Da versperrten ihnen zwei Männer den Weg, mit einem Stock bewaffnet der eine, mit einem verrosteten Schwert der andere.

Beide trugen schon schwarze Spuren auf der Haut. Bei dem einen zeigten sich die Symptome der Krankheit am Hals, bei dem anderen bedeckten die Flecken das halbe Gesicht. Ihre Mienen waren wutverzerrt.

»Wer seid ihr?«

Amhals Hand fuhr zum Schwert.

»Keine Bewegung! Los, antwortet! Wer seid ihr?«, fuhr der mit der rostigen Waffe sie noch einmal barsch an.

»Ihr verbreitet die Seuche, nicht wahr. Ihr seid hier, um uns alle anzustecken!«, sprang ihm sein Kumpan bei.

»Wie die Nymphen … Auch die Nymphen werden nicht krank … Trinkt man ihr Blut, bleibt man verschont«, setzte der erste wieder hinzu.

Der andere spuckte aus. »Diese verdammten Biester …!«

»Lasst uns vorbei!«, fordert Amhal die Männer jetzt auf, ohne auf ihre Worte einzugehen. Adhara klammerte sich an seinen Arm. Sie hatte Angst, wahnsinnige Angst: Nicht nur vor den Männern oder deswegen, was sie gerade in dem Saal entdeckt hatten, sondern auch vor Amhal, der – wie sie sich erinnerte – einige Abende zuvor mit Freuden die Klinge seines Schwertes in der Brust seines Gegners versenkt hatte.

»Hier kommt ihr nicht raus!«, rief der mit dem rostigen Schwert. »Niemand darf das Dorf verlassen.«

Adhara hörte deutlich, wie Amhal mit den Zähnen knirschte, und fühlte, wie sich seine Armmuskeln anspannten.

»Ich warne dich, zwing mich nicht zu Dingen, die ich nicht möchte …«

»Die Kranken zu den Kranken, die Toten zu den Toten. In zwei Tagen werdet auch ihr röchelnd daniederliegen. Oder vielleicht habt ihr auch Glück, und es erwischt euch nicht. Aber eins steht fest: Hier kommt ihr nicht raus«, setzte der Kerl mit dem Knüppel mit einem zahnlosen Grinsen hinzu.

Da zog Amhal mit beiden Händen sein langes Schwert und streckte es vor dem Körper aus.

»Nein, Amhal …«

»Zum letzten Mal: Lasst und vorbei. Ich will euch nichts tun, aber ihr müsst uns vorbeilassen …«

Adhara spürte seine ganze Wut, seine Kampfeslust. Sie wich ein paar Schritte zurück, doch fast im gleichen Moment stürzte sich der Mann mit dem Knüppel auf sie und streckte sie mit einem Schlag auf die Schulter nieder. Am Boden liegend, sah sie gerade noch, wie sich Amhals Umhang mit Schwung vor ihren Augen aufbauschte, und dann hörte sie nur noch, wie seine Klinge klirrend gegen die Waffen der beiden Männer prallte.

Im Nu hatte er sie entwaffnet, aber das reichte ihm noch nicht. Wild grunzend warf er sich auf einen der beiden.

»Nein, Amhal, nein!«, rief Adhara.

Es nützte genauso wenig wie der Entsetzensschrei seines Gegners. »Ich ergebe mich!«

Amhal stieß ihm die Klinge in die Brust, zog sie sofort wieder heraus und wandte sich schon dem anderen zu. In seinem Blick eine unbändige Wut – und ein finsteres Entzücken.

»Amhal!«

Adharas verzweifelter Schrei brachte ihn endlich zu sich. Er ließ die Klinge sinken und schloss einen Moment lang die Augen. Sein Gegner versuchte, das auszunutzen, warf sich auf ihnen und holte mit dem Knüppel aus.

Doch als wenn es nichts wäre, packte Amhal seinen Arm und drehte ihn um. »Verschwinde!«, zischte er.

Der andere starrte ihn aus Glutaugen an.

»Verschwinde und lebe!«, wiederholte Amhal noch einmal mit verkniffener Miene, während er so fest den Arm des Mannes umdrehte, dass dem der Knüppel entglitt.

Sich das Handgelenk reibend, starrte der Mann Amhal aus hasserfüllten Augen an. »Du bist schon so gut wie tot«, knurrte er, bevor er davonschlich und hinter einer Ecke verschwand.

6

Der Prinz und die Königin

In Makrat strahlte die Sonne. Es war ein herrlicher Frühsommertag mit klarer Luft und einem reinen Licht, das alle Umrisse schärfte.

Wie jeden Morgen war Dubhe im Garten. Den Dolch fest in der Hand, nur mit Hose und einem weiten Wams bekleidet, besann sie sich auf ihre Übungen, an einem geschützten Platz zwischen den Bäumen des großen Parks, der den Königspalast umgab.

Nur eine kurze Zeit hatte es gegeben, da es ihr lächerlich vorgekommen war, täglich weiter an ihren körperlichen Fertigkeiten zu arbeiten. Damals hatte sie angefangen, sich alt zu fühlen. Sie war selbst erstaunt gewesen, wie unvermutet sie diese Erkenntnis überkam. Eines Morgens hatte sie sich im Spiegel betrachtet und plötzlich Falten ausgemacht, müde Gesichtszüge, graue Strähnen im Haar. Fünfundfünfzig war sie damals gewesen – und seit siebenunddreißig Jahren Königin.

Vielleicht ist es an der Zeit, damit aufzuhören, so zu trainieren, als sei ich immer noch eine Diebin in Makrat.

Einige Tage lang war sie nicht mehr in den Park gegangen.

Learco, ihr Gemahl, hatte sie geneckt: »Was ist los mit dir? Du willst doch nicht etwa deinen Dolch an den Nagel hängen?«

»Ach, ich bin einfach nur müde«, hatte sie geantwortet,

und das entsprach der Wahrheit. Letztendlich war das Alter ja nichts weiter als eine unaufhaltsame Ermüdung, die nach und nach zur endgültigen Ruhe führt.

Doch dann hatte sich ihr Körper gegen diesen Entschluss aufgelehnt. Denn ihre Glieder, ihre immer noch flinken Beine und auch die Armmuskeln unter der, im Vergleich zu früheren Jahren, nur ein klein wenig schlafferen Haut verlangten nach Bewegung. Ganz zu schweigen von ihrem Geist, der diese eine Stunde am Morgen, wenn er einmal ganz hinter diesem wie eine gut geölte Maschine agierenden Körper zurücktreten konnte, so dringend zur Erholung benötigte. Und darum hatte sie wieder angefangen, sich aber einen neuen Platz gesucht, der verborgener lag, abgeschiedener. Nur wenige aus ihrem Gefolge wussten, wo sie sich aufhielt, für den Notfall, falls sie gebraucht wurde.

Dubhe täuschte einen letzten Überraschungsangriff vor und schloss die Bewegung mit einem Dolchwurf ab. Es war immer noch ihre alte Waffe, jener Dolch, den sie seit sechzig Jahren besaß, ein Geschenk von Sarnek, ihrem Meister, der ihr das Leben gerettet und sie dann in der Kunst des Mordens ausgebildet hatte. Hin und wieder dachte sie noch an ihn, doch ohne die Verzweiflung jener Jahre, als sie ihn noch geliebt und sich schuldig gefühlt hatte an seinem Tod. Jener Schmerz war längst einer süßen Wehmut gewichen, denn die Zeit überzog jedwede Erinnerung mit einer besonderen Patina, mit einem Hauch von Schönheit.

Zielgenau bohrte sich die Dolchspitze in den Stamm des Baumes einige Ellen von ihr, und sirrend vibrierte die Klinge nur um Haaresbreite von einem Mann entfernt, der keuchend wie versteinert dastand.

Mit einem Satz war Dubhe bei ihm. »Warum schleichst du dich so an? Ich hätte dich töten können«, sagte sie kühl, während sie sich daranmachte, den Dolch aus dem Holz zu ziehen.

Der Mann beugte das Knie und senkte das Haupt. »Meine Königin, Ihr verfehlt niemals Euer Ziel«, antwortete er mit zitternder Stimme.

»Erhebe dich«, fordert Dubhe ihn auf, und er gehorchte.

»Es sieht nicht gut aus«, begann er.

Dubhes Miene verfinsterte sich. »Lass uns gehen.«

Das Hauptquartier, das Dubhe selbst hatte einrichten lassen, befand sich in einem der Kellergeschosse des Palastes. Als eine Art Spiel hatte es begonnen. Während der ersten Jahre als Königin hatte sie sich in ihrer neuen Rolle häufig fehl am Platz gefühlt. Das Leben am Hof, geprägt von Klatsch und zähen Stunden, von einer starren Etikette und protokollarischen Pflichten – all das erdrückte und verwirrte sie. Es fehlte ihr, selbst tätig zu sein, und so war sie nach und nach immer träger geworden.

Bis Learco sie dann auf eine Idee brachte. »Warum beschäftigst du dich nicht wieder mit den Dingen, die dein Leben früher ausgemacht haben? Königin kann man auf verschiedene Weise sein. Du solltest die Rolle so gestalten, wie es dir entspricht, anstatt dich zu etwas zu zwingen, was du gar nicht bist.«

Und so hatte Dubhe beschlossen, eine Art Geheimdienst aufzubauen. So etwas gab es im Land der Sonne noch nicht. Galt es, etwas auszukundschaften, übertrug man diese Aufgabe gewöhnlich bezahlten Spitzeln, die mehr am Geld als an der eigentlichen Mission interessiert und daher wenig zuverlässig waren. Zudem hatte Dohor früher für solche Aufträge die verbündete Gilde der Assassinen herangezogen, nach deren Zerschlagung das Land nun ohne eigentliches Kundschafternetz war.

»Natürlich, wir leben im Frieden, doch der Frieden muss auch erhalten werden. Und gerade in diesen Zeiten ist die Gefahr groß, dass Verschwörungen angezettelt werden«, hatte sie Learco erklärt, um ihm ihren Plan schmackhaft zu machen.

Aber dazu hatte sie sich nicht besonders ins Zeug legen müssen. »Wenn du glaubst, dass es sinnvoll ist, habe ich nichts dagegen.«

Und so hatte sich Dubhe mit Leib und Seele dieser Aufgabe verschrieben. Fast alles lief im Verborgenen ab: die Auswahl der Agenten, der Aufbau des Netzes und auch die Einrichtung des Hauptquartiers, das sie selbst in allen Einzelheiten plante. Es war eine ereignisreiche Zeit, in der sie mehr und mehr aufblühte: Nun bewegte sie sich wieder auf bekanntem Terrain und war gleichzeitig in der Lage, all das sinnvoll einzusetzen, was sie in den Jahren, als sie sich selbst und ihren Platz in der Welt suchend umhergestreift war, gelernt hatte. Ihre speziellen Fähigkeiten, vor denen es ihr lange Zeit selbst gegraust hatte, ließen sich nun zu etwas Noblem nutzen, wie der Bewahrung der Friedens und der Sicherung einer glücklichen Zukunft für ihr Land.

In den ersten Jahren hatte der neue Geheimdienst noch wenig leisten können, und so hatte König Learco darin auch mehr einen etwas exzentrischen Zeitvertreib seiner Gemahlin gesehen. Dann aber hatte ihm Dubhe, als sich im Land des Wassers ein Bürgerkrieg anbahnte, reihenweise wichtige Informationen liefern können, und damit war alles anders geworden.

»Du warst mir wirklich eine große Hilfe«, versicherte er ihr, als die Gefahr überstanden war.

»Ich hätte selbst nicht gedacht, dass meine Idee so gute Früchte tragen würde«, gestand sie ihm.

Seit dieser Zeit war die Organisation beständig gewachsen. Neue Stützpunkte in anderen Gegenden der Aufgetauchten Welt wurden gegründet, und so hatte sich der Geheimdienst zu einem unverzichtbaren Werkzeug in den Händen des Königs und des Gemeinsamen Rates entwickelt.

Zuweilen nahm Dubhe auch selbst an einer Mission teil. Dann verwandelte sich die Königin wieder in die zuverlässige Kampfmaschine, die sie einmal gewesen war, nun jedoch nicht mehr für verwerfliche, sondern für edle Ziele.

Niemand bei Hof wusste von ihrem Doppelleben. Und auch von ihren Geheimagenten – die sich nur höchst selten im Palast blicken ließen und sich ungreifbar wie Gespenster verhielten – wusste kaum jemand in der gesamten Aufgetauchten Welt. Nur Learco und sein Sohn Neor waren eingeweiht.

Nun betrat Dubhe ihre Kommandozentrale, nichts Besonders, nur ein etwas größerer Saal mit einer niedrigen Gewölbedecke und in der Mitte einem großen Mahagonitisch mit zahlreichen Stühlen rundherum. Auf einem von diesen nahm sie Platz, und Josar, einer ihrer Agenten, tat es ihr nach.

»Was gibt es also?«, fragte sie kurz angebunden.

»Ich komme soeben aus dem Land des Wassers«, begann Josar seinen Bericht. »Dort tun sich Dinge, die uns nicht gefallen können.« Er hielt einen Moment inne und fuhr dann fort. »Khan und ich waren wie so häufig im Norden des Landes unterwegs. Eurem Befehl gemäß beobachteten wir, ob es dort in den Dörfern vielleicht Anzeichen für neue Spannungen zwischen den beiden Rassen geben könnte.«

Dubhe nickte nur.

»Nun ...« Josar schluckte. Offenbar fiel es ihm schwer, das Gesehene in Worte zu fassen. »Wir kamen also in ein Dorf ... es war ... seltsam ...«

»Gab es wieder Streit zwischen Nymphen und Menschen?«, fragte Dubhe ungeduldig. Sie verstand nicht, was so Schlimmes passiert war. Die Erregung ins Josars Miene ließ nichts Gutes ahnen, aber er schaffte es nicht, die Sache auf den Punkt zu bringen.

»Nein, meine Königin ... Oder vielleicht doch, keine Ahnung. Jedenfalls waren sie alle tot.«

Dubhe erschauderte.

»Es war ein Dorf mit nur ein paar Dutzend Bewohnern,

Menschen. Ein unbedeutender Ort, der vor allem vom Fischfang lebte. Wir hatten uns dorthin aufgemacht, weil man uns gesagt hatte, seit einigen Wochen schon habe niemand mehr irgendetwas von dort gehört. Und als wir dort eintrafen ... nun ... ich habe jedenfalls sofort bemerkt, dass etwas nicht stimmte.«

»Wie sind sie gestorben?«

»An einer Krankheit, Herrin.«

Die Schauer steigerten sich zu einem eisigen Griff, der ihre Schläfen zusammenpresste. »Vielleicht das Rote Fieber. Du weißt selbst, hin und wieder flammt es noch einmal auf.«

»Aber es rafft nicht ein ganzes Dorf dahin.«

»Erzähl mir alles, was du weißt«, forderte sie ihn mit betont gleichmütiger Stimme auf. Im Lauf der Jahre hatte sie gelernt, sich einige Dinge zunutze zu machen, die ihr Meister sie einst gelehrt hatte, als sie ihm noch nacheifern und eine Auftragsmörderin werden wollte: kühlen Kopf bewahren, nichts an sich heranlassen, mit messerscharfem Verstand entscheiden und handeln, ohne sich von Gefühlen ablenken zu lassen.

»Khan war allein in den Ort gegangen, ich hatte draußen auf ihn gewartet. Als er wiederkam, machte er einen sehr verstörten Eindruck und erzählte mir, dass in allen Häusern Leichen lägen. Und es stinke widerlich nach Verwesung, ein Zeichen, dass die Leute schon länger tot seien. Männer, Frauen, Kinder. In Betten, einige auch auf dem Erdboden. Alle aber seien sie mit schwarzen Flecken übersät gewesen.«

Dubhe lehnte sich auf ihrem Stuhl zurück. Das Rote Fieber zeigte sich nicht mit schwarzen Flecken auf dem Körper. »Und Blutergüsse? Vielleicht sind sie ja geschlagen worden.«

Josar schüttelte den Kopf. »Nein, meine Königin. Das waren wirklich schwarze Flecken, pechschwarz, gar nichts Bläuliches. Und dann das Blut. Blut war ihnen aus der Nase geströmt, aus dem Mund, den Ohren ... Sogar die Fingernägel waren blutunterlaufen.«

»Und das waren wirklich alles menschliche Leichen. Keine einzige Nymphe darunter?«

»Nein, Herrin. Ausschließlich Menschen.«

Dubhe seufzte und blickte dann ihr Gegenüber aufmerksam an. »Was ist mit Khan?«

»Den habe ich isoliert.«

Sie entspannte sich. Ihre Leute waren wirklich gut ausgebildet.

»Allerdings musste ich ihn im Land des Wassers zurücklassen. Natürlich mit allem ausgestattet, was er zum Überleben benötigt. Aber dennoch habe ich mich bemüht, den Kontakt mit ihm auf ein Minimum zu beschränken.«

Wieder verharrte die Königin eine Weile in nachdenklichem Schweigen.

»Du hast Recht. Was du da berichtest, scheint mir eine ernste Angelegenheit zu sein«, erklärte sie dann und erhob sich. »Hier könnte tatsächlich eine unbekannte Seuche ausgebrochen sein. Jedenfalls müssen wir der Sache auf den Grund gehen. Und dazu ist es notwendig, Seine Majestät ins Vertrauen zu ziehen.«

Josar nickte. Er verstand. Er verstand sehr genau.

»Und du bleibst fürs Erste hier in Makrat und lässt dich von einem Heilpriester untersuchen. Zu Khan schicken wir Boten aus und sorgen dafür, dass auch er untersucht wird. Wir sprechen uns morgen wieder.«

Josar stand auf und legte zum Gruß die zur Faust geballte Hand aufs Herz, beugte das Knie und wandte sich zur Tür.

Die Königin blieb allein zurück. Sie hatte es sich zur Gewohnheit gemacht, alle Probleme logisch zu durchdenken, bemühte sich aber auch, ihren Instinkt zu seinem Recht kommen zu lassen. Und ihr Gefühl sagte ihr, dass sich da etwas Entsetzliches anbahnte.

Ganz sanft pochte Dubhe an die Tür. Sie wusste, dass sie keine Antwort erhalten würde, aber dies war zu einer Art Ritual zwischen ihnen beiden geworden: anzuklopfen, bevor sie eintrat, irgendwie auf sich aufmerksam zu machen. Einige Augenblicke wartete sie, dann öffnete sie die Tür. Wie gewöhnlich saß er, in Gedanken vertieft, am Tisch in der Mitte des Raumes. Das bernsteinfarbene Licht, das durch die großen Scheiben einfiel, umgab seine Gestalt mit einem hellen Schein.

Er war noch jung mit seinen dreißig Jahren, ein schmächtiger Mann, blass, mit langen, dünnen, im Nacken zu einem Pferdeschwanz gebundenen Haaren von solch einem hellen Blond, dass sie fast weiß aussahen. In seinen feinen Gesichtszügen stand ein Anflug von Leid. Der Stuhl, auf dem er saß, war mit Rädern ausgestattet, während seine starr wirkenden Beine unter einer schweren Decke ruhten. Auf dem Tisch lagen einige Blätter, die er aufmerksam studierte, während er sich mit der Feder, die für Notizen diente, sanft am Kinn kratzte.

Dubhe musste lächeln, während sie langsam, bemüht lautlos, näher trat. Sie mochte es, Menschen, die ihr nahestanden, dabei zu beobachten, wie sie ohne sie existierten, und bei ihrem Sohn war das Vergnügen daran sogar noch ausgeprägter: zu spüren, dass er ihr in manchen Dingen sehr ähnlich war, in anderen wiederum gar nicht, sich daran zu erinnern, wie er als Kind in ihren Armen gelegen hatte, oder ihn jetzt als Mann zu sehen, wie er sich um die Regierungsgeschäfte des Königreiches kümmerte. Diesen Sohn hatte sie sich sehnlichst gewünscht und lange auf ihn warten müssen. Jahrelang hatten sie, Learco und sie, sich vergeblich bemüht, dem Land einen Thronerben zu schenken. Vielleicht eine Nachwirkungen des Fluches, dem sie als junges Mädchen lange Zeit unterworfen war, so dachte sie, oder vielleicht war es ihnen auch einfach nicht bestimmt, Kinder zu haben. Neor kündigte sich an, als sie beide, fast schon auf der Schwelle zum Herbst ihrer Leben, bereits jede Hoffnung aufgegeben hatten.

Neor, das war der Name eines Onkels von Learco gewesen, den dieser sehr geliebt hatte und der Jahre zuvor auf tragische Weise – Learcos Vater Dohor hatte ihn hinrichten lassen – ums Leben gekommen war.

Dieses Kind bedeutete für Dubhe die Erfüllung ihres Lebens, so als sei sie nun endlich, nach gar zu langer Überfahrt, glücklich in den Heimathafen eingelaufen.

Jetzt nahm Dubhe Neor gegenüber Platz und sah ihm weiter zu, bis er endlich, ohne dass er von seinen Papieren aufgesehen hätte, lächelte. »Denk nur nicht, ich hätte dich nicht eintreten hören.«

Auch Dubhe schmunzelte. »Dabei sahst du so versunken aus ...«

Neor war der Thronerbe, aber jedermann wusste, dass er nicht König werden konnte. Mit seinen gelähmten Beinen, seiner insgesamt anfälligen Gesundheit wäre er ein schlechter Herrscher gewesen. Zumindest war er selbst dieser Ansicht. Eine Zeit lang hatte Dubhe sich bemüht, ihn vom Gegenteil zu überzeugen.

»Es sind nicht die Körperkräfte, die einen Mann zu einem guten König machen. Da kommt es auf andere Fähigkeiten an, und die besitzt du – alle!«, hatte sie gesagt.

»Doch im Krieg ist der König auch Heerführer. Wie könnte ich Soldaten in die Schlacht führen?«

»Das übernähmen deine Drachenritter ...«

Doch Neor hatte den Kopf geschüttelt. »Für einen König fehlt mir einfach der passende Körper. Und auch mein Kopf«, er tippte sich mit dem Zeigefinger gegen die Schläfe, »ist mehr der eines Strategen, eines Diplomaten, als der eines Herrschers.«

Und so kam es, dass, obwohl Learco die Siebzig überschritten hatte und Neor schon über dreißig Jahre zählte, der Thronerbe noch nicht König war. Dafür hatte er sich aber eine tragende Rolle in der Regierung des Reiches auf den Leib geschneidert, und jeder bei Hof wusste, dass im Grunde er der Kopf hinter allen politischen Entscheidungen im Land der Sonne war. Er war tatsächlich ein geschickter Diplomat, ein Mann von kühler, schneidender Intelligenz, der sich nach und nach vom einfachen Ratgeber des Königs zu einer Art grauer Eminenz im Königreich entwickelt hatte. Er und sein Vater waren so etwas wie zwei Erscheinungsformen eines einzigen Wesen: War Learco der Körper, so war Neor der Geist. Und aus diesem Grund hatte die Mutter nun auch, noch vor ihrem Gemahl, ihren Sohn aufgesucht.

Neor legte die Papiere, die er in den Händen hielt, auf den Tisch zurück und blickte sie an. »Was hast du auf dem Herzen?«

»Ich hatte gerade eine Unterredung mit einem meiner Männer. Was er mir zu erzählen hatte, klingt sehr beunruhigend«, begann sie mit ernster Miene.

Neor kannte sie sehr gut, diese Agenten seiner Mutter. Gelegentlich nahm er an ihren Besprechungen teil und nicht selten beriet er Dubhe auch beim Einsatz ihrer Getreuen.

»Erzähl doch weiter.«

Dubhe berichtete alles so genau wie möglich, darum bemüht, keine Einzelheit wegzulassen. Sie wusste, dass für ihren Sohn jedes Detail wichtig sein konnte.

Als sie geendet hatte, saß Neor eine Weile nur schweigend da. So wie immer, wenn er eine Sache durchdachte: sein Blick gedankenverloren, seine Miene zu einem Ausdruck verzogen, den jemand, der ihn nicht kannte, als dümmlich hätte bezeichnen können. Dabei war gerade das Gegenteil der Fall: Jetzt war sein scharfer Verstand besonders wach.

»Hast du dir schon eine Meinung gebildet?«, fragte er jetzt.

»Dafür reichen mir die Anhaltspunkte nicht. Wir haben ja nur einen Bericht aus zweiter Hand und wissen nicht mehr als das, was Khan angeblich gesehen hat. Noch steht nicht fest, dass diese Leute tatsächlich an einer Krankheit gestorben sind. Dennoch müssen wir auf alle Fälle bei den Ermittlungen sehr behutsam vorgehen. Wenn ich noch zwei Männer losschicke, um die Sache zu überprüfen, und die kommen krank zurück, könnte sich, wenn es sich tatsächlich um eine unbekannte Krankheit handelt, auch hier eine furchtbare Seuche ausbreiten, die uns alle ansteckt.«

Neor lachte: »Sei ehrlich, du bist doch nur zu mir gekommen, um dir die Schlüsse, die du schon gezogen hast, von mir bestätigen zu lassen. Oder sogar aus Eitelkeit, um mit deinem Verstand vor mir prahlen.«

Dubhe erwiderte das Lachen, wurde aber auch schnell wieder ernst. »Ich verlasse mich nicht nur auf meinen Kopf. Ich spüre auch, dass da etwas sehr Ernstes auf uns zukommt. Und überleg doch mal: keine einzige Nymphe unter all den Toten. Vielleicht ist das ein Zufall. Aber wenn nicht? Möglich, dass der alte Zwist zwischen den beiden Völkern wieder aufbricht. Ich habe angeordnet, Khan weiter in Quarantäne zu belassen, und Josar zu einem Heilpriester geschickt. Aber wie gehen wir jetzt weiter vor? Was denkst du, was sollten wir tun?«

»Du hast es selbst schon gesagt: Zunächst gilt es, genau zu klären, was wirklich geschehen ist«, antwortete Neor. »Und für den Fall, dass es sich leider doch um eine neue unbekannte Krankheit handelt, müssen wir kundige Heilpriester zurate ziehen. Ich denke da an jemanden, der sich hervorragend auf sein Fach versteht.« Er blickte seine Mutter vielsagend an.

»Willst du wirklich eine Person ihres Ranges für eine Angelegenheit bemühen, die vielleicht doch einen ganz banalen Hintergrund hat?«, warf Dubhe ein.

»Dein Gefühl spricht eine andere Sprache. Und ich verlasse mich auf deinen Instinkt. Außerdem muss sie sich ja nicht persönlich ins Land des Wassers bemühen. Es reicht doch, wenn sie ein Mitglied ihrer Ordensgemeinschaft dorthin aussendet. Die Brüder wissen, wie sie sich vor möglichen Gefahren schützen können. Jedenfalls besser als wir.«

»Und darüber hinaus?«

»Natürlich müssen wir den König ins Vertrauen ziehen. In einem Monat tritt wieder der Gemeinsame Rat zusammen. Da sollte er mit den Regenten des Landes des Wassers über Maßnahmen beraten, um die Ausbreitung einer möglichen Seuche zu verhindern. Und du solltest deine Leute weiter ermitteln lassen, mit besonderem Augenmerk auf das Verhältnis zwischen Nymphen und Menschen. Das ist im Moment die wichtigste Spur – und auch die gefährlichste.«

Neor lehnte sich auf seinem Stuhl zurück, und Dubhe legte ihm leicht die Hand auf ein Bein. Zu übertriebenen Zuneigungsbekundungen ihrem Sohn gegenüber ließ sie sich nie hinreißen. Das war nicht ihre Art, ihm ihre Liebe zu zeigen. Körperlicher Kontakt war aus ihrer Beziehung so gut wie ausgeklammert, denn beide bevorzugten andere Wege, ihren Gefühlen Ausdruck zu verleihen. Wieder einmal dachte sie, wie ähnlich ihr Neor doch war.

»Zufrieden?«

Sie zog ihre Hand zurück. »Ja«, antwortete sie, stand auf und fügte dann hinzu. »Was macht denn Amina?«

Kaum wahrnehmbar legte Neor die Stirn in Falten. »Es ist wie immer. Sie ist zappelig, widerspenstig und, so fürchte ich, unglücklich.« Mit zusammengelegten Händen fuhr er sich über das Gesicht. »War ich eigentlich auch so ein schwieriges Kind?«

»Jedes Kind ist anders, Neor. Deine Tochter … nun, wer weiß … vielleicht ist sie ja eher nach mir geschlagen«, seufzte Dubhe. »Aber sie ist noch so jung, sie wird ihren Weg schon finden.«

»Du kannst dir gar nicht vorstellen, wie gern ich sie dabei mehr unterstützen würde … Aber wie soll ich die Zeit dazu finden? Die Regierungsgeschäfte, all die Verpflichtungen … Und außerdem will sie sich auch gar nicht helfen lassen. Leider.«

»Aber sie weiß, dass du sie liebst. Und das ist schon sehr viel.«

Dubhe wandte sich zur Tür. Wie immer hatte sie das Gespräch mit ihrem Sohn ruhiger werden lassen. Nun fühlte sie sich bereit, den Stürmen zu trotzen, die vielleicht schon am Horizont heraufzogen.

7

Ambals Gesichter

Geschwind, doch ohne zu laufen, suchten sie das Weite, Amhal voran und eine verschreckte Adhara hintendrein. Durch dasselbe Tor wie bei ihrer Ankunft verließen sie das Dorf und blieben nicht eher stehen, bis sie die Lichtung erreicht hatten.

»Du wartest hier auf mich«, forderte Amhal sie auf. Adhara wollte etwas erwidern, doch er hatte sich schon abgewandt, noch bevor sie auch nur ein Wort sagen konnte.

So blieb sie allein mit Jamila auf der Lichtung und dachte darüber nach, wie Amhal auch jetzt wieder, wie in Salazar, gekämpft hatte, so wild und wie von Sinnen. Vielleicht hätte ihr das Angst machen müssen, vielleicht hätte sie vor ihm fliehen sollen, solange das noch möglich war. Doch sie konnte nicht anders: Sie vertraute ihm. Es gab etwas in seinem Inneren, das ihn verzehrte, eine entsetzliche Kraft, die aber zu seinem Wesen gehörte. Das spürte sie ganz deutlich und empfand grenzenloses Mitleid für ihn, ja den brennenden Wunsch, ihm irgendwie zu helfen.

Jetzt sah sie ihn, mit einigen Kräutern in der Hand, aus dem Dickicht wieder auftauchen. Als er bei ihr war, setzte er sich ins Gras und begann mit brüsken, hektischen Bewegungen, die Blätter von den Stielen abzureißen.

»Vielleicht sollten wir lieber machen, dass wir von hier fortkommen«, schlug Adhara vor, mehr um dieses bedrohliche Schweigen zu durchbrechen, das zwischen ihnen entstanden war.

»Setz dich!«

Sie blieb stehen und blickte zu ihm hinunter. »Es ist doch schon gut, du hast dich nur verteidigt ...«

»Halt den Mund und setz dich endlich«, schrie er sie wütend an, sein Blick erfüllt von einer rätselhaften Verzweiflung.

Adhara gehorchte.

»Hatten diese beiden Kerle, vor denen ich dich gerettet habe, auch solche Flecken?«

Sie nickte rasch. »Ich habe sie ja eine Weile beobachtet, bevor sie mich bemerkten. Einem schien es sehr schlecht zu gehen, und er hatte eine Schmiere im Gesicht, die seine Haut verdeckte, doch an einigen Stellen war diese Schicht zerflossen, und ich konnte die Flecken darunter erkennen. Sie unterhielten sich auch in einer komischen Sprache, aber ein wenig konnte ich verstehen.«

Amhal schaute sie streng an. »Warum hast du mir das verschwiegen?«

»Ich wusste ja nicht, ob das wichtig ist. Was weiß ich schon von dieser Welt. Es hätte ja auch gar normal sein können, dass jemand Flecken auf seiner Haut übertüncht, bevor er unter die Leute geht.«

Amhal schaute sie noch einen Augenblick mit unterdrücktem Zorn an und wandte sich dann wieder seiner Arbeit zu. »Ich bin nicht sauer auf dich«, sagte er dann leise. »Auf dich nicht.«

Adhara beobachtete, wie er, die Handflächen auf die Oberschenkel gelegt, kurz die Augen schloss und sich sammelte. Dann begann er etwas zu murmeln. Kurz darauf verfärbten sich seine Hände, schienen sich zu erwärmen und warfen ein schwaches Licht über die Wiese. Er legte die Hände auf die abgerupften Blätter und übertrug ihnen etwas von diesem Licht.

Magie, raunte ihr eine Stimme aus der Ferne zu. *Das kennst du*. Doch sie hätte nicht sagen können, um welchen Zauber es sich da handelte. Sie wusste nur, dass dieses Licht sie ruhig und friedlich stimmte, genau das, wonach sie sich im Augenblick sehnte.

Schließlich hielt Amhal inne. Die Hände kühlten ab, doch die Blätter strahlten noch eine Weile nach. Jetzt nahm er ein paar in die Hand und reichte sie ihr. »Iss!«

Zögernd gehorchte sie, kostete in kleinen Bissen davon, während er sich selbst eine ganze Handvoll in den Mund stopfte. Es war ein angenehmer Geschmack, der frisch und wohltuend die Kehle hinunterlief.

»Sollten wir uns angesteckt haben, wird das nicht reichen. Aber zumindest lässt sich damit der Zeitpunkt des Ausbruchs hinauszögern. Der eine hat doch gesagt, in zwei Tagen wären wir krank. Vielleicht gestehen uns diese Blätter einige mehr zu.«

Adhara erschauderte. »Glaubst du wirklich, dass wir uns angesteckt haben?«

Er wich ihrem Blick aus. »Keine Ahnung. Aber wir waren ganz nah bei den Toten und wissen nicht, wie sich die Krankheit überträgt. Allerdings haben wir auch die beiden Männer in Salazar berührt, und wenn die, wie du sagst, auch Flecken auf der Haut hatten, müssten wir eigentlich schon längst erkrankt sein. Immerhin ist das fast vier Tage her.«

Adhara legte eine Hand auf die Brust. Ihr war, als schmerze sie plötzlich und das Atmen falle ihr schwer. Ja, sie hatte Angst, entsetzliche Angst. »Was werden wir jetzt tun?«

»Wir warten ab«, seufzte Amhal. Er streckte eine Hand aus. »Reich mir deinen Dolch.«

Sie tat es, ohne Fragen zu stellen.

»Und deine Hand.«

Adhara zögerte. Wieder dachte sie an seinen irren Blick vorhin, an die Tatsache, dass er sich nicht in der Gewalt zu haben schien. Dann tat sie, was er verlangte. Sanft ergriff

Amhal ihre zitternde Hand und schloss dann seine Finger um ihren Zeigefinger.

»Das tut jetzt ein bisschen weh«, sagte er und stach im selben Moment mit der Dolchspitze hinein. Adhara entfuhr ein kurzes Stöhnen, während er die Wundränder zusammenpresste, bis ein kugelrunder, glänzender Blutstropfen hervortrat. Er saugte ihn fort, und ein eigentümlich warmes Gefühl überkam Adhara, als seine Lippen den Finger berührten. Verstört zog sie die Hand zurück.

Amhal richtete sich ein wenig auf und schloss die Augen, so als lasse er sich den Geschmack ihres Blutes auf der Zunge zergehen. »Du besitzt Nymphenblut«, erklärte er dann, wobei er sie eindringlich ansah. »Nicht sehr viel, aber doch spürbar.«

Sie schaute ihn verständnislos an.

»Dieser Mann im Dorf hat gesagt, dass Nymphen immun seien. Vielleicht bist du nur deswegen noch gesund.«

Eine Welle der Erleichterung überkam sie, doch nicht lange, und eine bohrende Sorge trübte diesen flüchtigen Trost. »Und was ist mit dir?«

Amhal lächelte bitter. Schon entblößte er seinen Oberarm, setzte die Dolchklinge an und schnitt sich mit einer einzigen Bewegung tief ins Fleisch.

Adhara packte seine Hand. »Hör doch auf!«, rief sie und schloss entsetzt die Augen.

Er nahm ihr Gesicht in die Hände. »Schau nur!«

Da öffnete sie die Augen und sah, wie eine zähe Flüssigkeit aus der Wunde hervorquoll, nur leicht gerötet und durchscheinend wie Wasser. Sie tippte mit dem Finger hinein. Frisch und kühl fühlte sie sich an.

»Nymphen sind aus Wasser, wunderschöne, ätherische Geschöpfe, und in ihren Adern fließt kein Blut, sondern Quellwasser. Meine Mutter hatte das gleiche Blut wie ich, frisch und transparent. Sie war eine Halbnymphe.«

Er war wieder ein Junge, lebte noch im Dorf, und der erste entsetzliche Wutausbruch lag noch nicht lange zurück. Das Bild war nicht verschwommen wie eine Erinnerung, sondern real, greifbar.

Es hatte nur ein Spiel sein sollen, um seinen Spielkameraden zu zeigen, über welche Kräfte er verfügte, wozu seine Hände fähig waren, welch erstaunliche Dinge ihm mit der Magie gelangen: kunterbunte Blitze hervorzaubern, Gegenstände schweben lassen, Tiere zu Kunststücken zwingen. Er wusste selbst nicht so genau, wie es geschehen war. Gerade noch stand er munter da, umringt von seinen staunenden Kameraden, die begeistert bei jedem Zauber in die Hände klatschten. Dann ein Blitz, der alles veränderte, und plötzlich war seine Hand nicht mehr in die Höhe, sondern auf einen Jungen gleich neben ihm gerichtet, der leblos, ohne einen Laut von sich zu geben, zu Boden sank.

Amhal hatte diesen Tag nie vergessen. Damals schwor er sich, auf immer seinen magischen Fähigkeiten zu entsagen. Er erinnerte sich noch an die entsetzten Gesichter der anderen Jungen, an die Schläge seiner Mutter und das Geschimpfe des Erwachsenen, der herbeigeeilt war und sich um den Spielkameraden gekümmert hatte.

»Tu das nie wieder oder du wirst im Kerker landen.«

Und jetzt stand er wieder dort, umringt von entsetzten, verstummten Kindern. Der Junge, den sein Blitz getroffen hatte, lag am Boden, die geöffneten Augen verdreht, das Gesicht leichenblass. Erst nach einer Weile bemerkte er die ganz in Schwarz gekleidete Gestalt etwas außerhalb des Kreises, verschwommen, gesichtslos, mit einem wunderschönen Schwert an der Seite.

Der Mann trat auf ihn zu und legte ihm eine Hand auf die Schulter. »Es ist nicht schlimm, was du gerade getan hast. Das ist deine Natur.«

Obwohl er das Gesicht des Mannes nicht sehen konnte, *spürte* er, dass er lächelte, und dieses Lächeln beruhigte und tröstete ihn. Die Schuldgefühle, die Angst, all das verschwand, und mit einem Mal fühlte er sich im Frieden mit sich selbst.

»Wenn wir uns wiedersehen, wirst du alles verstehen«, setzte der Mann in Schwarz noch hinzu. Dann verschwand er in einem dichten, düsteren Nebel, der alles umhüllte, während seine Stimme noch länger zu hören war.

»Wenn wir uns wiedersehen, wird dir alles klarwerden.«

Amhal fuhr hoch. Wo war er? Langsam gewöhnten sich seine Augen an die Dunkelheit, und er nahm die Lichtung wahr, auf der Jamila zusammengerollt lag, und Adhara, die neben ihm schlief. Da fiel ihm alles wieder ein. Die Leichen, die Flucht aus dem Dorf, wie er getötet hatte ... Und der Traum. Er nahm die Hände vors Gesicht.

Nicht zum ersten Mal hatte er diesen Traum. Im Gegenteil. Es geschah häufig, dass er diesen Vorfall aus seiner Kindheit noch einmal erlebte. Aber wie hätte er auch vergessen sollen, dass er mit seinen magischen Fähigkeiten beinahe einen Spielkameraden umgebracht hatte.

Unbeabsichtigt. Es war ein Unfall, fügte eine innere Stimme rasch hinzu.

Schon. Dennoch hatte er auch damals, so wie stets in solchen Situationen, einen Anflug von Befriedigung verspürt sowie den Drang, sich selbst dafür zu bestrafen. Er hatte seine Hände in siedendes Wasser getaucht, und zum Glück war seine Mutter eingeschritten, bevor er sich noch größeren Schaden zufügen konnte. Aber dennoch hatte er tagelang Fieber gehabt.

Neu war allerdings dieser Mann in Schwarz, der seit einiger Zeit in vielen seiner Träume auftauchte. Auch wenn er nie sein Gesicht erkennen konnte, spürte er stets diese besondere Aura, die ihn friedlich stimmte. Seine Gestalt hatte etwas Erbauliches, etwas, das bewirkte, dass er sich eins mit sich fühlte. Wirklich klar vor Augen hatte er nur seine Gewänder, die schwarz waren, und sein Schwert von derselben Farbe.

Wenn es tatsächlich jemanden gäbe, der mir diese Last von den Schultern nehmen könnte ...

Er blickte auf die schlafende Adhara, und sein Gesicht verzog sich zu einem Lächeln. Nein, dieses Mädchen sicher nicht. Die brauchte selbst Hilfe. Aber vielleicht war es gerade diese Schutzlosigkeit, diese Zerbrechlichkeit, die dafür sorgte, dass ihn immer, wenn er sie ansah, eine eigenartige Ruhe überkam, so als betrachtete er ein schlafendes Kind.

Wieder nahm er die Hände vors Gesicht.

Was bist du nur für ein Ritter? Sieh doch, wohin du sie geführt hast und was sie miterleben muss!

Er dachte wieder an die Toten, an das entstellte Gesicht der kranken Frau. Und an den Mann, den er getötet hatte. Und erneut packte ihn die Verzweiflung, breitete sich von seinen Eingeweiden bis zum Kopf aus und ließ seine Schläfen schmerzhaft pochen. Er legte sich auf den Rücken, schaute in den Himmel und dachte dabei an die Worte, die er schon häufiger von seinem Meister gehört hatte: »Du kämpfst, Amhal, und nur darauf kommt es an. Vielleicht wirst du dein ganzes Leben lang kämpfen müssen, aber du gibst nicht auf. Denn du bist ein anständiger Kerl und wirst ein großer Ritter werden.«

Er legte eine Hand vor die Augen und mühte sich, die Tränen zurückzuhalten.

Ach, Meister!

Kurz nach Tagesanbruch erwachte Adhara. Die Sonnenstrahlen drangen durch das Geäst der Bäume ringsum und warfen ein zackiges Schattenmuster auf das Gras, in dem sie lag. Wieder ein Wald, wie nach dem ersten Aufwachen und wie am Abend zuvor, aber diesmal überkam sie keinerlei Wohlgefühl, nur eine eisige Beklemmung.

Einen Arm vor die Stirn legend, versuchte sie, die Augen

gegen das Licht abzuschirmen. Sie war noch erfüllt von einer feinen Unruhe. Vielleicht hatte sie etwas geträumt. Was hatte sie im Schlaf gesehen? Sie versuchte, sich zu erinnern.

Ein finsterer Ort. Ziegelsteine. Eine langgezogene, leise Litanei, den Klagelauten der sterbenden Frau nicht unähnlich, doch eintöniger, als würde man in Trance versetzt.

Sie versuchte, sich genauer zu erinnern, doch nur schemenhaft verworrene Bilder tauchten vor ihrem geistigen Auge auf, und ein Unbehagen, bei dem sie nicht wusste, ob es von dem Erlebnis im Dorf oder dem Traum herrührte.

Als sie sich suchend nach Amhal umschaute, erblickte sie nur Jamilas Kopf im Gras. Schwer hob und senkte sich ihr mächtiger Leib. Der Drache schlief noch.

Adhara stand auf und sah, dass Amhals Sachen in einer Ecke lagen. Er hatte sie also nicht allein zurückgelassen, sondern steckte dort irgendwo.

Sie schaute sich um und wusste unwillkürlich, ohne lange zu überlegen, wie sie ihn finden konnte: Spuren suchen. Fußabdrücke, abgerissene Blätter, geknickte Zweige …

Auf einer winzigen Lichtung entdeckte sie ihn. Ohne Umhang und auch ohne den Brustharnisch, den er die ganze Zeit über getragen hatte. Nur sein Wams bedeckte seine schweißgebadeten Schultern. Er trainierte mit dem Schwert. Ein mächtiger Hieb senkrecht hinab, dann schräg, noch einmal in die andere Richtung, und schließlich ein flacher Schwung, parallel zum Erdboden, von rechts nach links. Und wieder von vorn, unermüdlich, in einem endlosen Kreislauf. Adhara sah zu, wie sich seine schweißnassen Armmuskeln bis zum Zerreißen anspannten. Die Wunde, die er sich am Vorabend zugefügt hatte, schien wieder aufgegangen zu sein, denn der Verband darüber war durchtränkt von seinem durchscheinenden, nur wenig gefärbten Mischlingsblut. Auch seine Hände bluteten, waren mit der dicken, hellen Flüssigkeit überzogen.

Amhal zählte. Bei jedem Hieb rief er wütend eine Zahl.

Und ein tiefes Mitleid überkam Adhara. Sie trat einen Schritt vor. Da fuhr er herum, senkte sein Schwert und errötete heftig.

»Was machst du denn hier?«, rief er, vielleicht unfreundlicher, als es hätte klingen sollen.

Sie kam noch näher. »Es reicht«, sagte sie nur.

Verlegen wandte Amhal den Blick ab. Einen kurzen Moment stand er reglos da, dann hob er noch einmal sein Schwert, steckte es aber nur zurück in die Scheide, die er auf dem Rücken trug. Ohne ein Wort trat er zu ihr.

Sie setzten sich zum Essen nieder. Brot und Trockenfleisch, von dem sich Amhal nur einen kleinen Bissen nahm. Adhara bot ihm von ihrer Portion an.

»Keine Sorge, es ist noch genügend da. Ich habe nur keinen Hunger«, lehnte er ab.

Das Mädchen warf einen Blick auf die Wunden, die er sich bei seinen Übungen zugezogen hatte. Amhal schien es zu bemerken, denn er versuchte, seine Hände zu verstecken.

Da stand sie auf und zog den Saum ihres Hemdes aus der Hose hervor und riss einige Stoffstreifen ab.

»Was tust du …?«

Sie ließ nicht mit sich reden und ergriff seine Hände, reinigte sie mit ein wenig Wasser und machte sich daran, sie zu verbinden. »Wieso nur?«, murmelte sie.

Es folgte ein Schweigen, das beiden endlos lange vorkam.

»Es ist doch nur recht«, sagte er dann. »Wer gefehlt hat, muss dafür büßen.«

Den Blick auf seine Hände gerichtet, wickelte Adhara weiter Stoffstreifen um seine Wunden.

»Nur dass …«

Sie hob die Augen.

»Nur dass die Buße nie ausreicht.« Amhal wandte den Blick ab. »Es ist, als würde …« Er rang mit sich, suchte mühsam nach den passenden Worten. »Als würde etwas in mir stecken, was ganz verkehrt ist, was mich immer wieder in eine falsche Richtung treibt, genau in die Gegenrichtung zu der, in die ich eigentlich will.«

Adhara zog die letzten Knoten fest, lehnte sich dann ein wenig zurück und setzte sich auf die Fersen. »Ich weiß nicht, was an dir verkehrt sein soll. Du hast mir das Leben gerettet, du hilfst mir, du bist mein einziger Halt. Wie könnte etwas verkehrt sein an jemandem, der sich so einer Fremden gegenüber verhält?«

Sie bedachte ihn mit dem strahlendsten und offensten Lächeln, zu dem sie fähig war, und Amhal erwiderte es matt. Der Schatten war immer über ihm.

»Ich habe irgendetwas geträumt«, wechselte Adhara das Thema und versuchte, ihm die wenigen Eindrücke zu schildern, die ihr nach dem Aufwachen im Kopf herumgegangen waren. »Vielleicht sind das Erinnerungen. Was meinst du?«

Amhal zuckte mit den Achseln. »Möglich. Könnten Anzeichen sein, dass dein Gedächtnis zurückkehrt.«

»Du hast doch gesagt, dass ich Nymphenblut besitze … Glaubst du, dass ich vielleicht aus diesem Land hier stamme?«

»Eigentlich hast du nur sehr wenig von einer Nymphe. Wahrscheinlich das Erbe eines sehr entfernten Verwandten. Offen gesagt, verstehe ich selbst nicht, was dahinterstecken könnte.«

Adhara schaute zu Boden. »Es ist alles so unglaublich verwickelt, egal welcher Spur zu meiner Herkunft man auch folgen will …«

Amhal stand auf. »Du musst Geduld haben. Im Lauf des Tages werden wir in Laodamea eintreffen.«

Adhara sah zu, wie er seine Sachen zusammenpackte, und half ihm dann, die Rüstung anzulegen.

Jamila hinter ihnen schnaubte. Sie schien es eilig zu haben, sich wieder in die Lüfte zu erheben.

Am Nachmittag erreichten sie Laodamea. Die Sonne war längst im Sinken begriffen, und ihre Strahlen glitzerten bernsteinfarben im Gold der unzähligen Flüsse und Kanäle, die die Stadt durchzogen.

Adhara konnte sich nicht sattsehen: Die ganze Stadt schien ins Wasser gebaut. Die Häuser wirkten massiv und waren aus roten Ziegeln gemauert, wodurch sich die Hauptstadt des Landes des Wassers harmonisch ins Grün der sie umgebenden Wälder einfügte. Das beeindruckendste Bauwerk aber war ein riesengroßer Palast, der sich über einem Wasserfall erhob. Das Wasser stürzte unter der Befestigungsmauer in die Tiefe, überspülte aber auch noch einige Strebepfeiler. Er war unmittelbar in den grauen Fels geschlagen, an dem der Wasserfall hinabschoss. Seine Lage war wirklich fantastisch: Über die Hälfte des Palastes erstreckte sich nämlich seitlich längs des oberen Randes der Felsrippe, an dem das Wasser hinabstürzte, und war zudem von einem geradezu blendenden, marmornen Weiß.

»Seit das Land des Wassers wieder vereint ist, gibt es auch eine gemeinsame Regierung. Zwar wählen jeweils die Nymphen und die Menschen ihre eigenen Regenten, aber die herrschen dann zusammen«, erklärte Amhal. »Kein Beschluss kann gegen den Willen der anderen Regenten gefasst werden. Zwar ist die Politik dieses Landes dadurch recht träge, aber in Friedenszeiten, wie wir sie heute erleben, ist das kein Problem. Übrigens wurde der Palast früher nur von Nymphen genutzt. Später wurde dann ein ganz neuer Flügel angebaut. Der alte Teil wird heute von der Nymphenkönigin und ihrer Familie bewohnt, während der weiße, neue Teil Sitz des Königs, eines Menschen, ist.«

Aufmerksam ließ Adhara den Blick über die Stadt und die Landschaft unter ihr schweifen und versuchte zu erkennen, ob ihr etwas vertraut vorkam. Dabei hoffte sie von ganzem Herzen, diesem Land zu entstammen, aber nichts von dem, was sie sah, weckte auch nur den Hauch einer Erinnerung in ihr.

Beim neuen Flügel des Palastes ließ Amhal den Drachen landen.

»Der Orden der Drachenritter verfügt über einen Stützpunkt im Palastgebäude, mit Stallungen für Drachen. Sonst könnten wir Jamila nirgendwo in der Stadt unterbringen. Heute Abend sind wir hier zu Gast, bevor wir dann morgen nach Neu-Enawar weiterfliegen. Als Erstes muss ich aber zu einem Vorgesetzten, Bericht erstatten. Danach sollten wir uns von einem Heilpriester untersuchen lassen, um kein Risiko einzugehen«, erklärte Amhal.

Auf einer marmornen Freifläche gleich über dem Wasserfall landeten sie und wurden von einem Jüngling in einem blassblauen Wams und einer Stoffhose empfangen. Sie stiegen ab, während der Jüngling Jamilas Zügel ergriff.

»Behandele sie gut«, schärfte ihm Amhal ein.

Er wirkte jetzt soldatischer, als Adhara es von ihm kannte. Nicht nur wegen der Rüstung und seines Schwertes, das er nicht mehr auf dem Rücken, sondern an der Seite trug, schräg, damit es nicht am Boden schleifte. Es war mehr noch sein Auftreten.

Sie betraten einen Raum mit schneeweißen Wänden, in dem es von Soldaten wimmelte. Die Brust vorgereckt und mit betont würdevoller Miene, trat Amhal näher. Adhara fiel eine gewisse Anspannung auf, die sie in Salazar nicht bei ihm bemerkt hatte. Sie wusste nicht, ob es sich bei allen Menschen so verhielt und ob sie selbst auch auf andere so wirkte, aber es kam ihr so vor, als zeige Amhal immer wieder ein anderes Gesicht. Man hätte glauben können, seine Seele bestehe aus mehreren Schichten, und er suche ständig nach der passenden Maske, mit der er sich der Welt präsentieren konnte.

»Amhal, Schüler von Drachenritter Mira«, stellte er sich vor. »Ich muss dringend mit dem General sprechen.«

Der wachhabende Soldat musterte ihn einen Augenblick und wandte sich dann wieder seinem Papierkram zu. »Du wirst erwartet«, erklärte er kurz angebunden. »Yerav ist dort drüben.«

Amhal ging weiter, und Adhara machte Anstalten, ihm zu folgen.

Die Wache bremste sie mit einem strengen Blick. »Wer ist das?«

Amhal drehte sich um. »Adhara, mein Knappe.«

»Knappen haben keinen Zutritt.«

»Es geht aber auch um ein Thema, das ihre Anwesenheit verlangt.«

Der Soldat blickte an dem Mädchen herunter. »Aber ohne Waffen«, knurrte er schließlich.

Adhara führte die Hand zum Dolch und spürte, dass es ihr nicht behagte, sich von ihm zu trennen. Es dauerte etwas, bis sie sich entschließen konnte, den Gürtel abzunehmen und ihn der Wache zu reichen. »Pass gut auf ihn auf. Der hat einen großen Wert für mich«, sagte sie.

Der Soldat blickte sie geringschätzig an. »Wofür hältst du mich? Für einen Dieb?«

Endlich traten sie ein.

8

Antworten

Der Saal war geräumig und wurde zu einer Seite ganz von einer Glasfront mit Blick auf den Wasserfall beherrscht. Dennoch stand in ihm nur ein marmorner Schreibtisch. An dem saß ein beleibter Mann mit glänzendem Schädel, auf dem kein einziges Härchen spross, und schrieb etwas mit einem langen Gänsekiel nieder. Amhal schlug erneut die Hacken zusammen und ließ ein schüchternes »Herr General?« vernehmen. Jetzt hob der Mann gedankenverloren den Blick und sah die beiden ohne großes Interesse an.

Amhal nannte Namen und Dienstrang, dann stellte er Adhara als seinen Knappen vor.

Yerav legte die Feder nieder und rieb sich mit dem Zeigefinger die Nasenwurzel.

»Tritt nur vor.«

Der junge Ritter gehorchte, und Adhara tat es ihm nach.

»Herr General, mein Meister, Drachenritter Mira, schickt mich. Ihr sollt wichtige Dokumente für ihn haben. Er hat mich beauftragt, sie abzuholen und ihm nach Neu-Enawar zu bringen.«

Der Mann sammelte sich einen Moment und schien sich dann zu erinnern. »Ach ja … sehr gut. Ich leite alles in die Wege. Man wird sie dir morgen aushändigen.«

Amhal neigte ein wenig den Kopf und fuhr dann fort: »Da wäre noch etwas.«

Sein Bericht über das, was sie in dem Dorf gesehen hatten, war bündig und klar. Adhara fiel auf, dass der General, während Amhal erzählte, mit jedem Wort nervöser wurde.

»Was fällt dir nur ein, hier persönlich zu erscheinen? Warum hast du uns nicht vorher unterrichtet? Ich hätte einen Heilpriester aussenden können, um alles Notwendige für eine Quarantäne zu veranlassen!«, rief er, während er aufsprang und einen Schritt zurückwich.

Amhal ließ sich nicht aus der Fassung bringen. »Ich habe Anlass zu glauben, dass ich immun bin.«

Er berichtete, was er von den Männern am Dorfausgang gehört hatte und dass deshalb für sie beide vermutlich keine Ansteckungsgefahr bestand. Yerav schien dies jedoch nicht beruhigen zu können. Er nahm wieder Platz und blickte die beiden noch einmal misstrauisch an, griff dann zu einem Glöckchen auf seinem Tisch und läutete. Kurz darauf trat ein Soldat ein.

»Schick einen Heilpriester in die Zellen hinunter. Sofort!«

Der Mann schlug die Hacken zusammen und war schon wieder draußen.

»Los, runter in die Zellen mit euch. Aber auf der Stelle«, forderte der General seine Besucher ungeduldig auf.

Amhal verneigte sich, versicherte aber noch einmal, bevor er sich zum Gehen wandte: »Glaubt mir, ich hätte Euch niemals einer Gefahr ausgesetzt. Wäre ich nicht vollkommen sicher, die Lage richtig einzuschätzen, wäre ich nicht gekommen.«

Yerav nickte hastig, schien aber nicht sehr überzeugt.

Eine geraume Zeit mussten sie in der Zelle warten. Amhal schwieg, während Adhara nervös mit den Fingern spielte. Sie saßen in einem Kabuff mit einer niedrigen Decke, schimmelüberzogenen Mauern und einer ganz aus Gittern bestehenden Wand. Eine Wache draußen hielt weiten Abstand und blickte sie hin und wieder ängstlich an.

»Ich hab mir schon gedacht, dass sie so reagieren würden«, brach Amhal irgendwann das Schweigen und lächelte sie an.

Adhara fuhr herum. »Dann hättest du mich auch warnen können …«

In diesem Moment näherte sich dem Gitter ein Jüngling, wohl kaum älter als sie beide, und verharrte auf der Schwelle. Sein Gesicht war bleich, und sein langes weißes Gewand mit einem hellblauen Stoffstreifen besetzt, der sich vom Hals bis zu den Füßen zog. Auf der Brust war ein Blitz aufgestickt, der ein Schwert kreuzte. Über der Schulter trug er eine Tasche, die, seinem schiefen Gang nach zu urteilen, recht schwer sein musste.

»Ich bin der Priester, der euch untersuchen soll«, erklärte er mit zitternder Stimme.

Amhal stellte sie beide vor und bedeutete ihm dann einzutreten.

Adhara beobachtete, wie der Priester mit kleinen Schritten näher kam, die Tasche von der Schulter gleiten ließ und dann mit fahrigen Bewegungen darin herumkramte. Gern hätte sie Amhal gefragt, was dieser Jüngling vorhatte, was eigentlich genau ein Heilpriester war und was dieses Symbol auf seinem Gewand bedeutete. Doch war ihr nicht danach, ihr Unwissen vor einem Fremden einzugestehen. Deshalb schwieg sie, sah nur zu, wie er eine Reihe von Gläsern und Fläschchen mit Kräutern und seltsamen Flüssigkeiten hervorholte sowie einige mit Blättern dicht besetzte Zweige und verschiedene Schalen.

»Mit wem soll ich anfangen?«, fragte er mit verlorenem Blick.

Amhal stand auf. »Mit mir.«

Die Untersuchung zog sich hin. Der Priester hieß ihn, sein Wams ablegen, und tastete ihm den Unterleib ab, schaute ihm in den Mund und dann lange in die Augen, um schließlich mit einer seltsamen Prozedur zu beginnen. In einer der Schalen zerstieß er verschiedene Kräuter, gab etwas Flüssigkeit hinzu und tauchte dann einen Zweig hinein, von dem er die Blätter abgestreift hatte, um schließlich, mit geschlossenen Augen eine Litanei murmelnd, damit über Amhals Körper zu fahren.

Mit einer Mischung aus Staunen und Neugier verfolgte Adhara die Szene. War das Magie? Und was war das für ein seltsames hypnotisierendes Gebet? Sie blickte auf Amhals nackte Brust, seine Schultermuskulatur, das kaum erkennbare Geflecht von Narben auf seinem Rücken, seinen flachen festen Bauch. Ohne dass sie den Grund dafür hätte nennen können, verstörte sie der Anblick, während sie gleichzeitig merkte, wie ein unbekanntes Feuer ihren Unterleib entflammte. Es war schön, ihn anzuschauen, und gleichzeitig fühlte sie sich unbehaglich dabei.

»Alles in Ordnung«, sagte der Priester irgendwann und holte damit Adhara in die Wirklichkeit zurück. Als sich ihr Blick für einen Moment mit dem von Amhal kreuzte, schlug sie rasch die Augen nieder und spürte dabei, wie ihre Ohren zu glühen begannen. »Ich kann nichts finden«, fuhr der Priester nun fort, »du scheinst wohlauf zu sein. Aber erzähl doch mal, was ihr genau erlebt habt.«

Und so berichtete Amhal erneut von diesem entsetzlichen Abend.

Der Priester lauschte schweigend, doch Adhara bemerkte, wie sich, je länger Amhal erzählte, kleine Schweißperlen auf seiner Stirn bildeten. Weitere Anzeichen von Sorge ließ er jedoch nicht erkennen. Schließlich schlug er sich mit den Handflächen auf die Knie und stand auf. »Kommen wir nun zu dir«, wandte er sich an das Mädchen.

Damit trat er auf sie zu und begann mit der gleichen Prozedur wie zuvor. Es war ihr peinlich, als er sie ebenfalls bat, das Hemd abzulegen, und rasch warf sie einen besorgten Blick zu Amhal, der nur heftig errötete.

»Es reicht auch, wenn du es nur anhebst. Ich muss deinen

Unterleib untersuchen«, murmelte der Priester, der mindestens genauso verlegen war wie sie.

Eigenartig, die Hände eines Fremden auf der Haut zu spüren. Adhara konnte sich nicht erinnern, überhaupt jemals schon berührt worden zu sein, oder zumindest nicht so feinfühlig, wie es jetzt durch den Priester geschah. Und es verwirrte sie. Denn gleichzeitig spürte sie auch auf ihren schmalen Schultern, ihren noch kaum geformten Hüften, Amhals Blick. Wie eine körperliche Berührung, fast so, als seien es seine Finger auf ihrer Haut, und nicht die des Priesters.

Schließlich musste Adhara auch die Ärmel hochziehen und ihr Hemd knapp unter den Brüsten verknoten, um so viel Haut wie möglich für die Zeremonie mit dem Zweig freizumachen.

Wieder zog sich die Untersuchung lange hin, doch schließlich erklärte der junge Priester: »Du bist auch gesund.« Die Erleichterung war ihm anzusehen.

»Kann ich dich noch um einen Gefallen bitten?«, fragte Amhal plötzlich, als Adhara, ebenfalls erleichtert, bereits begonnen hatte, sich wieder anzuziehen.

»Ja, worum geht's?«

»Es wäre gut, wenn du meine Freundin noch etwas genauer untersuchen könntest«, erklärte er und erzählte dann mit wenigen klaren Worten von Adharas Gedächtnisverlust.

Das Mädchen kam sich entblößt vor und schämte sich nun fast mehr als vorhin, als sie sich ausziehen sollte. In gewisser Weise war es erniedrigend, vor einem Fremden so schwach dazustehen.

»Es ist sehr kompliziert, zum Gedächtnis eines Wesens vorzustoßen, das sich an nichts erinnert. Ich weiß nicht, ob das überhaupt möglich ist …«, wehrte der Priester ab.

»Das ist zunächst vielleicht auch gar nicht nötig«, beruhigte ihn Amhal. »Es geht um einfachere Sachen. Sagen dir zum Beispiel ihre Haare etwas … oder ihre Augen …?«

Der junge Priester nahm Adharas Gesicht zwischen die Hände, und sie verspürte den Drang, sich dieser Berührung zu entziehen. Als er ihr in die Augen sah, schlug sie den Blick nieder.

Dann löste er sich einen Moment von ihr, um in seiner Tasche zu kramen, und holte dann eine Art Holzscheit hervor, das er mit einem Feuerstahl anzündete. Ein wohlduftender Rauch, der sie leicht betäubte, stieg auf. Nun ergriff er ihren Arm und begann, das glühende Holzscheit knapp über der Haut an ihm entlangzuführen. Erstaunt wurde Adhara gewahr, dass sie keinerlei Hitze verspürte. Ganz im Gegenteil war der Rauch sogar kühl, der ihre Haut umschwebte. Nach wenigen Augenblicken hatte sich ihr Arm schon mit fluoreszierenden Symbolen überzogen, die sofort auftauchten, wenn Rauch ihre Haut streichelte, und sich auflösten, sobald dieser kühle Hauch verschwand. Amhal stand auf, um sich das Phänomen genauer anzuschauen. Auch er schien wirklich beeindruckt.

Der Priester legte die Stirn in Falten.

»Was ist …?«, murmelte Adhara.

Er ließ ihren Arm los, löschte das Holzscheit und nahm einen tiefen Atemzug.

»Nun?«, drängte Amhal ihn.

Der Priester zeigte auf Adharas blaue Strähnen und ihre Augen. »Solche körperlichen Merkmale sind zwar selten, aber man findet sie doch immer mal wieder, besonders bei Geschöpfen, deren Blut gemischt ist. Und bei ihr scheint dies der Fall zu sein.«

»Ja, sie muss nymphische Vorfahren haben«, bestätigte Amhal.

»Das konnte ich feststellen. Allerdings …«

Adhara spürte, wie ihr Herz heftig in der Brust pochte.

»Nun, wirklich selten ist, dass hier diese beiden Merkmale gleichzeitig bei einer Person auftauchen. Zudem waren es die Halbelfen, die blaue Haare besaßen, und die sind meines Wissens ausgestorben.«

»Was hat das zu bedeuten?«, fragte Adhara. Sie verstand wenig von dem, was der Priester da erzählte, und war sich auch nicht sicher, ob sie viel mehr verstanden hätte, wenn ihr klar gewesen wären, wer diese Halbelfen waren.

»Solche außergewöhnlichen körperlichen Merkmale«, fuhr der Priester in seiner Erklärung fort, »finden sich manchmal bei Personen, die verzaubert wurden.«

»Was heißt das?«, drängte Amhal weiter.

»Nun, du weißt sicher, dass der Tyrann entsetzliche Experimente durchgeführt hat an Menschen und anderen Wesen.«

Adharas Blick wanderte zwischen dem Priester und Amhal hin und her. Wer war dieser Tyrann?

»Ja, davon habe ich gehört«, bestätigte Amhal.

»Er bediente sich ihrer Körper, um aus ihnen mit Hilfe seiner Schwarzen Magie neue Rassen entstehen zu lassen. Auf diese Weise schuf er die Fammin. Eine andere Folge der Verbotenen Zauber war, dass viele seiner Versuchsgeschöpfe nun eine Reihe von Merkmalen anderer Rassen aufwiesen. Manches Mal entstanden so wahre Ungeheuer.«

»Ich verstehe das alles nicht«, warf Adhara ein. »Wer war denn der Tyrann? Und was ist mit mir? Was stimmt mit mir nicht?«

Ihr ratloser Blick schien den Priester weicher zu stimmen. Er ließ davon ab, nur Amhal anzusprechen, und schaute sie nun auch an. »Ich denke, diese Haarfarbe, diese Augen … die hast du nicht seit deiner Geburt. Die erhieltest du von irgendjemandem, der sich dazu magischer Mittel bediente. Das konnte ich vorhin feststellen. Und zwar mit dem glühenden Holzscheit an deiner Haut.«

Adhara nickte.

»Mit diesem Instrument lassen sich magische Kräfte aufdecken und erkennen, ob jemand irgendeinem Zauber unterworfen wurde.«

Sie war sprachlos.

»Wer könnte mich denn verzaubert haben?«, fragte sie nach einer Weile mit kaum vernehmbarer Stimme – die einzige vernünftige Frage, die ihr dazu einfiel.

Der Priester schüttelte den Kopf. »Ich habe nicht die leiseste Ahnung. Ich weiß ja noch nicht einmal, um welche Art von Magie es sich handeln könnte. Schließlich sind solche Zauber, die Wesen für immer verändern, streng verboten.«

Verwirrt verließen sie die Zelle.

Der Priester hatte beiden ein Fläschchen mit einer bläulichen Flüssigkeit ausgehändigt. »Für den Notfall, falls ihr euch plötzlich doch schwach und krank fühlt. Diese Arznei hilft bei den verschiedensten Entzündungen. Vielleicht könnt ihr sie gebrauchen.«

Adhara jedoch dachte nicht mehr an die Seuche. Ihre diesbezüglichen Sorgen waren ganz von den beunruhigenden Eröffnungen des Heilpriesters verdrängt worden.

»Frag mich ruhig, wenn du von den Erklärungen etwas nicht verstanden hast«, riss Amhal sie aus ihren Gedanken.

»Nun ja, eigentlich habe ich kaum etwas verstanden«, antwortete sie niedergeschlagen. »Oder genauer, die Sache mit der Magie habe ich schon verstanden, weiß aber nicht, wie mir das helfen könnte, endlich dahinterzukommen, wer ich bin.«

Amhal blickte sie eine Weile nur schweigend an. »Es tut mir auch leid«, murmelte er dann, »ich hatte gehofft, es würde dich weiterbringen …«

Sie streifte seinen Arm. »Du tust so viel für mich. Fast zu viel.«

Traurig lächelte sie ihn an. Und nun? Bald würde sie wieder mutterseelenallein sein. Amhal würde seiner Wege ziehen und sie zurücklassen, mit nichts in den Händen außer diesem Namen, mit dem sie sich der Welt vorstellen konnte. Amhals Abschiedsgeschenk.

»Hör mal«, sagte er da, »es gibt da etwas, was wir noch

gar nicht genauer untersucht haben. Das da«, und damit berührte er mit den Fingerspitzen den Dolch, den Adhara nun wieder an der Seite trug. »Wir müssen herausfinden, was es mit dieser Waffe auf sich hat. Diese Spur könnte zu deiner Herkunft führen.«

Sie nickte, wenig überzeugt.

»Es ist ein eigenartiger Dolch, sehr ungewöhnlich geformt. Vielleicht stammt er aus irgendeiner bedeutenden Familie …«, wagte Amhal eine Vermutung. »Jedenfalls ist mein Meister in solchen Dingen bewandert. Der kennt sich aus mit Waffen und den Herrscherfamilien der Aufgetauchten Welt. Er ist ein großer Drachenritter.«

Eigentlich grundlos waren sie mitten im Gang stehen geblieben und schauten sich nun an.

»Auf alle Fälle sollten wir ihm den Dolch zeigen. Das könnte uns auf eine Fährte bringen.«

Adhara spürte, wie ihr Herz schneller zu schlagen begann, doch wollte sie sich keine falschen Hoffnungen machen. »Und der lebt in Neu-Enawar?«

»Ja, mein nächstes Reiseziel. Morgen fliege ich los.«

Sie wagte nicht, noch weiter zu fragen. So stand sie da, eine Hand auf dem Dolch, den Blick starr auf Amhals Augen gerichtet, und wusste nichts Vernünftiges zu sagen.

»Morgen fliegen wir los«, verbesserte er sich.

Adhara nahm sich die Zeit, diesen Satz zu verarbeiten, ihn in seiner vollen Bedeutung zu erfassen. Dann senkte sie den Blick. »Danke«, murmelte sie.

»Du musst dich nicht bedanken«, antwortete er, während er weiterging. »Aber etwas anderes. Wir könnten so langsam mal ans Abendessen denken, oder was meinst du?«

Im Speisesaal der Kaserne, etwas abgesondert von den anderen, aßen sie schweigend zu Abend. Amhal verhielt sich plötzlich scheuer als sonst und hielt den Blick auf seinen Teller gesenkt, während Adhara wieder über die Dinge nachdachte, die sie am Nachmittag erfahren hatte. Genau genommen hatte sie nun doch etwas in der Hand. Jetzt wusste sie: Irgendjemand hatte sie mit einem Verbotenen Zauber belegt. Wer und mit welchem Zauber, würden sie vielleicht noch herausfinden. Aber auf alle Fälle war dies wahrscheinlich der Grund für ihren Gedächtnisverlust. Diese Erkenntnis war nur ein erster, aber nicht unwichtiger Schritt. Ein Mosaiksteinchen ihrer Vergangenheit kannte sie nun immerhin schon.

»Was war das eigentlich für ein Mann, dieser Tyrann?«, fragte sie plötzlich in das Schweigen hinein, entschlossen, Amhals Einsilbigkeit zu beenden.

Der schien aus seinen Gedanken hochzuschrecken. »Ein Magier«, antwortete er dann, »ein äußerst mächtiger und entsetzlicher Magier. Vor rund hundert Jahren unternahm er den Versuch, die gesamte Aufgetauchte Welt in seine Gewalt zu bringen, gestützt auf seine magischen Kräfte, oder genauer, seine militärische Stärke, die er sich mit Schwarzer Magie aufgebaut hatte. Du erinnerst dich doch an den seltsamen Mann, der sich bei meinem Aufenthalt in Salazar um Jamila gekümmert hatte? Das war ein Fammin, ein Angehöriger jener Rasse todbringender, seelenloser Soldaten, die der Tyrann einst für seine Eroberungskriege geschaffen hatte.«

»Und ich soll so etwas wie ein Fammin sein?«

Amhal kicherte. »Wenn, dann aber eine sehr viel hübschere Ausgabe.«

Sie errötete. »Ja, aber ich wurde doch auch Opfer eines Zaubers, oder nicht?«

»Schon, das sagt zumindest dieser Priester.«

Adhara nahm noch einen Löffel Suppe. »Und der Tyrann, was ist aus dem geworden?«

»Der wurde besiegt von der größten Heldin unserer Zeit, einer wahren Kriegerin, der einzigen Frau, die es jemals geschafft hat, Drachenritter zu werden: Nihal.«

Adhara war wie vom Donner gerührt. Die Zeit schien stehen zu bleiben, ihr schwindelte, und der Raum um sie herum begann sich zu drehen. Nihal. Die Halbelfe. Das Mädchen mit den blauen Haaren und violetten Augen, Zauberin und Kriegerin, die Geweihte. Wie ein reißender Fluss überflutete diese Geschichte ihren Geist, tränkte ihn mit Bildern, Daten, Fakten.

»Aster …«

Amhal erstarrte. »Wie? Ja, gewiss, Aster, so hieß der Tyrann.«

Adhara schien wieder zu sich zu kommen. »Was meinst du?«

»Du sagtest, Aster. Das war der Name des Tyrannen.«

Adhara hielt den Löffel auf halber Höhe, und weiße, cremige Suppe tröpfelte auf die Tischplatte.

»Ich erinnere mich …«, raunte sie mit kaum vernehmbarer Stimme. »Ich erinnere mich an diese Geschichte … Nihal kam im Land der Tage zur Welt, wuchs aber in Salazar auf, bei Livon, ihrem Stiefvater, der sie bei sich aufgenommen hatte. Sie war eine Halbelfe, entstammte jenem Volk, das der Tyrann auslöschen ließ, obwohl er selbst ein Halbelf war … Ich erinnere mich!«

Heftig drückte sie Amhals Arm, und er schaute sie lächelnd an. »Offenbar kehrt dein Gedächtnis zurück.«

Seine Augen strahlten. Adhara ließ seinen Arm los. »Seltsam, dass ich mich an diese Geschichte erinnere. So plötzlich … Vorher hatte ich keinen Schimmer davon!«

»Ja, wart's ab. Schlaf dich jetzt erst mal richtig aus, dann werden dir sicher alle Teile, die dir jetzt noch fehlen, auch noch einfallen«, machte ihr Amhal weiter Mut, während er seine leere Suppenschüssel von sich fortschob.

Adhara war außer sich vor Freude. Jetzt war sie auf der richtigen Spur. So langsam schien alles wieder ins Lot zu kommen.

Am nächsten Morgen machten sie sich kurz nach Tagesanbruch auf den Weg. Zwar waren in der Nacht keine weiteren Bruchstücke ihrer Erinnerung zurückgekehrt, aber dennoch war Adhara bester Stimmung. Nachdem es ihr so viele Tage lang nicht gelungen war, überhaupt irgendetwas ihrer Lebensgeschichte in sich wiederzufinden, war sie glücklich, nun immerhin über einige Hinweise zu verfügen, und mochten sie auch noch so schwer einzuordnen sein. Allerdings fiel ihr auf, dass Amhal dicke Ringe um die Augen hatte, und sie vermutete, dass er sich erneut mit seinen Übungen vollkommen verausgabt hatte. Aber Fragen stellte sie nicht.

Fast einen ganzen Tag lang flogen sie wieder über Seen und von glitzernden Bändern durchschnittene Wälder, wechselten aber kaum ein Wort miteinander.

Als es Abend wurde, schlugen sie auf einer Lichtung ihr Nachtlager auf. Während Jamila ein wenig entfernt im Gras lag, saßen sie vor dem Feuer und stärkten sich mit Trockenfleisch und Brot.

Wieder schien Amhal seltsam einsilbig.

»Was ist das für eine Stadt, zu der wir unterwegs sind?«, versuchte Adhara ihn irgendwann zum Reden zu bringen.

»Neu-Enawar? Das ist eigentlich eine sehr alte Stadt mit einer sehr bewegten Geschichte.«

Adhara blickte ihn aufmerksam an. »Erzähl mir doch ein wenig.«

Sie liebte es, von Amhal lernen zu können, liebte es, ihn reden zu hören und anzuschauen.

»Vor langer Zeit, vor vielleicht hundertfünfzig Jahren, stand dort eine prachtvolle Stadt namens Enawar, die dann vom Tyrannen dem Erdboden gleichgemacht wurde. Vielleicht hast du ja auch daran eine Erinnerung«

Adhara überlegte angestrengt. Ja, da war etwas. Es kam ihr bekannt vor.

»Kann sein«, antwortete sie.

»Wunderbar. Nun, während Dohors Herrschaft … Von dem habe ich dir doch schon erzählt, oder?«

Sie nickte. Dabei hatte sie eigentlich schon vergessen, um wen es sich dabei handelte. Anders als »Aster« und »Nihal« löste dieser Name nichts bei ihr aus.

»Also, in jenen langen Jahren, da Dohor den Plan verfolgte, die gesamte Aufgetauchte Welt in seine Gewalt zu bekommen, ließ man das Gebiet um Enawar so zerstört, wie es war. Dort lagen nun die Trümmer der einstigen Tyrannenfeste, von der aus Aster seinen Teil der Welt regiert hatte. Learco, der neue König des Landes der Sonne, war es dann, der die Stadt wieder aufbauen ließ. Und so entstand Neu-Enawar. Kommt dir das irgendwie bekannt vor?«

Adhara schüttelte den Kopf. Dieses Sammelsurium von Namen sagte ihr wirklich kaum etwas. »Vielleicht habe ich ja Glück, und mir fällt plötzlich alles wieder ein, wenn wir erst dort sind.«

Amhal lehnte sich zurück und streckte sich im Gras aus.

Eine Weile blickte sie ihn schweigend an und fragte schließlich: »Wie lange sind wir noch unterwegs bis Neu-Enawar?«

»Drei Tage. Höchstens.«

In der Dunkelheit begannen die Grillen leise zu zirpen.

Weitere drei Tage waren sie unterwegs. Am zweiten Abend fassten sie sich ein Herz und machten in einem kleinen Ort im Land des Wassers halt. Auch wenn sie es sich nicht eingestanden, wirkten die Ereignisse von ihrem ersten Abend in diesem Land noch mächtig in ihnen nach: Ungeachtet der beruhigenden Worte des Priesters, der sie untersucht hatte, tastete Adhara immer mal wieder ihren Körper ab und befühlte auf der Suche nach Anzeichen einer Erkrankung flüchtig ihre Stirn. Einige Male beobachtete sie, wie Amhal das Gleiche tat. Dennoch verloren sie kein Wort darüber. Es war wie eine stillschweigende Übereinkunft, diesem Vorfall keine Bedeutung mehr beizumessen, ihn aus ihren Gedanken zu tilgen.

Ihr Aufenthalt in der kleinen Ortschaft verlief allerdings ohne Zwischenfälle. Jamila wartete im Wald auf sie, und sie beide fanden Aufnahme in einem bescheidenen Gasthaus. Ein verlegenes Schweigen machte sich allerdings breit, als sie sahen, dass in dem Zimmer, das man ihnen zugewiesen hatte, nur ein einziges Bett stand.

»Dann übernachte ich eben auf dem Fußboden«, erbot sich Amhal, und Adhara fand nicht den Mut, ihm zu sagen, dass sie sich gefreut hätte, mit ihm in einem Bett zu schlafen. So lag sie die halbe Nacht wach und blickte auf den Gefährten hinunter, der eingehüllt in seinen Umhang auf den knarrenden Bohlen lag, und fragte sich, wie es wohl wäre, den Platz auf der schmalen Matratze mit ihm zu teilen und seinen Atem ganz nah zu spüren.

Am nächsten Abend hatten sie bereits die Grenze zum Großen Land überquert. Sie lagerten in einem Wald mit einer üppigen, farbenprächtigen Pflanzenwelt, nur der Erdboden wirkte eigenartig fahl und war von dunkleren Äderchen durchzogen. Adhara fuhr tastend darüber, und sofort war ihre Handfläche mit feinen, düster glitzernden Splittern überzogen.

»Schwarzer Kristall, das härteste Material der Aufgetauchten Welt. Das sind die Überreste der überdimensionalen Tyrannenfeste. Offenbar hält sich das Böse immer auf irgendeine Weise in der Welt.« Amhal deutete in den Wald ringsum. »Die ganze üppige Natur gab es vor Learcos Thronbesteigung nicht. Im Gegenteil war das Gebiet karg und leer. Unser König verfolgte dann den Plan, hier einen Wald anzupflanzen. Da der Boden aber so gut wie unfruchtbar war, half nur eins: Magie. Es war eine unermessliche Aufgabe, für die eine ganze Heerschar von Magiern eingesetzt wurde, eine ungeheure Leistung ohne Beispiel in der Aufgetauchten Welt. Und so entstand dieser Wald. Allerdings muss der

Zauber hin und wieder erneuert werden, denn immer noch ist der Boden unfruchtbar, und Jahrhunderte werden noch vergehen, bis er sich ganz erholt haben wird, aber von Jahr zu Jahr wird es besser.«

Adhara blickte sich um. Beflügelt von den jüngsten Fortschritten, versuchte sie wieder in ihrer Erinnerung zu kramen. Aber auch zu diesem Ort fiel ihr nichts ein. Doch davon ließ sie sich die Stimmung nicht verderben und genoss diese herrliche Natur, die sich schließlich gegen das Böse durchgesetzt hatte.

9

Die Hohepriesterin

Die Luft war von Weihrauch gesättigt. In trägen Kringeln stieg er auf und umhüllte in sinnlicher Umarmung die Säulen und Bänke des Tempels.

Den Blick starr auf eine Statue vor sich gerichtet, schwenkte die Hohepriesterin das Weihrauchfass und ließ noch ein wenig mehr davon emporquellen.

Diese Statue stellte einen Mann mit energischer Miene und gewaltigem Körperbau dar. In einer Hand hielt er ein Schwert, in der anderen einen Blitz. Spuren einer geheimnisvollen Weisheit in seinem Ausdruck strenger Versunkenheit machten seine Gesichtszüge ein wenig weicher.

Die Hohepriesterin reichte das Weihrauchfass an die Schwester weiter, die neben ihr stand, und kniete nieder. Sie schloss die Augen und wiederholte im Geist die Worte, die seit vielen Jahren, immer wenn sich der Tempel füllte, aus ihrem Mund erklangen. Doch obwohl sie das Gebet schon so lange kannte, hatte es noch nichts Schematisches für sie bekommen. Ihr Glaube war noch völlig unbeschädigt, war noch so lebendig wie am ersten Tag, wenn nicht sogar noch inniger. Denn leidvolle Prüfungen hatte sie bestanden, war gestählt worden durch die Jahre der Abgeschiedenheit und geschmiedet durch die Mühen, die es sie gekostet hatte, den Kult noch einmal neu zu verbreiten.

Sie betete zu ihrem Gott um Kraft und Geduld, betete darum, ihm als Werkzeug – und nicht mehr als das – dienen zu dürfen, und wie immer galt der letzte Gedanke ihrem Vater.

Wo auch immer du sein magst, wache über mich!

Mühsam erhob sich die Hohepriesterin. Ihre Beine waren nicht mehr so stark wie früher einmal, und jeden Tag fiel ihr das Aufstehen schwerer. Die Schwester lehnte sich zu ihr vor, doch mit einer entschiedenen Geste wies sie deren Hilfe zurück. Als sie sich einigermaßen sicher auf den Beinen fühlte, drehte sie sich um und breitete die Arme zu der dicht gedrängten Menge der Gläubigen aus.

»Tretet nur näher, einer nach dem anderen, so wie ihr es gewohnt seid. Ihr sollt alle geheilt werden.«

Eine Bewegung wie eine Welle in stürmischer See durchlief den Saal. Die Hohepriesterin stieg vom Altar hinunter und ließ sich aufnehmen von der Menge ihrer Getreuen.

»Das war heute wieder ein guter Tag«, bemerkte die Schwester, während sie der Hohepriesterin beim Ablegen ihrer Festgewänder behilflich war. »Ich fühlte den Glauben der Leute, ihre Andacht … Euch dienen zu dürfen, ist eine außerordentliche Ehre für mich.«

Die Hohepriesterin lächelte ein wenig bitter. »Manchmal befürchte ich, dass die Leute nur wegen meiner Heilkräfte zu mir kommen. Genauer betrachtet, ist es wie eine Art Handel: Glaubt, und ich heile euch.«

»Aber, Exzellenz …«, rief die Schwester entrüstet.

Die Hohepriesterin machte eine beschwichtigende Handbewegung. »Nehmt meine Worte nicht so ernst. In jüngster Zeit fühle ich mich häufig alt und müde. Die Last von dem, was ich in meinem Leben gesehen und erlebt habe, hat mich zu vieler Illusionen beraubt.«

Die Schwester stellte sich vor sie. Sie war jung, fast zu jung für ihre Aufgabe, hatte die Haare züchtig hochgesteckt und das pausbäckige Gesicht eines noch nicht voll erblühten Mädchens. Ihr ernster Blick bildete einen seltsamen Gegensatz zu den kindlichen Zügen. »Bevor Ihr kamt, lag unser Kult danieder, war der Name unseres Gottes Thenaar von einer blutrünstigen Sekte besudelt und für abartige Ziele missbraucht worden. Wie anders heute: Hunderte von Tempeln in der ganzen Aufgetauchten Welt, Tausende von Gläubigen, erfasst vom Feuer eines neuen Glaubens, der verschiedenste Völker und Rassen vereint. Und das ist allein Euer Verdienst.«

Die Hohepriesterin lächelte. Es war schön, zu wissen, dass dieses Feuer, das auch das Mädchen dort ergriffen hatte, nicht zuletzt durch ihre eigene unermüdliche Arbeit entfacht worden war, ihre religiöse Unterweisung und – warum nicht? – ihre Kenntnisse in der Heilkunst, die sie im Übrigen nicht als ihr alleiniges Vorrecht ansah. Alle Brüder und Schwestern ihrer Ordensgemeinschaft lernten diese Kunst, wobei allerdings bisher noch niemand wie sie selbst darin glänzte. Doch darauf kam es nicht an.

Als sie sich fertig umgezogen hatte, ließ sie sich schwer auf einen Sessel fallen. »Danke, du kannst gehen«, sagte sie mit einem müden Lächeln. Sie brauchte das jetzt, allein zu sein nach dem Ansturm der Menge dort drüben im Tempel.

Das Mädchen beugte das Knie. »Stets zu Euren Diensten«, murmelte sie, bevor sie ging.

Die Hohepriesterin blieb allein zurück. Es war ihr nicht oft vergönnt, hier im Tempelbereich ein wenig Ruhe zu genießen: Stets waren Gläubige zu behandeln, Riten zu zelebrieren, Brüder und Schwestern zu unterweisen, und dann auch noch die Organisation und Leitung ihrer Ordensgemeinschaft. So blieb ihr wirklich nur sehr wenig Zeit für sich selbst, um die eigenen Gedanken zu sammeln und zu ordnen.

Sie blickte auf ihr Bild in dem großen Spiegel an einer Wand. Ohne die Zeremoniengewänder hatte sie immer noch etwas vor der jungen Frau, die sie einmal war: Theana, die unerschütterlich an einen von allen missachteten Gott glaubte. Viel Zeit war seither vergangen, zu viel Zeit, und jedes

Jahr hatte an ihrem Körper Spuren hinterlassen. Zwar glänzte ihr Haar immer noch und wellte sich in duftenden Locken, doch blond war es nicht mehr, sondern weiß. Und ihr Jungmädchengesicht hatte dem strengen, eingefallenen und von Falten durchzogenen Antlitz einer alten Frau Platz gemacht. Ihr Körper war füllig geworden, und die Formen, die unter den Falten ihres schwarzen Gewandes hervortraten, waren nicht mehr graziös, sondern plump: die Hüften zu breit, die Schultern knöchern, die Brüste hingen.

Was macht das schon, da nun niemand mehr diesen Körper begehrt?

Mit der Hand strich sie über den dunklen Stoff. Seit fünfzehn Jahren, seit ihr Mann gestorben war, trug sie nun schon Trauer. Eine unheilbare, langsam zum Tod führende Krankheit hatte ihm zunächst den Gebrauch der Gliedmaßen versagt und dann auch den Atem genommen. Jede einzelne Station dieses Leidenswegs war sie mitgegangen, war bei ihm gewesen bis zuletzt, bis es zu Ende war. Und dann das Nichts. Theana, die Frau, war mit ihm gestorben, und zurückgeblieben war nur die Hohepriesterin mit dem Glauben als einzigem Halt und der Ordensgemeinschaft als einziger Zuflucht.

Sie stützte die Ellbogen auf der Tischplatte auf und machte sich daran, einige Papiere durchzusehen. Depeschen, Schenkungsurkunden und verwickelte Verwaltungsvorgänge prägten nun das Leben hier im Tempel. Einen Augenblick lang dachte sie zurück an die ursprüngliche Nüchternheit des Kultes, seine Reinheit, als nur sie allein für ihn stand und die Ordensgemeinschaft des Blitzes noch nicht gegründet war. Damals war der Name Thenaars noch verhasst, doch der Glaube an ihn war aufrichtiger, vielleicht auch authentischer. Bestand nicht die Gefahr, dass die mächtige Institution, zu der sich der Orden zwangsläufig entwickelt hatte, den unverfälschten Zugang zum Glauben behinderte?

Müßige Gedanken, denen sie sich manchmal hingab. Vielleicht lag es am Alter.

Wieder wandte sie sich den Dokumenten zu, arbeitete sie

durch, unterzeichnete einige, zündete die Kerze an, als das Tageslicht draußen erlosch. Irgendwann schlossen sich ihre Finger auch um ein Stück Pergament, nicht viel größer als ein Zettel mit ausgefransten Rändern. Sie wusste, um was es sich handelte. Es war eine jener Botschaften, die ihnen tagtäglich von Brüdern der weiter entfernt gelegenen Tempel auf magischem Weg zugesandt wurden. Allerdings gerieten nur wenige davon in ihre Hände. Die meisten wurden von Brüdern in ihrem Haus gelesen, die für Fragen des Kultes in den verschiedenen Ländern zuständig waren, und landeten dann bei den Akten, in vergessenen Ordnern auf verstaubten Regalen. Doch diese Notiz hier war bis zu ihr vorgedrungen.

»An die Hohepriesterin«, stand darauf.

Theana drehte den Zettel zwischen den Fingern hin und her. Die Nachricht war kurz. Wieso war sie an sie gerichtet?

Sie las sie durch. Eilig hingeworfene Zeilen, mit kindlicher, zitternder Hand. Zweimal musste sie die Nachricht lesen, um sie zu begreifen.

Da öffnete sich die Tür, und das Mädchen betrat wieder den Raum. Theana fuhr hoch.

»Verzeiht, Herrin, ich wollte nicht stören«, sagte die Schwester, wobei sie den Kopf neigte.

»Schon gut, Dalia, ich war nur in Gedanken. Was gibt es denn?«

»Jemand möchte Euch sprechen, Herrin …«

»Das passt jetzt gar nicht«, stöhnte Theana und massierte sich mit dem Zeigefinger die Nasenwurzel, »ich bin erschöpft, und außerdem …«

»Aber es ist die Königin, Herrin«, erklärte das Mädchen, während es sich noch einmal verneigte.

Theana war überrascht. Es war nicht Dubhes Art, sie im Tempel aufzusuchen. Vielleicht hielt sie immer noch die Erinnerung an jene Zeiten davon ab, als sich die Gilde des Thenaar-Kultes bemächtigt hatte und der Gott als ein Ungeheuer erschien, das sich von Menschenblut nährte. Vielleicht war der Grund aber auch ihr grundsätzliches Misstrauen gegenüber jedem Gottesglauben. Jedenfalls hatten sie beide sich immer nur außerhalb des Tempels getroffen, zum Beispiel bei großen Festakten, die Verbindung jedoch immer gehalten eingedenk ihres freundschaftlichen Verhältnisses, das während des gemeinsamen Kampfes gegen Dohor entstanden war. Tatsache war aber auch, dass ihre Begegnungen in den vergangenen Jahren immer spärlicher geworden waren, nicht zuletzt, weil Theana den Tempelbereich nur noch selten verließ. Dennoch waren die Wertschätzung, die Freundschaft und Zuneigung, die sie füreinander empfanden, in all den Jahren nicht verblasst.

»Bitte sie nur herein!«, beeilte sich Theana jetzt zu antworten.

Dalia nickte kurz und ging hinaus.

Während sie den Zettel unter die anderen Papiere schob, überlegte Theana, ob es ratsam wäre, mit Dubhe über die Angelegenheit zu sprechen.

Ich sollte mir zunächst einmal anhören, was sie zu mir führt, beschloss sie und versuchte, sich zu erinnern, wann sie sich zum letzten Mal gesehen hatten. Sie konnte es nicht mit Sicherheit sagen. Vielleicht damals, vor ungefähr einem Jahr, als die Königin sie hatte rufen lassen, weil der Gesundheitszustand Prinz Neors Anlass zur Sorge gab. Sie überlegte, dass die meisten ihrer Begegnungen nach Lonerins Tod in irgendeiner Weise von der Etikette oder einer bestimmten Notwendigkeit diktiert worden waren. Welche Angelegenheit mochte die Königin nun zu ihr führen?

Dubhe war ganz ähnlich wie damals zu ihrer Zeit als Einbrecherin gekleidet. Immer noch fühlte sie sich in Hose und Jacke am wohlsten, und wenn sie, was häufig vorkam, im Dienst ihrer Organisation irgendwo in der Aufgetauchten Welt unterwegs war, zog sie am liebsten ihren alten Umhang über, jenes Kleidungsstück, das ihr viele, viele Jahre zuvor ihr Meister geschenkt hatte.

Theana war auf Anhieb klar, dass es sich, wie sie vermutet hatte, um keinen Höflichkeitsbesuch handelte. Wieder staunte sie über Dubhes jugendliches Aussehen. Gewiss, auch ihre, wie damals zu Mädchenzeiten zu einem schlichten Pferdeschwanz gebundenen Haare waren ergraut, Hände und Hals faltig. Doch ihr Körper war immer noch flink und kräftig dank der Übungen, die sie, wie Theana wusste, weiter tagtäglich verrichtete. Dubhes Haut wirkte noch frisch, ihre Bewegungen waren elegant und geschmeidig, ihre Beine muskulös und wohlgeformt. Und selbst ihre Augen waren nach wie vor jene dunklen Schächte voller Leben und Unruhe, die sie kannte. Sie beide waren fast gleichaltrig, doch neben der Freundin kam sich Theana beinahe wie eine Greisin vor.

»Du verzeihst, dass ich nicht niederknie. Aber meine Gelenke sind nicht mehr so beweglich wie deine und bereiten mir häufig Verdruss«, erklärte sie mit einem Lächeln.

Dubhe winkte ab, während sie Platz nahm. »Du weißt, die Etikette hat mir noch nie etwas bedeutet.«

Es entstand ein kurzes, versunkenes Schweigen, bis die Königin begann, ein paar höfliche Fragen zu stellen, wie es Theana gehe, ob sie sich nicht überarbeite, wie es mit den Angelegenheiten der Ordensgemeinschaft vorangehe ... Geplauder, das nur einen Sinn hatte: den Moment hinauszuzögern, da sie zur Sache kommen musste.

»Was führt dich her?«, machte Theana es ihr leichter.

Dubhe lächelte. »Kann ich nicht einfach Lust haben, eine alte Freundin wiederzusehen?«

Theana musterte sie mit vielsagendem Blick. »Schon. Aber nicht an diesem Ort, den du eigentlich meidest wie die Pest.«

»Du hast Recht. Für mich ist der Himmel tatsächlich immer leer geblieben.« Dubhe lächelte, ein ehrliches, aufrichtiges Lächeln, wie sie es sich nur bei Personen gestattete, an denen ihr wirklich lag. »Und zudem lassen sich wohl manche schrecklichen Erinnerungen nie ganz vergessen. Dieser Tempel hier strömt für mich immer noch den Gestank der Sekte aus.« Sofort wurde ihr klar, dass ihre Worte Theana kränken mussten, und sie versuchte, sich klarer auszudrücken. »Ich will nicht wieder unterstellen, der wahre Thenaar-Kult habe etwas mit den Hirngespinsten jener Wahnsinnigen von damals zu tun. Aber nach allem, was mir die Gilde angetan hat, ist es wohl verständlich, dass mir persönlich der Glaube fehlt.«

Mühevoll richtete sich Theana in ihrem Sessel auf. »Du musst mir nichts erklären. Ich kenne und verstehe dich. Es ist eben ein schlimmes Erbe, das uns die Sekte da hinterlassen hat: Obwohl so viele Jahre vergangen sind und trotz all der Arbeit, die ich geleistet habe, hat der Name Thenaar für manche immer noch einen abschreckenden Klang. Die Gilde der Assassinen hat vielen den Glauben genommen.«

Einen Moment lang starrte Theana gedankenverloren vor sich hin.

»Aber wie auch immer«, brachte Dubhe sie in die Wirklichkeit zurück, »du hast Recht: Für mein Kommen gibt es einen konkreten Anlass.«

Theana blickte sie aufmerksam an.

Bemüht sachlich, berichtete die Königin nun von den Vorfällen, über die sie ihr Agent in Kenntnis gesetzt hatte, und ihrer anschließenden Unterredung mit dem Königssohn.

Theanas Miene wurde immer besorgter, während ihr eine unterschwellige Angst die Eingeweide zusammenzog. Schließlich nahm sie den Zettel zur Hand, der vor ihr auf dem Schreibtisch lag, und reichte ihn der Freundin. »Schau dir das mal an. Ich habe es gerade gelesen, als mir dein Besuch angekündigt wurde.«

Während Dubhe las, traten die Falten auf ihrer Stirn noch deutlicher hervor. Denn was dort auf dem Zettel stand, passte auf erschreckende Weise zu dem, was sie Theana gerade berichtet hatte.

Von Damyre, Bruder des Blitzes. Land des Wassers.
Fünfundzwanzigster Tag des ersten Sommermonats.

Zwei junge Leute untersucht mit dem Verdacht einer Ansteckung mit einer unbekannten Krankheit. Sie erzählen, in einem Dorf in unserem Land des Wassers, Crysio mit Namen, hätten sie alle Bewohner tot vorgefunden, hingerafft von einer seltsamen Krankheit, die sich mit hohem Fieber, Umnachtung, heftigen Blutungen und schwarzen Flecken am ganzen Körper äußert. Wie ich feststellte, waren die beiden gesund. Halte aber weitere Nachforschungen für dringend erforderlich.

Zum Ruhm Thenaars.

»Hattest du davon gehört?«, fragte Theana.

Dubhe brauchte einen Moment, bis sie antwortete: »Nein, zumindest nicht von diesem speziellen Fall …«

»Glaubst du, das könnte mit einem Wiederaufflammen des Konfliktes zwischen Nymphen und Menschen in Zusammenhang stehen?«

»Für einen solchen Schluss fehlen mir noch klarere Indizien. Aber natürlich ist das möglich. Auf alle Fälle bist du sicher meiner Meinung, dass wir der Sache auf den Grund gehen müssen. Da bahnt sich etwas an, etwas Beunruhigendes, Dramatisches …«

Ein beredtes Schweigen machte sich im Raum breit.

»Ich müsste mir die Leichen ansehen.«

Dubhe lächelte. »Um dich darum zu bitten, bin ich gekommen. Aber du musst dich nicht selbst dorthin bemühen. Es reicht, wenn du einen kundigen Priester aussendest. Ja, ich würde dir sogar dazu raten.«

Theana nickte schwach, während sie mit angespannter Miene nervös mit den Fingerspitzen auf der Tischplatte herumtrommelte.

»Du wirkst sehr besorgt«, bemerkte Dubhe.

Theana beschränkte sich darauf, sie anzuschauen, denn sie war sich nicht schlüssig, was sie antworten sollte. Es waren ein Gefühl sowie eine Erinnerung, die Erinnerung an eine Entscheidung, die sie viele Jahre zuvor gefällt hatte. Sie schüttelte den Kopf. »Nicht über die Maßen. Nur ein wenig. Und du wirst sehen, dass nichts Dramatisches dahintersteckt.«

»Hoffentlich hast du Recht. Aber auf alle Fälle möchte ich wissen, mit was für einer Krankheit wir es hier zu tun haben. Ich habe schon meine Leute in Marsch gesetzt. Sie sollen herausfinden, wo sich diese Dorfbewohner angesteckt haben könnten, und ich hoffe, dir bald schon Genaueres berichten zu können. Aber denk auch daran, deinen Priestern einzuschärfen, die nötigen Vorsichtsmaßnahmen zu ergreifen.«

Theana nickte. Tatsächlich war sie sehr viel besorgter, als sie zeigen wollte.

Dubhe machte Anstalten, sich zu erheben. »Es ist immer eine Freude, dich wiederzusehen«, sagte sie, und die Freundin musste lächeln über diese steifen, förmlichen Worte. Die langen glücklichen Jahre an Learcos Seite hatten Dubhe nicht lockerer gemacht, und immer noch geriet sie in Verlegenheit, wenn es darum ging, anderen ihre Zuneigung zu zeigen. »Komm mich doch bei Gelegenheit mal im Palast besuchen. Immer nur hier drinnen zu sitzen, umgeben von Weihrauch und Bedürftigen, bekommt dir wahrscheinlich auch nicht.«

Theana breitete ergeben die Arme aus. »Das ist eben mein Leben. Aber sicher, wenn es meine Zeit zulässt, komme ich gern.«

Mit einem angedeuteten Kopfnicken verabschiedete sich die Königin und wandte sich zur Tür.

Als Theana wieder allein war, versuchte sie, sich selbst zu überzeugen, dass nichts Ernstes hinter der Sache steckte und ihre Priester ihr bald berichten würden, dass es sich doch nur um Fälle von Rotem Fieber gehandelt hatte. Und dennoch ging ihr ständig das Streitgespräch im Kopf herum, das sie Jahre zuvor, in der schwierigsten Phase der Ordensgemeinschaft, zu führen gehabt hatte.

»Was hier droht, ist das Ende aller Zeit. Das Ende des ewigen Kreislaufs, der die Aufgetauchte Welt regiert. Ein alles erfassender, alles entscheidender Krieg! So wie damals zu Asters Zeiten!«

Es ist ein junger Priester der Ordensgemeinschaft, der so auf sie einredet. Der Jüngling ist außer sich, aufgewühlt von dem Buch, das er gerade entdeckt hat: eine Schrift elfischer Herkunft, die ihre Lesart der Geschichte der Aufgetauchten Welt vollkommen auf den Kopf stellen könnte. Ein großes, entsetzliches Werk.

Sie und dieser junge Bruder, Dakara mit Namen, sind allein in dem Raum.

»Versuch doch, dich zu beruhigen.«

»Ihr scheint das nicht zu verstehen! Dabei wissen wir doch alle, was geschah, als der letzte Zerstörer in die Aufgetauchte Welt kam. Und das wird wieder geschehen. Aber diesmal müssen wir darauf vorbereitet sein.«

»Was du da vorschlägst, würde bedeuten, die Naturgesetze außer Kraft zu setzen, mit Gewalt einen Kreislauf durchbrechen zu wollen, den wir niemals beherrschen können. Du hast es ja selbst gesagt: Seit ewigen Zeiten dreht sich das Rad der Geschichte in der Aufgetauchten Welt auf diese Weise. Zerstörer und Geweihte wechseln einander ab, in einem ewigen Kreislauf, den die Völker der Aufgetauchten Welt noch immer überlebt haben, ganz gleich, wer nun gerade in der jeweiligen Auseinandersetzung den Sieg davontrug. Das ist das Grundprinzip unserer Welt, und dem müssen wir uns beugen. Nichts ist ewig.«

»Damit wollt Ihr also sagen, dass wir die Zerstörung tatenlos über uns ergehen lassen sollen?«

»Nein, ganz und gar nicht. Wir müssen kämpfen, wenn die Zeit dazu gekommen ist, und das werden wir auch tun, so wie immer. Das ist unsere Rolle.«

»Aber damit sind wir nicht mehr als Marionetten, deren Fäden die Götter ziehen. Ja, glaubt Ihr denn wirklich, Thenaar habe uns dazu er-

schaffen, um wie willenlose Puppen in einem Stück zu spielen, das er für uns geschrieben hat?«

Theana schüttelt den Kopf. »So ist die Welt eingerichtet. Manche Gegebenheiten kann man nicht ändern und muss sie einfach hinnehmen. Dieses Wechselspiel, das du auch erkannt hast, gehört dazu. Wir können, ja, wir dürfen in diesen Zyklus nicht eingreifen. Das bedeutet nicht, dass wir uns willenlos in ein Schicksal ergeben. Nein, es bedeutet, zu handeln und auf angemessene Art und Weise auf das Unvermeidliche zu reagieren.«

Doch Dakara lässt sich nicht umstimmen, beharrt auf seiner Überzeugung und entwirft das Szenario einer Wiederkehr des Zerstörers. »Denn wiederkehren wird er, die Schriften der Elfen sprechen eine klare Sprache! Und dann wird Krieg herrschen, Tod und Vernichtung. Und eine Seuche wird kommen.«

Seuche.

Du fantasierst. Bis jetzt kann es sich durchaus auch um Fälle von Rotem Fieber handeln.

Doch seit sich Dakara von der Ordensgemeinschaft des Blitzes abgewandt hatte, ließ der Gedanke, vielleicht doch falsch gehandelt zu haben, Theana nicht mehr los. Vielleicht hatte Dakara ja Recht, vielleicht war es tatsächlich geboten, der Wiederkehr des Zerstörers zuvorzukommen. Immer wieder hatte sie sich gesagt, dass die Überzeugungen des jungen Bruders entsetzliche Folgen gezeitigt hatten, weil er mit der Rechtfertigung, die Aufgetauchte Welt vor dem sonst unvermeidlichen Untergang retten zu wollen, selbst Gräueltaten verübt hatte. Aber das hielt sie nicht davon ab, auch zu zweifeln, Dinge infrage zu stellen. Dies war ihr Weg, ihrem Glauben treu zu sein.

Und wenn diese Toten im Land des Wassers tatsächlich Vorboten des Untergangs sind, des Endes aller Zeiten?

10

Ein Geständnis

Wie ein bunter Fleck im Grün der Wälder, die die Stadt umgaben, lag Neu-Enawar vor ihnen, präsentierte sich mit einer fantastischen Mischung verschiedenster Farben vor dem Hintergrund eines klaren Himmels im Licht der untergehenden Sonne. Von oben betrachtet, erschienen manche Viertel gräulich, andere blendend weiß, manche Gebäude klobig, andere prachtvoll und elegant. Genau im Zentrum der Stadt ragte ein Bauwerk von außerordentlicher Höhe auf, das mit einer Vielzahl von Fialen und Spitzbögen versehen und ganz aus Glas errichtet war, an dem sich funkelnd die letzten Sonnenstrahlen brachen. Darum herum erhoben sich wie Pilze auf einem unebenen Teppich aus Blättern eindrucksvolle Paläste. Auf einige von ihnen deutete nun Amhal und erklärte sie Adhara:

»Das ist der Sitz des Gemeinsamen Rates der Aufgetauchten Welt, in dem die Könige der verschiedenen Länder und die vom Volk gewählten Magier vertreten sind. Und dies da drüben ist der Palast des Vereinten Heeres und daneben der Große Gerichtshof.«

Adharas Blick wanderte zwischen den Bauwerken hin und her, blieb hängen an pompösem Zierrat, goldenen Dächern, elegant geschwungenen Kuppeln.

»Warum ist das Bild so uneinheitlich? Kein Gebäude, kein Viertel gleicht dem anderen«, sagte Adhara verwirrt.

»Nun, mit der Gestaltung Neu-Enawars wurden verschiedenste Architekten aus allen Teilen der Aufgetauchten Welt beauftragt, und jeder hat dem Gesamtbild Elemente hinzugefügt, die für sein Herkunftsland typisch sind. Aber natürlich, du hast Recht, letztendlich ist dabei ein rechter Mischmasch herausgekommen«, räumte Amhal lächelnd ein.

Adhara wusste nicht, was sie sagen sollte. Verglichen mit dem eleganten Laodamea, wirkte das pompöse Neu-Enawar irgendwie kalt, und selbst das Stadtbild des antiken Salazar mit seinem wuchtigen Turm hatte ihr besser gefallen. Dennoch: Dies hier war die Hauptstadt der Aufgetauchten Welt, der Sitz aller wichtigen Institutionen, die ihre Geschicke lenkten.

»Es ist eben eine neue Stadt ohne Geschichte«, bemerkte Amhal, die Gedanken seiner Begleiterin erratend. »Sie ist nicht organisch gewachsen aus dem Bedürfnis der Bewohner, sich hier anzusiedeln und zu einer Gemeinschaft zusammenzuschließen, sondern wurde errichtet, um eine Vergangenheit auszulöschen, sozusagen als Sinnbild einer neuen Ordnung. Man hat den Leuten Anreize geboten, damit sie hierherziehen. Und so ist eine künstliche Stadt entstanden, ohne Tradition, ohne Gedächtnis.«

Amhal verstummte. Schlagartig war ihm klargeworden, was er da gesagt hatte, aber es war zu spät, um es zurückzunehmen.

Eine Stadt wie ich, ohne Gedächtnis, meine Stadt, dachte Adhara betrübt.

Jamila schwebte nieder, während die Gebäude immer noch rasch unter ihren ausgebreiteten Schwingen entlangzogen. Dann landeten sie auf einem kleinen Platz aus gestampfter Erde vor einem der großen Bauwerke, die sie von oben betrachtet hatten. Staubwolken stoben auf, und Adhara sah auch darin feinste Splitter Schwarzen Kristalls glitzern.

Vielleicht ist es weniger eine Stadt ohne Vergangenheit, als vielmehr ein Ort, dem es nicht gelingen will, seine Trümmer loszuwerden.

Ein Bediensteter trat heran, um sich um Jamila zu kümmern, während Amhal ungeduldig aus dem Sattel sprang. Adhara beobachtete, wie er sich nervös umschaute und offenbar jemanden suchte auf dem Platz, der von Arkaden begrenzt wurde.

Sie waren beim Heerespalast gelandet, einem trutzigen Bauwerk, mehr breit als hoch, dessen klobiges Aussehen kaum aufgelockert wurde durch eine Reihe von Ornamenten, den Mäandern längs des Flachdachs oder den Statuen unter dem Säulenvorbau. Auf dem Platz standen weitere Drachen. Adhara betrachtete sie, während sie zerstreut dem hektisch wirkenden Amhal folgte. Grüne und rote Drachen sah sie, sogar blaue, die auffallend klein waren mit fast durchscheinenden Flügeln und sehr langgezogenen Leibern, aber kein Tier war wie Jamila, keines besaß schwarze Flügel.

»Hältst du wieder Ausschau nach den mütterlichen Rockschößen? Mittlerweile müsstest du doch gelernt haben, allein zurechtzukommen. Dafür habe ich dich schließlich in die Welt hinausgeschickt.«

Die Stimme klang rau, und Amhal fuhr herum in die Richtung, aus der sie gekommen war. »Meister!«, rief er und stürmte ihm entgegen.

Im Halbschatten des Säulenvorbaus erkannte Adhara verschwommen eine Gestalt, die, ihrem matten Funkeln nach zu urteilen, eine metallene Rüstung zu tragen schien.

Nun tauchte Amhal in den Halbschatten ein, und mehr als sie sah, erahnte Adhara, wie ihr Freund jemanden umarmte, der ihn seinerseits mit kräftigem Schulterklopfen begrüßte.

Nervös an ihren Haaren spielend, trat sie näher. Es geschah zum ersten Mal, dass sich eine dritte Person zwischen sie beide schob, und das berührte sie unangenehm, ja, es ärgerte sie.

Nach und nach gewöhnten sich ihre Augen an die Schatten und erkannten einen stattlichen Mann, der sie offenbar ansah. Je näher sie kam, desto deutlicher zeichnete sich die

Rüstung ab, blank poliert, aber ohne übertriebenen Schmuck. Auf der Brust prangte eine Art Wappen: ein Kreis, der weitere, kleinere Kreise umschloss, die selbst wiederum je einen Edelstein von verschiedenen Farben einfassten. Aus dieser Rüstung ragte ein Stiernacken hervor, auf dem ein großer kahler Kopf saß. Es war ein Hüne von einem Mann, der gewiss gewaltige Kräfte besaß. Im Gegensatz zu seinem rasierten Schädel war sein halbes Gesicht von einem langen, fließenden Bart und einem blonden Schnurrbart verdeckt, und seine kleinen, himmelblauen Augen verschwanden fast unter den buschigen, streng wirkenden Augenbrauen.

Amhal war Adhara zwar immer schlank, aber doch alles in allem kräftig gebaut vorgekommen. Neben diesem Athleten wirkte er nun aber geradezu zierlich und zerbrechlich.

»Das ist Adhara«, sagte er jetzt auf sie deutend, während er den Mann weiter mit glänzenden Augen ansah.

Die Hände hinter dem Rücken gefaltet und mit dem unangenehmen Gefühl, nicht zu wissen, wohin mit dem eigenen Körper, blieb Adhara stehen.

Der Mann musterte sie mit durchdringendem, abschätzendem Blick. »Eigentlich hatte ich dich nicht losgeschickt, damit du dir ein hübsches Mädchen anlachst«, bemerkte er.

Amhal lächelte. »Das ist eine lange Geschichte, Meister …«

»Die kannst du mir beim Mittagessen erzählen«, erwiderte dieser gelassen und wandte sich dann wieder Adhara zu. »Ich bin Mira. Schön, dich kennenzulernen, Adhara.«

Sie starrte ihn nur verdattert an.

»Du scheinst mir ein wenig schüchtern zu sein, oder?«, brummte Mira und deutete ein Lächeln an.

»Wie gesagt, Meister, das ist eine lange Geschichte«, sprang Amhal ihr bei.

Das Innere des Heerespalastes wirkte schnörkellos und streng. Schwere Tonnengewölbe mit unverputzten Ziegelsteinen, weiten Hallen ohne irgendwelchen Schmuck, abgesehen von einigen streng dreinblickenden Statuen, aber jeweils nicht mehr als eine in jedem Raum. In den meisten Fällen waren Krieger mit himmelwärts gerecktem Schwert dargestellt. Das Haupt des einen oder anderen war auch gekrönt.

»Das waren Könige, die sich durch ihre Weitsicht und Güte hervorgetan haben«, flüsterte Amhal, dem ihre Verwirrung nicht entging, Adhara ins Ohr.

Der Speisesaal war endlos lang und wimmelte von Menschen. Rüstungen, so weit das Auge reichte. Schwerter rasselten, und Löffel klapperten, während sie in Tonschalen getaucht wurden. Und munteres Stimmengewirr, Gelächter ertönten, zudem klirrten Gläser, wenn an einem Tisch angestoßen wurde. Fast alle trugen Rüstungen, aber auch die wenigen anderen hatten ein Symbol auf die Brust gestickt, das den Wappen auf den Harnischen ganz ähnlich war.

Noch nie hatte sich Adhara in einem solch riesigen Raum mit so vielen Leuten aufgehalten. Gegen den Trubel, der hier drinnen herrschte, kam ihr das hektische Treiben in Salazar geradezu gemächlich vor.

In irgendeiner Ecke fanden sie Platz. Sogleich trat ein Jüngling in einem Leinenhemd zu ihnen, der sie nach ihren Wünschen fragte. Mit glänzenden Augen bediente er Mira, schien voller Bewunderung für den Ritter und sprach ihn nur ehrerbietig mit »Herr« an.

»Noch einen Teller Suppe, Herr? Noch einen Kanten Brot, Herr?«

Mira lehnte freundlich ab und beugte sich dann über den Tisch zu Amhal vor. »Glaub mir, manchmal kann diese Ehrfurcht schon ganz schön lästig sein.« Damit lachte er auf, und Amhal stimmte fröhlich wie ein kleiner Junge in sein Gelächter ein.

Häufiger hatte sich Adhara schon gefragt, ob dieser Schatten, der Amhal stets begleitete, sich irgendwann auch einmal lichtete, ob er manchmal auch ganz unbeschwert und sorglos war. Jetzt erlebte sie solch einen Moment. Mit gewiss weniger aufdringlicher – aber dafür umso tieferer – Bewunderung als die junge Bedienung blickte er seinen Förderer an und erweckte den Eindruck, er sei jetzt endlich nach Hause zurückgekehrt. Adhara biss sich auf die Lippen und wies sich innerlich selbst zurecht, aber es machte ihr schon etwas aus, dass sich Amhal in ihrer Gegenwart nie so glücklich gezeigt hatte.

Mit ihm kannst du dich nicht vergleichen, das ist sein Meister. Die beiden werden sich seit Ewigkeiten kennen.

Unterdessen erstattete Amhal Mira Bericht, erzählte ihm vom Verlauf seiner Reise bis nach Salazar, wohin er offenbar einen Verbrecher gebracht hatte, und dann auch von dem Aufenthalt in Laodamea.

»Und was ist mit dem Mädchen hier?«, fragte Mira.

In groben Zügen berichtete Amhal, was vorgefallen war, ließ aber die heikelsten Einzelheiten von Adharas Rettung in Salazar fort, und kam schließlich auch auf die rätselhafte Krankheit und ihre grausige Entdeckung in dem Dorf im Land des Wassers zu sprechen. Mira blickte ihn während des gesamten Berichts aufmerksam an.

»Und diese beiden Typen haben dich angegriffen?«, fragte er, an Adhara gewandt, noch einmal nach.

Das Mädchen konnte nur nicken, und so ergriff Amhal wieder das Wort und erläuterte, was ihr bei den beiden Männern aufgefallen war.

Mira begann, sich mit nachdenklicher Miene das Kinn zu kraulen.

»Was glaubt Ihr, wer könnten die beiden gewesen sein?«

Der Ritter schwieg einige Augenblicke. »Ich habe nicht die leiseste Ahnung«, antwortete er schließlich, »aber wie auch immer, die Sache gefällt mir nicht. Offenbar besteht da ein Zusammenhang zu den Vorfällen in dem von dieser rätselhaften Krankheit heimgesuchten Dorf.«

»Schon … Allerdings scheint nur dieses Dorf befallen zu sein, und wenn ich es mir genauer überlege, könnte es auch eine Art Rotes Fieber gewesen sein … gewiss auch eine Krankheit, die man aber schon kennt …«

Mira kraulte sich weiter den Bart. »Also ich weiß nicht … Auf alle Fälle lasse ich mir den Bericht der Leichenschau zuschicken und werde auch mit Feo über die Sache sprechen. Wir müssen die Situation im Auge behalten.«

Amhal nickte. Offensichtlich war er stolz auf sich: Es waren wichtige Neuigkeiten, die er seinem Meister da überbracht hatte.

»Nun aber würde ich doch gern etwas mehr über dieses hübsche Mädchen hier erfahren«, wechselte Mira das Thema.

Adharas Wangen begannen zu glühen. Dieser Mann verstand es, sie in Verlegenheit zu bringen. Amhal übernahm die Sache und erzählte jetzt alles von Anfang an. Adhara beschränkte sich darauf, mit hastigen Bewegungen ihre Suppe auszulöffeln. Es war ihr furchtbar unangenehm, wie da vor einem Fremden über sie geredet wurde. Ohne dass sie es recht merkte, hatte ihre linke Hand begonnen, am Heft ihres Dolches herumzuspielen.

Mira hörte schweigend bis zum Ende zu und sah sie dabei hin und wieder kurz aber durchdringend an. Sie hatte die Augen weiter niedergeschlagen.

»Ich habe mir gedacht, sie könnte vielleicht hier aus der Gegend stammen. Es sind fünfzehn Tagesmärsche von hier nach Salazar, und im Süden gibt es dichte Wälder«, schloss Amhal.

Mira machte sich wieder über seinen Bart her. Das tat er immer, wenn er scharf nachdenken musste. »Mag sein. Aber selbst wenn du den Ort finden würdest, wo sie zu Hause ist … Ich weiß gar nicht, ob damit so viel gewonnen wäre … An diese Wiese erinnert sie sich aber ganz genau, oder?«

Adhara nickte.

»Wenn man alle Hinweise verbindet, kommt man zu dem Schluss, dass sie hier irgendwo zu Hause ist«, ließ sich Amhal nicht beirren.

»Das ist nicht gesagt«, widersprach sein Meister. »Du hast doch gesagt, dass sie ein weißes Hemd trug, und zudem ist mir aufgefallen, dass ihre Handgelenke Striemen aufweisen, so als sei sie gefesselt gewesen.«

Unwillkürlich warf Adhara einen Blick auf ihre Handgelenke. Die einst roten Striemen waren zu kaum noch abgesetzten, weißlichen Armreifen verblasst.

»Das könnte bedeuten, dass sie ein Sträfling war.«

Amhal machte Anstalten, heftig zu widersprechen, während Adhara das Gefühl hatte, ihr Herz setze einen Schlag aus. Eine Verbrecherin? Sie? Die ganze Reise, das lange Umherirren, dieses Schmachten nach einer Identität, nur um herauszufinden, dass sie eine Kriminelle war?

Mira hob die Hand. »Das würde auch ihre Begabungen erklären: dass sie zu kämpfen versteht oder auch ihre Geschicklichkeit im Umgang mit Verriegelungen.« Er bedachte sie mit einem vieldeutigen Blick, und Adhara fühlte sich gekränkt.

»Meister, offen gesagt ...«

»Schon gut. Du hast Recht. Kein Gefängnis in der Aufgetauchten Welt«, fuhr Mira fort, »verwendet als Sträflingskleidung weiße Hemden. Im Land der Sonne sind Gewänder aus grobem Leinen gebräuchlich, im Land der Sonne werden die Gefangenen in Rot gekleidet. Hier im Großen Land wählt man meistens Hosen und Hemden aus grünem Stoff. Und zudem wurden Armeisen für Gefangene vor zehn Jahren vom Gemeinsamen Rat abgeschafft. Und Beineisen auch, denn irgendetwas sagt mir, dass auch die Fußgelenke deiner Freundin Male zeigen.«

»Das stimmt ...«, entfuhr es Adhara bewundernd, während Amhal seinen Meister nur staunend anstarrte.

»Mach doch nicht so ein Gesicht. Das kann man doch

leicht erraten. Du wirst mir doch nicht erzählen wollen, dass du nicht darauf gekommen wärest?«

Amhal wandte den Blick ab, und Mira erlaubte sich ein mildes Lächeln.

»Nein, ich denke, dass sie entführt wurde. Das würde auch ihren Gedächtnisverlust erklären. Die Angst, der Schock angesichts dieser entsetzlichen Erfahrung ... Vielleicht ist sie von jemandem befreit worden ... Obwohl ... dann hätte derjenige sie wohl bei sich behalten. Wahrscheinlicher ist, dass sie sich selbst befreien konnte und sich flüchtend einige Meilen so dahingeschleppt hat, bis sie dann, mit ihren Kräften am Ende, auf dieser Wiese zusammenbrach und einschlief. Und am nächsten Morgen – peng! – waren ihre Erinnerungen schlagartig fort.«

Amhal und Adhara schauten ihn mit offenem Mund und großen Augen an.

»Und dennoch könnte ich auch Recht haben, Meister«, bemerkte Amhal nach einer Weile, »wenn sie sich nicht weit geschleppt hat, könnte sie doch aus dem Großen Land stammen.«

Mira hob den Zeigefinger. »Ich bin noch nicht fertig. Vielleicht hat man sie hier irgendwo gefangen gehalten, doch woher sie eigentlich stammt, lässt sich daraus nicht schließen. Vielleicht kommt sie von irgendwo weit her. Auf Betreiben seiner Majestät, König Learco, wurde die Sklaverei ja offiziell abgeschafft, aber ich darf dich daran erinnern, dass der Sklavenhandel immer noch blüht. Immer wieder kommt es vor, dass junge Mädchen entführt und an reiche Herrschaften verkauft werden, die sich ihrer dann so bedienen, wie es ihnen gefällt. So könnte es auch Adhara ergangen sein.«

Amhal ließ sich auf seinen Stuhl sinken. »Das heißt, sie könnte von überallher stammen.«

Mira zuckte mit den Achseln. »Schon. Aber etwas ist doch auffällig.« Er deutete auf Adharas Augen. »Solche Augen sieht man nur äußerst selten, und noch viel seltener solche Haare.«

Amhal schlug sich mit der flachen Hand gegen die Stirn. »Ach herrje, Meister, das habe ich Euch ja gar nicht erzählt …« Und rasch schilderte er die Begegnung mit dem Heilpriester und was dieser vermutet hatte.

»Das spricht ja nur für meine Theorie einer Entführung«, bemerkte Mira, wobei er sich wieder den Bart streichelte. »Man hat sie entführt, aber nicht um sie zur Sklavin zu machen, sondern für andere, vielleicht noch verwerflichere Ziele.«

Adhara spürte, wie ein Schauer ihre Glieder durchfuhr.

»Zeig ihm mal den Dolch«, forderte Amhal sie auf.

Wie betäubt, wandte sie ihm langsam das Gesicht zu. »Ach ja«, sagte sie dann, löste ihn vom Gürtel und warf ihn auf den Tisch.

»Den fand sie bei sich, als sie auf der Wiese erwachte«, erklärte Amhal.

Mira nahm die Waffe in die Hand, und zum ersten Mal betrachtete nun auch Adhara sehr aufmerksam diesen Dolch. Bis dahin hatte sie ihn immer nur als eine Art Körperfortsatz empfunden, der so selbstverständlich an ihrer Seite hing, dass sie ihn sich nie richtig angeschaut hatte.

Dabei war es eine ganz besondere Waffe. Um das Heft ringelte sich eine zweiköpfige Schlange. Ein Kopf war weiß, der andere schwarz. Die Glocke war relativ schlicht, nicht mehr als eine kurze Querstange, die nur an den beiden Enden nach unten gebogen war. Die Klinge aber war sehr spitz, gewellt und äußerst scharf. Längs des oberen Teils war etwas eingraviert, was Mira nun aufmerksam betrachtete.

»Kennt Ihr jemanden, der solch eine Waffe benutzt?«, fragte Amhal gespannt.

»Das sind elfische Schriftzeichen …«, murmelte er und kniff die Augen zusammen. »Schade, dass ich das nicht lesen kann«, fügte er hinzu, während er den Dolch zurück auf die

Tischplatte legte. »Eine solche Waffe habe ich noch nie gesehen.«

Neugierig geworden, sah sich auch Adhara die Inschrift noch einmal genauer an. Blinzelnd versuchte sie es: »›Thenaar‹ ... steht da, ja, ›Thenaar‹.«

Die beiden Männer schauten sie staunend an.

»Du kannst Elfisch?«

»Ich ... ich weiß nicht ...«, murmelte Adhara mit verblüffter Miene. »Jedenfalls lautet die Inschrift ›Thenaar‹. Ist das wichtig?«

Mira überlegte eine Weile, bevor er antwortete.

»Nicht unbedingt. Viele Gläubige verehren diesen Gott. Warum soll man seinen Namen nicht in eine Waffe eingravieren?«

Adhara stieß die Luft aus, und auch Amhal schien enttäuscht.

»Mach nicht so ein Gesicht. Ich kann doch nicht alle Waffen der Welt kennen. Eine gründliche Recherche in der Bibliothek könnte uns die passenden Antworten liefern.« Mira wandte sich an Adhara. »Du kannst also lesen?«

»Ja.«

»Gut, ich denke, ein Besuch in der Bibliothek könnte ein erster Schritt sein. Der Dolch ist dein wichtigster Anhaltspunkt. Deswegen würde ich meine Nachforschungen ganz auf ihn konzentrieren.«

Sie nickte.

»Morgen habe ich nicht allzu viel vor. Ich könnte dich hinbringen.«

Adhara spürte erneut, wie ihr die Hitze ins Gesicht schoss.

»Aber, Meister, ich bin doch auch ...«, wollte Amhal einwenden.

»Du kümmerst dich um etwas anderes. Ich kenne da ein paar Leute, die uns vielleicht erzählen können, wie es bei uns in der Gegend mit dem Sklavenhandel aussieht. Nicht, dass ich mir allzu viel davon erwarten würde, aber es könnte schon nützlich sein, wenn du dich ein wenig in den verrufeneren Gegenden der Stadt rumtreibst und die Ohren offen hältst. Die Aufgabe, die ich dir übertragen hatte, hast du zu meiner vollen Zufriedenheit erledigt. Du wirst jetzt immer selbstständiger. Ich möchte, dass du das allein übernimmst.«

»Ja, Meister«, fügte sich Amhal.

Auch Adhara versuchte, sich mit der Vorstellung anzufreunden, einen ganzen Morgen mit einem im Grund doch vollkommen Fremden zu verbringen, einem Mann, der sie einschüchterte und gegen den sie eine unwillkürliche Abneigung spürte. Dennoch musste sie zugeben, dass nun zum ersten Mal seit ihrem Erwachen auf der Wiese konkrete Schritte zur Klärung ihrer Herkunft unternommen wurden.

»Ich muss dich allerdings warnen«, fügte Mira noch hinzu, wobei er ihr geradeheraus in die Augen sah, »die ganze Suche könnte sich auch als sinnlos erweisen. Vielleicht sind meine Vermutungen reine Spekulation, und es gibt ganz andere Erklärungen für die Narben an deinen Handgelenken. Ich will damit sagen: Mach dir keine zu großen Hoffnungen. Du könntest enttäuscht werden.«

Adhara schluckte. »Seit ich denken kann, bin ich nur durch eine mir unbekannte Welt geirrt und habe mich dabei ganz an Amhal angelehnt. Es ist mir lieber, selbst zu handeln und vielleicht nichts zu finden, als weiter nur im Finstern herumzutappen.«

Mira lächelte. »Du gefällst mir. Und keine Sorge: Irgendetwas werden wir schon finden«, fügte er in fast väterlichem Ton hinzu.

Und einen Augenblick lang glaubte Adhara nachempfinden zu können, was dieser Mann für Amhal bedeutete.

Am Abend machten sie sich auf, um Adhara in einem Gasthaus unterzubringen. Mira und Amhal hatten eigene Unterkünfte im Heerespalast, doch war es ihnen nicht gestattet, Fremde dort mit aufzunehmen. Amhal jedoch hatte beschlossen, sich ebenfalls ein Zimmer in dem Gasthaus zu nehmen.

»Ich habe kein gutes Gefühl, wenn ich sie allein lasse«, erklärte er seinem Meister.

Mira lächelte. »Du wirst ja immer ritterlicher!«

Amhal errötete bis zu den Haarwurzeln.

So liefen sie zu dritt durch die jetzt am späten Abend leeren Gassen von Neu-Enawar zu der Herberge und unterhielten sich über dies und das. Als sie dann die Kammern genommen hatten, sagte Mira, bevor sie sich verabschiedeten, ganz unerwartet zu Adhara: »Du kannst schon mal hinaufgehen. Amhal und ich haben noch einige dienstliche Angelegenheiten zu besprechen.«

Sie blickte die beiden verwundert an, wandte sich dann aber, da sie ohnehin recht müde war, der Treppe zu, ohne etwas zu erwidern.

»Ich komme gleich nach«, versicherte ihr Amhal und sah zu, wie sie, zierlich und schutzlos wirkend, die Stufen nahm.

»Komm mit hinaus!«, riss Mira ihn brüsk aus seinen Gedanken.

Der angehende Ritter hatte keine Ahnung, was es zu besprechen gab, war aber nicht unglücklich, noch etwas mit seinem Meister allein zu sein. Er mochte es, mit ihm über ihre gemeinsamen Aufgaben zu sprechen, und freute sich, wenn dessen Augen anerkennend aufblitzten.

»Gefällt sie dir?«, fragte Mira geradeheraus, als sie sich draußen am Beckenrand eines kleinen Springbrunnens niedergelassen hatten.

»Aber, Meister!«, brauste Amhal auf.

Mira lachte vergnügt. »Du bist doch jung, Amhal, und es wäre unnormal, wenn du dich nicht für junge Damen interessiertest. Du bist immer so ernst, ein hübsches, nettes Mädchen wäre genau das Richtige für dich.«

Amhal stierte auf seine Stiefelspitzen. Das mit den Frauen

war nichts für ihn. Sein Leben war schon verwickelt genug, bestimmt von wahrhaft tiefen, quälenden Konflikten, so dass für amouröse Abenteuer oder Liebeskummer kein Platz mehr war.

»Sie war in Not, und ich habe ihr geholfen. Das ist doch die Aufgabe eines Ritters«, stellte er klar.

Mira lächelte ihn väterlich an. »Man muss das Leben auch mal leichtnehmen, sonst ist es nicht lebenswert. Also, gefällt sie dir oder nicht?«

Da blitzte vor Amhals geistigem Auge das Bild von Adhara auf, wie er sie an dem Marktstand beim Kleiderkauf gesehen hatte. Mit ihren kleinen festen Brüsten, den strammen Pobacken, über denen sich das Wildleder der eng anliegenden Hose spannte. Er schluckte. »Vielleicht … aber das ist nicht wichtig.«

Mira lachte wieder, und der junge Ritter spürte, wie dieses Lachen, frisch und wohltuend wie Balsam, sein Herz berührte. Das hatte ihm gefehlt in den einsamen Tagen in der Fremde.

»Gut, du sagst, das ist nicht wichtig … Aber was dann, Amhal?«

Mit einem Mal war die Miene seines Meisters ernst geworden, seine Heiterkeit verflogen.

»Auf deiner Reise ist noch etwas geschehen, was du mir bisher nicht erzählt hast, richtig?«

Amhal schaffte es nicht, seinem Blick standzuhalten. Er spürte, wie ihm das Geständnis die Kehle zuschnürte, wie ein dicker Kloß, den es hinausdrängte.

»Du hast die Hände voller Blasen, und dann diese Schnittwunde am Arm …«

»Ich habe drei Männer getötet!« Er schrie es Mira ins Gesicht, so als sei sein Mund nicht länger imstande gewesen, diese entsetzlich wahren Worte zurückzuhalten.

Danach fiel es ihm leichter zu erzählen, was vorgefallen war, ja, es drängte ihn geradezu, nichts zu verheimlichen von dieser unbändigen Wut, dieser Mordlust, die ihn wieder einmal überwältigt hatte. Und während er erzählte, fühlte er sich nicht nur verzagt – so wie immer –, sondern auch eigenartig erleichtert, so als befreie er sich von seinen Sünden und suche nach einer – vielleicht unmöglichen – Vergebung.

Mira ließ ihn seinem Herzen Luft machen und legte ihm dann eine Hand auf die Schulter. »Aber du kämpfst auch, Amhal. Und Kampf ist die Grundlage des Lebens, für das wir uns entschieden haben. Du stehst im Kampf, das musst du dir immer sagen, wenn du verzweifelst. Immerhin kämpfst du dagegen an. Zu stürzen gehört zur Schlacht, und du musst lernen, dir selbst zu verzeihen.«

»Ich weiß nicht, Meister ... Ich habe das Gefühl, es steckt noch mehr dahinter ... Ja, als stecke etwas in mir ... etwas völlig Verkehrtes ...« Die Stimme versagte ihm.

Mira drückte ihn noch fester an sich, und so lag nun Amhals Wange auf dem ledernen Wams seines Meisters, dort wo dessen Herz gleichmäßig schlug, laut und kraftvoll.

Der junge Ritter schloss die Augen, und seine Gedanken wanderten zu seinem Vater. War der es, der ihm diese Saat der Gewalt ins Herz gepflanzt hatte? Dieser verabscheuungswürdige Kerl, der seine schwangere Geliebte hatte sitzen lassen und ihn, seinen Sohn, niemals sehen wollte, dieser verantwortungslose Draufgänger, der ihn allein seinem Schicksal als Ausgestoßener überließ – dieser Schuft fehlt ihm entsetzlich. Und als Mira ihn so fest an sich drückte, dass alle Worte überflüssig waren, da wünschte er sich verzweifelt, dieser könne sein Vater sein und jene quälende Leere ausfüllen, die sein Leben geprägt hatte.

Der Schmerz fühlte sich nun süßer an, und ganz langsam lockerte Amhal den Griff, während er lautlos dicke Tränen vergoss, die seine Wangen und Miras ledernes Wams benetzten.

So verharrten sie lange, saßen nur da unter einem ungerührt strahlenden Mond.

11

Die Begegnung

Als der Mann in Schwarz aufwachte, beschien draußen die Sonne einen herrlichen Tag. Ihre Strahlen fluteten durch das Fenster der Herberge, in der er abgestiegen war.

Das schöne Wetter verdarb ihm die Laune. Er hasste den Sommer mit seiner Hitze und sehnte sich nach den Wintertagen mit ihrem eintönig grauen Himmel, wenn sich kein Lüftchen regte und die Kälte in die Glieder fuhr und bis zu den Knochen durchdrang. Der Winter hatte ihm, fern von der Aufgetauchten Welt, am meisten gefehlt. Orva war ein Ort immerwährenden unerträglichen Frühlings. Und nun, da er endlich in Gefilde zurückgekehrt war, wo die Winter hart und streng waren, musste es ausgerechnet Sommer sein.

Mit der Welt hadernd, erhob er sich und zog sich rasch an. Er hatte sich bereits zur Tür gewandt, um das Zimmer zu verlassen, als ihm das rötliche Glitzern des Fläschchens auf dem Nachttisch ins Auge fiel. Fast hätte er das Geschenk vergessen, das ihm der Freund einige Abende zuvor überreicht hatte.

Die schlechte Laune steigerte sich zu dumpfer Wut. Dabei hätte er sich selbst niemals eingestanden, dass dieses Fläschchen der Grund für sein Unbehagen war; hätte nicht zugeben wollen, dass es ihm trotz allem – trotz der vielen Jahre, die seither vergangen waren, trotz des Weges, den er eingeschlagen hatte, und trotz des Wissens, wofür dieser

Mann stand – ja, dass es ihm trotz allem wehtat, ihn zu töten.

Eilig griff er zu dem Fläschchen, hastete die Treppe hinunter, knallte, was er schuldig war, auf den Wirtstresen und verließ, ohne auch nur einmal den Mund aufzumachen, das Haus.

Sie trafen sich in einer kleinen Schenke, dem geeignetsten Platz, um nicht aufzufallen in einer Menge, und der Mann in Schwarz brauchte die Anonymität so dringend wie die Luft zum Atmen. Es war Mittag, und er hatte einige Zeit darauf verwendet, einen Ort ausfindig zu machen, an dem es von Leuten wimmelte und niemand auf sein stets verhülltes Gesicht achtete.

Die vergangenen beiden Tage hatte er damit zugebracht, die verfluchte Stadt nach dieser Frau abzuklappern, dieser Gherle, doch ohne den geringsten Erfolg. Kein Wunder, denn im Grund fehlte ihm jede Spur. Und selbst die Visionen waren in jüngster Zeit ausgeblieben.

Und so hatte er dann beschlossen, diese Hürde zu umgehen und sich gleich ihm zuzuwenden, Marvash. Dem Jüngling. Der einen Drachen ritt. Einen besonderen Drachen zudem.

Der Mann, auf den er wartete, betrat den Schankraum und baute sich vor ihm auf. »Bist du Mayar?«, fragte er und musterte ihn eingehend.

Der Mann in Schwarz nickte, ohne auch nur aufzusehen. Mayar, das war der Name, den er sich für einen ungestörten Aufenthalt an diesem Ort gegeben hatte. Bis er sich sicher genug fühlen würde, seinen wahren Namen zu benutzen.

Der andere nahm Platz und rief die Bedienung herbei. »Einen Obstwein und einen Teller Fleisch«, bestellte er.

Mayar beobachtete sein Gegenüber, einen dürren Kerl in einem verdreckten Hemd und zerschlissenen Hosen. Er hatte sich überlegt, dass es günstiger sei, sich an jemanden von niederem Stand zu wenden: So einer würde keine überflüssigen Fragen stellen zu seiner Herkunft und wozu ihm diese Auskünfte dienen sollten, und zudem ließ sich sein Schweigen erkaufen. Sich eines Informanten zu bedienen, erlaubte es ihm darüber hinaus, sich vom Heerespalast fernzuhalten, wo er sich besser nicht sehen ließ.

Schweigend saßen sie sich gegenüber, bis der Obstwein und das Fleisch gebracht wurden. Gierig machte sich der Mann darüber her.

»Du erwartest wohl, dass ich dich freihalte?«, brummte Mayar.

Der andere hob kaum den Blick vom Teller. »So war es ausgemacht.«

Ungeduldig blickte der Mann in Schwarz sich um. »Dann fang endlich an, dir dein Mahl zu verdienen!«

»Ich kann aber nicht reden, wenn ich esse.«

So blieb Mayar nichts anderes übrig, als mit anzusehen, wie sich der andere blutig rote Fleischstücke in den Mund steckte und sie träge und genüsslich kaute. Am liebsten hätte er ihm das Gesicht in den Teller gestoßen und nicht mehr losgelassen, bis er seinen letzten Atemzug getan hatte.

Endlich war er fertig und wischte sich mit dem Hemdsärmel über den Mund.

»Nun?«

»Du sollst im Heerespalast arbeiten …«

Der Kerl nickte. »Ja, in der Küche.«

Mayar fragte sich, ob er sich da nicht mit einem Mann abgab, der im Rang zu weit unten stand, um über gewisse Dinge eingeweiht zu sein. »Was weißt du über die Drachenritter?«

»Was man so mitkriegt, wenn man sie im Speisesaal bedient. Sie fressen wie die Schweine und würdigen mich keines Blickes.«

»Was ich wissen will, ist, ob du die Soldaten kennst, die

dort fest stationiert sind, die Drachenritter, die in dem Gebäude ihren Dienst tun. Kennst du die?«

Der Mann tauchte die Nase tief ins Glas. »Ich bring ihnen zu essen, aber ich führ doch keine Zählung durch. Offenbar hast du keine Ahnung, wie das dort drinnen läuft.«

Innerlich bebend, kreuzte Mayar die Arme über der Brust. »So? Wie läuft es denn?«

»Nun, man muss wissen, dass es das Vereinte Heer eigentlich gar nicht gibt. Was es gibt, ist ein Haufen einzelner Drachenritter, die im Krieg gemeinsam in die Schlacht ziehen, aber nicht hier in Neu-Enawar leben. Hier halten sie sich nur eine gewisse Zeit im Jahr auf, und zwar immer dann, wenn der Gemeinsame Rat zusammentritt. Und nur in dieser Zeit wimmelt es im Heerespalast von Rittern und Soldaten von überallher, die im Gefolge ihrer Regenten reisen. Deswegen kann man auch kaum sagen, wer hier seinen Dienst tut.«

Mayar betrachtete das einfältige Gesicht des Mannes, seine Schweinsaugen und die zu einem dümmlichen Lächeln verzogenen Lippen, und spürte dabei, wie sein Verlangen wuchs, jemandem Gewalt anzutun. Er verschränkte die Hände auf der Tischplatte. »Schau, ich will's dir ganz leichtmachen: Ich suche einen Jüngling, dessen Namen ich nicht kenne. Er ist ein Drachenritter oder will mal einer werden und reitet einen Drachen mit schwarzen Flügeln.«

Der Mann steckte sich einen Finger in den Mund und stocherte mit dem Nagel in einem Zahnspalt herum, um ein paar Fleischfasern herauszupulen, fuhr dann mit der Zunge über die Stelle und schwieg.

Da verlor Mayar die Geduld. Blitzschnell und lautlos geschah es. Er zog seinen Dolch, packte sein Gegenüber am Hemdkragen und berührte ihn mit der Klingenspitze leicht am Oberschenkel. Dann zerrte er ihn über die Tischplatte ganz nah zu sich heran.

»Treib es nicht zu weit. Meine Geduld hat Grenzen. Mit

einem Wimpernschlag lass ich dich alles wieder auskotzen, was du in dich reingestopft hast. Verstanden? Also, kennst du ihn oder nicht?«

Die Augen des Mannes, der in die seinen starrte, waren schreckgeweitet. Vielleicht hatte er, so von nahem, unter der Kapuze das gesehen, was der Mann in Schwarz so sorgsam zu verbergen trachtete, seit er die Aufgetauchte Welt betreten hatte.

»Wer bist du?«, hauchte er zitternd.

Mayar packte noch kräftiger zu und presste die Klingenspitze so fest gegen den Oberschenkel, dass sie den Stoff durchstach.

Von panischer Furcht ergriffen, kniff der Mann die Augen zusammen. »Ja, schon gut … So ein Drache steht wohl manchmal bei uns in den Stallungen. Aber ich weiß nicht, wem er gehört. Ich arbeitete ja nicht dort … Und woher soll ich wissen, welche Drachen die Ritter reiten, denen ich das Essen bringe. Aber von dem Drachen habe ich gehört … Nur wer sein Besitzer ist, weiß ich nicht. Ich schwör's Euch. Das ist die Wahrheit!«

Mayar lockerte den Griff und steckte gelassen den Dolch zurück an seinen Platz. Dann stand er auf und warf ein paar Münzen auf den Tisch. »Teil's dir ein«, knurrte er schroff.

»Du … du bist …«

Mayar ließ die flache Hand auf die Tischplatte krachen. »Ich bin ich. Und du hast kein Recht, mich zu kennen!«

Und damit wandte er sich zur Tür.

Er war außer sich vor Zorn. Ein Reinfall. Ein Schlag ins Wasser. Solch ein langer Aufenthalt in dieser Stadt, und nun stand er so gut wie mit leeren Händen da. Was sollte er tun? Sich vor den Stallungen auf die Lauer legen und darauf warten, dass sich dieser Rotzlöffel blicken ließ und seinen rotschwarzen Drachen bestieg? Vorausgesetzt, der Drache war überhaupt dort.

Er musste an seine Abmachung mit Kryss denken und an

all die Erniedrigungen, die er hinnahm, um seinem Schwur treu zu bleiben und sein Ziel zu erreichen. Und er verfluchte sich selbst, so wie er es schon seit Jahren tat, wegen jener Tage des Wahnsinns vor langer, langer Zeit, die ihn in diese Lage gebracht hatten.

Da, ein Geräusch. Undeutlich, hinter seinem Rücken.

Du hast dir den falschen Moment ausgesucht, schoss es ihm durch den Kopf.

Er fuhr herum und schleuderte seinen Dolch, stürzte sich auf den Fremden und klemmte ihn, indem er ihn an der Gurgel packte, an der Mauer fest.

Ein junger Kerl. Zu Tode erschrocken. Die Klingenspitze hatte eine Ecke seines Umhangs durchbohrt und stak zwischen den Ziegelsteinen hinter ihm.

Der Mann in Schwarz zog die Waffe aus dem Spalt und hielt sie ihm an die Kehle. »Was willst du?«

Der Jüngling breitete die Arme aus und rang nach Luft. »Ich bin hier, um dir zu helfen …«, röchelte er.

Der Mann, der sich als Mayar ausgab, betrachtete dessen furchterfüllte Augen und lockerte seinen Griff, ließ ihn aber nicht los. »Wie kommst du darauf, dass ich deine Hilfe nötig habe?«

Mut und Gesichtsfarbe des jungen Mannes schienen langsam zurückzukehren. »Ich habe gehört, was du vorhin in der Schenke gesagt hast …«

»Du hast mich belauscht?«

»Nein, nein … Ich saß am Nebentisch und konnte gar nicht anders, als mitzuhören!«

Mayar ließ den Dolch sinken, steckte ihn aber nicht zurück. Er hatte sich genug mit dem Bürschlein vergnügt, und vielleicht hatte es ihm ja tatsächlich etwas Nützliches zu berichten. »Schieß los!«

Der Jüngling rieb sich den Hals und wartete dann einen Moment: »Ja, sofort … aber den Typen in der Schenke habt Ihr bezahlt …«

Mayar lächelte grimmig und hob wieder den Dolch. »Aber du hast auch mitbekommen, dass er mir nicht viel zu erzählen hatte. Pass auf, wir machen es so: Du sagst mir, was du weißt, und danach entscheide ich, ob du dir eine Belohnung verdient hast.«

»Ja, meinetwegen … Ihr sucht doch einen jungen Ritter, der einen Drachen mit schwarzen Flügeln reitet. Ich kenne ihn. Aber ein richtiger Ritter ist der nicht.«

Mayar erfasste ein leichter Schwindel, ein Zeichen, dass er auf der richtigen Spur war. »Wer ist es?«

»Ein früherer Kamerad von mir, während der Ausbildung auf der Akademie.«

»Bist du Ritter?«

Der Jüngling zögerte einen Moment, bevor er antwortete. »Nein, ich hab's drangegeben … Aber das tut nichts zur Sache. Jedenfalls hat er mit mir gelernt und ist nun, soweit ich weiß, bei einem angesehenen Meister, der ihn unter seine Fittiche genommen hat.«

»Wie heißt er?«

»Wer?«

»Der Junge. Wer sonst?«

»Amhal.«

Amhal. Ein gebräuchlicher, beliebiger Name, hinter dem sich aber wahnsinnige Abgründe verbargen, an Macht, an Verderbnis. Amhal, sein Bruder im Geist, das Ziel seiner Suche, Marvash. Auf Anhieb sagte ihm sein Herz, dass er es war, er fühlte es, und eine eigentümliche Ruhe überkam ihn.

»Ich weiß nicht genau, was er gerade tut und wo er sich aufhält. Aber üblicherweise sind die Drachenritter mit ihren Schülern entweder im Land der Sonne stationiert oder hier.«

»Er ist ein Bastard, nicht wahr? Ein Bastard mit Nymphenblut«, zischte Mayar, während sich sein Gesicht zu einem breiten, brutalen Lächeln verzog.

Der Junge wusste dieses Grinsen nicht zu deuten. »Ja …

ja …«, bestätigte er aber, »in der Akademie haben ihn deswegen auch alle aufgezogen …«

Mayar brach in ein gedämpftes triumphierendes Lachen aus. Der Jüngling, der da vor ihm stand, wurde in seinen Augen immer kleiner. Er schlug ihm auf die Schulter. »Brav, mein Junge, du sollst deine Belohnung haben.«

Damit griff er in seine Tasche, holte einige Münzen hervor und drückte sie ihm in die Hand.

»Du hast mich nie gesehen, geschweige denn mit mir gesprochen.«

Der Junge schluckte, schien aber doch mit allen Wassern gewaschen, denn er fand den Mut zu erwidern: »Das kostet aber einen Zuschlag.«

Mit einer blitzschnellen Bewegung setzte Mayar ihm den Dolch an die Kehle, so fest, dass die Klinge sein Fleisch ein wenig ritzte. Unter seiner Hand spürte er das heftige Pochen der Halsschlagader. »Überspann den Bogen nicht. Ich kann dich hier auf der Stelle töten, dann habe ich sicher Ruhe.«

Von panischer Furcht ergriffen, keuchte der Junge: »Einverstanden … Von mir erfährt niemand was! Ich kenne dich gar nicht!«

Wer weiß, vielleicht kennst du mich doch …, überlegte Mayar amüsiert. Er spürte, wie ihm der Furor durch die Adern flutete und ihn ein brennendes Verlangen zu töten überkam. Doch eine dort in der Gasse vor sich hin modernde Leiche hätte ihm Scherereien einbringen können. Und zudem hatte er sich in jüngster Zeit schon genug ausgetobt. Er ließ den Jungen los, der hustend auf die Knie sank.

»Verschwinde und vergiss mich!«, rief er ihm noch zu und tauchte dann in der Dunkelheit unter.

Zwei Tage. Länger brauchte er nicht, um ihn aufzuspüren. Es reichte, einen der Stallburschen zum Reden zu bringen. Wenige Münzen, und der erzählte ihm, ja, der Drache mit den schwarzen Flügeln sei bei ihnen untergebracht. Amhal hielt sich also in Neu-Enawar auf. Der Mann in Schwarz bebte in freudiger Erwartung.

»Doch in ein paar Tagen wird er sicher wieder aufbrechen«, erzählte der Stallbursche weiter, »denn Seine Majestät, König Learco, wird dann nach Makrat zurückkehren, und Mira, sein Meister, zählt zur Leibgarde des Herrschers.«

Ein paar Tage. Ein paar Tage blieben ihm, um mit ihm Verbindung aufzunehmen und mit ihm fortzugehen. Aber wäre das klug? Wer sagte ihm, dass er ihm folgen würde?

Der Junge will Drachenritter werden, ein deutliches Zeichen, dass er gegen seine wahre Natur ankämpft.

Er beschloss, zunächst die Lage zu erkunden. Dabei war er eigentlich kein Mann, der große Pläne und verwickelte Ränke schmiedete. Er war ein Mann der Tat, und deshalb musste er sich beherrschen, um nicht in das Gebäude einzubrechen, wo der Junge wohnte, und ihn zu entführen. Doch die Schlacht, die nun zu schlagen war, würde ein langes Ringen werden, von dessen Ausgang eben das abhing, wonach es ihn am stärksten verlangte, das Ziel, für das er bereits viele Jahre seines Lebens geopfert hatte.

Er begann nachzuforschen, um mehr zu erfahren über diesen Amhal, seine Vergangenheit, sein heutiges Leben. Dafür wandte er sich sogar erneut an den dreisten Jüngling, der ihn auf die richtige Spur gebracht hatte. Es war nicht leicht, ihn aufzustöbern. Als der Junge ihn erblickte, nahm er die Beine in die Hand, und so musste er ihm nachrennen und konnte ihn erst in irgendeiner Gasse am Kragen packen.

»Ich hab niemandem was gesagt«, keuchte er.

»Beruhig dich, von dir will ich ja gar nichts, du Dummkopf. Es geht mir um deinen Kameraden, den Bastard. Ich muss mehr über ihn wissen.«

Zum Schluss tötete er ihn. Nachdem er ihm zuvor mehrmals versichert hatte, dass er ihm nichts tun würde, und ihm einige Goldmünzen in die Hand gedrückt hatte.

»Danke, dass du dir Zeit für mich genommen hast.«

Er schnitt ihm die Kehle durch. Denn der Blutdurst, das Verlangen zu töten, war eine Sucht für ihn.

So wie für Amhal.

Er wollte ihn sehen. Nun wusste er, wer er war und wo er ihn finden konnte: In einer kleinen, unauffälligen Herberge war er abgestiegen. Der Mann in Schwarz kletterte die Außenmauer hinauf. Unter ihm die schmale, menschenleere Gasse und über ihm ein strahlender Mond, der scharfkantige Schatten warf. Der Mann in Schwarz brauchte nicht zu wissen, welches Zimmer Amhal bewohnte. Er spürte es, ganz deutlich. Nun war er sich vollkommen sicher. Dieser Junge war sein Bruder im Geist, das Geschöpf, das ihm das Schicksal zugedacht hatte, das Tor zur Verwirklichung seiner Träume. Mit einem Sprung erreichte er den Absatz vor seinem Fenster, das wegen der Hitze offen stand, hielt sich am Rahmen fest und sah hinein.

Er schlief. Sein langes Schwert lag auf dem Boden vor dem Bett, und der Dolch in Reichweite, wie es sich für einen echten Krieger gehörte. Nur mit einer Hose bekleidet, sein Leib schweißgebadet, ruhte er auf der Seite, mit einem Arm über dem Kopf, in einem rastlosen Schlaf.

Der Mann in Schwarz konnte den Blick nicht abwenden. Ja, Amhal war tatsächlich sehr jung, ein großer Junge. Genauso, wie er sich ihn vorgestellt hatte. Die schmale Falte zwischen den Augenbrauen erzählte ihm von einer gequälten Seele. Genauso war er ihm beschrieben worden. Ein verlorenes Wesen, hin- und hergerissen zwischen der Tobsucht, die immer wieder seine Sinne trübte, und dem innigen Wunsch, normal zu sein.

Doch wir beide, du und ich, wir sind nicht normal und werden es auch niemals sein. Wir beide sind für Höheres geschaffen.

Plötzlich spürte er, wie ihn ein Schwindel erfasste und ihm ein Gefühl die Eingeweide zusammenzog. Die Welt ringsum verschwand, löste sich auf in einer undurchdringlichen Finsternis.

Sie befanden sich an einem Ort der Verwüstung. Ruinen, Flammen in der Ferne, Brandgestank. Auf dem Boden Leichen, Blut, gefällte Bäume. Asche, die um sie herumwirbelte und sich in hauchdünnen Schichten ablegte.

Amhal und der Mann in Schwarz. Ein jeder spürte die Gegenwart des anderen. Nun endlich konnte der Mann in Schwarz auch das Gesicht seines Bruders im Geist sehen, das Antlitz von Marvash, dessen Spuren er so lange gefolgt war, der ihn zurückgeführt hatte an diesen Ort, den er eigentlich nie wieder hatte betreten wollen.

Amhal hingegen nahm lediglich eine undeutliche Gestalt wahr, die verschwommenen Umrisse eines schwarz gekleideten Mannes ohne Gesicht. »Wer bist du?«

Der Mann spürte seine Angst. »Du.«

Amhals Hand fuhr zum Heft seines langen Schwertes, er zog es und baute sich zum Angriff auf. »Wer bist du?«, wiederholte er.

Der Mann in Schwarz lächelte. »Bald werden wir einander begegnen, und dann, nach und nach, wirst du alles verstehen.«

»Hör auf, mir nachzustellen«, ließ sich Amhal nicht besänftigen. Seine Stimme zitterte: »Was willst du von mir? Und wo sind wir hier?«

»Am Ort, der uns vorherbestimmt ist«, antwortete der Mann in Schwarz. »Wart's ab, du wirst alles verstehen. Und wenn du es verstanden hast, wirst du dich freudig fügen, so wie ich es einst tat.«

Da warf sich Amhal auf ihn, doch der andere hielt ihn zurück, indem er mit einer Hand sein Schwert festhielt. Die Klinge war nicht imstande, sein Fleisch zu durchdringen.

»Bist du es, der mich so quält? Der in mich gefahren ist und mir die Mordlust ins Herz gepflanzt hat?«, stöhnte Amhal.

»Gewissermaßen.« Der Mann in Schwarz entwand ihm das Schwert und warf es zu Boden. »Vertrau dich mir an, wenn wir uns begegnen, Amhal. Ich bin die Antwort auf deine Fragen.«

Da hüllte sie die Asche, die sie umwirbelte, vollkommen ein, und das Bild löste sich auf.

Als er wieder zu sich kam, stand der Mann in Schwarz keuchend im Fenster und klammerte sich mit einer Hand krampfhaft an der Mauerkante fest. Es dauerte eine Weile, bis er wieder ganz bei Sinnen war und sich erinnerte, wo er sich befand: das Gasthaus, das Fenster, das Zimmer von Amhal, der dort schlafend lag.

Eine Vision hatte ihn überkommen, ganz klar und deutlich. Da, ein Stöhnen, und er sah, wie sich Amhal im Schlaf unruhig auf die andere Seite warf. Mit Sicherheit hatte auch er ihn gesehen. Für einen kurzen Moment, im Traum, waren sie sich bereits begegnet.

Er kletterte zurück, und als er in der Gasse wieder festen Boden unter den Füßen hatte, ließ er sich gegen die Hauswand sinken und atmete tief durch. Er war aufgewühlt. Auch wenn er es kaum glauben konnte, aber was er in der Vision gesehen hatte, machte ihm zu schaffen.

Er blickte zum Fenster hinauf. Egal wie unerfreulich, war diese Erfahrung doch nützlich gewesen. Denn nun wusste er mehr. Wusste, dass Amhal noch fern von ihm war, und ihn sich jetzt zu holen und mitzunehmen, hätte ihn nicht weitergebracht.

Nein, er musste um Amhals Seele kämpfen, musste ihn überzeugen von seine Motiven. Erst dann konnte er ihn mitnehmen, ja mehr noch: Amhal selbst würde ihn anflehen, ihn mitzunehmen.

Er lächelte. Ja, nun wusste er, was zu tun war.

12

Anzeichen eines neuen Lebens

Seltsam aufgewühlt fühlte sich Amhal, als er erwachte. Er hatte nur wenig und schlecht geschlafen. Vielleicht wegen der Hitze. Aber da war noch etwas anderes. Eine innere Unruhe hatte ihn befallen, und es dauerte eine Weile, bis er sich erinnerte.

Undeutlich, langsam dämmerte die Vision in seinem Geist herauf. Als Erstes das Bild dieses ganz in Schwarz gekleideten Mannes, das zwiespältige Gefühle in ihm wachrief, Eiseskälte, aber auch Sicherheit. Er fürchtete diesen Mann, fühlte sich gleichzeitig aber auch zu ihm hingezogen.

Ruckartig richtete er sich im Bett auf. Er wollte diesen Gefühlswirrwarr abschütteln, was ihm am besten gelang, wenn er tätig wurde. Rasch zog er sich an und bereitete sich auf die Aufgabe vor, die ihn an diesem Tag erwartete.

Als Mira anklopfte, war er schon fertig, hatte sich so zurechtgemacht, wie dieser ihm geraten hatte. »Sehr gut, jetzt erkennt niemand mehr den angehenden Drachenritter in dir«, lobte ihn sein Meister lächelnd.

Amhal erwiderte das Lächeln. »Sehe ich so schlimm aus?«

Als sie zu Adhara ins Zimmer traten, saß diese auf dem Bett und wartete bereits auf sie. Mira bestand darauf, dass sie ihr Gesicht unkenntlich machte. »So fällst du zu sehr auf«, erklärte er, »das könnte Probleme geben.« Er wandte sich an Amhal. »Warum hilfst du ihr nicht dabei?«

Sein Schüler tat so, als verstehe er die Bemerkung nicht.

Mira blickte ihn eindringlich an. »Deine Abneigung gegen die Magie verwundert mich immer mehr. Ich habe dir schon so oft gesagt, sie ist ein Gut, das du nutzen solltest, anstatt es zu verleugnen.«

Amhal errötete leicht, trat dann aber zu Adhara, legte ihr eine Hand auf die Augen und murmelte einige Worte. Augenblicklich färbten sich ihre Haare einheitlich rabenschwarz, und ihre Augen erstrahlten in einem kräftigen Himmelblau.

»Ein Tarnzauber …«, murmelte das Mädchen, mehr zu sich selbst.

»Was sagst du?«

Adhara schrak auf. »Ach … der Zauber, den du da gesprochen hast … den kenne ich … Keine Ahnung, woher. Aber ich weiß sogar, dass er nur wenige Stunden vorhalten wird.«

Auch Mira staunte nicht schlecht. »Du steckst wirklich voller Überraschungen.«

Fast alarmiert blickte Adhara ihn an, und Amhal fragte sich so ernsthaft wie nie zuvor, was das bloß für ein Mädchen war, das ihm das Schicksal da in die Arme getrieben hatte.

»Bei unseren Nachforschungen in der Bibliothek sollten wir deine Kenntnisse in der Magie mit berücksichtigen«, erklärte der Meister, während sie das Zimmer verließen, und fügte dann, sich an Amhal wendend, hinzu: »Geh du jetzt deiner Wege. Heute Abend berichtest du mir, was du herausgefunden hast.«

Sein Schüler nickte zustimmend und tauchte draußen auf der Straße sogleich in die Menge ein. Er hoffte, dieser Auftrag werde ihn ablenken und diese Unruhe vertreiben, die ihn erfasst hatte und die Adharas rätselhafte Kenntnisse noch verstärkt hatten.

In den Straßen Neu-Enawars drängten sich die Leute, vor allem Soldaten und Offiziere. Mira erklärte Adhara, dass sich die Stadt nur während der Sitzungsperiode des Gemeinsamen Rates so lebendig zeigte, wenn die Regenten aller Länder mit ihrem Gefolge in der Hauptstadt weilten. Dann gab sich Neu-Enawar so wie jede andere Großstadt der Aufgetauchten Welt, schien wirklich bewohnt zu sein, erfüllt vom hektischen Trubel des Lebens.

»Wenn die Besucher danach wieder heimkehren, leert sich die Stadt. Die Straßen wirken ausgestorben, man sieht keine Passanten mehr, nur Staub, schwarzen Staub, überall.«

Mira fuhr mit der Fingerspitze über ein Mäuerchen und hielt sie dann Adhara vor die Nase: Unzählige winzige schwarze Splitter klebten daran.

»Für mich steht fest: Diesen Ort hätte man belassen sollen, wie er war, als eine Art Gedenkstätte, eine trostlose Einöde, die auf ewig an den Wahnsinn des Tyrannen, den Wahnsinn der Aufgetauchten Welt gemahnte. Stattdessen hat man versucht, die Vergangenheit zu verdrängen und unter einer künstlich angelegten Stadt den Schauplatz einer entsetzlichen Tragödie zu begraben. Doch die Erinnerungen kehren zurück und beanspruchen ihren Platz in der Gegenwart, und der schwarze Staub weht vom Wald bis hierher und überzieht die ganze Stadt.«

Adhara blickte sich um und stellte fest, dass dieser Staub tatsächlich überall war. Sie fragte sich, wie dieser Ort wohl früher ausgesehen haben mochte, als er noch eine Art Mausoleum, das Grabmal einer dem Erdboden gleichgemachten Stadt war. Doch es gelang ihr nicht, eine Vorstellung zu entwickeln, die über das, was sie vor sich hatte, hinausging: klobige Gebäude, breite, baumbestandene Straßen, die kleinliche Ordnung einer künstlichen Stadt.

Viertel auf Viertel durchquerten sie, immer entlang breiter, gerader Straßen. Adhara kannte sich mit Städten zwar nicht aus – ihre Kenntnisse beschränkten sich auf Salazar und Laodamea –, doch spürte auch sie etwas Gewolltes, Unnatürliches. Das kam vor allem dadurch zum Ausdruck, dass jedes Viertel einen eigenen architektonischen Stil besaß: Es war schon bizarr, wie etwa ein Stadtteil, in dem sich nur hohe Gebäude in Kastenform aneinanderreihten, plötzlich von Straßenzügen mit Häuschen aus Holz und Stroh abgelöst wurde, Steinhäuser von marmornen Palästen. Und dazu diese Atmosphäre aufgesetzter Fröhlichkeit, die alles einzulullen schien.

Amhal hat Recht, hier fehlt die Geschichte.

Und sie musste an ihre eigene Geschichte denken, ihr verödetes Gedächtnis, ihre Herkunft aus dem Nichts, das sie geboren hatte. Auch eine Art unnatürliches Leben, ein künstlich geschaffenes Geschöpf, nichts anderes war sie.

»Erinnerst du dich wirklich an gar nichts?«, fragt Mira plötzlich, so als habe er ihre Gedanken erraten.

Adhara schüttelte den Kopf. »Die Wiese, auf der ich lag, ist meine erste Erinnerung. Hin und wieder treten einzelne Bruchstücke von Erfahrungen oder Fähigkeiten, von denen ich nichts wusste, zutage, aber echte Erinnerungen sind das nicht. Selbst meinen Namen, Adhara, hat Amhal mir gegeben.«

Mira lächelte. »Wie findest du ihn eigentlich?«

Diese Frage kam sehr unvermittelt, und sie fühlte sich überrumpelt. »Er ist mein Retter«, antwortete sie und spürte dabei, dass diese einfache Erklärung nicht annähernd den ganzen Reichtum der Gefühle ausdrückte, die sie für ihn empfand.

»Interessant, dass du das sagst. Wenn man bedenkt, wie lange Amhal nach etwas gesucht hat, das ihn selbst retten kann … Und manchmal denke ich, er hat es immer noch nicht gefunden.«

Das spüre sie auch, lag es Adhara auf der Zunge, aber es kam ihr fast wie ein Frevel vor, mit einem Mann über Amhal zu reden, der ihn so viel besser kannte als sie selbst.

Was weißt du schon von ihm? Nur weil du einige Tage mit ihm gereist bist, willst du dir anmaßen, ihn beurteilen zu können?

»Ich glaube an ihn«, fügte Mira, wie in eigene Gedanken vertieft, hinzu. »Ich habe immer an ihn geglaubt und möchte ihm gern Halt und Stütze sein. Dabei weiß ich, dass mir das nicht immer gelingt. Er hat ein gutes Herz. Das hast du sicher schon bemerkt.«

»Ja, ganz gewiss hat er das«, antwortete Adhara, bemüht, ihre Stimme sehr sicher klingen zu lassen.

Als sie um eine Ecke bogen, tauchte plötzlich die Bibliothek vor ihnen auf, ein mächtiges, hohes Bauwerk, das zu allen Seiten von anderen, niedrigeren Gebäuden eng umschlossen war. Vielleicht wirkte es gerade dadurch besonders hoch und beeindruckend. Wie Adhara jetzt erstaunt feststellte, handelte es sich bei dem Bibliotheksgebäude um den mit Fialen und Türmchen besetzten Glaspalast, den sie beim Anflug gesehen hatten. Er bestand tatsächlich ganz aus Glas, das aber leicht getönt war, so dass man kaum hineinsehen konnte. Sie erkannte lediglich schemenhafte Gestalten, winzige Farbtupfer, die sich hin und her, hinauf und hinunter bewegten oder auch nur ruhig dastanden und irgendetwas betrachteten. Nur durch einige ovale Fenster mit hellen Scheiben, die sich in Reihen angeordnet rings um das Gebäude öffneten, konnte das Licht ungefiltert einfallen.

Adhara ließ den Blick an dem Glaspalast hinaufwandern und staunte über diese Geschlossenheit bei gleichzeitig schwindelerregender Höhe, das geordnete Geflecht der Fialen, die sich spiralförmig dem Himmel entgegenwanden.

»Schön, nicht wahr? Das Bauwerk ist ein Geschenk der Bewohner Zalenias«, erklärte Mira. Adhara reagierte nicht. »Ach ja, das weißt du natürlich nicht ...«, und er schlug sich mit der flachen Hand gegen die Stirn, »Zalenia ist ein anderer Name für die Untergetauchte Welt. Dort leben die Leute auf dem Meeresgrund in so gläsernen Amphoren. Sie haben eine große Kunstfertigkeit im Bauen mit Glas entwickelt. Auch der Palast ihres Königs ist in diesem Stil errichtet. Lange Zeit waren wir miteinander verfeindet, und jetzt schenken sie uns schon solche Paläste. Das ist doch ein gutes Zeichen.«

Er kicherte, während Adhara weiter nur bewundernd dastand. Sie konnte sich von dem Anblick einfach nicht losreißen.

Mira musste sie mit einer Hand auf ihrem Rücken sanft anschieben. »Komm, lass uns hineingehen. Ich kann dir versichern, drinnen sieht es sogar noch fantastischer aus«, erklärte er belustigt.

Ein riesengroßes Portal, das wie eine Schnittwunde in einem überdimensionalen Körper wirkte, nahm sie auf, und schon waren sie drinnen.

Die Bibliothek war ein einziges Geflecht aus Gängen, Treppen und weiten, zu allen Seiten offenen Räumen, die mit Tischen und Stühlen ausgestattet waren. Die Bücher standen in turmhohen Regalen aus Ebenholz, das mit seiner dunklen Tönung einen auffallenden Gegensatz zu dem lichtdurchdrungenen Ganzen bildete. Geschützt wurden sie durch Glasscheiben, zuweilen auch durch Gitter, und waren größtenteils nicht frei zugänglich. Um sie lesen zu können, musste man sich an einen der zahlreichen Bibliothekare wenden, die für die verschiedenen Bereiche zuständig waren. Der nahm dann die gewünschten Werke heraus und gab Auskunft, wie lange man sie behalten durfte. Der Angestellte, den Mira und Adhara angesprochen hatten, kam ihr wie von seiner Arbeit verbraucht vor. Durch den jahrelangen Umgang mit den Büchern schien er deren pergamentene Farbe angenommen zu haben, und seine dürren, zerbrechlich wirkenden Finger sahen so aus, als seien sie nur noch dazu imstande, ganz behutsam von der Zeit vergilbte Seiten umzublättern.

»Fast alles, was du hier siehst, ist der rastlosen Tätigkeit eines einzigen Mannes zu verdanken: Lonerin, eine hier schon fast legendäre Gestalt«, erklärte ihr der Drachenritter, während sie die Bände, die sie durchsehen wollten, an sich nahmen. »Schon bei Dohors Sturz spielte er eine bedeutende Rolle. Und später machte er es sich dann zur Aufgabe, Bücher zu sammeln, vor allem elfische Texte und Schriften von der Hand des Tyrannen, und sie hier zusammenzutragen. Zu traurig, dass er viel zu früh schon aus dieser Arbeit gerissen wurde.«

»Was ist denn passiert?«

»Er starb an einer unheilbaren Krankheit, vor vielleicht fünfzehn Jahren, ohne Chance, sich aus den Fängen des Todes zu befreien. Seine Frau hat sich bemüht, sein Lebenswerk fortzusetzen, doch sie wird zu sehr von ihrer eigentlichen Berufung, der Religion, in Anspruch genommen. Sie ist die Hohepriesterin der Ordensgemeinschaft des Blitzes.« Mira hielt einen Moment inne, als ihm klarwurde, dass Adhara dieser in der Aufgetauchten Welt so geläufige Name nichts sagen konnte. »Das ist die Religionsgemeinschaft, die zurzeit den größten Zulauf erfährt. Die Gläubigen verehren einen Gott namens Thenaar.«

Adhara lief ein Schauer über den Rücken. Dieser Name rührte an etwas in ihrem Inneren, weckte ein Gefühl der Wärme oder vielleicht auch eine Erinnerung. »Shevrar …«, murmelte sie.

Mira fuhr herum. »Was hast du gesagt?«

Adhara blickte ihn entgeistert an. »Ich weiß nicht, ein Name … ein Name, der mir plötzlich in den Sinn kam. Vielleicht mein eigener …«, murmelte sie mit einem Anflug von Hoffnung.

»Shevrar ist der alte elfische Name des Gottes Thenaar.«

Doch dieser Geistesblitz blieb der einzige. Er war wie ein in der Finsternis entzündetes Flämmchen, das nur einen eng begrenzten Raum erhellte.

Mira hatte sich einen Berg verschiedenster Wälzer heraussuchen lassen. Auflistungen von Wappensymbolen, Bände historischen und religiösen Inhalts, Werke zur Waffenkunde. Einige Male mussten sie hin- und herlaufen, um alles auf einem Tisch aufzustapeln.

»Wollt Ihr denn wirklich meiner Sache so viel Zeit widmen?«, fragte Adhara, als sie Platz genommen hatten.

»Warum nicht? Ich bin heute nicht zum Dienst eingeteilt.«

»Jedenfalls seid Ihr sehr freundlich zu mir.«

»Vielleicht tue ich es mehr für meinen Schüler als für dich. Ich habe den Eindruck, dass du ihm guttust. Und die Götter wissen, wie sehr er das brauchen kann.«

Adhara spürte, wie sie rot anlief. Wie schön wäre es, Amhal wirklich irgendwie nützlich sein zu können.

»Die sind für dich«, riss Mira sie aus ihren Gedanken, indem er ihr einen Stapel Bücher hinschob, »und die hier schaue ich durch.«

Adhara nahm ein Buch zur Hand, und der Staub, den sie dabei aufwirbelte, kitzelte ihr in der Nase. »Wonach soll ich eigentlich suchen?«, fragte sie, ein Niesen unterdrückend.

»Schau mal, ob du etwas zu deinem Dolch finden kannst. Ich bin überzeugt, das ist keine beliebige Waffe, sondern weist auf eine bestimmte Sippe oder irgendeine bewaffnete Gemeinschaft hin. Irgend so etwas in der Art. Lies also nicht alles, nur das, was in dieser Hinsicht von Belang sein könnte. Wir haben nur heute. Morgen geht's ja schon auf die Reise.«

Adhara schlug das Buch vor ihr auf, die Schrift war winzig, aber davon wollte sie sich nicht abschrecken lassen. Sie atmete einmal tief durch und machte sich an die Arbeit.

Es war anstrengend. Nach einer Weile begannen die Buchstaben vor ihren Augen zu tanzen, und ihr Kopf wurde immer schwerer. Daten, Zahlen, unterschiedliche Handschriften, mal klein und ordentlich, mal fast unleserlich, darüber hinaus Zeichnungen, Notizen, Skizzen … Adhara drohte in all diesen schwarzen Zeichen zu versinken. Mira hingegen saß mit unbeweglicher Miene, ganz in die Lektüre vertieft da und ließ keinerlei Ermüdung erkennen.

Die ganze Arbeit ist ja nur für mich. Ich darf nicht schlappmachen.

Das Licht, das durch die Fenster und Glaswände einfiel, hatte schon verschiedene Farbtönungen durchlaufen, und Adharas müde Augen brannten, als Mira plötzlich rief. »Komm mal her!«

Sie hob den Kopf, stand auf und schaute über Miras Schultern auf das geöffnet vor ihm liegende Buch. Einen Moment lang dauerte es, bis sich ihre Augen eingestellt hatten und sie das Bild klar erkennen konnte.

Sie schrak auf: »Das ist ja mein Dolch!«

»Ganz genau«, antwortete Mira gelassen.

»Und was steht dazu da?«

»Nun, dass solche Dolche bei den Initiationsriten einer bestimmten Sekte Verwendung finden sollen. Bei den sogenannten ›Erweckten‹ …«

Adhara spürte, wie ihr Herz heftig pochte. Sagte ihr der Name etwas? Erinnerte sie sich an ihn?

»Leider steht hier nicht mehr dazu.« Mira blickte zu ihr auf. »Lass die ganzen Bücher liegen, die brauchen wir nicht mehr. Jetzt müssen wir etwas zu diesen Erweckten finden.«

Er stand auf und wandte sich noch einmal an den Bibliothekar, mit dem er eine Weile tuschelte.

Adhara blieb allein am Tisch zurück, auf dem aufgeschlagen das Buch mit der Zeichnung des Dolches lag. Sie betrachtete das Bild eine Weile und las noch einmal die Erklärung darunter. Da stand nicht mehr, als Mira ihr schon gesagt hatte. Keinerlei Erläuterung zu der Sekte.

Erweckte … Erweckte …

»Ich werde dich holen kommen.«

Sie erstarrte. Plötzlich waren ihr diese Worte in den Kopf geschossen, klar und deutlich, und füllten ihn nun langsam aus. Ein Gefühl entsetzlichsten Leids überkam sie.

Es war finster. Und sie war allein.

Der Knall, mit dem Mira die neuen Bücher auf der Tischplatte ablegte, riss sie aus der Erstarrung. »Was hast du?«, fragte er.

Adhara blickte ihn bestürzt an. »Eine Art Erinnerung ... ganz seltsam ... eine Stimme, die sagte, dass sie mich holen kommt ...«

»Vielleicht fällt dir gleich noch mehr ein. Komm, machen wir weiter.« Mira nahm Platz. »Hier, schau die mal durch«, forderte er sie auf, wobei er ihr einige Bücher hinüberschob, »aber verzettele dich nicht, such nur nach Hinweisen auf diese Erweckten.«

Und Adhara machte sich an die Arbeit.

Man musste sie regelrecht vertreiben.

»Die Bibliothek wird jetzt geschlossen.«

Mira las gerade die letzten Zeilen seines letzten Buches, während Adhara noch einige Bände vor sich liegen hatte.

»Tut mir leid, aber ihr müsst jetzt wirklich gehen«, drängte der Bibliothekar.

Widerwillig machten sie sich auf den Weg hinaus. Adharas Kopf dröhnte vom langen Lesen.

Im Speisesaal des Heerespalastes trafen sie Amhal. Er war ebenfalls erschöpft.

»Was gefunden?«

»Nichts, Meister, überhaupt nichts. Ich habe getan, was Ihr mir aufgetragen habt, und mich bemüht, unauffällig vorzugehen. Aber niemand konnte mir irgendetwas sagen. Weder von entlaufenen Sklaven noch von irgendwelchen Entführungen will man hier gehört haben. Und bei euch?«

Mira streckte sich und erzählte dann vom Ausgang ihrer Nachforschungen.

Amhal schien neuen Mut zu fassen. »Das hört sich doch sehr vielversprechend an.«

Und von seiner Begeisterung ließ sich auch Adhara anstecken. Sie war zu erschöpft gewesen, um sich klarzumachen, dass sie wahrscheinlich ein wichtiges neues Mosaiksteinchen ihrer Vergangenheit gefunden hatten.

»Jedenfalls kann das ein brauchbarer Ausgangspunkt sein«, bemerkte Mira. »Die Frage ist jetzt: Wieso besitzt sie diesen Dolch? War sie selbst solch eine ›Erweckte‹, was immer das genau bedeuten mag? Oder wurde sie von denen entführt?«

»Wir müssen einfach weitersuchen«, sagte Amhal.

Mira warf ihm einen vielsagenden Blick zu. »Morgen machen wir uns auf die Heimreise.«

Dieser knappe Satz ließ die Unterhaltung verstummen.

»Aber … wir können doch nicht alles hinwerfen«, stöhnte Amhal, »jetzt, wo wir schon einen wichtigen Schritt vorangekommen sind.«

»Du hast Recht. *Sie* soll auch nicht alles hinwerfen. Aber wir haben unsere Verpflichtungen.«

Niedergeschlagen ließ Adhara den Blick zwischen den beiden Männern hin- und herwandern. Während des gemeinsam verbrachten Tages hatte sie Mira eigentlich schätzen gelernt. Aber was sollte das jetzt sein? Ein grausames Spiel?

»Wieso haben wir ihr dann überhaupt geholfen?«, rief Amhal.

»Weil es uns möglich war. Aber jetzt warten Pflichten auf uns, die wir nicht vernachlässigen dürfen.«

Amhal ließ sich auf seinem Stuhl zurücksinken. Ihm waren die Argumente ausgegangen.

»Du hast ja jetzt gesehen, wie du vorgehen musst«, wandte sich Mira an Adhara. »Wenn du morgen wieder in die Bibliothek gehst, suchst du einfach in den Büchern weiter, die wir heute noch nicht durchsehen konnten.«

Sie blickte ihn entgeistert an. Sie sollte allein in dieser Stadt zurückbleiben? Wo sollte sie unterkommen? Woher das Geld nehmen, das sie zum Leben brauchte?

»Dann ist also alles zu Ende«, murmelte sie.

Amhal wollte etwas erwidern, doch Mira kam ihm zuvor. »Das ist nicht wahr.«

Adhara biss sich auf die Lippen. »Doch. Es ist jetzt schon lange her, dass ich auf dieser Wiese erwacht bin, aber seitdem hat sich meine Lage eigentlich keinen Deut verbessert. Mir ist wieder eingefallen, was ein Löffel ist und wie man ihn benutzt, konnte mich erinnern, wie man ein Schloss aufbricht und dass Thenaars elfischer Name Shevrar ist. Aber von mir selbst weiß ich immer noch nichts, erkenne nicht mein Gesicht, habe keine Ahnung, wer ich bin. Und nun, da ich den ersten Hoffnungsschimmer am Horizont erkennen kann, eine Spur ...«

Sie ließ den Löffel in den Teller fallen.

»Mich gibt es gar nicht«, stöhnte sie, »ich bin ein Niemand. Um aber leben zu können, muss ich wissen, wer ich bin.«

Mira nahm ihren Ausbruch gleichmütig hin: »Wir haben unser Möglichstes getan.«

Diese klaren Worte sowie die Wahrheit, die sie bargen, beschämten sie. Dennoch spürte sie, dass niemand sie wirklich verstand, dass niemand ermessen konnte, wie dramatisch ihre Lage war.

»Ich sage ja gerade nicht, dass du aufgeben sollst. Aber du musst jetzt deinen eigenen Weg finden. Amhal und ich, wir haben ein Leben, dem wir uns widmen müssen. Genau das brauchst du auch. Gewiss, auch die Vergangenheit ist wichtig, doch am allerwichtigsten ist es, sich ein Leben in der Gegenwart aufzubauen. Damit solltest du jetzt anfangen. Wir müssen fort, aber du kannst frei entscheiden, was du tun willst: Du kannst dich nach einer Arbeit umsehen und gleichzeitig weitersuchen. Es ist an der Zeit für dich, aus der Sackgasse herauszufinden, in die du geraten bist. Du existierst nur deshalb nicht, weil du dir noch keine neue Identität geschaffen hast.«

Adhara starrte auf ihren Teller. Wie sollte man etwas aufbauen, wenn um einen herum nichts als Trümmer waren?

Den Rest der Mahlzeit verzehrten sie in einem abweisenden Schweigen.

Amhal fand keinen Schlaf. Zum Teil war es der unangenehme Nachhall des beunruhigenden Traumes in der Nacht zuvor, der ihn wach hielt, teils auch die Erregung vor dem Aufbruch am nächsten Tag …

Doch der eigentliche Kern seiner inneren Anspannung war Adhara. Morgen würden sie sich Lebewohl sagen. Ein seltsames Gefühl … Sie hatten so viel zusammen erlebt in den Tagen ihrer gemeinsamen Reise, und sie war … Ja, wie war sie? Frisch. Unverfälscht. Rein. Aber vor allem brauchte sie ihn.

Er stand auf, stieg hastig in seine Hose und verließ das Zimmer. Vor ihrer Tür zauderte er einen Moment. Dann klopfte er an.

Sie öffnete auf der Stelle, die Augen rot, die Haare zerzaust, und bei diesem Anblick fühlte sich Amhal überflutet von einer großen Zärtlichkeit. Am liebsten hätte er sie in die Arme genommen, aber die Furcht, sich eine Blöße zu geben, hielt ihn davon ab.

»Darf ich?«

Statt einer Antwort trat sie zur Seite.

»Er meint es nicht böse. Was er sagt, hat immer einen Sinn, verstehst du? Auch wenn es grob wirkt, er will dir helfen. Bei mir verhält er sich ebenso.«

Adhara hatte sich auf das Bett gesetzt, rieb sich die Hände und hob jetzt den Kopf. »Er bedeutet dir wohl wirklich sehr viel …«

»Er ist wie ein Vater für mich«, bestätigte Amhal stolz. Da überkam ihn wieder das Bild von Adhara, wie er sie am Abend zuvor, mit seinem Meister am Springbrunnen sitzend, vor sich gesehen hatte. »Er möchte nur, dass du deinen eigenen Weg findest.«

Ein Anflug von Zorn blitzte in Adharas Augen auf, in diesen unvergleichlichen Augen mit ihren verschiedenen Farben. »Was soll ich denn machen? Ohne Geld, ohne etwas gelernt zu haben, stehe ich da, in eine mir ganz und gar unbekannte Welt hineingeworfen, und er sagt nur: ›Sieh zu, wie du allein zurechtkommst.‹ Da frage ich mich doch: Was habe ich denn anderes gemacht, in diesem Wald oder in Salazar …? Aber allein kann ich nicht mehr weiter!«

»Dann komm eben mit uns.« Unwillkürlich war ihm der Satz herausgerutscht und ließ sie jetzt beide verstummen.

Sie blickte ihn aus großen Augen an.

»Auch in Makrat gibt es Bibliotheken, nicht so groß wie diese hier, aber sie können sich sehen lassen. Selbst die des Prinzen, im königlichen Palast, ist sehr gut ausgestattet. Und am Hof könntest du vielleicht sogar Arbeit finden.«

Einige Augenblicke schwieg sie noch.

»Ist das dein Ernst?«, flüsterte sie dann.

Amhal nickte überzeugt. »Für dich wird der Ort genauso fremd wie dieser hier sein, aber immerhin sind wir da … bin ich da …«

Amhal war die Situation furchtbar peinlich. Was tat er da eigentlich? Ihn verband doch gar nichts mit diesem Mädchen. Gut, er hatte ihr das Leben gerettet. Aber das war schließlich seine Pflicht gewesen. Warum also lag ihm so viel an ihr, wieso wollte er sie in seiner Nähe haben?

Weil sie dich braucht.

Adhara rang weiter verlegen die Hände. »Und wenn ich dir zur Last falle?«

»Das tust du nicht.«

Wieder Schweigen, das ihm unendlich lange vorkam.

Dann: »Wann brecht ihr morgen auf?«

Amhal lächelte erleichtert. »Ich komme dich wecken.«

Zweiter Teil

DIE GESELLSCHAFTERIN

13

Die Königliche Familie

Schon von weitem sah Adhara ihn kommen. Amhal hatte sie vorgewarnt.

»Kann sein, dass er dich anfangs ein wenig einschüchtert, doch glaub mir, er ist ein ganz besonderer Mensch. Auf alle Fälle halte dich einfach ans Protokoll. Sobald er auf zehn Schritt herangekommen ist, knien alle nieder. Du als Frau setzt beide Knie auf dem Boden auf, legst die Hände zusammen und verneigst dich. Erhebe dich erst, wenn er dich dazu auffordert. Und richte nicht das Wort an ihn, sondern warte, bis er dir ein paar Fragen stellt. Die Anrede lautet dann immer: Eure Hoheit. Zunächst stelle ich dich aber vor.«

Das Mädchen war ganz verwirrt von all den Vorschriften. Sie hatte nur eine recht verschwommene Vorstellung von dem, was ein König sein mochte, doch der ehrfürchtige, leicht besorgte Tonfall, in dem Amhal ihr diese Dinge beibrachte, versetzte auch sie in eine eigenartige Anspannung.

Er ist der Mann, von dem mein weiteres Schicksal abhängt. Wenn er mich aufnimmt, kann ich bei Amhal bleiben, andernfalls stehe ich wieder auf der Straße. Ganz allein.

Sie beobachtete, wie diese Gestalt, umringt von vielen anderen, größer und größer wurde. Mira stand bei ihnen. Sie wusste nicht, wie Amhal ihm beigebracht hatte, dass sie mit ihnen reisen würde. Jedenfalls hatte sich sein Meister jeder

Bemerkung dazu enthalten und sie nicht anders behandelt als zuvor.

Ein leichter Morgennebel lag über der weiten ovalen, mit Marmor gepflasterten Fläche im Innenhof des Heerespalastes. Hinter den Bogengängen, die den Hof einfassten, schlossen sich die Ställe an, wo die Drachen gehalten wurden. Jamila war schon zum Aufbruch bereit und hatte die metallenen Zügel angelegt, die ein Stallbursche in Händen hielt. Neben ihr ein anderer Drache von bräunlicher Farbe, die schon ins Rötliche spielte, von einschüchternder Statur, der Kopf besetzt mit einem stacheligen Kamm, der dicker und eindrucksvoller als der von Jamila war. Am Unterleib nahmen die Schuppen eine hellere Tönung an, und seine mächtigen Pranken liefen in lange Krallen aus. Auf seinem Rücken war ein riesengroßer goldener Baldachin mit schweren roten Samtvorhängen angebracht. Darum herum andere Drachen, kleiner und von blauer Farbe, die unruhig auf den Aufbruch zu warten schienen.

Adhara legte einen Unterarm an die Stirn. Die Luft schien wie entflammt durch die ersten Sonnenstrahlen. Es war jetzt schon warm, und ein schwülheißer Tag kündigte sich an.

Nach und nach trat die Gestalt klarer hervor: ein hochgewachsener schlanker Mann, so schien es, mit einem schweren, steifen Umhang über den Schultern, unter dem er zweifellos heftig schwitzen musste. Je näher er kam, desto deutlicher wurde sein leicht schleppender, fast unsicherer Gang. Um ihn herum weitere Personen, die flink und beflissen wirkten.

Adhara kniff die Augen zusammen. *Ein alter Mann? Sollte das der sagenhafte König sein?*

Alle fielen auf die Knie, und sie tat es ihnen nach, mit einer leichten Verspätung, die Amhal mit einem strengen Blick strafte. Den Blick auf die breiten marmornen Bodenplatten gerichtet, hörte sie die Schritte des Königs mit seinem Gefolge und war versucht, den Blick zu heben.

Die Schritte verklangen.

»Erhebt euch, erhebt euch, lasst doch diese übertriebenen Formalitäten. In den nächsten zehn Tagen werden wir ohnehin Seite an Seite schwitzen und auf unseren Feldbetten liegen.«

Eine leise, angestrengt wirkende Stimme. Langsam erhoben sich alle, und Adhara fragte sich, ob sie nun endlich den Kopf heben und König Learco anschauen durfte.

»Ist alles bereit?«

Offenbar hatte er Mira angesprochen, denn dieser antwortete nun. »Ja, Hoheit, alles bereit. Auf dieser Reise werdet ihr Dragona reiten.«

»Wieso? Was ist denn mit meinem Drachen?« Verwunderung und Sorge schwangen in dieser leisen Stimme mit.

»Beloq ist noch etwas schwach. Er hat sich von seiner Krankheit noch nicht ganz erholt. Wenn Ihr erlaubt, werde ich ihn reiten.«

Adhara konnte ihre Neugier nicht länger beherrschen und hob schüchtern den Kopf. Sie erblickte den König, der sich auf Miras Arm stützte und im Vergleich zu diesem wie ein kränklicher alter Mann aussah. Sein gelocktes Haar war von einem blendenden Weiß und fiel ihm lang auf die Schultern, wo es den steifen, schweren Stoff seines Umhangs umspielte. Um den Kopf herum trug er ein fein gearbeitetes rötlich goldenes Band, wahrscheinlich jener Schmuck, den Amhal am Vorabend als Krone bezeichnet hatte. Sein bartloses Gesicht war hager und nur von wenigen, jedoch tiefen Falten durchzogen. Zwei Furchen auf der Stirn, eine zwischen den dünnen, ebenfalls weißen Augenbrauen und zwei seitlich des Mundes. Grüne Augen, wie die von Amhal, jedoch blasser, darin Pupillen, die milchig funkelten. Er lächelte.

Ein alter Mann. Nichts weiter. Adhara war enttäuscht. Der große König, Learco der Gerechte, der seit fünfzig Jahren den Frieden in der Aufgetauchten Welt garantierte, der Held, der sich gegen seinen eigenen Vater stellen musste, um unzählige Seelen zu retten, war nur ein müder Greis.

»Aber gewiss. Du weißt, niemandem außer dir würde ich meinen Beloq anvertrauen«, willigte der König jetzt, an Mira gewandt, ein.

Dieser lächelte.

So trat der König also auf Dragona zu, den mächtigen Drachen mit dem Baldachin auf dem Rücken.

»Verzeiht, Majestät …«, ließ sich Amhal vernehmen, wobei er vortrat und dann das linke Knie beugte.

Der Herrscher drehte sich um. »Ach, Amhal … Auf, erhebe dich …!«

Er legte ihm eine Hand auf die Schulter, eine fast durchscheinend wirkende Hand, die von bläulich hervortretenden Adern durchzogen war. Ihr Griff jedoch schien fest zu sein, denn der König zog seinen angehenden Drachenritter auf die Beine. Dabei gab der Umhang des Herrschers den Blick frei auf einen schlichten metallenen Brustharnisch mit einem roten Wams darunter. Seine gelben Beinkleider gingen in lange Lederstiefel über. Eine auffallend nüchterne Garderobe für einen König, dachte Adhara.

»Majestät, ich möchte Euch gern jemanden vorstellen …«

Seine Stimme zitterte leicht, und Adhara fragte sich, ob sie ihm beispringen sollte, ob es vielleicht angemessen wäre, einen Schritt vorzutreten und sich selbst vorzustellen. Es war der König, der alle Zweifel zerstreute. Rasch wanderte sein Blick über die Schar der um ihn Versammelten und verharrte zielsicher auf ihr. Ein außergewöhnlich stechender Blick, stellte Adhara fest, und plötzlich fielen ihr Amhals Ermahnungen wieder ein, und sie schlug die Augen nieder.

»In der Tat sehe ich dort ein unbekanntes Gesicht …«

»Mein Meister ist bereits über alles unterrichtet … Eure Sicherheit ist nicht gefährdet, und …«

»Das habe ich keinen Augenblick bezweifelt«, unterbrach ihn der Herrscher mit einem väterlichen Lächeln. Dann wandte er seinen Blick wieder Adhara zu. »Nun? Willst du mir die junge Dame nicht vorstellen?«

Amhal bemühte sich, in knappen Worten Bericht zu erstatten, und erklärte nur, er sei dem Mädchen zufällig begegnet und habe ihr geholfen, weil sie in Gefahr war. Durch unbekannte Umstände habe sie leider das Gedächtnis verloren, sei aber nun schon dabei, sich ein neues Leben aufzubauen. Schweigend hörte der König zu, in den Augen, kaum wahrnehmbar, ein Zeichen von Anteilnahme zwischen den sonst reglosen Zügen seines Gesichts.

»Ich dachte nun, Ihre Exzellenz, die Hohepriesterin der Ordensgemeinschaft, würde ihr vielleicht weiterhelfen können, und bitte Euch deshalb um die Erlaubnis, sie nach Makrat mitnehmen zu dürfen.«

Amhal schwieg, so als habe er sich von einer Zentnerlast befreit. Scheinbar war er es nicht gewöhnt, so unmittelbar mit seinem Herrscher zu reden.

»Schau mich an.«

Adhara hob den Blick und sah dem König in die Augen. Eine Weile beobachteten sie sich einfach nur, bis Learco irgendwann milde lächelte. »Manche versuchen ihr ganzes Leben lang, ihren Erinnerungen zu entfliehen. Du hingegen sehnst sie herbei, und seien sie noch so schwach, um dich daran klammern zu können …«

»Ein Leben ohne Erinnerungen ist nur ein halbes Leben«, antwortete Adhara und schluckte. Worte wie die des Königs hörte sie nicht zum ersten Mal. In dieser Aufgetauchten Welt schienen viele Vergessen zu suchen …

»Weißt du, vor einiger Zeit … nein, vor langer, langer Zeit«, fuhr der König weiter lächelnd fort, »geriet ich einmal in eine ähnliche Situation wie jetzt gerade. Auch damals wandte sich jemand hilfesuchend an mich, zwei Frauen, die in Not geraten waren, und unbedarft, wie ich als Jüngling damals war, verfiel ich auf die verrückte Idee, sie kurzerhand in den Palast meines Vaters mitzunehmen. Ich war damals Prinz, ein furchtsamer junger Mann. Eine der beiden Frauen trug genau wie ich sehr schwer an der Last entsetzlicher Erinnerungen. Und nicht einmal ein Jahr später war sie meine Frau.«

Der Herrscher schaute Mira an, und der erwiderte den Blick mit einem Lächeln. Erinnerungen, Erlebnisse, die möglicherweise allen, die dort standen, wohlbekannt waren – nur ihr, Adhara, nicht.

Sie sprechen eine Sprache, die mir fremd ist, die ich nicht verstehen kann, die Sprache der Erinnerung.

»Und gern handele ich noch einmal genauso wie damals«, fuhr der König fort. »Mein Hof ist groß und gleicht einer Höllenmaschine, die vieler Hände bedarf, um sie am Laufen zu halten. Du bist uns dort willkommen.« Er schenkte ihr noch ein Lächeln und wandte sich dann ab. »Nun sollten wir aber aufbrechen …«

Mira reichte ihm den Arm und geleitete ihn zu Dragona.

»Geschafft!«, flüsterte Amhal Adhara ins Ohr. »Und wenn wir dort sind, bemühen wir uns um eine Audienz bei der Hohepriesterin. Und ich bin sicher, sie wird dir helfen können.«

Er gab ihr ein Zeichen, und sie folgte ihm zu Jamila.

Zehn Tage später lag Makrat unter einer Glocke drohend düsterer Wolken vor ihnen. Es war schwülheiß und sah nach Gewitter aus, einem Sommergewitter, das die Luft reinigen würde.

Aufmerksam ließ Adhara den Blick schweifen, während Amhal ihr erklärte, dass die Hauptstadt des Landes der Sonne eine sehr alte Stadt sei, und sich dann über ihr chaotisches Erscheinungsbild ausließ sowie ihre imposanten, reich verzierten Paläste. Sie hingegen war ganz verzaubert von der Stadt und der sie umgebenden Landschaft. Und sie sah eine Stadt, die wie entflammt wirkte. Im kräftigen Licht, das der Wolkendecke trotzte, leuchteten die niedrigen Flachdächer, die goldenen Kuppeln, die Umrisse der Statuen. Dicht an dicht und verschachtelt türmten sich Häuser aufeinander, Gassen wanden sich in alle Richtungen, Plätze öffneten sich in den verschiedensten Formen, alles wirkte verschlungen und schief. Eine lebendige, verwinkelte Stadt, genau das Gegenteil von Neu-Enawar. Im Hintergrund erkannte Adhara die Umrisse eines gewaltigen Palastes mit ausladenden Kuppeln. Das musste das Schloss sein.

Im Tiefflug schwebten sie über die Stadt. Adhara ließ alles auf sich wirkten und suchte in ihrem Inneren ein Abbild dessen, was sie vor sich sah.

Nichts. Nein, auch das ist nicht mein Zuhause.

Zwei Blitze durchzuckten die Wolken, und ohrenbetäubendes Donnern zerriss die Luft.

»Hoffentlich schaffen wir es noch bis zum Palast, bevor es losgeht«, bemerkte Amhal und betrachtete misstrauisch den düsteren Himmel.

Sie landeten auf einer breiten Terrasse, einem mit Ziegelsteinen gemauerten Rund, das sich wie ein Maul zu einer Seite des Palastes öffnete. Einer nach dem anderen setzten die Drachen ihre Krallen auf den Bodenplatten auf. Amhal sprang ab. Sich neugierig umschauend, tat Adhara es ihm nach. Am anderen Ende der Terrasse, unter einem Baldachin aus rotem Samt, sah sie einige Personen stehen. Eine, recht klein gewachsene löste sich jetzt rasch aus der Gruppe.

»Großvater!«, rief sie und übertönte damit die Stimme einer anderen Person, die sie zurückhalten wollte.

Der König drehte sich um und breitete die Arme aus, und schon warf sich die kleine Gestalt so stürmisch hinein, dass der Herrscher beinahe das Gleichgewicht verloren hätte. Eine zweite Gestalt, ebenfalls nicht sehr groß, trippelte, die Schöße ihres langen Gewandes gerafft, mit eiligen Schrittchen näher.

»Amina, nicht so ungestüm! Wie oft soll ich dir das noch sagen?«

Gesprochen hatte eine Frau, die dem König gerade einmal bis zur Brust reichte. Ihre Figur hatte etwas Gedrungenes, leicht Unharmonisches. Sie hatte langes schwarzes Haar, das zu einem weichen Zopf geflochten war, blaue Augen und markante Gesichtszüge. Kraft und Energie strahlte ihr Körper aus. Auch der betont weibliche Schnitt ihres violetten Kleides, das sich sanft an ihren Leib schmiegte, konnte den androgynen Eindruck, den ihre Formen wachriefen, kaum abmildern.

In den Armen des Königs lag ein kleines Mädchen. Obwohl ein wenig größer und schlanker, erkannte man eine große Ähnlichkeit mit der Frau. Auch ihre Haare waren schwarz, aber kurz geschnitten, und ihre Augen etwas heller, von einer schwer zu beschreibenden Farbe, die je nach Lichteinfall zwischen Grün und Blau schwankte. Als Antwort auf die Ermahnung stieß das Mädchen unwirsch die Luft aus.

Da packte die Frau das Mädchen am Arm und löste es unerbittlich aus dem Griff des Königs, der seinerseits eher belustigt als verärgert wirkte. »Ach, Fea, lass sie doch, so gebrechlich bin ich doch auch noch nicht.«

»Darum geht es gar nicht ...«, setzte diese zu einer Erwiderung an, brach jedoch ab, als sie Aminas und Learcos verschwörerisches Lächeln bemerkte.

»Fea gehört zum Volk der Gnomen, einer der Rassen dieser Welt. Sie ist die Schwiegertochter des Königs. Und das Mädchen ist Amina, ihre Tochter«, flüsterte Amhal.

Adhara nahm diese Auskünfte begierig auf, ebenso wie alle weiteren Erklärungen, mit denen er sie versorgte, während die ganze königliche Familie nun nach und nach vortrat. Königin Dubhe, die trotz ihres Alters immer noch etwas Kämpferisches ausstrahlte; Prinz Neor, aufgrund eines Reitunfalls, den er als Zwanzigjähriger erlitten hatte, von der Hüfte abwärts gelähmt; ein weiteres Kind, die männliche Ausgabe der kleinen Amina, nämlich ihr Zwillingsbruder Kalth, und schließlich eine ganze Heerschar von Leuten, deren Namen sich Adhara unmöglich alle merken konnte: Knappen, Minister, Höflinge ...

Doch worauf sich ihre Aufmerksamkeit richtete, war nur die königliche Familie, die Art und Weise, wie sie miteinander umging, ihre vertrauten Gesten, ihr offenes, spontanes Lächeln. Zum ersten Mal sah sie eine Familie vor sich und überlegte, ob sie vielleicht selbst irgendwo eine solche Familie hatte, ob ihr Vater und ihre Mutter, früher einmal, in ihrer Vergangenheit, ähnlich mit ihr umgegangen waren und wie sie sie nur hatte vergessen können.

Da zerriss wieder ein Blitz den bleiernen Himmel.

»Majestät, Ihr solltet Euch nun wohl hineinbegeben«, bemerkte Mira, und sogleich strebten alle dem Portal zu.

Adhara schloss sich ihnen an: Sie stand nun im Begriff, ein Gebäude zu betreten, das auf unbestimmte Zeit ihr Zuhause werden sollte. Noch hatte sie die Schwelle nicht überschritten, als der erste Regenguss niederging. Mit am Gesicht klebenden Haaren trat sie neben Amhal in eine große Halle. Hier verlief sich die Gesellschaft, und sie stand etwas ratlos da auf dem mit rotem Teppich ausgelegten Boden zwischen den Wänden aus mächtigen Quadersteinen, an denen dreiarmige Bronzeleuchter angebracht waren, die alles in ein warmes Licht tauchten. Als Amhal in einen Korridor einbog, folgte sie ihm.

»Zieh dich rasch um!«, rief Mira ihm nach, »wir haben heute Abend noch in der Akademie zu tun. Ich erwarte dich in einer halben Stunde.«

Er nickte nur und ging weiter auf eine schmale, abwärtsführende Treppe zu. Adhara hinter ihm her.

Einige Stockwerke stiegen sie hinab in einen sehr viel bescheidener wirkenden, völlig schmucklosen Trakt des Schlosses: enge Gänge, an den Wänden einfache Fackeln. Amhal trat eilig auf eine Holztür zu.

»Und was ist mit mir?«, fragte Adhara.

Einen Moment lang blickte er sie verdutzt an, als habe er an ganz etwas anderes gedacht, erklärte dann aber: »Das Zimmer hier benutze ich, wenn ich zum Dienst im Schloss eingeteilt bin. Hier kannst du erst einmal bleiben. Ich glaube nicht, dass sich jemand daran stören wird. Und morgen bringe ich dich mit jemandem zusammen, der bestimmt eine Arbeit für dich weiß.«

Er öffnete die Tür. Die Kammer dahinter war recht klein, ausgestattet nur mit einer abgestoßenen Truhe, einem Bett – nicht mehr als eine Feldpritsche – und einem stabilen Ständer, auf den wahrscheinlich die Rüstung gehängt wurde.

»Aber ich bin doch gar nicht dein Knappe.«

Amhal lächelte verlegen. »Das habe ich aber überall erzählt, um Schwierigkeiten aus dem Weg zu gehen. Dabei habe ich eigentlich noch kein Recht auf einen Knappen, solange ich kein Drachenritter bin.«

Adharas Blick folgte ihm, während er sich durch das Zimmer bewegte.

»Hier am Hof gibt es so viel Arbeit. Da lässt sich bestimmt was für dich finden. Der Palast ist riesig, und die Dienerschaft umfasst gewiss Hunderte von Leuten …«

Adhara spürte, wie eine unbestimmte Unruhe ihr Herz ergriff. Das hieß, sie würde wieder allein sein in diesem weitläufigen Gebäude. Sie war versucht, etwas zu erwidern. Doch sie fand nicht den Mut dazu. Stattdessen sah sie nur zu, wie er mit sicheren Handgriffen einige Sachen zusammenräumte, während er nun noch einmal darüber sprach, dass er sich um eine Audienz bei der Hohepriesterin bemühen würde, die ihr vielleicht helfen würde, ihr Gedächtnis wiederzufinden. Und plötzlich musste sie an Miras Worte denken, einige Abende zuvor in Neu-Enawar, jene Worte, die sie so sehr verletzt hatten. Wie eine Erleuchtung erfasste sie nun deren Sinn. Ja, es war Zeit, selbst tätig zu werden, sich aus dem schützenden Schatten von Amhal oder sonst irgendjemandem zu lösen. Es gab mehr als diese Vergangenheit, die sie verloren hatte und der sie so hartnäckig auf die Spur zu kommen versuchte. Es gab auch ein Hier und Jetzt, den Weg, den sie von nun an auf eigenen Füßen zurücklegen würde, um selbst darüber zu bestimmen, wer sie eigentlich war. Sich so Mut machend, raffte sie sich auf und legte ihr schmales Bündel mit ihren wenigen Sachen auf dem Boden ab.

»Keine Sorge, ich komme schon zurecht«, antwortete sie und täuschte eine Entschlossenheit vor, die sie nicht besaß, sich aber sehnlich wünschte.

Der Jüngling lächelte, während er zu seiner Tasche griff. »Also bis morgen dann.« Steif und befangen standen sie einander gegenüber, und keiner der beiden schien den Mut zu finden, diesen seltsamen Zustand zu beenden. Doch da beugte sich Amhal, zu beider Überraschung, plötzlich zu ihr vor und gab ihr einen Kuss auf die Wange. Adhara blieb kaum Zeit, seine weichen Lippen auf ihrer Haut zu spüren, da hatte er sich schon wieder von ihr gelöst.

»Gute Nacht«, murmelte er und war schon zur Tür hinaus.

Wie erstarrt blieb Adhara in der Kammer zurück.

Rasch war die Dunkelheit über dem Land des Wassers hereingebrochen. Oder vielleicht kam es Jyrio, Bruder des Blitzes, der im Auftrag der Hohepriesterin dort unterwegs war, auch nur so vor. Viel Leid und Grauen hatte er in den vergangenen Tagen gesehen, Dörfer, die erfüllt waren von Verwesungsgestank und dem qualvollen Röcheln Sterbender. Der klare blaue Himmel über ihm und die üppig grünen Wälder ringsumher bildeten einen heftigen Gegensatz zu den Schreckensbildern, die er tagtäglich mit ansehen musste.

Er hatte Angst. Eine wahnsinnige Angst, die ihm die Eingeweide zusammenzog und des Nachts den Schlaf raubte, Angst, sich anzustecken, während er mit nur von schwachen Zaubern geschützten Händen die Leichen untersuchte. Doch so lautete der Auftrag, den man ihm erteilt hatte, und er hatte zu gehorchen. Als er der Ordensgemeinschaft beigetreten war, hatte er diesen Grundsatz schon verinnerlicht: die Kranken an erster Stelle, noch vor dem eigenen Leben. Und nun hatte er Gelegenheit, diesem Gelöbnis, das er gerade einmal zwei Jahre zuvor abgelegt hatte, treu zu bleiben.

Vor ihm ging eine bewaffnete, ganz in Leder gekleidete Frau, die ihn irgendwohin zu einem abgelegenen Ort führte. Zwar wusste er nicht genau, wer sie war und was sie hier in der Gegend trieb, doch er verließ sich auf den Brief, den sie ihm gezeigt hatte, als sie sich begegnet waren: ein Brief mit dem Namenszug und dem Siegel der Königin. »Ich arbeite im Auftrag der Krone und habe dir etwas zu zeigen, was dich interessieren dürfte«, hatte sie gesagt. Und Jyrio war ihr gefolgt.

Der Leichengeruch wurde immer stärker, und sein Magen rebellierte heftig, während ihm kalter Schweiß auf die Stirn trat. Sinnlos der Versuch, sich Mund und Nase zuzuhalten.

»Reiß dich zusammen, wir sind ja gleich da.«

Sie betraten eine Höhle mit einer Reihe grob aus dem Fels geschlagener Nischen. In einer lag ein lebloser Körper.

»Ich habe ihn in einem Wald hier in der Nähe gefunden. Da röchelte er noch. Ich wollte ihn noch zu einem Heilpriester schaffen, aber er ist mir unterwegs gestorben.«

Zögernd trat Jyrio näher. Der Gestank war unerträglich. »Wann war das?«

»Gestern Morgen. Es hat ein wenig gedauert, bis ich dich fand«, erklärte sie, wobei sie ihm ein Tuch reichte. »Es bringt nicht viel, aber immerhin ...«

Jyrio hielt es sich vor Mund und Nase, während er sich daranmachte, die Leiche zu untersuchen. Es war die eines jungen Mannes mit seltsamen Körpermaßen – sehr schlank, Arme und Beine auffallend lang. Sein Leib war mit schwarzen Flecken übersät, und aus allen Körperöffnungen war Blut gelaufen, aus Mund, Nase, Ohren, ja sogar unter den Fingernägeln war es hervorgetreten.

Einige Augenblicke verharrte er reglos vor der Leiche.

Irgendetwas machte ihn stutzig, aber er konnte nicht erklären, was es war.

Als er der Leiche ein Augenlid hinaufschob, lief ihm ein Schauer über den Rücken. Es war ein Auge von einem tiefen Violett, das ihn da tot anstarrte. Auch das zweite öffnete er. Die gleiche Farbe. Schon zitterten ihm die Hände, als er sich nun den Haaren zuwandte. Sie waren stumpf, verklebt – und ganz offensichtlich gefärbt. Jyrio griff in seine Tasche und begann, hektisch darin herumzukramen. Endlich zog er ein Fläschchen mit einer durchsichtigen Flüssigkeit hervor, mit der er das Tuch, das er sich vor den Mund gehalten hatte, tränkte. Dann fuhr er damit über den Haarschopf des Toten. Fast augenblicklich färbte es sich braun, während die Haare der Leiche wieder ihre echte Farbe annahmen: grün.

Jyrio trat ein paar Schritte zurück und wandte sich dann an die Frau. »Trug er irgendetwas bei sich?«

»Nein, gar nichts. Nur seine Kleidung. Und ein leeres Fläschchen.«

»Wo ist es?«

Sie deutete in eine Nische neben der Leiche. Jyrio kroch dorthin und betrachtete es von nahem, wagte aber nicht, es anzufassen. Es war nur ein Glasfläschchen, das wohl irgendeine farbige Flüssigkeit enthalten hatte, deren Reste verkrustet an den Innenseiten hafteten.

Jyrio stand auf. Ihn schwindelte.

»Nun, was ist?«, fragte die Frau mit vor der Brust verschränkten Armen und entschlossener Miene.

»Tja, schwer zu sagen«, murmelte er. »Das ist kein Mensch und auch kein Halbelf, keine Ahnung, woher der stammt. Jedenfalls kommt dieser Mann nicht aus der Aufgetauchten Welt.«

»Das hab ich befürchtet«, sagte die Frau, ohne eine Miene zu verziehen.

Wie schafft sie das?, fragte sich Jyrio, der das Zittern seiner Hände nicht in den Griff bekam.

»Er ist nicht der Einzige«, fügte sie hinzu. »Zwei weitere wurden vor einiger Zeit von einem jungen Mann in Salazar getötet. Und kurz danach tauchten die ersten Krankheitsfälle auf.«

Jyrios Finger krallten sich in sein Gewand. »Dann sind sie es … dann sind sie es, die die Seuche einschleppen …«

14

Amina

Bei Tagesanbruch wachte Adhara auf. Mit Macht brach das Licht in ihr Zimmer ein. Zwar waren die Fensterläden gut geschlossen, doch der obere Teil des zweibogigen Fensters wies ein geometrisches Muster auf, durch dessen Öffnungen die Sonnenstrahlen eindrangen und ihr Gesicht kitzelten. Sie fügte sich sofort. Am Abend einzuschlafen, war schon schwierig genug gewesen, und ganz unmöglich wäre es, jetzt noch einmal einzudösen, am ersten Tag ihres neuen Lebens.

Sorgfältig zog sie sich an und fragte sich dabei, ob nicht ein schönes Kleid jetzt viel passender gewesen wäre als ihre alten Sachen. Doch wichtiger war ja, so sagte sie sich dann, dass sie sich in ihren Kleidern wohlfühlte, und das tat sie, sie fühlte sich fast geborgen darin. Aber was war mit ihrem Dolch? Während sie noch hin und her überlegte, klopfte es.

Amhal!, schoss es ihr durch den Kopf, und sie lief zur Tür und öffnete. Vor ihr stand ein junger Bursche in einem blütenweißen Wams. Obwohl jünger als sie, war in seinem Blick ein gewisser Dünkel erkennbar.

»Seine Hoheit, Prinz Neor, wünscht, dich zu sehen. Ich soll dir ausrichten, dass er dich auf der Terrasse erwartet.«

Adhara war völlig verdattert und versuchte, einen klaren Gedanken zu fassen. Neor war doch der Mann gewesen, der in dem Stuhl mit den Rädern gesessen hatte, der rätselhafteste der ganzen königlichen Familie. Was konnte er von ihr wollen?

»Ich weiß doch gar nicht, wo diese Terrasse ist …«, antwortete sie verwirrt.

Der junge Bote erlaubte sich ein leicht spöttisches Lächeln. »Eben … Deswegen habe ich auch Befehl, dich dorthinzuführen.« Und damit drehte er ihr den Rücken zu, um draußen vor der Tür auf sie zu warten.

Adhara band sich noch rasch die Haare zusammen und war fertig.

Je höher sie kamen, desto auffallender änderte sich das Bild: von den schimmelbefleckten Wänden des Stockwerks, wo sie geschlafen hatte, zu dem einfachen, aber sauberen Verputz der Ebenen gleich darüber bis zu den prachtvollen Stuckarbeiten des Flügels, der von den höchsten Adligen bewohnt wurde.

Kunstvoll gewebte Wandteppiche, goldene Kandelaber, die Böden überall mit roten Teppichen ausgelegt und Mosaike an den Decken. Gold überall, Gold im Überfluss, so dass es fast schon erdrückend wirkte.

Vielleicht weiß er etwas von mir? Vielleicht gehöre ich doch irgendwie in diesen Palast. Oder er hat mich wiedererkannt und will mich festnehmen lassen, weil ich eine Verbrecherin bin.

Ein Schwall wirrer Vermutungen ging ihr durch den Kopf, in dem es schmerzhaft pochte.

Jetzt betraten sie einen lichtdurchfluteten Saal, in dem eine Wand ganz von Spiegeln mit verschnörkelten Goldrahmen eingenommen wurde. Doch die Wand gleich gegenüber der Flügeltür war eine reine Glasfassade. Im unteren Teil war das Glas klar, so dass das Licht rein und ungefiltert eindrang; der Teil darüber hingegen bestand aus vielen bunten, in Blei gefassten Scheiben, die zu Bildern und Figuren zusammengesetzt waren: Adhara entdeckte kämpfende Drachen, Ritter, Heere im Schlachtengetümmel. Sie ließ sich verzaubern von diesen Darstellungen und musste plötzlich dem Jungen nachrennen, der den Saal schon wieder verlassen hatte.

Draußen öffnete sich eine scheinbar endlos weite Terrasse, die wohl an die zwanzig Ellen lang war. Umgeben war sie von einer aus Ziegeln gemauerten und mit vielerlei Ornamenten verzierten Brüstung, auf Lücke gesetzt, so dass sie in den weiten Park hinuntersehen konnte, dessen kräftiges Grün einen lieblichen Gegensatz zum milchigen Weiß des Sommerhimmels bot. Selbst das nächtliche Gewitter hatte es nicht geschafft, die schwüle Luft zu vertreiben.

Neor saß an einem Tisch, auf dessen schneeweißer Tischdecke ein Korb voller Früchte und eine Platte mit verschiedenen Käsen standen, dazu frisch gebackenes Brot, das einen herrlichen Duft verströmte, sowie zwei Schüsseln.

Nach einer tiefen Verneigung entfernte sich der Diener und ließ Adhara, geblendet vom hellen Licht, am Rand der Terrasse allein zurück.

»Komm doch näher«, forderte der Prinz sie auf, indem er sie herbeiwinkte.

Eingeschüchtert trat sie vor. Wo war Amhal? Sogar Miras Gegenwart wäre ihr jetzt ganz lieb gewesen. Nur noch wenige Schritte von dem Prinzen entfernt, erinnerte sie sich an die Etikette und kniete nieder.

Doch davon wollte Neor nichts wissen. »Lass doch. Wir sind allein …«

Verlegen richtete Adhara sich auf, und ihr Blick verweilte bei dem Mann, der da vor ihr saß. Er mochte so um die dreißig Jahre alt sein. Sein Gesicht war jung, doch sein Körper wirkte abgemagert und hing schlaff im Sessel. Besonders seine Beine, kaum wahrnehmbar unter seinem langen Gewand verborgen, waren spindeldürr.

Der Prinz lächelte. »Dann stimmt es also, dass du dich an nichts erinnerst …«

Adhara starrte ihn verdutzt an.

Zur Antwort deutete er auf einen Stuhl. »Nimm Platz. Du wirst hungrig sein.«

Sie gehorchte. Dabei hatte sie keine Ahnung, ob sie sich richtig benahm, ob es überhaupt schicklich wäre, mit dem Prinzen zu speisen. Er griff zu dem Laib Brot und brach ihn mit blassen, knöchernen Händen. Er hatte schöne Finger, lang und feingliedrig. In kleinen Bissen führte er das Brot zum Mund.

»In den dreizehn Jahren, die ich hier oben schon speise, hat mich noch nie jemand auf diese Weise angeschaut.«

Adhara errötete. Gewiss hatte sie einen Fehler gemacht.

»Doch das ist schön«, beeilte sich Prinz Neor hinzuzufügen. »Üblicherweise vermeiden es alle, mich anzuschauen, in der Überzeugung, neugierige Blicke müssten mich verletzen. So habe ich mich daran gewöhnen müssen, unsichtbar zu sein. Wenn es nicht anders geht, schaut man mir nur ins Gesicht, stets ein wenig verlegen, und bei offiziellen Anlässen starrt man wie gebannt auf die Gewänder der Königin oder das Lachen meiner Tochter, damit der Blick nur ja nicht auf meinen kranken Körper fällt.«

Adhara schlug die Augen nieder. Vor ihr stand eine Schüssel mit warmer Milch, deren einladender Geruch, zusammen mit dem Duft des Brotes, ihren Magen knurren ließ.

»Doch du schaust auf meine Beine und fragst dich, was das für ein eigenartiger Stuhl sein mag, und auch gestern scheutest du dich nicht, mich ganz aufmerksam zu betrachten.«

»Verzeiht, wenn ich unhöflich war. Es war wirklich nicht meine Absicht ...«

Der Prinz hob abwehrend die Hand. »Nein, nein, ich freue mich doch ... Gegenstand neugieriger Betrachtung zu sein, meine ich. Nicht mitleidig angesehen zu werden, sondern mit aufrichtigem Interesse, wie andere Menschen auch. Eben deswegen bist du mir aufgefallen.« Er steckte sich ein weiteres Stück Brot in den Mund. »Greif doch zu.«

Bedächtig legte Adhara die Hände um die Schüssel vor ihr und nahm einen Schluck Milch. Süß war sie, angenehm warm, wohlschmeckend. Einfach köstlich.

»Ich habe mich gestern noch bei Mira nach dir erkundigt, und er hat mir deine Lage erklärt.«

Adhara fuhr sich mit dem Handrücken über die Lippen und griff dann schüchtern zu einem Stück Brot.

»Er hat mir erzählt, dass du arbeiten möchtest, während du weiter deiner Vergangenheit auf die Spur zu kommen versuchst.«

Während er redete, betrachtete Adhara wieder sein Gesicht. Er hatte schöne Augen von einem recht dunklen Grün, eine gelungene Verschmelzung der Augen seiner Mutter mit denen seinen Vaters. Ihrem aufmerksamen Blick fiel so manches auf, was einem zunächst – vor allen denen, die den gelähmten Prinzen nicht anzusehen wagten – entgehen mochte. Die langen Wimpern, die die großen Augen beschatteten, der stets zu einem angedeuteten Lächeln verzogene Mund.

»Mich interessieren Leute, die etwas außerhalb der Gesellschaft stehen. In mancher Hinsicht sind sie wie ich, anders, ausgeschlossen ...«, fuhr Neor in ruhigem Ton fort.

Adhara nahm das Messer zur Hand und säbelte sich ein Stück Käse ab, steckte es sich in Mund und kaute genüsslich.

»Deshalb kam ich auf die Idee, dir eine Aufgabe zu übertragen, eine Arbeit, für die ein Mädchen wie du geeignet sein sollte.«

Adharas Herz machte einen Sprung, und fast hätte sie sich an dem Bissen verschluckt. »Danke ...«, konnte sie nur kaum vernehmlich murmeln.

»Du hast doch gestern Amina, meine Tochter, gesehen ...«

Das »ungestüme« Mädchen, wie die Mutter tadelnd gesagt hatte. Adhara nickte.

»Nun, sie ist auch ›anders‹, steht in gewissem Sinn ›abseits‹ … Vielleicht ist sie ihrer Großmutter nachgeschlagen, vielleicht ist es auch eine Gegenreaktion auf meine gelassene Art, meine unfreiwillige körperliche Passivität, jedenfalls gelingt es ihr nicht, sich den Regeln dieses Hofes entsprechend zu benehmen. Sie zappelt wie ein Fisch auf dem Trockenen, und da sie sich von allen unverstanden fühlt, lehnt sie sich auch auf unmögliche Art gegen alles auf, was man ihr sagt.«

Adhara fragte sich, was das nun mit ihr zu tun haben mochte.

»Sie ist allein, Adhara, und es ist nicht schön, mit zwölf Jahren so allein zu sein. Was ist mit ihren Eltern?, wirst du dich fragen. Nun, ihre Mutter ist eine fabelhafte Frau, die aber zu streng auf die Etikette besteht … Und ich habe so viel zu tun, dass ich kaum Zeit für sie finde. Mit anderen Worten, weder Fea noch ich können unserer Tochter das geben, was sie jetzt braucht.«

Adhara schlang einen weiteren Bissen hinunter.

»Vielleicht könntest du das.«

Der Bissen blieb ihr im Hals stecken.

»Aber, Herr« – sie hoffte, dass die Anrede passte – »ich weiß gar nichts von dem Leben hier am Hof. Ich kenne mich ja selbst überhaupt nicht aus, mit gar nichts, deshalb wüsste ich nicht, wie ich …«

»Du bist nicht sehr viel älter als sie, weißt nichts von der Welt und gehörst im Grund nicht hierher. Mit anderen Worten, du bist ihr ganz ähnlich.«

»Nein, Herr …«

»Ich erwarte gar nichts Besonderes von dir. Du sollst ihr einfach Gesellschaft leisten. Das heißt, du sollst ihre Gesellschafterin sein …«

Adhara legte das Messer wieder auf den Tisch. »Ich weiß noch nicht mal, was eine Gesellschafterin ist!«

Neor lächelte. »Umso besser.«

Adhara schaute ihn an, als habe er den Verstand verloren.

Er war wirklich der seltsamste Mensch, dem sie seit ihrem Erwachen auf der Wiese begegnet war. Alle anderen, selbst Amhal, ließen sich irgendwie einordnen, bestimmen, doch der Prinz ...

»Bei ihr sein, mit ihr spielen, reden, auch von ihr lernen ... Mehr erwarte ich nicht von dir«, fügte der Prinz, wieder ernst werdend, hinzu.

Das hörte sich wirklich nicht schwierig an. Aber ... »Ich bin keine Prinzessin. Soviel ich weiß, wenigstens ...«

»Eben deswegen.«

»Ich kleide mich wie ein Mann.«

»Das wird ihr gefallen.«

Adhara war immer noch nicht überzeugt. »Aber Ihr kennt mich doch überhaupt nicht. Gestern habt Ihr mich zum ersten Mal gesehen und heute ladet Ihr mich schon zum Frühstück ein und vertraut mir Eure Tochter an.«

»Wer am Fenster des Lebens steht, lernt zu beobachten«, erklärte der Prinz mit einem wissenden Lächeln. »Und ich beobachte jeden Tag, alles und jeden, und ziehe meine Schlüsse daraus. Die schüchterne Art, wie du auf mich zugetreten bist, die kindliche Neugier, mit der du mich betrachtest, ja schon allein, wie du das Messer in die Hand genommen und den Käse geschnitten hast, all das sagt mir, dass du die Richtige für mein Anliegen bist. Wahrscheinlich weiß ich jetzt sehr viel mehr über dich als du selbst.«

Adhara schaute ihn immer entgeisterter an.

»Ich erkenne deine Angst vor einer neuen, unbekannten Welt, deine Schwierigkeit, mich einzuschätzen, zu begreifen, was ich von dir möchte, deine Liebe zu Amhal und deine Eifersucht auf Mira ...«

Adhara verging Hören und Sehen.

»Gerade weil mein Körper hier nur ruht«, fuhr Neor fort, wobei er mit den Handflächen auf die Armlehnen seines Sessels schlug, »ist mein Verstand unablässig bei der Arbeit, beobachtet, erforscht ...«

Adhara rührte sich nicht, während der Prinz jetzt in aller Ruhe weiteraß.

Er bediente sich mit Brot und Käse und wandte sich schließlich wieder ihr zu. »Es war nicht meine Absicht, dich in Verlegenheit zu bringen, sondern dich von etwas zu überzeugen.«

Adhara blickte hinaus auf den sonnenüberfluteten Park, dann wieder auf die schön gedeckte Tafel und diesen Mann, der ihr ein Vertrauen schenkte, das sie nicht verdient zu haben glaubte. »Ich denke, ich bin dafür nicht geeignet.«

»Versuch es einfach! Dann entscheide ich, ob du geeignet bist oder nicht.«

Sie verspürte den fast unwiderstehlichen Drang davonzulaufen.

»Du hast Angst. Und das ist verständlich. Angst, dich anderen zu stellen, sie näher kennenzulernen, dich zu zeigen, wie du bist. Aber glaub mir, es ist kein Makel, schwach zu sein, wobei du längst nicht so schwach bist, wie du im Augenblick glaubst.«

Sie starrte auf den Obstkorb. Im Grund hatte sie keine andere Wahl. Und zumindest würde sie, wenn sie die Aufgabe annahm, Amhal wahrscheinlich so oft sehen können, wie sie wollte. »Gut, ich will's versuchen.«

»Wunderbar. Und nun iss. Sobald du fertig bist, mache ich euch miteinander bekannt.«

Adhara sah zu, wie er zu seiner Milchschüssel griff, und erst nach einer Weile fand sie den Mut, selbst fertig zu frühstücken.

Nur einen Schritt hinter seinem Rollstuhl folgte sie Neor, der sich geschwind, nur von der Kraft seiner dünnen Arme angetrieben, vorwärtsbewegte.

Vielleicht sollte ich ihm helfen, ihn schieben, schoss es ihr durch den Kopf. Aber obwohl sie ihn so gut wie nicht kannte, wusste sie sofort, dass ihm das nicht recht gewesen wäre.

Sie durchquerten eine Reihe mit Goldstuck, Spiegeln und Wandmalereien verzierte Säle. Fast auf Anhieb verlor Adhara die Orientierung, weil sie sich verzaubern ließ von den rot schimmernden Brokatstoffen an den Wänden, der Pracht von Samt und Seide. Dann ging es durch einen langen Flur, der von mächtigen Leuchtern erhellt wurde, bis sie schließlich vor einer weißen Tür standen. Neor rollte zum Türpfosten und zog an einer Schnur, woraufhin ein Glöckchen bimmelte. Doch man schien es nicht zu hören, denn die erregten, sich überlagernden Stimmen, die von innen zu ihnen drangen, verstummten nicht.

Lächelnd wandte der Prinz Adhara das Gesicht zu. »Ich denke, wir können eintreten. Sei so gut und öffne die Tür.«

Sie trat neben ihn, legte die Hand auf die goldene Klinke und drückte sie nieder.

Vor ihnen öffnete sich ein großes, auffallend helles Zimmer mit einer cremefarben Wandbekleidung, einer mit Blumenmustern bemalten Decke und riesengroßen Fenstern.

Ein schönes Zimmer – in dem jedoch eine unglaubliche Unordnung herrschte. Das Bett, mit einem Baldachin aus hellem Holz darüber, war zerwühlt, die Satindecken lagen halb am Boden, darum herum Spielsachen, Bücher und Kleider kunterbunt verstreut.

Mitten in diesem Tohuwabohu stand Amina in einem kurzen Nachthemd, das ihre knöchernen Beine sehen ließ. Daneben eine Kammerzofe, sichtlich gereizt, und in einer Ecke Fea, die die Fäuste ballte.

Alle drei drehten sich zur Tür um.

Und sofort flog Amina in Neors Schoß. »Sag du ihr, dass ich nicht zu der Anprobe will«, überfiel sie ihn.

Neor legte ihr einen Arm um die schmalen Schultern und blickte seine Frau fragend an.

Die verdrehte die Augen zum Himmel. »Ach, es ist doch immer das Gleiche. Deine Tochter zeigt mal wieder, was ihr so viel Spaß macht: trotzig zu sein!«, stöhnte sie verärgert.

Und fügte dann an Amina gewandt hinzu: »Du sagst doch immer, man soll dich nicht wie ein kleines Mädchen behandeln. Aber so benimmst du dich, wie ein Kind. Große Mädchen sind schon vernünftiger, die wissen, dass es Regeln gibt, Pflichten ...«

»Aber ich hasse diesen Schneider. Ständig piekst er mich mit seinen Nadeln, und dann wird er einfach nicht fertig. Und ich soll die ganze Zeit still stehen wie eine Puppe. Wozu brauche ich überhaupt ein neues Kleid? Kleider habe ich in Hülle und Fülle!«

Fea machte Anstalten, etwas zu erwidern, doch Neor kam ihr zuvor, indem er Amina fest in die Augen blickte: »Du weißt selbst, dass es so nicht geht ...« Die Gesichtszüge des Mädchens verhärteten sich auf der Stelle. »Deine Mutter hat Recht, es gibt Pflichten, denen muss man nachkommen, und dazu zählt auch, für eine Zeremonie passend angezogen zu sein.«

»Das ist eine sinnlose Pflicht.«

»Vielleicht, aber es kostet dich nicht viel, dich daran zu halten. Nicht mehr als eine Stunde. Das verspreche ich dir.«

Amina stieß die Luft aus. »Du sagst doch selbst immer, dass es nicht aufs Aussehen ankommt. Warum kann ich mich also nicht so anziehen, wie es mir gefällt?«

»Wenn es nicht aufs Aussehen ankommt, warum sträubst du dich dann so, nur wegen eines Kleides?«

Das Mädchen wusste nicht mehr, was es erwidern sollte, und Neor war darauf bedacht, dieses Schweigen rasch zu nutzen.

»Pass auf, wir machen es so: Ich sage dem Schneider, dass er nicht länger als, sagen wir, eine halbe Stunde brauchen soll, und du hältst still und lässt ihn so lange Maß nehmen. Abgemacht?« Lächelnd streckte er seiner Tochter die Hand entgegen.

Amina überlegte noch einen Moment, ergriff dann die Hand des Vaters und drückte sie.

»Und jetzt zieh dich rasch an, wir haben noch etwas zu besprechen.« Der Prinz drehte sich zu seiner Frau und der Kammerzofe um. »Allein.«

Das Anziehen verlief nicht ganz reibungslos. Draußen vor der Tür stehend, erreichten Adhara Gesprächsfetzen eines erneuten Gezänks wegen des Kleides, das Amina nun tragen sollte. Dann endlich verließen Fea und die Zofe mit finsteren Mienen das Zimmer, und der Prinz und sie selbst traten wieder ein.

In einer wirklich ungewöhnlichen Aufmachung saß Amina auf ihrem Bett. Sie trug eine lange, mit Spitzen und Stickereien reich verzierte Bluse mit einer Weste darüber, doch anstelle des Rockes eine lange Hose. Neor unterdrückte ein Lächeln und trat näher.

Adhara folgte ihm zögernd, und während sie auf Amina zuging, sank ihr Mut: Wie sollte sie mit Amina umgehen? Sollte sie sich deren Trotzkopf fügen? Ihr gut zureden? Oder Fea darin unterstützen, dass sie sich wie eine junge Dame kleidete und ihren Pflichten als Prinzessin nachkam? Sie betrachtete das kleine Mädchen dort auf dem Bett, ihren nervösen, zappeligen Körper, die unruhig flackernden Augen – und hatte fast Angst vor ihr.

Amina ihrerseits starrte sie voller Misstrauen an.

»Was willst du denn mit mir besprechen?«, fragte sie, während sie ihrem Vater den Blick zuwandte.

»Ich möchte dir jemanden vorstellen. Das ist Adhara.«

Amina musterte sie noch einmal einige Augenblicke und sah dann wieder zum Vater. »Ja, und?«

»Ich habe mir gedacht, dass du ihr vielleicht helfen könntest.«

In allen Einzelheiten erklärte er ihr die Situation, erzählte ihr, dass sich dieses arme Mädchen, Adhara, an nichts aus ihrem früheren Leben erinnern konnte, und schilderte ihr, was sie im vergangenen Monat durchzumachen hatte. »Da mir die Freunde und Freundinnen Miras sehr am Herzen liegen, wäre es schön, wenn du dich mit ihr anfreunden und ihr alles beibringen würdest, was man so wissen muss.«

Adhara staunte nicht schlecht, wie geschickt der Prinz eine schwierige Situation zu seinem Vorteil gewendet hatte. Denn Amina schaute ihn nun schon aus strahlenden Augen an.

»Sie ist ganz allein in einem fremden Land, und bis sich die Hohepriesterin Zeit für sie nehmen kann, solltest du dich ein wenig um sie kümmern, damit sie sich nicht so allein fühlt. Meinst du, du schaffst das?«

Der Kleinen stand die Antwort ins Gesicht geschrieben, und Adhara überlegte, wie allein sie sich doch fühlen musste, wenn sie sich einer vollkommen Fremden so vorbehaltlos zuzuwenden bereit war, nur um ihre Einsamkeit zu durchbrechen.

Dennoch zierte sie sich zunächst ein wenig. »Ich weiß nicht … Mama lässt mir ja keine Ruhe mit dem Unterricht in Geschichte und höfischer Etikette, und dann noch die Reitstunden … Wann soll ich denn Zeit für sie haben?«

»Ach, du Arme … Du hast doch alle Zeit der Welt …«

»Vielleicht könntet du mir einige Unterrichtsstunden erlassen …«

»Jetzt überspann den Bogen nicht. Ich möchte auch, dass du deine Pflichten erfüllst. Komm, ich bitte dich doch nur, Adhara ein wenig Zeit zu widmen. Das scheint mir keine große Sache zu sein.«

Amina lächelte ihn an wie jemand, der ein großes Opfer bringt, aber auch ganz gern dazu bereit ist. »Einverstanden, ich versuch's.«

»Wunderbar. Dann lass ich euch jetzt allein. Ich kümmere mich noch darum, dass man Adhara genauer über deinen Tagesablauf in Kenntnis setzt. Vielleicht kann sie auch an der einen oder anderen Unterrichtsstunde selbst teilnehmen.«

Damit wandte er sich zur Tür, und Adhara schaute ihm nach mit dem Blick eines Schiffbrüchigen, der ein rettendes Boot in der Ferne entschwinden sieht.

Die Tür war noch nicht ganz zu, da ging es los:

»Du erinnerst dich wirklich an überhaupt nichts? Wieso ziehst du dich denn so seltsam an? Dein Dolch ist fantastisch. Kannst du richtig kämpfen? Ich fechte auch, aber meine Mutter darf das nicht wissen. Was hast du nur für eigenartige Augen? Hat das mit einem Zauber zu tun? Oder ist es wegen einer Krankheit? Und die Haare, sind die gefärbt …«

Unwillkürlich wich Adhara zwei Schritt zurück. Sie fühlte sich überfallen.

»Ja …, mir gefällt das …, ein wenig …«, antwortete sie zunächst noch stockend und unterließ es dann ganz.

Wie ein Wirbelsturm durch ihr Zimmer fegend, plapperte Amina immer weiter, verriet Adhara, dass sie im Fechten große Fortschritte mache, dass sie das Kämpfen liebe, ihre Mutter nervtötend sei, dass sie Gedichte schreibe, sie aber niemandem zu lese gebe, ihr Bruder ein entsetzlicher Langweiler sei …

»Kommst du mit raus?«, fragte sie schließlich.

Adhara war verwirrt. »Raus? Wohin?«

Amina lachte aus vollem Herzen. »Das wirst du schon sehen. Wir verstecken uns vor dem Hauslehrer. Der ist nicht auszuhalten. Komm!«

15

Freundinnen

Amina ging zur Tür, öffnete sie vorsichtig und spähte hinaus.

»Ich halte das für keine gute Idee …«, versuchte Adhara hilflos einzuwenden.

Den Zeigefinger auf die Lippen gelegt, fuhr das Mädchen herum. »Pssst … komm einfach mit!«

Sie ergriff Adharas Handgelenk und zog sie mit sich hinaus. Dicht an der Wand entlang schlichen sie durch den Gang und gelangten bald zu einer Stelle, an der ein Wandteppich hing.

Amina blickte sich verstohlen um und hob ihn dann an. Dahinter befand sich eine kleine Holztür. Die öffnete sie und zwängte sich hinein.

Adhara blieb wie angewurzelt stehen.

Es dauerte nicht lange, da tauchte Aminas Gesicht wieder aus dem Dunkeln auf. »Was ist? Los, komm!«

Sie zog Adhara hinter sich her durch einen engen Gang, der vom Licht einiger Fackeln erhellt wurde.

»Der wird nur manchmal von der Dienerschaft benutzt und führt hinaus zum Park«, erklärte das Mädchen. »Da hab ich mein Versteck. Du wirst staunen.«

Adhara war der Verzweiflung nahe. Als der Prinz ihr die Aufgabe übertrug, sich um seine Tochter zu kümmern, hatte er ganz gewiss etwas anderes im Sinn gehabt. »Warte, ich denke wir sollten ... Dein Vater hat doch gesagt, dass du den Unterricht nicht versäumen darfst, und ...«

»Stell dir vor, ich hab da ein richtiges Baumhaus. Mira hat es mir vor einiger Zeit gebaut, aber ich hab's noch verschönert.«

Es war zwecklos, jedes Wort in den Wind gesprochen.

So gelangten sie in den Park, in einen Bereich, der dicht wie ein Wald bewachsen war. Adharas Handgelenk fest umklammernd, bahnte sich Amina zwischen Büschen und Farnen zielsicher ihren Weg. Sinnlos war alles Bitten, alle Ermahnungen umzukehren.

Ich hätte ein klares Nein aussprechen müssen.

Dieses Baumhaus gab es tatsächlich. Ein solide wirkendes Holzhüttchen, das von den kräftigen Ästen einer Platane getragen wurde, mit einem anmutigen, weit heruntergezogenen Dach und einem Eingang, der von einem verschlissenen roten Tuch verhängt war. Eine recht wacklig aussehende Leiter führte hinauf. Es knarrte beängstigend, als Amina hinaufkletterte. Adhara folgte ihr zögernd.

So gelangten sie in einen kleinen Raum mit einem Fenster auf der gegenüberliegenden Seite, vor dem ebenfalls ein Tuch hing, aus leichterem Stoff allerdings, so dass Licht hindurchfiel. Dieser Fetzen aber war sogar noch verdreckter und zerrissener als der vor der Tür.

Amina hatte sich jedoch tatsächlich Mühe gegeben, das karge Innere nach ihrem ganz eigenen Geschmack einzurichten. An einer Wand lehnten zwei verrostete Schwerter, und der Boden war mit Teppichen ausgelegt, die Reste von Brokatstoffen zu sein schienen. Adhara entdeckte einen Spielzeugbogen mit einem Pfeilköcher, einige Pergamentrollen und Bücher, eine verblichene Landkarte an einer Wand sowie eine Puppe, die verstaubt in einer Ecke hockte.

»Die Schwerter gehörten meinem Urgroßvater. Ich habe sie in dem früheren Gemach meiner Urgroßmutter gefunden. Das ist eine Art Abstellkammer, in die alles hineingestopft wird. Der Bogen gehört eigentlich Kalth, aber der Dummkopf hat nie damit gespielt. Jetzt denkt er, er hat ihn verloren. Und das sind meine Lieblingsbücher. Eins davon spielt zur Zeit der Elfen, aber das allerschönste ist das rote dort, die Geschichte von Nihal und Sennar.«

Adhara betrachtete es genauer. Sie erinnerte sich, oder zumindest kam es ihr bekannt vor.

Sennar hat es geschrieben, bevor die beiden in die Unerforschten Lande aufbrachen, dachte sie, ohne zu wissen, was es mit diesen Landen auf sich hatte. Und sie wunderte sich schon gar nicht mehr. Dass ihr die Vergangenheit der Aufgetauchten Welt vertrauter war als die Gegenwart – daran gab es keinen Zweifel mehr.

Amina schien sie misszuverstehen, denn sie folgte Adharas gedankenverlorenem Blick und merkte, dass er auf die Puppe in der Ecke gerichtet war. »Ach, mit der habe ich gespielt, als ich klein war. Nur deswegen hab ich sie aufgehoben«, erklärte sie knapp.

Adhara riss sich aus ihren Gedanken. »Hör mal, hier … hier …« Sie suchte nach den passenden Worten, denn sie wusste einfach nicht, wie mit dem Mädchen am besten zu reden war. »Hier ist es wirklich schön«, versuchte sie es weiter, »und ich freue mich, dass du mich hierhergebracht hast, aber wenn du Unterricht hast …«

»Sei ruhig!«, unterbrach sie die Prinzessin. Sie zog eine Schnute, und ihre Augen blitzten. »Wenn du mir auf die Nerven gehen willst, so wie meine Mutter, dann hau lieber ab. Ich helfe dir nämlich nicht, wenn du mich so behandelst.«

Es war schwieriger, als sich ohne Karte in unbekanntem Gelände zurechtzufinden. Und plötzlich ging Adhara auf, wieso diese Aufgabe sie dermaßen belastete. Sie hatte einfach keine Ahnung, wie man mit anderen Personen umging. Bei Amhal war das etwas anderes, den verstand sie, weil er es ihr leichtmachte … Aber sonst …? Nein, andere Leute waren ihr ein Rätsel, und ganz besonders Amina, die so rasch zwischen Trotz und Begeisterung hin- und herwechselte und sie damit mächtig verwirrte.

Du wirst sie niemals zur Vernunft bringen. Mach lieber gute Miene zum bösen Spiel.

»Einverstanden. Aber nur heute.«

»Das hast du nicht zu entscheiden. Ich soll mich um dich kümmern, und deshalb musst du mir gehorchen. Merk dir das mal!« Aminas Augen funkelten hinterlistig.

Adhara nickte, weil sie keine andere Möglichkeit sah.

»Und jetzt tust du genau, was ich dir sage.«

Und das bedeutete für Adhara, bis zur Erschöpfung bei Aminas ausgelassenen Spielen mitzumachen.

Eine Weile hielten sie sich noch in der Hütte auf, bis Amina auf die Idee kam, nun mit Pfeil und Bogen auf die Jagd zu gehen.

Eine gute Stunde streiften sie durch das hohe Gras und verdreckten sich die Kleider in der nach dem Wolkenbruch der vergangenen Nacht morastigen Erde.

Und ich hab nichts zum Wechseln …, dachte Adhara verzweifelt.

Amina schoss auf ein paar Vögel, und als sie sie verfehlte, warf sie Adhara vor, sich zu laut bewegt zu haben.

Dann sollte die Gesellschafterin ihr als Ziel dienen.

»Stell dich nicht so an! Die Pfeile sind doch stumpf«, drängte das Mädchen, als sie mit dem Kopf schüttelte. Schließlich gab Adhara nach, war dann aber zu flink, als dass Amina sie hätte treffen könnte, womit sie allerdings nur erreichte, dass die kleine Jägerin sie vor einem Baum Aufstellung nehmen ließ und ihr stillzuhalten befahl, während sie ihre Pfeile abschoss. Zwar waren diese tatsächlich stumpf, taten aber durch die Wucht des Aufpralls dennoch weh. Adhara versuchte, nicht zu jammern. Blieb ihr etwas anderes übrig, als sich für die Launen der kleinen Prinzessin zur Verfügung zu stellen? Zudem hatte ja Prinz Neor nichts anderes von ihr verlangt, als seiner Tochter Gesellschaft zu leisten.

Das war ihre Aufgabe. Und das würde sie auch tun: Sie würde eine willfährige Gefährtin sein, die klaglos alles über sich ergehen ließ.

Dieses Spiels überdrüssig, kam Amina nun auf die fantastische Idee, zu den Schwertern zu greifen.

»Jetzt wird gekämpft!«, rief sie und klatschte begeistert in die Hände.

»Warte ... schau mal, diese Schwerter sind richtig scharf. Das ist zu gefährlich, damit könnten wir uns ernsthaft verletzten.«

Amina zuckte mit den Achseln. »Ach was, wir müssen eben ein wenig aufpassen«, rief sie und rannte los, um die Schwerter zu holen.

Als Adhara beobachtete, wie eine hoch aufgeschossene Gestalt ihren Lauf bremste, entfuhr ihr ein Seufzer der Erleichterung.

»Hier steckst du also.« Das konnte nur der Hauslehrer sein, ein großer, spindeldürrer Mann mit weißem Haar und strenger Miene. »Ich dachte, deine Eltern haben dir deutlich gesagt, wie das mit deinen Pflichten aussieht.«

Nur einen kurzen Augenblick war Amina sprachlos. »Das ist nur Adharas Schuld. Sie hat gesagt, ich soll nicht zum Unterricht gehen«, log sie dann.

Fassungslos starrte Adhara sie an, doch Amina beachtete sie nicht.

Der Hauslehrer hingegen bedachte sie mit einem eisigen Blick. »Na, das werden wir noch feststellen. Zunächst einmal geht ihr beiden euch waschen, und dann fangen wir mit dem Unterricht an, so wie jeden Tag.«

»Aber das ist alles nur ihre Schuld«, bekräftigte Amina noch einmal. »Ich konnte gar nichts dagegen tun!«

Doch der Lehrer ließ sich auf keine Diskussionen ein und schickte beide noch einmal schleunigst in den Palast zurück.

Amina verschwand hinter einer der zahlreichen Tür, während Adhara ratlos im Flur zurückblieb, mit einer Dienstmagd ungefähr ihres Alters an der Seite.

»Du kannst dich bei uns unten im Bad waschen«, meinte diese mit einem Blick auf Adharas Kleider.

Adhara betrachtete ihre schlammbesudelte Hose und ihr zerrissenes Hemd und hatte nur noch die Kraft, schwach zu nicken.

Was die Dienstmagd als Bad bezeichnet hatte, war ein großer Raum mit einigen Ziehbrunnen, aus denen man mit Hilfe von Rolle und Seil Wasser schöpfte. Eine Reihe von Gullis am Boden diente dem Rückfluss. Warmes Wasser gab es dort unten nicht. So wusch sie sich also, indem sie sich einige Eimer eiskaltes Wasser über den Körper kippte, und suchte sich dann, trotz des warmen Wetters schaudernd, ein paar trockene Sachen aus einem Haufen Kleider aus, den die Magd ihr gezeigt hatte. Wieder, wie schon in Salazar, war ihr alles viel zu groß. Aber es ließ sich nicht ändern.

Ratlos betrachtete sie ihre alten Kleider. Eigentlich hing sie an ihnen, waren sie ihr doch zu einer Art zweiter Haut geworden, und es war ihr wichtig, sie irgendwie sauber zu bekommen.

Mit verlegener Miene und den Sachen in der Hand betrat sie den Nebenraum. Er war voller Frauen, die über steinerne Waschtröge gebeugt ihrer Arbeit nachgingen. In der Luft ein beißender Seifengeruch.

Adhara trat auf jene zu, die ihr die jüngste zu sein schien, und räusperte sich ein paarmal, um auf sich aufmerksam zu machen. Doch der Lärm war so groß, dass sie sie schließlich an der Schulter rütteln musste.

»Was ist denn?«

»Kannst du mir sagen, wo ich die waschen kann?«, fragte sie, auf das Bündel in ihrer Hand deutend.

Mit flinken, kundigen Gesten schaute die Magd die Sachen durch. »Wie hast du denn das hinbekommen?«

Das ist bei meinen Bemühungen als Gesellschafterin der Prinzessin herausgekommen, dachte sie, drückte sich aber um eine klare Antwort. »Ach, das ist eine lange Geschichte ... Meinst du, die lassen sich irgendwie retten?«

»Du kannst es ja mal mit Lauge versuchen, und immer wieder gut einseifen. Aber ich sag dir jetzt schon: Um die sauber zu bekommen, wirst du zwei kräftige Arme brauchen.«

Damit wandte sich die Magd wieder ihrer eigenen Arbeit zu, während Adhara ratlos neben ihr stehen blieb: *Lauge?*

»Tut mir leid, aber ich hab wirklich keine Ahnung, wovon du da redest. Wenn du mir das vielleicht erklären könntest ...«

Sie kam sich so dumm vor, dumm und hilflos. Mit Groll dachte sie an Amhal, der sie hier allein zurückgelassen hatte, und natürlich an Amina, die sie zu diesem idiotischen Spiel gezwungen hatte.

Die Magd aber lächelte sie an und nahm ihr, ohne lange zu fackeln, die Kleider aus der Hand. »Komm, bis du es gelernt hast, wasch ich sie dir.«

Sie zwinkerte ihr zu, und obwohl Adhara nicht ganz klar war, was diese Geste bedeutete, lächelte sie erleichtert.

»Du bist wirklich nett. Und ich schwör es dir, ich werde es schnell lernen.«

Die Magd zuckte mit den Achseln und deutete auf die Berge von Wäsche um sie herum. »Siehst du das? Meinst du, da macht es mir was aus, auch noch deine Sachen mitzuwaschen? Mach dir mal keine Gedanken. Übermorgen kannst du sie abholen.«

Amina traf sie wieder, als die junge Prinzessin gerade mit finsterer Miene aus der Tür ihres Zimmers trat. Statt der Hose trug sie nun ein schlichtes, doch kostbar wirkendes Kleid. Kaum kreuzten sich ihre Blicke, schlug sie die Augen nieder, ließ Adhara stehen und hastete den Flur entlang.

Adhara hätte nicht sagen können, woher sie den Mut nahm, doch irgendetwas brachte ihr Blut in Wallung. Sie beschleunigte ihre Schritte, erreichte das Mädchen und hielt es an der Schulter fest.

Amina versuchte, sich freizumachen. »Lass mich los! Was willst du denn?«

»Es war nicht meine Schuld«, sagte Adhara nur und versuchte dabei, ihrem Blick die nötige Härte zu verleihen. Vielleicht wusste sie nicht viel über menschliche Beziehungen, doch wenn man sich jemandem gegenüber freundlich verhielt, durfte man wohl das Gleiche umgekehrt auch erwarten. »Ich habe mit dir gespielt, hab dir Gesellschaft geleistet, habe alles getan, was du von mir verlangt hast ... Und was bekomme ich als Dank? Eine Verleumdung und versaute Kleider.«

Amina war rot geworden, doch ihre Augen blitzten zornig. »Wenn es dir nicht passt, kannst du ja gehen. Keiner zwingt dich, bei mir zu bleiben.«

Adhara lockerte ein wenig ihren Griff. »So habe ich das nicht gemeint ...« Doch augenblicklich wurde ihr klar, dass sie jetzt nicht nachsichtig werden durfte. Sie war im Recht, und einige Dinge mussten jetzt klargestellt werden. »Ich will dir nur sagen, es gefällt mir nicht, wenn du mich vorschiebst, um von eigenen Fehlern abzulenken. Wir können nur befreundet sein, wenn du mich auch respektierst.«

Amina schlug die Augen nieder, und Adhara hatte plötzlich das deutliche Gefühl, dass sie weinte. Doch als die Prinzessin dann aufsah, zeigte sie den gleichen hochmütig verächtlichen Gesichtsausdruck wie zuvor. »Hättest du nicht so viel Lärm gemacht, wären wir auch nicht entdeckt worden«, zischte sie.

Sie entwand sich Adharas Griff und entschwand rasch, fest mit den Füßen aufstampfend, durch den Flur.

Amhal kam nicht. Vergeblich wartete Adhara den ganzen Abend auf der großen Terrasse, die zum Park hinausging. So saß sie allein da, den Kopf in die Handfläche gestützt, und beobachtete, wie die Sonne über der Stadt unterging und sich das Gold der Dächer träge rot und dann violett färbte. Erst als es schon ganz dunkel war, ging sie enttäuscht wieder hinein. Ein paarmal verlief sie sich, bis sie ihre Unterkunft endlich gefunden hatte. Eine seltsame Stille lag über dem Palast. Sie hätte erwartet, dass Neor sie rufen ließ und sie aus den Klauen seiner Tochter, der kleinen Prinzessin, befreite, indem er ihr klar und deutlich sagte, dass sie ihre Aufgabe nicht erfüllt habe. Wahrscheinlich hätte sie sich darüber gefreut. Sie hätte sich eher für Amhal freihalten können und eine Möglichkeit gefunden, trotz allem mit ihm zusammen zu sein, irgendwo außerhalb der bedrückenden Enge dieses Palastes. Amhal und sie, sie beide allein wie in der ersten Zeit. »Liebe« hatte es Prinz Neor genannt. Das Gefühl, das ihn mit seiner Frau verband, und Dubhe mit Learco, jenes mächtige Gefühl, das sie all die langen Jahre zusammengehalten hatte.

Adhara kannte es nicht, wusste im Grund nicht, was es bedeutete, doch wenn Liebe so fest verband, dann wollte sie Amhal lieben. Denn trotz aller Vorsätze des gestrigen Abends brauchte sie ihn sehr.

Es war wieder ein herrlicher Sommertag, und die Sonne flutete in den Saal. Doch die Mienen der Personen, die dort um den Tisch herum saßen, waren angespannt: Learco, Neor, Dubhe und Theana, die Hals über Kopf, noch in ihren priesterlichen Festgewändern, vom Tempel herbeigeeilt war.

Sie war es, die das Treffen angeregt hatte. Eigentlich wollte sie Dubhe in den Tempel bitten, doch die Königin hatte ihr ausrichten lassen, sie solle sich doch bitte umgehend im Palast einfinden, und hatte dann auch die anderen zusammengerufen.

»Es ist höchste Zeit, die Angelegenheit gemeinsam zu erörtern und Maßnahmen zu ergreifen«, hatte sie erklärt, und Neor konnte ihr da nur zustimmen.

Lange Zeit hatte der Prinz gehofft, die Lage würde sich von selbst entspannen, es würde sich herausstellen, dass es sich bei der rätselhaften Krankheit doch um das Rote Fieber handelte oder dass sie es lediglich mit einigen vereinzelten Fällen zu tun hatten. Vergeblich. Zudem sprachen nicht nur die Fakten dafür, sondern auch sein Gefühl sagte ihm: Hier zog ein gewaltiges Unwetter herauf.

»Nun, ich höre«, eröffnete Learco mit erschöpfter Miene die Versammlung. Das Alter meinte es nicht gut mit ihm, und in jüngster Zeit war er häufig mit seinen Kräften völlig am Ende. Alle wichtigen Entscheidungen traf Neor an seiner Stelle und überließ dem Vater nur die öffentlichen Auftritte.

Theana lehnte sich vor. »Ich habe schlechte Neuigkeiten«, begann sie, »der Glaubensbruder, den ich ins Land des Wassers ausgesandt hatte, um die Todesfälle zu untersuchen, hat mir einen besorgniserregenden Bericht zukommen lassen. Danach hat er, im Beisein einer Agentin der Königin, die Leiche eines Unbekannten untersucht, der an der Seuche starb. Dieser Fremde war kein Mensch, allerdings auch keine Nymphe oder ein Angehöriger irgendeiner hier in der Aufgetauchten Welt bekannten Rasse.«

Die Mienen der Versammelten wurden noch finsterer, und alle hatten das Gefühl, im Raum sei das Licht erloschen.

»Kein Erkennungszeichen, keine Waffe. Aber er war geschminkt und hatte sich das Haar gefärbt. Seine Augen waren violett und seine Haare grün.«

Auf Anhieb wusste Neor Bescheid. Er hatte in seinem Leben viel gelesen und studiert, für ihn ein Weg, die Beschränkungen seines gelähmten Körpers hinter sich zu lassen: den Geist schärfen, ihn ständig pflegen und wie einen Muskel trainieren, und dazu reisen, Erfahrungen machen, Neues kennenlernen.

»Ein Elf«, sagte er, und schwer wie ein Amboss schlug das Wort in der Runde ein. »Ich habe einiges darüber gelesen.

Und verschiedene Darstellungen auf antiken Fresken gesehen.«

»Ich kann dem Prinzen da nur zustimmen«, ergriff Theana wieder das Wort. »Dieser Mann war ein Elf. Und nicht der einzige. Ein angehender Ritter aus Eurem Gefolge, Majestät, hat vor einiger Zeit in Salazar zwei Männer getötet, die ein junges Mädchen belästigten. Wie eine Reihe von Zeugen berichtet, wiesen deren Körper die gleichen Merkmale wie die von unserem Bruder untersuchte Leiche auf. Kein Zweifel, es waren Elfen. Und sie waren krank. Zwei Tage später tauchten in Salazar die ersten Fälle dieser unbekannten Krankheit auf.«

Das Schweigen, das ihren Worten folgte, schien nicht enden zu wollen.

Fragen über Fragen schossen Neor durch den Kopf. Was hatte die Elfen dorthin geführt? Soweit bekannt, hatten sich die Elfen, als die Menschen und andere Rassen die Aufgetauchte Welt zu besiedeln begannen, empört in die Unerforschten Lande zurückgezogen und waren nie mehr gesehen worden. Und wieso waren sie krank? Ob das bloßer Zufall war? Und wieso tarnten sie sich und versuchten, ihr Aussehen zu verbergen?

»Sie schleppen die Seuche ein«, murmelte er schließlich und spürte, wie alle Blicke auf ihn gerichtet waren. »Sie sind die Überträger dieser Krankheit.«

»Ist dieser Schluss nicht etwas voreilig …?«, warf Learco ein.

»Wieso? Drei Elfen wurden entdeckt. Alle drei erkrankt. Und getarnt, damit niemand auf sie aufmerksam wird. Sie werden in Salazar entdeckt, und kurz darauf treten die ersten Krankheitsfälle auf. Das kann doch kein Zufall sein!«

»Man weiß doch noch nicht einmal, ob es überhaupt noch Elfen gibt. Es könnten ja auch Angehörige eines anderen Volkes sein …«, versuchte Learco weiter einzuwenden.

»Nein, das sind Elfen. Die Schriften lügen nicht«, erklärte Neor entschlossen.

»Aber auch Zufälle würde ich nicht ganz ausschließen«, warf Dubhe nachdenklich ein.

»Gewiss. Aber andererseits haben wir jetzt so viele Hinweise, dass wir der Sache wirklich auf den Grund gehen können?«

Wieder entstand ein langes Schweigen.

»Das Wichtigste ist aber, ein Heilmittel zu finden«, setzte der Prinz hinzu.

»Das ist nicht so einfach. Dafür sind Laboratorien notwendig, kundige Leute ...«, gab Theana zu bedenken.

»Natürlich. Aber umso entschlossener muss daran gearbeitet werden«, antwortete Neor. »Wie viele Länder sind denn bisher betroffen?«, fragte er dann und drehte sich zu seiner Mutter um.

»Das Land des Wassers und das des Windes, den Berichten meiner Agenten zufolge.«

»Sollten wirklich die Elfen dahinterstecken, wird sich die Seuche rasch ausbreiten. Wir müssen sie eindämmen.«

»Im Gemeinsamen Rat ist das Thema überhaupt nicht zur Sprache gekommen«, wunderte sich Learco.

»Nun, im Land des Wassers glaubt man wohl, die Nymphen hätten damit zu tun, und will die schmutzige Wäsche lieber zu Hause waschen. Und im Land des Windes wird man eine Lähmung des Handels befürchten«, antwortete Neor. Sein Verstand arbeitete fieberhaft. »Jedenfalls müssen wir die Sache dem Gemeinsamen Rat zur Kenntnis bringen und Botschaften und Ritter aussenden. Aber natürlich haben wir auch an unser eigenes Land zu denken. Das heißt eine stärkere Kontrolle des Warenverkehrs an den Grenzen. Aber ohne jemanden zu beunruhigen. Im Moment hat es noch keinen Sinn, die Bevölkerung zu unterrichten. Wir würden nur Panik verbreiten.« Dann wandte er sich seiner Mutter zu. »Und wir müssen bis zur Quelle zurückgehen.«

Ein Blick genügte, und Dubhe verstand.

»Das ist eine lange Reise durch die Unerforschten Lande. Ich weiß, wovon ich rede, ich habe sie schon einmal unternommen. Allerdings sind mir nirgendwo Elfen begegnet.«

»Rüste deine Leute mit Drachen aus und schärfe ihnen ein, dass sie die Elfen unbedingt aufspüren müssen – koste es, was es wolle. Es muss geklärt werden, ob sie wirklich dahinterstecken und, falls sich meine Vermutung als richtig erweist, warum sie das tun.«

Dubhe nickte. »Ich werde alles Notwendige veranlassen.«

»Und sag deinen Spähern, sie sollen auch hier in der Aufgetauchten Welt die Augen gut offen halten. Vielleicht haben sich noch mehr Elfen eingeschlichen. Die will ich haben. Und zwar lebend.«

Es war, als streiche ein kalter Wind durch den Saal. Aber so war Neor, streng und unerbittlich, wenn er seine Pläne entwickelte.

»Wenn jetzt nichts weiter anliegt, sollten wir die Sitzung auf nächste Woche vertagen oder früher, falls es wichtige Neuigkeiten gibt.«

Die anderen standen auf. Draußen lagen die herrlichen Parkanlagen im strahlenden Sonnenlicht. Aber das Bild trog. Es war etwas im Gang unter der Kruste einer nun fünfzigjährigen Friedenszeit. Neor sah genauer hin und erkannte seine Tochter zwischen den Bäumen. Sie saß zu Pferd, das von ihrem Hauslehrer und Adhara geführt wurde. Sein Herz krampfte sich zusammen. Denn er wusste, es kam die Zeit, da entsetzliche Entscheidungen von ihm verlangt wurden, da alles, was auch er mit aufgebaut hatte, wieder einzustürzen drohte.

Und er musste an Sennar denken, an die Worte, mit denen er sein Buch abgeschlossen hatte, bevor er die Aufgetauchte Welt verließ.

Zeiten des Friedens und der Hoffnung werden kommen und dann wieder abgelöst werden von Verzweiflung und Finsternis.

Fünfzig Jahre lang hatten sie sich vorgemacht, diesen Kreislauf, der die Aufgetauchte Welt regelmäßig an den Rand des Untergangs führte, durchbrochen zu haben. Fünfzig Jahre lang war Krieg nur noch eine Erinnerung gewesen. Doch vielleicht verlangte die Bestie nun wieder nach frischem Blut.

Was ging da draußen nur vor?

16

Rückkehr

Für Adhara war es eine anstrengende Woche: sieben Tage in der Hand der tyrannischen Prinzessin, die nicht daran dachte, das zu tun, was man ihr sagte, und sie immer wieder in missliche Situationen brachte.

Gleich wenn sie sich morgens trafen, begann der Streit, weil Amina nicht lernen wollte. Jedes Mal fand die Prinzessin neue Ausflüchte, doch irgendwann merkte Adhara, dass es am günstigsten war, feste Vereinbarungen mit ihr zu treffen.

»Wenn du brav lernst, verspreche ich dir, dass wir nach dem Mittagessen zusammen fechten.«

»Wenn du zum Reiten gehst, leihe ich dir meinen Dolch für den ganzen Tag.«

Es waren ermüdende Verhandlungen, bei denen sich aber Adhara häufig durchsetzen konnte. Andere Male war sie allerdings auch gezwungen, Amina fast mit Gewalt aus dem Park zum Unterricht zu schleifen. Immerhin versuchte das Mädchen nun nicht mehr, so wie am ersten Tag die Schuld auf sie abzuwälzen. Meistens schimpfte sie zunächst, widersetzte sich allen Anordnungen, nahm dann aber doch an ihrem Tisch Platz und erledigte ihre Aufgaben – wenn auch mit der gelangweiltesten Miene, die sie hinbekam.

Adhara hingegen erlebte diese Unterrichtsstunden mit einer vollkommen anderen Einstellung.

Am ersten Tag hatte sie noch nicht daran gedacht, zum Unterricht dazubleiben: zu lernen, zu studieren – das war doch eher etwas für hohe Herrschaften und nicht für ein armes unbedeutendes Mädchen wie sie selbst.

»Der Prinz sagt, dass Ihr gern am Unterricht teilnehmen dürft.«

Adhara war auf der Schwelle erstarrt. Vor allem deshalb, weil sie jetzt zum ersten Mal jemand mit »Ihr« ansprach. Das war schon ein eigenartiges Gefühl, und zudem hätte sie nie gedacht, dass man ihr einen solchen Vorschlag machen würde.

»Ich?«, fragte sie verwirrt, wobei sie sich auf die Brust tippte.

Der Hauslehrer hatte sich den Kneifer auf der Nase zurechtgerückt und keine Miene verzogen. »Wer sonst?«

Verdattert hatte Adhara Platz genommen und die Ohren gespitzt. Alles verstand sie nicht, denn Amina hatte schon einige Jahre Unterricht und wusste vieles, was ihr selbst noch vollkommen verschlossen war. Aber die behandelten Themen interessierten sie alle. Nun konnte sie mehr über diese Welt lernen, in die sie sich so jäh geworfen fand, und versuchen, vielleicht etwas über ihre Vergangenheit herauszubekommen.

Darüber hinaus hatte sie auch Zugang zur Bibliothek und konnte so ihre Nachforschungen weiterführen. Sie selbst hatte darum gebeten.

»Aber nur abends, wenn Amina zu Bett geht«, hatte der Hauslehrer geantwortet.

Nun war Adhara also häufig in der Bibliothek zu finden und verdarb sich dort die Augen über den Büchern. Das Lesen fiel ihr nicht schwer, ein Zeichen, dass sie offenbar in ihrer mysteriösen Vergangenheit eine gute Erziehung genossen hatte.

Nicht immer war sie in der Bibliothek allein. Als sie ihn zum ersten Mal dort erblickte, verharrte sie überrascht auf der Schwelle. Kalth. Das Kreuz durchgedrückt und die Stirn leicht gerunzelt, saß er an einem Tisch und las bei Kerzenschein in einem dicken Wälzer. Adhara war beeindruckt von der außerordentlichen Ähnlichkeit mit seiner Zwillingsschwester Amina. Dabei war sein Gesichtsausdruck ganz anders als bei der nicht zu bändigenden Prinzessin. Kalths Züge wirkten gelassen, geprägt von angespannter Versunkenheit, sein Blick war scharf, und keine Falte durchzog seine Stirn. Ein Erwachsener, der im noch nicht ausgereiften Körper eines Jungen steckte. Adhara hatte den befremdenden Eindruck, Amina mit der Seele eines anderen vor sich zu haben. Sie wandte sich bereits wieder zum Gehen.

»Die Bibliothek ist groß. Hier haben wir beide Platz«, sagte der Junge da, ohne den Blick von den Buchseiten zu heben.

Auch seine Stimme klang erwachsen.

»Ich möchte Euch nicht stören ...«

Endlich hob Kalth den Blick und lächelte sie an. Nun war auch sein Vater Neor in ihm zu erkennen. Die gleiche beruhigende Sachlichkeit trotz des gleichen schwelenden Feuers in seinen Augen.

»Du wirst doch sicher auch nur lesen wollen. Und außerdem solltest du mich duzen, schließlich bist du doch älter als ich.«

Er verrückte kaum merklich seinen Stuhl, wie um ihr Platz zu machen, und zögerlich trat Adhara näher.

Bemüht, sich nicht anders zu verhalten als an den Abenden zuvor, nahm sie das Buch zur Hand, das sie erst zur Hälfte durchhatte, und begann fleißig zu lesen. Doch Kalths Anwesenheit neben ihr, der wie eine Wachsfigur dasaß, machte sie irgendwie befangen. In aller Ruhe blätterte er seine Seiten um und machte sich immer wieder mit einer langen, eleganten Feder Notizen auf einem danebenliegenden Pergamentblatt. Aus den Augenwinkeln beobachtete sie ihn und verglich im Geist seine gemessene

Ruhe mit der Wildheit, die seine Schwester unablässig anzutreiben schien.

»War sie das?«, fragte Kalth ganz unvermittelt.

Adhara schrak aus ihren Gedanken auf. Dann sah sie, dass der Junge auf ihren Arm deutete, auf einen ziemlich großen Bluterguss, eine ihrer ersten »Kriegsverletzungen«, die sie im Kampf mit der Prinzessin davongetragen hatte, ein wütender Hieb Aminas mit dem hölzernen Schwert.

»Das war keine Absicht«, erwiderte sie.

Kalth kicherte. »Als wir noch kleiner waren, haben wir oft zusammen gespielt. Das war kein Spaß für mich. Da war ich der Leidtragende ihrer verrückten Einfälle. Einmal hat sie mir sogar kochendes Wasser übergekippt …« Er zog sich einen Ärmel hoch und zeigte ihr einen hellen Fleck auf dem Oberarm. »Es sollte nur ein Scherz sein … aber seitdem gehe ich ihr aus dem Weg.«

Ein langes Schweigen folgte, dem Adhara kein Ende zu machen wusste.

»Ich hoffe aber, dass du nicht aufgibst«, fuhr Kalth dann mit einer Andeutung von Mitgefühl in seinen Augen fort. »Sie braucht dich.« Mit einem Seufzer klappte er sein Buch zu und sah lächelnd zu ihr hinüber. »So, ich bin müde. Gute Nacht!« Und damit bewegte er sich geräuschlos zur Tür.

Nach diesem Abend begegnete sie ihm häufiger in der Bibliothek. Obwohl sie kaum ein Wort miteinander wechselten, freute sich Adhara immer, ihn dort, aufmerksam studierend, auf seinem Platz vorzufinden. Seine Anwesenheit erfüllte sie mit einer eigentümlichen Ruhe, die sehr wohltuend war nach einem anstrengenden Tag mit Amina.

Währenddessen gingen ihre Nachforschungen weiter. Sie hatte wieder dort angesetzt, wo sie sie vor ein paar Wochen hatte abbrechen müssen: bei diesen mysteriösen Erweckten. Emsig suchte sie, verschlang Buch um Buch und lernte auf diese Weise gleichzeitig viel Neues über den Ort, an den es sie jetzt verschlagen hatte. Doch ihrem eigentlichen Ziel war sie bislang nicht näher gekommen. Hin und wieder kam es vor, dass sie abends erschöpft über einem dieser dicken Wälzer einschlummerte, weil sie den ganzen Nachmittag wieder wild hatte herumtoben müssen. Amina war nicht zu bändigen. Und sie liebte es, ihre Gesellschafterin herumzukommandieren, sie ihre Macht spüren zu lassen. Ganz plötzlich wechselte ihre Stimmung. War sie gerade noch nett und freundlich, so betrug sie sich im nächsten Moment despotisch und unerträglich und verlangte dann von Adhara, alles zu tun, was sie ihr befahl.

Hatte Adhara anfangs noch geglaubt, es sei am klügsten, sich Amina zu fügen – schließlich war sie eine Prinzessin, die man besser nicht verärgerte –, so ging sie bald schon dazu über, sich nicht alles gefallen zu lassen so wie am ersten Tag, als Amina sie verleumdet hatte. Nicht nur zur Wahrung der eigenen Selbstachtung war das besser, sagte ihr der Instinkt, sondern auch für Amina selbst. Denn unter diesem Hochmut, dem Trotzkopf, den Launen verborgen, spürte Adhara bei der Prinzessin eine Art Ratlosigkeit dem Leben und der Welt gegenüber, eine Einsamkeit, in der sie sich selbst wiedererkannte. Indem er sie beide zusammenbrachte, hatte Neor große Weitsicht bewiesen, denn es stimmte: Sie und Amina waren sich tatsächlich ähnlich.

Es war, als wolle es der Prinzessin nicht gelingen, ihren Platz in der Welt zu begreifen und zu finden. Und deswegen rebellierte sie gegen alles, was sie umgab, in dem verzweifelten Versuch, nicht ihre Wünsche der Wirklichkeit, sondern die Wirklichkeit ihren Wünschen anzupassen. Adhara empfand eine unvermittelte Sympathie für dieses Mädchen, der auch Aminas freches Benehmen nichts anhaben konnte, und merkte immer mehr, dass es ihrem Verhältnis zugute kam, wenn sie bei ihren Entscheidungen blieb und sich nicht allzu nachgiebig zeigte.

Eines Tages gelang es Amina nach langem Drängeln, Adhara dazu zu überreden, die echten Schwerter zur Hand zu nehmen.

Alle Versuche, sie davon abzubringen, waren gescheitert. »Die Klingen sind scharf, wir werden uns verletzen.«

»Dann müssen wir eben aufpassen.«

»Das sind wirklich keine Spielzeuge.«

»Nur ganz kurz, versprochen! Ich habe ja sogar schon Unterricht mit einem echten Schwert. Was soll also dabei sein? Und so ein großer Unterschied zu den Holzschwertern ist das auch nicht.«

So hatten sie einander gegenüber Aufstellung genommen, Adhara in der klaren Absicht, ausschließlich die Angriffe der Gegnerin zu parieren. Sie erinnerte sich nicht, je eine militärische Ausbildung genossen zu haben, doch die Selbstverständlichkeit, mit der sie die Waffe hielt, ließ sie vermuten, dass sie alles andere als eine Anfängerin war.

Mit feurigem Blick stürmte Amina wie eine Furie los, offensichtlich entschlossen, tatsächlich ernst zu machen.

Adhara hingegen vertraute, wie immer, ihrem Körper, der für sie handelte. Fast sah sie sich selbst zu, wie sie mit natürlichen Bewegungen, flüssig und elegant, hin und her sprang, auswich, parierte, oben, unten, seitlich …

Amina legte noch mehr Kraft in ihre Schläge, während ihre Bewegungen bald schon immer fahriger wurden. Aber das merkte sie nicht. Sie wollte sich austoben, drauflos schlagen bis zur Erschöpfung. Ihre Augen waren gerötet, und als Adhara ihren letzten Hieb parierte und ihr das Schwert aus der Hand flog, schrie sie vor Zorn und stampfte mit dem Fuß auf. Dann stand sie reglos da, die Fäuste geballt und den Kopf gesenkt, und weinte still vor sich hin, Tränen der Wut und der Enttäuschung.

Adhara verstand, was in ihr vorging. Trotz allem, was sie trennte, und obwohl sie eigentlich so wenig wusste von der Welt, verstand sie dieses kleine Mädchen ganz tief in ihrem Inneren. Sie griff nicht ein, ließ zu, dass sie sich ausweinte, ohne sie zu trösten oder in den Arm zu nehmen, denn das hätte Amina, wie ihr klar war, nur als Kränkung aufgefasst.

Als es sich selbst genug bemitleidet hatte, wischte sich das Mädchen mit dem Ärmel die Tränen von den Wangen und schaute danach zu Adhara auf. Ihre Augen funkelten. »Wehe, du sagst jemandem, dass ich geheult habe«, knurrte sie.

Adhara lächelte sanft. »Du kannst dich auf mich verlassen.«

Erst dann ging sie zu ihr und legt ihr ganz einfach eine Hand auf die Schulter. Als Amina sie anblickte, war aus ihren Augen schon ein wenig Groll gewichen.

»Weißt du, vor ein paar Tagen«, setzte Adhara dann hinzu, »hat mir dein Vater selbst noch gesagt, dass es gar nicht schlimm ist, hin und wieder auch mal schwach zu sein. Dafür muss man sich nicht schämen.« Sie biss sich auf die Lippen. »Mir geht es übrigens sehr oft so.«

»Ach, mein Vater …«, stieß Amina hervor, »… der versteht es, schöne Worte zu machen. Er sagt immer, dass er auf meiner Seite steht, und das glaube ich ihm eigentlich auch, aber …«

Adhara wartete, bis Amina selbst die richtigen Worte gefunden hatte.

»Aber dann zwingt er mich, in diesem goldenen Käfig zu leben. Unterstützt meine Mutter, wenn sie lauter todlangweilige Dinge von mir verlangt, wie Kleider anprobieren und so was … Ich will aber nicht so sein, wie meine Mutter es gern hätte … Ich will etwas anderes.« Sie seufzte. »Ach, ich bin immer so wütend! Dabei möchte ich im Grund nur in Ruhe gelassen werden und das tun, woran ich Spaß habe … Oder einfach jemanden haben, der mich versteht. Aber mein Vater ist immer fort, und meine Mutter hat überhaupt keine Ahnung …«

Adhara zuckte mit den Achseln. »Tröste dich. Mir geht es ganz ähnlich wie dir. Ich fühle mich auch allein gelassen. Stell dir nur vor, ich weiß noch nicht einmal, wer ich eigentlich bin, woher ich komme, wieso ich so gut mit dem Schwert umgehen kann … Und der Einzige, der mich versteht und dem ich mich nahe fühle, scheint einfach verschwunden zu sein.«

Amina sah sie mitfühlend an. »Es wäre wirklich schön, wenn du meine Freundin sein könntest.«

Adhara spürte, wie sich Wärme in ihrem Bauch ausbreitete. Vielleicht lag es an Aminas Blick oder daran, wie sie diese Worte ausgesprochen hatte. Jedenfalls hatte sie zum ersten Mal das Gefühl, ein Plätzchen gefunden zu haben in dieser großen Welt, die sie nicht verstand. Obwohl selbst unsicher und schwankend, konnte sie doch der Anker dieses Mädchens sein, ein kleiner fester Halt. Sie verstärkte den Druck ihrer Hand auf Aminas Schulter.

»Das will ich auch. Wir werden sehr gute Freundinnen werden. Glaub mir!«

In den ersten Tagen jener Woche stürzte sich Amhal ganz in seine Aufgaben als angehender Drachenritter. Morgens Ausbildung im Reiten und Fechten, am Nachmittag Wach- und Streifendienst, abends gemeinsame Essen in der Akademie. Er hatte das Bedürfnis, sich wieder enger an Mira zu binden. Der Meister hatte ihm sehr gefehlt in den Wochen, da er allein unterwegs gewesen war, und ihm war klargeworden, wie verloren er ohne ihn war. Sobald sich dessen Schatten verflüchtigte, war sie wieder da, diese Raserei, die er in sich spürte, zusammen mit der Erinnerung an die Schrecken, die er durch sie erlebt hatte. Dann schien es ihm wieder unmöglich, gegen sie anzukommen, und alles drohte ins Chaos abzugleiten. Schließlich war es kein Zufall, dass er es trotz aller Mühen und seines Einsatzes immer noch nicht zum Drachenritter geschafft hatte, und er fragte sich, ob er es jemals so weit bringen würde.

So trat Adhara in den Hintergrund, die gemeinsam mit ihr verbrachten Tage verblassten. Und während das tägliche

Einerlei seines Lebens wie vor ihrer Begegnung wieder Besitz von ihm ergriff, vergaß er ganz, nach ihr zu schauen.

Mitte der Woche aber erfasste ihn plötzlich Sehnsucht nach ihr. Die Erinnerung an das süße Gefühl, für sie wichtig zu sein, ging einher mit argen Schuldgefühlen, weil er ihr nicht, wie versprochen, weitergeholfen hatte. So beschloss er, ihr einen Besuch abzustatten.

Zunächst suchte er Mira auf und bat ihn um die Erlaubnis, eine Mahlzeit außer Haus einzunehmen.

»Ein galantes Abenteuer?«, fragte Mira und zwinkerte ihm zu.

Amhal errötete. »Nein, nein, ich will nur eine Freundin besuchen.«

Er fand sie, in Gedanken vertieft, an ein Geländer im Garten gelehnt vor. Unwillkürlich stellte er sich vor, dass sie so auf ihn gewartet hatte, und es versetzte ihm einen Stich, während ihm plötzlich aufging, wie allein und verlassen sie sich an diesem fremden Ort gefühlt haben musste.

Eine Weile standen sie sich so gegenüber, beide unfähig, einen Anfang zu finden.

Endlich war sie es, die das Schweigen brach. »Ich bin froh, dass du gekommen bist.«

Amhal nahm ihr gegenüber Platz und schaute sie lange an. In ihren Augen funkelte etwas Unbekanntes, Neues, eine gewisse Sicherheit. Er lächelte sie an: »Nun, wie geht's dir?«

Adhara betrachtete seine Hände: Sie waren voller Schwielen vom Schwertkampf und aufgerissen von den Bestrafungen, die er sich selbst zufügte, wenn er sich hatte hinreißen lassen. Jetzt versuchte er, die Narben zu verbergen, indem er die Hände ineinander verschränkte.

»Du bestraft dich also immer noch.«

»Nein, wieso? Die sind vom Kampf.«

»Die da auch?«

Mit der Fingerspitze strich sie über eine längliche, noch ein wenig von seinem Blut schimmernde Wunde.

Er zuckte zusammen. »Ja.«

»Was war diesmal der Grund?«

Amhal schaffte es nicht, sich der Frage zu entziehen. Verlegen schweifte sein Blick einen Moment lang hin und her, richtete sich dann aber wieder auf ihre Augen. »Ach, es ist immer dasselbe. Mein Übereifer ... Ich hab mich falsch verhalten, wie so oft ... hab mit jemandem Streit angefangen ... Und deshalb ... nun ja, da hab ich mich im Training noch mehr gequält.«

Adhara musterte ihn mit einer Mischung aus Tadel und Mitgefühl.

In der Akademie war niemand, der ihn auf diese Weise anschaute, noch nicht einmal Mira, der, wenn er die Male auf seiner Hand erblickte, nur verärgert darauf einging und ihn aufforderte, es endlich bleiben zu lassen. Doch dieser Blick hier, Adharas Blick, war sanft und versprach einen Frieden, den Amhal nicht kannte.

»Warum hörst du nicht auf damit? Du tust dir doch nur selbst weh, und nichts wird dadurch besser. Deine Probleme löst du nicht, indem du dich bestrafst.«

»Ich kenne keine anderen Lösungen.«

»Komm zu mir, wenn du nicht mehr weiter weißt, wenn du Hilfe brauchst.«

Er drückte ihr fest die Hände. »Du hast dich verändert, Adhara. Scheinst reifer geworden. Aber jetzt erzähl mir doch mal von dir. Wie ist es dir diese Woche ergangen?«

Den ganzen Abend plauderten sie miteinander. Dabei stellte Adhara fest, dass ihr das Erzählen leichter fiel, als sie angenommen hatte. Sie erklärte ihm, was das für eine Aufgabe war, die ihr Prinz Neor übertragen hatte, berichtete von Amina, ihrem widersprüchlichen Charakter, ihrer Einsamkeit. Mit einem Mal wurde ihr bewusst, dass sich all die Erfahrungen dieser Woche in ihr angesammelt hatten und ein wirres Muster bildeten, das sich erst jetzt, indem sie Amhal davon erzählte, langsam ordnete, während sie die Dinge, von denen sie redete, selbst erst richtig begriff.

»Es tut mir leid, dass ich dich allein gelassen habe.«

Sie zuckte mit den Achseln. Der Groll der ersten Tage, als sie sich tatsächlich verlassen gefühlt hatte, war vollkommen verflogen. »Hauptsache, du gewöhnst es dir nicht an und kommst mich jetzt immer mal wieder besuchen.«

Er drückte ihr noch einmal die Hände. »Natürlich. Ganz sicher. Verlass dich nur auf mich.« Er holte tief Luft. »Außerdem war es ja nicht so, dass ich nicht hätte kommen wollen. Aber die Lage ist wirklich sehr ernst.«

Amhal erzählte ihr, dass man die ganze Akademie in Alarmbereitschaft versetzt hatte und jetzt alle Kräfte gebraucht wurden. Das von der Seuche heimgesuchte Dorf, in das es sie beide zufällig verschlagen hatte, war in der Tat kein Einzelfall. Die Nachrichten sickerten nur träge durch, aber es gab Gerüchte, wonach der ganze Süden des Landes des Wassers schon befallen war.

»In mancher Hinsicht ist die Krankheit dem Roten Fieber ähnlich, nur sehr viel aggressiver. Man zählt bereits viele Hundert Tote.«

Aber es kam noch schlimmer. Wie Amhal berichtete, war Salazar unter Quarantäne gestellt worden und ebenso viele weitere Ortschaften, vor allem an den Ufern des Saars, wo einige Dörfer bereits infiziert waren. Auch im Land der Felsen war die Lage kritisch. Aber nirgendwo sah es so dramatisch aus wie im Land des Wassers.

»Allerdings ist dort nicht eine einzige Nymphe erkrankt, nicht eine einzige.«

Es schien sich zu bewahrheiten, was man ihnen anfangs erzählt hatte: Alle, in deren Adern Nymphenblut floss, wurden von der Seuche verschont.

»Und diese Tatsache sorgt für große Unruhe. Das Verhältnis zwischen Nymphen und Menschen war nie ungetrübt, aber nun glauben dort viele an einen Plan der Nymphen, eine Verschwörung, um das gesamte Land des Wassers in Besitz zu nehmen. Was natürlich absurd ist. Das beweisen ja schon die Fälle in den anderen Ländern … Aber die Lage ist zum Zerreißen gespannt, und es droht ein Bürgerkrieg.«

Einige Siedlungen waren bereits von der Außenwelt abgeschnitten, im Süden begannen die Lebensmittel knapp zu werden. Aus diesem Grund hatte man viele Ritter in das Spannungsgebiet verlegt. Andere waren auch mit dem Befehl ausgesandt worden, für die Einhaltung der Quarantänemaßnahmen zu sorgen.

»Und was ist mit dir?« Adharas Stimme war nur ein Hauch.

»Ich bleibe hier.« Sie atmete erleichtert auf. »Mira ist auch weiterhin für die Schulung der Palastwachen zuständig, aber da nun viele Drachenritter fort sind, hat man ihm daneben noch die Aufrechterhaltung der öffentlichen Ordnung hier in Makrat übertragen. Und ich helfe ihm dabei.«

Einen Augenblick lang hielt Amhal nachdenklich inne.

»Ich komme mir wieder vor wie in den ersten Monaten meiner Ausbildung: Von morgens bis abends laufe ich mir in der Stadt die Füße wund, um kleine Diebe zu schnappen und Raufereien zu schlichten. Eine wenig ritterliche Tätigkeit.«

Beide lachten, doch die Anspannung, die sie bei dem Thema befallen hatte, legte sich nicht.

»Was geht da wohl vor sich?«, fragte Adhara in die Stille hinein.

»Ich weiß es nicht. Aber ich fürchte, dass sich etwas Entsetzliches anbahnt«, fuhr Amhal fort. »Natürlich tun wir alles, um damit fertigzuwerden«, fügte er im Brustton der Überzeugung hinzu. »Und das schaffen wir auch!«

Adhara hatte das Gefühl, auch daran glauben zu können.

Sie begleitete ihn noch hinaus bis zu dem großen Tor. »Dann also gute Nacht, und vergiss mich nicht wieder«, verabschiedete sie ihn lächelnd.

»Ich hatte dich nie vergessen«, erwiderte Amhal ernst. »Bei jedem Schritt durch Makrat denke ich an dich. Ich hatte versprochen, dir zu helfen, und noch hast du nicht wiedergefunden, was du verloren hast.«

Doch zum ersten Mal kam Adhara ihre Vergangenheit fast unerheblich vor. Ihre Gegenwart, dieser Abend mit Amhal, nur das war lebendig, war echt. Konnte ihr früheres Leben denn etwas bieten, was ihr ebenso naheging?

»Ich bemühe mich auch weiter um eine Audienz bei der Hohepriesterin. Aber das ist nicht so einfach. Sie ist ebenfalls sehr in Anspruch genommen von den Ereignissen. Aber ich hoffe doch, dich in nächster Zeit mit ihr zusammenbringen zu können.«

Doch ihr war, als habe sie ihre Vergangenheit gegen die Gegenwart getauscht. Denn es war ja ihre Orientierungslosigkeit, ihr leeres Gedächtnis, was sie mit Amhal zusammengeführt hatte. Und so war der Verlust ihrer Vergangenheit ein Preis, den sie sehr gern bezahlte, um mit Amhal zusammen zu sein. »Aber versprich mir, dass du dich ab jetzt bemühst, hin und wieder etwas Zeit für mich zu finden.«

»Ich komme dich jeden Abend besuchen.«

»Verpflichte dich zu nichts, was du nicht einhalten kannst.«

»Das ist keine Verpflichtung, sondern ein Versprechen.«

Einen Augenblick standen sie sich schweigend gegenüber, dann beugte sich Adhara zu ihm vor, stellte sich auf die Zehenspitzen und küsste ihn auf eine Wange. Sein Bart kitzelte ihre Lippen, doch darunter spürte sie seine weiche Haut. Sie hatte noch nie jemanden geküsst, und ein wohliger Schauer durchlief ihren ganzen Körper.

»Bis bald«, hauchte sie, als sie sich endlich wieder von ihm gelöst hatte. Ohne ihm die Zeit zu geben, etwas zu erwidern, schlüpfte sie durch das Tor und entschwand in der Dunkelheit.

Der Abend mit Adhara und auch der Kuss, den sie ihm beim Abschied gegeben hatte, versetzten Amhal in eine ganz eigenartige Stimmung. Er fühlte sich verwirrt, wie benebelt, aber das missfiel ihm nicht.

In einer angenehmen Erregung schlief er ein, und bald schon schweifte sein Geist zwischen wirren Träumen umher.

Bruchstücke seiner Vergangenheit verschmolzen mit widersinnigen Bildern der Gegenwart. Er spürte, wie sich sein Körper auf dem Lager aufgewühlt hin und her warf und keine Ruhe fand.

Und wieder er: Der Mann in Schwarz, die Gestalt ohne Gesicht, mit dem funkelnden Schwert an der Seite und dem Umhang, der im Wind flatterte. Er stand unmittelbar neben ihm, und beide befanden sich in einer öden, sturmgepeitschten Wüstenlandschaft. Staub wirbelte auf, der durchsetzt war von Splittern schwarzen Kristalls.

»Hier haben wir uns bereits einmal getroffen«, sagte der Mann.

»Wer bist du?«, fragte Amhal.

Der Fremde ging nicht darauf ein.

»Und hier werden wir unser Werk beginnen. Bald, sehr bald schon werde ich zu dir kommen und dir die Rettung bringen, nach der du dich so lange schon sehnst.«

»Wer bist du?«, rief Amhal noch einmal. Die Gestalt beunruhigte ihn, und doch strahlte sie auch etwas Trostbringendes aus, das ihn dazu anhielt, dem Fremden und seinen Worten zu trauen.

Und zum ersten Mal gelang es ihm nun, etwas von dessen Gesicht erkennen. Ein Lächeln, erbarmungslos und ehrlich zugleich.

»Wer ich bin, wirst du bald erfahren«, antwortete er, und damit löste sich die Erscheinung auf und stieß Amhal in eine undurchdringliche Finsternis zurück. Er spürte, wie er in die Tiefe stürzte, und schrie aus Leibeskräften.

Im Bett sitzend und immer noch weiter schreiend, wachte er auf. Er war in seinem Zimmer und zitterte am ganzen Leib. Draußen hatte der Mond bereits einen Gutteil seiner Himmelsbahn zurückgelegt. Einige Stunden musste er geschlafen haben.

Die angenehme Erregung, in die ihn der Abend mit Adhara versetzt hatte, war verflogen, und erneut fühlte er sich allein und verlassen. Stöhnend legte er eine Hand an die Stirn.

Der Mann in Schwarz traf am nächsten Morgen ein. Die Schwüle, die Makrat im Griff hatte, trieb ihm den Schweiß aus den Poren. Die Sonne entflammte Dächer und Kuppeln, brannte auf die Ziegel der Häuser und auf die Köpfe der Bewohner, die in den Straßen der Stadt unterwegs waren.

Vor dem Hauptportal blieb er stehen und sprach den Soldaten an, der dort Wache schob. Nichts regte sich in der Miene des Mannes, als er seinen Namen nannte.

Er ist zu jung, um Bescheid zu wissen.

»Melde mich nur gleich Seiner Majestät. Ich bin sicher, er wird sich freuen, mich zu sehen«, forderte San ihn mit einem Lächeln auf.

Dann wartete er.

17

Der Held

Das Herz klopfte Learco bis zum Hals, während er eiligen Schritts die Flure durchquerte. Fünfzig Jahre waren vergangen seit jenem großen Kampf, als sie alle Herrschafts- und Zerstörungspläne der Gilde der Assassinen und seines Vaters endgültig hatten zunichtemachen können. Damals, auf dem Schlachtfeld, zwischen den Trümmern des zerstörten Baus der Gilde und dem Rauch aus dem Tempel, den die feuerspeienden Drachen niedergebrannt hatten, hatte er ihn zum letzten Mal gesehen.

Kurz bevor er starb, hatte Ido ihm noch aufgetragen: »Bring den Jungen an einen sicheren Ort.« Knappe, klare Worte, die letzten, die er aus dem Mund des Gnomen gehört hatte.

Wenn er sich besann, konnte Learco immer noch den Druck von Sans schmächtigen Schultern in seinem festen Griff spüren. Damals war der Junge zwölf Jahre alt gewesen.

Ja, er hatte ihn in Sicherheit gebracht, war aber dann sogleich wieder losgeeilt, um Dubhe zu helfen – in diesem Moment das Einzige, was ihn interessierte –, und hatte den Jungen vergessen.

Als sie später die Trümmer absuchten, war von San keine Spur mehr zu finden gewesen. Idos Leib lag ausgestreckt auf dem Boden, doch in seiner Hand fehlte das Schwert, mit dem er seine letzte Schlacht geschlagen hatte, jene wundervolle Waffe aus Schwarzem Kristall, die Nihal einst gehört hatte, und auch der Drache, den er geritten hatte, war spurlos verschwunden.

Eine ganze Zeit hatten Dubhe und er nach San suchen lassen. Er fühlte sich verantwortlich, denn schließlich hatte Ido ihm den Jungen persönlich anvertraut, und er hatte dem Gnomen in die Hand versprochen, dass er auf ihn aufpassen würde. Doch seine Aufgaben als neuer König, die Nachwirkungen des Krieges und die Neuordnung der Aufgetauchten Welt hatten ihn so beansprucht, dass er irgendwann sein Vorhaben, San zu finden, aufgab. Aber die Schuldgefühle deswegen hatten ihn sein ganzes Leben lang nicht mehr verlassen.

Und nun sprach doch tatsächlich jemand am Eingang seines Palastes vor und behauptete ungeniert, San zu sein, nach so vielen Jahrzehnten von wer weiß wo zurückgekehrt.

Unter den verwunderten Blicken der Dienerschaft und der Höflinge hastete der König durch die Gänge. Aber er konnte es nicht erwarten. Er musste zu ihm, ihn umarmen oder ihn bestrafen, falls es sich um einen Schwindler handeln sollte.

Aber wie soll ich das herausfinden? Fünfzig Jahre sind seither vergangen. Fünfzig Jahre!

Mit beiden Armen riss er die Türflügel zu dem großen Empfangssaal auf, der mit Wandteppichen mit Motiven aus dem Leben der großen Helden der Aufgetauchten Welt geschmückt war.

Da stand er, in der Mitte des Raumes, groß gewachsen und ganz in Schwarz gekleidet, Umhang und Stiefel staubbedeckt wie nach einer langen Wanderung. An der Seite das unverkennbare Profil eines Schwertes: eines Schwertes aus Schwarzem Kristall mit einer einzigen hellen Stelle, dem Drachenkopf auf dem Heft, der darunter in einen sich windenden Drachenleib überging, und der Glocke als Drachenflügel geschmiedet. Learco stockte der Atem. Das war Nihals Schwert.

Der Mann drehte sich um. Leicht spitz zulaufende Ohrmuscheln, ergrautes Haar, das jedoch immer noch unverkennbar bläulich schimmerte. Und dann die Augen: Halbelfenaugen, violett, die Augen seiner Großmutter Nihal und deren Sohn, Sans Vaters.

»So bist du es tatsächlich …«, murmelte der König.

San lächelte. »Wie ich sehe, warst du nicht untätig, während ich fort war.«

Da trat Learco zu ihm und nahm ihn in die Arme, drückte ihn fest an sich und erstickte ein Schluchzen an seiner Brust. »Du bist es tatsächlich …«

Sie unterhielten sich allein, versuchten, die Gesprächsfäden neu zu knüpfen, die viele Jahre zuvor abgerissen waren.

»Lange Zeit habe ich nach dir gesucht. Idos Worte quälten mich, und ich wusste, dass es meine Pflicht war, dich zu mir zu holen. Doch der Krieg, die Hochzeit, und dann unsere verrückte Welt, der es so schwerfällt, Frieden zu halten und sich eine dauerhafte Ordnung zu geben …«

»Ich mache dir ja gar keine Vorwürfe«, unterbrach ihn San, wobei er eine Hand hob, »du hast getan, was in deiner Macht stand. Dass du mich nicht gefunden hast, lag auch daran, dass ich mich nicht finden lassen wollte.«

Learco konnte den Blick nicht von ihm abwenden. Dank des Halbelfenblutes, das in seinen Adern floss, wirkte San noch unglaublich jung. Nur wenige Falten zeichneten sich links und rechts des Mundes und auch um die Augen herum ab. Sein Körper war hager, muskulös, fast breitschultrig: der Körper eines Kriegers. Seine Gesichtszüge verrieten den Jungen, der er einmal gewesen war, besaßen sie doch etwas Sanftes, Kindliches, das unter der Schale des reifen Mannes durchschimmerte, so als stecke in ihm auch etwas, das niemals richtig erwachsen geworden war. Eine schöne Erscheinung, dachte Learco unwillkürlich, mit einem Anflug von Stolz, so als sei dieser Mann sein eigener Sohn.

»Aber wo hattest du dich denn verkrochen? Ich habe dich wirklich überall von meinen Leuten suchen lassen, während Dubhe und ich damit beschäftigt waren, die Scherben der Aufgetauchten Welt wieder zusammenzufügen.«

San zuckte mit den Achseln. »Ich wollte für mich allein sein. Idos Tod ging mir sehr nahe, und ich hatte viel nachzudenken, auch darüber, welche Schuld an seinem Ende mich traf.«

Ido.

»Das war nicht deine Schuld«, erklärte Learco im Brustton der Überzeugung. »Du warst eben noch ein unreifer Junge, und dementsprechend hast du dich verhalten.«

Ein Zornesfunke flammte in Sans Augen auf.

»Nein, niemals hätte ich mich zu dem Tempel aufmachen dürfen, um der Sekte allein entgegenzutreten. Gewiss, ich war nicht wehrlos, doch hätte mir klar sein müssen, dass meine magischen Kräfte niemals ausreichen würden, um Hunderte von Feinden zu vernichten.«

Learco legte ihm eine Hand auf den Arm. »Es war nicht deine Schuld«, wiederholte er.

Sinnend betrachtete San seine Hände, die in schweren schwarzen Lederhandschuhen steckten. »Wie dem auch sei«, begann er dann und sah plötzlich auf, »ich bin lange umhergereist, zunächst durch die Aufgetauchte Welt, und dann außerhalb davon, jenseits des großen Stromes, lebte eine Weile dort im Haus meines Großvaters und widmete mich dem Studium alter Schriften. Aber im Grund tat ich fünfzig Jahre lang nichts anderes, als umherzuirren.« Er lächelte müde. »Und du?«, fragte er dann. »Wie ich höre, hast du Großes vollbracht.«

»Solange wir zusammen sind, haben Dubhe und ich all unsere Kräfte für das Wohl der Aufgetauchten Welt und speziell unseres Landes der Sonne eingesetzt«, antwortete Learco. »Endlich genießen wir hier Frieden, und das schon seit vielen Jahren. Und nun mache ich mich dafür stark, dass dieser Friede gewahrt bleibt, auch wenn ich einmal nicht mehr bin. Meine Hoffnungen ruhen auf meinem Sohn. Du musst ihn unbedingt kennenlernen.«

»Man nennt dich den Gerechten …«

»Die Leute übertreiben gern …«

»Aber du hast doch tatsächlich eine neue Welt geschaffen.«

Learco erhob sich. »Es ist an der Zeit, dass auch die anderen von der Neuigkeit erfahren. Verzeih mir, aber ich musste dich zunächst allein sprechen, um ganz sicherzugehen, dass du es wirklich bist.«

San lächelte. »Das kann ich sehr gut verstehen.«

Er führte die Hand zum Schwert, zog das Heft ein Stück hervor und hielt es ins Licht. »Aber ich nehme an, das hier zählt mehr als tausend Worte, ganz zu schweigen von diesen hier.« Und damit deutete er auf seine Augen und Ohren.

Learco lachte und schlug ihm mit der flachen Hand auf die Schultern. Kräftig, gestählt fühlten sie sich an: die Schultern eines Kriegers.

»Ich lasse den Hofstaat zusammenrufen. Aber nicht hier. Du hast ein Recht, mit allen Ehren empfangen zu werden, in einem Saal, der dem bedeutenden Anlass deiner Wiederkehr angemessen ist.« Und damit wandte er sich zur Tür.

Einen Moment lang stand San versunken da und betrachtete die Wandteppiche: die Zerstörung des Tempels, die Bestie, wie sie die Assassinen zerfleischte, Nihals triumphaler Sieg über den Tyrannen.

Und dann in einer Ecke auch er: neben einem Drachen von leuchtend roter Farbe. Er trat näher heran, hob einen Finger und fuhr über das Gewebe. Ido. Mit seinem dichten Gnomenbart, dem gedrungenen, kraftvollen Leib, der Kampfeslust in seinen Gesichtszügen, in seinem Blick. Groß, mächtig und stark, so wirkte er hier. In der Hand das Schwert, das er jetzt selbst trug.

Hingerissen streichelte er über dieses Gesicht. Sein Meister.

»San, kommst du? Dieser Palast ist ein wahres Labyrinth. Allein wirst du dich hier nicht zurechtfinden.«

Der Gast riss sich los. Einen Moment lang schloss er die Augen und kämpfte gegen die Tränen an.

Dann drehte er sich um. »Ich komme schon.«

Er war bereit.

Wie jeden Morgen waren Amina und ihre Gesellschafterin ins Lernen vertieft. Adhara las in einem Buch, in dem es um Religionen ging; aber wie gewöhnlich wurden auch hier die Erweckten mit keinem Wort erwähnt. Da ging plötzlich die Tür auf, und alle drei, sie selbst, Amina und der Hauslehrer, schraken auf.

»Wie wäre es denn mit Anklopfen?«, murrte der Mann, während er den Kneifer mit den runden Gläsern abnahm, den er beim Lesen immer trug.

In der Tür stand eine Dienerin. »Verzeiht«, keuchte sie und verneigte sich, »aber … ein Befehl des Königs.« Dann wandte sie sich an Amina: »Seine Majestät wünscht dich unverzüglich zu sehen.«

Die Prinzessin sah fragend zu ihrem Lehrer.

»Geh nur, geh nur, wenn der König es so verlangt«, erklärte der.

»Adhara soll aber mitkommen.«

Und so geschah es.

Hastig folgten sie der Dienerin durch die Palastflure.

»Was ist denn eigentlich los?«, schnaufte Amina, die kaum Schritt zu halten vermochte.

»Ein großes Ereignis«, antwortete die Magd nur geheimnisvoll.

So gelangten sie zu einer breiten Tür. »Tretet nur ein«, erklärte die Dienerin, wobei sie, sich wieder verneigend, zur Seite trat.

Amina zog einen Türflügel auf, und vor ihren Blicken öffnete sich ein großer Festsaal mit verspiegelten Wänden. Durch die hohen Fenster, die zum Park hinausgingen, flutete das helle Mittagslicht.

Alle waren sie versammelt: Learco, Dubhe, Neor, Fea, Kalth. Sowie ein Mann, den Adhara noch nie gesehen hatte. Er war ganz in Schwarz gekleidet. Ohne dass Adhara es genauer hätte benennen könnten, wirkten seine Gesichtszüge fremdartig, anders als bei allen anderen, so als gehöre er einer eigenen Rasse an.

Alle Anwesenden strahlten, schienen fast ergriffen.

»Kommt nur«, forderte Neor sie auf.

Adhara spürte, dass Amina mindestens ebenso verwirrt war wie sie selbst. Sie schaute genauer hin und bemerkte an dem Fremden etwas, das ihr auf den ersten Blick entgangen war: Sein Haar schimmerte leicht bläulich.

Ein Halbelf, sagte ihr die innere Stimme.

Ein wenig zögernd traten sie näher, während der Fremde sie aufmerksam betrachtete.

»Amina«, begann Neor, »ich habe die Ehre, dir einen berühmten Mann vorstellen zu dürfen, von dem du im Unterricht sicher schon viel gehört hast: Das ist San, der nach gar zu langer Abwesenheit zu uns zurückgekehrt ist.«

Staunend riss die Prinzessin die Augen auf und blieb wie angewurzelt stehen.

Es war der Mann in Schwarz, der sich als Erster rührte. Lächelnd trat er einige Schritte auf sie zu. »Sehr erfreut, deine Bekanntschaft zu machen.«

Dann wandte er sich Adhara zu und musterte sie auf eine Weise, die sie verstörte, so als durchstöbere sein Blick ihr Innerstes auf der Suche nach den verborgensten Regungen. Sie spürte die ganze Größe dieses Mannes, ohne sagen zu können, wodurch er sie ausstrahlte.

»Das ist Adhara, die Gesellschafterin meiner Enkeltochter«, stellte Learco sie vor.

Endlich lächelte San auch sie an, und Adhara fragte sich, wer dieser Mann war und wieso sein Blick sie so ergriffen hatte.

Gleich darauf war der Gast wieder von den anderen Familienmitgliedern umringt, die ihn weiter feierten. Amina starrte ihn verzaubert an, ganz außer sich angesichts der Tatsache, eine solch legendäre Gestalt vor sich zu haben, bekam aber kein Wort heraus.

Als sie, noch aufgewühlt von der Überraschung, wieder draußen waren, erklärte sie Adhara, wer dieser Mann war und warum man ihn so begeistert willkommen geheißen hatte. »Stell dir doch mal vor: Er hat Ido gut gekannt und auch am Kampf für die Rettung der Aufgetauchten Welt teilgenommen. Das ist ein Held!«, schwärmte sie mit geröteten Wangen.

Adhara dachte wieder über das eigenartige Gefühl nach, das sie beim Anblick dieses Mannes überkommen hatte. Ein Gefühl, das nichts mit seinen Heldentaten oder seiner eindrucksvollen Erscheinung zu tun hatte. Nein, da war noch etwas anderes, das jeden in seiner Nähe auf Anhieb faszinierte. Und seltsamerweise fiel ihr, während sie so darüber nachdachte, Amhal ein.

Die Neuigkeit verbreitete sich wie ein Lauffeuer im Palast und bald auch darüber hinaus, sickerte durch in die Stadt und war rasch in aller Munde. San, der Held, jener furchtlose Junge, der in dem letzten gewaltigen Ringen, das damals die Aufgetauchte Welt erschütterte, an vorderster Front gekämpft hatte, war zurückgekehrt.

Eine Zeit lang geriet alles andere in Vergessenheit, und selbst am Hof erlaubten es sich Neor, Dubhe und Learco, die Seuche und die Sorgen, die sie zuletzt in Atem gehalten hatten, zu verdrängen. Das Ereignis musste gefeiert werden.

Dubhe lächelte häufiger, als man es von ihr gewohnt war, Neor betrachtete den Gast mit einer Mischung aus Bewunderung und wohlwollendem Neid, und auch Kalth war hingerissen. Sogar die Hohepriesterin begab sich in den Palast, um San willkommen zu heißen.

Adhara war bei ihrem Besuch zugegen, sah zu, wie die ältere Frau San fest umarmte, ihr an seiner Schulter die Tränen kamen. Er selbst wirkte ergriffen.

»Ich hätte besser auf dich aufpassen müssen ...«, schluchzte Theana.

»Meine Gedanken waren immer auch bei dir«, antwortete er, wobei er sie anlächelte.

Bald schon wurde die Schlange der Neugierigen, die San aus irgendwelchen Gründen kennenlernen und treffen wollten, derart lang, dass man beschloss, ein großes Fest zu veranstalten, an dem alle teilnehmen sollten.

Am meisten von allen freute sich König Learco über die Wiederkehr dieses so lange verschollen geglaubten Mannes. Daher setzte er sich auch mehr als jeder andere dafür ein, das Ereignis in gebührender Weise zu feiern. Unter anderem beschloss er, San ehrenhalber zum Drachenritter zu schlagen. Offenbar hatte dieser viele Jahre seines Lebens mit Nihals legendärem Drachen Oarf zusammengelebt. Auf seinen Schwingen hatte das Tier ihn durch die Welt getragen, bis es eines Tages an Altersschwäche gestorben war. Danach hatte sich San einen neues Reittier suchen müssen und sich für einen Lindwurm entschieden, eine Drachenrasse ohne Vorderpranken, die im Süden der Unerforschten Lande, jenseits des Saars, zu Hause war.

Adhara war über die Lage nicht völlig im Bild, verstand aber immerhin so viel, dass hier ein Mann in schier unglaublichem Maß mit Ehren überhäuft wurde, wie sie bislang noch kaum jemandem in der Aufgetauchten Welt zuteilgeworden waren.

Unter einer stechenden Sonne, in der offenen Arena der Akademie, fand die große Festzeremonie statt. Fast alle Drachenritter der Aufgetauchten Welt, mit ihren Tieren, ihren

Schülern und Knappen, hatten sich eingefunden. Amhal war neben Mira postiert, während Adhara etwas weiter entfernt in der Menge der Zeremonie beiwohnte.

Amina hätte sie gern an ihrer Seite gesehen, doch darauf wollte sich Adhara nicht einlassen. »Nein, nein«, hatte sie geantwortet, »was habe ich schon mit der königlichen Familie zu tun? Ich halte mich lieber weiter hinten auf.«

Die Zeremonie wollte kein Ende nehmen. Es begann mit einer langen Rede des Obersten Generals der Drachenritter, eines beleibten kahlköpfigen Mannes, der die Bilder der Schlacht, deren Zeuge San als Zwölfjähriger geworden war, noch einmal lebendig werden ließ. Dann berichtete König Learco aus seiner Sicht von den damaligen Ereignissen und machte deutlich, was ihn mit dem neuen Drachenritter verband.

Schließlich ergriff San selbst das Wort. Er stand neben seinem Lindwurm, ein Tier, das Adhara irgendwie unheimlich war. Es hatte viel von einem Drachen, nur war sein Maul flacher, und seine Züge wirkten bösartig. Gleichzeitig erinnerte der Lindwurm aber auch an eine Schlange, vor allem mit seinem langgezogenen, glitschigen Leib, an dem übergroße Flügel ansetzten.

»Nach langen Jahren freiwilligen Exils«, begann San seine Rede, »bin ich nun endlich zurückgekehrt. Ich hatte die Aufgetauchte Welt verlassen, um meine große Schuld abzutragen, um Läuterung zu finden und mit mir selbst ins Reine zu kommen. Jahrelang zog ich umher, doch der ersehnte Friede blieb meiner Seele verschlossen. Ich fand keinen Ort, der mir Ruhe geschenkt hätte. Und so weiß ich heute: Dieser Ort kann nur hier sein, kann nur die Erde sein, die mich hervorgebracht hat, die Welt, für die meine Großmutter Nihal in den Kampf zog und mein Meister Ido sein Leben gab. In Trümmern und leidend ließ ich sie einst zurück und finde sie nun blühend und in Frieden wieder. Heute zeigt sie sich mir, wie ich sie mir immer erträumt habe: voller Leben, voller Sonne, ein Ort, an dem ich zur Ruhe kommen kann. Für diese Welt bin ich nun bereit zu kämpfen und mein Leben zu geben. Und mag diese Faust auch gezeichnet und geschwächt sein, ich will die ihr verbliebene Kraft dazu einsetzen, das zu verteidigen, was der Mann, der mir das Leben rettete, mit aufgebaut hat. Auf die Aufgetauchte Welt! Möge ihr eine lange Blüte beschieden sein.«

Jubelgeschrei brach los, und Adhara fühlte sich mitgerissen von der Erregung, die die Menge ergriffen hatte. Auch sie selbst klatschte begeistert in die Hände und lächelte in die Sonne.

Nach der Zeremonie servierte man ein prunkvolles Festmahl im königlichen Palast. Im Park waren Tische aufgebaut worden, die mit Getränken und Leckereien für alle Makrater Bürger, die der Feier beigewohnt hatten, gedeckt waren, während die königliche Familie, der Hofstaat und viele hohe Würdenträger der Akademie der Drachenritter in den Sälen des Schlosses speisten. San hatte einen Ehrenplatz an der Tafel des Königs, war sich aber auch nicht zu schade, die Gäste an den anderen Tischen persönlich zu begrüßen. Er verhielt sich wie ein vollkommener Ehrengast, wechselte mit jedem Einzelnen einige Worte und nahm mit seiner Ausstrahlung alle für sich ein. Höflinge, Minister, Edelleute verschiedenster Ränge ließen sich von ihm und seinen Erzählungen verzaubern. Für jeden hatte San eine Anekdote parat, eine kleine Geschichte oder einfach nur ein Kompliment.

Amhals Blick folgte ihm, während er sich zwischen den Hunderten von Gästen bewegte. Der Junge saß an der Tafel neben seinem Meister und pickte nur an den Speisen, die die Diener herantrugen. Auch er erlag der Faszination dieses Mannes. San war ein Mythos, so hatte Mira ihn geschildert, und so wurde er in der gesamten Aufgetauchten Welt wahrgenommen: als eine Sagengestalt, die aus den Geschichtsbüchern auferstanden war, um sich der bewundernden Menge zu zeigen.

Gewiss ließ sich Amhal auch von dieser Heldenaura einnehmen, die San umgab. Aber das war es nicht allein. Noch etwas anderes zog ihn magisch an, so dass er den Blick nicht von ihm abwenden konnte, und wusste doch nicht, wieso. Als San irgendwann im Lauf des Nachmittags auch an ihren Tisch kam, lief ihm ein Schauer über den Rücken.

»Ihr müsst Mira sein«, begrüßte San den Drachenritter mit einem Lächeln.

»Sehr erfreut, auch dass Ihr von mir gehört zu haben scheint«, antwortete dieser ebenso herzlich.

»Von einem der herausragendsten Drachenritter der Akademie, verantwortlich für die persönliche Sicherheit der Königsfamilie, der zudem mehrere Male Frieden zwischen Nymphen und Menschen im Land des Wassers gestiftet hat …? Ausgeschlossen, von einem solchen Mann nicht gehört zu haben.«

»Euch wird man mit ganz ähnlichen Aufgaben betrauen in Eurem neuen Leben in der Aufgetauchten Welt.«

»Ganz recht. Wie ich hörte, soll ich speziell für die Sicherheit dieser Stadt verantwortlich sein. Eine Wächtertätigkeit, wenn man so will.«

»Und dennoch ein bedeutendes Amt …«

»O ja.« San hob die Hand. »Damit wir uns nicht missverstehen. Ich fühle mich wirklich geehrt durch die Übertragung dieser Aufgabe. Es ist ja allgemein bekannt, dass die Aufrechterhaltung von Ruhe, Ordnung und Frieden schwieriger und mühsamer sein kann als ein Sieg in der Schlacht – und das ist gewiss nicht weniger ehrenvoll. Ganz im Gegenteil. Ich habe geschworen, meinen Teil zum Schutz dieser Welt beizutragen, und über eine Stadt wie Makrat zu wachen, ist da ein wunderbarer Anfang. Oder seid Ihr anderer Auffassung?«

»Nein. Wie könnte ich?« Mira hob sein Glas.

San stieß mit ihm an, und beide gönnten sich einen ordentlichen Schluck Wein. »Von diesem jungen Mann hier«, fuhr Mira dann fort und legte Amhal den Arm um die Schulter, »werdet Ihr vielleicht noch nicht gehört haben, es aber gewiss in Zukunft tun: Das ist mein Schüler Amhal.«

Der Jüngling errötete. Er hatte diese Begegnung herbeigesehnt und sie gleichzeitig auch gefürchtet.

San blickte ihn aufmerksam an. »Nein, nein, sein Name hat sich bereits herumgesprochen«, erklärte er und wandte sich dann Amhal zu. »Du sollst sehr vielversprechend sein, höre ich ...«

Amhal schlug die Augen nieder. »Zu gütig ...«

»Es geschieht meist nicht ohne Grund, wenn die Leute gut über jemanden reden«, erwiderte San, wobei er Amhal zuzwinkerte und sein Glas klingend gegen das seine stieß.

Wie alle Soldaten war auch Amhal daran gewöhnt, auf Hierarchien zu achten und Vorgesetzten gegenüber eine gewisse Befangenheit zu verspüren, wobei diese Befangenheit allerdings weit entfernt war von der geradezu fanatischen Unterwerfung, die manche Kadetten der Akademie im Umgang mit den hohen Offizieren zeigten. Doch dieser Mann, San, faszinierte auch ihn dermaßen, dass er jegliche Selbstsicherheit verlor. Er brachte einfach kein Wort mehr heraus, und bald wechselte San zum nächsten Tisch über, mit demselben Lächeln im Gesicht, mit dem er sich auch an Mira gewandt hatte.

»Was ist los mit dir, Amhal? Warum so verlegen?«, wollte sein Meister wissen.

»Verzeiht, ich weiß auch nicht, was über mich gekommen ist«, antwortete er und nahm noch ein Schlückchen Wein.

»Es ist ja nicht bös gemeint. Ich fand dein Verhalten nur ... eigenartig, mehr nicht«, fügte Mira lachend hinzu.

Speise auf Speise wurde gereicht, gute Weine belebten die Gespräche und lösten die Zungen, während die Sonne am Horizont langsam herniedersank. Es war später Nachmittag, als die ersten Gäste aufbrachen, und als es dunkel wurde, sah man die letzten, vom Alkohol benebelt, durch den Park nach Hause wanken.

Auch Amhal schritt nun auf das große Tor zu. Adhara war schon vor längerer Zeit gegangen. Eigentlich hatte er auf sie warten wollen, doch war sie nicht mehr aufgetaucht, weil sie wohl auch am Abend mit Amina eingespannt war. Mira hingegen war zu einer überraschend angesetzten Versammlung gerufen worden, so dass Amhal lange Zeit allein am Tisch gesessen hatte. Endlich des Wartens überdrüssig, machte auch er sich auf den Heimweg in die Akademie.

Dort an dem Palasttor begegnete er ihm, in seinen schwarzen Gewändern und mit Nihals Schwert an der Seite.

»Ach, so trifft man sich wieder«, sprach San ihn mit einem Lächeln an.

Amhal erstarrte und deutete eine Verneigung an.

»Auf dem Weg zurück in die Kaserne?«

»Ja, Herr, für uns untere Dienstgrade ist gleich Zapfenstreich, obwohl ich nicht glaube, dass es mir heute Abend jemand übelnähme, wenn ich später in die Akademie zurückkehrte.«

»Was dagegen, wenn ich dich begleite? Für mich ist es die erste Nacht in der Akademie. Und jemand, der sich dort auskennt, könnte hilfreich für mich sein. Am Ende finde ich noch meine Pritsche nicht«, lachte er.

»Gewiss, Herr.«

So durchschritten sie die menschenleeren Gassen Makrats, die nur von der schwülen Luft dieser Sommernacht erfüllt waren. Amhal fühlte sich unbehaglich. Was sollte er mit dem Vorgesetzten reden, der noch dazu ein so großer Held war?

»Erzähl mir doch ein wenig von dir«, durchbrach San aber

das Schweigen. »Was sind deine Aufgaben in der Akademie?«

Amhal erzählte von seinen ersten Reisen, die er in Miras Auftrag übernommen hatte, von seinen Pflichten als Angehöriger der Palastwache.

»Und wie lange bist du nun schon in der Ausbildung?«

»Seit zwei Jahren.«

»Eine recht lange Zeit …«

»Aber angemessen. Noch fühle ich mich nicht bereit zum Drachenritter.«

»Ach ja? Nun, weißt du, es kommt eigentlich weniger darauf an, wie du dich fühlst, als vielmehr auf den tatsächlichen Stand deiner Vorbereitung. Ich will damit sagen, wir sind selten gerechte Richter unserer selbst. Zudem sind zwei Jahre doch wirklich eine sehr lange Zeit. Wenn es in deiner Lehrzeit keine Zwischenfälle gab, müsstest du schon längst Ritter sein.«

Amhal versetzte es einen Stich. »Vielleicht bin ich einfach nicht gut genug …«, murmelte er.

San brach in tönendes Gelächter aus. »Jetzt lass doch mal deine Unsicherheit. Warum so bescheiden? Kühnheit ist eine Gabe, die einem Drachenritter gut zu Gesicht steht. Nein, was ich sagen will … Weist deine Ausbildung vielleicht Lücken auf, irgendwelche Mängel?«

»Wieso? Mira ist ein hervorragender Meister«, erwiderte Amhal rasch.

»Ich weiß, ich weiß«, beeilte sich San, ihm beizupflichten. »Aber manchmal reicht ein einziger Lehrer vielleicht nicht aus … Da ist es besser, von mehreren zu lernen …«

Mittlerweile waren sie vor dem Akademiegebäude angelangt, wo San auf Anhieb erkannt und ehrenvoll begrüßt wurde. Einer der Wachsoldaten erbot sich, ihn zu seiner Unterkunft zu bringen.

»Danke, nicht nötig«, antwortete er. »Ich habe ja Amhal«, und damit schlug er seinem jungen Begleiter kräftig auf die Schultern.

Sie gingen weiter und bogen in die verlassenen Flure der Akademie ein.

»Hättest du Lust, hin und wieder mit mir zu trainieren?«, fragte San jäh in ihr Schweigen hinein.

»Natürlich!« Die Antwort kam so spontan und voller Begeisterung, dass Amhal selbst errötete.

San lächelte. »Damit wir uns recht verstehen: Ich will dich deinem Meister nicht abspenstig machen. Nur so zum Vergnügen ...«

»Ja, gern ...«

Vor einer Tür blieben sie stehen.

»Wir sind da.«

»Nun denn, wir werden uns sicher bald wieder über den Weg laufen.«

Amhal reichte ihm Hand, wandte sich ab und ging zurück durch den Flur, den sie gekommen waren. An dessen Ende angekommen, drehte er sich noch einmal kurz um und sah San an dem Türschloss herumhantieren, um aufzusperren. In diesem Moment geschah es: Die Erleuchtung überkam ihn, und er schalt sich selbst einen Dummkopf, weil er nicht schon früher darauf gekommen war.

Der gesichtslose Mann in seinen Träumen: Haargenau wie San war er gekleidet und trug sogar dasselbe Schwert an der Seite.

Amhal erstarrte, wie vom Blitz getroffen, während San hinter der Tür verschwand.

Die Faszination, die der Held auf ihn ausübte, die Bewunderung, die er für ihn empfand – das waren genau die Gefühle, die ihn auch in den Träumen bewegt hatten.

Waren sie so etwas wie eine Vorwarnung gewesen?

»Ach, hier steckst du.«

Amhal fuhr herum. Mira.

»Was stehst du denn hier so verdattert herum?«

»Äh, wieso ...? Ich war auf dem Weg in meine Kammer.«

»Dann bis morgen früh, gleich nach dem Frühstück in der Arena, verstanden?«

Amhal nickte. Und gedankenverloren machte er sich auf den Weg in seine Unterkunft. Nein, das war doch nur ein Traum. Und ein Zufall. Nichts anderes steckte dahinter, was zu entschlüsseln gewesen wäre.

Doch auch in dieser Nacht wälzte er sich wieder in einem unruhigen Schlaf.

18

Beziehungen

Nach und nach legte sich die Aufregung, die Sans Rückkehr begleitet hatte. Alle wandten sich wieder ihren üblichen Beschäftigungen zu, und das Leben nahm wieder seinen gewohnten Lauf.

Auch Adhara war mit ihren täglichen Aufgaben so eingespannt wie immer. Neu war nur, dass Amhal sie abends häufig besuchte. Nach dem Abendessen versuchte er stets, sich irgendwie freizumachen, um mit ihr ein wenig im Park spazieren zu gehen und sich erzählen zu lassen, wie ihr Tag verlaufen war. Es waren Augenblicke, denen Adhara immer sehnsüchtig entgegensah.

Mit ihrer Arbeit als Gesellschafterin war sie alles in allem sehr zufrieden. Auch wenn sich Amina oft noch launisch und herrisch benahm, so wusste Adhara doch, dass unter dieser Schale eine leidende Seele verborgen war, in der sie sich selbst wiedererkannte. Nicht zuletzt deshalb kamen sie auch gut miteinander aus, gaben einander Kraft und Mut.

Außerdem gefiel es Adhara, für jemanden verantwortlich zu sein. Es erweiterte ihren Horizont, denn nun gab es nicht mehr nur ihr eigenes zerbrechliches, vergangenheitsloses Ich, sondern daneben noch einen anderen Menschen, der sie brauchte und einen Halt bei ihr fand. Und indem sie jemandem half, jemandes Anker war, half sie auch sich selbst, Frieden zu finden. Mehr und mehr begriff Adhara diesen Zusammenhang. Und so wandelte sich die Lebensangst wegen ihrer verlorenen Vergangenheit langsam in die Freude, ein neues Leben aufzubauen.

Doch all diese Empfindungen wurden ihr erst abends bewusst, wenn sie sich endlich mit Amhal unterhalten konnte. Er war es, der ihre Erfahrungen fassbar machte, der ihr dabei half – indem er einfach zuhörte –, Klarheit in ihre Gedanken- und Gefühlswelt zu bringen.

Er seinerseits erzählte ihr von seinen Aufgaben und seinen Begegnungen mit San. Der Held der Stunde schien Gefallen an ihm gefunden zu haben.

»Er koordiniert ja die Sicherheitsmaßnahmen in der Stadt. Aber wenn er ein wenig Zeit hat, scheint es ihm Spaß zu machen, sie mit mir zu verbringen.«

»Und was treibt ihr dann so?«, fragte Adhara eines Abends, während ein frischer Wind die Stadt aus der Trägheit eines schwülen Sommertags riss.

»Wir trainieren. Fechten gegeneinander. Er ist wirklich ein fantastischer Schwertkämpfer und beherrscht Techniken, die mir ganz unbekannt waren. Ich kann eine Menge von ihm lernen. Und zudem gibt er mir ziemlich spannende Sachen zu lesen … Ja, er ist wirklich ein außergewöhnlicher Mann.«

Davon war auch Adhara überzeugt, spürte es tief in ihrer Seele. Doch dann wechselte sie das Thema und erzählte ihm von ihren Nachforschungen in der Bibliothek, die bis dahin immer noch nichts erbracht hatten.

»Vielleicht kennt die Hohepriesterin auch diese mysteriösen Erweckten«, warf Amhal ein. »Sie wird von ihren Aufgaben sehr in Anspruch genommen, und deshalb ist es schwierig, ein Treffen mit ihr zu vereinbaren. Aber schließlich ist sie auch die höchste religiöse Autorität dieses Landes.«

So unterhielten sie sich noch weiter, plauderten über dies und das, Worte ohne große Bedeutung, aber so lieblich, dass sie sanft ins Herz hinabsanken. Der Mond am Himmel folgte seiner Bahn, bis dann die Stunde gekommen war, Abschied voneinander zu nehmen.

Amhal beugte sich vor, um das Mädchen, wie jedes Mal, auf die Stirn zu küssen.

Adhara kam ihm entgegen, aber in dieser Nacht war ihr Herz von einer besonderen Glut entflammt. Es geschah wie von selbst, dass sie sich, nur ein wenig, auf die Zehenspitzen stellte. Vielleicht war ihr nicht so recht klar, was sie da tat, doch ihr Instinkt lenkte und leitete sie auf einen vorgezeichneten Weg, dem nicht zu folgen ganz unmöglich gewesen wäre.

Weich boten sich Amhals Lippen dar, verharrten reglos einige wenige Augenblicke unter der sanften Berührung der ihren. Dann war er es, der sie öffnete, und zum ersten Mal küssten sie sich richtig. Adhara dachte an nichts, gab sich nur dieser Wärme hin, die sich von ihrem Mund über die Brust bis zu ihrem Unterleib ausbreitete, dieser Lust, die alle ihre Glieder erfasste. Und mit einem Mal verstand sie ganz und gar, was sie beide verband, was sie seit dem ersten Augenblick, als sie sich begegnet waren, untrennbar aneinandergefesselt hatte. Stark war das Verlangen nach seinem Körper, und sie schlang die Arme fest um seinen Leib, strich mit den Händen über seinen Rücken, über die Muskeln, die sich sanft unter seinem Gewand abzeichneten.

Jäh löste er sich von ihr. In seinem Blick erkannte sie ein schmachtendes Sehnen, aber auch noch etwas anderes, das sie nicht zu deuten verstand.

»Bis morgen«, verabschiedete Amhal sich hastig, floh hinaus in die Nacht und ließ sie allein am Tor zurück.

Als Adhara am nächsten Tag in Aminas Zimmer kam, war ihr Schützling ausgeflogen. Gefolgt von einer Schar aufgeregter Dienerinnern und einer kurz vor einem Nervenzusammenbruch stehenden Fea, durchkämmte sie den ganzen Palast.

Doch von Amina keine Spur, auch nicht im Park oder in ihrem Baumhaus. Endlich fanden sie die Prinzessin bei einem Springbrunnen am Rand des Parks, mit einer Angelrute in der Hand und einem Festgewand bekleidet, bis knapp unter die Taille im Wasser stehen.

Ein Anblick, der Fea fast die Sinne raubte.

»Warum hast du nicht in deinem Zimmer auf mich gewartet?«, fragte Adhara, während sie auf das Mädchen zutrat. »Oder anders gefragt: Warum hast du mich nicht mitmachen lassen bei diesem neuen ... Abenteuer?« Sie lächelte ihr verschwörerisch zu. Es ging ihr gut. Nach dem wunderbaren Abend gestern hatte sie ein Wohlgefühl überkommen, das immer noch vorhielt.

»Musst du denn alles wissen, was ich mache?«, antwortete Amina frech.

Auch den ganzen restlichen Tag über war sie ungenießbar. Egal was Adhara ihr vorschlug, es wurde abgeschmettert oder belacht, und alle Spiele, auf denen Amina bestand, endeten unweigerlich damit, dass sich Adhara irgendwie wehtat.

Als sie am Abend auseinandergingen, wandte sich Amina einfach grußlos von ihr ab, und so kam es, dass Adhara das ganze Abendessen über dasaß und sich fragte, was sie bloß um alles in der Welt falsch gemacht hatte. Immer noch hatte sie Schwierigkeiten, das Verhalten anderer richtig zu deuten, und diesmal kam ihr Amina wirklich völlig undurchschaubar vor. Dabei hatte sie doch geglaubt, nach dem Nachmittag, als sie das Mädchen hatte weinen sehen, sei alles besser geworden. Stattdessen ...

Sie beschloss, zum Angriff überzugehen.

Es war bereits ein paar Stunden dunkel, als sie zum Flügel der Königsfamilie emporschlich. Noch brannte Licht. Offenbar waren König Learco und sein Sohn, die in diesen Wochen immer bis spät in die Nacht arbeiteten, noch nicht zu Bett gegangen.

Es machte ihr Spaß, so verstohlen auf Zehenspitzen durch die Flure zu huschen, sich dicht an die Wand zu pressen und kaum zu atmen, wenn sie Schrittgeräusche zu hören glaubte. Es war ihr Körper, der für sie handelte, ihren Verstand verdrängte und dafür sorgte, dass sie sich prächtig und wohlfühlte in ihrer Haut.

Man könnte meinen, ich sei dazu geboren, dachte sie.

Sie gelangte zu Aminas Zimmer und trat ein.

Die Prinzessin war noch auf, saß mit einem Buch in der Hand und die Knie bis zur Brust angezogen vor dem Fenster. Erst als Adhara die Tür schon wieder hinter sich zuzog, wurde sie auf sie aufmerksam.

»Wer ist da?«, schrie sie und sprang auf.

Adhara legte den Zeigefinger an die Lippen. »Psst, ich bin's.«

Aminas zunächst besorgter Blick verfinsterte sich auf der Stelle. »Was willst du?«

Adhara trat zu ihr und setzte sich neben sie ans Fenster. Hell drang das Mondlicht durch die Scheibe. Für Amina galt: Nachtruhe zwei Stunden nach Sonnenuntergang, und Fea duldete es nicht, wenn sie, und sei es auch nur zum Lesen, gegen diese Regel verstieß. Daher zündete sie keine Kerze an, sondern setzte sich in hellen Mondnächten vor das Fenster und schmökerte in ihren Lieblingsbüchern.

»Was hast du? Warum bist du so garstig zu mir?«

Amina blieb stehen. »Was soll ich denn haben? Ich bin überhaupt nicht garstig.«

»Doch. Heute Morgen hast du mich versetzt und dir stattdessen wieder mal so eine Dummheit einfallen lassen. Und als ich vorhin gegangen bin, hast du mich noch nicht mal angesehen.«

»So wichtig bist nun auch wieder nicht für mich.«

»Und warum nicht? Ich denke, wir sind Freundinnen.«

Amina schnaubte. »Eine schöne Freundin bist du! Du erzählst mir überhaupt nichts von dir.«

»Was soll ich dir denn erzählen? Ich erinnere mich doch an gar nichts. Und was ich nach dem Erwachen auf der Wiese erlebt habe, habe ich dir alles erzählt.«

Das Mädchen umklammerte ihr Buch so fest, dass die Fingerknöchel weiß wurden. »Ich hab dich aber gestern Abend gesehen.«

Adhara zuckte heftig zusammen. Gestern Abend. Dieser schöne Abend. Die Erinnerung an Amhals Lippen überkam sie und erfüllte ihr Herz. »Was meinst du?«, fragte sie verwirrt.

»Du warst den ganzen Abend fort und hast dich mit *diesem Mann* getroffen.«

Adhara lief rot an.

»Du hast andere Freunde und verschweigst es mir«, setzte Amina mit schneidender Stimme hinzu.

»Nein, er ... ich ...«, begann Adhara zu stottern.

Sie konnte selbst nicht verstehen, warum es ihr so schwerfiel, dieses Verhältnis zu erklären. Es war doch alles so klar und eindeutig.

Vielleicht, weil du in ihn verliebt bist?

»Er ist der Mann, der mir das Leben gerettet hat«, sagte sie schließlich.

»Und sobald du kannst, rennst du zu ihm. Dann ist er es, auf den du jeden Abend auf der Terrasse wartest?«

»Spionierst du mir etwa nach?«

Jetzt war es Amina, die errötete. »Du warst ja ständig dort. Da konnte man dich gar nicht übersehen.«

»Ich hab dir doch erzählt, wie ich damals hilflos in Salazar umhergestreift bin und dass mich dann ein junger Soldat vor zwei Halunken gerettet hat.«

Amina nickte notgedrungen.

»Das war er. Sein Name ist Amhal ... Vielleicht habe ich ihn schon erwähnt.«

Amina presste das Buch an die Brust. »Echte Freundinnen gehören immer zusammen. Und sie mögen sich so sehr, dass kein Platz ist für Dritte. Freundinnen zu sein bedeutet, dass keine Fremden zwischen ihnen stehen.«

Adhara wusste nicht, was sie antworten sollte. »Aber mit ihm ist das etwas anderes, ihn …«, versuchte sie es dann.

Ihn liebe ich, führte ihr Inneres den Satz zu Ende.

»Alles Ausreden. In Wahrheit willst du gar nicht meine Freundin sein. Mein Vater zwingt dich nur dazu. Soll ich dir mal was sagen? Renn doch zu diesem Soldaten und lass mich in Frieden! Mir ging's gut ohne dich!«

Die letzten Worte hatte Amina hinausgeschrien, und Adhara bedeutete ihr aufgeschreckt, die Stimme zu senken.

»Ach, sollen meine Eltern doch ruhig kommen. Sollen sie doch sehen, wie du mich hier mitten in der Nacht belästigst«, ließ sie sich nicht beruhigen.

»Hör mal, Amina, du hast doch auch nicht nur mich allein. Du liebst doch auch deinen Vater. Oder nicht?«

»Was hat das damit zu tun? Das ist etwas ganz anderes.«

Adhara schüttelte den Kopf. »Nein, das ist es nicht. Amhal ist wie ein Vater für mich, wie eine Mutter, ein Bruder … Alles zusammen. Weißt du eigentlich, wieso ich Adhara heiße?«

Amina war immer noch wütend, doch ihr Schutzpanzer zeigte langsam die ersten Risse. Sie schüttelte den Kopf.

»Er, Amhal, hat mir diesen Namen gegeben. Und auch mein Leben gewissermaßen.« Adhara lächelte. »Außerdem stimmt es nicht, dass ich nur mit dir befreundet bin, weil dein Vater es so will. Es ist wahr, er hat mich zu dir geschickt, aber ich bin gern bei dir, weil ich dich mag.« Es fiel ihr schwer, die richtigen Worte zu finden, doch sie gab sich alle Mühe. »Wir beide sind uns ähnlich, Amina, das habe ich dir ja schon mal gesagt. Wir sehen die Welt mit den gleichen Augen. Auch in dem, was wir mögen, was uns gefällt, wie wir uns anziehen … in all dem sind wir uns ähnlich, oder nicht? Du bist mir eine echte Hilfe, Amina. Ich habe mich schon verändert in dieser kurzen Zeit, die wir uns kennen, und das habe ich dir zu verdanken. Wir beide sind gute, echte Freundinnen.«

Aminas Lippen zitterten, und Adhara merkte, dass sie sich sehr zusammennehmen musste, um nicht zu weinen.

»Geh jetzt. Ich bin müde«, sagte das Kind schließlich nur.

»Sag mir erst, dass wir uns wieder verstehen.«

»Ich will ins Bett.«

Adhara verschränkte die Arme. »Ich gehe erst, wenn du mir gesagt hast, dass wir uns wieder vertragen.«

Amina verdrehte die Augen zum Himmel. »Ja, verdammt, ja. Aber jetzt geh. Wenn sie dich hier finden, gibt's Ärger.«

Adhara lächelt und wandte sich dann zur Tür. »Mit ihm ist das etwas anderes. Und wir beide sind Freundinnen«, wiederholte sie leise, während sie sich auf der Schwelle noch einmal umdrehte.

Die Erkenntnis kam ihr, während sie, sich im Bett hin und her wälzend, einzuschlafen versuchte. Plötzlich war es Adhara klar: Es war dasselbe wie das, was sie Mira gegenüber empfunden hatte. Wie nannte man das Gefühl noch? Eifersucht, ja. Sie war eifersüchtig auf Mira gewesen so wie Amina jetzt auf Amhal. Und bei ihr hatte sich dieses bohrende Gefühl gelegt, als sie mit Amhals Meister unter vier Augen geredet hatte. Und etwas Ähnliches würde jetzt auch bei der kleinen Prinzessin glücken.

Es klopfte an der Tür, und als Amhal, bereits im Nachthemd, öffnete, stand plötzlich San vor ihm.

»Verzeiht, ich …«, stammelte er, entsetzlich verlegen.

»Hast du nicht Lust, ein wenig zu trainieren?«, fragte San mit einem breiten Lächeln im Gesicht.

Amhal wusste nicht, wie er hätte ablehnen können. Rasch zog er sich wieder an, griff zu seinem langen Schwert und lief dann mit San durch die verlassenen Flure der Akademie.

Seit dem Abend, als Adhara ihn geküsst hatte, war er innerlich aufgewühlt. Ganz eingenommen von seinen Aufgaben als angehender Drachenritter, hatte er sich um Mädchen nie groß geschert. Und dieses Gefühl, wie sich Adharas Lippen auf die seinen pressten und plötzlich etwas in ihm entflammte, hatte ihm schon sehr gut gefallen. Doch gleichzeitig hatte es ihn erschreckt: Denn dieses Feuer war ganz ähnlich wie die Wut, die ihn im Kampf packte, diese ewige Feindin, die genauso hemmungslos und kaum zu beherrschen war. Deswegen war er davongestürmt, weil er spürte, dass dieses Verlangen nach ihr so echt und leidenschaftlich war, dass es ihm die Sinne geraubt hätte.

Er hatte das aufregende und gleichzeitig beängstigende Gefühl, dass ihn die Ereignisse überrollten. Seit er Adhara kannte, hatte sich sein Leben in schwindelerregendem Tempo verändert. Die Pflicht, sich ihrer anzunehmen, die Gefühle, die sich dabei für sie entwickelt hatten, dann diese rätselhafte Krankheit und schließlich noch Sans Rückkehr ... All das vermischte sich zu einem Strudel, der ihn erfasste und fortriss.

»Aufstellung!«, rief San. Und der Kampf begann.

Zum Glück gab es auch noch das Fechten. Mit dem Schwert in der Hand vergaß er alle Sorgen, und die längst verinnerlichten Bewegungen seines kämpfenden Körpers löschten sein Denken völlig aus. Die düsteren Wolken am Horizont zogen davon, und dann wusste Amhal plötzlich wieder, wieso er unbedingt hatte Ritter werden wollen.

Aus irgendeinem Grund hatte er, wenn er gegen San kämpfte, nie die Befürchtung, die Kontrolle zu verlieren. Es war, als habe ein Teil seiner selbst immer schon auf diesen Mann gewartet und kenne ihn seit Ewigkeiten. Parade, Angriff, Schwung, Schwung, Stoß. Wieder und wieder. Bis er San schließlich in eine Ecke drängen konnte. Eine Welle der Erregung erfasste ihn: Es war das erste Mal, dass ihm dies gelang. Er hob das Schwert, um es ihm an die Kehle zu setzen, zum Zeichen, dass der Zweikampf beendet war, als seine Waffe plötzlich an einer silbernen Barriere abprallte, während er gleichzeitig ein unverwechselbares Sausen in den Ohren verspürte: Magie. Er wich zurück.

San lächelte. »Nun, im Kampf ist doch jedes Mittel recht, oder etwas nicht? Und die Magie ist stets eine hilfreiche Verbündete.«

Amhal erinnerte sich: Der Junge am Boden, niedergestreckt von den Strahlen, sie aus seinen Händen hervorgeschossen waren, die entsetzliche Furcht, die ihn ergriffen hatte, weil er glaubte, dass er ihn getötet habe. Und gleichzeitig dieses unterschwellige, lockende Gefühl der Macht, das ihn überkommen hatte. *Nein. Nein!*

»Alles in Ordnung, Amhal?«, fragte San, wobei er zu ihm trat.

»Vielleicht ... vielleicht sollte ich jetzt besser schlafen gehen«, stammelte er, völlig verwirrt. »Es ist längst Zapfenstreich.«

»Und wenn schon. Du bist ja mit mir zusammen.«

»Gewiss, aber ... ich bin wirklich müde«, fügte er, weiter zurückweichend, hinzu.

San hielt ihn am Arm fest, und da spürte Amhal eine Art Energiefluss, der ihn nicht von der Stelle kommen ließ.

»Was hast du?«

Er erzählte es ihm, berichtete von dem Vorfall, den er bislang nur wenigen Personen, und stets voller Scham, gestanden hatte. Doch vor San fiel es ihm leicht, von dem tragischen Ereignis in seiner Kindheit zu berichten und seinem festen Vorsatz, sich nie wieder seiner magischen Kräfte zu bedienen. Und es war, als wasche er sich damit von seinen Sünden rein, als werfe er eine schwere Last ab.

San hörte ihm teilnahmsvoll zu.

»Und du hast niemals Zauberunterricht genommen?«, fragte er schließlich.

»Nein«, rief Amhal fast entrüstet.

»Das hättest du aber tun sollen. Was damals geschah, war dem Umstand geschuldet, dass du noch ein Kind warst und deine magischen Kräfte nicht zu beherrschen verstandest. Ein Lehrer hätte dir das beibringen können.«

Amhal starrte zu Boden. Das war es ja nicht allein.

»Schon, aber ich … hatte auch noch Spaß daran«, murmelte er.

Er meinte, über Sans Gesicht ein triumphierendes Lächeln huschen zu sehen, ein flüchtiger Eindruck, nicht länger als ein Wimpernschlag.

»Du warst noch ein Kind. Das war normal. Du musst endlich verstehen, Amhal: Die Magie braucht dich nicht zu schrecken.«

»Ich weiß nicht, ich …« Er wollte es nicht auch noch preisgeben, dieses letzte Geheimnis, wollte ihm nicht erzählen von der Raserei, von der Mordlust, die er in sich trug und die immer schon sein größter Feind war. Doch diesem Mann schien er wehrlos ausgeliefert.

Er ist wie ich, dachte er erneut ohne eigentlichen Grund. Und so bahnten sich die Worte ihren Weg, traten ihm über die Lippen, stockend zwar, doch sie kamen. Eine regelrechte Beichte, nach der er sich leer und erleichtert fühlte.

San schwieg einige Augenblicke.

»Du musst vor diesen Empfindungen keine Angst haben.«

Amhal fuhr herum. »Aber das ist doch entsetzlich! Ich bin doch ein Ritter oder will einer werden und kämpfe für das Gute und nicht, um zu töten.«

»Aber wenn es nicht anders geht, musst du töten.«

San schaute ihm lange fest in die Augen, und Amhal verlor sich in diesem Blick.

»Diese unbändige Wut, die du in dir spürst, ist eine Kameradin, keine Feindin. Sie ist nichts anderes als das Verlangen zu kämpfen, die erforderliche Leidenschaft, um das tun zu können, was wir tun müssen …«

»Doch es verleitet mich zum Bösen …«

»Ach wirklich? Überleg mal: Wozu hat es dich verleitet? Zwei Männer zu töten, die ein wehrloses Mädchen überfallen wollten. Einen Wahnsinnigen unschädlich zu machen, der dein Leben bedrohte. Was war böse daran?«

Amhal war erschüttert. Sans Worte klangen so einleuchtend, und seine Erklärung hatte etwas Verlockendes. »Ich …«

»Natürlich bist du verwirrt. Weil du über bedeutende Kräfte verfügst. Weil du *anders* bist, etwas *Besonderes*. Und das macht dich einsam. Glaub mir, ich weiß, wovon ich rede. Auch ich war anders als die Jungen in meinem Alter, spürte in meinen Händen eine gewaltige Kraft, mit der ich nicht umzugehen wusste. Aber es handelt sich um eine Gabe, Amhal, eine Gabe, die entwickelt werden muss.«

Amhal betrachtete seine Hände. Wie schön wäre es, wenn diese Raserei, die ihn so erschreckte, nur ein Zeichen seiner besonderen Fähigkeiten wäre. Wenn er sich für nichts verurteilen müsste.

»Ich habe Bücher dabei«, erklärte San weiter, »Zauberbücher. Unterweisungen und erste Schritte im Reich der Magie.«

»Ich weiß nicht, ob ich das wirklich will.«

»Du musst. Oder du wirst dich nie befreien können von dieser Angst, die du in dir spürst. Und du möchtest doch frei sein, nicht wahr?«

»Mehr als alles andere.«

»Die Magie ist kein Übel«, fuhr San fort. »Sie nicht zu nutzen, aber schon, denn wenn diese Kräfte ungezügelt walten, können sie großen Schaden anrichten. Aber du wirst lernen, sie in die richtigen Bahnen zu lenken, wirst lernen, sie anzuwenden, und damit verliert die Magie ihren Schrecken für dich.« Und er fügte hinzu. »Komm mit! Eines der Bücher möchte ich dir sofort geben.«

Auf dem Rückweg durch die Flure der Akademie fühlte sich Amhal seltsam leicht, im Frieden mit sich selbst. Die Nähe dieses Mannes tat ihm wohl, war wie ein Heilmittel für ihn.

In Sans Unterkunft angekommen, überreichte ihm der Held ein altes verstaubtes Buch. »Beschäftige dich damit und dann erzähl mir, was du davon hältst.«

Hin- und hergerissen zwischen Angst und Neugier, wog Amhal das Buch in den Händen.

»Wenn es dir recht ist, könnte ich dich nun abends immer ein wenig in den magischen Künsten unterweisen.«

»Ich …« Es fiel ihm schwer, die in vielen Jahren gegen die Magie aufgebauten Ängste und Widerstände zu überwinden.

»Denk wenigstens darüber nach«, ließ sich San nicht beirren, so als habe er seine Gedanken erraten. »Und erzähl zunächst einmal Mira nichts von unserem Gespräch. Nicht, dass ich etwas zu verbergen hätte, aber du bist immer noch *sein* Schüler, und er könnte annehmen, dass ich dich ihm entfremden will.«

»Nein, nein, ich glaube nicht, dass mein Meister …«

»Nur fürs Erste, wie gesagt«, fügte San rasch hinzu, »nur fürs Erste …«

Das Buch unter den Arm geklemmt, kehrte Amhal in seine Kammer zurück. Dort zog er sich langsam aus und betrachtete, bevor er unter die Decke schlüpfte, einen Augenblick lang diesen Wälzer, den er aufs Kopfkissen gelegt hatte.

Dann nahm er ihn in die Hände und fuhr mit den Fingerspitzen seine Umrisse nach. Schließlich gab er sich einen Ruck und schlug ihn auf.

In aller Eile durchquerte Dubhe den Flur.

»Er stellt keine Gefahr dar. Drei Magier kümmern sich um ihn.«

»Und die meinen, dass die Barriere hält?«

»Das haben sie mir mehrmals versichert. Bestände die geringste Gefahr für Euch, Majestät, würde ich Euch nicht dorthin führen.«

Die Frau, eine ihrer engsten Vertrauten, lief mit erregter

Miene vor der Königin her. Dubhe konnte diese Erregung nicht teilen. Sie war eher besorgt.

Mitten in der Nacht war sie aus dem Schlaf gerissen worden. Galaga, die sie nun zu dem Gefangenen führte, war vor ihrem Bett niedergekniet.

»Wer da?«, rief die Königin, sofort hellwach.

»Wir haben jemanden erwischt. Wir halten ihn im Hauptquartier fest.«

Und so hatte sich die Königin rasch angekleidet und auf den Weg gemacht.

Ein paarmal noch bogen sie ab, dann blieb Galaga vor einer Tür stehen. »Er ist dort drinnen.«

»Du wartest draußen«, befahl Dubhe ihr und schickte sich an, die Tür zu öffnen, drehte sich dann aber noch einmal um. »Du hast gute Arbeit geleistet.«

Ein dankbares Lächeln huschte über Galagas Gesicht. Sie verneigte sich. »Danke, Majestät.«

Dubhe öffnete die Tür und betrat eine der Zellen, die sie für Verhöre nutzten. Vor ihr drei Männer: ein Priester der Ordensgemeinschaft des Blitzes und zwei weitere Magier. In einigem Abstand blieb Dubhe stehen. Die drei rührten sich nicht.

»Verzeiht, dass wir Euch nicht die gebührende Ehre erweisen, aber wir müssen den Zauber aufrechterhalten.«

Sie winkte ab, zum Zeichen, dass sie sehr genau verstand, und fragte dann: »Hält der Schutzmantel?«

»Ja, mehr können wir nicht tun. Ewig wird er nicht halten, aber im Moment seid Ihr geschützt, und mit Euch das ganze Gebäude.«

Dubhe trat noch einige Schritte weiter vor, bis sie die magische Barriere erreicht hatte. Dahinter saß er.

Er atmete schwer, während sich sein Brustkorb heftig hob uns senkte. Seine Haut, bleich und durchscheinend, war mit einer dünnen Schweißschicht überzogen und von entsetzlichen schwarzen Flecken entstellt. Die Fingernägel waren blutunterlaufen. Seine Tarnung hatte man bereits entfernt, und so kamen seine violetten Augen ebenso deutlich zum Vorschein wie das leuchtende Grün seiner Haare. Spitz zulaufende Ohren und ein schlanker, langgezogener Körperbau vervollständigten das Bild. Er war einer von *ihnen*.

In einer Makrater Gasse hatte er röchelnd auf dem Pflaster gelegen. Dort hatten Dubhes Leute ihn aufgegriffen und dann hierhergebracht, um ihn zu verhören. Doch bislang hatte er auf keine einzige Frage antworten wollen.

»Wer bist du?«

Statt einer Antwort keuchte er nur. Mit abgrundtiefem Hass in den Augen starrte der Mann sie an.

»Dein Schweigen wird dir nichts nützen«, ließ Dubhe sich nicht beirren. »Wir haben auch so schon viel über euch herausgefunden.«

Die Miene des Kranken zeigte keinerlei Regung, während er sie weiter hasserfüllt anstarrte.

»Wir wissen zum Beispiel, dass du ein Elf bist und dass bereits viele Angehörige deines Volkes in die Aufgetauchte Welt eingedrungen sind. Ihr Elfen seid es, die die Seuche verbreiten.«

Er schwieg beharrlich weiter.

»Auch wenn du nicht sprichst«, drang Dubhe weiter auf ihn ein, »wird uns dein Körper doch beredte Auskunft geben. Unsere Heilpriester werden dich Stück für Stück auseinandernehmen. Zoll für Zoll werden sie deine Haut untersuchen, in sämtliche Öffnungen eindringen, um herauszufinden, wie diese Geißel zu bekämpfen ist. Glaub mir, das wird alles andere als angenehm für dich werden. Und du kannst nicht das Geringste dagegen tun.«

Der Elf lächelte dreist.

»Dein Lachen wird dir schon noch vergehen. Sprich! In wessen Auftrag handelst du? Was habt ihr vor?«

Der Gefangene ließ sich nicht einschüchtern. »Gibt ruhig Befehl, meine Eingeweide zu durchwühlen«, antwortete er, mit einem starken Akzent und indem er jedes Wort geradezu verächtlich ausspuckte. »So oder so, ihr seid bereits alle dem Tod geweiht.«

»Das dachtest du vielleicht. Aber du siehst ja, dass wir euch noch rechtzeitig auf die Schliche gekommen sind.«

Der Elf grinste. »Das seid ihr nicht. Dazu seid ihr viel zu einfältig. Euer Todesurteil ist bereits unterzeichnet. So wie es schon vor Jahrhunderten hätte geschehen sollen. Aber diese Zeiten kehren nun zurück.«

Die Königin trat noch ein wenig näher an die Barriere heran. »Wer schickt dich?«

Der Elf schaute sie höhnisch an. »*Aravahr damer trashera danjy*«, zischte er und spuckte dann vor ihr aus.

Dubhe bleckte die Zähne. »Schickt einen Boten zur Hohepriesterin«, befahl sie, »und teilt ihr mir, wir haben hier einen Mann, der ihr die Antworten geben kann, nach denen sie sucht. Und erlaubt es diesem Wurm nicht, sich etwas anzutun. Wir brauchen ihn lebend.«

Damit wandte sie sich dem Ausgang zu, in den Ohren noch diesen letzten Satz in elfischer Sprache.

Die Zeit unserer Wiederkehr ist nahe.

19

Ein besonderer Tag

Neor fuhr sich mit der Fingerspitze über das Nasenbein. Vor ihm saß sein Vater in dem großen Versammlungssaal, in dem sie gewöhnlich einmal in der Woche mit allen Ministern zusammenkamen. Heute waren sie allein.

»Ist er der Einzige?«, fragte er schließlich mit leiser Stimme.

Learco nickte. »Deine Mutter hat ihn gestern Abend noch verhört.«

»Was hat sie herausbekommen?«

»Wenig, wie du dir schon denken kannst. Er hat nichts preisgegeben, nur gedroht, dass die Zeit ihrer Wiederkehr nahe sei. Auf Elfisch. Hat es ihr förmlich ins Gesicht gespuckt. Im Moment wird er von einigen Priestern der Ordensgemeinschaft untersucht.«

Neor blickte hinaus. Die Bäume draußen im Park glänzten im Sonnenlicht. Es war ein herrlicher, strahlender Tag, der sogar noch mit einer leichten Brise gesegnet war.

Und doch schwelte etwas unter der Oberfläche, eine kriechende, unheimliche Bedrohung, die sich langsam über die gesamte Aufgetauchte Welt ausbreitete. Zwei Tage zuvor hatten sie Nachricht erhalten von einem verseuchten Dorf an der Grenze zum Land des Meeres.

»Wir müssen die Grenzen schließen«, erklärte der Prinz.

Eine dramatische Maßnahme, denn in diesem Augenblick war eine Reihe von Drachenrittern auf ihrer Mission außerhalb des Landes der Sonne unterwegs. Man würde ihnen den Rückweg abschneiden und sie ihrem Schicksal überlassen.

»Das sind unsere Leute. Willst du sie zum Tod verurteilen?«

»Natürlich nicht. Aber sie müssen ihren Auftrag zu Ende bringen. Dafür war ein Monat eingeplant. Was danach geschieht, wird sich zeigen. Vielleicht reicht es, sie unter Quarantäne zu stellen. Auf alle Fälle darf niemand mehr unkontrolliert die Grenze zwischen dem Land des Wassers und dem der Sonne passieren.«

Learco stand auf, und Neor beobachtete, wie er mit großen Schritten den Raum durchmaß, während ihn die durch die Fenster einfallenden Sonnenstrahlen in Abständen erhellten.

»Das können wir unseren Soldaten nicht antun.«

Neor seufzte. »Wir wussten um die Gefahr, als wir sie dorthin aussandten.«

»Aber hier haben sie ihre Familien, ihre Angehörigen …«

»Das ist aber nun einmal ihre Mission.«

Learco blieb stehen und blickte seinem Sohn fest in die Augen. »Manchmal lässt mich deine Abgeklärtheit erschaudern.«

Neor erlaubte sich ein erschöpftes Lächeln. »Eben dieser Abgeklärtheit wegen wolltest du mich doch an deiner Seite wissen. Oder etwa nicht? Ginge es nach dir, wäre ich heute bereits König.«

Learco blickte zu Boden.

»Wir müssen jede Ausbreitung verhindern und gleichzeitig ein wirksames Heilmittel finden. Heilpriester, Magier, Weise – sie müssen sich zusammen ins Zeug legen, um zu einer Lösung zu kommen. Währenddessen haben wir dafür zu sorgen, dass die Zahl der Toten möglichst gering bleibt.«

»Das heißt auch, einige Leben opfern, damit sehr viel mehr Leben verschont bleiben …«

»Ganz recht …« Neor dachte an die Soldaten, an Garavar, der zu seiner ersten Mission ins Land des Wassers aufgebrochen war, an Nitta, der sich zu seinem letzten Auftrag vor seinem Ausscheiden aufgemacht hatte. Er schloss die Augen. So viele Leben, die von seiner Entscheidung betroffen waren. Und wie vielen Untertanen seines Vaters mochten seinen Entscheidungen schon zum Verhängnis geworden sein?

»Zudem ist es dringend geboten, die ganze Stadt auf den Kopf zu stellen, um die Elfen zu finden. Sie sind schon mitten unter uns, überall …«

»Die Agenten deiner Mutter haben bereits damit begonnen.«

»Veranlasse, dass die Wachsoldaten ihnen helfen. Außerdem muss eine Notstandssitzung des Gemeinsamen Rates einberufen werden. Sofort. Noch heute.«

Learco schaute seinen Sohn erschöpft an. »Auch das ist bereits geschehen. Die Boten wurden ausgesandt, und ich selbst gedenke, in spätestens drei Tagen aufzubrechen, ausgestattet mit allem, was wir über diese Bedrohung wissen.«

Neor lächelte gequält. Es war tatsächlich ein Wettlauf gegen die Zeit.

»Was sollen wir der Bevölkerung mitteilen?«, fragte der König schließlich.

»Nicht mehr als unbedingt notwendig«, antwortete der Prinz. »Keinesfalls darf eine Panik geschürt werden. Aber dennoch müssen wir überall die Lage im Auge behalten und dazu einzelne Soldaten auf Streife in die Dörfer und Städte ausschicken.«

Einige Augenblicke schwiegen sie.

»Wie immer bist du mir unentbehrlich«, sagte Learco dann mit einem Lächeln.

Neor überlegte, dass er seinem Vater gern entbehrlicher

gewesen wäre, wenn ihm dafür solch dramatische Entscheidungen, wie er sie gerade getroffen hatte, erspart geblieben wären.

Als Erster verließ er den Raum und traf draußen auf Adhara, die dort im Flur auf ihn wartete. Sie wirkte verändert, strahlte etwas aus, was er an ihr nicht kannte, vielleicht eine neue Selbstsicherheit. Seit er sie an jenem Morgen zur Gesellschafterin seiner Tochter gemacht hatte, waren sie sich nicht mehr begegnet. Dennoch war er sehr genau über ihr Verhältnis zu seiner Tochter Amina unterrichtet. Denn er hatte eine Dienerin beauftragt, ihn über alle Veränderungen auf dem Laufenden zu halten, wodurch er nun jeden Abend alle Neuigkeiten über die kleine Prinzessin erfuhr. Gewiss, es war eine etwas halbherzige Art, seiner Tochter nahe zu sein, aber anders war es ihm leider nicht möglich. So gut wie den ganzen Tag war er mit Ratssitzungen, Versammlungen und Regierungsgeschäften beschäftigt. Und wenn er ausnahmsweise einmal Gelegenheit hatte, mit seiner Familie zu Abend zu speisen, verhinderte Feas starres Festhalten an der Etikette, dass er sich seiner Tochter gegenüber ganz natürlich verhielt. Manchmal fühlte sich Neor mehr als Vater der zahllosen unbekannten Untertanen Learcos als der seiner Kinder Amina und Kalth.

Jetzt bedachte er Adhara mit einem Lächeln. »Wolltest du zu mir?«

Sie nickte nur.

In wenigen klaren Worten erklärte sie ihm alles. Sie war erwachsener geworden, wie Neor fand. Als er sie zum ersten Mal gesehen hatte, war sie ihm noch wie ein hilfloses junges Ding vorgekommen, nun jedoch schien sie daran zu arbeiten, eine eigene Persönlichkeit zu gewinnen. Mit einem Anflug von Stolz dachte er, dass dies sicher auch das Verdienst seiner Tochter Amina war.

»Und wann soll das stattfinden?«, fragte er, als sie fertig war.

»Das entscheidet Ihr. Ich brauche nur ein wenig Zeit, um alles vorzubereiten.«

»Fea wird sicher nicht begeistert sein«, gab Neor zu bedenken.

»Nun, wer sagt denn, dass sie es unbedingt wissen muss?«, erwiderte Adhara.

Der Prinz lachte auf. »Du hast mich überzeugt«, sagte er. »Bereite alles vor, wie du es für richtig hältst. Meine Erlaubnis hast du.«

Adhara lächelte, ein offenes, aufrichtiges Lächeln, und Neor dachte einmal mehr, dass er den richtigen Riecher gehabt hatte: Adhara und Amina konnten gar nicht anders, als sich gegenseitig zu helfen.

Schon vor dem Frühstück stürmte Adhara in Aminas Zimmer. Die Prinzessin lag noch im Bett, das schlafende Gesichtchen ins Kissen gedrückt, ihr Körper von einem Leintuch umhüllt.

»Wach auf! Heute ist ein großer Tag.«

Amina fuhr hoch. »Ja, wieso?«, nuschelte sie mit ausgetrocknetem Mund.

»Das wirst du schon sehen. Glaub mir, es wird toll«, antwortete Adhara.

Sie ließ sie ihre Jungensachen anziehen, die das Mädchen normalerweise nur zum Spielen trug. Amina konnte ihre Freude nicht verhehlen. »Ist denn heute kein Unterricht?«

»Zumindest nicht der übliche.« Adhara liebte es, sich geheimnisvoll zu geben. Neugier, Erregung, Vorfreude – all diese Regungen, die sich nach und nach auf Aminas Gesicht zeigten, ließ sie genüsslich auf sich wirken und fühlte sich wohl dabei.

Sie gab ihr nur ein wenig Milch zum Frühstück und machte ihr dann einen Beutel mit Essen zurecht: Trockenfleisch, Brot und frischer Käse.

»Machen wir denn einen Ausflug?«

»Wart's nur ab, du wirst schon sehen.«

Als sie dann schließlich nebeneinander her über den breiten Weg durch den Park zum Tor schritten, begann auch Adharas Herz schneller zu schlagen. Gewiss, sie hatte die Überraschung für Amina vorbereitet, aber im Grund genommen auch für sich selbst. Beide würden sie diesen Tag genießen, wenn auch auf unterschiedliche Weise.

Schon von weitem erkannte sie ihn. Mit seinem langen Schwert, das hinter seinem Rücken hervorragte, wartete er mitten auf dem Weg. Amina erstarrte, als sie ihn bemerkte.

»Ist er das?«, fragte sie abwehrend.

Adhara winkte Amhal zu, und der trat näher.

»Also Amina, das ist Amhal.«

Der Jüngling verneigte sich und bedachte die Prinzessin mit einem unwiderstehlichen Lächeln. Adhara war richtig stolz auf ihn.

Doch Amina blieb kühl. »Ich kenne ihn. Der gehört doch zu den Wachsoldaten von meinem Opa. Was willst du hier?«, fragte sie Amhal barsch.

Der ließ sich nicht aus der Ruhe bringen. »Nichts Besonderes. Adhara hat mir nur erzählt, dass du gern fechtest, und ich dachte mir, es würde dir vielleicht Spaß machen, gegen mich zu kämpfen. Wir machen uns einen schönen Tag: Den Morgen verbringen wir in der Akademie und trainieren mit dem Schwert, und am Nachmittag kannst du mich begleiten auf Streife durch die Stadt. Was hältst du davon?«

Adhara spürte deutlich, dass Amina dieses Tagesprogramm aufgeregt und innerlich jubelnd begrüßte, obwohl sie das Lächeln, das ihr unwillkürlich auf die Lippen getreten war, schnell wieder zu unterdrücken versuchte. »Meinetwegen, wenn ich so am Unterricht vorbeikomme …«, meinte sie spitz.

Amhal blickte Adhara fragend an, und die zwinkerte ihm zu. Und so ging er zum zweiten Teil des Planes über. »Wenn wir diese Dinge in die Tat umsetzen wollen, müssen wir allerdings auch richtig ausgerüstet sein«, sagte er und zeigte Amina etwas, das er bis dahin noch hinter seinem Rücken verborgen gehalten hatte. Aminas Gesicht erstrahlte, als sie das Bündel sah, das er ihr hinhielt, denn eindeutiger hätte die Form nicht sein können. Sie riss es ihm aus der Hand, wickelte es aus und starrte es bewundernd an: ein Schwert. Dabei hatte die Waffe nichts Besonderes, es war ein Übungsschwert, wie es jeder beliebige Handwerker hätte schmieden können. Aber für Amina sah das anders aus.

»Ist das … meins?«

»Zumindest für heute«, antwortete Amhal. »Aber wenn du mir zeigst, dass du damit umzugehen verstehst, kannst du es behalten.«

Die Prinzessin wandte den Kopf und schaute Adhara an. Eine Vielzahl von Gefühlen war in ihrem Blick erkennbar: Dankbarkeit, Bewunderung für dieses Schwert, freudige Erwartung … Adhara genoss sie alle und war stolz darauf, sie hervorgerufen zu haben. Mit ihrem Einfall hatte sie mitten ins Schwarze getroffen, und zum ersten Mal kam sie sich wirklich nützlich und wichtig für einen anderen Menschen vor. »Nun? Wollen wir …?«

Die Prinzessin nickte stumm, aber sehr entschieden.

Anfangs benahm sich Amina allerdings noch sehr zurückhaltend. Sie bestand darauf, allein mit Adhara zu trainieren und hielt Abstand zu Amhal, der ritterlich den beiden Damen den Vortritt ließ. Den ersten Kämpfen schaute er nur zu und beließ es bei wenigen gelassenen Bemerkungen, die fast alle an Adhara gerichtet waren.

»Achte noch etwas mehr auf deine Beinarbeit …«

»Jetzt wäre ein Ausfallschritt besser gewesen …«

Sie hatten eine nicht mehr genutzte Übungshalle in der Akademie aufgesucht, die zwar verstaubt und etwas heruntergekommen, aber immer noch gut ausgestattet war. Gerade dies machte den Ort für Amina wieder besonders faszinierend, die alles liebte, was auch nur leicht etwas Geheimnisvolles ausstrahlte. Aus Sicherheitsgründen hatten sich Amhal und Adhara für diese Halle entschieden: Die Prinzessin im Kreis der anderen Soldaten fechten zu lassen, hätte nur Aufsehen erregt und ihr vielleicht den Spaß verdorben.

Amina hörte sich Amhals Belehrungen alle schweigend an, bis es plötzlich, als sie gerade wieder einmal erfolgreich gegen die bereits schwitzende und erschöpfte Adhara angestürmt war, aus ihr herausplatzte: »Mit dem Mundwerk bist du gut. Aber ich möchte mal sehen, ob du auch kämpfen kannst.«

Amhal sprang von der Bank auf und löste die Riemen, mit denen er sein Schwert auf dem Rücken befestigt hatte. »Ich bin bereit!«, rief er übermütig.

Adhara dachte, dass er sich wirklich fantastisch verhielt: Er musste sich mit Aminas unterschwelliger Ablehnung auseinandersetzen und traf doch immer wieder genau den richtigen Ton, um das Herz der kleinen Prinzessin nach und nach zu erobern.

Amina ließ ihre Waffe sinken. »Ich will ja nicht kleinlich sein, aber ich bin nur halb so groß wie du und nur mit einem kurzen Degen ausgerüstet. So habe ich doch keine Chance gegen dich mit deinem langen Zweihänderschwert.«

Amhal zuckte mit den Achseln. »Adhara, reich mir bitte deinen Dolch.«

Sie trat zu ihm, zog die Waffe aus dem Futteral und gab sie ihm. Dann legte sie eine Hand auf das Heft seines Schwertes, ein eigenartiges Gefühl, das ihr durch und durch ging, so als würde sie einen Teil von ihm berühren.

Schließlich hockte sie sich in eine Ecke und sah zu, wie Amhal den Dolch von einer Hand in die andere wandern ließ, um sich mit dem Griff vertraut zu machen. »So besser?«

Amina lächelte herausfordernd: »Ich denke schon«, und damit stürmte sie wie eine Furie auf Amhal los.

Der fand auf Anhieb die vollkommene Linie, focht elegant

und ohne offensichtliche Zurückhaltung. Doch Adhara war klar, dass er sich mit seinem Können ganz auf Aminas Fähigkeiten einstellte. Er beließ es dabei, ihre Angriffe zu parieren und nur so zu attackieren, dass das Mädchen nicht in Verlegenheit geriet. Hingerissen beobachtete Adhara ihn, und alles an ihm entflammte sie: Wie geschmeidig er sich bewegte, seine Muskeln sich spannten, wie umsichtig er sich mit Amina maß, ja selbst dieser Schatten, der immer über ihm zu liegen schien, dieser dunkle Fluch, der ihn manchmal überkam und seiner Sinne beraubte. Betrübt bemerkte sie allerdings auch einige rote Male auf seinem Rücken: neue Wunden, die er sich selbst beigebracht hatte, neuer Schmerz, den sie ihm so gern abgenommen und für ihn getragen hätte.

Schließlich, nach einem Gefecht, das lange genug währte, um sie glauben zu lassen, ehrenhaft verloren zu haben, drängte Amhal Amina gegen die Wand.

»Ergibst du dich nun?«, fragte er mit angestrengter Miene. Er verstand es, dieses Spiel durch und durch echt wirken zu lassen.

Amina atmete schwer und antwortete ihm mit stolzem Blick. »Aber nur, weil du ein Mann und größer bist als ich«, murmelte sie zwischen den Zähnen.

»Natürlich«, gab er ihr ohne einen Hauch von Ironie sofort Recht. Dann ließ er seine Waffe sinken.

Vor dem Mittagessen gönnten sie sich noch einige weitere Zerstreuungen. Sie versuchten sich im Kampf mit Lanzen und entdeckten schließlich in einer Ecke eine verstaubte und verbeulte alte Rüstung. Von der Größe her hätte sie einem Gnomen gehört haben können und schien wie für Amina gemacht, die sie natürlich auf der Stelle anprobieren wollte.

Gesagt, getan. Es ging nicht ganz ohne Mühe, und als sie sich dann ein paar Schritte bewegte, stolperte sie bald über die eigenen Füße und stürzte laut scheppernd zu Boden. Besorgt eilte Adhara hinzu. Aus dem Blechhaufen am Boden drang gedämpftes Stöhnen, doch als sie ihr den Helm abnahmen, lag Amina da und bekam kaum noch Luft vor Lachen.

»Das ist ja vollkommen unmöglich, sich in dieser Eisenhaut zu bewegen!«, rief sie, als sie sich endlich wieder eingekriegt hatte.

»Ja, das muss man richtig üben«, erklärte ihr Amhal erleichtert.

Zu Mittag aßen sie in einer Spelunke in der Stadt, wo sie ein Wirt mit einem Gaunergesicht bediente und dichte Rauchschwaden über den Köpfen der Gäste hingen. Amina war, gelinde gesagt, begeistert und wollte sogar ein Glas Obstwein trinken.

»Das solltest du nicht tun, da ist Alkohol drin«, versuchte Adhara, es ihr auszureden.

»Du bist doch höchstens fünf Jahre älter als ich und bestellst ihn dir ganz selbstverständlich.«

Unwillkürlich fragte sich Adhara, wie alt sie wohl tatsächlich sein mochte, und wunderte sich, dass sie zuvor nie ernsthaft darüber nachgedacht hatte.

Amhal stand ihr nicht gerade bei: »Ich war neun bei meinem ersten Glas Obstwein«, bekannte er.

Und so gab es Wein für alle.

»Du bist gar nicht so übel«, rutschte es Amina irgendwann heraus, wobei sie ihn verstohlen anschaute. Amhal lächelte unbestimmt, und Adhara war stolz auf sich, wie gut ihr Plan aufgegangen war.

Am Nachmittag gingen sie gemeinsam auf Streife. Amhal hatte sich nur den Morgen freinehmen können und musste nach dem Mittagessen seine übliche Runde durch die Stadt drehen. Eigentlich verstieß es gegen die Vorschriften, sich auf Streife von Zivilisten begleiten zu lassen. Sein Dienst war nicht ungefährlich, doch verließ er sich auf seine Kämpfernatur und erlaubte es den beiden, ohne seine Vorgesetzten einzuweihen, an seiner Seite zu bleiben.

Amina war kaum noch zu halten und spielte vor Aufregung in einem fort mit dem Heft ihres Schwertes. »Ich muss zugeben, dass ich mich wohl getäuscht habe«, sagte sie irgendwann zu Adhara, während sie sich durch das Gedränge in den Makrater Gassen ihren Weg bahnten. »Na ja, es war sicher ungerecht, dir vorzuwerfen, dass du nicht meine Freundin sein willst.«

Adhara lächelte zufrieden. »Ich hab's dir ja gesagt.«

»Schon … Aber mein Vater erklärt mir immer, man muss Dinge nicht nur sagen, sondern auch beweisen … Und du hast mir heute bewiesen, dass es dir Spaß macht, etwas mit mir zu unternehmen.«

»Das war auch meine Absicht.«

»Neben dem Wunsch, mit deinem wunderbaren Amhal zusammen zu sein.«

Adhara wurde knallrot. »Was redest du denn da?« Sie blickte besorgt zu Amhal, der vor ihnen ging.

»Du kannst beruhigt sein. Er hört dich nicht«, versicherte ihr Amina, senkte aber doch selbst auch ihre Stimme. »Du hast keinen schlechten Geschmack. Er sieht wirklich gut aus.«

Adhara fühlte sich entsetzlich verlegen. Noch nie im Leben hatte sie mit jemandem über solche Dinge geredet. »Ich wollte nur, dass du ihn mal besser kennenlernst«, versuchte sie, die Hände ringend, zu erklären, »damit du begreifst, dass er nicht dein Feind ist …«

»Ja, ja, natürlich … Übrigens habe ich auch einen, der mir gefällt, ein Soldat aus der Leibgarde. Du siehst, was Jungen angeht, haben wir den gleichen Geschmack«, fügte Amina kokett zwinkernd hinzu.

In diesem Moment rannte Amhal plötzlich ohne Vorwarnung los. Überrascht blieben die beiden Mädchen wie erstarrt stehen, doch nur kurz, dann wusste Adhara, was zu tun war.

Sie ergriff Aminas Handgelenk, presste sie schützend an sich und legte eine Hand auf ihren Dolch. Sie war auf alles vorbereitet.

Vor ihnen teilte sich die Menge, während aus einer Gasse nicht weit entfernt Kampfeslärm zu ihnen drang.

Amina wand sich in ihrer Umklammerung. »Lass mich, ich will zusehen!«, rief sie und machte sich los.

Wie der Blitz setzte Adhara, den Dolch in der Hand, ihr nach, schnappte sie sich wieder an der nächsten Ecke und zog sie an sich. Ein Stück die Gasse hinein sahen sie eine Klinge funkeln.

Amhal focht elegant und kraftvoll, wie Adhara es von ihm kannte. Sein Schwert kreiste vor dem Körper und zeichnete ein Muster aus Schlangenlinien in die Luft. Der Gegner, ein kleiner Halunke mit einem verrosteten Schwert, war ihm nicht lange gewachsen: einige wenige Paraden, dann flog seine Waffe davon und schlidderte über das Pflaster bis zur nächsten Hauswand.

In diesem Moment geschah es. Die Welt schien stillzustehen, die Luft zu erstarren. Da war sie wieder. Die Tobsucht. Jene Tobsucht, gegen die Amhal so lange schon ankämpfte und die er tagtäglich im Zaum zu halten sich mühte, indem er sich Schmerzen zufügte und körperlich völlig verausgabte. Adhara sah sie in seinen Augen aufblitzen. Das gierige Verlangen, diesen weit ausholenden Schwung ganz zu vollenden, den Hieb erst an der Kehle seines Gegners enden, sein Blut hervorschießen zu lassen. Aber er tat es nicht. Er brach ab, ließ das Schwert in einer Kreisbewegung kurz sinken und setzte dann dem Gauner die Spitze auf die Brust. Einen Augenblick lang schien er noch gegen seinen schier übermächtigen, urzeitlichen Trieb ankämpfen zu müssen. »Du bist festgenommen«, murmelte er dann endlich mit kehliger Stimme.

Adhara stieß die Luft aus und versuchte, ihren Atem ganz zu beruhigen.

»Aua! Du tust mir weh«, beschwerte sich Amina.

Ohne es zu bemerken, hatte sie ihre Finger auf der Schulter des Mädchens immer fester zusammengepresst. »Verzeih, ich wollte nicht …«, murmelte sie, wobei sie Amina losließ. Amhal war mittlerweile damit beschäftigt, dem Festgenommenen die Handgelenke zu fesseln.

Amina drehte sich zu ihr um. »Hast du das gesehen? Fantastisch, oder? So schnell war sein Schwert, dass man es fast nicht sehen konnte. Und wie er ihn dann entwaffnet hat!«

Adhara nickte, doch mit den Gedanken war sie ganz woanders. Sie beobachtete Amhal, und als dieser endlich den Blick zu ihr hob, schenkte sie ihm einen Blick, der von Bewunderung voll war. Er hatte seine Wut besiegt.

Amina hatte keine Lust, nach Hause zurückzukehren, und sträubte sich lange, doch als sie ihren Vater dann am Tor auf sie warten sah, wurde sie endlich einsichtig.

»Erzähl deiner Mutter lieber nichts von dem Dieb, verstanden?«, riet Adhara ihr leicht besorgt.

Amina zwinkerte ihr zu, schlang ihr dann die Arme um den Hals und küsste sie auf eine Wange. »Danke«, flüsterte sie und rannte dann zu ihrem Vater.

So hatte Adhara nun frei und damit Gelegenheit, sich zusammen mit Amhal von den Mühen des Tages zu erholen. Den Abend verbrachten sie in der Akademie. »Das hast du sehr gut gemacht«, lobte sie ihn.

»Tja, das hätte ich auch nicht gedacht. Ich habe ja keine Erfahrung mit Brüdern oder Schwestern, und es hat mich selbst gewundert, wie gut ich mit der kleinen Prinzessin zurechtgekommen bin …«

»Das meine ich gar nicht …« Adhara legte ihre Hand auf die seine. »Ich rede von dem Gauner.«

Amhals Miene schien sich zu verfinstern. »Das war nur ein Sieg heute«, murmelte er kurz angebunden.

»Aber auch der zählt. Du solltest an ihn denken, wenn du dich wieder einmal für einen Fehler bestrafen willst.«

Amhal bemühte sich, das Thema zu wechseln. »Übrigens fechte ich häufig mit San. Er kann mir viel beibringen.«

Adhara lächelte. »Hilft dir das?«

»Ja, ich glaube schon.«

Über ihren Kuss an jenem Abend hatten sie seitdem nie mehr gesprochen, und Adhara fragte sich, ob es sich nur um eine Verrücktheit des Augenblicks gehandelt hatte: wunderschön, aber eben doch nur eine Verrücktheit. Am Tag darauf hatten sie sich so benommen, als wenn nichts vorgefallen wäre, und später waren sie dann ganz mit den Vorbereitungen für den Tag, den sie gerade zusammen erlebt hatten, beschäftigt gewesen. Jetzt überlegte sie kurz, die Rede darauf zu bringen, aber dann fehlte ihr der Mut dazu.

Daher plauderten sie den restlichen Abend nur über dies und das, bis Amhal sie schließlich, als die dann gehen musste, noch zum Tor der Akademie begleitete. Weiter durfte er nicht. »Tut mir leid, dass sich dich allein gehen lassen muss, aber heute Abend habe ich keinen Ausgang.«

Adhara hob ihren Umhang ein wenig an und zeigte ihm den Dolch. »Ich weiß mich schon meiner Haut zu wehren«, erklärte sie mit einem Lächeln.

»Ach, das hätte ich ja fast vergessen«, rief Amhal da und schlug sich mit der flachen Hand gegen die Stirn. »Ich habe eine Audienz bei der Hohepriesterin erreichen können. In einer Woche will sie mich empfangen. Wenn ich ihr alles erklärt habe, wird sie dich sicher zu sich bestellen, um dich zu untersuchen.«

Für Adhara war das gar nicht mehr so wichtig. Was bedeutete schon die Vergangenheit? Nun besaß sie eine ereignisreiche Gegenwart, eine Gegenwart, in der Amhal sie küsste und wunderschöne Abende mit ihr verbrachte.

Er ergriff ihre Hände, und so standen sie sich wieder gegenüber, unentschlossen, was nun geschehen sollte. Da umarmte ihn Adhara plötzlich, ohne ihm Zeit zu lassen, sich noch zu entziehen. Mittlerweile hatte sie begriffen, dass Küssen manchmal einfacher war als Reden.

Er öffnete den Mund, und wieder durchfuhr sie dieses wunderbare Gefühl, warm und süß wie Honig. Mit den Händen strich er an ihr hinab, fuhr die Wölbungen ihres Gesäßes nach und presste sie so fest, dass es ihr fast wehtat. Adhara spürte, wie sich sein Körper an dem ihren rieb und er mit den Zähnen ihre Lippen umschloss. Als er ihren Busen ergriff, überkam sie Angst, eine wahnsinnige, unerklärliche Angst vor diesen Händen, dieser Leidenschaft, die etwas Gewalttätiges hatte.

Plötzlich löste sich Amhal keuchend von ihr. Aufgewühlt starrte sie ihn an und sah in seinen Augen diese zügellose Wildheit, wie schon damals, als sie sich zum ersten Mal begegnet waren.

»Verzeih mir, ich …«

»Nein, es war meine Schuld …«, versuchte sie zu erwidern und näherte sich ihm erneut.

Doch Amhal wich zurück und schaute sie erschrocken an. »Gute Nacht«, murmelte er nur noch und rannte davon.

Er fand San vor seiner Tür wartend vor, so wie nun fast jeden Abend, seit sie begonnen hatten, zusammen zu fechten.

Amhal war aufgewühlt. Immer noch spürte er unter den Händen Adharas Körper und dieses wahnwitzige Verlangen, sie zu packen, zu beißen, zu zerreißen. Dieses unbestimmte Gefühl, das sich bereits bei ihrem ersten Kuss geregt hatte, hatte ihn plötzlich mit aller Gewalt überfallen. Die Wut schien ihn nicht mehr nur im Kampf zu erfassen, sondern langsam ganz Besitz von ihm zu ergreifen und nicht mehr loszulassen. Aller Aspekte seines Lebens bemächtigte sie sich, schlich sich in alle Beziehungen ein, gerade zu den Menschen, die er am meisten liebte, und vergiftete noch die reinsten Gefühle.

San schien seine Verstörung zu bemerken. »Ist irgendetwas passiert?«

Amhal schüttelte den Kopf und versuchte verzweifelt, diese entsetzlichen Empfindungen zu vertreiben. »Wolltet Ihr trainieren?«

»Ja, wie immer.«

»Ich hole nur mein Schwert, dann komme ich.«

Es war genau das, was er jetzt brauchte. Bewegung. Mit dem Schwert in der Hand alles andere vergessen. War er mit San zusammen, verlor sich alle Angst, und selbst die entsetzlichsten Regungen in seinem Inneren wurden gedämpft und fanden ihren Sinn. Das konnte sonst niemand, auch Mira nicht. San hatte die Macht, sein Herz zu beruhigen.

Er warf einen Blick auf das Buch, das dieser ihm gegeben hatte und das in der Mitte aufgeschlagen auf der Truhe lag. Als er zum ersten Mal darin gelesen hatte, war er erschrocken.

»Ich weiß nicht …, das ist doch Schwarze Magie …«, hatte er geantwortet, als San ihn fragte, was er davon halte.

»Gewiss«, hatte San knapp bestätigt.

Amhal sah ihn entgeistert an. »Aber die Verbotenen Zauber sind doch ein Übel.«

»Kommt drauf an. Die Schwarze Magie ist lediglich eine Waffe, die sich nach eigenen Maßstäben einsetzen lässt. Aber nur wer sich damit befasst hat, ist ein echter Magier.«

San hatte dann eine überzeugende Rechtfertigung Verbotener Zauber vor ihm entwickelt, und obwohl Amhal spürte, dass seine Lehren, seine Anschauungen zur Magie etwas Verkehrtes, Finsteres hatten, gelang es ihm kaum, sich deren Verführungskraft zu entziehen. Obwohl sie ihn erschaudern ließen, brannte er doch darauf, sie sich anzueignen.

Seit damals betrachtete er San mit einer Mischung aus Bewunderung und Misstrauen. Es war wie mit der Raserei, die in seiner Brust lauerte; obwohl sie, wie er wusste, etwas

Schlechtes war, hatte sie doch auch etwas Verlockendes, fast Gutes, dem er immer wieder erlag. Und ebenso war San ein Mann, dem er nichts abschlagen konnte, und obwohl er ihn auch fürchtete, fühlte er doch, dass er ihm folgen musste.

Mit dem Schwert in der Hand trat er aus der Tür. »Ich bin so weit«, sagte er fast ergeben.

San bedachte ihn mit einem Lächeln, dem grimmigen Lächeln eines Wolfes.

20

Der Tempel

Mira und San sahen sich nur selten, waren gewissermaßen zwei getrennte Elemente von Amhals Leben. Mira war sein Meister, der ihn tagsüber in all den Dingen unterwies, die ein Ritter beherrschen musste, der ihn lehrte, seine Triebe zu zügeln, und ihm eine sonnige Welt zeigte, in der kein Platz war für das finstere Grauen, und wenn doch, so war dieses Grauen doch in den Griff zu bekommen oder durch vernünftiges Handeln zu vertreiben.

San hingegen stand für das Dunkle, die Faszination der Finsternis. Er war der okkulte Lehrer, der ihn an eine Welt heranführte, in der die Übergänge zwischen Gut und Böse sehr fließend waren, ein Ort, an dem sogar die Tobsucht ihren klaren Charakter verlor und in etwas Unbestimmtes überging, das gefährlich war und verlockend zugleich.

Wenn es sich ergab, plauderten die beiden Männer in freundschaftlichem Ton. Aber sie kannten einander nicht. Und Mira wusste auch nichts von den nächtlichen Fechtübungen seines Schülers.

»Du wirkst müde in jüngster Zeit«, bemerkte er einmal morgens während einer Ausbildungsstunde.

»Ich bin neuerdings auch sehr eingespannt«, wich Amhal aus. »Außerdem schlafe ich ziemlich unruhig.«

Doch wenn Mira ihn dann wieder einmal lobte, weil sich seine Reflexe noch verbessert hatten, oder wegen irgendeiner neuen Technik, machte ihn das auch stolz. Dann überlegte er, dass sich sein Meister doch vielleicht freuen würde, wenn er von diesen Übungsstunden mit San erfuhr. Dennoch fand er nie den Mut, ihm davon zu berichten.

Eines Morgens rief Mira ihn zu sich.

»Der Gemeinsame Rat tritt zu einer außerordentlichen Sitzung zusammen. Der Hof und sein Gefolge werden unverzüglich nach Neu-Enawar aufbrechen.«

Amhal nickte. Er war bereit.

»Allerdings wirst du nicht mitkommen.«

Einen Moment lang war Amhal sprachlos. »Aber, Meister …«

»Die Lage in der Stadt ist sehr kritisch«, fuhr Mira fort. »Die Spannungen nehmen dramatisch zu, weil diese geheimnisvolle Krankheit offenbar die Tore Makrats erreicht hat. Jetzt gilt es, die Augen offen zu halten. Deshalb wurde beschlossen, einen Teil der Truppen in der Stadt zu belassen. Der König wird nur mit kleinem Gefolge reisen.«

»Aber, Meister, ich möchte auf alle Fälle mit Euch kommen …«

»Wieso?«, unterbrach Mira ihn. »Du hast solch große Fortschritte gemacht in den vergangenen Wochen, dass ich deine übertriebene Anhänglichkeit an meine Person gar nicht weiter unterstützen möchte. Das bekommt dir nicht. Du bist flügge geworden und durchaus in der Lage, allein zurechtzukommen. Deswegen wirst du hierbleiben.«

Stolz und Sorge mischten sich in Amhals Brust.

»Und zudem wird San ein Auge auf dich haben.«

Amhal wusste nicht, was er sagen sollte. Es geschah zum ersten Mal, dass sich Mira und San in einer Angelegenheit abgesprochen hatten. Mit einem Mal berührten sie sich, diese beiden Welten, zwischen denen er eine Zeit lang hin- und hergerissen war.

»War das seine Idee? Ich meine, hat er Euch darum gebeten, mich hier zu lassen?«

Mira blickte ihn verständnislos an. »Warum hätte er das tun sollen? Nein, nein, der König hat angeordnet, dass einige Männer hierbleiben sollen. Darunter auch San. Und ich habe dabei eben an dich gedacht. Zudem habe ich den Eindruck, dass du ihn aus ganzem Herzen bewunderst, und er seinerseits hält ja auch große Stücke auf dich. Deswegen habe ich ihn gebeten, sich ein wenig um dich zu kümmern.« Er schlug ihm mit der flachen Hand auf die Schulter. »Die Zeiten kleinlicher Sorge sind vorüber. Du bist stark, Amhal, stärker, als du selbst vielleicht glaubst, und nicht mehr lange, und du wirst ein Drachenritter sein. Betrachte die nächste Zeit als eine letzte Prüfung.«

Etwas löste sich in der Seele des jungen Kriegers, und er spürte einen Kloß im Hals. »Ich will versuchen, Euch nicht zu enttäuschen«, antwortete er, bemüht, das Zittern in seiner Stimme zu unterdrücken.

Amhal stand auf der breiten Terrasse und beobachtete, wie sein Meister im Sattel seines Drachens mit den anderen Leibgardisten davonflog. In ihrer Mitte Learco.

San neben ihm verfolgte die Szene mit ernster Miene. Schließlich drehte er sich zu ihm um. »Nun, in der nächsten Zeit haben wir endlich mehr Gelegenheit, zusammen zu trainieren. Freust du dich?«

Amhal lächelte mit bangem Herzen.

Nur spärlich und unklar drangen Nachrichten von einer rätselhaften Krankheit, die sich in der Aufgetauchten Welt ausbreitete, bis zum Hof durch. Hin und wieder schnappte Adhara etwas davon auf: Nur von einigen Fällen an der Grenze zum Land des Meeres hörte man, dem einen oder anderen Toten auch im Land der Sonne. Dennoch herrschte eine Atmosphäre nervöser Spannung, und das Vorgefühl einer bevorstehenden Katastrophe lastete bereits auf der Stadt.

Eine Zeit lang waren Adharas Gedanken ganz von ihrem

neuen Leben eingenommen. Das Verhältnis zu Amina entwickelte sich immer besser. Das Mädchen war ruhiger geworden, verantwortungsbewusster und weniger launisch. Immer wieder ließ sie Zeichen der Zuneigung erkennen, und auch Adhara ihrerseits fühlte sich ihrem Zögling näher, als sie das jemals für möglich gehalten hätte. Sogar ihre Nachforschungen in der Bibliothek hatte sie aufgegeben; plötzlich kam es ihr nicht mehr so wichtig vor, zu erfahren, wer diese Erweckten sein mochten oder was es mit ihrer Vergangenheit auf sich hatte. Denn jetzt war sie Adhara, die Gesellschafterin der Prinzessin, und das Mädchen, das an einem wunderschönen Abend Amhal am Tor zum Park geküsst hatte.

Aber gerade der machte ihr auch Sorgen. Was ging da vor zwischen Amhal und ihr? Nach ihrer letzten abendlichen Begegnung war er wie vom Erdboden verschwunden, und sie konnte sich keinen Reim darauf machen. Im Grund hätte sie nicht sagen können, was da geschehen war, doch immer noch spürte sie seine Hände auf ihrem Busen und wie er sie gepackt hatte, und das machte ihr nicht nur Angst, sondern erregte sie auch ein wenig. Kein Zweifel, die Raserei hatte ihn überkommen, hatte sich nun auch in ihr Verhältnis gedrängt. Aber vielleicht war dies ja auch Liebe, war Gewalt, war unbändiges Verlangen.

Nun ließ sich Amhal allerdings nicht mehr blicken. Nur ein nichtssagendes Briefchen hatte er ihr zukommen lassen.

»Ich bin sehr beschäftigt. Ich komme, sobald ich kann. Bis bald.«

So blieb ihr nichts anderes übrig, als zu warten. Darauf, dass Amhal zurückkehrte, dass das Leben wie gewohnt weiterging. Denn dies war nun ihr Leben: ein friedliches Sich-Treibenlassen in der Strömung, in der Hoffnung, dass das Schicksal es gut mir ihr meinte. Bisher hatte es funktioniert.

Und dann kam er. Als sie Amhal erblickte, lief sie ihm aufgeregt entgegen. Er stand an dem breiten Tor, das Schwert auf dem Rücken und mit dem Umhang, der ihn fast ganz umhüllte.

»Ich hab nicht viel Zeit«, sagte er, fast ohne sie zu begrüßen.

Adhara blieb einige Schritte vor ihm stehen. »Ach so.«

Und dann standen sie da, schauten sich eine Weile nur schweigend an.

»Ich muss sehr viel trainieren. Aber vergessen habe ich dich nicht«, begann Amhal irgendwann mit einem gequälten Lächeln.

Drei Schritte voneinander entfernt, so als fürchteten sie, sich zu nahe zu kommen, unterhielten sie sich ein wenig. Adhara spürte, wie ihr Körper zu ihm drängte, und doch war sie gehemmt und schaffte es nicht, diese Wand zwischen ihnen zu durchbrechen. Während sie sich interessiert gab, hörte sie, was er ihr zu sagen hatte, obwohl sie ihn doch eigentlich fragen wollte, was bloß in den vergangenen Tagen geschehen war. Er war so verwirrt, das er ihr nochmals von seinem Gespräch mit der Hohepriesterin erzählte und sie an die vereinbarte Audienz erinnerte.

»Morgen Nachmittag«, sagte er und erklärte ihr, wo der Tempel lag und wie sie dort Einlass finden würde.

Adhara war sich bewusst, dass sie sich freuen, ihm dankbar hätte sein müssen. Aber es gelang ihr nicht. Die Zeit war vorüber, da sie sich als Geschenk von ihm eine Lebensgeschichte gewünscht hatte. Nun war es etwas anderes, was sie von seinen Händen und seinem Mund begehrte.

»Begleitest du mich?«, fragte sie ihn.

Er schwieg einen Augenblick.

»Das geht nicht, ich habe Wache«, antwortete er dann, und da er ihre Enttäuschung spürte, fügte er noch rasch hinzu: »Aber ich schaue abends mal vorbei, um zu hören, wie es dir ergangen ist. Ehrenwort.«

»Amhal, was ist denn los mit dir?«, brach es da aus ihr hervor. »Du besuchst mich nicht mehr, gehst mir aus dem Weg, und …«, *was bedeuten dir die Küsse, die wir uns gegeben haben?*, führte ihre vertraute innere Stimme den Satz fort. Doch über die Lippen kamen ihr diese Worte nicht.

Amhal trat einen Schritt zurück. »Ich bin einfach sehr eingespannt mit dem Training. Das ist alles. Aber ich verspreche dir, morgen Abend sehen wir uns, und dann weißt du ja vielleicht schon, wer du eigentlich bist.«

Er lächelte sie an, ein Lächeln jedoch, das etwas Falsches, Gekünsteltes hatte.

Ohne sie zu berühren, indem er nur die Hand hob, verabschiedete er sich, und erneut war Adhara allein mit ihren Zweifeln und Fragen.

Am nächsten Tag nahm sie den Weg, den Amhal ihr beschrieben hatte. Verloren kam sie sich vor, während sie durch die Straßen der Stadt lief, die sie nach den langen Tagen in der gedämpften Atmosphäre des Palastes mit ihrem Lärm und Chaos erschreckte. Alle starrten sie misstrauisch an, so kam es ihr vor, und eine eigenartige Spannung lag in der Luft, in den Gassen und breiten Alleen. Und sie fragte sich, ob es die Seuche war, die bereits für Opfer sorgte, und sei es auch nur, indem sie Angst und Schrecken verbreitete: Es gibt viele Arten zu sterben, bevor das Herz tatsächlich zu schlagen aufhört.

Sie beschleunigte ihre Schritte und fand sich schließlich vor dem Tempel wieder: einem überwältigenden Gebäude aus weißem Marmor, auf rundem Grundriss errichtet, über dem sich hoch oben eine recht flache Glaskuppel spannte. Durch ein hohes Portal unter einem Spitzbogen, in den eine vielfach durchbrochene Rosette eingefügt war, gelangte man hinein. Es war niemand zu sehen. Jetzt, am frühen Nachmittag, tauchte die Sonne alles in ein grell-weißes Licht.

Winzig wie ein Käfer kam sich Adhara vor und fürchtete fast, von den enormen Ausmaßen des Tempels erdrückt zu werden. Sie war versucht, kehrtzumachen. Hier gab es nichts, was sie wirklich interessieren konnte. Andererseits, so dachte sie, war sie es Amhal schuldig, die Verabredung wahrzunehmen. Schließlich hatte er sich mächtig ins Zeug gelegt, damit sie zur Hohepriesterin vorgelassen wurde.

Vor der hinteren Wand des weiten Innenraums erhob sich eine gigantische Statue und davor ein etwas erhöhter Altar. Darum herum halbkreisförmig angeordnete Bänke. Das Licht, das durch die bunten Glasscheiben der Rosette über dem Portal einfiel, zeichnete auf den Fußboden die Umrisse des Mannes, der, umgeben von einer Schar weiterer, ihn anbetender Figuren, auf dem Sockel stand. Die Seitenwände waren in regelmäßigen Abständen von hohen, schmalen Fenstern mit vielfarbigen Scheiben durchbrochen. Das hatte zur Folge, dass auch der Boden buntscheckig aussah und sein verworrenes geometrisches Muster aus verschieden getöntem Marmor kaum noch zu erkennen war. Zögernd trat Adhara vor und blickte hinauf in die Kuppel, in deren Mattglas Stücke Schwarzen Kristalls eingelassen waren, die sich zu Figuren oder abstrakten Mustern zusammensetzten.

»Tritt nur näher, Ihre Exzellenz erwartet dich.«

Die Stimme kam aus irgendeiner Ecke zu ihrer Linken. Adhara fuhr herum und erblickte ein Mädchen, das mit einem langen blauen Gewand, das ihre Arme freiließ, bekleidet war. Lächelnd kam sie auf sie zu und verneigte sich, als sie vor ihr stand.

»Ich bin Dalia, eine Schwester der Ordensgemeinschaft des Blitzes. Sei willkommen!«

Adhara antwortete mit einer leichten Verneigung, und Dalia bedeutete ihr, ihr zu folgen.

Sie führte sie hinter den Altar und dann durch eine schmale Tür in einen mit Marmor verkleideten Gang.

»Ihre Exzellenz erweist dir eine besondere Ehre. Üblicherweise fehlt ihr zu solchen Audienzen die Zeit, doch an deinem Anliegen zeigte sie sich höchst interessiert.«

Adhara antwortete nicht und ging nur weiter hinter dem Mädchen her. Sie hätte auch nicht gewusst, was sie sagen sollte. Was mochte an ihr und ihrer Angelegenheit bloß so wichtig sein?

Sie gelangten in einen kleinen Saal mit einem niedrigen Tonnengewölbe und kahlen Wänden. Dort kniete Dalia sogleich nieder, und Adhara tat es ihr nach. In dem Raum standen zwei Stühle mit Armlehnen, und einer davon war besetzt. Darauf saß eine alte, etwas füllige Frau mit ernster, erschöpfter Miene.

»Lass uns allein«, sprach sie, und Dalia stand auf, verließ lautlos den Raum und schloss die Tür hinter sich.

Adhara kniete weiter am Boden und wagte es kaum, den Blick zur Hohepriesterin zu heben. Einige Male hatte sie die Frau bereits gesehen, wobei ihr immer diese müden Gesichtszüge aufgefallen waren. Auch Theana war alt, wie so viele, in deren Händen das Schicksal der Aufgetauchten Welt lag.

Wie sie so weit zurückgelehnt halb auf ihrem Stuhl lag, erweckte sie zudem den Eindruck von Gebrechlichkeit, die Adhara fast rührte. So viel Macht, so viel Verantwortung auf solch gebeugten Schultern.

»Erhebe dich.«

Ihre Stimme klang heiser und ein wenig herrisch. Adhara gehorchte und stand nun verlegen in der Mitte des Raumes.

Theana ließ ihren Blick über den Körper des Mädchens wandern, Adharas glattes schwarzes Haar, das von bläulichen Strähnen durchsetzt war.

Sie hat Halbelfenblut, dachte sie.

Ihre verschiedenfarbigen Augen.

Die Nebenwirkung irgendeines Zaubers.

Ihren zierlichen Körperbau, den schlanken Leib, ihre Haltung, die von einer großen Verlegenheit sprach.

»Nimm doch Platz«, sagte sie mit einem Lächeln, »du musst nicht in Ehrfurcht erstarren.«

Adhara gehorchte.

»Dein Freund hat mir deine Geschichte in groben Zügen bereits erzählt«, begann Theana. »Aber ich würde sie gern noch einmal aus deinem Munde hören.«

Adhara atmete tief durch und begann zu sprechen. Mit vor Aufregung zitternder Stimme erzählte sie von der Wiese und wie sie dort vollkommen bewusstlos gelegen hatte, der Kopf völlig leer, ohne den Hauch einer Erinnerung. Schon bald hörte Theana kaum noch zu. Aber die Geschichte des Mädchens war auch nicht so wichtig; was zählte, war der Energiefluss, den sie von ihr ausgehen spürte, diese rätselhafte Aura, die etwas Unheimliches, gleichzeitig aber auch Tröstliches hatte. Sie kniff die Augen zusammen und sammelte sich: Ja, magische Siegel lasteten auf dem Mädchen. Jemand hatte sie mittels einer Verbotenen Formel verzaubert, jedoch auf eine ganze eigentümliche Art und Weise. Sie kam nicht dahinter, um was für eine Schwarze Magie es sich da handelte. Aber sie spürte, dass unter dieser Aura des Bösen, die sie umgab, etwas Reines lag, etwas Heiliges und Mächtiges.

»Beherrschst du magische Künste?«

Jäh hatte die Hohepriesterin sie unterbrochen, und einen Moment lang schaute Adhara sie nur mit offenem Mund verwundert an.

»Ja, aber nicht richtig«, antwortete sie dann, »ich kann magische Strömungen wahrnehmen und erkennen. Habe aber nie selbst gezaubert.«

»Komm her.«

Das Mädchen stand auf und stellte sich vor die Priesterin hin. Theana ergriff ihr rechtes Handgelenk und spürte augenblicklich, wie eine starke Strömung sie durchfloss, sie erfasste, ja überwältigte. Ein tiefer Friede überkam sie, ein Gefühl wunderbarer Gelassenheit. Und doch hatte dieses

Gefühl auch etwas entsetzlich Trügerisches. Nur mit Mühe gelang es ihr, ihre Finger zu lösen. Erschöpft ließ sie sich auf ihren Stuhl sinken.

»Alles in Ordnung?«, fragte Adhara beunruhigt.

Mein Gott, was ist das bloß für ein Mädchen?

»Ja, ich ... es ist schon gut ...«

Sie blinzelte ein paarmal, um zu sich zu kommen, und schaute Adhara dann lange an.

»Irgendjemand hat dich verzaubert«, begann sie dann, »hat dich mit mächtigen Siegeln belegt, mit Zaubern, die nur von demjenigen, der sie bewirkt hat, gebrochen werden können. Oder aber von einem Magier, der über ganz außerordentliche Kräfte verfügt. Aber was das für Siegel sind, kann ich dir leider nicht genau sagen.«

Adhara nickte. »Das habe ich auch schon von einem Heilpriester gehört, der mich im Land des Wassers untersucht hat. Glaubt Ihr, es waren diese Siegel, die ... mir das Gedächtnis geraubt haben?«

Theana zuckte mit den Achseln. »Das kann ich dir leider nicht sagen.«

Sie überlegte, ob es angebracht wäre, dem Mädchen von den starken Kräften zu erzählen, die sie von ihr ausgehen spürte. Doch sie tat es nicht. Immer schon war ihr die Fähigkeit eigen gewesen, mit äußerster Feinfühligkeit magische Kräfte wahrzunehmen. Doch weiter reichte diese Gabe nicht. Das hieß, dass sie nicht in der Lage war, diese Kraft genauer zu bestimmen, zu erkennen, woher sie kam und was sie letztendlich bewirken würde, geschweige denn, welcher Plan dahintersteckte. Dies war ihre Grenze als Magierin. In Adhara wirkte eine ganz eigentümliche magische Energie, die mächtig war, aber nicht beunruhigend, aber zu begreifen, was das alles zu bedeuten hatte, war Theana nicht gegeben.

»Ist es Euch denn vielleicht möglich, mir zu meinem Gedächtnis, meinen Erinnerungen zurückzuverhelfen?«

In der Stimme des Mädchens schwang Hoffnung mit.

Ich müsste der Sache auf den Grund gehen. »Versprechen kann ich nichts.«

Theana erhob sich schwerfällig und bedeutete Adhara, Platz zu behalten. Sie musste es versuchen. Vielleicht lag hier der Schlüssel zu allem. Wieder einmal überkam sie eine tiefe Furcht bei der Erinnerung an die düsterste Stunde, die der Thenaar-Kult seit den Zeiten der Assassinengilde, die das Wesen des Gottes so verfälschte, erlebt hatte.

Sie ging zu einem Schrank, zog ihn auf und suchte sich alles Notwendige zusammen: Kräuter, Pulver, Gefäße. Dann nahm sie den Birkenzweig zur Hand, der innen an der Schranktür aufgehängt war, und begann, still zu beten. Das setzte sie fort, während sie nun alle Vorbereitungen traf und die Mixtur zusammenstellte, die sie benötigte. Dabei entging ihr nicht, wie verwundert und besorgt das Mädchen ihr zusah. Theana betete weiter, bis sie endlich spürte, dass die göttliche Kraft sie durchdrang. Nun war sie bereit.

Sie griff zu einer Schüssel und dem Birkenzweig und nahm neben dem Mädchen Platz.

»Ich versuche jetzt einen Zauber, um nach deinen Erinnerungen zu forschen. Entspann dich einfach und überlass alles Weitere mir. Vertraust du mir?«

»Ja.«

Einen Augenblick lang spürte Theana eine Verbindung zu diesem Mädchen, die tief und friedlich war und mit Thenaar in Zusammenhang stand, doch das Gefühl verflog so schnell, wie es gekommen war.

»Reich mir deinen Arm!« Adhara gehorchte.

Nun stimmte Theana einen Singsang an, eine gedehnte, hypnotisierende Litanei, tauchte den Zweig in das Kräutergemisch und begann, mit der Spitze über Adharas Haut zu fahren. Von ihrem Handgelenk ging sie aus und folgte der bläulichen Spur ihrer Adern, zunächst bis zum Ellbogen und weiter hinauf zur Schulter, um schließlich ein Geflecht ganzer Figuren auf Adharas Leib zu zeichnen. Währenddessen öffnete sie ihren Geist vollkommen dem des Mädchens.

Dann ergriff sie deren anderen Arm und verstärkte noch das mystische Band, das sie geknüpft hatte. Als sie beim letzten Muster, dem auf dem linken Schulterblatt, angekommen war, stieß sie einen spitzen, vibrierenden Laut aus. Die Welt entschwand am Horizont ihrer Wahrnehmung, und nichts blieb mehr als Adharas Geist: ein Ort voller klarer Eindrücke und lebendiger Wahrnehmungen, die aber alle in ihrer jüngsten Vergangenheit angesiedelt waren. Auch wenn Theana diese Erinnerungen nicht klar erkennen konnte, spürte sie doch die Empfindungen, die mit ihnen verbunden waren. Nun tauchte sie tiefer ein, durchstieß die Oberfläche von Adharas Bewusstsein, und fand eine weite, weiße Fläche, eine Wüste bar jeder Empfindung, jeder Erinnerung. Wie der Geist eines Säuglings lag sie da, so als gebe es rein gar nichts, das hätte erinnert werden können.

Sie kann doch nicht dort auf dieser Wiese zur Welt gekommen sein!

Plötzlich spürte sie es: das Böse, Regungen tiefen Hasses, und Schmerz, heftigen, entsetzlichen Schmerz. Blut, Angst, Verzweiflung. Und ein Schrei, unausgesetzt, grauenhaft, ewig. Theana wurde hineingerissen und versank, immer tiefer, fand keinen Halt, und eine archaische Furcht überfiel sie.

Als sie wieder zu sich kam, lag sie auf dem Boden, in ihrem Gesichtsfeld nur die Decke ihres Zimmers und Adharas besorgtes Gesicht.

»Was ist mit Euch? Seid Ihr verletzt?«

Mühsam setzte sich Theana auf und blickte das Mädchen einen Augenblick lang stumm und aufmerksam an.

»Nein, es geht schon«, sagte sie dann.

Jetzt erblickte sie auch Dalia, die herbeigeeilt war.

»Was ist passiert? Ich hörte Euch und bekam Angst …«

»Ich habe ihr nichts getan, wirklich nicht …«, beteuerte Adhara.

Theana spürte Dalias Arm, die ihre Schultern umfasst hatte und ihr aufhalf. »Oh, Herrin …«

»Schon gut, es war wirklich nicht ihre Schuld«, sagte sie und wandte dann Adhara den Blick zu. »Tut mir leid, aber mein Zauber hat nicht gewirkt.«

Das Mädchen starrte sie mit offenem Mund entgeistert an. Erst nach einigen Augenblicken fand sie den Mut zu fragen: »Was wollt Ihr damit sagen?«

»Dass ich nichts gefunden habe, das sich zutage fördern ließe.«

»Aber …« Enttäuschung ließ Adharas Blick erkennen, vielleicht auch eine Spur Wut. »Das verstehe ich nicht … Es sah aber so aus, als wenn … Wieso habt Ihr dann so geschrien …?«

»Wegen der Leere, in die ich blickte.«

»Ja, aber …«

»Tut mir leid«, fuhr Theana kurz angebunden fort. »Es gibt nichts, was ich für dich tun könnte.«

Vor ihr kniend, starrte Adhara sie weiter bestürzt an.

»Tut mir leid …«, wiederholte Theana noch einmal.

Dalia war es, die die Situation in die Hand nahm. Sie schob Theana den Stuhl unter den Rücken und umfasste dann Adharas Schultern. »Komm …!«

»Aber ich wollte auch noch etwas anderes fragen«, wehrte sich das Mädchen.

Dalia verharrte einen Moment, und als Adhara merkte, dass Theana sie wartend ansah, machte sie sich los, trat auf die Hohepriesterin zu und zückte ihren Dolch. Entsetzt sprang Dalia herbei, doch da hatte Adhara den Dolch bereits umgedreht und hielt Theana das Heft entgegen.

»Den hatte ich bei mir, als ich auf der Wiese erwachte.«

Theana erbleichte und begann zu zittern, schob die Hand, die den Dolch hielt, zur Seite und wandte den Blick ab. »Mehr habe ich dir nicht zu sagen.«

Dalia umfasste wieder, noch entschlossener nun, Adharas Schultern, um sie hinauszuführen.

Das Mädchen sträubte sich heftig. »Wer sind die Erweckten?«

»Hüte dich, diesen Namen auszusprechen in diesen Mauern!«, zischte Theana.

Dalia schob die sich wehrende Adhara hinaus: »Wer sind die Erweckten?«, rief sie noch einmal.

Dann fiel die Tür hinter ihr ins Schloss.

Der Große Rat der Ordensgemeinschaft des Blitzes trat nur äußerst selten zusammen. Seit Theana den Kult erneuert hatte, war dies anlässlich der Abspaltung der Erweckten zum letzten Mal der Fall gewesen.

Besorgt ließ die Hohepriesterin den Blick über die Brüder und Schwestern, die Vorsteher ihrer Religionsgemeinschaft in den verschiedenen Ländern der Aufgetauchten Welt, schweifen.

»Glaubt Ihr, dass die Erweckten dahinterstecken?«, fragte jetzt einer von ihnen.

»Jedenfalls ist sie im Besitz des Dolches und sie selbst wurde mit einem Verbotenen Zauber belegt.«

»Aber das waren doch nur einige wenige Abtrünnige …«, bemerkte ein anderer.

»Gewiss, aber die kannten keine Skrupel. Echte Fanatiker waren das …«, gab Theana zu bedenken.

»Was haltet Ihr von dem Mädchen?«

Die Hohepriesterin seufzte. »Ich weiß es wirklich nicht. Aber ihr kennt alle die Prophezeiungen: diese unheimliche Krankheit, die sich mehr und mehr ausbreitet, die Elfen, die nach Jahrhunderten aus dem Dunkel der Zeitalter wieder auftauchen, und jetzt dieses Zeugnis der Erweckten … Ja, ich fürchte wirklich, die Zeit ist nahe …«

Ein beklemmendes, dramatisches Schweigen machte sich breit.

»Was schlagt Ihr vor?«, fand schließlich einer der Brüder den Mut zu fragen.

»Wir können nur versuchen, die Situation nicht weiter außer Kontrolle geraten zu lassen. Und wir müssen herausfinden, was aus den Erweckten geworden ist. Ob es uns gelungen ist, sie endgültig zu zerstreuen, oder ob sie sich wieder zusammengefunden haben und ihr Werk jetzt im Verborgenen fortsetzen. Auch mit dem Mädchen sollten wir uns näher beschäftigen«, erklärte Theana mit fester Stimme.

Viele Köpfe nickten zustimmend.

»Ihr seid die Hohepriesterin. Ihr sollt uns leiten!«

Dies waren die rituellen Worte, die jeden Beschluss besiegelten, und jedes der acht Mitglieder des Rates sprach sie.

»Glaubt Ihr tatsächlich, das die Zeit nahe ist?«, fragte dann einer mit zitternder Stimme.

Theana hielt den Atem an. »Ich kann nur hoffen: Möge Thenaar es verhüten.«

21

Die Erweckten

Es geschah an einem schönen Morgen. Die Sonne stand schon hoch an einem blauen Himmel, der sich ohne das kleinste Wölkchen bis zum Horizont spannte.

Der Mann hatte sich noch bis zu seinem Haus geschleppt und brach jetzt vor der Tür zusammen.

Ein Nachbar, der zufällig vorüberkam, eilte zu ihm: »Herat!«, rief er und rüttelte ihn an der Schulter. »Was hast du denn?«

Behutsam drehte er ihn um und legte ihn auf den Rücken. Da erblickte er sie: grauenerregende schwarze Flecken, die sich vom Hals über das Gesicht zogen. Die Flecken des Todes.

Er sprang auf. »Die Seuche! Die Seuche!«, schrie er und rannte davon.

Es war an Neor, alle notwendigen Maßnahmen zu ergreifen. Das betroffene Dorf sowie alle anderen Ortschaften im Umkreis wurden unter Quarantäne gestellt, ohne schriftliche Genehmigung der Obrigkeit durfte niemand mehr reisen, Militär wurde in alle Siedlungen mit mehr als tausend Seelen abkommandiert. Straßensperren und Kontrollen überall. Ein nächtliches Ausgangsverbot galt selbst in der Hauptstadt Makrat.

Das Land der Sonne versank in einem Alptraum. Ausgerechnet jetzt, da der König in der Ferne weilte und im Palast nur der Lahme das Sagen hatte.

»Das ist eine Intrige, um an die Macht zu gelangen. Weiß doch jeder, dass er immer darauf aus war, dass er nie etwas anderes gewollt hat …«

»Neor war aber doch immer ein hervorragender Ratgeber seines Vaters.«

»Ach was! Er hat nur auf diese Gelegenheit gelauert, um endlich zum großen Schlag auszuholen.«

Neuigkeiten wurden aufgebauscht, Gerüchte in Umlauf gesetzt, und überall wuchs das Misstrauen. In einer Stadt im Süden wurde eine Nymphe gelyncht, die man verdächtigte, die Seuche verbreitet zu haben. In einem anderen Ort konnte sich ein alter Mann nur wie durch ein Wunder aus seinem brennenden Haus retten: Die Nachbarn hatten es angezündet, weil er krank war – eine ganz gewöhnliche Erkältung, wie die Heilpriester später feststellten.

Doch die Leute wollten nicht zur Vernunft kommen. Die Angst hatte sie gepackt, und so suchten sie verzweifelt nach einem Ort, wo sie sich vor dieser unsichtbaren, entsetzlichen Gefahr verstecken konnten. Einer Gefahr, die sich durch die Luft verbreitete, jede Barriere überwand und einen gerade durch die Berührungen mit Personen, die man liebte und ein Leben lang schon kannte, erwischen konnte.

Doch Neor ließ sich von der Panik nicht anstecken. Er gab nichts auf das Geschwätz, nahm es nicht zur Kenntnis, das Misstrauen des Volkes, jenes Volkes, für dessen Wohl er sich so viele Jahre seines Lebens mit aller Kraft eingesetzt hatte. Er wusste, dass der Zeitpunkt gekommen war, allen zu zeigen, was in ihm steckte: Und das tat er.

Dubhe verdoppelte die Anzahl ihrer Kundschafter in Makrat, und er selbst übernahm es, weitere Patrouillen auszusenden. Alle zur Verfügung stehenden Drachenritter sollten für diese Aufgabe eingesetzt werden. Dann bestellte er San zu sich.

»Ich brauche deine Hilfe.«

San beugte das Knie und verneigte sich tief: »Ihr könnt jederzeit auf mich zählen.«

»Die Elfen stecken dahinter«, sprach Neor es aus.

Kaum wahrnehmbar zuckten Sans Schultern. Die Andeutung eines Lächelns, durch das zu Boden gerichtete Gesicht verborgen, umspielte seine Lippen.

»Man kann sie erkennen, auch wenn sie sich tarnen.«

»Ja, ich habe darüber gelesen. Ihre Körperproportionen sollen sich von den unseren unterscheiden.«

Neor schluckte. »Kennst du dich mit Elfen aus? Ich meine, hattest du mit ihnen zu tun, standest du in Kontakt zu ihnen auf deinen Reisen durch die Unerforschten Lande?«

San zögerte einen Moment, bevor er antwortete. »Nein. Ich bin nie mit ihnen zusammengetroffen. Bis zu ihren Siedlungen an der Küste bin ich nicht vorgestoßen.«

Neor blickte ihn aufmerksam an. »Aber du würdest einen Elf erkennen?«

San nickte.

»Dann werden wir ab sofort die Stadt nach Elfen durchkämmen, mit Spähtrupps, die sich aus einem Soldaten und einem Heilpriester zusammensetzen. Der Befehl lautet: sie lebend zu fassen und daran zu hindern, weiteren Schaden anzurichten. Wir wissen nicht, wie viele bei uns eingedrungen sind, aber wir müssen sie aufspüren. Die Planung der Einsätze obliegt dir.«

»Und die Sicherheit des Palastes? Wollt Ihr die vernachlässigen?«

Neors Gedanken wanderten zu seiner Gemahlin und seinen Kindern. »Drei Soldaten für die königliche Familie. Mehr nicht. Die Suche nach den Elfen hat absoluten Vorrang.«

Amhal wurde von dem Strudel erfasst. In seinem Beisein fand die erste Zusammenkunft statt, bei der San die neuen Befehle ausgab.

»Wir beide bilden einen festen Spähtrupp«, ordnete er an.

Innerlich jubelte Amhal, und alles andere rückte in weite Ferne. Adhara, die ihm viele Nächte lang nicht aus dem Kopf gegangen war; die Erinnerung an ihre leidenschaftlichen Küsse, ihre so sanften Lippen, das Grauen vor dem Bild, als seine Hände sie fast verletzt hätten. Mira, weit weg, vergessen. Selbst das innerliche Toben, das ihn weiter Tag und Nacht quälte und dazu drängte, seinen Blutdurst zu stillen. All das verschwand, und was blieb, war nur San.

Seite an Seite durchstreiften sie von früh bis spät die Stadt, handelten, als wären sie eins. Worte waren überflüssig: Vollkommen synchron bewegten sich ihre Körper, ihre Schwerter, Sans glitzerndes schwarzes und Amhals langes, beidhändig zu führendes, tanzten im Gleichklang, wenn es galt, einen Halunken zu bestrafen oder einen Mörder zu ergreifen. Denn die Stadt war in Aufruhr. Eine Vorahnung von Tod hatte sich über sie gelegt, umhüllte sie und erstickte sie langsam. Und angesichts des nahenden Untergangs zeigte ein jeder sein wahres Gesicht. Heldentaten und unerhörte Grausamkeiten, beides erlebte man nun in den Gassen der Hauptstadt. Morde, Vergewaltigungen, Plünderungen, aber auch Hilfsbereitschaft angesichts der Verfolgung von Unschuldigen, Nymphen, Erkrankten …

Und Amhal tauchte in diese brodelnde Lava ein, ließ sich nur noch leiten von dem, was San ihm beibrachte, von den Mahnungen und Anschauungen, die dieser ihm, wenn sie abends noch einmal zusammen trainierten, immer wieder einschärfte.

»Töten muss kein Übel sein. Es kommt immer darauf an, wen du tötest.«

»Uns ist eine besondere Macht eigen, Amhal, eine Macht, die sonst niemand besitzt. Und diese Macht dürfen wir nicht beschneiden, indem wir uns ihrer schämen, uns klein machen und die Gesetze der Sterblichen befolgen. Wir sind *anders*, Amhal, und die Wut, die in dir tobt, ist ein Ausdruck davon.«

Es war eine Welt der Finsternis, jene Welt, der er lange zu widerstehen versucht hatte. Doch als Mira ihn allein zurückließ und die Stadt Makrat in den Wahnsinn abglitt, war die Grenze zwischen Recht und Unrecht, zwischen Gut und Böse in seinen Augen mehr und mehr verwischt. San blieb ihm als einziger Halt, und Tag für Tag kamen ihm dessen Worte weniger bedrohlich, sondern immer süßer und verlockender vor. Von ihm ausgeübt, erschien die Raserei als harmlos, als *gerecht* sogar, und er lernte, damit umzugehen und sie in seinem Sinn fließen zu lassen. Wie an jenem Abend im Wald, als er sich an einem neuen Verbotenen Zauber versuchte, der Tod und Verwüstung in weitem Umkreis mit sich brachte. Verkohlte Leichen, brennende Bäume – und keinerlei Schuldgefühle. Endlich!

Das Einzige, was ihm Sorgen bereitete, war Adhara. Immer noch sehnte er sich nach ihr. Im Chaos seines neuen Lebens blitzte gelegentlich schmerzhaft die Erinnerung an sie auf. Dann wünschte er sich den Frieden jener Tage herbei, die sie zusammen verbracht hatten. Aber er hatte Angst, ihr zu nahe zu kommen. Angst vor dem, was vielleicht wieder, wie beim letzten Mal, über ihn kommen würde.

Er hatte ihr versprochen, sie aufzusuchen und sich zu erkundigen, wie ihre Audienz bei der Hohepriesterin verlaufen war. Doch er tat es nicht. Eine ganze Woche lang ließ er seinen Tagesablauf ausschließlich von seiner Mission bestimmen. Seiner Mission und seiner neuen Beziehung zu San. Dabei hatte er nicht vergessen, dass es etwas gab, was ihn mit Adhara verband, etwas Tiefes, Geheimnisvolles, das ihn abschreckte und anzog zugleich.

»Ich denke, ein Ritter kann sich den Luxus, jemanden zu lieben, nicht leisten«, sagte San eines Abends zu ihm, als er ihm von Adhara erzählte.

»Ido hat aber auch Soana geliebt«, entgegnete Amhal.

San schien getroffen. »Ido … der stand über allem, der war mehr als ein Drachenritter, der …« Er brach ab, um dann ruhiger fortzufahren. »Ich spreche ja auch von dir. Von dir an diesem Zeitpunkt deines Lebens. Natürlich verstehe ich deine … Bedürfnisse …«

Amhal errötete heftig.

»Aber Liebe …? Nein, Liebe würde dich schwächen. Wenn du deinen Spaß haben möchtest mit diesem Mädchen, bitte schön. Aber nichts, was darüber hinausgeht.«

»Ich habe Angst, ihr wehzutun«, murmelte Amhal.

San lächelte. »Dann vergiss sie – und nähre mit der Trauer deine Wut.«

Adhara spürte, wie ihr die Welt aus den Fingern glitt. Schlagartig hatte sich alles geändert. Den ganzen Abend wartete sie auf Amhal in der Hoffnung, wenigstens er würde ihr helfen können, diese rätselhafte Begegnung mit der Hohepriesterin besser zu verstehen. Doch Amhal kam nicht. Auch nicht am nächsten Abend, und ebenso wenig am übernächsten. Und währenddessen wurde die Lage in Makrat immer chaotischer, mit der nächtlichen Ausgangssperre für alle Bürger, den entsetzlichen Gerüchten, die überall kursierten, dem strikten Verbot für alle Angehörigen des Palastes, das Gebäude zu verlassen.

So verbrachte Adhara ihre Tage nun eingeschlossen in einem goldenen Gefängnis in Gesellschaft der kleinen Prinzessin. Äußerlich schien das Leben wie gewohnt zu verlaufen, doch so wenig wie Amina ihre Ängste vermochte Adhara ihren inneren Aufruhr zu verbergen.

Was hatte die Hohepriesterin in ihrem Geist erblickt? Warum wich sie aus bei der Frage nach den Erweckten? Und das Nichts ihrer Vergangenheit umkleidete sich wieder mit Ängsten und Befürchtungen, düsteren Vorahnungen und unergründlichen Geheimnissen. Nun konnte sie nicht mehr so tun, als sei das alles bedeutungslos geworden, wie sie es eine Zeit lang getan hatte. Sie musste für die Wahrheit und ihren Frieden kämpfen.

Und ausgerechnet jetzt war Amhal nicht mehr da. Amhal hatte sie vergessen.

Anfangs dachte sie noch, es sei Einbildung, der tiefen Verwirrung geschuldet, in die sie die Begegnung mit der Hohepriesterin gestürzt hatte: Aber sie fühlte sich verfolgt. So als werde sie ständig beobachtet und jemand schleiche ihr auf Schritt und Tritt nach.

Doch dann sah sie tatsächlich jemanden zwischen den Büschen des Parks, in dem sie mit Amina spielte.

»Hast du das gehört?«

»Was denn?«

»Ein Rascheln«, murmelte Adhara, wobei sie sich suchend umblickte.

»Bitte, mach mir keine Angst ...«, flehte Amina sie an und legte die Hand auf ihren Arm.

Adhara verschwieg ihr, dass sie jemanden gesehen hatte, eine schwarze Gestalt, die sich zwischen den Sträuchern bewegt hatte.

Am nächsten Abend, als schon alles schlief, vertrat sie sich noch ein wenig die Beine im Palast. Gemächlich schlenderte sie durch die Gänge, als sie plötzlich hinter sich gedämpfte Schritte vernahm. Ohne sich etwas anmerken zu lassen, ging sie weiter bis zu einer Stelle, die kaum beleuchtet war. Dort blieb sie stehen und wartete, bis die Geräusche verklangen. Dann schloss sie die Augen und verließ sich ganz auf das Gedächtnis ihres Körpers.

Mit gezücktem Dolch stürzte sie vor zu der Stelle, wo sich der Verfolger verbergen musste, selbst überrascht von der Flinkheit, mit der das geschah. Ihrem Feind erging es ebenso. Mit einer Hand packte sie ihn an der Gurgel, während sie ihm mit der anderen die Klingenspitze auf die Brust setzte.

Als wäre ich dazu geboren, als hätte ich in meinem Leben nie etwas anderes getan, dachte sie und fragte sich wieder einmal, woher diese Fähigkeiten stammen mochten.

»Wer bist du?«, raunte sie. »Wer hat dich ausgesandt?«

Der Mann in ihren Händen zitterte. »Ich wollte dir nichts tun«, winselte er erstickt.

»Was wolltest du dann?«, fragte Adhara wieder mit harter, kalter Stimme, die nicht zu ihr passte.

»Ich bin von der Ordensgemeinschaft«, kam wimmernd die Antwort, und Adhara lockerte ein wenig den Griff an seinem Hals. »Die Hohepriesterin hat mich beauftragt. Aber ich weiß nicht genau, aus welchem Grund: Sie hat nur gesagt, ich soll dich im Auge behalten!«

Adhara lehnte sich an die Wand und fuhr sich mit der Hand über die Stirn. »Ich will die Wahrheit wissen«, stöhnte sie. »Was hat diese Frau mit mir vor? Was hat sie in meinem Geist erblickt?«

Der Bruder keuchte schwer. »Da kann ich dir nicht helfen, ich weiß es wirklich nicht, tut mir leid …«

»Dann mach, dass du fortkommst, und lass dich nie wieder hier blicken!«, zischte Adhara, während sie den Dolch zurücksteckte. »Und sag allen, sie sollen mich in Frieden lassen!«

Am Tag darauf erschien Dalia persönlich in Aminas Unterrichtsstunde und erklärte mit einer kurzen Verbeugung an Adhara gewandt: »Die Hohepriesterin wünscht dich zu sprechen.«

»Mit dieser Ordensgemeinschaft will ich nichts zu tun haben«, antwortete diese abwehrend.

Dalia lächelte. »Aber Ihre Exzellenz will dir alles erzählen, die ganze Wahrheit. Das soll ich dir ausrichten.«

Adhara zuckte zusammen. »Aber ich darf den Palast gar nicht mehr verlassen. Ein Befehl des Prinzen«, wandte sie zweifelnd ein.

»In meiner Begleitung wird man dich passieren lassen«, erwiderte Dalia.

Theana empfing sie in demselben Raum wie bei ihrem ersten Gespräch. Sie bedeutete ihr, Platz zu nehmen, und sah sie dann mit gramerfüllter Miene an. Adhara versuchte, sich davon nicht beeinflussen zu lassen und jegliche Form von Anteilnahme zu unterdrücken. Dieser Frau gegenüber, die sie nur benutzt hatte und ihr Spiel mit ihr trieb, durfte sie sich nicht nachgiebig zeigen.

»Ich möchte dich um Verzeihung bitten. Ich habe mich falsch verhalten«, begann die Hohepriesterin.

Adhara erlaubte sich ein verbittertes Lächeln. »Das sagt Ihr jetzt, weil ich Euren Spitzel erwischt habe.«

»Das meinte ich gar nicht, sondern die Tatsache, dass ich dir die Wahrheit verschwiegen habe.«

Adhara wusste nichts zu erwidern: Dass die Frau so schnell zur Sache kommen würde, hatte sie nicht erwartet.

»Doch im ersten Moment war ich zu erschüttert«, fuhr Theana fort, wobei sie sich mit der flachen Hand über die Stirn fuhr. »Denn was ich in deinem Geist sah, erinnerte mich an meine schlimmsten Alpträume, an finsterste Zeiten, die ich so gern vergessen wollte. Aber du selbst trägst keine Schuld.«

Adhara rührte sich nicht. »Wer bin ich?«, fragte sie mit kaum vernehmlicher Stimme.

»Ich weiß es nicht, Adhara, ich weiß es wirklich nicht ...«

»Genug! Warum habt Ihr mich dann kommen lassen? Ihr haltet mich zum Narren!«, stieß Adhara hervor und sprang auf. »Erst versprecht Ihr mir die Wahrheit, dann sagt Ihr, dass Ihr sie gar nicht kennt, und ...«

»Ich will dir alles erzählen, was ich über die Erweckten weiß«, unterbrach Theana sie, ohne die Fassung zu verlieren. »Nimm wieder Platz und gedulde dich ein wenig.«

Adhara blieb nichts anderes übrig, als zu gehorchen.

Die Erweckten. Eine Gruppe von Idealisten, wie sie sich selbst bezeichneten.

»Wahnsinnige«, urteilte Theana. »Wahnsinnige, die sich zu Beginn vielleicht von gerechten Grundsätzen leiten ließen, bald aber schon vom Pfad der Vernunft abkamen.«

Rund zwanzig Jahre war es her, dass sich die Bruderschaft der Erweckten gebildet hatte. Damals waren beim Studium antiker Schriften, die während der Erbauung von Neu-Enawar gefunden wurden, uralte Geschichten ans Tageslicht gekommen. Es handelte sich um elfische Schriften aus der Bibliothek des Tyrannen, Bücher, die man der Ordensgemeinschaft des Blitzes anvertraut hatte, um sie mit größter Sorgfalt zu übersetzen und zu deuten.

Es war ein Jüngling, ein bereits sehr belesener und in den priesterlichen Heilkünsten kundiger Mann, von dem alles ausging. Eines Nachts, als er wieder einmal statt zu schlafen über den Büchern saß, geschah es. Die Schrift war kaum zu entziffern, doch die Bedeutung war ihm bald schon allzu klar:

> Ein immerwährender Kampf, der sich von Jahrhundert zu Jahrhundert fortsetzt und erneuert, bestimmt das Geschick der Aufgetauchten Welt. Er begann mit dem Ursprung der Zeiten und fesselt seitdem mit den Windungen seiner Zyklen diese Welt, prägt ihre Geschichte und zeichnet ihr Schicksal vor.
> Der Erste war ein Elf, dessen eigentlicher Name vergessen ist, getilgt, ausgelöscht. Dieser erfand die Schwarze Magie und gewährte damit dem Bösen Einzug in diese Welt. Den Kräften des Lebens und dem göttlichen Bekenntnis zum Guten setzte er seine Zerstörungswut entgegen. Denn konnten die Götter erschaffen, die Elfen jedoch nicht, so verlangte er zumindest die Macht, selbst zu zerstören. Marvash, *der Zerstörer*, wurde er später genannt, und er war der Erste. Angesichts seiner ungeheuren Kräfte, den Kräften des Bösen, die die Welt auszulöschen drohten, sandten die Götter, im Besonderen Shevrar, Sheireen, *die Geweihte*, zur Erde nieder, damit sie Marvashs Hass bekämpfe und sein Werk vernichte und ihn in die Finsternis zurücktreibe, aus der er aufgestiegen war.

Im Kampf konnte sie Marvash niederringen und töten. Doch damit war seine Macht nicht gebrochen. Denn nicht ohne Nachkommen schied er dahin, sondern schleuderte seinen Samen in die Welt, einen Samen des Todes, dessen Früchte Kummer und Leid bringen sollten.

Die Jahre gingen ins Land, der Frieden festigte sich, doch das Böse war nicht besiegt. Erneut stieg aus dem Höllenschlund ein Wesen auf, das auf Tod und Verderben aus war und für sich beanspruchte, der neue Marvash zu sein. Und wiederum sandten die Götter Sheireen in die Aufgetauchte Welt, und wieder entbrannte ein Kampf, der die Welt in den Grundfesten erschütterte. Marvash trug den Sieg davon, und lange Jahrhunderte der Finsternis folgten.

Seitdem treten immer wieder zu bestimmten Zeiten große Zerstörer in die Welt. Geschöpfe, die sich dem Bösen verschrieben haben und mit außerordentlichen Kräften gerüstet sind, schändliche Geschöpfe, die sich am Tod erfreuen und nur im Blutrausch Befriedigung finden. Um sie vom Thron zu stürzen, bedarf es einer Geweihten, einer Sheireen, die nicht weniger mächtig ist, aber dem Guten ergeben und durchdrungen von einer segensreichen, reinigenden Kraft. Bis zum Ende aller Zeiten wiederholt sich dieser ewige Kampf, und der Ausgang ist stets ungewiss. Mal hat in den verschiedenen Zeitaltern die Finsternis obsiegt, mal das Licht. Gewiss ist nur der Kampf selbst, die unablässige Erneuerung des Kreislaufs von Gut und Böse, von Phönix und Schlange, die einander in den Schwanz beißen, in einem endlosen Zyklus, den nur eine Neuordnung der Welten wird durchbrechen können.

»Der junge Bruder war derart erschüttert von dem, was er da gelesen hatte, dass er zu mir kam und mir sogleich alles erzählte«, fuhr Theana fort.

Die Geschichte der Aufgetauchten Welt erschien in einem neuen Licht. Jedermann wusste, dass Nihal Sheireen, die Geweihte war, Aster der Zerstörer. Aber wer würden die

Nächsten sein? Wann würden sie in die Welt treten? Und wie würde ihr Kampf enden?

Es kam zu einer erregt geführten Debatte innerhalb der Ordensgemeinschaft. Denn während sich die einen dafür stark machten, bereits jetzt alle Vorbereitungen gegen einen neuen Marvash zu treffen, hielten die anderen dagegen, man könne nichts weiter tun, als dieses Wechselspiel, das das Schicksal der Aufgetauchten Welt bestimmte, zur Kenntnis zu nehmen und sich ihm zu fügen.

»Dakara, der diese Entdeckung gemacht hatte, war der Meinung, der nächste Kampf der Mächte Gut gegen Böse würde uns alle vernichten. Nicht immer sei es Sheireen, die triumphiere. Lange finstere Zeitalter habe es gegeben, in denen nur Marvash regierte. Wir sollten uns vorstellen, forderte er uns auf, wie eine Welt unter der Schreckensherrschaft eines Wesens wie des Tyrannen aussehen würde, sollten uns die verheerten Ebenen ausmalen, die vernichteten Wälder, alle Völker in Ketten. Und er erklärte, es gelte nun schon, alle Kräfte darauf zu verwenden, Sheireen zu finden, um sie mit ihrer Aufgabe vertraut zu machen und ihr die zum Sieg nötigen Waffen in die Hand zu geben.

Ich jedoch widersetzte mich.

›Von Generation zu Generation erlebt unsere Welt diesen Kampf neu‹, erklärte ich vor der Versammlung. ›Er ist das Wesen der Aufgetauchten Welt, die aufbaut auf diesem ewigen Wechselspiel von Gut und Böse, von Frieden und Leid. Wir können und wir dürfen dieses Gleichgewicht nicht ins Wanken bringen. Zu wissen, dass es das Böse gibt, macht uns zu Wächtern des Friedens, ermöglicht es uns, Zeiten des Glücks auch wirklich zu genießen. Und ebenso tröstet uns die Gewissheit, dass auch das Gute wiederkehren wird, in Zeiten des Leids gibt sie uns die Kraft, zu überleben und für den Frieden zu kämpfen. Diese festgefügte Ordnung umstürzen zu wollen, wäre ein Akt des Hochmuts und des Frevels gegenüber Thenaar. Eine neue Sheireen wird so oder so in die

Welt treten, ob wir es fördern oder nicht, und am Ende auch triumphieren. Das Böse währet nicht ewiglich, wie uns dieser beständige Wechsel zeigt.‹ Dies war die Anschauung, die ich damals vertrat und die ich heute noch für richtig halte.

Streitgespräche, endlose Debatten folgten und schließlich die Abstimmung, die erbrachte: Wir, die Ordensgemeinschaft des Blitzes, würden uns nicht auf die Suche nach Sheireen machen, sondern das Naturgesetz des ewigen Wandels respektieren, ohne darin einzugreifen.

Doch Dakara widersetzte sich dem Beschluss und war nicht willens, diese Entscheidung mitzutragen. Zu sehr liebe er die Aufgetauchte Welt, erklärte er, um einem abermaligen Gemetzel tatenlos beiwohnen zu können. Und so entstand die Bruderschaft der Erweckten, eine Sekte, die sich von der Ordensgemeinschaft abspaltete und die Suche nach Sheireen, *um jeden Preis*, zum Glaubenssatz erhob.«

Theana hielt einen Moment inne und blickte durch das Fenster ihres Studierzimmers hinaus ins Sonnenlicht. Wie lange hatte es in der Stadt schon nicht mehr geregnet? Wie lange würde diese drückende Hitze noch andauern?

»In gewisser Weise fanden wir uns mit dem Schisma ab. Wir lebten weiter nach unseren Geboten, und die Erweckten nach den ihren. Aber dann …« Sie schloss die Augen. »Aber dann begannen sie zu töten.«

Adhara schrak zusammen.

»Kleine Jungen. Kinder mit besonderen magischen Kräften. Die Erweckten waren auf die Idee verfallen, Marvash ausfindig zu machen und zu töten, bevor er seine ganze Zerstörungswut entfalten konnte. Und sie töteten alle, die ihrer Meinung nach als Marvash infrage kamen.«

Adhara schluckte. Und was war mit ihr? Wo war ihr Platz in diesem Drama?

»König Learco ließ sie verhaften und ihre Sekte verbieten. Achtzehn Jahre ist das her. Die Erweckten wurden vertrieben und sind seitdem nicht mehr aufgetaucht.«

Ein bedrückendes Schweigen machte sich in dem kleinen Raum breit.

»Und ich?«, murmelte Adhara.

»Ich weiß es nicht«, lächelte Theana. »Dolche, wie du einen bei dir fandest, benutzten die Erweckten für ihre Rituale, was darauf hinweist, dass es sie immer noch gibt. Als ich dich hier untersuchte, fand ich in deinem Geist lediglich Erinnerungen, die nach deinem Erwachen auf der Wiese liegen. Doch nahm ich auch etwas Grauenvolles aus der Zeit davor wahr: Schmerzen, unerträgliche Schmerzen.«

In Adharas Kopf begann sich etwas zu drehen. Eine ganz blasse Erinnerung: schimmelüberzogene Wände. Ein enger Gang. Und Schmerzen … Doch es war nur ein Augenblick, dann setzte sich die Wirklichkeit wieder durch.

»Sie suchten Sheireen. Auch als sie die vermeintlichen Marvashs töteten, setzten sie die Suche fort. Du könntest eine von ihnen sein, oder aber … wer weiß … Nein, Adhara, ich kann es nicht sagen, ich kann es wirklich nicht.«

Theana stand auf und trat zum Fenster.

»Ich nehme eine außerordentliche Kraft in dir wahr, kann aber nicht erkennen, woher sie stammt und was sie zu bedeuten hat. Doch ich habe Angst. Denn auch wenn es stimmt, dass die Erweckten von Wahnideen geleitet waren, – was ist, wenn sie Recht behalten? Wenn die Zeit tatsächlich nahe ist?«

Sie fuhr herum, und Adhara bemerkte in ihren Augen etwas Wahnhaftes aufblitzen, das ihr Angst machte.

»Du musst wissen, es sind die Elfen, die die Seuche verbreiten. Wir haben es niemandem verraten wollen, aber es sind tatsächlich die Elfen, die dahinterstecken. Erst die Seuche und jetzt die Erweckten, die aus der Versenkung wiederauftauchen, wohin wir sie verbannt zu haben glaubten … Was, wenn Sheireen und Marvash erneut zum Kampf rüsten?«

Unbeantwortet stand die Frage im Raum.

»Aber Ihr wisst wirklich nicht, wer ich bin und woher ich stamme …?«

Theana schien wieder zu sich zu finden. »Nein«, sagte sie und nahm Platz. »Nein. Denn um eben dies herauszufinden, habe ich dich beschatten lassen. Wärest du eine Erweckte oder in irgendeiner Weise deren Geisel gewesen, könntest du uns vielleicht Antworten geben auf unsere drängendsten Fragen …«

Ihre Worte verebbten immer mehr.

»Was wollt Ihr von mir?«, fragte Adhara schließlich mit einem Anflug von Stolz in der Miene.

Die Hohepriesterin hielt ihrem Blick stand und lächelte dann. »Mehr erfahren, über dich und deine Vergangenheit.«

»Aber Ihr wisst bereits alles, was auch ich weiß. Mehr kann ich Euch beim besten Willen nicht erzählen.«

»Schon … Das glaube ich auch«, murmelte Theana. Dann erhob sie sich und ging zu einer Regalwand voller Fläschchen und Gläser. Sie nahm eines zur Hand und stellte es auf den Tisch. »Das sind Kräuter. Eine Mischung, die ich selbst zubereitet habe. Ich bin zwar bereits in deinen Geist eingedrungen und bezweifle, ob sich noch etwas mehr finden lässt … Aber … nun gut … nimm davon. Jeden Morgen. Und suche mich dann einmal in der Woche auf.«

Adhara nahm das Gefäß entgegen und drehte es zwischen den Fingern hin und her. »Wofür ist das?«

»Das könnte dir helfen, dein Gedächtnis wiederzufinden. Einmal wöchentlich wiederhole ich dann noch den Zauber, den du von unserem ersten Treffen kennst. Wer weiß, vielleicht gelingt es uns doch, Klarheit in die Angelegenheit zu bringen.«

Adhara stand auf.

»Es tut mir leid, dass ich dich habe verfolgen lassen«, setzte Theana hinzu, »dass ich so mit dir umgegangen bin, wie es ein Erweckter getan hätte. Das war falsch von mir.«

Adhara bemühte sich zu lächeln, aber es wollte ihr nicht gelingen. Immer noch ohne Vergangenheit, ohne Identität, ohne Wahrheit ging sie davon.

22

Verwirrung

»Das kannst du nicht von mir verlangen.«

Dubhe stand im Zimmer ihres Sohnes. Er hatte mit ihr sprechen wollen, mitten in der Nacht, ohne dass irgendjemand etwas davon mitbekam.

Neor verzog keine Miene. »Es muss sein.«

Ein langes, beredtes Schweigen folgte.

»Aber der Mann ist ein Held. Dein Vater verehrt ihn, er wurde mit höchsten Ehren in Makrat empfangen, und jetzt ist er sogar für die Sicherheit der gesamten Stadt verantwortlich.«

»Eben das weiß ich nur zu gut. Deswegen sollst du ihn auch beobachten lassen.«

Bevor Neor die Sicherheit Makrats in seine Hände legte, hatten die beiden Männer nur wenig miteinander zu tun gehabt. Neor kannte den Helden vor allem aus den Erzählungen seiner Eltern und den Sagengeschichten, die über ihn in Umlauf waren. Er nahm einfach zur Kenntnis, dass San in gewisser Hinsicht ein Mythos war, und versuchte herauszufinden, wie sich dieser Umstand ausnützen ließe. Aber darüber hinaus hatten sie kaum ein Wort miteinander gewechselt, und ein längeres Gespräch unter vier Augen hatte es vor diesem Tag nie gegeben.

»Wessen verdächtigst du ihn denn?«

Neor wusste es selbst nicht. Es war nur so ein Gefühl, hervorgerufen durch Sans kurze Verlegenheit, jenen Augenblick der Unsicherheit, bevor er auf seine Frage geantwortet hatte: Nein, Elfen habe er nie gesehen.

»Dieser Mann hat vierzig Jahre in den Unerforschten Landen zugebracht und behauptet, niemals Elfen gesehen zu haben.«

»Was heißt das schon? Ich habe damals auch keine zu Gesicht bekommen. Ich weiß noch nicht mal, wo die leben sollen.«

»Aber du warst ja auch nur ein paar Monate dort, und sicher nicht auf einer Forschungsreise. Ganz anders als er ... Er war dort, um herumzureisen, Neues zu entdecken. Sennar hat damals die Elfen getroffen, hat mit ihnen zu tun gehabt ... Ausgeschlossen, dass San sie noch nicht einmal gesehen haben will.«

»Vielleicht hat er sich absichtlich von ihnen ferngehalten.«

Möglich. Aber für Neor passte das einfach nicht zusammen. Irgendetwas war seltsam an diesem überall beliebten Mann. Vielleicht war es auch nur diese besondere Faszination, die San auf alle in seiner Nähe ausübte, die seinen Argwohn geweckt hatte.

»Es ist ja nichts Weltbewegendes, worum ich dich bitte, und ich erhebe auch keine Anklage gegen ihn. Ich rate dir nur, ihn von einem deiner Agenten beobachten zu lassen.«

Dubhe zögerte immer noch. »Das würde bedeuten, eine Kraft von der Fahndung nach den Elfen abzuziehen.«

»Sei nicht albern. Einen Agenten kannst du schon entbehren.«

Die Königin ließ sich auf einem Stuhl nieder und stützte nachdenklich die Stirn in die Handfläche.

»Überleg doch mal, was weißt du schon von ihm?«, drang Neor weiter auf sie ein. »Du kanntest ihn als zwölfjährigen Jungen – ein wunderlicher Junge, wie du immer erzählt hast. Aber diesen Jungen gibt es nicht mehr. Er hat fünfzig abenteuerliche Jahre durchlebt, über die wir rein gar nichts wissen. Er ist ein Mann geworden, ein Fremder.«

»Es ist wegen deines Vaters. Ich würde ihm in den Rücken fallen, denn er vertraut ihm«, gestand Dubhe.

Neor lehnte sich nur ein wenig auf seinem Stuhl vor. »Und was ist mit mir? Vertraust du mir?«

Mutter und Sohn blickten sich fest in die Augen, und einige wenige Augenblicke reichten, um sich der tiefen Vertrautheit, die sie immer schon verbunden hatte, zu vergewissern.

Dubhe erhob sich. »Ein einziger Mann. Und nicht länger als zwei Wochen. Wenn wir in dieser Zeit auf nichts Verdächtiges stoßen, lassen wir ihn in Ruhe. Das musst du mir schwören.«

»Einverstanden«, antwortete Neor. »Vielleicht habe ich mich auch getäuscht, es ist ja nur so eine Ahnung«, fügte er dann lächelnd hinzu, schien aber selbst nicht überzeugt davon.

»Ich habe zu großes Vertrauen in dein Gespür, um darauf zu hoffen«, erwiderte sie mit ernster Miene, bevor sie sich entfernte.

Und dann kehrte der König heim. Blass, erschöpft, das Gesicht von Anstrengung und Sorge gezeichnet. Mira an seiner Seite sah auch nicht frischer aus.

Amhal beobachtete, wie sein Meister vom Drachen stieg. Aus irgendeinem rätselhaften Grund wäre es ihm peinlich gewesen, ihm entgegenzulaufen, und so wartete er stocksteif, bis Mira bei ihm war, und hatte Schwierigkeiten, seine Umarmung zu erwidern.

Am Abend speisten Amhal und San mit Mira, der von der Versammlung des Gemeinsamen Rates berichtete.

»Die Krankheit breitet sich aus«, erklärte er mit finsterer Miene. »Es war gar nicht so leicht, die einzelnen Herrscher dazu zu bringen, Fälle von Ansteckungen in ihren Ländern einzuräumen. Aber letztendlich mussten alle die Karten auf den Tisch legen. Das Land des Wassers ist in Aufruhr, ebenso das Land des Windes, und Infektionen gibt es in allen Ländern außer dem Land der Tage und dem der Nacht. Drastische Maßnahmen wurden beschlossen: Der freie Verkehr von Personen und Waren zwischen den einzelnen Ländern wurde aufgehoben, die am schlimmsten betroffenen Gebiete stehen ab sofort unter Quarantäne. Alle Grenzen werden bewacht. Das Land des Meeres hat mit der Schließung zu lange gewartet, so dass die Epidemie auch dort eingedrungen ist. Alle verseuchten Dörfer sollen von der Außenwelt abgeschnitten werden. Es wird Aufgabe des Heeres sein, die Überwachung zu übernehmen und für die Einhaltung der Quarantäne zu sorgen. Dies ist das Ende der Aufgetauchten Welt, so wie wir sie kennen.«

»Da seht Ihr zu schwarz«, erwiderte San. »Das ist doch nur ein Strohfeuer. Erinnert Euch, wie war das damals mit dem Roten Fieber? Als die ersten Fälle auftraten, war die Situation ganz ähnlich. Und dann hat man die Sache doch in den Griff bekommen. Anfangs ist es immer dramatisch, aber das gibt sich.«

Mira blickte ihn zweifelnd an. »Das Rote Fieber hat sich zwar in der ganzen Aufgetauchten Welt ausgebreitet, aber die Sterblichkeitsrate war nie sonderlich hoch. Bei dieser neuen Krankheit aber sieht das anders aus: Wie die Heilpriester berichten, führt sie zu einem grausamen Tod, mit einem Fieber, das die Betroffenen in zwei, drei Tagen erbarmungslos hinwegrafft.«

»Wie gesagt, vielleicht war es mit dem Roten Fieber anfangs ganz ähnlich.«

»Wie auch immer, jedenfalls dürfen wir nicht den Mut verlieren«, warf Amhal ein. »Es ist wie eine Naturkatastrophe, die ihre Opfer fordert, aber sie wird vorübergehen. Und dafür müssen wir alles in unserer Macht Stehende tun.«

Doch Miras Miene wollte sich nicht aufhellen. »Du hast leicht reden, dir kann die Seuche nichts anhaben … Aber erzähl das mal den Priestern der Ordensgemeinschaft, die ungeschützt mit den Kranken arbeiten müssen, um ein Heilmittel zu entwickeln … Die Hohepriesterin hat alle Tempel für die Erkrankten öffnen lassen und schont sich auch selbst nicht. Wie ich höre, hat sie selbst schon mit der Suche nach einem Mittel begonnen. Und ganz zu schweigen von den Soldaten, die in den verseuchten Gebieten ihren Dienst tun. Weit weg von ihren Familien, allein, den tückischen Gefahren schutzlos ausgeliefert …«

»Dessen sind wir uns doch bewusst, wenn wir ins Heer eintreten«, antwortete Amhal, »dass unser Leben nicht mehr uns selbst gehört, sondern von nun an im Dienst einer höheren Sache steht.«

Mira lächelte bitter. »Welch fester Glaube, von keinen Zweifeln getrübt … Doch zum Wirken eines Drachenritters gehört auch Mitgefühl, Verständnis für die Lage anderer, und nicht die Leugnung von Zweifeln, sondern die tagtägliche Bekräftigung unserer Entscheidung durch das Zulassen von Unsicherheiten.«

Amhal errötete.

»Nun seid Ihr aber zu streng«, warf San ein und griff zu seinem Bierglas. »Zur Jugend gehören auch unerschütterliche Überzeugungen und große Ideale.«

»Nur wer einfältig ist, folgt schnurstracks einem Weg, ohne innezuhalten und nachzudenken, ohne an seinen Gewissheiten zu zweifeln.«

San verzichtete auf eine Erwiderung, und ein eisiges Schweigen legte sich über den Tisch.

»Und was ist mit uns? Ich meine, wohin werden wir abkommandiert?«, wechselte Amhal endlich das Thema.

San sah aus den Augenwinkeln zu Mira hinüber, doch dieser schien es nicht zu bemerken. »Wir patrouillieren in der Stadt«, antwortete er knapp. »Makrat zu schützen, ist unsere dringlichste Aufgabe.«

An diesem Abend zog San sich allein zurück, während Mira und Amhal gemeinsam den Weg zu ihren Unterkünften einschlugen. Der angehende Ritter verspürte ein leichtes Unbehagen. Er konnte es selbst nicht so genau erklären, doch während der Abwesenheit seines Meisters war etwas geschehen, das wie eine Barriere zwischen ihnen stand. Vielleicht lag es an den langen Stunden gemeinsamen Trainings mit San, an der Tatsache, dass er das Gefühl hatte, ein anderer geworden zu sein, so als sei in den Tagen der Trennung etwas in ihm abgestorben und an dessen Stelle etwas Neues getreten. Mira sprach ihn an auf dies und das, doch mehr als einsilbige Antworten fielen ihm nicht ein.

»Was ist los mit dir? Du bist so seltsam«, sagte sein Meister irgendwann.

»Ich bin nur müde.«

»Und was ist mit Adhara?«

Adhara. Dieser Name zerriss ihm fast die Brust. Wo steckte sie? Was tat sie? Wie ging es ihr?

»Ich hatte so viel zu tun, dass ich sie schon eine Weile nicht mehr gesehen habe«, antwortete er verlegen.

Mira blickte ihm fest in die Augen. »Freundschaften müssen gepflegt werden.«

Amhal verspürte einen Kloß im Hals, und sein Magen verkrampfte sich. »Ich …«

Mira blieb stehen. »Du musst achtsamer mit dir umgehen. Du wirkst sehr mitgenommen. Nimm dir mal einen Morgen frei und geh zu ihr. Makrat wird deswegen schon nicht untergehen. Ich bin sicher, dass sie auf dich wartet.«

Er lächelt ihn an, und plötzlich hatte Amhal das Bild vor Augen, als er Adhara zum letzten Mal gesehen hatte, wie sie dort im Park des Palastes stand, und der Stich, den er im Herzen verspürte, war schmerzhaft und doch voller Lust.

»Und jetzt leg dich schlafen. Du brauchst Ruhe«, fügte Mira hinzu, wobei er ihm eine Hand auf die Schulter legte.

Amhal spürte, wie ihm Tränen in die Augen traten, Tränen, die er sich selbst nicht erklären konnte, während ihm gleichzeitig Wehmut die Eingeweide zusammenschnürte.

So ging er weiter zu seinem Zimmer, mit dem entsetzlichen Gefühl, etwas Wertvolles verloren zu haben.

Als eine der Zofen ihr ausrichtete, dass jemand auf sie warte, wusste Adhara sofort, dass er es war.

In der Furcht, sich doch zu täuschen, hastete sie aufgeregt durch die Gänge, doch als sie ihn dann sah, in seinen Umhang gehüllt und mit einem schüchternen Lächeln im Gesicht, löste sich die Anspannung, und Tränen traten ihr in die Augen. Sie flog in seine Arme und erstickte ihr Weinen an seiner Schulter, ungeachtet alles anderen, dass sich sein Körper in ihrer Umarmung versteifte und dass er sie immer wieder versetzt hatte. »Du hast mir so entsetzlich gefehlt«, flüsterte sie nur.

Im Schatten eines Baumes setzten sie sich auf den Rasen, und Adhara begann zu erzählen, von ihren Begegnungen mit Theana und von den Erweckten.

Amhal hörte aufmerksam zu. »Das heißt, du warst vielleicht ihre Gefangene …«, sagte er, als sie geendet hatte.

»Oder ich war selbst eine von ihnen. Letztendlich weiß ich nicht sehr viel mehr als zuvor.«

»Und was ist mit den Kräutern, die du von der Hohepriesterin erhalten hast? Wirken die?«

Adhara schüttelte den Kopf.

»Vielleicht nimmst du nicht die richtige Dosis.«

Sie zuckte mit den Achseln. »So wichtig ist das gar nicht«, murmelte sie und fügte hinzu: »Meine Vergangenheit zählt heute nicht mehr.«

Amhal versuchte, etwas zu entgegnen. »Aber das ist doch der Ausgangspunkt, und …«

»Die Gegenwart ist viel wichtiger«, unterbrach sie ihn, wobei sie allen Mut zusammennahm.

Lange schaute sie ihn an und senkte dann doch den Blick, als sie sagte:

»Was ist los, Amhal? Du hattest versprochen, mich regelmäßig zu besuchen, aber du bist dann einfach nicht mehr gekommen. Du hast dich von mir abgewandt, berührst mich noch nicht einmal mehr, so als hättest du Angst vor mir.«

»Das hab ich auch!« Es war fast ein Schrei, ein Schrei voller Verzweiflung.

Adhara erstarrte, während Amhal verlegen Grashalme aus dem Rasen zu zupfen begann. »Beim letzten Mal … Ach, Adhara, diese innere Wut lässt mich nicht mehr los, sie ist immer da wie ein fester Teil von mir.«

»Aber du kämpfst doch dagegen an. Und zudem wüsste ich nicht …«

»Ich war kurz davor, dir wehzutun«, raunte er, seine grünen Augen erfüllt von einer tiefen Furcht, die Adhara mit der Gewalt eines Faustschlags traf. »Und das will ich nicht. Ich kann mich nicht um dich kümmern, weil ich mit mir selbst nicht klarkomme … zudem … ach, es ist ganz seltsam … Etwas geht mit mir vor, ich verändere mich, so vieles ändert sich, und ich beginne zu begreifen … Aber …«

Sie nahm sein Gesicht in die Hände, zwang ihn, nicht auszuweichen, und blickte ihm fest in die Augen. »Du würdest mir niemals wehtun. Das weiß ich!«

Sie näherte die Lippen seinem Mund und küsste ihn voller Leidenschaft. Aber nur kurz.

Verwirrt und mit gerötetem Gesicht löste sich Amhal von ihr. »Ich kann nicht, Adhara, ich kann nicht.«

»Das glaubst du nur, in Wahrheit aber …«

»Nicht jetzt«, unterbrach er sie. »Ich muss zuerst mich selbst finden. Danach kann ich mich auch dir widmen. Denn ich will dich nicht als Halt benutzen, sondern dich beschützen, ich will …« Er seufzte.

»Das verstehe ich nicht«, murmelte Adhara. »Ich will bei dir sein. Ich weiß nicht, wie man das nennt, ob das Liebe ist, ich weiß nur, dass ich mit dir zusammen sein will. Und du?«

Amhal schaffte es nicht, ihrem Blick standzuhalten. »Nicht

jetzt«, wiederholte er noch einmal, und Adhara war, als zerberste die Welt um sie herum. Er streckte die Hand aus, um die ihre zu berühren, doch sie stieß sie brüsk zurück. »Lass mir Zeit.«

»Ich brauche keine Zeit.«

»Ich aber schon.« Amhal gelang es, ihre Hand zu ergreifen. Er drückte sie fest. »Glaub nicht, dass ich dich nicht liebhabe«, raunte er.

Adhara spürte neue Hoffnung aufkeimen, doch wollte sie sich ihr nicht hingeben. »Und was heißt das?«

»Das heißt: Ich muss erst sicher sein, dass ich keine Gefahr für dich bin. Denn nie im Leben könnte ich es mir verzeihen, wenn ich dir etwas zuleide täte.«

Adhara blickte zu Boden. Das war alles so verworren, so schwer zu begreifen, und sie fragte sich, wieso sie nicht zu der Einfachheit der ersten Zeit zurückkehren konnten, als noch keinerlei Hindernisse zwischen ihnen gestanden hatten. Doch diese beiden Personen, die sie damals waren, gab es nicht mehr.

»Ich lass dich nicht mehr allein.«

»Das sagst du immer …«

»Ich schwöre es dir.« Immer noch hielt er ihre Hand. »Du bedeutest mir viel.«

Sie umarmten sich, ohne dass ihre Lippen erneut einen Weg zueinander fanden. Und doch steckte sehr viel in dieser Umarmung, mehr als sie selbst wollten.

»Wann kommst du mich wieder besuchen?«

»Sobald ich ein wenig Zeit habe.«

Adhara sah ihm nach, wie er sich entfernte, und spürte dabei überdeutlich, dass sich zwischen ihnen ein Graben aufgetan hatte.

In den darauffolgenden Tagen bemühte sich Amhal, sein von früher gewohntes Leben wieder aufzunehmen. Er sah San weniger häufig als zuletzt, obwohl dieser ihn, wenn er nicht auf Streife war, immer mal wieder aufsuchte, um mit ihm zu trainieren – Magie und Fechtkampf – im Wald, ein wenig außerhalb der Stadt.

Doch die Begegnung mit Adhara, seine Gefühle für sie, die er nicht länger zu unterdrücken vermochte, Miras Rückkehr – all das verwirrte ihn.

Amhal war jetzt zur Überwachung der Stadtmauer eingesetzt. Im übrigen Land der Sonne breitete sich die Seuche trotz aller Quarantänemaßnahmen und Kontrollen rasch immer weiter aus. Mit der Folge, dass Makrat vielen wie ein sicherer Hafen erschien, das einzige Bollwerk, das den Attacken der Seuche standhielt.

Vor allem nachts versuchten immer wieder einzelne Verzweifelte, in die Stadt zu gelangen. Amhal konnte sie ausmachen, düstere Schatten, die sich unter der Mauer zusammendrängten und um Barmherzigkeit flehten oder aber wie Insekten die Mauer hinaufzuklettern versuchten. Und jede Nacht wehrte er mit dem Schwert diese armen Teufel ab, die dort draußen starben, ohne dass ihnen jemand zu Hilfe kam. Einmal hatte er San darauf angesprochen, der sofort diese Sicherheitsmaßnahmen verteidigte.

»Es gibt keinen anderen Weg, Amhal. Stell dir nur vor, wie viele Tote es hier in der Stadt gäbe, wenn wir sie hereinließen. Nein, ganz Makrat wäre verloren, und damit auch das gesamte Land der Sonne. Es ist richtig, für ein höheres Ziel, glaub mir.«

Und Amhal glaubte ihm gern, um dieser schrecklichen Aufgabe, die zusätzlich noch die Tobsucht in seinem Inneren anstachelte, einen Sinn abzugewinnen.

Seit Mira zurück war, versah er in Begleitung seines Meisters diesen Dienst. Mit müden Schritten, die Augen fest ins Dunkel gerichtet, umliefen sie die Mauer.

In einer solchen Nacht geschah es. Aus schweren Gewitterwolken prasselte der Regen auf die Stadt nieder. Die weite Ebene zu ihren Füßen, die Makrat umgab, war nur noch eine kaum durchdringbare breiig düstere Fläche. Angestrengt lauschend, starrten sie in die Dunkelheit, doch der Regen übertönte jeden anderen Laut, und die Wolkenschicht verdüsterte noch den matten Schein der Sterne und machte sie fast blind.

Vielleicht war es das Funkeln eines metallischen Gegenstands im kalten Licht eines Blitzes, der den Himmel zerriss. Amhals Augen nahmen es kaum wahr, doch seine Muskeln spannten sich augenblicklich an. Er gab Mira ein Zeichen und zog dann sein Schwert. Geduckt schlich er in die Richtung, aus der das Glitzern gekommen war, sein Meister gleich hinter ihm.

Da, wieder ein Blitz, der einen Eisenhaken ein paar Dutzend Ellen vor ihnen erhellte. Amhal schlich weiter, bis er plötzlich einen Luftzug schräg hinter sich spürte. Als er herumfuhr, sah er nur noch einen Schatten, der auf Mira fiel. Dann schon der Schlag, ungenau und mit zitternder Hand ausgeführt, und ein Schmerz, der seinen Rücken durchfuhr. Er schrie auf, schwang sein Schwert und drehte sich ganz herum. Da erblickte er ihn: einen Jungen, einen Jungen mit einem kurzen Gegenstand in der Hand, wahrscheinlich einem Dolch.

Er sah, wie er die Treppe eines der Wachtürme hinabstürzte, und setzte ihm nach. Mit jedem Schritt durchfuhr seinen Rücken ein stechender Schmerz, doch davon ließ er sich nicht aufhalten. Sein Jagdinstinkt war stärker sowie diese Worte, die er von San gehört hatte: »Es ist für ein höheres Ziel.«

Wie ein Gebet sagte er sie sich in einem fort auf und schaffte es so, jeden anderen Gedanken auszulöschen und nur die Wut toben zu lassen, jene Kraft, die er durch San zu schätzen gelernt hatte. Er sah, wie der Junge die letzten Stufen hinuntersprang und dann davonhuschte in die nächstbeste Gasse hinein. Noch schneller setzte Amhal ihm nach, mit schmerzendem Rücken, während ihm der Regen ins Gesicht peitschte.

Ein Sprung, und er war über ihm, und schon flog der Dolch davon und fiel klimpernd zu Boden. Er ist *entwaffnet*, dachte er, doch schon im nächsten Moment hatte sein Geist diese Erkenntnis vergessen. Denn seine Finger kribbelten, und die Mordlust war stärker als alles andere.

Als er spürte, wie sich der Körper des Jungen in seinem Griff wand und ihm beinahe entschlüpfte, streckte er sich, holte aus und stach zu. Hinein in den Unterleib des Jungen, der mit einem erstickten Klagelaut, der Amhal an ein Hundejaulen erinnerte, zu Boden stürzte.

Doch obwohl schwer verletzt, schleppte er sich, sein Heil in der Flucht suchend, auf allen vieren über das Pflaster.

In aller Ruhe richtete Amhal sich auf, ging zu ihm und hob das Schwert.

Ein warnendes »Nein!« erreichte ihn nur wie aus weiter Ferne. So ließ er das Schwert niederfahren, und kurz darauf war um ihn herum wieder nichts als der prasselnde Regen.

»Du Elender!«

Plötzlich stand eine Frau neben ihm. Mit einer Faust schlug sie trommelnd gegen seine Brust, während ihm die andere Hand das Gesicht zerkratzte. Dazu stieß sie eine Art unmenschliches Wimmern aus.

»Ruhig, beruhig dich!« Das war Miras Stimme, der zu ihnen gelaufen war und nun versuchte, die Frau zu bremsen und von Amhal zu lösen. Doch sie war nicht zu bändigen. Sie riss sich los und warf sich auf den Jungen, der leblos ausgestreckt am Boden lag. Trotz des Regens roch es nach Blut.

»Was hast du getan?« Mira war außer sich vor Zorn.

Eine Frau und ihr junger Sohn. Harmloser hätten die Eindringlinge nicht sein können. Er hatte einen Jungen getötet. Eine Erkenntnis, die bei Amhal keinerlei Schuldgefühle weckte.

Es ist für ein höheres Ziel.

»Ich habe nur meine Pflicht getan«, antwortete Amhal.

Der Schlag saß. Mit dem Handrücken ins Gesicht.

»Du solltest sie aufhalten! Aufhalten, und nicht umbringen! Siehst du denn nicht: Er war ja fast noch ein Kind!«

Verdattert stand Amhal im Regen und dachte darüber nach, was gerade geschehen war. Noch nie hatte Mira ihn geschlagen.

Weil du noch nie so etwas getan hast.

Vor seiner Bekanntschaft mit San hätte er sich tatsächlich nicht zu einer solchen Gewalttat hinreißen lassen. Da hätte er noch versucht, seine innere Wut mit allen Mitteln zu zügeln, und sich selbst bestraft, wenn sie ihn wieder einmal überkommen hätte.

Nun jedoch wollte er nicht klein beigeben. »Aber, Meister, der wäre abgehauen, er war zwar verletzt, aber kriechen konnte er noch ... Wie viele Bewohner hätte er hier anstecken können ...«

Vor Zorn bebend, starrte Mira ihn an. »Wir haben draußen einen Sammelplatz, der unter Quarantäne steht. Hast du das ganz vergessen? Da bringen wir sie hin, verflucht noch mal! Und außerdem: Hat sich der Junge vielleicht wie ein Kranker benommen?«

Amhal öffnete und ballte unaufhörlich seine Fäuste. Hinter ihm das schrille, unerträgliche Jammern der Frau.

Mira trat noch näher an ihn heran. »Was ist los mit dir, Amhal? In den Tagen, als ich fort war, hast du dich vollkommen verändert.«

Amhal spürte, wie ihm das Blut in der Wange pochte, dort wo ihn die Hand seines Meisters getroffen hatte. Er antwortete nicht. Dabei hätte er viel zu erzählen gehabt, doch seine Gedanken schafften es nicht, sich zu Worten zu formen, während diese Schuldgefühle, die ihn schon sein ganzes Leben lang begleiteten, sich nun langsam seiner Brust bemächtigten.

»Morgen bleibst du in der Akademie und wirst sie nicht verlassen, bis ich es dir sage«, befahl Mira ihm, bevor er sich abwandte, um sich um die Frau zu kümmern.

23

Wolken am Horizont

In fröhlicher Runde saß San mit anderen Soldaten am Tisch, in der Hand einen Krug Bier und vor sich die voller Bewunderung strahlenden Rekruten. Langsam trat Mira auf sie zu, nahm sich die Zeit, den Mann zu beobachten, ihn zu studieren. Dessen Auftauchen in Makrat war für ihn mit keinen besonderen Gefühlen verbunden gewesen. San war ein alter Freund seines Königs, und als solchen achtete er ihn, als einen Mann, der an Ereignissen von außerordentlicher historischer Bedeutung beteiligt gewesen war. Aber das war auch alles. Selbst jetzt weckte diese Gestalt bei ihm weder Sympathie noch Abneigung.

Dann jedoch kehrten seine Gedanken zu den Worten zurück, die Amhal in der Nacht zuvor zu ihm gesagt hatte, als er auf die Leiche des Jungen niedergeblickt hatte, sowie auch danach in der Akademie, als sie sich noch einmal getroffen hatten. »Es könnte doch auch noch einen anderen Weg geben, oder glaubt Ihr nicht? Einen Weg, der nicht dieses ewige Sich-Zusammennehmen verlangt, dieses Niederhalten der eigenen Kräfte. Ach, Meister, in diesen Tagen in Sans Gesellschaft habe ich, so scheint mir, so viel Neues entdeckt, über mich und über mein Leben. Dinge, die schön sind und durch die ich mich gut fühle.«

Jetzt atmete Mira noch einmal tief durch.

»Verzeiht die Störung«, sagte er trocken zu San, als er bei

der Gruppe stand, woraufhin dieser sich mit einem freundlichen Lächeln und vom Bier geröteten Wangen sofort zu ihm umdrehte, »aber dürfte ich Euch unter vier Augen sprechen?«

»Ist es dringend?«

»Ja.«

»Meine Herren, die Pflicht ruft«, erklärte da San an die Runde gewandt. »Ihr werdet es mir nicht verübeln, wenn ich das Ende der Geschichte auf morgen verschiebe.« Dann leerte er sein Bier in einem Zug und erhob sich. »Ich stehe ganz zu Eurer Verfügung«, fügte er gut gelaunt hinzu.

Sie begaben sich zu seiner Unterkunft, einem schlicht eingerichteten, aber großen Zimmer – schön und geräumig wie sonst nur wenige in der Akademie, wie Mira sofort dachte.

San nahm hinter seinem Schreibtisch Platz und bot ihm einen Stuhl vor der Wand an. Dann faltete er die Hände vor der Brust und wartete. »Nun, was kann ich für Euch tun?«

»Offenbar habt Ihr mit meinem Schüler Amhal Freundschaft geschlossen ...«, begann Mira.

San verzog keine Miene. »Ein hervorragender Bursche«, antwortete er mit der gleichen Freundlichkeit wie zuvor, »meiner Einschätzung nach der begabteste aller Schüler seines Jahrgangs. Stark, wagemutig, und zudem noch mit magischen Fähigkeiten gesegnet ...«

»Tja, das denke ich auch. Ein starker junger Mann, aufrecht und feinfühlig. Ein junger Mann, der gestern allerdings kaltblütig einen Jungen getötet hat, der in die Stadt einzudringen versuchte.«

Das Lächeln wich aus Sans Miene. »Ja, eine traurige Geschichte. Aber es ist die traurige Lage, die dafür verantwortlich ist.«

Mira schwieg eine Weile und blickte den Mann vor ihm aufmerksam an.

»Ich glaube nicht, dass Ihr Amhal kennt. Sicher wisst Ihr nicht, dass er seit Jahren gegen Kräfte in sich ankämpft, die er wie eine Strafe empfindet. Ihr wisst nicht, dass seine Geißel diese Raserei ist, die ihn im Kampf überkommt, eine Mordlust, die er schon seit Kindertagen niederzuhalten versucht. Und Ihr wisst vor allem nichts von seinen Fortschritten in diesem Kampf, von den Strategien, die er entwickelt hat, um diesen Blutdurst zu unterdrücken, oder von den Strafen, die er sich stets auferlegt, wenn er gefehlt hat.«

»Und warum erzählt Ihr mir das?« Sans Fröhlichkeit war nun vollkommen verflogen.

»Nun, ich kenne Euch ja nicht und weiß nicht, welche Schüler Ihr bislang unterwiesen habt und ob Ihr mit den Grundsätzen der Drachenritter vertraut seid. Aber Ihr solltet Euch darüber im Klaren sein: Das, was Amhal gestern getan und wofür er sich heute schon wieder bestraft hat – eine neue Wunde neben den bereits unzähligen Narben auf seinem Körper zeugt davon –, bedeutet einen schlimmen Rückfall für ihn.«

San blickte Mira herausfordernd an. »Wir sind beide erwachsene Männer. Hören wir auf mit diesen Spielchen. Was wollt Ihr von mir?«

»Dass Ihr Euch von Amhal fernhaltet!«, rief Mira, wobei er den Zeigefinger gegen San ausstreckte. »Ich weiß, was Ihr ihm erzählt, aber das hat nichts mit den Werten zu tun, die wir unseren Schülern hier auf der Akademie nahezubringen versuchen.«

Einen Moment blickte San ihn nur reglos an und lachte dann plötzlich auf.

»Da gibt es nichts zu lachen! Mir ist nicht nach Scherzen zumute!«

»Nicht anders als Ihr gehöre ich zu dieser Akademie. Ich bin ein Drachenritter. Das wisst Ihr sehr gut. Ihr wart bei meiner Ernennung selbst zugegen ...« Und mit jetzt todernster Miene fügte er hinzu: »Ihr seid es, der dem Jungen schwer schadet. Ihr wisst nichts von ihm und habt ihn dazu verleitet, sein Wesen zu unterdrücken und seine magischen

Kräfte verkümmern zu lassen. Deswegen leidet er. Wegen Eurer törichten Lehren, nicht meinetwegen.«

»Was ich lehre, sind die Prinzipien des Ordens der Drachenritter, die seit Jahrhunderten gelten.«

»Manche sind dazu ausersehen, sich über Bestimmungen und Beschränkungen zu erheben, selbst über die Prinzipien der Drachenritter.«

Nun war es an Mira, höhnisch aufzulachen. »Und Ihr glaubt, so jemand zu sein?«

»Vielleicht. Amhal aber mit Sicherheit.«

Das Schweigen, das folgte, lastete schwer im Raum.

»Der König schätzt und liebt Euch«, hob Mira nach einer Weile wieder an, »und nur aus diesem Grund unterhalte ich mich hier drinnen mit Euch und nicht draußen in der Arena, um Euch mit Schwerthieben zu verdeutlichen, was mir auf den Nägeln brennt. Aber ich sage es Euch zum letzten Mal: Amhal ist mein Schüler, er wurde mir anvertraut, und ich möchte nicht mehr sehen, dass Ihr ihn umschwirrt.«

Sans Miene zeigte keine Regung. »Dann haltet ihn eben von mir fern, wenn Ihr meint, dass Euch das gelingt.«

»Mir reicht es, wenn Ihr Euch von ihm fernhaltet.«

Mit einem Lächeln hob San die Arme. »Ich werde Eurem Schützling nicht mehr zu nahe kommen. Aber glaubt mir, er wird es sein, der mich sehen will. Denn anders als Ihr weiß ich genau, wer er ist und was er braucht.«

Mira stand auf. »Der Weg, den Ihr ihm aufzeigt, mag leicht und verlockend scheinen, aber ich weiß, wohin er führt. Und Amhal weiß das auch. Ihr unterschätzt ihn, wenn Ihr glaubt, er wolle diesem Weg tatsächlich folgen.«

»Seltsam ... Wenn Ihr davon überzeugt seid, könnt Ihr ihm doch die Entscheidung überlassen, anstatt zu mir zu kommen und mich aufzufordern, mich von ihm fernzuhalten.«

Mira ballte die Fäuste angesichts Sans unerschütterlichen Lächelns. »Vergesst nicht, was ich Euch gesagt habe«, zischte er dann nur.

»Darauf könnt Ihr Euch verlassen«, antwortete San, vollkommen ruhig.

Einige Abende war Amhal vom Wachdienst an der Stadtmauer entbunden. So lag er auf seinem Bett in der Akademie und starrte zur Decke hinauf. Er wusste nicht, was er denken sollte. Plötzlich waren alle Sicherheiten verflogen. Auf die gemeinsamen Tage mit San, die ihm so erfüllt vorgekommen waren und ihm ein solches Wohlgefühl beschert hatten, hatte sich ein Schatten gelegt. Wer war dieser Mann wirklich?, fragte er sich. War er es, von dem er geträumt hatte? Wieso hatte er sich von Anfang an so für ihn interessiert? Und was sollte er von den Dingen halten, die er ihm beibrachte?

Er wusste nicht mehr, wem er folgen sollte: San, der ihm Glück und Macht versprach, oder Mira mit seinem Bekenntnis zu Verantwortung und Opferbereitschaft.

Am ersten Tag ließ San sich nicht blicken. Amhal war fast erleichtert, denn er war auch nicht in der Stimmung für eine Unterhaltung.

Doch am zweiten Tag klopfte jemand mitten in der Nacht an der Tür, und Amhal war sicher, dass nur er es sein konnte.

»Hast du auf mich gewartet?«, fragte San ohne lange Vorrede.

Amhal bat ihn herein.

»Ich habe gehört, was vorgefallen ist. Ich stehe voll und ganz auf deiner Seite.«

Der angehende Drachenritter war nicht überrascht. Mittlerweile kannte er diesen Mann, wusste, was er von ihm erwarten konnte und wie dieser seine Tat einschätzen würde. »Keine schöne Sache«, sagte Amhal nur.

»Aber notwendig. Wozu wäre sonst die Sperre gut? Wie viele Bewohner Makrats wären einer großen Gefahr ausgesetzt gewesen?«

Amhal wandte ihm das Gesicht zu. »Warum nehmt Ihr solchen Anteil an meinem Geschick?«

»Weil du etwas Besonderes bist.«

Amhal blickte kurz zu Boden und gab sich dann einen Ruck: Er erzählte San von seinen Träumen.

»Wir beide, du und ich, gehören zusammen«, sagte San, als Amhal geendet hatte.

»Ich verstehe gar nichts mehr und sehe nur, dass mich Eure Unterweisungen von meinem Meister und von Adhara entfernt haben.«

»Weil du ganz anders bist als sie, weil du nicht zu ihrer Welt gehörst. Das ist unser Schicksal. Wir stehen auf einer anderen Seite. Wir sind anders.«

»Das sagt Ihr mir so oft. Aber Ihr erklärt mir nie, was damit eigentlich gemeint ist. Und ich … ich weiß gar nicht, ob ich überhaupt anders sein will.«

»Das kannst du dir nicht aussuchen. Du *bist* es, ob du es nun willst oder nicht. Viel mehr kann ich dir im Moment nicht sagt, denn alles hat seine Zeit. Jetzt ist die Zeit der Unterweisung, danach wird die Zeit der Enthüllungen anbrechen.«

Amhal blickte ihn an und dachte an die vielen Stunden, die sie zusammen verbracht hatten, Sans Lehren … Er musste eine Entscheidung treffen.

»Ich weiß nicht, ob ich diesen Weg weitergehen möchte. Mir graust vor dem, was ich getan habe.«

»Was willst du damit sagen?«

»Dass wir vielleicht nicht mehr miteinander trainieren sollten.«

Ein Schweigen so schwer wie Blei folgte seinen Worten.

»Habe ich dich jemals dazu gezwungen?«

»Nein, aber darum geht es auch nicht …«

»Habe ich dich jemals zu Dingen genötigt, die du nicht wolltest, die du nicht auch ohne mich immer schon gern getan hättest?«

»Nein, aber …«

»Ging es dir nicht gut in diesen Tagen, fühltest du dich nicht im Frieden mit dir selbst?«

»Es ist eben dieser Frieden, der mir Angst macht.«

San starrte ihn an, und Amhal erschrak über die Kälte in seinem Blick. Er erkannte das völlige Fehlen von Mitgefühl – und den Furor, eben jene Raserei, die auch ihn selbst nicht losließ. Doch nur kurz.

San lächelte traurig und war wieder ganz der Mann, den Amhal kannte, dem er vertraute. »Alles, was ich getan habe, geschah zu deinem Besten. Aber wenn du glaubst, dass du Zeit brauchst, nun gut, mir ist es recht. Du hast alle Zeit der Welt. Und wenn du verlangst, dass ich aus deinem Leben verschwinde, so kann ich es nicht ändern. Auch wenn es schlecht für dich wäre: Das weiß ich genau. Denn ich kenne dich. Aber ich würde es tun, wenn du es nicht anders willst.«

Amhal verspürte etwas Süßes tief in seiner Brust. »Nein, das will ich ja gar nicht … Nur ein wenig Zeit, um nachzudenken …«

»Wie du möchtest. Ich bin nicht dein Meister, nicht dein Vorgesetzter. Ich bin nur dein Freund.« San wandte sich zur Tür. »Wie auch immer, du weißt, wo du mich finden kannst«, fügte er hinzu. Und war draußen.

Eilig kehrte er in sein Zimmer zurück. Um seine Wut herauszulassen und die Anspannung loszuwerden. Von Anfang an hatte er gewusst, dass es keine leichte Aufgabe sein würde, aber er war eben kein geduldiger Mann, und die Hindernisse, auf die er stieß, ärgerten ihn maßlos.

Er war einfach zu nachgiebig gewesen. Stets lächelnd hatte er seine Wut hinuntergeschluckt und sich vor Leuten erniedrigt, die nicht den Bruchteil von ihm selbst wert waren. Auch sein Verlangen zu töten hatte er unterdrückt. Und jetzt, einen Schritt vor dem Ziel, schien sich alles in Wohlgefallen aufzulösen. Vielleicht hätte er von Anfang an zu härteren Mitteln greifen sollen. Sich den jungen Ritter schnappen, und fertig. Das Schicksal hätte dann den Rest für ihn erledigt. Denn Tod und Zerstörung war Amhal geweiht, war ihm geweiht.

Tief durchatmend versuchte er, sich zu beruhigen. Nein. Er durfte seinen Plan jetzt nicht aufgeben. Er stieß auf Hindernisse? Gut, so würde er sie eben aus dem Weg räumen.

Nach und nach verrauchte der Zorn, und die eiskalte Ruhe, derer er so bedurfte, kehrte in sein Herz zurück.

Es wird klappen, sagte er sich, während sein Gehirn fieberhaft arbeitete. *Doch zunächst …*

Er bog in einen Seitengang ein. Um eine andere Sache musste er sich noch kümmern, bevor er weiter nach Plan vorging.

Gelassen schlendernd, so als habe er kein besonderes Ziel, bog er um mehrere Ecken, machte sogar einen Moment wieder kehrt, bis er sich schließlich in einem Flügel befand, von dem er wusste, dass er unbewohnt war. Einige Räume standen dort vorübergehend leer, und einer davon, den er einige Abende zuvor inspiziert hatte, war ihm für seine Absichten wie geschaffen vorgekommen.

Noch wenige Schritte, dann kauerte er sich in eine Nische und lauschte. Ein Rascheln, ganz leise, das nur gut geübte Ohren wahrzunehmen in der Lage waren.

Da schnellte er los, packte blindlings zu und presste seine behandschuhte Hand auf den Mund seines Opfers, während er es mit dem anderen Arm hochhob. Es war ein junger Mann, der sich jetzt heftig strampelnd wehrte, doch das nützte ihm nichts. Mit einem gezielten Fausthieb schlug San ihn bewusstlos und stieß ihn dann in den leeren Raum.

Hier fesselte er ihn ans Bett und entwaffnete ihn. Ein wahres Arsenal fand sich: zwei Dolche, ein Blasrohr, ein gutes Dutzend Wurfmesser, eine Würgeschnur. Der Mann war ein bestens ausgestatteter Agent.

San setzte sich vor ihn auf das Bett und wartete, dass er wieder zu sich kam. Als der Jüngling die Augen öffnete, versuchte er erst gar nicht, die Fesseln abzuschütteln, sondern blickte San nur mit stolzer Miene an.

»Was soll das? Glaubst du, mich einschüchtern zu können mit diesem grimmigen Blick?«, fuhr San ihn an.

Schweigen.

»Ich weiß, was gespielt wird«, fügte er dann noch hinzu, »schweig nur, das ist mir gleich. Denn ich *weiß* es.«

Der Jüngling blieb gelassen. »Dann schenk dir dieses Gerede und töte mich gleich. Denn von mir wirst du nichts erfahren. Niemals.«

»Ich habe euch längst bemerkt, wie kleine Jungen, die Spione spielen. Offenbar hat die Königin ihre alten Gewohnheiten nicht abgelegt. Ist die eine Gilde zerschlagen, baut man sich eben eine neue auf …«

Der Jüngling bleckte die Zähne, erwiderte aber nichts.

»War das ihre Idee, mich beschatten zu lassen, oder die des Lahmen?«

Weiter Schweigen. San griff zu einem der Messer, die er dem Burschen abgenommen hatte, betrachtete den Widerschein der Kerze auf der glatten Klinge. Dann, eine rasche Bewegung, und er hatte dem Jungen das Hemd aufgeschlitzt.

Der begann heftiger zu atmen, doch an seinem stolzen Blick änderte sich nichts.

»Warum lassen sie mich bespitzeln? Wessen verdächtigen sie mich?«

Langsam zog San die Klinge über den Oberkörper des jungen Agenten, während sich auf dessen Hemd immer kräftigere rote Streifen abzeichneten.

Der Spion presste die Zähne aufeinander. »Glaubst du etwa, du kommst so ungeschoren davon?«, keuchte er. »Sobald sie mein Verschwinden bemerken, wissen sie auch, dass du dahintersteckst.«

Sans Faust traf ihn mitten ins Gesicht, und er spuckte Blut.

»Wohinter?«

Der Jüngling lächelte wieder.

»Nein, das weißt du nicht«, fuhr San fort. »Und da ich mir nun wirklich überhaupt nichts habe zuschulden kommen lassen, bin ich auch völlig im Recht, wenn ich nun ein wenig den Mann foltere, den man so ganz ohne Grund auf mich angesetzt hat. Im Unrecht ist deine Königin, die das veranlasst hat. Sie und dieser Krüppel von ihrem Sohn.«

Das grimmige Lächeln wich nicht aus der Miene des jungen Agenten. »So oder so. Dein Spiel ist aus. Denn natürlich werden sie sich fragen, wer mich umgebracht hat.«

Nun war es an San zu lächeln. »Aber wer hat denn vor, dich umzubringen? Weißt du, manchmal glaube ich wirklich, dass die Götter selbst mein Tun lenken, dass alles, was ich tue, wirklich einem höheren, ja dem höchsten Ziel dient. Denn du kommst mir doch alles in allem sehr gelegen.«

Er legte den Dolch zur Seite und strich dann, während er eine Litanei murmelte, mit den Fingern über die Schnittwunden auf der Brust des Jungen. Und kurz darauf begann die Haut sich wieder zusammenzufügen.

»Siehst du? Denn ich brauche dich gesund und munter.« Und Sans Mund verzog sich zu einem breiten Grinsen.

Amina hatte lange gequengelt, hatte Adhara jeden Tag darauf angesprochen, seit ihr diese Idee gekommen war.

Aber zurzeit war es unmöglich, einen Abstecher zur Akademie zu machen, wie Adhara ihr immer wieder klarzumachen versuchte. Denn niemand, ohne Ausnahme, durfte den Palast verlassen. Doch die Prinzessin war sogar bereit, sich heimlich aus dem Palast zu schleichen und damit den Anordnungen ihres Vaters zuwiderzuhandeln.

Mit allen Mitteln versuchte Adhara, sie davon zu überzeugen, dass es in der Stadt viel zu unsicher für sie war. Zu viel Gewalt, Misstrauen …

Doch egal wie, Amina wollte um jeden Preis dieses Erlebnis, das nun fast schon zwei Monate zurücklag, wiederholen. Nachdem sie Adhara lange genug gequält hatte, fuhr sie noch stärkere Geschütze auf und wandte sich an ihren Vater bei einer der wenigen Gelegenheiten, da sie ihn traf. Doch auch Neor zeigte sich zunächst unbeugsam. In der gegenwärtigen Situation war der Palast in seinen Augen so etwas wie eine sichere Insel, der einzige Ort, an dem seine Kinder vor der Seuche sicher waren. Doch nahm er auch deutlich wahr, dass Amina unter der Enge litt, die nun dort herrschte. Zudem hatte sie Angst und war ständig angespannt. Etwas Ablenkung würde ihr nur guttun.

Und so erklärte er sich schließlich dazu bereit, ihren Wunsch zu unterstützen. Zumindest teilweise. »Wir schaffen alles, was wir brauchen, hierher und richten hier eine Übungshalle genau wie in der Akademie ein. Sogar einen der besten Lehrmeister lasse ich dir kommen.«

»Amhal?«, fragte Amina mit strahlender Miene.

»Nicht ganz.«

Die Wahl fiel auf Mira, weil dieser Amina gut kannte und weil er mit Sicherheit gut darauf achten würde, dass sich das Mädchen nicht verletzte.

»Ich weiß, wie beschäftigt du bist. Trotzdem bitte ich dich um diesen kleinen Gefallen. Es ist ja nur für einen Morgen«, wandte sich Neor an ihn.

Ein Lächeln im Gesicht, neigte Mira den Kopf. »Für Euch immer.«

Als Adhara und Amina den fertig eingerichteten Saal betraten, fühlten sie sich sogleich ein paar Wochen zurückversetzt. Aufgeregt hüpfend und springend, rannte die Prinzessin hin und her und stürzte sich dann auf die Rüstung, die sie auch beim letzten Mal schon getragen hatte. Adhara hingegen tauchte wieder ganz in die besondere Atmosphäre jenes so vollkommenen Tages ein, der nun zu einem völlig anderen Leben zu gehören schien. Als sie Mira in einer Ecke des Raumes erblickte, erlosch das Lächeln in ihrem Gesicht.

Sie wusste, dass Amhal einige Tage lang seine Unterkunft nicht verlassen durfte. Daher war es nicht unbedingt seine

Schuld, dass sie ihn nicht mehr zu Gesicht bekam. Dennoch litt sie sehr unter der Situation, denn Amhal fehlte ihr, und nach ihrer letzten Begegnung war sie noch mutloser als zuvor.

Man hatte einen ungenutzten Flügel des Palastes für das Vorhaben ausgewählt, einen Salon, der zu den Empfangsräumen von Aminas Urgroßmutter Sulana gehört hatte. Learco hatte einst befohlen, dass alles, was dieser Frau mit dem tragischen Schicksal gehört, alle Räume, die sie bewohnt hatte, unangetastet bleiben sollten.

Amina war gleichermaßen eifrig bei der Sache wie beim letzten Mal. Sogleich schlüpfte sie wieder in die Rüstung, in der sie diesmal sogar zu kämpfen versuchte, bevor sie dann zu aufmerksamem Fechttraining übergingen.

Mira zeigte eine schier endlose Geduld, ließ sich auf alle Einfälle der Prinzessin ein, half ihr und behandelte sie insgesamt mit geradezu väterlicher Zuneigung. Adhara ihrerseits versuchte ebenfalls, sich engagiert und aufgeschlossen zu zeigen, war aber eigentlich in Gedanken ganz woanders: Bei Amhal, wie er mit Amina gespielt hatte, der familiären Atmosphäre, in der sie zusammen gewesen waren, dem gemeinsamen Streifzug durch die Stadt, seinem Sieg über die Mordlust.

Plötzlich sirrte es, und Adhara sah, wie Mira zu Boden stürzte. Als bliebe die Zeit stehen, nahm sie alles verlangsamt wahr: der schwere Leib des Ritters, der mit einem dumpfen Geräusch aufschlug, Aminas entgeistertes Gesicht, die verstaubten Wände des Raumes und, ganz deutlich, die Gegenwart einer weiteren Person.

Unwillkürlich griff sie zum Dolch und schnellte los. Adhara packte die Prinzessin, zwang sie zu Boden und schützte sie mit ihrem Körper in Richtung der breiten Fenster, die fast eine ganze Seite des Salons einnahmen.

Wieder hörte sie ihn, sah ihn fast, und eine weit ausholende Bewegung mit der Waffe in der Hand reichte ihr, um den Pfeil an der Klinge abprallen zu lassen und zur Wand abzulenken, wo er klirrend zu Boden fiel. Amina schrie auf, doch Adhara blieb besonnen. Und als die Gestalt wie ein flinker Schatten aus ihrem Versteck hervorkam, war sie bereit. Sie sprang auf, maß den Feind mit einem raschen Blick und stellte sich ihm entgegen.

Wie von außen beobachtete sie, wie sich ihr Körper mit tödlicher Genauigkeit bewegte: Dolch gegen Dolch kämpften sie, und jeder Hieb, jeder Stoß von ihr saß. Eine blitzschnelle Abfolge genau festgelegter Bewegungen, die ihre Muskeln, wer weiß wo und wie, gespeichert hatten. Das Kreischen der sich kreuzenden Klingen, die Funken, die dabei aufstoben, waren Teil eines Kodexes, der ihr wohlvertraut war. Sie sprang zurück, stützte sich mit den Armen ab, traf den Gegner mit einem Tritt, vollendete den Überschlag und stand sofort wieder, tief in den Knien, kampfbereit da. Schon schnellte sie wieder los, presste den Angreifer gegen die Wand und hielt ihn an der Kehle fest. Da spürte sie einen Luftzug am Unterleib, packte den Arm, der auf sie einstechen wollte, und brauchte nur den Hebel anzusetzen. Sie hob ihn von den Beinen und ließ ihn schwer zu Boden krachen. Und bevor er sich wieder aufrappeln konnte, war sie schon hinter ihn getreten und hatte ihm die Klinge ins Fleisch gestoßen.

Nicht den leisesten Klagelaut gab er von sich, erstarrte nur kurz und sank dann leblos in sich zusammen. Nur leicht keuchend, die Hände glitschig, stand Adhara da. Als sie den Blick senkte und das ganze Blut daran sah, war ihr, als erwache sie aus einem bösen Traum.

Was war geschehen? Was hatte sie getan?

Und dann diese ungeheure, alles verdrängende Erkenntnis: Sie hatte getötet.

Doch ihr blieb keine Zeit, in Verzweiflung zu geraten oder sich auch nur darüber klarzuwerden, was eigentlich passiert war. Haltlos weinend und irgendetwas brüllend, hockte Amina in einer Ecke.

Adhara eilte zu ihr und nahm sie in den Arm. »Ist dir was passiert? Bist du in Ordnung?«

Sie war nicht ansprechbar. Erst nach einer Weile begriff Adhara, dass die kleine Prinzessin immer wieder schluchzend einen Namen rief: »Mira. Mira …«

Er lag neben ihr am Boden, und da fiel auch Adhara wieder ein, wie es angefangen hatte, mit Mira, der plötzlich in sich zusammengesunken war.

Amina fest an sich drückend, betrachtete sie ihn, und das Herz blieb ihr stehen: In seinem Hals steckte ein Pfeil, und sein Gesicht war fahl.

Dritter Teil

ADHARAS SCHICKSAL

24

Trauer

Es war die Hohepriesterin persönlich, die um Miras Leben kämpfte.

Das Haar zerzaust, die Gesichtszüge angespannt und in ihren Alltagskleidern, traf sie am Unglücksort ein. Sofort beugte sie sich über Mira, betrachtete die Farbe seiner Haut, wie sich sein Brustkorb röchelnd hob und senkte, und gab Befehl, alle hinauszuschicken.

Wie betäubt stand Adhara vor der Tür. Alles kam ihr so unwirklich vor, als sei sie im Leben eines anderen gelandet. Sie begriff nicht, was da geschehen war, konnte sich kaum daran erinnern. Miras Zusammenbruch, der Kampf, der Tod des Attentäters. All das vermengte sich und versank wie in einem tiefen Schlamm, in den auch die damit verbundenen Gefühle hineingerissen wurden. Sie hätte sich jetzt in Ruhe Gedanken machen müssen, aber dazu kam sie nicht.

Amina stand schluchzend neben ihr. Sie hatte der Prinzessin einen Arm um die Schultern gelegt und suchte vergeblich nach Worten, um sie zu trösten.

»Es wird schon wieder gut«, wiederholte sie nur in einem fort, fast zwanghaft, wobei sie das Mädchen sanft streichelte. Doch Amina schien sie gar nicht zu hören und murmelte nur hin und wieder verworrene Sätze.

»Es ging alles so schnell … Ich wollte doch nur ein wenig Spaß haben … Wie sollte ich wissen …?«

»Es ist nicht deine Schuld. Das war ein Hinterhalt«, flüsterte Adhara und blickte gespannt auf die verschlossene Tür, vor der sich alle versammelt hatten: Neor, der nervös an den Rädern seines Rollstuhls spielte, Learco und Dubhe mit erschöpften Mienen, Soldaten, Leibwächter, die Adhara noch nie zu Gesicht gekommen hatte, Neugierige.

Ein Hin und Her, das sie betäubte, ihre Gedanken abschweifen ließ. Bis vor wenigen Stunden hatte sie noch dieses friedliche Leben besessen, das sie sich mühsam, Stein für Stein, aufgebaut hatte. Und nun hatte eine unbekannte Macht von ihr Besitz ergriffen. Immer schon war ihr klar gewesen, dass sie über außergewöhnliche Begabungen verfügte, aber niemals hätte sie gedacht, dass diese Fertigkeiten sie eines Tages zur Mörderin machen würden. Sie wagte es nicht, ihren Dolch aus dem Futteral zu ziehen, noch nicht einmal, ihn zu berühren. Die Klinge war immer noch rot vom Blut ihres Opfers.

Irgendwann, Theana war mittlerweile schon einige Stunden allein in dem Raum, tauchte Amhal am Ende des Flures auf. Die Nachricht musste also auch bis zu ihm in seine Unterkunft vorgedrungen sein und ihn dazu verleitet haben, trotz Arrest die Akademie zu verlassen. Adhara überkam ein seltsames Gefühl, eine Mischung aus Freude und Schmerz. Weil er endlich da war, weil sie ihn sehen konnte und weil das Leid, das ihn überkommen hatte, auch sie erreichte und zerriss.

Sie richtete sich auf und ging ihm entgegen. Doch mit großen Schritten, blassem Gesicht, den Unterkiefer angespannt, hastete Amhal an ihr vorüber, ohne sie überhaupt wahrzunehmen. Für ihn gab es nichts anderes, als diese verschlossene Tür.

»Ist er dahinter?«, fragte er mit bebender Stimme.

Adhara war es, die ihm antwortete: »Ja.«

Er drehte sich zu ihr um und schaute sie an, als wäre sie durchsichtig. »Warst du dabei?«

Adhara nickte eingeschüchtert. Sie erkannte ihn nicht wieder. Wo war ihr Amhal? Wo war der Jüngling, den sie im Mondschein geküsst hatte? Verhärmt, wie verzehrt von einem inneren Feuer sah er aus: Dieses Unglück schien sein gequältes Herz endgültig gebrochen zu haben.

»Erzähl es mir.«

Sie wollte es nicht: sich erinnern, zurückdenken, sich selbst wieder als todbringende Maschine sehen. Doch sie tat es. Knapp, auf das Wesentliche beschränkt, bemüht, alle Gefühle herauszuhalten. Amhal rührte sich nicht. Nur eine Falte mitten auf der Stirn zwischen den Augenbrauen verriet seine Furcht, die gleiche, die auch Adhara die Kehle zuschnürte. Auch für ihn drohte die Welt zusammenzubrechen. Alles hing davon ab, was hinter der verschlossenen Tür geschah.

Am frühen Nachmittag öffnete sie sich. Ein langgezogenes Quietschen, das fast schon nach Resignation klang. Blass, mitgenommen trat Theana über die Schwelle. Sofort war sie von allen umringt, ganz vorn Amhal, in dessen Augen ein schwacher Hoffnungsschimmer glomm.

»Das Gift war stärker. Er ist ihm eben gerade erlegen. Ich habe alles versucht.«

Aufstöhnen hier und dort, Seufzer und ein lautes Krachen, das vom Tonnengewölbe des Flures, in dem sie sich befanden, widerhallte.

Amhal hatte mit der Faust gegen die Tür geschlagen, hämmerte jetzt auf sie ein, wieder und wieder, während er die Augen gewaltsam zusammenkniff. Holzsplitter bohrten sich ihm ins Fleisch, doch dieses wahnsinnige, besessene Hämmern hörte nicht auf.

»Amhal!«, rief Adhara, wobei sie seine blutende Hand festzuhalten versuchte.

Doch er entzog sich der Berührung und schrie dem Himmel sein verzweifeltes, zornerfülltes »Warum?« entgegen. Dann schloss er sich in dem Raum ein, in dem sein Meister gestorben war.

Neor dankte Adhara aus tiefstem Herzen: »Ohne dich wäre meine Tochter jetzt tot. Mir fehlen die Worte, um dir meine Verbundenheit zu zeigen.«

Theanas besorgter Blick, die Anteilnahme, mit der sie ihre Hände drückte, so als gebe es etwas Verbindendes zwischen ihnen.

Die gerührten Blicke des Königs und der Königin. »Dir verdanken wir das Leben unserer Enkeltochter.«

Und dann die Ermittlungen, die Befragungen.

Die folgenden Tage waren geprägt von verschiedensten Begegnungen, Gesprächen und dem verzweifelten Bemühen, Antworten auf unzählige Fragen zu finden. Der Palast versank in einer düsteren, beklemmenden Atmosphäre; überall erblickte man Soldaten sowie jene Männer, die, wie man munkelte, zu einer Spezialeinheit unter dem Befehl der Königin gehörten.

Die einleuchtendste Erklärung, die auch im Kreis der Würdenträger ebenso wie unter der Dienerschaft am häufigsten zu hören war, lautete, dass der Anschlag der Prinzessin gegolten hatte. Eine andere Erklärung gab es im Grund nicht. Gewiss war Mira ein hochrangiger Offizier der Akademie gewesen, hatte sich aber seit langem schon nur noch um den Schutz der königlichen Familie gekümmert. Warum sollte man ihn umbringen wollen? Aber wer war der Täter, und was steckte dahinter? Und würde man es erneut versuchen? Amina war nun auf Schritt und Tritt von einer Schar Leibwächter umringt. Die Truppe, die für die Sicherheit des Palastes verantwortlich war, war verdoppelt worden, und der Hof stand nun Tag und Nacht unter strenger Bewachung. In Makrat vermischten sich die Gerüchte über die Ausbreitung der Seuche mit denen über den vereitelten Anschlag auf die Prinzessin. Die Vermutung, ein und derselbe Kopf habe die grassierende Krankheit ebenso wie die Verschwörung geplant, fand im Volk den größten Widerhall. Als Täter kamen die Nymphen in Betracht, andere nannten die Gnomen, und das Chaos, das für die Makrater Straßen ohnehin typisch war, steigerte sich zu einem wahren Tollhaus. Lynchversuche, eine Atmosphäre extremen Misstrauens allem gegenüber, was auch nur entfernt als fremd eingestuft wurde, Morde: Makrat schien am Rand eines Abgrunds zu stehen. Und der Palast war ein Spiegelbild dieser Situation.

Wieder und wieder wurde Adhara befragt.

Und immer wieder musste sie erzählen, was an dem tragischen Tag geschehen war, was sie getan hatte, was ihr aufgefallen war. Jeden einzelnen Schritt rief sie sich in Erinnerung und staunte abermals selbst darüber, wie kühl und gefühllos sie in der Gefahr gehandelt hatte. So als habe sie lediglich ihre Pflicht getan und ein Verhaltensmuster abgerufen, das fest in ihr verankert war. *Das ist dein Wesen, das wurde dir in die Wiege gelegt*, ging es ihr durch den Kopf, während sie die Fragen der Ermittler beantwortete. Und niemand verlangte Rechenschaft wegen dieses Lebens, das sie ausgelöscht hatte, niemand machte ihr den geringsten Vorwurf. Ganz im Gegenteil begann man sie am Hof als Heldin zu betrachten. Wenn sie sich durch die Palastflure bewegte, drehten sich die Dienerinnen nach ihr um, und Soldaten warfen ihr Blicke kaum verhüllter Bewunderung zu.

Auch Amina war voll des Dankes und der Hochachtung. »Ich verdanke dir mein Leben, und du warst einfach fantastisch. Ich habe ja gesehen, wie du gekämpft hast, als würdest du tanzen!« Und dabei machte sie ihre genauen Bewegungen nach.

»Ach lass doch. Das war kein Spiel, weißt du«, wehrte Adhara ab.

»Das behauptet auch niemand. Ich meine ja nur, was du getan hast, war … heldenhaft!«

»Ein junger Mann ist dabei gestorben.«

Amina riss die Augen auf. »Was heißt das schon? Der wollte mich doch umbringen!«

Adhara hatte sich den Täter ansehen wollen, dort im Leichenschauhaus, wo er aufgebahrt war. Zwei Nächte lang hatte sein Blut an ihrem Dolch sie nicht zur Ruhe kommen lassen, bis sie endlich, unter Tränen, die Kraft fand, es wegzuwaschen. So fieberhaft hatte sie die Klinge abgerieben, dass sie sich dabei in den Finger schnitt. Und in dem Moment entschloss sie sich, sich ihr Opfer anzuschauen.

Sie hatte das Tuch angehoben, das ihn bedeckte, und sein verwelktes Gesicht betrachtet. Sie hätte nicht eindeutig sagen können, wie alt er wohl war, doch sie schätzte ihn ungefähr auf ihr eigenes Alter. So stand sie versunken da und erinnerte sich mit Entsetzen, dass dieser Jüngling eine Zeit lang, während des Kampfes, nicht mehr als ein Körper für sie gewesen war, den es zu treffen, zu verletzen, auszubluten galt. Und auch jetzt, in der Blässe und den Fesseln des Todes, kam er ihr nur wie eine Hülle vor.

Wie kann man mit so einer Tat zurechtkommen?

Wie kann man sich verzeihen, wenn man getötet hat?

Und wie kann man sein normales Leben weiterführen, wenn man weiß, dass man, ohne zu zaudern, getötet hat mit grauenhafter Selbstverständlichkeit?

Sie hätte sich gewünscht, mit jemandem darüber sprechen zu können. Mit Mira etwa, der so oft die richtigen Worte im richtigen Augenblick gefunden hatte. Mira, ein Mann, den sie eigentlich kaum gekannt hatte, der sich aber in gewisser Weise einen Platz in ihrem Herzen erobert hatte und der ihr jetzt plötzlich fehlte, und das mehr wegen all der Dinge, die sie nicht von ihm wusste, die sie ihm nicht mehr von sich hatte erzählen können, als der tatsächlichen Beziehung wegen, die sie beide verbunden hatte. Aber er war nicht mehr da, war verschwunden, wer weiß, wohin.

Wohin gingen die Toten?

Lösten sie sich einfach auf und hörten auf zu sein?

Gab es einen Ort, von dem aus sie ihnen zusahen, vielleicht über sie wachten?

Wieder neue Fragen.

Und dann war da Amina, die sie nach den Geschehnissen nicht mehr loslassen wollte und sich geradezu an sie klammerte. Ständig war sie bei ihr, wollte mit niemandem sonst zusammen sein und verbarg ihre Verunsicherung, ihre Unfähigkeit, mit dem Tod, den sie gesehen hatte, zurechtzukommen, indem sie beharrlich immer wieder auf die Ereignisse zu sprechen kam. Und Adhara war für sie da, versuchte, ihr, so gut es ging, beizustehen, nicht zuletzt weil sie spürte, dass man, indem man anderen half, manchmal auch sich selbst ein wenig helfen konnte.

Doch wer ihr am meisten fehlte, war Amhal, der wie vom Erdboden verschwunden war. Eine ganze Nacht hatte er eingeschlossen in dem Zimmer bei seinem toten Meister gewacht. Erst am Morgen war er dann, ohne irgendjemanden, auch sie nicht, eines Blickes zu würdigen, herausgekommen und hatte sich dann sogleich wieder in die Akademie zurückgezogen, wo er sich entweder nur in seiner Kammer oder der Halle, in der er trainierte, aufhielt. Aufgetaucht war er nur ein einziges Mal, und zwar an dem Tag, als sein Meister feierlich bestattet wurde.

Nach langem Regen war es endlich wieder einmal ein sonniger Tag. Immer näher rückte der Herbst, und in der Luft lag der Geruch von feuchtem Holz und gefallenen Blättern.

Die Bestattungsfeierlichkeiten fanden auf dem großen Platz statt, auf dem Adhara, Amhal und Mira gerade mal drei Monate zuvor gelandet waren. Zahlreiche Trauergäste hatten sich eingefunden. Die königliche Familie, die meisten Drachenritter, alle Schüler der Akademie und viel gemeines Volk. Obwohl sich Adhara betont unauffällig gekleidet hatte und sich etwas abseits von den anderen hielt, spürte sie zahlreiche Blicke auf sich gerichtet. Neben ihr stand Amhal, abweisend und schweigend.

Angesichts seiner tiefen Trauer, seines eingefallenen Gesichts sowie seiner geschwollenen, dunkel umränderten Augen gab sie bald schon den Versuch auf, ein paar Worte mit ihm zu wechseln. Zudem schaute er sie nicht an, blickte nur starr ins Leere sowie auf den Scheiterhaufen, auf den Miras Leichnam gebettet war. Denn so schieden die Drachenritter aus der Welt, in einem großen reinigenden Feuer und mit dem Wind, der ihre Asche in alle Richtungen zerstreute.

Rechts neben Amhal stand San, ernst und gefasst, versunken in die allgemeine Trauer. Adhara betrachte ihn lange. Seit dieser Mann aufgetaucht war, hatte sich alles verändert. Es war, als habe sich durch ihn irgendetwas in Bewegung gesetzt, als seien all die Ereignisse in Gang gekommen, die sie nun auch hierher vor diesen Scheiterhaufen geführt hatten. Sie schüttelte den Kopf: unsinnige Gedanken, denen sie sich nicht überlassen durfte.

Der König hielt eine Ansprache, dann der Oberste General und auch Neor. Tausende Worte, in den Wind gesprochen, sinnlose Worte, die nichts daran änderten – weder hinzufügten noch wegnahmen –, wie Mira gewesen war.

Dann setzte sich ein Fackelzug in Bewegung. Jeder, der das Bedürfnis verspürte, konnte mithelfen, den Scheiterhaufen zu entzünden. Amhal war der Erste. Schweigend, todernst trat er heran, hielt die brennende Fackel ans Holz und kehrte dann auf seinen Platz zurück, um in das Feuer zu starren, das einen Teil seines Lebens verschlang.

Auch Adhara war danach, an diesem Ritus teilzunehmen, hatte das Gefühl, diesem Mann etwas schuldig zu sein.

Als sie zurückkehrte, stand Amhal immer noch reglos wie eine Statue da, mit den trockenen Augen eines Menschen, der all seine Tränen bereits vergossen hat. Sie blickte ihn an, schaffte es aber immer noch nicht, ihn anzusprechen. Deshalb betete sie, er möge irgendetwas sagen, und sei es auch ein Vorwurf, weil sie nicht in der Lage gewesen war, das Unglück zu verhindern. Doch Amhal mied ihren Blick. Da ergriff Adhara seine Hand und drückte sie. Sie war schlaff und kalt. So weit wie jetzt war er noch nie von ihr entfernt gewesen.

Alle drei trugen noch ihre Trauergewänder. Neor blickte hinaus in den feinen Regen, der über Makrat niederging. *Der Sommer ist vorüber*, dachte er wehmütig.

»Er kann es nicht gewesen sein.« Seine Mutter war blass, nervös.

Neor konnte sie verstehen. Der Jüngling, der Mira umgebracht hatte, war einer ihrer Leute, und zwar jener Spitzel, den sie, auf seinen Wunsch hin, auf San angesetzt hatte.

»Seine Täterschaft ist aber so offensichtlich, dass selbst du sie nicht leugnen kannst.« Learco war nicht weniger angespannt als seine Gemahlin.

»Beruhigt euch«, schaltete Neor sich ein und wandte sich dann an seine Mutter. »Dass er die Tat verübt hat, steht außer Frage.«

»Damit unterstellst du, dass ich meine Leute nicht gewissenhaft aussuche! Dass ich Verräter in unseren Reihen dulde!«, rief Dubhe aufgebracht.

»Jedem kann mal ein Fehler unterlaufen …«

Neor bremste seinen Vater mit einer Handbewegung. »Halten wir uns doch an die Fakten. Dein Mann hat Mira überfallen und getötet. Das ist einfach nicht abzustreiten. Und nun stellt sich die Frage: Wie weit kannst du deinen Leuten trauen?«

»Blind«, antwortete Dubhe, ohne auch nur einen Augenblick nachzudenken.

»Glaubst du denn, ich würde jeden in meine Reihen aufnehmen? Die Ausbildung ist verdammt hart, und zudem wird jeder einzelne Kandidat auf Herz und Nieren geprüft. Nein, meine Agenten sind in höchstem Maß vertrauenswürdig.«

»Verrat kann überall gedeihen«, sagte Learco nachdenklich.

Dubhe funkelte ihn böse an. »Wofür hältst du mich? In

den Händen dieser Leute liegt deine Sicherheit und die unseres Landes. Glaubst du wirklich, ich würde mir jemanden in den Palast holen, dessen Lebensgeschichte auch nur die kleinsten dunklen Stellen aufweist?«

Neor wurde langsam ungehalten. In dieser gereizten Atmosphäre konnte er nicht so gut nachdenken, wie es eigentlich nötig gewesen wäre. »Jetzt beruhigt euch doch endlich einmal. In der Gefahr ist Zorn stets der beste Verbündete des Feindes.« Seine Stimme klang schneidend kalt und ging wie eine Trennwand zwischen seinen Eltern nieder.

Erneut rollte er zum Fenster und blickte hinaus, während sein Gehirn in der spannungsgeladenen Stille fieberhaft arbeitete.

»Es geht nicht anders: Wir müssen Nachforschungen anstellen zu deinem toten Agenten«, sagte er schließlich, während er sich wieder seinen Eltern zuwandte. Dubhe machte eine wegwerfende Handbewegung. »Das ist nicht gegen dich gerichtet. Aber Verrat ist nun mal Teil der menschlichen Natur, und ich würde ihn, offen gesagt, in diesem Fall auch nicht ausschließen. Leute ändern sich.«

»Ich habe ihn erst vor einem Jahr bei uns aufgenommen.«

»Er war jung, da kann er sich in einem Jahr sehr verändert haben«, erwiderte der Prinz trocken. »Auf alle Fälle müssen wir bei ihm ansetzen. Vielleicht ein Anfall von geistiger Umnachtung, oder er wurde von jemandem gedungen … wer weiß. Jedenfalls konzentrieren wir die Ermittlungen im Augenblick auf den Mörder selbst.«

Dubhe ärgerte sich, doch Neor wusste, dass sie ihm eigentlich nur Recht geben konnte. Learco hingegen schien zufrieden.

»Allerdings«, fügte der Prinz hinzu, »fällt doch ein Umstand auf, den wir nicht vernachlässigen dürfen.« Seine Eltern horchten auf. »Wahrscheinlich handelt es sich um einen bloßen Zufall, aber seltsam ist doch, dass ausgerechnet der Agent, den wir auf San angesetzt hatten, die Tat verübt hat.«

»Was willst du damit sagen?« Diesmal war es Learco, der aufbrauste.

»Nichts Bestimmtes. Aber zweifellos müssen wir auch diese Tatsache ins Gesamtbild des Falles einordnen.«

Sein Vater blickte ihn vielsagend an. Neor wusste, wie wichtig San ihm war, dass dessen Rückkehr so etwas wie einen Wendepunkt in seinem Leben markierte.

»Er hat dieser Welt Treue geschworen, hat sich mit all seinen Kräften dafür eingesetzt, die Sicherheit dieser Stadt zu gewährleisten, hat uns bewiesen, dass er es nicht bei schönen Worten belässt, sondern auch handelt.«

Seufzend lehnte Neor sich in seinem Rollstuhl zurück. Manchmal konnte sein scharfer Verstand eine echte Strafe sein: Er vertrieb Illusionen, schaute hinter den Schleier der Gefühle, legte die nüchterne Struktur der Fakten bloß. »Ich klage ihn nicht an. Ich denke nur laut.«

Wieder schaute er hinaus. Er fühlte sich erschöpft, wusste er doch, dass die Last der Ereignisse – der Kampf gegen die Seuche und nun dieser rätselhafte Mord – ganz allein von seinen Schultern zu tragen war. Es hatte einmal eine Zeit gegeben, da hatten die Säulen dieses Reiches auf den starken Schultern seines Vaters geruht, die auch ihm selbst Schutz boten. Doch mit dem Alter wurden die Eltern wieder zu Kindern, und ihre Söhne und Töchter mussten erwachsen werden und mehr und mehr ihren Platz einnehmen. »Ist das alles?«, fragte er.

Learco und Dubhe hatten nichts hinzuzufügen und verließen den Raum.

Neor sah ihnen nach, und es versetzte ihm einen Stich ins Herz. Seine Eltern waren alt geworden.

In den Tagen nach der Bestattung schien Amhal in einen Alptraum ohne Ende zu versinken. Er verschanzte sich in der

Akademie und wollte niemanden sehen, erschöpfte sich mit stundenlangem Training, brachte sich Verletzungen bei und dachte nicht mehr daran, seinen Pflichten nachzukommen. In der ersten Zeit nahmen seine Vorgesetzten es hin: Alle konnten seine Trauer nachempfinden und wollten ihn nicht bedrängen. Doch irgendwann erwachte der Unmut: Man versuchte, mit ihm zu reden, ihn zur Vernunft zu bringen. Doch das Einzige, was man erntete, waren Beschimpfungen und Beleidigungen. Einmal ging Amhal sogar so weit, einen Adjutanten, der nichts anderes im Sinn hatte, als nach ihm zu sehen, mit dem Schwert anzugreifen. Eine schwerwiegende Verfehlung, die Amhal auch Kerkerhaft hätte eintragen können, wären seine Vorgesetzten nicht so großzügig gewesen, darüber hinwegzusehen und ihm noch eine Chance zu geben.

Eines Nachts verließ Adhara trotz der Ausgangssperre heimlich den Palast. Sie war zutiefst besorgt und hatte immerzu Amhals Gesicht vor Augen, aus dem jede Regung verbannt war. Mit pochendem Herzen durchquerte sie die Stadt und erreichte ohne Zwischenfälle die Akademie.

Schließlich stand sie vor seiner Tür. »Amhal, mach auf, ich bin's«, rief sie und trommelte gegen das Holz.

Bald taten ihr die Hände weh, doch sie gab nicht auf, schlug immer weiter wie von Sinnen, und erst als sie den Schmerz in den Händen schon fast nicht mehr spürte, erschien er endlich auf der Schwelle, unrasiert, das Gesicht eingefallen, das Hemd fleckig und zerknittert.

Wortlos ließ er sie herein.

»Warum bist du gekommen?«, fragte er nach einer Weile. Seine Stimme war rau wie die eines Menschen, der lange nicht mehr geredet hat.

»Ich glaube, ich verstehe deinen Schmerz. Doch irgendwann muss man anfangen zu kämpfen.«

Amhal bedachte sie mit einem bitteren Lächeln. »Du verstehst überhaupt nichts. Wem warst du schon mal eng verbunden? Niemandem. Du hast keinen Vater und keine Mutter und weißt nicht, was es heißt, jemanden zu verlieren, der so wichtig für dich war, der dir alles bedeutete.«

Harte, verletzende Worte, und Adhara musste die Tränen niederkämpfen. Sie biss sich auf die Lippen. »Ich habe dich. Und ich hatte auch ein Leben – bevor Mira starb. Ein Leben, das ich mir selbst mühsam aufgebaut hatte. Und jetzt habe ich nichts mehr außer der Erinnerung an den Tag, als ein Mann vor meinen Augen umgebracht wurde und ein anderer durch meine Hand gestorben ist. Auch ich habe etwas verloren.«

Amhal schien getroffen und wandte den Blick ab. »Mira war alles für mich. Er gab mir Kraft. Wenn er an meiner Seite war, wusste ich, dass ich es schaffen kann. Und nun ist er gegangen, völlig sinnlos, ermordet, meuchlings niedergestreckt von einem verdammten Feigling. Und mich hat er zurückgelassen mit unzähligen Fragen, auf die ich keine Antworten weiß. Das Letzte, was er von mir gesehen hat, war mein verhängnisvoller Fehler an jenem furchtbaren Abend, als ich ihn so enttäuscht habe, als ich grundlos tötete.«

Adhara legte ihm eine Hand auf den Arm. Da war er, ihr Amhal, unter dem Mantel der Trauer, der Verzweiflung verborgen, aber unversehrt. Es gab also noch Hoffnung, dachte sie. »Besinne dich, stell dich wieder dem Leben, bitte ...«

Er versteifte sich. »Bist du deswegen gekommen? Um mir das zu sagen?«

»Wem ist damit gedient, wenn du auch untergehst, wenn du stirbst wie dein Meister? Versteh doch, du musst wieder an deine Aufgaben denken, deine Pflichten, und endlich aufhören, dich mit diesem sinnlosen Training so zu erschöpfen. Ich bitte dich, Amhal, er würde dich auch dazu anhalten, dich weiterzuentwickeln, weiter zu lernen ...«

»Ach, immer wieder die gleichen Worte. Das höre ich von allen ...«, unterbrach er sie, »... er würde ... er hätte ...« Amhal sprang auf. »Er ist tot, verstehst du das nicht!? Und niemand kann mehr sagen, was er jetzt täte, und auch nicht was er dachte, als ihn dieser verdammte Pfeil traf. Er ist tot, tot, tot ... Und ich finde keinen Halt mehr.«

Auch Adhara stand auf. »Ja glaubst du denn, er würde sich freuen, wenn er sähe, wie du in deinem Schmerz versinkst? Dass es ihm Spaß machen würde, zu sehen, wie du dich im Training kaputtmachst und alles zerstörst, was er eingesetzt hat, damit du einmal ein Drachenritter werden kannst? Denn nichts anderes tust du im Moment: Du zerstörst, was er aufgebaut hat.«

Amhal kam ganz nahe an sie heran. »Das verstehst du eben nicht«, zischte er böse.

Da konnte sich Adhara nicht länger beherrschen. Eine Ohrfeige mit der flachen Hand, die in der Stille des Raumes widerhallte. Und gleichzeitig traten ihr die Tränen in die Augen und liefen ihr bald in Strömen über die Wangen. »Dann denk eben nur an dich selbst und vernichte alles, was an Gutem in dir ist!«, rief sie. »Mir geht es auch nicht gut, auch mich quälen unzählige Fragen, auf die ich keine Antworten finde, auch ich bin allein und ohne Halt, so lange schon. Seit du gegangen bist, seit du erklärt hast, dass du Zeit brauchst, ohne mich, bin ich allein mit mir und meinen Fragen, und jetzt auch noch mit dem Bild des Menschen, den ich getötet habe, vor Augen und mit der Erinnerung an das entsetzliche Geschehen. Aber ich gebe nicht auf, denn ich weiß: Du bist immer noch der Mann, der mir an jenem Abend das Leben gerettet hat, und ich bitte dich, beschwöre dich, lass nicht absterben, was an Gutem in dir ist! Denn das ist eine ganze Menge! Ich flehe dich an, Amhal, komm zu dir!«

Sie fiel auf die Knie, nahm das Gesicht in die Hände und hatte das Gefühl, es zerreiße sie. Sie weinte und weinte, und das Schluchzen wollte kein Ende nehmen.

Er beugte sich zu ihr hinab und nahm sie in den Arm. »Im Moment schaffe ich es nicht«, raunte er, »und ich weiß auch nicht, ob es diese gute Seite, von der du sprichst, überhaupt in mir gibt. Vielleicht später, ich weiß es nicht, aber heute kann ich nicht anders. Ich schulde Mira meine Tränen und meinen Schmerz.«

Behutsam half er ihr auf und führte sie zur Tür. Mit unermesslicher Trauer blickte er sie an.

»Und nun geh und pass gut auf dich auf.«

Dann schloss er langsam die Tür.

25

Der Anfang vom Ende

Es war tiefe Nacht, als sich die Tür seiner Kammer öffnete. Vollständig angekleidet lag Amhal auf dem Bett. Er war wach. Wann er zum letzten Mal nachts hatte schlafen können, wusste er schon nicht mehr. Obwohl er sich abends so erschöpft gefühlt hatte, mied ihn der Schlaf, sobald er den Kopf auf das Kissen legte. Wie die Bretter eines Sarges schlossen sich die Wände seines Zimmers über ihm, die Matratze schien ihn verschlucken zu wollen, während ihn die Decken wie ein Leichentuch umhüllten. Schloss er die Augen, sah er immer nur ein einziges Bild vor sich: den toten Mira, seinen Leib, eine leere Hülle, die nichts mehr von dem Mann hatte, der wie ein Vater für ihn gewesen war.

Viele Stunden hatte er mit diesem Leichnam verbracht, Stunden, in denen seinen Geist nur diese eine Frage quälte: Warum? Etwas anderes hatte er nicht denken können, während sich seine Augen jede Einzelheit von Miras Gesicht einprägten, seine unnatürliche Blässe, die tödliche Erschlaffung seiner Züge. Und nach und nach war Mira entschwunden. Amhal hatte wahrgenommen, wie er sich vor seinen Augen auflöste, bis ihn die entsetzliche Gewissheit überfiel, dass er, sein Meister, tatsächlich nicht mehr da war, nirgendwo war, sich ganz und gar aufgelöst hatte.

Und nun suchte ihn dieses Gesicht jede Nacht heim und raubte ihm den Schlaf, so als sei von all den Erinnerungen an die vielen gemeinsam verbrachten Jahre nur dieses Leichengesicht geblieben.

So war es nun jede Nacht: Einige wenige Stunden unruhigen Halbschlafs, dann krampfte ihm der Schmerz wieder die Brust zusammen, so dass er ganz erwachte.

Als er jetzt die Tür in den Angeln quietschen hörte, rührte er sich nicht. Wer es auch sein mochte, es war ohne Bedeutung. Ob Feind, ob Freund oder wieder mal so ein Idiot, der ihn aus seiner Niedergeschlagenheit zu reißen versuchte. Sollten sie doch kommen. Nicht einmal Adhara hatte die Mauer seiner Gleichgültigkeit ins Wanken bringen können.

Stiefelschritte auf dem Holzfußboden, ein Stuhl, der herangerückt wurde, jemand nahm darauf Platz. Dann wieder Stille.

Mit geöffneten Augen lag Amhal reglos im Halbdunkel des Raumes. Der Mond vor ihm warf ein fahles Licht auf die Ziegelsteinwand zu seinen Füßen.

»Ich war zwölf, als er ums Leben kam.«

Es war San. Amhals Herz zuckte kurz zusammen, aber rühren ließ es sich nicht. Weitere tröstend gemeinte Worte, die nur bewirken würden, dass er sich noch schlechter fühlte.

»Viel Zeit hatten wir eigentlich nicht zusammen verbracht. Genau genommen, nur ein paar Monate. Doch es waren die einschneidendsten meines Lebens. Alles, was er mir beibrachte, über das Leben mehr noch als über den Kampf mit dem Schwert, hat sich tief in meinem Herzen eingebrannt und wird niemals zu löschen sein. Und aus diesem Grund ist ein Teil von mir mit ihm gegangen, als Ido dann starb.«

Eine einzelne Träne rann über Amhals Wange.

Er versteht mich, er hat ganz Ähnliches durchlitten, raunte ihm eine verzweifelte Stimme zu.

»Und er starb durch meine Schuld. Verstehst du? Er hatte sich meiner angenommen, hatte seine schützende Hand über mich gehalten, um zu verhindern, dass ich in die

Fänge der Gilde geriet, die meinen Körper dazu missbrauchen wollte, Aster wiederauferstehen zu lassen. Doch ich war ein überheblicher kleiner Junge und glaubte allen Ernstes, stark genug zu sein, um die Sekte auf eigene Faust besiegen zu können. Und so machte ich mich allein zum Tempel auf, dem Sitz der Gilde. Ich spürte, wie die magischen Kräfte glühend heiß meine Adern durchströmten, und war mir *sicher*, dass ich sie alle töten und so den Tod meiner Eltern rächen könnte, die diese irren Fanatiker auf dem Gewissen hatten.«

Eine lange Pause.

»Und dann?«, fragte Amhal kaum vernehmbar.

»Ich bin Ido entwischt und habe mich tatsächlich auf den Weg zur Gilde gemacht. Auf solch eine Gelegenheit hatte die Sekte nur gewartet. Weil ich noch nicht gelernt hatte, mit meinen Kräften umzugehen, wurde ich mir nichts, dir nichts überwältigt. Und dann geschah es: Learco, Dubhe, Theana und Ido kamen mir zu Hilfe und griffen die Gilde an. Und dabei verlor Ido sein Leben. Erst als ich ihn reglos am Boden liegen sah, wurde mir schlagartig klar, dass ich die Schuld an seinem Tod trug und dass er für immer von mir gegangen war.«

Amhal setzte sich im Bett auf und blickte San in die Augen, die ein Spiegel seiner Trauer waren, erfüllt von einem Schmerz, der auch der seine war.

Er ist wie ich.

»Ich begriff, wie vieles ich noch von ihm hätte lernen können und in welch ungeheurem Maß ich ihn brauchte. Ja, erst in dem Moment, als der tot vor mir lag, dämmerte mir, wie sehr ich auf ihn angewiesen war.«

Amhal senkte den Kopf und krallte eine Hand in seine Brust. »Es ist, als stecke hier etwas, als säße hier ein Tier, das nicht aufhören will, mir unablässig, Tag und Nacht, mit scharfen Krallen das Herz zu zerkratzen. Oder vielleicht bin ich es auch, der nicht will, dass es aufhört.«

»Das kenne ich«, flüsterte San gerührt, »genau so ist es.«

»Was soll ich nur tun?«, fragte Amhal verzweifelt. »Sterben? Meinen Weg weitergehen? Was soll ich tun?«

»Leiden.«

Scharf wie eine Klinge schnitt die Antwort durch die Stille im Raum.

»Ganz gleich welche Tröstungen du auch durch andere erfahren magst, dieser Schmerz wird nicht vorübergehen, sondern dich bis in Ewigkeit begleiten. Irgendwo tief in deinem Herzen wirst du jeden Tag so wie heute weiter weinen.«

Amhal fuhr sich über die Wangen. Sie waren nass.

»Und doch werden sich mit den Jahren die Dinge ändern, und es wird dir deutlich besser gehen. Ganz sicher. Aber das braucht eben Zeit.«

»Wie lange wird es dauern?«

San lächelte bitter. »Du wirst kämpfen müssen und lernen, mit diesem Schmerz zu leben.«

Von all den Aufmunterungen, die er in der jüngsten Zeit von anderen gehört hatte, schienen Sans Worte die einzig wahren zu sein. Denn aus ihnen sprach kein trügerischer Trost, sondern die Erfahrung eines Mannes, der dies alles selbst schon einmal erlebt hatte und ihm deswegen aus der Not helfen konnte. Die Verkrampfung, die er in der Brust spürte, schien sich schon ein wenig zu lösen, und er atmete bereits ein wenig freier.

»Ich habe darum ersucht, dich zum Schüler zu bekommen.«

Ruckartig hob Amhal den Kopf.

Etwas Verkehrtes lag in dem Satz, und San schien es zu bemerken, denn er beeilte sich hinzuzufügen. »Wenn es dir recht ist, natürlich nur.«

Amhal zögerte. Der Gedanke kam ihm wie Verrat vor, wie ein entsetzlicher Verrat. Wann war sein Meister gestorben? Vor gerade mal sechs, sieben Tagen. War er denn schon bereit, ihn zu ersetzen? Und dann noch durch San, an dem er doch, vor gar nicht langer Zeit, selbst noch gezweifelt hatte. »Ich …«

»Ich will ganz offen sein«, sagte San, wobei er sich zu ihm vorbeugte. »Ich weiß, dass es leichter ist, sich hier zu verkriechen und sich selbst etwas vorzuheulen. Es ist irgendwie tröstlich, oder irre ich mich?«

Amhal schämte sich für sich selbst. Es stimmte. Er hatte schon begonnen, sich in dem Schmerz einzurichten, ihn wie einen Freund zu mögen.

»Aber das kann nicht immer so weitergehen. Dort draußen wartet eine Welt auf dich. Doch sie wird weiterziehen, wenn du zauderst und dich noch länger hier drinnen verschanzt. Ich werde dir deinen Meister niemals ersetzen können, und das ist auch nicht meine Absicht. Was ich möchte, ist nur, dich in dieser schweren Zeit zu begleiten und dir zu helfen, dich der Welt zu stellen.«

Amhal starrte auf seine Hände, die er unablässig rang. Sich der Welt stellen.

Und weiter wachsen, lernen …

Es war ganz ähnlich dem, was Adhara am Vorabend zu ihm gesagt hatte. Doch hatte sie ihn nicht so überzeugen können wie San jetzt. Er dachte an sein langes, beidhändig zu führendes Schwert und die vielen Übungsstunden mit ihm.

Er hob den Blick. »Aber ich bräuchte eine Luftveränderung«, erklärte er mit entschlossener Miene.

Sans Gesicht verzog sich zu einem schiefen Lächeln. »Ganz, wie du möchtest.«

Tief verneigte sich San vor Learcos Thron. Neor war an diesem Tag nicht anwesend. Besser so. Er mochte ihn nicht besonders. Schon wie er ihn anschaute mit diesem durchdringenden Blick, der ihn in Verlegenheit brachte. Der Prinz war ein heller Kopf, zu hell, das hatte er sofort erkannt.

»Lass doch diese Förmlichkeiten.«

San lächelte bei sich. Beim König hingegen hatte er leichtes Spiel. Der mochte ihn – und vertraute ihm. »Ich bin gekommen, um Euch um eine Gunst zu bitten, Herr«, sagte er, während er sich aufrichtete.

»Aber, San, was ist geschehen? Warum bleibst du nicht beim Du? Wenn ich mich nicht irre, warst du weniger förmlich, als du zu uns kamst.«

»Mag sein, Herr, aber da zählte ich auch noch nicht zu Euren Rittern und hatte Euch nicht um eine Gunst zu bitten.«

Learco lächelte freundlich. »Gut, so sei es. Sprich!«

»Ich bitte Euch, Makrat verlassen zu dürfen, um in den verseuchten Gebieten eingesetzt zu werden.«

Learco erbleichte. »Was veranlasst dich zu dieser Bitte?«

»Die Bitte geht nicht auf mich zurück«, antwortete San, und fügte nach einer kurzen Pause hinzu: »Es war Amhal, der Schüler Miras, der sie an mich richtete. Ihr wisst wohl, dass ich seine weitere Ausbildung übernommen habe.«

Learco nickte ernst. »Ja, das ist mir bekannt … Aber woher dieser Einfall?«

San dachte zurück an den Moment zwei Tage zuvor, als Amhal diesen Wunsch geäußert hatte. »Ich möchte fort von diesem Hof, fort von dem Leben, das ich an Miras Seite führte. Ich will hinaus ins wirkliche Leben, etwas tun, mir die Hände schmutzig machen, mich ablenken von allem, was mich an Mira erinnern könnte. Ich will in die von der Seuche befallenen Gebiete.«

Und er hatte dem sofort zugestimmt.

»Der junge Mann braucht eine Luftveränderung, Ablenkung, etwas, das ihn auf andere Gedanken bringt.« San schluckte und setzte eine betrübte Miene auf. »Es wird ihm guttun, wenn er mal eine Weile von allem fort ist, was ihn an die Vergangenheit erinnert. Ich weiß, wovon ich rede … Ich habe das alles schon selbst durchgemacht.«

»Aber das ist gefährlich«, bemerkte Learco, nachdem er

einen Moment nachgedacht hatte. »Ich wäre untröstlich, wenn mir die Seuche einen so wertvollen Mann wie Euch nehmen würde.«

»Wie Ihr wisst, ist Amhal immun. Sein Nymphenblut schützt ihn. Und ich … nun, die Krankheit scheint bei einigen Rassen weniger aggressiv zu sein. Vielleicht genießen auch Halbelfen einen gewissen Schutz.«

Der König musterte ihn lange, und in seinem Blick erkannte San die ganze Zuneigung, die dieser Mann für ihn hegte: Offenbar wollte Learco ihn nicht schon wieder verlieren, nachdem er ihn endlich nach so langer Zeit wiedergefunden hatte. Es war ihm unbehaglich zumute, und seine Gedanken wanderten zu dem blutgefüllten Fläschchen, das ihm einige Monate zuvor der Elf in einer verrauchten Schenke in Neu-Enawar ausgehändigt hatte. Er spannte den Kiefer an.

»Ach, San, ich weiß wirklich nicht, was ich sagen soll. Deine Arbeit in Makrat ist sehr wertvoll für uns, aber natürlich möchte ich auch nicht, dass du dich hier wie ein Gefangener fühlst.«

»Das habe ich nie getan. Und ich werde mich Eurer Entscheidung auch auf alle Fälle beugen, egal wie sie ausfallen mag. Wenn ich heute diese Bitte an Euch richte, dann nur, weil ich überzeugt bin, dass es für alle das Beste ist.«

Stille machte sich im Thronsaal breit, dann endlich erklärte Learco mit einem betrübten Lächeln: »Ich gebe dir einen Monat. Stimme dich mit dem Obersten General darüber ab, in welches Gebiet ihr ihn verbringen werdet.«

San beugte das Knie. »Ich danke Euch, Majestät.«

»Und komm mir heil zurück«, fügte Learco leise hinzu.

San lächelte selbstgewiss.

Die Vorbereitungen hatten nur wenige Tage in Anspruch genommen. Amhal wollte so schnell wie möglich fort. Alle Dinge, die zu seinem alten Leben gehörten, verbrannte er und nahm nur das mit, was ihm immer schon unentbehrlich war: sein Schwert und ein paar Bücher. Am Abend vor ihrer Abreise beschloss er dann, dem Wichtigsten, was er zurücklassen würde, Lebewohl zu sagen.

Er ging zu ihr, schritt zum letzten Mal über den breiten Kiesweg, der zum Palast führte. Dichter Regen fiel. Gewiss, er würde zurückkehren, aber dann würde er ein anderer sein. Ja, in mancher Hinsicht war er bereits ein anderer geworden.

Adhara empfing ihn im Park unter dem Bogengang. Sie zitterte. Amhal wusste nicht, ob es die Kälte war oder die Aufregung, ihn wiederzusehen. Sie umarmte ihn stürmisch, drückte ihn fest, und er ließ es geschehen, atmete mit tiefen Zügen den frischen Geruch ihrer Haut ein, fuhr mit den Händen das Profil ihrer schmalen Hüften nach.

»Geht es dir besser?«, fragte Adhara mit hoffnungsvollem Blick.

Statt einer Antwort lächelte er nur traurig.

Schließlich unterhielten sie sich über dies und das. Die Belanglosigkeiten des Alltags, über Amina, die weiter ihre Launen zeigte, das Training.

»Ich gehe fort«, fand Amhal plötzlich den Mut zu sagen.

Adhara erstarb das Lächeln auf den Lippen.

»Ich brauche das«, fügte er hinzu, wobei er den Blick abwandte. »Hier erinnert mich alles an Mira. Wie könnte ich hier vergessen …? In einer anderen Umgebung, mit einer anderen Aufgabe, vielleicht …«

»Wohin?«, fragte sie mit kaum vernehmlicher Stimme.

»In den nördlichen Wald.«

»Speis mich nicht mit Namen ab. Du weißt, dass ich nichts damit anfangen kann«, erwiderte sie, nur mühsam ihren Zorn unterdrückend. »Und schau mich an!«

Er wandte ihr das Gesicht zu. Wunderschön kam sie ihm vor, blass und besorgt. Er dachte an alles, was zwischen ihnen gewesen war, und an die vielen Dinge, die sie versäumt hatten. Doch vor allem zwang er sich, an den Abend zu denken, an dem er ihr fast etwas angetan hätte. Bei diesem Gefühl musste er verweilen, wenn es ihm gelingen sollte, ihr Lebewohl zu sagen.

»Der liegt im Norden des Landes der Sonne. Dort wütet die Seuche bereits, und es werden viele Soldaten gebraucht. Da ich immun bin, kann ich …«

Ein einzelner Schluchzer entfuhr ihr, und sie konnte seinem Blick nicht mehr standhalten. Die Arme über der Brust verschränkt, stand sie da und schaute zu Boden, während ihr die Tränen hinunterliefen und auf die Marmorplatten des Laubengangs tropften.

Amhal spürte, wie ihm der Anblick das Herz zusammenschnürte. Und stellte sich vor zu bleiben. Ihretwegen. Bilder einer anderen Zukunft schossen ihm durch den Kopf, eines Lebens, in dem er sie frei lieben konnte, ohne fürchten zu müssen, ihr wehzutun, sie zu zerstören. Doch gleichzeitig wusste er, dass es unmöglich war. Zurzeit wenigstens.

»Es ist ja nicht für immer …«

»Du hattest mir gesagt, du würdest in der Stadt bleiben …«

»Schon … Aber jetzt ist San mein Meister, und wo er ist, muss auch ich sein.«

Adharas Augen funkelten. »Dann war das seine Idee?«

»Nein, meine.«

Sie machte eine verärgerte Handbewegung. Das nahm sie ihm nicht ab. »Seit der hier ist, hat sich alles verändert. *Du* hast dich verändert.«

»Es ist so viel geschehen.«

»Das ist nicht der Grund.«

Amhal seufzte. Er hatte gewusst, dass es schwer würde, aber so schwer hatte er es sich nicht vorgestellt. Tatsache war, dass er ihr gar nicht Lebewohl sagen wollte, weil er sie in gewisser, undurchschaubarer Weise immer noch brauchte. »Ich werde hin und wieder nach Makrat kommen und mich, wenn die Gefahr gebannt ist, wieder ganz hier niederlassen.

Außerdem steht noch meine feierliche Aufnahme in den Stand der Drachenritter bevor, und ich gehöre auch noch zur Leibgarde des Königs …«

»Ich komme mit.« Sie sprach diese Worte, während sie ihm fest in die Augen blickte, mit einer Entschlossenheit, die etwas Wahnsinniges hatte.

Ja, hätte er am liebsten gesagt. »Ausgeschlossen«, erwiderte er.

»Warum? Bin ich es, vor der du fliehst?«

»Nein … Adhara, dein Platz ist hier …«

»Mein Platz ist bei dir!«, schrie sie. Dann umarmte sie ihn wieder, presste sich an ihn, hielt ihn fest in wilder Verzweiflung.

Ihre Lippen suchten die seinen, und Amhal schaffte es nicht, zurückzuweichen. So weich waren sie, und wie die anderen Male gab er sich ganz dieser Berührung hin. Doch die Wut schlummerte in ihm und ließ ihn nie ganz los. Schon spürte Amhal, wie sie sich auch in diesen so süßen Kuss mengte und ihn verunreinigte. Da löste er sich von ihr.

»Adhara, das Leben, das du dir so mühsam aufgebaut hast, ist hier. Das darfst du nicht aufgeben.«

»Du willst nur ablenken. Es geht hier nicht um mich, sondern um dich. Um dich, der du mich zu fürchten scheinst, der alles daransetzt, um von mir wegzukommen. Ist das der Grund, der dich forttreibt. Ist es meinetwegen?«

Amhal war, als platze ihm der Schädel. »Ich gehe fort von allem, was gewesen ist. Und auch von dem, was ich bin. Aber es ist ja kein Abschied für immer.«

»Doch du lässt mich allein.«

»Ich kehre zurück«, versprach er. »Ich kehre zurück und werde endlich der Mann sein, der dich so liebt, wie du es verdienst, der mit dir leben kann. Denn der bin ich im Moment noch nicht. Aber zweifle nicht daran, dass ich dich liebe.«

»Geh nicht, Amhal, ich flehe dich an …«

Behutsam löste er ihre Hände von seinen Schultern und entfernte sich langsam.

Im Regen, der noch stärker geworden war, lief er zurück über den breiten Kiesweg zum Tor. Doch obwohl es donnerte und das Wasser niederprasselte, konnte er lange noch ihre Stimme hören.

»Geh nicht, Amhal, bitte, geh nicht!«

Vorsichtig zog San die Tür auf. Es war nicht ganz leicht gewesen, alle Posten zu umgehen, denn in diesen Zeiten stand der Palast unter noch strengerer Bewachung: Ständig folgte irgendein Handlanger Prinzessin Amina wie ein Schatten, und überall wimmelte es von Soldaten. Ganz zu schweigen von den Agenten der Königin! Aber er wusste, wie er vorzugehen hatte. Er war erst zwölf Jahre alt gewesen, als es ihm gelang, Ido zu entwischen und einen gefährlichen Gefangenen zu befreien, der in einer gut bewachten Zelle saß. Nicht, dass er besonders stolz darauf gewesen wäre, aber seitdem hatte er seine Fähigkeiten durch Magie und lange Übung stets verfeinert.

In diesem Raum war er noch nie zuvor gewesen, und kurz fragte er sich, welchen Verlauf sein Leben genommen hätte, wenn er nach Idos Tod nicht mit Oarf, dem Drachen, auf und davon geflogen wäre. Vielleicht hätte Learco ihn an Kindes statt angenommen, und dieses Gemach, in dem er nun stand, wäre sein eigenes geworden.

Er lächelte verächtlich. Dies war ein Leben, das ihn im Grund nie interessiert hatte.

Irgendwie hatte er sich das königliche Schlafgemach prachtvoller vorgestellt. Zumindest kunstvolle Wandbehänge und weiche Teppiche hatte er erwartet. Stattdessen bestand der Fußboden aus knarrenden Holzdielen, weswegen er bei jedem Schritt gut aufpassen musste, um keinen Laut zu machen, und an den Wänden hing nur ein großes Gemälde. Im Mondlicht betrachtete er es.

Dubhe und Learco, so wie sie ausgesehen hatten zu der Zeit, als er allem entflohen war: eine junge Frau mit unruhigem Blick, ein um Haltung bemühter Jüngling, der eine gewisse Furcht in der Miene jedoch nicht verbergen konnte. Dennoch war es diesem Grünschnabel gelungen, woran sogar der große Nammen gescheitert war: Er hatte ein in sich gefestigtes, einmütiges Königreich geschaffen, hatte eine Einigung zwischen den verschiedenen Herrschern der Aufgetauchten Welt herbeigeführt und eine lange Friedenszeit begründet.

Langsam trat San auf das Bett zu. Nur ein Körper wölbte das Leintuch. Er hielt inne. Nun gut, das war auch kein Problem. Einer von beiden reichte. Was er bei sich hatte, war der Anfang vom Ende, und würde seine Wirkung nicht verfehlen, obwohl in dem Bett entweder nur Dubhe oder Learco lag.

Er war es. Der König. Lag in einem leichten, unruhigen Schlaf. Eine tiefe Falte durchzog seine Stirn. Wovon träumte er? Von dem Tag, als es ihm Idos Opfertod ermöglichte, den Thron zu besteigen? Von dem Augenblick, in dem er sein dem Gnomen gegebenes Versprechen gebrochen und ihn, den kleinen Jungen, vergessen hatte, um sich um Dubhe zu kümmern?

Er holte das Fläschchen mit dem Blut des Elfen hervor, schüttelte es ein wenig und beobachtete im Mondlicht, wie es hin und her floss und die dünnen Glaswände hinaufschwappte.

Einen Augenblick lang verharrte er. Nun war der Moment gekommen. Während er Learcos schlafenden Körper betrachtete, dachte er zurück an ihr Gespräch wenige Tage zuvor, an den Gesichtsausdruck, mit dem er ihn angesehen hatte. Kein Zweifel: Der König vertraute ihm.

Learco, der ihm in gewisser Weise das Leben gerettet hatte. Dubhe, seine Gemahlin. Ihr Sohn Neor, ein kluger Kopf und ein großer König, wäre er bloß gesund gewesen.

Ihre Enkelin Amina, fast noch ein kleines Mädchen, ein ganzes Leben voller Verheißungen noch vor sich. Sans Gedanken wanderten zu allen, die, völlig ahnungslos, im Palast lebten. Und einen kurzen Augenblick empfand er Mitleid mit ihnen.

Dann gab er sich einen Ruck. Er warf das Fläschchen zu Boden und zertrat es unter der Sohle. Die Lider des Königs zuckten, doch er erwachte nicht. Einige wenige Worte, und schon verdampfte die Blutlache am Boden und zerstob in der Luft.

Ein heftiger Schmerz berührte Sans Herz, doch er unterdrückte ihn.

»Leb wohl«, murmelte er.

Er wandte sich ab und verließ das Gemach.

26

Unterwegs nach Damilar

Adhara hielt es nur wenige Tage aus. Die Nacht, als Amhal von ihr gegangen war, lag sie schlaflos, in Tränen aufgelöst in ihrem Bett und quälte sich mit der Frage, was sie bloß falsch gemacht hatte und wie es so weit mit ihnen hatte kommen können. Das Gefühl, wie seine Lippen die ihren berührten, war noch so lebendig, so real, dass es sie fast um den Verstand brachte. Und mehr noch war sie aufgewühlt von der Leidenschaft, ja der Liebe, die sie in dieser Berührung gespürte hatte. Aber was würde nun werden?

Erneut fühlte sie sich wie in einer fremden Welt, in der ihr völlig unverständliche Regeln herrschten. In mancher Hinsicht war es, als läge sie wieder auf dieser Wiese, wo sie vor mittlerweile vielen, vielen Monaten erwacht war, und alles, was seither geschehen war, sei reine Täuschung gewesen.

Zunächst versuchte sie, ihr gewohntes Leben weiterzuführen mit all den mittlerweile abgestandenen Gewohnheiten, den vielen Aufgaben, denen sie keinen Sinn mehr abgewinnen konnte: aufstehen, sich mit Amina beschäftigen, lernen, Hinweise auf ihre Vergangenheit suchen. Doch diese Dinge kamen ihr wie in einen Nebel gehüllt vor, der alles verschwimmen ließ: Denn in Gedanken war sie immer bei Amhal. Ob er wohl schon angekommen war? Oder flog er noch auf Jamilas Rücken? Wie weit war es wohl bis zu diesem nördlichen Wald?

Sie schloss die Augen und stellte sich Szenen aus seinem Leben vor. Sie sah ihn auf dem Drachenrücken sitzen, im Blick diese Verzweiflung, die sie bei ihren letzten Begegnungen wahrgenommen hatte. Beobachtete ihn, wie er am Feuer saß oder in einem leichten, unruhigen Schlaf lag. Und spürte, dass er litt, Schmerzen, die ihr selbst wehtaten und ihr die Lebenskräfte nahmen.

»Was ist eigentlich los mit dir?«, fragte Amina sie eines Morgens.

Sie kam zu sich, als sei sie gerade erst erwacht, und blickte das Mädchen verwirrt an.

»Geht's dir nicht gut? Seit ein paar Tagen bist du so ... abwesend.«

Adhara spürte, dass sie nicht mehr länger so weitermachen konnte. »Er ist fort«, stöhnte sie, und dann erzählte sie der Prinzessin, was sich zugetragen hatte. Obwohl sie das Gefühl hatte, dass Amina ihr nicht ganz folgen konnte, tat es ihr gut, überhaupt darüber zu reden, sich mit ihrem Schmerz nicht weiter abzukapseln. Die kleine Prinzessin tat ihr Möglichstes, um sie zu trösten, doch Adhara wusste, dass es keine Worte gab, die diese Leere hätten füllen können. Es war Amhal, nach dem es sie verlangte, ein auch körperliches, unbeherrschbares Verlangen.

Und so fasste sie einen Entschluss.

An diesem Abend saß auch Kalth wieder in der Bibliothek. Mit wie stets unbewegter Miene las er in einem dicken Buch. Als er sie erblickte, begrüßte er sie mit einem freundlichen Lächeln.

Eine Weile stand Adhara verlegen neben ihm und rang die Hände. »Wie gelangt man eigentlich zum nördlichen Wald?«, fragte sie dann.

Kalth blickte sie stirnrunzelnd an. »Wieso interessiert dich das?«

Adhara trat näher heran und nahm neben ihm Platz. »Hast

du mitbekommen, dass San dorthin abkommandiert wurde?«, fragte sie mit fiebrigen Augen.

Der Prinz schien fast besorgt. »Ja …«

»Weißt du vielleicht, wohin genau?«

Kalth wirkte immer verwirrter.

Was fällt mir bloß ein?, tadelte sich Adhara. Mit diesem so verschlossenen, rätselhaften Jungen verband sie nun wirklich gar nichts. Zwar hatten sie so manch einen Abend zusammen in der Bibliothek gesessen, aber mehr auch nicht, und nun wollte sie ihn um Hilfe bitten, ihn ins Vertrauen ziehen, wobei sie aller Wahrscheinlichkeit nach auch gezwungen sein würde, ihm Dinge zu verraten, die eigentlich geheim bleiben sollten.

Ich scheine den Verstand zu verlieren, dachte sie entsetzt.

»Ja, in ein Lager an den Hängen des Rondal-Gebirges. Damilar heißt es. Aber was ist eigentlich los, Adhara? Warum willst du das wissen?«

Sie nahm allen Mut zusammen. »Weil ich dorthin muss.«

Der junge Prinz schaute sie ungläubig an. »Aber du kannst doch den Palast gar nicht verlassen … Die Ausgangssperre gilt für alle. Das weißt du.«

»Ja, schon, aber ich muss dennoch fort.«

Da ergriff sie die Hand des Jungen – unerhört, denn noch nie hatte sie ihn auch nur gestreift – und blickte ihm fest in die Augen. Dort entdeckte sie das gleiche kluge Einfühlungsvermögen wie bei seinem Vater. Und sie erzählte ihm alles.

»Schwör mir, dass du es für dich behältst.«

»Aber das ist Wahnsinn.«

»Ich weiß. Aber sag es nicht weiter.«

»Auch nicht meiner Schwester?«

Ein schmerzhafter Stich durchfuhr Adharas Herz. »Nein, das mach ich schon selbst.«

»Sie wird dich nicht verstehen, und das kann ich ihr auch nicht verübeln …«

»Es ist ja nicht für immer. Ich komme zurück.«

Er lächelte traurig. »Du solltest der Wirklichkeit ins Auge schauen, Adhara: Diese Welt steht am Rand des Abgrunds. Die Seuche verändert alles, und bald wird nichts mehr so sein wie vorher. Wenn du wirklich gehst, ist es für immer.«

Adhara schluckte. Sie dachte an alles, was sie zurücklassen, und den Schmerz, den sie der einzigen Freundin, die sie jemals hatte, zufügen würde. Doch zu stark war die Erinnerung an die vergangenen Tage, an dieses quälende Gefühl der Betäubung, das sie in diese Vorhölle gestürzt hatte, in der sie noch immer feststeckte.

»Schwör mir nur, dass du es niemandem weitersagst. Auch wenn ich dir fremd bin, schließlich haben wir kaum mal ein Wort miteinander gewechselt …«

»Es sind vier Tagesmärsche, wenn du dich nur nachts ein wenig ausruhst«, unterbrach Kalth sie. Und versorgte sie dann mit allen Auskünften, die ihr nützlich sein konnten.

Adhara spürte, wie sich etwas in ihr löste. Sie hätte weinen, ihn umarmen können. »Danke«, murmelte sie schließlich aber nur.

»Lass sie nicht im Stich. Bitte, Adhara, lass meine Schwester nicht im Stich«, beschwor Kalth sie noch einmal. »Erklär es ihr, so dass sie es versteht, und lass nichts unversucht, um zu ihr zurückzukehren.«

Er wirkte so erschreckend ernst, so voll tiefer Sorge, dass Adhara überrascht war. Sie hätte nie gedacht, dass zwischen den Geschwistern eine derart enge Verbindung bestehen könnte.

»Ich verspreche es dir«, sagte sie überzeugt und drückte fest seine Hand.

Noch in derselben Nacht schlich sie sich davon. Hätte sie den Plan nicht sofort in die Tat umgesetzt, wäre sie vielleicht ins Wanken geraten. Und außerdem spürte sie das dringende

Verlangen, zu handeln, aktiv zu werden, um nicht noch den Verstand verlieren.

Viel mitzunehmen hatte sie nicht: Kleider zum Wechseln und ihren Dolch. Sie steckte alles in einen Quersack, hängte ihn sich um und war fertig.

Der ganze Palast lag in tiefem Schlaf bis auf die vielen Wachen, die überall patrouillierten. Der Widerhall des Attentats auf Amina war noch nicht verklungen, und die königliche Familie war in höchstem Maß um ihre Sicherheit besorgt. So musste Adhara ihre Fähigkeiten voll ausschöpfen.

Wieder einmal überließ sie sich ganz den Instinkten ihres Körpers. Und der erinnerte sich. Wusste, wie er sich völlig lautlos bewegte, unbemerkt an einer Wand entlangschlich, eine Wache umging, ohne entdeckt zu werden.

Trotz der körperlichen Anstrengung, die sie in den Muskeln spürte, fühlte sie sich bald schon immer wohler. Mittlerweile hatte sie begriffen: Wenn ihr Körper das Kommando übernahm, kam ihr Geist endlich zur Ruhe. Dann gab es nichts anderes mehr als diese eingespielten Abläufe von Muskeln, Gliedern, Sehnen. Und sie begriff, dass Amhal auch deswegen fortgegangen war, nicht um vor ihr zu fliehen, sondern um sich selbst zu spüren. Denn wenn der Schmerz so stark wurde, dass es einem den Atem nahm, half nur noch eins: den Geist auszuschalten und dem Körper die Heilung zu überlassen.

So durchquerte sie den Palast und blieb ein letztes Mal, ein gutes Stück entfernt, vor der bewachten Kammer der Prinzessin stehen. Von keinem Menschen fiel ihr der Abschied so schwer wie von Amina. Eine große Nähe war zwischen ihnen entstanden in den vergangenen Monaten, und der Gedanke, sie zu verlieren und ihr wehzutun, brachte ihre Entschlossenheit ein wenig ins Wanken.

Sie warf ein Steinchen durch den Flur. Wie vorhergesehen, schrak der Soldat sofort auf und bewegte sich ein paar Schritte in die Richtung, aus der er das Geräusch gehört hatte. Blitzschnell huschte Adhara zur Tür, schob den Brief darunter durch und war sofort wieder in der Dunkelheit verschwunden.

Ohne etwas gemerkt zu haben, nahm die Wache ihren Platz vor der Tür wieder ein.

Während sich Adhara davonschlich, dachte sie an Kalths Worte, an die Traurigkeit in seinem Blick und schwor sich, dass sie zurückkehren würde, um jeden Preis.

Der Park empfing sie mit frühherbstlicher Kühle. Sie versuchte, ihn rasch zu durchqueren. Zu viele Erinnerungen verbanden sich mit diesem Ort. Überall zwischen diesen Sträuchern spürte sie Amhal, ja, fast meinte sie, ihn über den Kiesweg auf sich zukommen zu sehen, ein schwarzer Punkt, der größer und größer wurde.

Sehr viel weniger Wachen als drinnen im Palast waren im Park postiert, und da sich Adhara hier zudem noch sehr gut auskannte, fiel es ihr leicht, unbemerkt zur Umfassungsmauer zu gelangen. Hinter einem Busch verborgen, wartete sie, bis ein Wachsoldat vorüber war, und rannte dann los. Im Nu war sie hinübergeklettert und tauchte ins bedrohlich wirkende Dunkel von Makrat ein. Ihr altes Leben war zu Ende. Nun wurde ein neues Kapitel aufgeschlagen. Nur einen Moment lang überkam sie Furcht, als sie in die im Finstern liegenden Gassen blickte und ihr der faulige Geruch der Stadt in die Nase stieg. Dann machte sie sich auf den Weg.

Die Tränen, die auf das Blatt tropften, verwischten die Tinte und ließen das Pergament abgegriffen und antik wirken. Aminas Augen waren mittlerweile so gerötet, dass sie kaum noch die Schrift erkennen konnte. Aber das war auch nicht nötig: Sie kannte den Inhalt längst auswendig.

Liebe Amina,
wenn Du morgen aufwachst, werde ich fort sein. Du musst mir glauben, wenn ich Dir sage, dass es mir furchtbar weh-

tut, mich von Dir zu trennen. Ich gebe zu, als Dein Vater mich bat, Deine Freundin zu werden, willigte ich nur ein, um Arbeit zu haben. Ich wusste nicht, was es bedeutet, mit jemandem befreundet zu sein, und Du machtest mir Angst mit Deinen vielen Launen und den ausgelassenen Spielen. Aber dann lernte ich Dich besser kennen und schätzen, und so bist Du mir ans Herz gewachsen. Mit Dir zusammen zu sein, teilzuhaben an Deinen Spielen und Fantasien, hat mir gutgetan, hat mich reifer werden lassen und aus dieser Puppe ohne Gefühle und Erinnerungen, die ich war, die Person gemacht, die Du kennst. Vor allem Dir habe ich dieses neue Leben zu verdanken.

Aus diesem Grund komme ich mir auch wie ein Feigling vor, weil ich so einfach über Nacht verschwinde, ohne mich von Dir zu verabschieden. Aber ich weiß, dass Du mich nicht verstehen würdest. Du würdest mich zurückhalten wollen, und das vielleicht auch zu Recht. Müsste ich Dir ins Gesicht schauen, verließe mich wahrscheinlich der Mut, das zu tun, was ich tun muss.

Amhal braucht mich. Und auch ich selbst kann, wie Du gesehen hast, ohne ihn nicht weitermachen. Ich habe Dir das ja schon einmal zu erklären versucht: Nur ich kann ihn retten, und nur er mich. Wir gehören einander, so ganz und gar, dass wir es vielleicht selbst gar nicht ermessen können. Er ist mein, und ich bin sein. Und deshalb muss ich zu ihm.

Bitte verzeih mir. Es ist kein Lebewohl für immer. Wenn Du mich noch magst, wenn ich zurückkomme, und das werde ich ganz sicher, würde ich mich freuen, wenn wir weiter so befreundet sein können wie jetzt in diesem fürchterlichen Moment, da ich gezwungen bin, Dich zurückzulassen.

Du bist die einzige Freundin, die ich jemals hatte, und wirst mir ganz schrecklich fehlen.

Bis bald

Deine Adhara

Amina schluckte ihre Tränen hinunter und begann ganz langsam, den Brief in Stücke zu reißen, während sie dabei im Herzen diesen Namen, Adhara, verfluchte. Dennoch spürte sie, ganz tief unter all dem Groll, Sorge um sie. Hätte sie gekonnt, wäre sie ihr gefolgt.

Und das werde ich auch tun. Ich werde all diese Leute, die hier um mich herum sind und mich überwachen, zum Teufel schicken und mich zu ihr auf den Weg machen. Aber nur, um ihr zu sagen, wie sehr ich sie hasse, und um ihr ins Gesicht zu schreien, dass ich sie nie wieder sehen will.

Sie warf sich auf das Bett und begann, in die Laken zu beißen. Ihre Wut war grenzenlos. Und nicht nur, weil Adhara sie verraten hatte, sondern weil sie sie, trotz allem, so unheimlich lieb hatte. Noch nie zuvor hatte sie sich von einem Menschen so verstanden gefühlt.

Diesmal war es Neor, der Dubhe aufsuchte. Dazu hatte er sich in die unterirdischen Bereiche des Palastes begeben, wo seine Mutter die Einsatzzentrale ihres Geheimdienstes eingerichtet hatte, in diesen schmucklosen, düsteren Raum, in dem sie üblicherweise die dringendsten und wichtigsten Regierungsangelegenheiten besprachen.

Dubhe nahm Platz. »Warum hast du nicht auch deinen Vater hinzugezogen?«

Neor bewunderte diese Fähigkeit seiner Mutter, ohne Umschweife zur Sache zu kommen und den Kern der Dinge zu erfassen. »Was ich dir zu sagen habe, wird ihm nicht gefallen. Aber es muss sein: Du solltest San weiter beschatten lassen.«

Die Königin nickte. »Wenn du es für nötig hältst … Ich werde einen bewährten Mann auf ihn ansetzen, der über große Erfahrung verfügt«, erklärte sie.

»Ja, das ist gut. Ach übrigens, zu deinem jungen Agenten haben wir tatsächlich absolut nichts Auffälliges herausfinden können. Keine verdächtigen Verbindungen, eine gut beleumundete Familie, keine größere Geldsumme, mit der er für einen Verrat entlohnt worden sein könnte. Nein, es sieht einfach so aus, als habe er plötzlich den Verstand verloren und einen Anschlag auf Amina beschlossen oder auf Mira.«

»Und trotzdem muss irgendetwas anderes dahinterstecken.«

»Natürlich. Aber es ist ziemlich gut verborgen.«

Einige Augenblicke schwiegen sie.

»Wie auch immer, erklär mir mal, wieso ich San noch einmal beschatten lassen soll«, hob die Königin wieder an.

»Nun, vor einer Woche suchte er meinen Vater auf und bat ihn, nach Damilar abkommandiert zu werden. Er meinte, Amhal, der jetzt sein Schüler ist, brauche eine Luftveränderung, und wenn er in dem Krisengebiet zu tun habe, werde er schon auf andere Gedanken kommen. Und er meinte noch, das biete sich besonders an, weil Amhal Nymphenblut besitze und immun gegen die Seuche sei.«

Dubhe stützte beide Ellbogen auf die Tischplatte. »Das hat mir dein Vater gar nicht gesagt ...«

Neor zuckte mit den Achseln. »Dazu bestand auch kein Anlass. Eine gewöhnliche Versetzung innerhalb der Armee, nichts, was dich hätte kümmern müssen.«

Die Königin schien einige Augenblicke nachzudenken. »Warum hast du San in Verdacht?«, fragte sie dann noch einmal.

Neor seufzte. »Konkret habe nichts gegen ihn in der Hand. Aber da ist nun einmal die Tatsache, dass ausgerechnet der Agent, den wir auf ihn angesetzt hatten, plötzlich zum Mörder wird. Und jetzt dieser überraschende Entschluss, so als dränge es ihn, von hier fortzukommen ... Aber das sind noch nicht einmal richtige Indizien ... höchstens Verdachtsmomente.«

Dubhe lächelte und stand dann auf. »Jedenfalls habe ich dort im Norden einen Mann, dem ich blind vertrauen kann. Der wird sich um die Sache kümmern und mir täglich Bericht erstatten.«

Der Prinz nickte.

»Soll ich dich hinaufbegleiten?«, fragte ihn seine Mutter.

Neor nahm ihr Angebot an. Er wusste, dass es ihr Freude machte: Ihn noch einmal zu umsorgen, ihn zu bemuttern, als wäre er noch ihr kleiner Junge. Und er konnte es ihr nachempfinden. Er selbst beobachtete wehmütig das Heranwachsen der eigenen Kinder, wohl wissend, dass sie sich mit jedem Tag weiter von ihm entfernten. Bald schon würden sie ihn nicht mehr brauchen, und in gewisser Weise schmerzte ihn das. Denn auch er genoss es, wenn sie ihre Köpfe an seine Brust legten und ihn aus großen Augen, in denen der Wunsch nach Schutz, Trost oder einfach nur Wärme abzulesen war, anschauten.

Schweigend, sich der tröstlichen Anwesenheit des jeweils anderen bewusst, durchquerten sie die Flure.

Da stürmte ihnen plötzlich eine Zofe entgegen. »Majestät! Ich habe Euch schon überall gesucht!«

»Ich war beschäftigt.«

Das Mädchen war kreidebleich und atmete schwer.

»Nicht so aufgeregt. Was ist denn geschehen?«

Die Zofe hob ihren entsetzten Blick. »Majestät, dem König geht es sehr schlecht.«

Adhara wanderte bis zur totalen Erschöpfung, lief sich die Sohlen zunächst in Makrats verwinkelten Gassen ab, dann auf unwegsamen Pfaden durch Wiesen und Wälder, immer ihrem Ziel entgegen.

Kalth hatte ihr eine Karte mitgegeben, auf der er die ganze Strecke eingezeichnet hatte, und ihr auch einige Orte genannt, wo sie rasten und nächtigen konnte.

»In dieser Gegend sind viele Soldaten stationiert. An Herbergen herrscht dort kein Mangel.«

Anfangs ließ Adhara sie links liegen. Zum einen hatte sie keine Lust, irgendjemanden zu sehen, und zum anderen fürchtete sie, dass man hinter ihr her sein könnte. Sie hatte keine Ahnung, was Neor von ihrer Flucht hielt. Möglicherweise ließ er sie suchen. Darüber hinaus wurde sie auch von Theana erwartet, zu ihrer ersten Sitzung mit dem Ziel, ihr Gedächtnis wiederzuerlangen. Nach Miras Ermordung war die Sache verschoben worden, doch später hatte die Hohepriesterin ihr dann über Dalia persönlich einen neuen Termin ausrichten lassen.

Das Glas mit den Kräutern hatte sie im Palast zurückgelassen. Sie hatte keinerlei Interesse mehr daran, zu erfahren, wer sie einmal gewesen war. Die Erweckten, die Geweihte … Alles Worte, die mittlerweile ihren Sinn verloren hatten. Nun strebte sie der Zukunft entgegen, und es war ihr gleich, woher sie kam.

Und damit hatte ihr langer Marsch begonnen.

Es war beeindruckend: In dem Moment, als sie den Palast verließ, hatte sie sofort das Gefühl, in eine ganz andere Welt einzutauchen. Obwohl auch am Hof die Anspannung spürbar war, war dort die Atmosphäre noch alles in allem erträglich gewesen. Gewiss, die Seuche, die Furcht, die Trauer um Mira … Doch letztendlich fühlte man sich dort noch sicher, und alle führten ihr gewohntes Leben weiter.

Außerhalb nicht. Draußen herrschte Weltuntergangsstimmung. Nach Einbruch der Dunkelheit war niemand mehr in den Makrater Gassen zu sehen. Die Leute verbarrikadierten sich in ihren Häusern in der trügerischen Hoffnung, sich auf diese Weise schützen zu können. Nur finstere Gestalten trieben sich, mit wer weiß welchen Absichten, draußen herum.

Die erste große Schwierigkeit hatte darin bestanden, aus der Stadt hinauszugelangen. Dass Makrat unter Quarantäne stand, hatte Adhara vollkommen vergessen. Jeder Abschnitt der Stadtmauer wurde von Soldaten überwacht, die, bis an die Zähne bewaffnet, angestrengt in die Dunkelheit starrten. Während sie sich heranschlich, hatte Adhara krampfhaft versucht, sich etwas einfallen zu lassen. Doch das Glück stand ihr bei: plötzlich Geschrei, und der Soldat auf der Mauer gleich vor ihr rannte fort, nach rechts, zu einer bestimmten Stelle. Waffen klirrten. Offenbar hatte jemand versucht, sich an den Wachen vorbeizuschleichen. Und diesen Umstand nutzte Adhara für sich aus.

Rasch begann sie, die Mauer hinaufzuklettern. Ihre Finger krallten sich in die Ritzen, und als sie endlich oben war, huschte sie tief gebückt zur gegenüberliegenden Seite. Als sie kurz nach rechts schaute, sah sie drei Wachsoldaten und das Funkeln von Klingen, die hektisch hin und her geschwungen wurden.

Sie überstieg die Brustwehr und begann hinunterzuklettern. Da erblickte sie sie, wie sie sich an der Mauer zusammendrängten, stöhnend und klagend.

»Habt Erbarmen!«

»Macht das Tor auf!«

»Lasst uns hinein!«

»Mein Kind liegt im Sterben!«

Eine Schar Verzweifelter, die sich dort versammelt hatte. Wie die Wellen eines Meeres aus lebendigen Leibern brandeten sie gegen die Mauer, die Arme ausgestreckt zu einem Ziel, das ihnen als letzte Hoffnung erschien. Der eine oder andere versuchte hochzuklettern, doch die meisten rutschten irgendwann ab und stürzten wieder hinunter, und wer dennoch hinaufgelangte, auf den warteten oben die Soldaten.

Ein Stück nur dahinter sah sie behelfsmäßige Zelte, ein ganzes Lager bedauernswerter Kreaturen, zu allem bereit, um in die Stadt ihrer Träume zu gelangen, die Stadt, in der, wie sie glaubten, alle gesund waren. Gestank, Rauch, Verwesung, und Adhara spürte, wie ihr der Ekel die Kehle zuschnürte. So schnell es ging, kletterte sie noch den letzten Abschnitt hinunter und ließ sich dann einfach fallen. Ihre Arme waren lahm geworden, und in ihrem Kopf drehte sich alles. Noch bevor sie sich aufgerappelt hatte, war sie von Leuten umringt.

»Kommst du uns holen?«

»Warum willst du fort?«

Sie berührten sie, starrten sie an. In Lumpen, schwer gezeichnet von ihrer Wanderung, halb verhungert. Adhara schrie auf und versuchte, sich loszumachen, schaffte es endlich auch, sich den Armen zu entwinden.

»So eine Wahnsinnige! Verlässt die sichere Stadt, um hier wie wir alle zu verrecken!«, rief jemand.

Als sie schon mehr Platz hatte, sprang sie auf, und den Quersack fest an die Brust gepresst, rannte sie davon.

Erst als weit und breit kein Zelt mehr zu sehen war, blieb sie stehen und ließ sich zu Boden sinken, während ihr ein jäher Brechreiz in der Kehle den Atem nahm. So lag sie im Gras wie an jenem ersten Tag, auf dieser Wiese. Nur stand über ihr keine strahlende Sonne, sondern ein kalter Mond.

Ich hätte ja nie gedacht …

Immer noch spürte sie die Hände der Flüchtlinge, die sie betatschten, hörte sie deren Stimmen, die ihr durch den Schädel hallten. Sie legte sich auf den Rücken und sah hinauf zum klaren Himmel. In dem matten Licht waren kaum Sterne zu sehen. Aber alles war so ruhig, reglos, ungestört … Und sie fragte sich, wieso? Wieso musste das alles geschehen? Was hatten sie verbrochen, dass sie von dieser schrecklichen Geißel heimgesucht wurden?

Sie war allein. Niemand war mehr in ihrer Nähe. Irgendwann schleppte sie sich noch ein Stück weiter, hin zu ein paar Bäumen, die in der Nähe aufragten, und ließ sich, mit dem Rücken gegen einen Stamm gelehnt, nieder. So saß sie da, ihren Beutel wieder an die Brust gepresst, während ihr ein paar Tränen, Tränen der Angst und der Hilflosigkeit, über das Gesicht rannen, bis sie irgendwann der Schlaf überkam.

27

Chaos

Am nächsten Morgen wachte Adhara bei Sonnenaufgang auf. Immer noch steckte ihr ein Kloß im Hals von dem Elend, das sie am Abend zuvor gesehen hatte. Doch sie zwang sich aufzustehen, wusch sich das Gesicht in einem Bach, der in der Nähe plätscherte, und füllte dann ihre Feldflaschen. Den ganzen Tag wanderte sie ohne Unterlass, ließ sich nicht aufhalten von ihren brennenden Fußsohlen und schmerzenden Beinen. Offenbar war sie in den am Hof zugebrachten Monaten schlapper geworden und das lange Wandern nicht mehr gewohnt, doch sie zwang sich, immer weiterzugehen. Denn mit jeder Stunde wuchs die Sehnsucht nach Amhal, die sie auch körperlich immer stärker spürte. Sie musste ihn einfach sehen, bei ihm sein. Und während sie marschierte, dachte sie an all die Gespräche, die sie in den vergangenen Monaten geführt hatten. Niemals mehr würde sie ihm erlauben, von ihr fortzugehen. Denn nur sie allein konnte das Gute in ihm zum Tragen bringen. Nur sie allein konnte ihm helfen, die Tobsucht aus seinem Herzen zu verbannen, nur sie allein konnte die Wunde heilen, die Miras Tod ihm gerissen hatte. Deswegen war alles andere egal. Die Anstrengung, der Regen, der sie immer mal wieder durchnässte … Was zählte, war nur, ans Ziel zu gelangen.

Sie folgte der Hauptverbindung zwischen Makrat und den nördlichen Landesteilen. Der Weg durchschnitt den Wald, war aber recht breit und in diesen Zeiten viel benutzt. Vor allem von Soldaten. In Marschkolonnen sah sie die Männer mit gezeichneten, verlorenen Mienen vorbeimarschieren. Manche Trupps hatten auch denselben Weg, und wenn sie ein Stück neben ihnen wanderte, erkannte sie in ihren Gesichtern die stille Verzweiflung derer, die einem unabwendbaren Schicksal entgegengingen. Die Augen der anderen aber, die nach Makrat unterwegs waren, sprachen von dem Grauen, dessen Zeugen sie geworden waren.

An einem Abend beschloss sie, in einer Herberge zu nächtigen, die Kalth ihr genannt hatte. Bevor man sie hineinließ, untersuchte man sie gründlich, zunächst jedes Stückchen sichtbarer Haut, und forderte sie dann auf, das Hemd abzulegen. So stand sie nackt, die Arme über den Brüsten verschränkt, vor den Wachsoldaten, die sie lüstern anglotzten.

Während sie kurz darauf etwas aß, lauschte sie ihren Gesprächen.

»Die wenigen noch Gesunden sind raus und haben die Türen hinter sich verriegelt. Und dann haben sie alles in Brand gesteckt. Als wir eintrafen, war schon nichts mehr zu machen. Doch von drinnen hörte man noch die Schreie. Das ganze Dorf war ein einziger Feuerball, die Hitze unerträglich. Und die da drinnen brüllten und brüllten. Bestialisch. Nachts höre ich immer noch dieses Geschrei, es bringt mich um den Schlaf. Die Gesunden sind über uns hergefallen, um uns Waffen und Uniformen zu entreißen und dann verkleidet nach Makrat einzudringen.«

»Wie habt ihr euch gewehrt?«

»Wir haben sie töten müssen. Es gab keine andere Möglichkeit. Einige hatten sich bereits Waffen besorgt und drei von uns niedergemacht.«

Adhara gefror das Blut in den Adern. Dass es bereits so schlimm stand, hätte sie nicht gedacht.

Als sie am Tag weiterwanderte, kam es ihr so vor, als sei der Weg, dem sie folgte, ihre einzige Rettung. Links und rechts Abgründe: Welche Gräuel geschahen dort in den finsteren Wäldern, im Schatten der Bäume? Wie viele röchelnde Kranke mochten in den Dörfern und Städten am Wegesrand mit dem Tod ringen, wie viele Menschen verbrannt, wie viele Unschuldige niedergemetzelt worden sein?

Je länger sie unterwegs war, desto mehr Notleidenden begegnete sie, Flüchtlingen, viele verletzt, alle ausgehungert und müde, die sich, nur mit dem Allernötigsten ausgestattet, von den befallenen Ortschaften aufgemacht hatten und sich nun wie Gespenster dahinschleppten. Nur wenn sie den Namen »Makrat« hörten, erstrahlten ihre Mienen.

»Es heißt, ein besonderer Zauber soll die Stadtmauer schützen und verhindern, dass die Seuche hineingelangt«, erzählte jemand eines Abends in der Herberge, wo Adhara eingekehrt war.

Sie hätte ihm die Wahrheit erzählen, hätte ihm erklären können, dass auch Makrat bald fallen würde, dass das Drama unweigerlich seinen Lauf nahm und dass niemand mehr etwas dagegen unternehmen konnte. Denn bald schon würde es im Land keine von der Seuche verschonten Ecken mehr geben. Aber wem wäre damit gedient gewesen? Diesem Mann war nichts außer dieser schwachen Hoffnung geblieben. Warum hätte sie ihm auch die noch nehmen sollen?

Und dann waren auch immer mehr Kranke zu sehen. Zurückgelassen am Wegesrand. Und Leichen. Leute, die es nicht geschafft hatten, an Auszehrung gestorben oder, unterwegs zu einem angeblich sicheren Ort, von der Seuche dahingerafft worden waren. In einem großen Bogen zogen die Flüchtlinge an ihnen vorbei. Nur Männer in grell violetten Gewändern und mit von dunklen Narben entstellten Gesichtern trauten sich näher heran.

»Das sind die sogenannten Barmherzigen«, erklärte ihr jemand, während diese violett gekleideten Männer Leichen auf einen Karren luden. »Sie waren selbst krank, sind aber dem Tod entronnen. Man sieht es an den schwarzen Malen auf ihrer Haut, die sie für immer zeichnen. Die kümmern sich um die Toten und Sterbenden, ohne ein Risiko einzugehen, denn anstecken können sie sich nicht mehr.«

Adhara zwang sich, mit den Bildern vertraut zu werden. Empfindlichkeit war hier ein Luxus, den sie sich nicht leisten konnte. Sie musste weiter, weiter nach Damilar, weiter zu Amhal. Dafür lernte sie, das Grauen nicht mehr an sich heranzulassen und den Blick gesenkt zu halten, während sie Meile um Meile zurücklegte.

Eines Abends kam ihr Ziel endlich in Reichweite. Sie war mit ihren Kräften am Ende.

Es regnete wieder, und die Luft war kalt. Auf die Entfernung erkannt sie das Lager nur als eine Ansammlung flackernder Lichter zwischen den Bäumen.

Am Morgen hatte sie die Hauptverbindung verlassen und einen Pfad durch dichtes Gehölz eingeschlagen. Der nördliche Wald erstreckte sich an den unteren Hängen des Rondal-Gebirges und war anders als die Wälder, die sie bislang gesehen hatte. Finsterer und unheimlicher wirkte er und machte ihr Angst. Er bestand fast ausschließlich aus turmhohen Tannen, dunkel und gerade gewachsen, und der Boden war bedeckt mit einem dichten Teppich aus Nadeln, die unter ihren Füßen knirschten. Kein Vogelgezwitscher, nur gelegentliches Rascheln, so als werde sie von jemandem aus dem Dickicht heraus auf Schritt und Tritt beobachtet. Die Stille hatte etwas Bedrohliches, Feindseliges. Und sie fror. Adhara musste sich ganz fest in ihren Umhang hüllen, damit ihr die Eiseskälte nicht in die Knochen fuhr.

Den ganzen Tag über hatte der Weg bergauf geführt, manchmal recht steil sogar, und Adhara musste ihren erschöpften Beinen noch einmal alles abverlangen. Das letzte Stück legte sie schon im Dunkeln zurück, konnte sich nur auf den Widerschein des noch ein wenig erhellten Himmels verlassen und musste höllisch aufpassen, um nicht vom Weg abzukommen. Dann endlich hatte sie diese flackernden Lichter erblickt, die ihr, so unheimlich sie auch wirken mochten, ein wenig Hoffnung gaben.

Der Pfad hatte sich wieder verbreitert, und die ersten windschiefen Zelte tauchten auf sowie ein großes, ganz eingefasstes Gehege, das von zwei bis an die Zähne bewaffneten Soldaten bewacht wurde. Vereinzelte Schreie und Stöhnen drangen ihr entgegen. Und Adhara zog ihren Mantel noch fester über der Brust zusammen.

Und nun? Wo war Amhal? Vielleicht sollte sie jemanden fragen, überlegte sie. Aber was würde er wohl sagen, wenn er sie erblicke?

Zögernd bewegte sie sich noch ein wenig ins Lager hinein, während hier und dort Menschen aus ihren Zelten traten und sie mit abweisenden Blicken bedachten. Aber es waren keine Soldaten. Beunruhigt blickte Adhara sich um. Offensichtlich befand sie sich noch nicht im militärischen Abschnitt des Lagers: Es waren alles Flüchtlinge. »Eine Fremde«, hörte sie murmeln. Sie nahm allen Mut zusammen und trat auf eine Familie zu, die um ein Feuer saß.

»Ich suche das Militärlager Damilar.«

Die drei drängten sich eng aneinander, schauten sie hasserfüllt an und zogen sich dann rasch in ihr Zelt zurück.

»Ich tue euch doch nichts«, rief Adhara ihnen nach, doch da merkte sie schon, dass sich einige Leute um sie herum zu versammeln begannen. Angst überkam sie, und sie fuhr mit der Hand zum Dolch.

»Sie ist eine Fremde.«

»Ob sie Nymphenblut hat?«

Unwillkürlich zog Adhara den Dolch, während ein mit einem langen Stock bewaffneter Mann auf sie zutrat.

»Was willst du?«

»Gar nichts. Ich suche nur ein Heerlager. Damilar heißt es«, antwortete sie, wobei sie die Klinge senkte.

»Nur Nymphen trauen sich hierher. Bist du ein Halbblut?«

»Ich bin …« Die Antwort erstarb ihr auf den Lippen. Eben, wer war sie eigentlich? Und was?

»Du verbreitest die Seuche, Elende!«, kreischte eine alte Frau.

Es war, als hätten sie alle nur auf dieses Signal gewartet. Ein Aufschrei durchlief die Menge, und schon waren sie über ihr.

Adhara glaubte, ersticken zu müssen. Tritte, Schläge, Fausthiebe. Panik ergriff sie, denn sie war sich bewusst, dass sich diese aufgeputschte Menge erst beruhigen würde, wenn sie ihr Blut vergossen hatte. Es war eine blinde Angst, die sie steuerte und ihnen ungeahnte Kräfte verlieh. Adhara verlor ihren Dolch und versuchte nun, sich beißend und kratzend zur Wehr zu setzen. Dabei schrie sie, doch ihr Schreien ging unter in dem vielstimmigen Brüllen der Meute, die dabei war, sie zu lynchen. Doch plötzlich spürte sie, wie sich um sie herum ein leerer Raum bildete, während sie gleichzeitig ein wohlvertrautes Geräusch vernahm, das Zischen einer ellenlangen Klinge, die durch die Luft geschwungen wurde. Sie riss die Augen auf und erblickte Amhals Schwert, das für Panik unter ihren Peinigern sorgte. Blut spritzte, und drei Männer sanken leblos zu Boden. Das reichte. Die Menge teilte sich.

Das Schwert fest in der Hand, zum Kampf bereit, stand er da, und seine Augen flackerten wild vor unbändigem Zorn.

»Lasst sie los und verschwindet hier!«, rief er.

Die Menge zögerte kurz, doch ein Blick auf die leblos am Boden liegenden Körper überzeugte alle, und die Leute zerstreuten sich.

Noch einen kurzen Augenblick lag Adhara nur da und starrte Amhal an, dann sprang sie auf und warf sich in seine Arme.

In einer Ecke des Zeltes stand eine Pritsche, und in der Mitte loderte ein kleines Feuer. Über einem Ständer hing Amhals

Rüstung, und daran lehnte sein Schwert. In eine schwere Decke gehüllt, saß Adhara am Feuer und starrte in die Flammen.

Amhal hatte noch kein einziges Wort an sie gerichtet. Erneut hatte er ihr das Leben gerettet, hatte sie in sein Zelt gebracht, ihre Wunden versorgt und ihr zu essen gegeben. Aber gesprochen hatte er nicht mit ihr. Schnell war er wieder verschwunden, und nun hockte sie allein hier.

Als er sie aus den Fängen der Meute befreit hatte, war sie nur von der Wiedersehensfreude erfüllt gewesen. Nun aber sah sie die Szene in ihrem ganzen Grauen vor sich. Die Leichen am Boden, und Amhal, der sie mit einem einzigen Schwerthieb niedergemäht hatte. Die Mordlust in seinem Blick, die Eiseskälte, mit der er diese Männer getötet hatte. Sie vergrub den Kopf zwischen den Knien. Was war aus *ihrem* Amhal geworden?

In diesem Moment betrat er wieder das Zelt. Das Gesicht gezeichnet, erschöpft. Adhara hob den Blick und wartete, wünschte sich, dass er den ersten Schritt machte, etwas zu ihr sagte, egal was. Doch er setzte sich nur nieder und blickte versunken ins Feuer.

»Bist du wütend auf mich?«, fragte sie ihn.

Amhal musste einen Moment nachdenken. »Das hier ist kein Platz für dich«, sagte er dann.

»Mein Platz ist, wo du bist.«

Er winkte zornig ab. »Ach, verdammt noch mal, Adhara, siehst du denn nicht, wo wir hier sind? Ist dir entgangen, was dort draußen los ist. Hast du sie dir nicht angeschaut, diese Leute, die dich fast gelyncht hätten?«

»Doch, natürlich. Und ich weiß auch, dass es bald in der gesamten Aufgetauchten Welt so aussehen wird. Dieses Unheil lässt sich nicht mehr aufhalten. Es wird alles verschlingen.«

Amhal blickte wieder ins Feuer. Die Flammen warfen flackernde Schatten auf sein Gesicht. Er wirkte mitgenommen. Kaum mehr als eine Woche hatte sie ihn nicht gesehen, aber er hatte sich schon verändert. In der kurzen Zeit hier musste sich etwas Schwerwiegendes zugetragen haben.

»Du hast die Männer einfach erschlagen …«

»Bist du gekommen, um mir Moralpredigten zu halten? Die hätten dich doch umgebracht. Was blieb mir anderes übrig? Hier draußen kann man sich keine Skrupel leisten. Hier passe ich hin mit meiner Wut.«

Adhara schaute ihm fest in die Augen. »Nein, du hättest niemals hierherkommen dürfen …«

»Das trifft wohl eher auf dich zu. Was willst du hier bloß?«, erwidert er, wobei er eine Sicherheit vorgab, die er gar nicht besaß.

»Das weißt du genau.«

»Adhara, was dich treibt, ist keine Liebe. Du hältst es dafür, aber das ist es nicht.«

»Vielleicht weiß ich nicht viel vom Leben, aber …«

»Ich habe dich damals gerettet«, unterbrach Amhal sie ungerührt, »und deswegen glaubst du, mich zu lieben. Aber nur, weil ich lange, allzu lange dein einziger Halt war. Und das ist keine Liebe, bloß Dankbarkeit. Du machst dir etwas vor.«

Adhara schluckte ihre Tränen hinunter, um ihm nicht die Genugtuung zu gönnen, sie weinen zu sehen. »Du willst, dass ich dich wieder verlasse. Aber so schaffst du das nicht.«

Amhal bemühte sich, aus seinem Blick jede Schwäche zu tilgen, doch Adhara erkannte es noch, hinter seinen Pupillen, all das Gute, das auch in ihm steckte, seine bessere Seite.

»Dieses Lager hier macht dich kaputt«, sagte sie, »aber dein gutes Herz hast du nicht verloren. Du bist immer noch der Soldat, der mir an jenem Abend in Salazar das Leben gerettet hat, bist noch der Gefährte, der mit mir gereist ist und schöne und schreckliche Dinge erlebt hat, bist noch der Freund, der sich so verzweifelt bemühte, mir zu einer Vergangenheit zu verhelfen. Und bist auch noch der Mann, der mit aller Kraft gegen die Mordlust ankämpfte, die er in sich spürte, und der sie sogar besiegen konnte.«

Amhal lächelte bitter. »Ich habe sie nie besiegt.«

Sie ging nicht darauf ein. »Soll ich dir sagen, wieso ich hier bin? Weil es mir nicht gelungen ist, dich aufzuhalten, dich davon abzubringen, hierherzuziehen und hier deine Seele zu verspielen. Aber ich kann dich immer noch daran hindern, diesen Weg des Verderbens ganz zu Ende zu gehen. Denn ich bin mir vollkommen sicher: Ich bin die Einzige, die es schaffen kann, dich zu retten.«

Mit der ganzen Entschlossenheit, die sie im Herzen spürte, blickte sie ihn an mit jenem blinden Vertrauen, das sie, mitten durch das Grauen beiderseits des Wegs, hierher zu ihm geführt hatte. Und sie beobachtete, wie sein Blick nachgab und etwas hindurchbrach durch diesen Panzer, den er mit jedem Tag dicker werden ließ.

»Du sollst nicht sehen, was ich hier tagtäglich erlebe …«, murmelte Amhal.

»Lass uns gemeinsam umkehren«, sagte sie und legte die flache Hand auf seinen Arm.

Er schüttelte den Kopf. »Hier gehöre ich hin, an einen solchen Ort, immer schon. Etwas Besseres habe ich nicht verdient.« Eine derartige Verzweiflung lag in seinem Blick, eine so tiefe Verzagtheit, dass Adhara einen Moment lang in Schweigen verharrte. Als sie gerade etwas erwidern wollte, wurde die Plane des Zelteingangs zur Seite geschoben.

Anders als Amhal wirkte San unverändert, selbstsicher, charmant: »Ich störe doch hoffentlich nicht«, sagte er freundlich und setzte sich zu ihnen ans Feuer.

Adhara blickte ihn hasserfüllt an. Dabei hatte ihr San in der ersten Zeit noch gefallen; die Aura des Helden, die ihn umgab, sein natürliches Charisma hatten auch sie betört. Aber jetzt hatte sie nur noch Verachtung für ihn übrig. Denn sie meinte zu spüren, dass er es war, der Amhal von ihr fortzog.

»Heute Abend sind wir beide für eine Patrouille eingeteilt«, erklärte San und fuhr dann an Adhara gewandt fort: »Ich besorge dir einen Geleitschutz, dann kannst du morgen bei Tagesanbruch nach Makrat zurückkehren. Die Stadt steht zwar unter Quarantäne, aber wenn du beweisen kannst, dass du Nymphenblut besitzt, lassen sie dich vielleicht passieren.«

»Ich bleibe hier«, antwortete sie entschlossen.

San lächelte verständnisvoll. »Das hier ist nun wirklich kein Platz für Frauen.«

»Aber Amhal ist hier, und deshalb bin ich hier richtig.«

»Wenn du hierbleibst, kann ich für deine Sicherheit nicht garantieren.«

»Ich habe nie irgendwelche Garantien verlangt.«

Da wich das Lächeln aus Sans Miene, und Adhara glaubte plötzlich, sein wahres Gesicht zu erkennen, das Gesicht eines Mannes, der kein Erbarmen kannte.

»Amhal und ich sind nicht zum Spaß hier, verstehst du? Wir wurden nach Damilar abkommandiert, um bestimmte Aufgaben zu erledigen. Auf deinem Weg hierher wirst du wohl gesehen haben, welche Zustände in diesem Gebiet herrschen. Wir haben hier alle Hände voll zu tun, und Amhal hat keine Zeit, sich um dich zu kümmern.«

»Auch das verlange ich nicht. Ich werde niemandem zur Last fallen. Denn ich weiß mich meiner Haut schon zu wehren.«

»Das habe ich gesehen«, erwiderte San höhnisch. »Nein, hier kannst du nicht bleiben. Auf keinen Fall!«

»San!«, bremste ihn Amhal, indem er ihm einen vielsagenden Blick zuwarf.

Sein Meister schien zu verstehen und erklärte nun ruhiger: »Begreif doch, Amhal, es geht mir doch um dich … Du wolltest alles hinter dir lassen, sagtest du, als du vorschlugst, von Makrat fortzugehen. Meinst du wirklich, das hilft dir dabei?«

Amhal seufzte. »Nein, aber sie wird nicht gehen. Ich habe schon alles versucht, und auch du wirst sie nicht überzeugen können.«

Adhara fiel auf, dass er San jetzt duzte.

Der Drachenritter stand auf. »Dann tu, was du nicht lassen kannst.« Und damit wandte er sich dem Ausgang zu.

Adhara blickte Amhal dankbar an, der ihren Blick aber nicht erwiderte. Er stand ebenfalls auf.

»Ich schaue mal, ob ich ein Zelt für dich finde.«

»Danke.«

»Dank mir lieber nicht«, antwortete er, ohne sich zu ihr umzudrehen. »Mir wäre es viel lieber, du wärest geblieben, wo du warst, und hättest mich vergessen.«

Am dritten Tag gab es keinen Zweifel mehr: Es war die Seuche. Nicht wegen einer vorübergehenden Erkrankung oder des Roten Fiebers lag Learco röchelnd danieder. Nein. Es war die Seuche. In kurzer Zeit überzog sich sein ganzer Körper mit schwarzen Flecken.

Eine Heerschar von Heilpriestern traf im Palast ein. Auch Theana eilte herbei, um sich um den König zu kümmern. Kurz darauf zeigten sich bei drei Kammerdienern ebenfalls die ersten Anzeichen der Krankheit. In höchster Not versuchte man zu retten, was zu retten war: Ein gesamter Flügel des Palastes wurde abgesperrt, die königlichen Gemächer wurden in einen abgelegenen Teil verlegt und bewaffnete Soldaten zwischen dem infizierten und dem noch nicht befallenen Trakt postiert mit dem Befehl, niemanden, unter keinen Umständen, hindurchzulassen. Dubhe sperrte sich mit ihrem Gemahl ein. Und Neor blieb allein zurück.

Er hatte es immer kommen sehen. Ihre Maßnahmen waren nicht mehr als der Versuch, einen Sturm mit bloßen Händen aufzuhalten. Aber ein Orkan von solcher Stärke ließ sich nicht bremsen, und bald schon würde er sie erreichen und alle hinwegfegen.

Im Halbschatten seines Empfangszimmers sitzend, ließ er sich über die neuesten Entwicklungen unterrichten.

»Seine Majestät hat heute Morgen das Bewusstsein verloren. Seitdem scheint er nicht mehr zu sich gekommen zu sein.«

Neor zeigte keine Regung. »Fahr fort!«, sagte er kühl.

»Weitere drei Fälle sind aufgetreten, und die beiden Heilpriester, denen es schon gestern schlecht ging, mussten heute die Arbeit niederlegen. Die Hohepriesterin opfert sich vollkommen auf, aber was sie auch versucht, es scheint keinerlei Wirkung zu zeigen.«

»Was ist mit der Königin?«, fragte er mit betont sachlicher Stimme.

»Ihr geht es noch gut.«

Neor schloss nur ein klein wenig die Augen. »Du kannst gehen«, sagte er, und der Mann verließ den Raum und schloss leise die Tür hinter sich.

Es war kalt in dem Zimmer, eine Kälte, die unter die Haut und in die Glieder kroch. Neor ließ den Kopf gegen die Lehne zurücksinken.

Er dachte an seinen Vater und die dreißig gemeinsamen Jahre, die das Schicksal ihnen gewährt hatte, dachte an die Zeit, als er noch ein Junge war und laufen konnte, erinnerte sich an ihre gemeinsamen Spiele und das Bild, das er immer von ihm hatte: ein Mann, der nicht zu bezwingen war, ein großer König.

Die Tage nach seinem Unfall fielen ihm wieder ein; er sah seinen Vater vor sich, der an seinem Bett stand und ihm die Hand hielt. Auch im Schmerz hatte er nichts von seiner Größe verloren, und wenn er ihn an seiner Seite spürte, hatte Neor sich behütet gefühlt.

»Ich bin nur noch ein halber Mann«, hatte er einmal zu ihm gesagt, und die Züge seines Vaters hatten sich so verhärtet, dass er eine Ohrfeige erwartete. Doch die blieb aus.

»Sag das nie wieder! Was zählt, ist nicht der Körper, sondern der Geist. Wenn du dich aufgibst, wenn du es zulässt, dass die Verzweiflung die Oberhand gewinnt, bist du tatsächlich nur noch ein halber Mann, ein Mann, der sich nur noch selbst bemitleiden kann. Aber wenn dein Wille stark ist, ist deine Seele frei, überwindet alle Fesseln des Körpers und kann dich hoch hinaustragen.«

Diese Worte waren es, die ihn gerettet hatten, die ihn zu dem Mann hatten werden lassen, der er heute war.

Er dachte an ihre letzte Begegnung. Das war, bevor er ihn hintergangen hatte, indem er seine Mutter veranlasste, den Mann beschatten zu lassen, den sein Vater wie kaum jemanden sonst achtete und fast als einen zweiten Sohn betrachtete. Sie waren spazieren gewesen im Park. Er sehe ein wenig blass aus, hatte er zu ihm gesagt, und wirke etwas mitgenommen.

Der König hatte gelacht. »Das nennt man das Alter. Jeden Tag zerrt es dich ein bisschen näher ans Grab: Das Aufstehen fällt immer schwerer, und die Gelenke rosten mehr und mehr ein. Aber das ist des Lebens Lauf, Neor. Ich habe mich schon lange damit abgefunden.«

Jetzt rann Neor eine Träne über die Wange. Er würde ihn niemals wiedersehen, würde ihn nicht begleiten können während seiner letzten Stunden auf dieser Erde. Wie gern wäre er zu ihm geeilt, um an seinem Sterbelager zu sitzen, zu weinen und sein Schicksal zu teilen. Aber das war unmöglich. Er musste gesund bleiben. Er musste das Königreich seines Vaters vor dem Untergang bewahren.

Er rollte an den Tisch und läutete. Nicht lange, und der Mann, den er erwartet hatte, einer seiner engsten Ratgeber, trat ein.

»Stell einen Begleittrupp aus meinen zehn besten Leibwächtern zusammen, und lass meiner Gemahlin und meinen Kindern ausrichten, sie sollen ein paar Sachen zusammenpacken, nur das Allernotwendigste, und sich zum Aufbruch fertig machen. Ebenso meine Ratgeber: Ihre Familien können sie mitnehmen, aber ebenfalls nur mit so wenig Gepäck wie möglich. Und in den Stallungen gib Befehl, Drachen in ausreichender Zahl zu satteln, um uns alle nach Neu-Enawar zu bringen.«

»Aber, Herr … Was wird aus dem Königreich? Was wird aus dem König und der Königin?«

»Ab sofort übernehme ich das Zepter des Reiches. Der gesamte Hof wird nach Neu-Enawar verlegt.«

Der Ratgeber starrte Neor entgeistert an.

»Was ist? Du hast doch gehört, was ich gesagt habe? Nun los!«, drängte Neor ihn, und der Mann nickte zustimmend.

Dann war der Prinz wieder allein. So wie er es ab nun für immer sein würde.

28

Jenseits der Grenze

Es war nicht leicht für Adhara, im Lager eine Beschäftigung zu finden. Gleich am ersten Tag versuchte sie, irgendeine militärische Aufgabe übertragen zu bekommen. Aber der Befehlshaber lachte ihr nur ins Gesicht.

»Glaubst du wirklich, man könnte so mir nichts, dir nichts Soldat werden? Glaubst du, es reiche, einen Dolch am Gürtel zu tragen, um zu uns zu gehören? Frauen gehören hier nur in die Flüchtlingszelte oder ganz nach Hause, wo du auch besser geblieben wärest.«

Noch am Abend desselben Tages sprach sie Amhal darauf an, als er von seinem Einsatz zurückkehrte. Abgekämpft, das Schwert blutbesudelt, betrat er mit erloschenem Blick sein Zelt.

»Ich will mit dir kommen.«

Er schaute durch sie hindurch.

»Erlaube mir, dich und San bei eurem Einsatz zu begleiten.«

»Kommt nicht infrage.«

»Warum nicht?«

»Das ist nichts für eine Frau.«

»Das höre ich schon, seit ich hier bin. Dabei weiß niemand, was wirklich in mir steckt. Außer dir. Du weißt, dass ich kämpfen kann.«

»Hier geht es aber nicht ums Kämpfen. Du kannst einfach

nicht mitkommen. Mehr habe ich nicht dazu zu sagen«, fertigte er sie ab.

So saß Adhara den ganz Tag allein im Zelt und zerbrach sich den Kopf darüber, was sie hier überhaupt zu suchen hatte und wie sie Amhal vielleicht doch helfen könnte. Mehr und mehr kam ihr das alles wie der reine Wahnsinn vor. Sie hatte sich selbst etwas vorgemacht, hatte in ihrem Tun etwas Heroisches sehen wollen, was ihm in Wirklichkeit aber völlig fehlte. Nicht um Amhal zu retten, hatte sie sich auf den Weg gemacht, sondern weil er ihr fehlte, weil sie ohne ihn nicht sein konnte. Das war die einzige Wahrheit.

Am Abend kehrte er wieder völlig erledigt ins Zelt zurück. Sie wechselten kaum ein Wort miteinander. Als sie später mit San aßen, unterhielten sich der Drachenritter und sein Schüler über ihren Dienst sowie seine Ausbildung.

»Ich bin sehr stolz auf dich«, sagte San irgendwann, »du machst große Fortschritte in der Magie.«

Ein schwaches Lächeln huschte über Amhals Gesicht.

»Wie ich sehe, erkennst du mehr und mehr, worauf es bei bestimmten Formeln ankommt, und lernst immer besser, sie anzuwenden. Bald schon werde ich dir etwas Neues zeigen. Einen sehr mächtigen Zauber, den manche Dunklen Blitz nennen.«

Etwas durchzuckte Adharas Geist, als sie diesen Namen hörte.

Später trat sie dann, bevor sie in ihrem Zelt verschwand, noch einmal auf Amhal zu, ergriff seinen Arm und zwang ihn, ihr in die Augen zu sehen. »Er bringt dir verbotene Zauber bei, nicht wahr?«

Amhals Blick schweifte ab in die Finsternis, in die das Lager getaucht war. Das Stöhnen und Klagen der Kranken erfüllte die Nacht. Er machte sich los. »Das geht dich gar nichts an.« Und damit ließ er sie stehen und stapfte auf sein Zelt zu.

»Der Name sagt mir etwas«, ließ sie nicht locker, wobei

sie ihm nachrannte, »ich fand ihn in einem Buch erwähnt, als ich nach Spuren meiner Vergangenheit suchte. Diesen Zauber hat der Tyrann entwickelt. Was macht dieser San nur mit dir, Amhal?«

Vor seinem Zelt hielt sie ihn noch einmal fest. Sie ergriff seine Hand und blickte ihn fragend an.

»Er lehrt mich, wer ich bin. So einfach ist das«, antwortete Amhal unwirsch.

»Das stimmt nicht. Wie er dich haben will, lehrt er dich. Aber so bist du nicht und wirst es auch niemals sein. San hat einen schlechten Einfluss auf dich. Das musst du doch merken. Wie hast du dich verändert in den vergangenen Wochen, so als hättest du dich aufgegeben, als wolltest du es nicht mehr länger bekämpfen, dieses Toben in deiner Brust.«

»Da gibt es auch nichts zu bekämpfen«, antwortete er kalt. »Ich *bin* dieses Toben. Es ist die erste Regung, an die ich mich überhaupt erinnern kann, und sie begleitet mich schon mein ganzes Leben. Alles andere verändert sich, formt sich um, doch dies bleibt, unwandelbar. Es ist meine Bestimmung, mich hier aufzuhalten, so wie es die Bestimmung meines Schwertes ist, zu töten und niederzumetzeln. Es ist das Einzige, worin ich wirklich gut bin.«

»Was redest du da für einen Unsinn? Glaubst du, Mira hätte das gefallen, dich so zu sehen?«

Einen Moment lang schienen Amhals Augen aufzuleuchten. Er kniff die Lippen zusammen. »Geh jetzt. Geh schlafen und lass mich in Frieden!« Er machte sich von ihr los und verschwand in seinem Zelt.

Die ganze Nacht über machte Adhara kein Auge zu. So furchtbar hilflos fühlte sie sich und überlegte, ob es nicht besser wäre, umzukehren und zu versuchen, sich wieder zum Palast durchzuschlagen. Aber irgendetwas hielt sie hier noch fest.

Und so band sie sich am nächsten Morgen ein Tuch um den Kopf, damit man ihre blauen Strähnen nicht sah und sie nicht wieder von den aufgeputschten Flüchtlingen angefallen würde. Dazu malte sie sich schwarze Flecken auf die Haut, um Narben vorzutäuschen, so als wäre sie selbst mit knapper Not der Seuche entkommen. So zurechtgemacht, begab sie sich zu dem Gatter, hinter dem die Befallenen zusammengepfercht waren, und sprach dort einen Mann an, dessen Gesicht fast völlig schwarz war bis auf eine noch rosige Fläche um das linke Auge herum.

»Ich möchte mich hier bei euch nützlich machen«, erklärte sie.

Der Mann musterte sie einige Augenblicke. »Lass dir dort drüben ein Gewand geben«, sagte er dann. »Du kannst sofort anfangen.«

Mit entschlossenen Schritten ging Adhara zu dem Zelt, auf das der Mann gezeigt hatte. Sie würde bleiben und das Einzige tun, was sie noch tun konnte: Jeden Abend würde sie Amhal aufsuchen und sich immer wieder neu dem Kampf stellen. Sie würde um ihn kämpfen, würde gegen San um Amhals Seele kämpfen und nicht aufgeben, bis sie den Sieg errungen hatte.

Für Amhal war es, als verschwände alles, was ihm einmal wichtig gewesen war, nach und nach am Horizont. Schon während des Fluges auf Jamilas Rücken Richtung Damilar hatte er festgestellt, dass bestimmte Teile seines Lebens keine Bedeutung mehr für ihn hatten, eine Entwicklung, die ihn anfangs noch mit Erleichterung erfüllte. Denn als Erstes löste sich die Trauer um Mira in Luft auf. Die Erinnerungen an die gemeinsamen Jahre und die Dinge, die der Meister ihn gelehrt hatte, versanken in einem dichten Nebel des Vergessens, der seinen Schmerz linderte und seine Sinne stumpfer und stumpfer werden ließ. Der Wille, gegen sich selbst zu kämpfen, erlahmte, während ihn die Not, von der er hier umgeben war, bei lebendigem Leib zu verzehren schien.

In Damilar diente sein Schwert nicht mehr dazu, Schutz

zu bieten, denn zu schützen gab es nichts mehr. Es war nur noch dazu da, zu verletzen, zu verstümmeln, zu zerstören. Zu töten, wenn jemand versuchte, aus dem Pferch der Erkrankten zu fliehen, dazwischenzufahren, wenn Flüchtlinge im Lager aneinandergerieten, unerbittlich darüber zu wachen, dass die Quarantäne in den Dörfern eingehalten wurde. Doch wozu? Der Tod war längst überall. Ständig fand die Seuche neue Opfer. Leute, mit denen man sich morgens noch, über den unaufhörlichen Regen oder die kalten Nächte klagend, unterhalten hatte, lagen abends schon röchelnd mit den ersten schwarzen Flecken auf der Haut danieder. Gewiss, manche genasen auch. Doch blieben sie für ihr Leben gezeichnet. Niemand konnte in die Hölle hinabsteigen und darauf hoffen, unbeschadet wieder hervorzukommen. Sie waren wie Gespenster, jene, die der Krankheit entronnen waren. Sie trugen den Tod in sich.

Und immer heftiger packte Amhal die Raserei, Tag für Tag, Stunde für Stunde. Bevor er hierherkam, war er mit dem Töten nicht vertraut gewesen. Nur wenige Male in seinem Leben war er dazu gezwungen gewesen und hatte sich danach immer mit Schuldgefühlen gequält. Nun verging kein Tag, an dem sein Schwert nicht irgendein Leben auslöschte. Und niemand fand etwas dabei. Der Furor in seinem Herzen jubilierte und trieb ihn dazu, sich ständig neue Opfer zu suchen, seine Klinge wieder und wieder in lebendiges Fleisch zu stoßen.

Dieses Wüten sowie sein Meister San waren in Damilar das einzig Lebendige für ihn. Zwei Dinge, die eng miteinander verbunden waren, wie Amhal sehr genau wusste. In Sans Brust schwelte die gleiche Glut. Vielleicht hatte er deswegen von ihm geträumt.

»Wie schaffst du das?«, hatte er ihn eines Abends gefragt. »Wie schaffst du das, mit dem inneren Toben zu leben?«

»Ich nehme es an«, hatte San geantwortet. »Ich habe es zu meinem Verbündeten gemacht.«

»Aber graust es dich denn nicht vor diesem Trieb, diesem Wüten in deiner Brust?«

San hatte den Kopf geschüttelt. »Sieh dich doch nur einmal um. Nichts als Wüten, nichts als Raserei, wohin du auch blickst. Ja, Amhal, das ist nicht die heile Welt, in der du bisher gelebt hast, sondern die Welt, wie sie wirklich ist. Die Welt, aus der ich komme und die auch deine Heimat ist. Eine Welt, in der die Erbarmungslosigkeit notwendig ist, um überleben zu können. Auch dir ist sie eigen, diese Lust an der Gewalt. Wir beide tragen sie in uns, und deshalb kann uns nichts geschehen. Unser inneres Feuer ist so stark, dass es dem Tod trotzt. Nur deshalb erkranken wir nicht.«

Mehr und mehr gab Amhal den Kampf gegen sich selbst auf, ließ es geschehen, dass ihn immer häufiger die Mordlust überkam, während er sich daran gewöhnte, die restliche Zeit über in einer Art ständiger Betäubung zu leben. Einer Betäubung, in der er nichts tat, an nichts dachte. So war er zwar nicht lebendig, aber das Grauen, von dem er umgeben war, wurde erträglich. Noch nicht einmal Adharas Eintreffen hatte an diesem Zustand etwas ändern können.

Gewiss, es gab sie noch, die Gefühle für sie, verborgen unter einem dicken Panzer, hinter tausend Schleiern, in die er sich gehüllt hatte, um bestimmte Dinge nicht zu sehen. Aber er wollte es nicht zulassen, wollte sich diesem Gefühl nicht hingegeben, denn sie, Adhara, war etwas Reines, das es zu bewahren galt, die Erinnerung an eine andere Zeit, in der er sich noch dem Trugbild hingegeben hatte, etwas ändern zu können.

Mehr und mehr verblasste der Jüngling, der sie gerettet, der sich bemüht hatte, ihrer Vergangenheit auf die Spur zu kommen – und das war richtig so. Denn dieser Jüngling war er nicht. Der wahre Amhal tötete Flüchtlinge, ließ seiner Wut freien Lauf. Er war nie ein anderer gewesen.

Doch bei diesem Absturz wollte er Adhara nicht mit sich in die Tiefe reißen. Sie hatte etwas Besseres verdient. Und wenn sie erst einmal sein wahres Wesen erkannt und begriffen hatte, dass seine Schlechtigkeit unabänderlich war, wäre sie frei, ihn zu vergessen und ein neues Leben anzufangen.

Aus diesem Grund ging er ihr aus dem Weg – obwohl er sich nach ihr sehnte. Denn selbst das Verlangen nach ihr, ihrer Haut, ihren Küssen, hatte etwas Unreines, Vergiftetes.

Nur so kann ich lieben, rasend, mit Gewalt. Doch ich will sie nicht erniedrigen, nicht beflecken.

Zum Glück blieb ihm nicht viel Zeit, um über diese Dinge nachzudenken. Jeden Morgen machte er sich bei Tagesanbruch mit San zu den von der Seuche befallenen Ortschaften auf. Ihre Aufgabe war es, auf die Einhaltung der Quarantäne zu achten, die Kameraden abzulösen, die in der Nacht gewacht hatten, und hin und wieder auch noch weiter vorzustoßen, um die Lage in anderen Dörfern, in denen die Seuche noch nicht wütete, zu beobachten.

Und während sie gemeinsam unterwegs waren, nutzte San die Gelegenheit, ihm wieder Neues beizubringen. Aus dem Bereich der Schwarzen Magie zumeist, aber auch Anleitungen und Gebote für echte Krieger, wie San es nannte. Das Wort »Ritter« hörte man nie aus Sans Mund, und Amhal war sich bewusst, dass er hier nicht zum Drachenritter ausgebildet wurde, sondern zu etwas anderem.

Eines Morgens gelangten sie zu einem kleinen Ort, der noch von der Seuche verschont geblieben war. Ein Dorf von nur wenigen Seelen, dreißig, wenn es hochkam, die sich dort in ihren Häusern verschanzt hatten. Alles, was sie brauchten – Wasser, Nahrungsmittel, ließen sie sich durch die Soldaten bringen. Ein derartiges Misstrauen gegen alle Fremden war ihnen eigen, so dass sie darauf bestanden, immer von denselben Soldaten versorgt zu werden.

San und Amhal waren bereits einmal dort gewesen. Die Leute hatten sie argwöhnisch angeschaut, die Vorräte, die sie brachten, jedoch angenommen. Welch widersinnige Situation, hatte Amhal gedacht: Da retteten sie den Leuten das

Leben und wurden auch noch wie missliebige Eindringlinge behandelt.

Als sie sich an diesem Morgen dem Ort näherten, hörten sie Geschrei von jenseits des Tores. Sie zückten die Schwerter und rannten hinein. Wie ein Alptraum war die Szene, die sich ihnen bot: Ein Haus brannte lichterloh, und mittendrin ein Mann, der mit den Flammen kämpfte. Auf dem Dorfplatz, früher ein Ort des Handels und der Begegnung, hatte sich eine Schar von Leuten zusammengerottet, die mit Mistgabeln und Knüppeln auf jemanden einschlugen und -stachen. Ihr Opfer lag am Boden, bewegte sich aber noch, wenn auch immer langsamer, zuckte und bäumte sich auf mit seinen durchscheinenden, ätherisch wirkenden Gliedern, die im Licht der blassen Sonne, die an diesem Tag schien, ganz zart glänzten. Eine Nymphe. Ihr durchsichtiges Blut hatte sich in einer großen Lache auf dem Boden ausgebreitet, und der eine oder andere tauchte die Hände hinein und trank davon mit einem irren Lachen.

»Elende! Das hast du jetzt von deiner Unverwundbarkeit!«, schrie einer.

Eine Frau stieß ihren kleinen Sohn zu der Blutlache. »Trink, trink davon! Dann wirst du nicht krank.«

Starr vor Entsetzten stand Amhal da. Er erinnerte sich noch an die scheuen Gesichter der Leute nur wenige Tage zuvor. Auch da waren sie schon voller Angst, schienen aber doch gewillt, trotz der Seuche und der Grausamkeiten, von denen sie umgeben waren, mutig ihr gewohntes Leben weiterzuführen.

Nun jedoch sah er sich einer Meute von Irren gegenüber, die der Anblick des Blutes aufgepeitscht und die Angst um den Verstand gebracht hatte. San ging nun dazwischen und drängte sie von der in ihrem Blut liegenden Nymphe fort.

»Trink doch selbst, und du bleibst verschont!«, rief jemand Amhal zu. Der rührte sich nicht. Eine unwirkliche Stille hatte sich über den Platz gelegt.

»Was ist geschehen? Wieso steht das Haus in Flammen?«, fragte San.

Ein alter Mann, die Kleider und das Gesicht beschmiert von Nymphenblut, trat vor. »Gestern haben wir diese elende Kreatur am Waldesrand gesichtet. Da sie sich außerhalb des Dorfes aufhielt, haben wir sie in Ruhe gelassen. Aber heute Morgen sehen wir dann, dass Ceurus am ganzen Körper schwarze Flecken hat. Da mussten wir sein Haus in Brand stecken, und die Nymphe haben wir uns geschnappt.«

Er beugte sich nieder, schöpfte ein wenig Blut mit den zum Kelch geformten Händen und reichte es San. »Trink, und du wirst leben!«

San rührte sich nicht.

»Gehörst du vielleicht zu ihr?«, rief da ein anderer kühn, während er ebenfalls vortrat. »Gehörst du zu diesen Hexen, die uns vergiften und umbringen?«

Mit gezücktem Schwert trat San einen Schritt zurück, auf Amhal zu. »Schließ die Tore!«, flüsterte er ihm zu.

»Was?« Amhal riss sich aus seiner Erstarrung. Ihm war das Blut in den Adern gestockt, und er konnte den Blick nicht von der toten Frau am Boden abwenden.

»Schließ die Tore, hab ich gesagt!«, wiederholte San, jetzt lauter. »Das Dorf ist infiziert.« Dann wandte er sich an die Menge. »Ab sofort steht dieses Dorf unter Quarantäne. Niemand kommt mehr herein und niemand gelangt mehr hinaus. Die Tore werden zugesperrt. Ihr werdet wie gewohnt mit Lebensmitteln versorgt, aber es ist strengstens untersagt, die Absperrung zu übersteigen.«

Amhal dachte, dass sich durch diese Maßnahme für die Leute eigentlich nichts veränderte. Sie lebten bereits von der Außenwelt abgeschottet, zogen höchstens einmal in den nahen Wald, um Brennholz, Beeren oder vielleicht auch den einen oder anderen Pilz zu sammeln, Wild für die Festtage zu jagen.

»Uns kann nichts geschehen«, protestierte einer aus der

Menge. »Wir haben von dem Nymphenblut getrunken und sind gegen die Seuche gefeit. Ihr habt kein Recht, uns einzusperren!«

»Das Nymphenblut schützt nicht«, ergriff Amhal nun zum ersten Mal das Wort.

»Und wieso erkranken die Nymphen dann nicht?«, fragte der Alte, der San Bericht erstattet hatte, zurück.

»Das wissen wir auch nicht«, antwortete der Jüngling mit unsicherer Stimme.

»Und warum seid ihr beiden eigentlich nicht krank?«

»Die Soldaten trinken jede Nacht Nymphenblut und können sich schützen!«

»Die Armee besitzt das Heilmittel, will es aber nicht teilen!«

Die Wut der Menge steigerte sich unaufhaltsam. Ein paar Männer hatten die beiden Fremden bereits in die Mitte genommen und stießen und bedrängten sie, doch als der erste dann mit seiner Mistgabel auf San losging, riss der Drachenritter das Schwert hoch und stach zu. Tief versank die Klinge im Leib des Mannes, der röchelnd zu Boden ging.

Nun war die Menge nicht mehr zu halten. »Mörder!«

Ein einziger rauer Schrei, ausgestoßen von Dutzenden von Kehlen. Ein Tumult brach aus. Und doch versuchte Amhal, sich zurückzuhalten, hatte sein Schwert noch nicht gezogen. In den Blicken der Leute, die die Nymphe gelyncht hatten, hatte er den Furor erblickt. Und er selbst war auf dem besten Weg, so wie diese zu werden. Nein, das wollte er nicht. Diese Grenze durfte er nicht überschreiten. Da traf ihn eine Klinge am Arm. Sofort schoss sein Blut hervor, sein durchscheinendes Mischlingsblut – und schlagartig verstummte die Menge.

»Er hat Nymphenblut ...«

»Verräter! Verräter!«

Schon waren sie über ihm und stießen ihn zu Boden. Überall Arme, die ihm die Kleider zerrissen, Münder, die ihn zu beißen versuchten, die schrien und schrien. Und in diesem Moment spürte er, wie sie sich sammelte in seiner Brust, ihn brüllend bedrängte, sie freizulassen, damit sie ihm das Leben rette: die Wut.

So laut er konnte, rief er einen Zauberspruch, und plötzlich war um ihn herum alles in ein grelles Licht getaucht, während gleichzeitig eine starke Hitze die Menge erfasste und sie buchstäblich auflöste. Als wieder Stille herrschte, lagen sechs verkohlte Leichen am Boden. Aber damit nicht genug. Amhal sprang auf, zog mit einer fließenden Bewegung sein Schwert und ließ seiner Wut freien Lauf.

Von Panik ergriffen, stob die Menge auseinander, doch ihr Geschrei brachte Amhals Blut nur noch mehr in Wallung. Er rannte den Leuten nach, folgte ihnen bis in ihre Häuser und mähte ohne Erbarmen jeden Einzelnen nieder, egal wo er sich verkrochen hatte. Männer, Frauen, Kinder, Alte. Völlig egal. Er musste sie alle töten. An seiner Seite spürte er die Gegenwart Sans, der ebenso wütete. Und er fühlte sich verbunden mit ihm. Sie waren wie verschiedene Glieder, die von einem einzigen Geist gesteuert wurden und im Gleichklang tobten. In einem gotteslästerlichen Rausch, in dem die Opfer des einen auch die Opfer des anderen waren und umgekehrt. Und erst als niemand mehr am Leben war, ließen sie ihre Schwerter sinken.

Schwer atmend stand Amhal da, fühlte sich aber stark und mächtig.

»Es soll brennen!«, rief San. »Dieses Dorf soll bis auf die Grundmauern niederbrennen.«

Durch das Tor verließen sie den Ort des Schreckens und blieben in einiger Entfernung stehen. Ein Wort aus Sans Mund reichte, und ein Feuerball formte sich unter seinen Händen. Den schleuderte er gegen das Dorf, das sofort lichterloh wie trockenes Stroh in Flammen aufging. Amhal schloss die Augen und genoss die Wärme. Seine Muskeln schmerzten, und eine Mattigkeit befiel nun mehr und mehr seine Glieder, und doch fühlte er sich so wohl wie noch nie zuvor.

Erst auf dem Rückweg überkamen ihn die Schuldgefühle. Zunächst war es wie ein dumpfer Schmerz unter dem Zwerchfell, der nach und nach aber seinen gesamten Brustkorb erfasste. Plötzlich blieb ihm die Luft weg, und er musste sich an einen Baum lehnen.

»Was ist los mit dir?«, fragte San.

Mit verlorenem Blick starrte Amhal ihn an, klammerte sich dann an der Brust seines Meisters fest, weil er das Gefühl hatte, den Boden unter den Füßen zu verlieren. »Was haben wir getan?«, flüsterte er.

San ließ sich nicht aus der Ruhe bringen. »Du hast den Dunklen Blitz heraufbeschworen, ohne dass ich dir helfen musste. Und wir haben ein verseuchtes Dorf dem Erdboden gleichgemacht, um den Krankheitsherd auszulöschen.«

»Was haben wir nur getan?«, stöhnte Amhal weiter. »Das waren Unschuldige …«

»Unschuldige?« San zog eine Augenbraue hoch. »Sie haben eine Nymphe hingeschlachtet, um ihr eigenes Leben zu retten, haben das Haus eines Freundes in Brand gesteckt, um sich selbst zu schützen. Dich hätten sie fast gelyncht. Und hätten wir sie am Leben gelassen, hätten sie die Seuche weiter verbreitet und für noch mehr Tote gesorgt.«

Doch Amhal war nicht zu beruhigen. Der Gedanke war ihm unerträglich, er fühlte sich am Boden zerstört und wünschte sich nur, ein Gott oder das Schicksal möge so gnädig sein, ihn auf der Stelle zu töten.

»Ein ganzes Dorf …«, stöhnte er immer wieder.

Da umfasste San seine Schultern. »Ich weiß, wie du dich gefühlt hast, Amhal. Ich habe sie gesehen in deinen Augen, diese Glückseligkeit, die du so lange nicht mehr verspürt hattest. Das Gefühl, das Richtige zu tun, das, wozu du geboren bist.«

Der Jüngling blickte ihn an. »Wer bist du?«

San lächelte. »Ich bin wie du.«

Da spürte Amhal, wie ihn eine tröstliche Ruhe überkam und ihn mehr und mehr mit einem süßen Wohlgefühl erfüllte. Er sank an Sans Brust und weinte alle Tränen, die er in sich hatte. Bald wusste er nicht mehr, weswegen er weinte. Aus Schuldgefühlen, aus Angst oder Freude. Er spürte nur noch, dass er einen weiteren großen Schritt getan und eine Grenze überschritten hatte in eine Welt, aus der es kein Zurück mehr gab.

Als er sich beruhigt hatte, setzten sie ihren Weg fort. Die Gewissensbisse waren noch nicht ganz verschwunden, aber jetzt hatte er sie im Griff. Und auch der Abscheu vor sich selbst war noch da, das Entsetzen über das, was sie getan hatten, all die Reste seines früheren Wesens. Aber sie zählten kaum noch etwas.

Sie hatten das Lager fast schon erreicht, da drehte sich San zu ihm um und sagte. »Als wir dort eintrafen, brannte das Dorf bereits. Wir haben noch versucht, die Flammen zu löschen, aber es war zu spät. Verstanden?«

Amhal blickte ihn an und nickte, ohne mit der Wimper zu zucken.

San lächelte.

29

Die Gefangennahme

»Was ist geschehen?«, fragte Adhara ihn am Abend.

Amhal hatte geglaubt, dass man ihm nichts anmerken würde. Keiner im Lager hatte ihm irgendwelche Fragen gestellt, niemandem schien etwas aufgefallen zu sein. Das Blut auf seiner Klinge hatte er sorgfältig weggewaschen. Doch Adhara erkannte es in seinen Augen.

Sie legte ihm eine Hand auf den Arm. »Was ist geschehen?«, wiederholte sie.

Unter ihrem Blick fühlte er sich nackt und verloren. Und ganz deutlich wurde ihm bewusst, dass Adhara hinter dieser Grenze, die er heute überschritten hatte, zurückblieb. Als er sich dem Blutrausch überließ, hatte er sie für immer verloren. Und er würde es auch nicht fertigbringen, ihr zu gestehen, was sie getan hatten.

»Nichts«, antwortete er deshalb. »Der übliche Einsatz ohne besondere Vorkommnisse.«

»Du bist so seltsam, Amhal … mehr noch als sonst.«

»Was zum Teufel erwartest du eigentlich von mir? Merkst du denn nicht, wo wir uns hier befinden? Du siehst sie doch selbst auch tagtäglich, die Kranken und Sterbenden, siehst sie röcheln und verrecken, Männer, Frauen und Kinder. Und da fragst du mich allen Ernstes, was mit mir los ist? Tod, Tod, nichts als Tod um mich herum!« Die letzten Worte hatte er so laut hinausgebrüllt, dass ihm die Kehle wehtat. Er hoffte, sie wäre gekränkt und würde ihn allein lassen.

Doch sie blieb. »Lass uns von hier fortgehen«, sagte sie ruhig. »Hier wirst du deinen Frieden niemals finden.«

Doch nicht den Frieden hatte er gesucht. Das war ihm nun völlig klar. Von Anfang an hatte er den Wahnsinn angestrebt. Denn kein anderer Ausweg bleibt, wenn der Schmerz unerträglich wird und alle Hoffnung schwindet. Und auf diesen Weg war er nun freiwillig eingebogen.

»Von hier gibt es kein Zurück.«

»Das denkst du nur.«

»Du verstehst überhaupt nichts«, zischte er und kam bedrohlich nahe an sie heran. »Du hast dich getäuscht, von Anfang an, hast geglaubt, ohne die geringste Lebenserfahrung mich etwas lehren, mich verstehen zu können. Dabei bist du noch nicht einmal in der Lage, dich selbst zu verstehen.«

Adhara lächelte. »Du glaubst wohl, du könntest mich auf diese Weise loswerden. Indem du mir Angst machst, mich beleidigst. Aber da hast du dich getäuscht. Nur mit Gewalt könntest du mich von hier verjagen.«

Amhal fürchtete sich: vor ihr, ihrer Liebe, ihrer eisernen Beharrlichkeit, ihrer Kraft. *Warum bin ich ihr nicht gefolgt, als es noch möglich war? Warum habe ich ihr nicht fester vertraut?*

Die Antwort lag nur allzu deutlich auf der Hand. Weil diese wahnsinnige Wut zwischen ihnen stand. Und immer zwischen ihnen stehen würde.

»Ich gehe in mein Zelt«, sagte er, wobei er sich abwandte.

»Egal, was heute geschehen sein mag«, rief sie ihm nach, »es gibt immer eine Möglichkeit umzukehren! Immer!«

Während er sich entfernte, spürte Amhal, wie ihm zwei Tränen heiß über die Wangen rannen.

Es war nicht leicht, sich in Neu-Enawar einzurichten. Es war alles so plötzlich gekommen, und das Eintreffen des gesamten Hofes hatte die Beschäftigten im Ratspalast in einige Verlegenheit gebracht. In aller Eile waren Zimmer bereitzustellen und herzurichten, musste ein ganzer Hofstaat untergebracht werden.

Nur nach außen hin ging das Leben normal weiter. Denn sie befanden sich im Exil, hatten Verwandte und Freunde zu Hause in Lebensgefahr zurücklassen müssen.

Neor bemühte sich, allen Mut zu machen, und ließ selbst keine Schwächen erkennen, sondern nahm das Heft fest in die Hand. Er sorgte dafür, dass die Verbindung zum Land der Sonne nicht abriss, und erteilte unablässig Anweisungen und Befehle. Bemüht, den Blick zurück auf das Gewesene zu vermeiden, folgte er seinem Weg.

Die Seuche war nach Makrat eingedrungen. Deshalb unterteilte er die Stadt in verschiedene, streng voneinander getrennte Bereiche, richtete Abschnitte nur für Kranke ein und zog alle Priester der Ordensgemeinschaft des Blitzes sowie alle Magier des Reiches dazu heran, die Bedürftigen zu pflegten und nach einem Heilmittel zu forschen.

Darüber hinaus ließ er nichts unversucht, die Herrscher der anderen Länder zu gemeinsamem Handeln zu bewegen. Alle sollten erkennen, in welcher Gefahr die Aufgetauchte Welt schwebte und dass sie nur durch eine aufeinander abgestimmte Politik gerettet werden konnte. Versammlungen wurden einberufen, eine Sitzung jagte die andere. Neor rieb sich vollkommen auf. Die Regierungszeit seines Vaters war vorüber. Nun war es an ihm, die Aufgetauchte Welt vor dem Untergang zu bewahren.

Sein immer schon schmächtiger Körper wurde noch schmaler, die Ringe um seine Augen dunkler.

»Du musst dir auch mal Ruhe gönnen«, bat seine Gemahlin ihn mit besorgter Stimme. Auch sie hatte sich verändert. Schmerz und Sorge hatten die Mauern, die sie zwischen sich und allen anderen errichtet hatte, eingerissen. Ihre Besessenheit, was die Hofetikette anging, war verflogen, und nun war sie wieder die hilfsbedürftige, einfühlsame Frau, in die sich Neor einst verliebt hatte.

»Das geht nicht. Ich darf nicht ruhen, sonst ist alles verloren«, antwortete er ihr.

Hinzu kam, dass es ihn drängte, den Schmerz zu betäuben, indem er alle Kräfte auf das Einzige richtete, was ihm geblieben war: den Thron und die Krone. Sie waren das Erbe seines Vaters, und er würde dafür sorgen, dass sie nicht zu Schaden kämen. Koste es, was es wolle.

Und dann war der Tag da, erwartet, unausweichlich, aber deshalb nicht weniger schmerzhaft.

»Ein Gast wartet auf Euch, Herr«, meldete ihm ein Diener.

»Wer ist es denn?«

»Die Hohepriesterin.«

Schon in diesem Moment wusste er es, und es war, als zerbreche etwas in ihm – für immer.

Er musste sich helfen lassen, denn dieser Ratspalast war nicht auf seine Bedürfnisse zugeschnitten, anders als das Schloss in Makrat, wo er sich mit seinem Rollstuhl mühelos bewegen konnte. Am liebsten hätte er sie zum Teufel gejagt, die Diener, die ihn die Treppen hinuntertrugen, denn er wollte nur allein sein, während der Drang zu weinen immer stärker wurde.

Sie stand hinter einer schützenden Barriere, die zwei Magier aufrechterhielten.

»Lasst uns allein«, befahl er den Dienern, die ihn begleitet hatten.

Er schaute sie an. Die Gewänder zerknittert, das Gesicht gezeichnet, ihr Blick erloschen. Doch kein schwarzer Fleck auf ihrer Haut.

»Wie fühlt Ihr Euch?«, fragte er sie.

»Im Moment noch gut. Aber ich könnte mich bereits angesteckt haben. Deswegen die Magier …«, antwortete sie, wobei sie auf die beiden Männer zeigte.

Neor senkte den Kopf. Es war richtig, denn würde er jetzt erkranken, wäre alles umsonst gewesen. Sein Opfer, sein Entschluss, Vater und Mutter niemals mehr wiederzusehen.

»Wann ist es geschehen?«

»Vor acht Tagen.«

Was hatte er vor acht Tagen getan, während sein Vater mit dem Tod rang, weit entfernt von ihm, und vielleicht seinen Namen rief?

»Warum wurde ich nicht früher in Kenntnis gesetzt?«

»Ich wollte dir die Nachricht persönlich überbringen.«

Neor wandte den Blick ab. Er wollte nicht weinen, nicht jetzt. Die Lage erforderte Mut, Standhaftigkeit und Haltung. Als er in sich hineinblickte, entdeckte er nichts davon. Also spielte er es vor, vorspielen, das genügte.

»Es war ein langer Kampf …«, murmelte er, mehr zu sich selbst.

»Ja, als ihr aufgebrochen seid, war er schon nicht mehr bei Bewusstsein und ist danach nie mehr richtig zu sich gekommen. Ich denke nicht, dass er sehr gelitten hat«, erklärte Theana. »Und zudem ging er von uns in der Gewissheit, dass du seinen Platz eingenommen hast und alles tun wirst, was nötig ist.«

Neor kniff die Augen zusammen. Die Frage brannte ihm auf der Zunge, und er konnte sie nicht mehr länger zurückhalten. »Hat er nach mir verlangt?«, fragte er und fand dabei nicht den Mut, den Blick zu heben.

Theana trat näher an die Barriere heran und streckte eine Hand zu ihm aus. Neor wünschte sich, diese Hand könnte ihn berühren, könnte ihn streicheln, in diesen letzten Augenblicken als Sohn.

»Nein. Das hat er nicht. Und deine Mutter ebenso wenig. Beide wussten Bescheid und haben deine Entscheidung verstanden. Du hast das Richtige getan.«

Da brach Neor in Tränen aus, und er weinte um seinen Vater, weinte beim Gedanken an den einsamen Tod des Königs,

Learcos des Gerechten, der etwas erreicht hatte, woran alle anderen vor ihm gescheitert waren: der Aufgetauchten Welt einen langen Frieden zu schenken, einen Frieden von fünfzig Jahren. Und nun war er gegangen, allein, ohne sich von seinem Sohn verabschieden zu können, blutend und von der Seuche entstellt.

Theana betrachtete ihn schweigend. Ihre Augen waren trocken; sie hatte schon alle Tränen geweint.

»Was ist mit meiner Mutter?«, fragte Neor, als er sich etwas beruhigt hatte.

»Sie erkrankte drei Tage nach ihm. Doch bei ihr scheint der Verlauf weniger dramatisch als bei deinem Vater zu sein. Als ich sie verließ, schien sie bereits auf dem Weg der Besserung.«

Neor atmete erleichtert auf. Zumindest war er nicht ganz allein.

»Lasst sie zu mir bringen, sobald es ihr besser geht. Ich brauche sie an meiner Seite.«

Theana lächelte. »Sie lechzt geradezu danach, sich in die Arbeit zu stürzen. Auch als sie krank wurde, gönnte sie sich keine Ruhe: Tag und Nacht wachte sie am Lager deines Vaters, war ständig beschäftigt, selbst als das Fieber sie gepackt hatte. Das ist ihre Art, mit dem Schmerz umzugehen. *Eure* Art.«

Neor schwieg. Hätte er doch nur den Bruchteil des Mutes seiner Mutter besessen, dachte er.

»Gibt es Fortschritte bei der Suche nach einem Heilmittel oder einer Behandlung, die eine Ansteckung verhindern kann?«

»Wir arbeiten Tag und Nacht daran. Ich selbst habe mich in jüngster Zeit nur um deinen Vater gekümmert, aber die Brüder und Schwestern meines Ordens sind unermüdlich bei der Sache. Sie schonen sich nicht und opfern alles für dieses Ziel. Viele haben es schon mit dem Leben bezahlt.«

»Und …?«

»Bis jetzt ohne Erfolg«, antwortete Theana, die Stirn sorgenvoll in Falten gelegt. »Das Blut der Nymphen muss das Geheimnis bergen. Zum Glück helfen uns die Nymphen, wo sie können. Sie tragen ja selbst auch ein schweres Los: In Massen fliehen sie jetzt aus dem Land des Wassers, wo man ihnen mittlerweile offen den Krieg erklärt hat. Aber auch bei uns werden sie verfolgt, viele von ihnen getötet.«

»Ich weiß, ich habe entsprechende Berichte erhalten.«

»Ich selbst bin auf dem Weg ins Land des Wassers, um in Zusammenarbeit mit den Nymphen nach einem Heilmittel zu forschen. Darin sehe ich unsere größten Chancen.«

Neor blickte sie lange an. »Dort seid Ihr aber nicht sicher.«

»Wo ist man heutzutage schon sicher? Außerdem sind dort auch viele Drachenritter stationiert, an die ich mich wenden kann«, erwiderte sie und hielt seinem Blick stand. »Auf alle Fälle sind wir noch weit von einer Lösung entfernt. Zurzeit können wir das Fieber nur ein wenig senken und den Krankheitsverlauf verlangsamen. Aber wirklich heilen können wir noch niemanden. Wer überlebt, bleibt aus Gründen verschont, die wir nicht kennen. Und es sind auch nur wenige, sehr, sehr wenige.«

»Und was ist mit denen, die sich gar nicht anstecken?«

»Es ist schwierig, an sie heranzukommen, um die Umstände zu erforschen. Die meisten ziehen sich zurück und halten sich von allem fern. Aber auch dieser Spur gehen wir natürlich nach.«

Neor seufzte. »Nicht eine einzige gute Nachricht scheint Ihr für mich zu haben.«

Theanas Miene wurde noch ernster.

Und der Prinz verstand, dass sie noch nicht fertig war und ihm noch nicht alles erzählt hatte. »Was ist es?«, fragte er geradeheraus.

»Es geht um den Mord an Mira. Ich hatte unsere Untersuchungen dazu unterbrochen, weil mir alles andere vordringlicher erschien.«

Neor erinnerte sich kaum noch. Dabei hatte damit doch alles angefangen. Mit Miras Tod hatten sich die Ereignisse überschlagen: Sans überraschender Aufbruch, das Eindringen der Seuche, ihr Exil …

»Habt Ihr etwas herausgefunden?«

»Nun, ich habe damals ja die Leiche des Mörders in der Ordensgemeinschaft untersuchen lassen. Deine Mutter hatte mich darum gebeten. Sie hat ja nie an einen Verrat ihres Agenten geglaubt, und die Vermutung, er habe in einem Anfall geistiger Umnachtung gehandelt, ist einfach zu abwegig.«

»Und daraus folgt?«

»Nun, die mit der Untersuchung der Leiche beauftragte Schwester fand etwas Seltsames, das sie sich nicht erklären konnte. So beschloss sie, einen erfahreneren Bruder hinzuzuziehen, einen sehr mächtigen Magier, der mich selbst häufig schon beraten hat. Vor einigen Tagen erhielt ich seinen Bericht.«

Sie schwieg, und Neor verstand, dass sie im Begriff war, ihm etwas mitzuteilen, was ihm nicht gefallen konnte. »Heraus mit der Sprache.«

»Es gibt einen von Aster entwickelten Verbotenen Zauber, der es möglich macht, die Handlungen und den Willen von Personen zu steuern. Er ist ähnlich wie die Siegel, mit denen die Fammin belegt wurden. Du wirst darüber gelesen haben.«

»Gewiss. Jeder Fammin bekam einen Namen, und wenn er bei diesem Namen gerufen wurde, war es ihm unmöglich, einen Befehl zu missachten. Ein sehr berühmter Zauber.«

»Ja, aber jene Version, die auch auf Menschen anwendbar ist, ist sehr viel komplizierter, ein Siegel, das nur ein sehr mächtiger Magier ausführen kann. Es hinterlässt eine Narbe in der Nähe der Kehle, ein Zeichen, das nur schwer zu erkennen ist. Es rührt daher, dass der Magier für den Zauber ganz frisches Herzblut braucht, das zumeist aus der Halsschlagader entnommen wird. Eine riskante Operation, die nur sehr erfahrene Magier vornehmen können, ohne das Opfer dabei zu töten. Diese Narbe sowie ein Name sind also für den Zauber vonnöten. Dubhes Agent nun wies diese Narbe auf. Darüber hinaus hinterlassen solch mächtige Zauber immer eine Aura, die ein guter Magier leicht wahrnimmt. Bei unserem Mann war diese Aura besonders stark.«

Neor lehnte sich auf seinem Rollstuhl zurück. »Damit wäre also das Geheimnis gelüftet. Der Mann hat willenlos, auf Befehl eines mächtigen Magiers den guten Mira getötet.«

Theana nickte.

»Aber wer könnte dieser Magier sein?«

Die Antwort wurde Neor schon klar, als er die Frage noch gar nicht ausgesprochen hatte. Ein eisiger Schauer lief ihm über den Rücken.

»Dubhes Agent hat in der Zeit vor dem Mord nur mit San zu tun gehabt. Er hat sich sogar eine Reihe von Notizen zu ihm gemacht, die wir in seiner Kammer gefunden haben. Nichts Bedeutendes, aber immerhin beweisen sie, dass er ihm auf den Fersen war. Und zudem gibt es nur wenige Magier, die so mächtig sind wie San.«

»San ...«, murmelte Neor, und eine Welle des Hasses durchlief ihn von Kopf bis Fuß. Er musste daran denken, wie bewundernd sein Vater mit diesem Mann umgegangen war, mit welcher Zuneigung er über ihn gesprochen hatte. Und er erinnerte sich an den Eifer, mit dem er ihn gegen seine, Neors, Vorwürfe in Schutz genommen hatte.

»Als Kind verfügte er bereits über enorme Zauberkräfte, ein Potenzial, das niemals erloschen ist. Als ich ihn bei unserem Wiedersehen umarmte, konnte ich sie deutlich spüren. Sie schienen mir sogar noch stärker als vor fünfzig Jahren. Aber ich habe mir nichts dabei gedacht, denn, wie gesagt, war er schon als kleiner Junge begabt.«

»Glaubt Ihr, er wäre in der Lage, dieses Siegel auszuführen?«

Theana nickte. »Zweifellos, Neor. Er ist mächtiger als ich, mächtiger als die allermeisten Magier, die ich kenne. Das war er schon immer und ist es auch heute noch. Er gehört zu den wenigen, die dazu in der Lage wären.«

Die Hände des Prinzen krallten sich um die Armlehnen. Gewiss, er hatte keine Beweise. Und doch sagte ihm sein Instinkt, dass San der Mörder war. Warum hätte er sonst den Hof so überstürzt verlassen sollen? Und sollte es etwa nur ein Zufall sein, dass ausgerechnet der auf ihn angesetzte Agent die Tat ausgeführt hatte?

»Ich werde ihn festnehmen lassen.«

»Wir haben aber keine Beweise gegen ihn«, gab Theana zu bedenken.

»Ich weiß. Aber wir haben Indizien. Und für mich reichen sie aus, um ihn hierher nach Neu-Enawar bringen zu lassen. Es soll keine offizielle Verhaftung sein. Aber wir müssen ihn festsetzen, am besten hier im Heerespalast, und prüfen, ob sich der Verdacht erhärtet.«

»Neor, du kennst die Lage, ich glaube nicht, dass es in unserer Macht steht, ihn …«

»Die Notlage, in der wir uns befinden, sollte uns nicht daran hindern, dem Recht Geltung zu verschaffen. Und zudem ist es doch ein merkwürdiger Zufall: San verlässt den Palast, und nur ein paar Tage später erkrankt mein Vater …«

Theana schien noch blasser zu werden. »Das kann er unmöglich getan haben …«

»Das hoffe ich auch. Aber trotzdem weiß ich nicht, was ich noch denken soll.« Neor überlegte einen Moment. »Ich werde ihn festnehmen lassen«, sagte er dann, mehr zu sich selbst. »Ich werde ihn festnehmen lassen und dann presse ich die Wahrheit aus ihm heraus, ob er will oder nicht«, schloss er und fletschte die Zähne.

Es war ein gewöhnlicher Abend. Gleich nach dem Abendessen hatten sich San und Amhal in das Zelt zurückgezogen, das sie jetzt teilten. Nach den Vorkommnissen in dem kleinen Dorf suchte Amhal die Nähe zu seinem Meister. Er wusste nicht so genau, warum er ihn darum gebeten hatte. Vielleicht stand dahinter auch der Wunsch, sich so weit wie möglich von Adhara zu entfernen, von ihrem so gnadenlos ehrlichen Blick, ihrer so sanften Liebe.

Beide lasen etwas. San Depeschen, die tagsüber eingetroffen waren, Amhal ein Buch über Schwarze Magie. Er war jetzt bei dem Kapitel über den Dunklen Blitz angelangt: nicht, dass er die Unterweisung benötigt hätte. Er konnte ihn bereits anwenden. Aber es freute ihn, bestätigt zu sehen, dass er die wesentlichen Elemente beherrschte, ohne dass sie ihm jemand beigebracht hätte.

Da öffnete sich plötzlich der Zelteingang, und zwei Wachen mit gezückten Schwertern traten ein. »Wer ist San?«

»Das bin ich«, antwortete dieser, während er die Soldaten ungläubig anblickte.

»Im Namen König Neors: Ihr seid festgenommen. Wir haben Befehl, Euch zu einem Verhör nach Neu-Enawar zu bringen.«

»König Neor?«, murmelte Amhal hinter San verwirrt.

Der bedachte seinen Schüler mit einem kurzen Blick und wandte sich dann wieder den Wachen zu. »Das muss ein Irrtum sein.«

»Nein, das ist kein Irrtum. Der Befehl ist klar und deutlich. Folgt uns!«

Sie nahmen San in die Mitte und führten ihn aus dem Zelt, vor dem sich bereits eine kleine Menschenmenge versammelt hatte. Amhal sprang auf und folgte ihm, während ein schrecklicher Verdacht in seinem Kopf mehr und mehr Gestalt annahm.

Sie wissen es. Sie wissen, was wir in dem Dorf getan haben.

Einen Augenblick lang fühlte er sich fast erleichtert. Auch

ihn würde man gefangen nehmen, würde ihn in eine Zelle stecken und vielleicht hinrichten. Und damit wäre das alles endlich ausgestanden.

»Was wirft man ihm vor?«, fragte er mit bebender Stimme.

Die Wachen tauschten einen kurzen Blick. »Es geht um einen Mord, an einem gewissen Mira.«

San brach in schallendes Gelächter aus. Amhal erstarrte wie gelähmt. Der Boden unter seinen Füßen wankte, und alles um ihn herum begann sich immer schneller zu drehen. Mira. Wie lange schon hatte er niemanden mehr diesen Namen aussprechen hören? Plötzlich überfiel ihn wieder der entsetzliche Schmerz, und mit dem Schmerz die Fassungslosigkeit: San sollte dieses Verbrechen begangen haben?

»So hat also *König Neor* das Blatt für sich gewendet«, rief San nun und fügte an Amhal gewandt hinzu: »Das wirst du doch nicht glauben, oder?«

Der antwortete nicht. Ja, was sollte er glauben? Gerade mal zwei Tage zuvor hatte er diesen Mann an seiner Seite beim Niederbrennen eines nur von Zivilisten bewohnten Dorfes jubilieren sehen.

Das war etwas anderes. Aber kaltblütig, aus dem Hinterhalt einen Mann umbringen …

»Willst du die Wahrheit wissen?«, fuhr San weiter lachend fort. »Und ihr da, wollt ihr sie wissen?«, fügte er an die um sie herum Versammelten hinzu. »Offenbar hat es dir nie jemand gesagt, Amhal, aber der Mann, der deinen Meister getötet hat, war ein enger Vertrauter der Königin, einer ihrer Spione.«

Die Eröffnung traf Amhal mit der Wucht eines Faustschlags. Eingenommen von Trauer und Fluchtgedanken hatte er sich nicht um den Stand der Ermittlungen gekümmert.

Ich Dummkopf! Ich Dummkopf!, beschimpfte er sich selbst.

»Und wollt ihr noch etwas Interessantes wissen?«, fuhr San fort. »Dieser Mann war beauftragt, mich auszuspionieren. Ich bin ihm rasch auf die Schliche gekommen, habe aber kein Aufhebens darum gemacht, weil es nämlich zu meiner Person nichts herauszufinden gibt: Denn ich habe nichts zu verbergen!«, rief er.

Amhal war, als platze ihm der Schädel.

»Das reicht jetzt!«, ging eine der Wachen dazwischen, und sie machten sich daran, den Gefangenen wegzuschleifen.

»Halt!«, rief Amhal da so laut, dass alle überrascht herumfuhren und ihn anschauten.

»Verstehst du jetzt, Amhal?«, hob San noch einmal an. »Sie wollen mir etwas anhängen. Ich bin hereingelegt worden. Neor, der auf wer weiß welchem Weg König geworden ist, hat in mir den perfekten Sündenbock gefunden und plant nun, mich auf dem Altar der Staatsräson zu opfern.«

»Genug mit dem Gerede. Schaffen wir ihn weg«, fiel ihm einer der Soldaten wieder ins Wort.

Doch San ließ sich nicht einschüchtern. »Überleg doch mal, Amhal. Warum will Neor mich opfern? Weil ich ihm zu mächtig bin. Weil mich Learco wie einen eigenen Sohn liebte! Mich, einen starken, mutigen Krieger, der nach den Vorstellungen des Königs vielleicht einst die Regierung übernehmen und ihm auf den Thron hätte folgen können. Das liegt doch auf der Hand, Amhal!«

Sans Worte verloren sich im Dunkel der Nacht.

Wie versteinert stand Amhal inmitten der anderen Leute, die der Szene beiwohnten, und starrte entgeistert in die Finsternis, die seinen Meister verschlang. Vor ihm nahm er das Funkeln eine Augenpaares wahr, das ihn voller Leidenschaft anblickte: die Augen Adharas.

30

Ein wahnwitziges Unterfangen

Lass mich!«, wandte sich Amhal an Adhara, die ihm gefolgt war, und verkroch sich dann in seinem Zelt. Draußen nahm das Stimmengewirr zu. Die Leute begannen, sich Fragen zu stellen, darüber zu rätseln, ob San wirklich schuldig war oder man ihn in etwas hineingezogen hatte, ob er in ein Räderwerk geraten war, das stärker war als er selbst und ihn zu zermalmen drohte.

Amhal gingen diese Worte nicht aus dem Sinn: König Neor. Was war aus König Learco geworden?

Aber vielleicht war das auch nicht so wichtig. Was zählte, war allein, was San ihm gesagt hatte, sowie das letzte Bild, das er von ihm im Kopf hatte, wie er wehrlos zwischen den Wachen stand und dann fortgeschleift wurde.

Ihm war, als sei er aus einem langen Traum erwacht, um sogleich wieder in einen neuen Alptraum gestürzt zu werden. Denn seit Miras Tod hatte er nichts anderes getan, als zu schlafen, hatte versucht, in diesem Schlaf einen Frieden zu finden, von dem er jetzt wusste, dass es nicht der seine war. Er hatte sich unvernünftig verhalten. Nur darum besorgt, so weit wie möglich dem Schatten seines Meisters zu entfliehen, hatte er die wirklich wichtigen Fragen aus den Augen verloren: Wer hatte Mira getötet und aus welchem Grund? Fragen, die ihn jetzt mit Macht bedrängten und deren Antworten möglicherweise entsetzlich waren.

San?

Wäre San tatsächlich zu so etwas fähig? Aber warum sollte er das getan haben? Zu welchem Zweck? Allein schon der Gedanke erschütterte Amhal bis ins Mark. Wenn das stimmte, hätte er alles falsch gemacht, hätte er sich für einen verbrecherischen Plan hergegeben, dessen Ziel er nicht durchschaute. Damit wäre der düstere Weg, den er eingeschlagen hatte, sogar noch grauenhafter, als er geglaubt hatte. Nein, San konnte zwar sehr grausam sein, wie er mittlerweile erkannt hatte, aber schlimmer als er selbst war er nicht. Sie waren sich einfach sehr ähnlich, beide Geschöpfe der Finsternis und zu etwas Bestimmtem ausersehen. Aber solch ein Verbrechen, solch ein Verrat gehörte nicht dazu. Diese Tat widersprach allem, was er von San gelernt hatte, seinen Ansichten über die Welt und über das Leben, seiner Einstellung zu Magie und Schwertkampf, die Amhal übernommen hatte. Deswegen konnte er es nicht getan haben. Allein schon die Vorstellung zerriss Amhal innerlich, brachte ihn um den Verstand.

Dann steckte also Neor dahinter. Ein Plan, um die Macht an sich zu reißen. Aber was war mit Learco geschehen? Amhal dachte zurück an die Monate, die er am Hof verbracht hatte, an die Zeit, als ihm der Schutz der königlichen Familie oblag. Richtig kennengelernt hatte er niemanden aus dieser Familie. Die lebhafteste Erinnerung hatte er noch an Amina, aber auch nur von jenem glücklichen Tag her, den sie zu dritt, Amina, Adhara und er, verbracht hatten. Dieses Bild, wie sie sich einträchtig vergnügt hatten, schnürte ihm das Herz zusammen. Learco hingegen war so etwas wie eine Legende für ihn, die er voller Ehrfurcht betrachtete, ihm aber so fern war wie die Helden, die man in Büchern gezeichnet oder in Fresken und Mosaiken dargestellt fand. Zudem wurde ihm jetzt bewusst, dass er ihn stets mit den Augen seines Meisters gesehen hatte. Mira hatte Learco vertraut, hatte ihm sein ganzes Leben gewidmet, war bereit gewesen, für ihn zu sterben.

»Weniger für ihn persönlich, obwohl er ein großer Mann ist, sondern für das, was er geschaffen hat, die Verwirklichung eines langen Traumes. Er hat uns eine Hoffnung, den Herzenswunsch aller friedliebenden Geschöpfe erfüllt, hat ein unsicheres Bestreben in die Tat umgesetzt. Deswegen habe ich geschworen, ihn mit meinem Leben zu beschützen«, hatte Mira einmal zu ihm gesagt, und jetzt überkam ihn bei der Erinnerung an diese Worte eine Sehnsucht, die ihm das Herz zerriss.

Und was war mit Learcos Sohn? Über Neor wusste er kaum etwas, weil er wenig mit ihm zu tun gehabt hatte. Am Hof jedenfalls genoss er einen guten Ruf. Gewiss, manch einen hatte die schneidende Intelligenz des Königssohnes auch mit Misstrauen erfüllt, die Art und Weise, wie er zum wichtigsten Ratgeber seines Vaters und damit zum faktischen Herrscher über das Land der Sonne aufgestiegen war. Doch das war nur niederträchtiges Gerede gewesen, das einige wenige neidische Höflinge hinter vorgehaltener Hand geäußert hatten. Plötzlich aber erhielt dieses Gerede eine Grundlage, nahm den Gehalt von Beweisen, Indizien, Verdachtsmomenten an, die ihn von Anfang an hätten alarmieren müssen. Was hatte er aus Miras Mund schon über Neor gehört? So gut wie nichts.

»Er wäre ein guter König, ein würdiger Nachfolger seines Vaters, wenn er nicht diesen Unfall gehabt hätte.« Das hatte Mira einmal gesagt. Zu wenig, um ein klares Bild zu vermitteln.

Und so beruhigte sich nun langsam Amhals Geist. Denn es war leichter, an die Schuld eines so gut wie Unbekannten zu glauben, als an die seines Mentors, jenes Mannes, der ihn durch die Finsternis der vergangenen Wochen geleitet, ihm neue Horizonte und eine neue Welt geöffnet hatte. Andernfalls hätte er sich eingestehen müssen, alles falsch gemacht zu haben. Und das gelang ihm nicht. Das konnte er nicht.

Die ganze Nacht lag er wach und kam sich dabei wie ein Gefangener vor: ein Gefangener des Schicksals, aber auch seiner selbst und seiner Entscheidungen. Und er überlegte, wie er sich jetzt verhalten sollte: so weitermachen, als wenn nichts geschehen wäre? Den Ausgang des Prozesses abwarten. Zurückkehren zu einer früheren Normalität, die jetzt aber noch unmöglicher geworden war?

San war unschuldig. Er musste unschuldig sein! Und er war sein Lehrer, immer noch. Das empfand Amhal ganz tief in seinem Inneren.

Nach und nach schälte sich die Idee heraus. Zunächst verschwommen, ähnlich dem Kribbeln, das in jener ruhelosen Nacht seine Glieder befallen hatte, bahnte sie sich ihren Weg, drang ein in seine Gedanken wie ein Keil, der sich langsam in seinen Geist vorschob.

Zur Tat schreiten. Das war es. Wie immer, wenn der Schmerz übermächtig wurde, gab es nur ein Mittel für ihn: den Körper in Bewegung setzen und mit blinder Wut die Ratlosigkeit und Verzweiflung vertreiben.

Bei Tagesanbruch verließ er sein Zelt. Die Sonne erhob sich gerade erst über den scharfen Umrissen der Pinien. Ein glutroter Ball, der ihn an die Feuerkugel erinnerte, mit der sie nur wenige Tage zuvor dieses Dorf eingeäschert hatten. Noch einmal fühlte er sich bestätigt in seinem Entschluss. San würde ihm nicht, so wie Mira, verlorengehen. An seinen neuen Meister würde er sich klammern bis zuletzt, ihm wollte er bedingungslos glauben, dem Mann, der sein Leben so von Grund auf verändert und ihm gezeigt hatte, wer er wirklich war.

Er würde San retten.

Auch Adhara hatte in der Nacht keinen Schlaf gefunden. Immer wieder sah sie Amhals verzweifeltes Gesicht vor sich, hörte Sans Worte, während er abgeführt wurde, und auch sie fragte sich, was wohl am Hof geschehen sein mochte.

»König Neor.« Hieß das, dass König Learco tot war? Und Amina? Was war jetzt mit der kleinen Prinzessin?

Ihre Gedanken rasten und raubten ihr den Schlaf. Am liebsten wäre sie zu Amhal hinübergegangen. San war fort und damit die Gelegenheit günstig, Amhal zur Vernunft zu bringen. Aber sie wusste, dass er gerade jetzt Ruhe und Zeit brauchte, um allein über die Geschehnisse nachzudenken und sich langsam an den Gedanken zu gewöhnen, der auch für sie entsetzlich war: dass San tatsächlich hinter der Ermordung von Mira steckte. Aber die Vorstellung kam ihr jetzt nicht mehr unsinnig vor. Dieser Mann hatte viele entsetzliche Gesichter, die er gut verbarg, die sie aber in manchen Momenten hatte aufblitzen sehen. Und dann dieses krankhafte Interesse an Amhal, wie er sich von Anfang an ihn herangemacht, ihm zugesetzt, ihm die Luft zum Atmen genommen und ihn keinen Augenblick mehr allein gelassen hatte. Erst seit Sans Auftauchen hatte Amhal sich so verändert, als sei er vergiftet worden. Und in dieser Situation war Miras Tod San sehr gelegen gekommen: Damit hatte er freie Bahn, konnte seinen Einfluss auf Amhal noch weiter ausdehnen und seine Seele ganz in Besitz nehmen.

Er will Amhal für sich, sagte ihr die innere Stimme, und die einfache Klarheit dieser Erkenntnis erschütterte sie. Von Beginn an hätte sie es sehen müssen, aber da war sie zu abgelenkt gewesen. Dieser Mann wollte Amhal! Sie wusste nicht, wieso, aber das würde sie herausbekommen. Fest stand aber: Amhals Wut, seine Raserei, auch sein Schmerz, waren San dienlich.

Sie wartete, bis es hell wurde, stand früher als gewöhnlich auf und ging mit heftig pochendem Herzen hinüber zu Amhals Zelt. Irgendetwas sagte ihr, dass diesmal alle Karten auf den Tisch kommen würden.

Er war noch in seinem Zelt, lief hektisch hin und her und packte offensichtlich seine Sachen zusammen.

»Was tust du da?«

Erschrocken fuhr er herum. Einen Moment lang starrte er sie an und wandte sich dann wieder, ohne Antwort zu geben, seiner Tasche zu.

Adhara ergriff seinen Arm und hielt ihn fest. »Jetzt sag endlich, was du vorhast.«

Sein Blick war hart, feindselig. »Es ist besser, wenn du das nicht weißt.«

»Wenn du fortgehst, komme ich mit.«

»Wo ich hingehe, kannst du mir unmöglich folgen.«

Er machte sich los und hängte sich die Tasche um, doch Adhara baute sich vor ihm auf. »Es ist Zeit für dich, das alles hier zu vergessen«, sagte sie, bemüht, das Zittern in ihrer Stimme zu unterdrücken. »Auch diesen Mann zu vergessen und wieder zu dem Amhal zu werden, den ich von früher kenne.« Sie legte ihm die Hände auf die Brust. »Das alles war nur eine Episode, eine schlimme Zeit, die nun aber vorüber ist. Andere werden entscheiden, was aus San wird. Du aber bist frei.«

Amhal blickte sie kalt an, ohne den Hauch von Verständnis in seinen Augen. »Du weißt ja nicht, was du da redest.«

»Doch. Aber du machst dir etwas vor«, ließ sie sich nicht beirren. »Lass das alles los, bitte …« Sie legte die Stirn an seine Brust und suchte jene Wärme, die sie früher dort häufig gespürt hatte.

»Ich ziehe nach Neu-Enawar«, erklärte er nur kurz, ohne auf die Berührung ihrer Stirn einzugehen.

Ruckartig hob Adhara den Kopf. »Du willst ihm nach?«

Amhal antwortete nicht, doch sein Blick sagte mehr als tausend Worte.

Die Stimme versagte Adhara, und sie spürte, wie ihr die Tränen kamen. Doch sie schaffte es, sie zurückzuhalten. »Überlass das der Justiz im Land der Sonne. Wenn San unschuldig ist, werden die Richter das feststellen und ihn freilassen. Und du wirst erfahren, was sich wirklich zugetragen hat.«

»Aber du hast doch auch gehört, was San gesagt hat. Man will ihn reinlegen.«

»Ich weiß es nicht, Amhal. Aber sieh doch nur, was er dir angetan hat! Er will dich an sich binden, und um das zu erreichen, zerstört er dich innerlich. Seit du ihn kennst, ist alles immer schlimmer geworden, auch für dich. Du hast alles verloren, was dir einmal etwas bedeutet hat, und du hast dich vollkommen verändert. Wie kannst du seinen Worten nur Glauben schenken?«

Er stieß sie unsanft zur Seite. »Er ist jetzt mein Meister! Die Person, der zu trauen ich beschlossen habe. Und willst du auch wissen, wieso ich ihm traue? Weil er genauso ist wie ich. Ich habe von ihm geträumt. Einige Nächte, bevor er in Makrat eintraf. Er rief nach mir und forderte mich auf, mit ihm zu kommen. Er ist der Einzige, der mich versteht, weil wir uns so ähnlich sind. In uns wüten die gleichen Dämonen, und das gleiche Schicksal ist uns vorherbestimmt. Er *muss* unschuldig sein!«

Jetzt konnte Adhara die Tränen nicht mehr aufhalten. »Nein, er hat ihn ermordet!«, schluchzte sie. »San hat Mira ermordet!«

Amhal packte sie an den Schultern und schüttelte sie. »Sag das nie wieder, auch nicht im Spaß!«

Adhara wusste nicht mehr, was sie noch tun sollte. Vielleicht gab es manchmal einfach keinen Weg, Irrtümer zu verhindern. »Geh nicht!«, flehte sie nur. »Du kannst ihn nicht retten.«

»Ich bin stärker, als du glaubst.«

»In Neu-Enawar steht ein ganzes Heer! Und du bist allein! Man wird dich töten!«

»Ich verfüge über eine Waffe, der keiner gewachsen ist.«

Adhara riss die Augen auf. »Nein, Amhal …«, murmelte sie. Wenn die blinde Wut ihn packte, die Mordlust … »Nein, Amhal, tu's nicht! Ich flehe dich an … Du wirst sterben …«

Amhal schluckte. »Und wenn schon! Das ist unwichtig!«

Adhara sank auf die Knie und schluchzte haltlos. »Warum genügt dir meine Liebe nicht? Warum hat dir meine Liebe nie genügt?«

Er blickte sie an, und einen kurzen Moment lang erkannte Adhara ihn wieder, diesen Funken, schwach und verglühend, in seinen Augen.

Dann rannte Amhal davon.

Adhara hätte nicht sagen können, wie lange sie kraftlos dort am Boden liegen blieb. Alles kam ihr jetzt so sinnlos vor. Sie dachte an die vergangenen Monate, als sie Tag für Tag einem unmöglichen Traum nachgejagt war und sich vorgemacht hatte, etwas ausrichten können. Vergeblich. Sah so die Liebe aus? War Liebe nichts anderes als ein einziges Trugbild?

Was soll ich nur tun ...? Was soll ich nur tun ...?

Bald bedrängte die Frage sie derart, dass für keinen anderen Gedanken mehr Platz war. Nein, es war noch nicht alles aus. Es durfte nicht alles aus sein.

Ich muss ihn aufhalten.

Aber wie? Amhal hatte sich gewiss auf Jamilas Rücken auf den Weg gemacht, und bis Neu-Enawar war es weit. Mindestens zwölf Tage – wenn man fliegen konnte. Und sie hatte nur ihre Füße. Und doch musste sie ihm zuvorkommen. Sonst war wirklich alles aus. Ja, sie würde den König warnen oder Amina, irgendjemanden. Sie würde ihn verraten, würde Neor von seinen Plänen erzählen und Amhal so davor bewahren, sich ins Unglück zu stürzen. Besser gefangen als tot. Denn wenn er wirklich dazu kam, seiner blinden Wut freien Lauf zu lassen, war er verloren. Nein, um ihn zu retten, musste sie ihn verraten. Und dann musste sie zu ihm. Amina fiel ihr wieder ein. Amina, die sie allein zurückgelassen, der sie so wehgetan hatte, obwohl sie doch ihre einzige Freundin war. An sie musste sie sich wenden.

Aber wie? Amhal würde schneller als jedweder Brief eintreffen …

Sie nahm die Hände vor die Augen. Was sie sich auch überlegte, es war aussichtslos.

Magie. Ja, vielleicht war ihr mit Magie zu helfen. Von Theana wusste sie, dass sie in ihrem früheren Leben wohl einmal mit Magie vertraut gewesen war, und mehr als einmal hatte sie auch davon Zeugnis gegeben. Mit Sicherheit kannte sie, in irgendeinem Winkel ihres Geistes, den Zauber, der ihr jetzt helfen konnte, der es ihr ermöglichen würde, Amhal zu retten. Sie besann sich, versuchte krampfhaft, sich zu erinnern und presste dabei die Hände so fest gegen Schläfen, dass die Nägel in die Haut eindrangen, dachte an die Kräuter, die sie von der Hohepriesterin erhalten hatte, auf ihrem Nachttisch in Makrat, weit, weit entfernt – aber vergebens. Sie fluchte.

Alles, was vor ihrem geistigen Auge auftauchte, waren wirre Empfindungen, unerträglicher Schmerz, eine Ziegelsteinwand und eine Stimme, die ihr unablässig verkündete: »Ich werde dich holen kommen!«, eine neutrale Stimme, ohne besondere Eigenschaften, körperlos. Kein Anhaltspunkt, der ihr weitergeholfen hätte.

Da kam ihr eine Idee. Sie sprang auf, stürmte aus dem Zelt und rannte zu dem Lagerbereich, in dem die Kranken zusammengepfercht waren. Dort wimmelte es jetzt von Magiern, und irgendeiner würde ihr schon helfen können.

Eigentlich hatte sie während ihres Aufenthalts mit niemandem enger Bekanntschaft geschlossen. Auch wenn das Leid sie verband und eine gewisse Solidarität unter den dort tätigen Helfern spürbar war, hatte sie mit den anderen nur wenige Wort gewechselt. Doch es half nichts: Einem von ihnen musste sie sich jetzt aufs Geratewohl anvertrauen.

Als sie dort eintraf, schnürte ihr, wie jeden Morgen, der Gestank von Blut und Tod augenblicklich die Kehle zu. Es war etwas, woran sie sich unmöglich gewöhnen konnte. Sie ließ den Blick über die Strohlager schweifen, wo die Kranken in bluttriefenden Verbänden und unter herzzerreißenden Klagelauten ihre letzten Atemzüge taten. Ohne sie wahrzunehmen, schaute sie sich suchend um. Da stand einer. Ein Magier. Jung, die Haut an seinem Arm mit schwarzen Flecken übersät. Schnurstracks ging sie zu ihm hin. An ihrem ersten Tag hatten sie sich gemeinsam um einen Kranken gekümmert. Er hatte sie in allem unterwiesen, was sie wissen musste, und zusammen hatten sie am Lager des Todkranken gestanden und miterlebt, wie dieser sein Leben aushauchte, bevor der Magier ihm dann für immer die Augen schloss.

Dadurch verbindet uns etwas, sagte sie sich, während sie mit großen Schritten auf ihn zutrat.

Der junge Magier bemühte sich, einem Todgeweihten mit einem gewöhnlichen Heilzauber die Schmerzen erträglicher zu machen. Er bemerkte sie, sah aber nicht auf.

»Du kommst heute später«, begrüßte er sie mit matter Stimme.

»Ich brauche deine Hilfe«, kam Adhara sofort zur Sache, und ihr Tonfall schien ihn aufhorchen zu lassen. Sofort hob er den Blick.

Sie erklärte ihm in groben Zügen, was sie von ihm wollte.

»Das darf ich nicht«, sagte er leise. »Das grenzt an Verrat.«

»Es erfährt ja niemand hier … Ich flehe dich an …«

»Ich …«

Sie legte ihm eine Hand auf den Arm. »Glaub mir, du bist wirklich meine letzte Hoffnung.«

Nun erzählte sie ihm alles, gestand ihm schamhaft, dass sie diesen jungen Soldaten liebte, mehr als sich selbst, und dass sie ihn retten musste, koste es, was es wolle.

»Damit verrätst du ihn«, wandte der Magier ein.

»Mir bleibt keine andere Wahl. Sonst stirbt er«, erwiderte sie unbeirrt.

Der Magier schaute sie eine Weile nachdenklich an. »Also gut«, sagte er dann und lächelte zart. »Also gut.« Adhara konnte sich einen Seufzer der Erleichterung nicht verkneifen.

»Es gibt da allerdings noch ein Problem«, setzte der Magier hinzu.

Und erneut geriet für Adhara die Welt ins Wanken.

»Es ist unverzichtbar, dass derjenige, der die Botschaft erhält, magische Kenntnisse besitzt. Ich erkläre es dir genauer: Der Empfänger sieht zunächst einmal nur eine kleine violette Wolke. Um die Nachricht lesen zu können, muss ein Magier den Rauch auf einem Pergamentblatt bannen.«

»Ach, am Hof gibt es Magier zuhauf. Das wird schon jemand lesen können.«

»Ja, aber wenn das Wölkchen nicht rechtzeitig bemerkt wird, das heißt innerhalb eines Tages, geht die Nachricht verloren …«

»Das ist aber meine einzige Hoffnung.«

»Gut, dann versuchen wir es um die Mittagszeit. Ich bringe alles mit, was ich brauche.«

Sie lächelte ihn an. »Ich weiß gar nicht, wie ich dir danken soll. Ja, ich kenne noch nicht einmal deinen Namen.«

»Ich bin Lewar«, antwortete er, wobei er das Lächeln erwiderte.

»Danke, Lewar«, wiederholte sie noch mal. Als er aufstand, hielt sie ihn am Ärmel fest. »Ich brauche auch noch einen Drachen.«

Folgende Nachricht wurde abgesandt.

»Amhal ist in Gefahr. Er ist auf dem Weg nach Neu-Enawar, um San zu befreien. Richte das Deinem Vater aus. Er muss ihn aufhalten lassen, aber man soll ihm auf keinen Fall etwas antun.«

Während Lewar die Zauberformeln sprach und die Worte zu Papier brachte, überlegte Adhara, wie gering ihre

Hoffnung war, mit diesem Versuch etwas ausrichten zu können. Was, wenn Amina nicht erkannte, dass es sich um eine magische Botschaft handelte? Und konnte sie Neor wirklich vertrauen? Er hatte ihr immer den Eindruck eines aufrichtigen Mannes gemacht, aber eigentlich kannte sie ihn nicht. Was hatte sich in den vergangenen Wochen am Hof zugetragen? Was hatte sich in ihrer Abwesenheit verändert?

Als die Flammen das Pergamentblatt ganz verschlungen hatten, beschloss sie, nicht weiter über diese Dinge nachzudenken. Jetzt war ohnehin nichts mehr rückgängig zu machen.

Viel schwieriger war es nun, irgendwie ins Große Land zu gelangen. Sie hatte gehört, dass ein Drachenritter am Abend dorthin aufbrechen würde, aber wie sollte sie ihn dazu bringen, sie mitzunehmen? Nicht zu vergessen, die Quarantäne. Es würde nicht leicht werden, überhaupt in die Stadt hineinzukommen … Adhara hatte das Gefühl, als platze ihr der Schädel. Aber es half nichts. Sie musste den Ritter ansprechen und dabei so überzeugend wie möglich sein.

»Du würdest mich aufhalten. Außerdem nehme ich grundsätzlich niemanden mit«, erklärte Taq, der Drachenritter, barsch, als sie ihre Bitte vorgetragen hatte.

»Ihr könnt mich auch irgendwo außerhalb der Stadt absetzen.«

»Was hättest du davon? Ohne Genehmigung kommst du dort niemals hinein.«

»Und … wenn ich Euch Geld gebe?«

In den zurückliegenden Monaten hatte sie eine kleine Summe sparen können, weil man sie am Hof für ihre Arbeit bezahlt hatte. Sie hatte es auf ihre Reise mitgenommen und kaum etwas davon ausgegeben. Nun drückte sie dem Ritter alles in die Hand.

»Das gehört Euch, wenn Ihr mich mitnehmt.«

Taq schaute sie aufmerksam an. »Es scheint dir ja außerordentlich wichtig zu sein, nach Neu-Enawar zu kommen.«

»Ja. Ich muss jemandem das Leben retten«, erklärte sie, während ihr das Herz bis zum Hals schlug.

Und noch am selben Abend brachen sie auf. Sie presste sich fest in den Sattel und schloss die Augen, während sie aufstiegen und sich rasch von dieser Hölle unter ihnen entfernten. In diesen Tagen in Damilar hatte sie häufig von dem Moment geträumt, da sie diesen Ort endlich verlassen würde. Aber wie anders hatte sie sich ihn doch vorgestellt.

Jetzt sah sie zu, wie die Lichter des Lagers unten am Boden immer winziger wurden, und spürte dabei, welche Verzweiflung, welche Furcht ihr Herz bedrängte. So als habe das Leid, das sie hier miterlebt hatte, ihr Inneres für immer vergiftet.

»Wir werden immer nur kurz rasten. Ich habe es eilig«, rief Taq ihr zu.

Adhara nickte. »Das ist mir sehr recht. Auch ich habe keine Zeit zu verlieren.«

Von der Außenwelt abgeschnitten und allein, hockte Amina in ihrem Zimmer am Hof in Neu-Enawar und welkte langsam dahin in schmerzlicher Sehnsucht nach den Großeltern und wehmütiger, aufwühlender Erinnerung an Adhara, an jene kurze glückliche Zeit ihres Lebens, die sie zusammen verbracht hatten. Die Angst vor der Seuche setzte ihr zu und fügte sich in die furchterfüllte Atmosphäre, die in diesem belagerten Palast überall spürbar war. Und in ihrer vollkommenen Gleichgültigkeit gegenüber der Welt, ihrer Antriebslosigkeit, zu der auch der Verzicht auf irgendeine Form des Ungehorsams gegenüber diesem stets von ihr verachteten höfischen Leben gehörte, beachtete sie das violette Wölkchen nicht, das einen ganzen Tag lang über ihrem Schreibtisch schwebte. Sie hielt es für eine Sinnestäuschung, die ihr die erschöpften Augen vorspielten, und dachte sogar an ein heimtückisches Eindringen der Seuche.

Vielleicht breitet sich die Krankheit ja auf diese Weise aus, mit solchen Wölkchen, überlegte sie, während sie mit einem Finger hineinstach.

Und am nächsten Tag hatte sich das Wölkchen aufgelöst, war nichts mehr zu sehen von dem Dampf – und damit auch von Adharas verzweifelter Botschaft.

31

Der Ausbruch

Auf den Armen trug man Neor in den Kellertrakt hinunter. Es war nun schon das zweite Mal, aber er fühlte sich wieder genauso gedemütigt wie bei seinem ersten Besuch. In seinem Palast zu Hause war er sich im Grund nie wie ein Krüppel vorgekommen. Doch hier in Neu-Enawar traten alle seine körperlichen Gebrechen offen zutage. Für alle Verrichtungen, so selbstverständlich sie auch sein mochten, brauchte er Beistand.

Unten, am letzten Treppenabsatz angekommen, hatte er es eilig, die Diener loszuwerden. »Geht, ich will allein sein«, befahl er knapp.

»Aber, Majestät, der Ort ist nicht sicher, diese Verbrecher hier …«

»Ihr habt gehört, was ich gesagt habe«, ließ er sich nicht beirren. Und die Diener verbeugten sich und gehorchten.

So blieb Neor am Eingang des Flures allein zurück und dachte noch einen kurzen Moment nach über diese Anrede, *Majestät*, und mit welcher Einsamkeit sie ihn erfüllte. Es wäre ihm lieber gewesen, man hätte ihn anders angesprochen, damit diese Würde auf ewig ein Vorrecht seines Vaters blieb. Er hätte nicht geglaubt, dass ihn dessen Tod so tief und so schmerzhaft treffen würde.

Er rollte vor bis zu den ersten Wachposten. »Ich will den Gefangen sehen. Ihr wisst Bescheid.«

»Gewiss, Euer Majestät«, antwortete einer der Männer beflissen, nahm einen dicken Schlüsselbund zur Hand und trat dann hinter Neors Rollstuhl.

»Lass. Das mache ich allein«, wehrte dieser ab und setzte sich schon wieder in Bewegung.

»Ja, ich … gewiss. Dort hinüber«, antwortete der Wachsoldat eingeschüchtert.

An langen Reihen verriegelter Türen entlang durchquerten sie den Flur. Hinter jeder saß ein Verbrecher. Doch Neor interessierte sich nur für einen, der ganz am Ende des Ganges gefangen saß.

Der Wächter steckte den Schlüssel ins Schloss und sperrte auf.

»Ich werde allein mit dem Gefangenen reden«, erklärte der König.

»Aber, Euer Majestät, ich weiß nicht, ob …«

»Genug jetzt, ich will dieses ›Euer Majestät‹ nicht mehr hören«, verlor Neor die Geduld. »Dieser Mann hat zwei Monate lang an meinem Hof gelebt. Da werde ich wohl wissen, wie ich mit ihm umzugehen habe. Also kein Wort mehr: Ich will mit ihm allein sein.«

Dem Wächter blieb nichts anderes übrig, als sich zu verneigen. Er stieß die Tür auf, und Neor sah den Gefangenen, der sich vor der hinteren Wand einer engen, stickigen Zelle mit Mauern aus Ziegelsteinen abzeichnete.

Er saß auf einer Holzbank, dem einzigen Einrichtungsgegenstand in dem Loch, und war genauso gekleidet wie an dem Tag, da er so unvermutet am Hof in Makrat auftauchte, war aber mit den Händen auf dem Rücken an die Wand gekettet.

Neor spürte, wie ihn ein Schauer durchlief. »Geh jetzt«, befahl er der Wache, als er drinnen war.

»Zu Befehl, Euer Majestät, ich warte draußen. Ruft nur, wenn ich öffnen soll …«

»Geh!« Neor vernahm ein ergebenes Seufzen vonseiten

des Soldaten, dann fiel die Zellentür ins Schloss. Sie waren allein.

Eine Weile studierten sie sich schweigend. San lächelte, ein Lächeln, dass Neor mehr erahnte, als tatsächlich sah zwischen dem Bluterguss auf dessen linker Gesichtshälfte und der Schwellung über der Lippe.

»Schau mal einer an, hätte ich nicht gedacht, dass du dich noch mal persönlich herbemühst.«

»Mehr Respekt! Ich bin dein König!«

San lächelte wieder, nun grimmiger. »Ich sehe hier niemanden außer uns beiden. Die Förmlichkeiten können wir uns also sparen.«

»Das habe ich zu entscheiden ...«

»Sonst ...?«, versuchte San, ihn zu reizen. »Schau dich doch an, selbst in Ketten bin ich noch stärker als du«, höhnte er, wobei er sich ein wenig reckte, um mit der Schulter auf den König zu zeigen.

»Und wenn schon ... Du hast nur deinen Körper. Ich aber verfüge über Soldaten, Wachen ... Folterknechte ...«

»Bist du sicher, dass ich mich nur auf meine Körperkräfte verlasse?«

Neor ließ den Blick über die Gestalt vor ihm schweifen. San war das genaue Gegenteil von ihm selbst: stark, gesund, ein echter Krieger. Ein Mann, wie ihn sich sein Vater als Sohn gewünscht und wie ihn das Land der Sonne als König verdient hätte. Ob Learco jemals bei Sans Anblick dieser Gedanke gekommen war? Wie es wäre, einen Sohn wie diesen zu haben?

Hätte sich mein Vater damals an das Ido gegebene Versprechen gehalten und sich nicht nur um meine Mutter, sondern auch um San gekümmert, säße dieser heute vielleicht auf dem Thron.

Verärgert über sich selbst, schüttelte er den Kopf. Nein, solchen Gedanken durfte er sich nicht überlassen.

»Warum weigerst du dich so beharrlich, uns die Wahrheit zu sagen?«, sagte er.

San lächelte wieder. »Wie kommst du denn darauf, dass ich lüge?«

»Intuition.«

»Intuition bringt nichts. Ich dachte, da wären wir einer Meinung. Ist es nicht deine Art, alles nach streng logischen Gesichtspunkten zu beurteilen? Hast du nicht wie ein Schattenkönig, dich allein auf die Kraft der Vernunft stützend, seit langem schon das Reich deines Vaters regiert?«

»Es gibt noch mehr als die kalte Logik.«

»Mag sein, aber wie auch immer, du hast keine Beweise gegen mich. Lediglich schwache Indizien. Und auf der Grundlage bloßer Mutmaßungen hast du mich hier wie einen Verbrecher eingesperrt und sogar foltern lassen.«

Ein kurzes, lastendes Schweigen, dann fuhr San fort.

»Schon interessant, wie du plötzlich dein anderes Gesicht zeigst. Dabei dachte ich, dein Vater hätte dich Ehrlichkeit und Rechtschaffenheit gelehrt. Ich war überzeugt, du sähest lieber einen Verbrecher auf freiem Fuß als einen Unschuldigen hinter Gittern. Zwei Tage Schweigen von meiner Seite genügen, und schon bricht dein eigener hoher Anspruch, was Recht und Gerechtigkeit angeht, wie ein Kartenhaus zusammen und offenbart sich als das, was er ist: pure Heuchelei. Wie kommst du damit zurecht, wenn du abends vor dem Einschlafen wach im Bett liegst? Wenn du an deine braven Untertanen denkst oder an deinen Vater, der fünfzig Jahre lang dieses Königreich regierte, ohne sich je eines Unrechts schuldig zu machen oder seinen niederen Trieben nachzugeben?«

Neors knirschte mit den Zähnen.

»Du sagst ja gar nichts. Dich zu rechtfertigen, interessiert dich wohl nicht.«

»Ich will die Wahrheit«, zischte der neue Souverän.

San lehnte sich an die Wand zurück. Sein spöttisches Gebaren nährte nur Neors Hass.

»Nein, was du willst, ist Rache«, fuhr San fort. »Du glaubst dich im Recht, weil du von der Richtigkeit deiner Vermutungen überzeugt bist, und es zerreißt dich innerlich, dass du mir keine Schuld nachweisen kannst. Du willst mich büßen lassen, egal wie. So sieht es aus!«

Wie gern wäre Neor aufgesprungen aus dem Stuhl, an den er gefesselt war, um diesem Mann an den Hals zu gehen, ihn mit bloßen Händen zu bestrafen, ihm das Maul zu stopfen, damit er nicht weiter Gift versprühen konnte.

»Leider hat dein Vater Regeln aufgestellt, und danach ist Foltern nicht erlaubt.«

»Niemand hat dich gefoltert.«

»Und was ist das hier?«, fragte San, indem er mit hochgezogener Schulter auf den Bluterguss neben dem Auge deutete. »Und das hier?«, er schob seine geschwollene Lippe vor. »Willst du mir weismachen, einem deiner Wächter sei nur die Hand ausgerutscht?«

Neor wurde unbehaglich zumute.

»Nein, auch wenn du mir auf diese Art ein Geständnis entreißt, es bringt dich nicht weiter. Wenn ich vor Gericht erkläre, wie meine Aussage zustande kam, wird mich kein Richter schuldig sprechen. Nein, Neor, auf diese Weise zwingst du mich nicht in die Knie.« San lächelte wieder. Ein triumphierendes Lächeln.

Der König erschrak fast. »Wer zum Teufel bist du?«

San beugte sich vor. »Ich bin der Vorbote einer neuen Zeit. Ich bin die Zukunft. Ich stehe für eine neue Menschenrasse und gleichzeitig für das Angedenken der Aufgetauchten Welt.« Er lehnte sich wieder ganz gelassen zurück.

»Bist du wirklich San? Bist du wirklich der, den mein Vater in jungen Jahren kannte?«

»Gewiss bin ich das. Nur war ich, als dein Vater mich kennenlernte, mir meiner wahren Natur noch nicht bewusst. Doch im Lauf der Jahre habe ich vieles erkannt und gelernt.«

»Warum bist du zurückgekommen? Und warum gerade jetzt?«

»Ich hatte eine Mission zu erfüllen.«

»Was für eine Mission?«

San kicherte. »Jetzt bist du aber wirklich zu neugierig.«

Neor war ratlos. Er schaffte es nicht, dem Gespräch einem ihm genehmen Verlauf zu geben. Nein, dieser Mann war es, der die Fäden in der Hand hielt. Wie hatten sie nur auf ihn hereinfallen, ihn im Palast aufnehmen und ihm die höchsten Ehren erweisen können, ohne seine schwarze Seele zu erkennen?

»Und hast du sie erfüllt?«

San betrachtete ihn lange. »Hätte ich sie nicht erfüllt, würde ich jetzt nicht hier sitzen und mit dir sprechen.«

Neors Stimme bebte: »Du solltest ihn umbringen, nicht wahr? Von Anfang an war es dein Ziel, meinen Vater zu töten. Mira stand dir nur im Weg, weil er irgendetwas herausgefunden hatte. Deshalb hast du ihn beiseiteräumen lassen. So sieht es aus. Das ist die Wahrheit …«

San lachte aus vollem Hals und hörte erst auf, als seine Lippe wieder zu bluten begann. »Die Wahrheit … Schon unglaublich, wie oft Leute deines Schlages dieses Wort in den Mund nehmen, so als sei Wahrheit das, worauf es ankomme in der Welt. Aber die Wahrheit macht nicht frei, wie viele törichterweise denken. Die Wahrheit ist ein Käfig, die Wahrheit engt uns ein, legt uns fest, macht uns auf ewig zu Gefangenen.«

»Deine Wahnvorstellungen interessieren mich nicht«, schrie Neor, wobei er sich vorlehnte. »Hast du ihn getötet oder nicht?«

San nahm es sich heraus, den König lange voller Hochmut anschauen. »Nun gut, da mein Samen bereits in der Furche liegt und ich schon weiß, wie alles enden wird, will ich dir den Gefallen tun und dir die ach so kostbare Wahrheit gestehen, hinter der du so her bist. Ja, ich war es, der Mira töten ließ. Und du hast Recht, er war mir im Weg, aber anders als du glaubst. Als ich bemerkte, dass mich deine Mutter beschatten ließ, kam ich auf die Idee, zwei Fliegen mit einer Klappe zu schlagen. Dass Mira sterben musste, hatte ich bereits beschlossen. Zu seiner Ermordung aber einen eurer eigenen Männer zu benutzen, nun … das entbehrte doch nicht einer gewissen Eleganz. Das wirst du mir zugestehen müssen. Zudem kam mir die Situation auch noch aus einem anderen Grund gelegen. So bediente ich mich eben eines speziellen Zaubers und tat, was zu tun war. Und es stimmt auch, dass ich der Seuche die Tore des Palastes geöffnet habe. Ein Fläschchen infizierten Blutes, das ich mir einige Zeit zuvor beschafft hatte und das ich im Schlafgemach deines Vaters, mit einer Prise Magie, verdampfen ließ: Mehr war nicht nötig. Gut, wenn du so willst, habe ich deinen Vater getötet.«

Neors Hände krampften sich um die Armlehnen seines Stuhls, während sich die Welt um ihn herum dunkelrot färbte. Zum ersten Mal in seinem Leben überkam ihn ein grenzenloser, wirklich alles verschlingender Zorn. Er hasste diesen Mann, wie man tiefer nicht hassen konnte, und wünschte sich dessen Tod – mit jeder Faser seines Körpers.

»Wie konntest du nur …?«, murmelte er bebend. »Wie konntest du nur …?«, wiederholte er, während seine Stimme lauter und lauter wurde. »Wie einen verlorenen Sohn hat er dich aufgenommen, hat dich mit Ehrungen überhäuft, dir seine Zuneigung bewiesen, hat sich um dich gesorgt und sich deinetwegen schuldig gefühlt sein Leben lang!«, brüllte Neor aus voller Kehle.

San ließ sich nicht aus der Fassung bringen.

»Aber du wirst sterben …«, fuhr Neor drohend fort. »Das ganze Königreich wird von deinen Schandtaten erfahren, und du wirst sie büßen. Wie ein Hund wirst du verrecken, wie ein Verräter, wie du es nicht anders verdient hast!«

San antwortete mit einem Grinsen.

»Lach nur, denn das Lachen wird dir schon bald vergehen. Dieses hyänische Grinsen ist es, das dich aufs Schafott bringt.«

San schüttelte den Kopf. »Offenbar hast du es immer noch nicht begriffen. Ich habe das Samenkorn in die Furche gelegt, und dort keimt es bereits. Und während du, mit deiner sinnlosen Wahrheit ausgestattet, bald tot sein wirst, werde ich diese Zelle verlassen und mein Werk zu Ende führen.«

»Das wird sich erst noch zeigen«, zischte Neor.

In diesem Moment ertönte ein mächtiger Schlag. Neor fuhr herum. San hinter ihm lächelte triumphierend.

Amhal flog ohne Pause und rastete nur, wenn Jamila mit ihren Kräften völlig am Ende war. Dann gönnte er sich selbst auch ein wenig Schlaf in der Abgeschiedenheit kleiner verlassener Lichtungen, wo der Drache wieder zu Kräften kommen konnte. Unablässig dachte er an San, an dessen Worte, an die rüde Art, wie man ihn gefangen genommen und fortgeschleift hatte. Und fast zwanghaft wiederholte er sich immer wieder, dass er unschuldig war, dass er es nicht getan haben konnte.

Zehn Tage brauchte er bis zum Ziel, zwei weniger, als er vorhergesehen hatte. In einem Wald gleich vor den Toren Neu-Enawars landete er und ließ dort den Drachen zurück. »Ich bin bald wieder da«, verabschiedete er sich und tätschelte dem Tier das Maul. Währenddessen ertappte er sich bei dem Gedanken, dass er damit, vielleicht zum ersten Mal in seinem Leben, Jamila belog.

Er schlang den Umhang um seinen Leib und dachte, dass er so, ganz in Schwarz, genau wie sein Meister San aussah.

Er passierte das Stadttor, wo man ihn nur dank seiner Soldatenuniform einließ, denn die Quarantäne hatte nun auch Neu-Enawar erreicht. Er kam in einer schäbigen Herberge unter.

Zwar brannte er darauf, zur Tat zu schreiten, hatte sich aber vorgenommen, noch ein wenig zu warten. So unvernünftig sein Vorhaben auch sein mochte, es musste ordentlich geplant werden, sonst wäre sein Tod sinnlos gewesen.

Nur einige wenige Male war er unten in den Verliesen des Heerespalastes gewesen und erinnerte sich kaum noch, wie der Trakt aufgebaut war. Es war jedoch unumgänglich, genau zu wissen, wie die Zellen lagen und die Wachposten auf dem Weg dorthin aufgestellt waren. Gewiss konnte er sich auf seine Geschicklichkeit und seine Kräfte verlassen, doch Tatsache blieb: Er war ganz auf sich allein gestellt.

So streifte er, um sich umzuhören, durch das verrufenste Viertel der Stadt, in das ihn schon früher, während seiner Ausbildung bei Mira, hin und wieder Aufträge geführt hatten, und stellte erneut fest, dass das Herz der Hauptstadt der Aufgetauchten Welt auch nicht weniger verdorben als das jeder anderen Großstadt war. Hier fand er Pläne und Skizzen, wie er sie brauchte, und erfuhr, was er wissen musste.

»Das Ende ist nahe. Jetzt heißt es, tüchtig feiern und es sich gutgehen lassen, solange man noch kann«, lallte einer seiner Informanten, während er den Lohn, den er für seine Auskünfte zur genauen Aufstellung der Wachen im Kerkertrakt erhalten hatte, in Bier umsetzte.

Einen ganzen Tag lang studierte Amhal die Pläne, bevor er sich an sein Vorhaben wagte. Eine Wache auf jedem Stockwerk des Gefängnisses. Ganz offensichtlich herrschte Mangel an Wachpersonal, das nun überall in der Stadt und im Umkreis eingesetzt war in dem verzweifelten Versuch, die weitere Ausbreitung der Seuche zu verhindern. Allerdings war jedes Stockwerk zusätzlich im vorderen Bereich mit einer Wachstube gesichert, die mit zwei Männern besetzt war. Wie man ihm erzählt hatte, saß San im zweiten Stock in einer Zelle ganz am Ende des Ganges.

»Es ist eine Schande, dass so ein großer Mann wie er im

Gefängnis vermodert. Glaub mir, Neor heckt irgendetwas aus«, hatte einer im Gespräch in einer Schenke zu ihm gesagt.

Amhal hörte es erfreut. Offenbar stand das Volk noch auf Sans Seite.

In der Stille und Dunkelheit seiner Kammer bereitete er sich auf die Stunde vor, da er losschlagen wollte. Er sammelte sich, besann sich ganz auf sein inneres Toben, seine Gier nach Blut. Wenn nicht alles nach Plan lief, würde er sich nur noch darauf verlassen können. Und mehr und mehr überkam ihn eine eiskalte Ruhe.

Ohne Hektik lief er durch die Straßen Neu-Enawars und gelangte problemlos in den Heerespalast, vorbei an einer Wache, die ihn zwar nicht kannte, ihn aber seiner Uniform wegen passieren ließ.

»Salimar, angehender Drachenritter«, hatte er sich vorgestellt.

Das Gebäude schien wie ausgestorben, niemand begegnete ihm auf seinem Weg zu den Kerkern hinunter. An einer bestimmten Stelle legte er sich auf die Lauer. Und schließlich sah er jemanden kommen. Einen Wachsoldaten, der offenbar gerade seinen Dienst beendete. Denn er gähnte laut und schleppte sich mit müden Schritten zum Erdgeschoss des Gebäudes hinauf.

Amhal holte den Riemen hervor, den er sich am Morgen gekauft hatte. Einen kurzen Augenblick betrachtete er ihn erschrocken und fragte sich, ob er in der Lage sein würde, ihn einzusetzen. Doch die Mordlust würde ihn schon rechtzeitig überkommen und lenken.

Er atmete tief durch, während er darauf wartete, dass der Soldat näher kam. Auf diese hinterhältige Weise hatte er noch nie getötet.

Während er auf die Schritte dieses Mannes, den er nicht kannte, lauschte, stellte er sich dessen Leben vor, sein ärmliches Zuhause, seine Familie. Und als er nahe genug herangekommen war, sprang er ihn an, zerrte ihn zu sich ins Halbdunkel, legte ihm die Schlinge um den Hals und zog, so fest er konnte. Die Wut jauchzte und jubilierte in seiner Brust, während sich der Mann in seinen Armen röchelnd wand und zappelte. Nicht lange, und sein Widerstand erlahmte. Er ergab sich in sein Schicksal und sackte schließlich leblos zu Boden.

Amhals Hände zitterten, während er die Leiche entkleidete. Dann bedeckte er sie mit seinen eigenen Gewändern, obwohl das nicht nötig gewesen wäre. *Welch sinnloses Mitleid*, sagte er sich. Dann erhob er sich und war bereit.

Erstes Untergeschoss. Die Wachstube, Soldaten. Niemand beachtete ihn oder sprach ihn an. Er lief weiter hinunter. Zweites Untergeschoss. Nur eine einzige Wache. Der Gang lag im Dunkeln. Amhals Herz begann, schneller zu schlagen. Dort am Ende des Ganges wartete San. Hinter einer dieser Türen.

Ohne Hast trat er auf den Soldaten zu, der mit verschlafener Miene auf einem Stuhl saß. Er drehte sich zu ihm um. »Und? Was willst du …?«

Er kam nicht mehr dazu, den Satz zu beenden, da hatte ihn Amhal bereits mit der Klinge durchbohrt. Wieder frohlockte der Furor in seiner Brust.

Geduld …, Geduld … Gleich kannst du im Blut waten.

Als er in den Gang einbog, erkannte er bereits die Tür. Sie unterschied sich zwar nicht von den anderen, aber es musste die richtige sein, denn eine Wache stand davor. Wieder stieß er zu, versenkte das Schwert im Leib des Mannes, bevor dieser auch nur einen Laut von sich geben konnte. Nur ein dumpfer Schlag, als er zu Boden sank, und schon verbreitete sich Blutgeruch in der Luft, duftend, lockend.

Tief atmete Amhal ihn ein, während ihn eine unbändige Freude überkam. Und das Schönste, Wunderbarste war, dass er keinerlei Grund mehr hatte, sich zu zügeln, die Wut niederzuhalten. So ließ er es geschehen, dass sie rein und unverfälscht durch seine Adern strömte, ihn stärkte und berauschte.

Jetzt brauche ich sie, habe sie immer schon gebraucht. Denn so bin ich: ein Ungeheuer.

Einen Moment lang betrachtete er prüfend die Tür, die durch einen schweren Riegel gesichert war. Da zerriss ein Schrei die Stille. Er kam von jenseits der Zellentür. Die Worte, die dort gesprochen wurden, konnte Amhal nicht verstehen, doch die Stimme erkannte er. Es war die von Neor. Neor musste in der Zelle sein. Der rätselhafte Neor, der Krüppel, der seit Jahren schon die Geschicke des Landes anstelle seines Vaters lenkte. Der Mann, dem San vorwarf, ihn hereingelegt zu haben. Amhals Hände zitterten. Der Augenblick der Wahrheit war gekommen.

Aber ich kenne die Wahrheit ja bereits, verbesserte er sich starrköpfig.

Dann sprach er die Zauberformel. Richtete den Zauber gegen den Riegel, und ein Donner erschütterte das Kerkergewölbe. Doch die Tür blieb heil.

Verdammt!

So versuchte er es noch einmal und legte dabei noch mehr Kraft in den Zauber. Das Holz stöhnte, das Metall verbog sich, und die Tür ging auf.

Da waren sie: San und Neor. Neor saß wie immer in seinem Stuhl und starrte ihn fassungslos an. Auch San mit geschwollenem Gesicht blickte zu ihm, während das typische Wolfslächeln seine Lippen umspielte.

»Ich wusste, dass du kommen würdest«, sagte er.

Es war, als gehorche Amhal einem Befehl. Er stieß Neors Stuhl zur Seite, so dass der König zu Boden stürzte, und stürmte zu San. Mit einem mächtigen Hieb durchschlug er die Ketten und befreite ihn.

»Bist du verletzt?«

»Weißt du, wie wir hier rauskommen ...?«, gab San nur zur Antwort.

Amhal sah ihn verwirrt an.

»Wir nehmen Neor mit. Der ist unser Passierschein nach draußen.«

Amhal drehte sich zu dem König um, der hilflos am Boden kroch, packte ihn unter den Achseln und hob ihn hoch: Sein schmächtiger Körper war leicht, doch seine lahmen Beine waren hinderlich.

»Lad ihn dir auf die Arme«, forderte San ihn auf.

»Er hat dich belogen, Amhal, er ist der Täter«, murmelte Neor, wobei er sich mit seinen wenigen Kräften zu wehren versuchte. »Er selbst hat es mir eben gestanden.«

»Schweig«, zischte Amhal mit hasserfüllter Stimme. Dann blickte er fragend zu San.

»Ich brauche noch mein Schwert«, sagte der, »und dann verschwinden wir von hier.«

32

Der Beginn

An einem vom fahlen Licht des Tagesanbruchs erhellten Morgen landete Dubhe in Derea im Westlichen Wald. Auf der großen Lichtung vor dem Lager wartete Theana bereits auf sie. Das Gesicht der Hohepriesterin wirkte blass, als sie, sich die kalten Hände reibend, zu ihr aufsah.

Dubhe stieg von dem Drachen, der dem einzigen in Makrat verbliebenen Ritter gehörte, der dazu zu bewegen gewesen war, sie zu diesem Treffen zu fliegen.

»Du hättest dich doch nicht herbemühen müssen«, empfing Theana sie und blickte die alte Gefährtin besorgt an.

Die Königinmutter lächelte bitter. »Was hält mich denn in Makrat? Ein verwaister Hof? Ein ausgestorbener Palast? Sie sind doch alle fort. Wer nicht geflohen ist, ist tot.«

»Du bist auch noch nicht ganz wiederhergestellt, das weißt du!«

Dubhe fuhr sich über das Gesicht. »Gewiss, aber ich hatte gewichtige Gründe, hierher zu reisen.«

Aufgebrochen war sie einige Tage nach den Beisetzungsfeierlichkeiten für ihren Gemahl, eine schlichte Zeremonie, an der nur wenige Menschen teilgenommen hatten.

So scheidet er, der größte König, den das Land der Sonne je besessen hat, hatte sie, mit einem Blick auf die Trauergäste, gedacht: ein Dutzend überlebender Diener mit gespensterbleichen Gesichtern. Sonst niemand außer ihr selbst. So hatten sie auf dem Platz beisammengestanden, während heftige herbstliche Regenschauer niedergingen, weshalb es auch eine Weile dauerte, bis der Scheiterhaufen Feuer fing. Und sie war geblieben, völlig durchnässt, bis von dem Mann, den sie fast ihr gesamtes Leben geliebt hatte, nichts als Asche übrig war.

Während er todkrank daniederlag, war sie keinen Moment von seiner Seite gewichen, hatte seinen Atem geatmet, von seinem Wasser getrunken, sein Schicksal geteilt. Als sie dann selbst erkrankt war, merkte sie bestürzt, dass sie sich im tiefsten Innern wünschte, mit ihm zu sterben.

Dann kam das Fieber, und damit die Blutungen, die Schmerzen. Dennoch blieb sie an diesem Sterbelager, hielt weiter seine Hand, auch als er längst schon nicht mehr bei Bewusstsein war. Sie wusste, wie es enden würde, und wollte daher jeden Augenblick auskosten, den das Schicksal ihr noch an Learcos Seite schenkte, so entsetzlich die Lage auch war. Nur mit größter Mühe konnte Theana sie dazu bewegen, sich behandeln zu lassen.

»Du darfst dich nicht aufgeben«, hatte sie die Freundin angefleht.

»Ich gebe mich nicht auf«, hatte Dubhe unter heftigen Schmerzen gestöhnt, »aber ich möchte bis zuletzt an seiner Seite sein.«

Dann war ihr Fieber langsam gesunken, die Blutungen kamen zum Stillstand, und langsam erholte sie sich. Gerade rechtzeitig, um die letzten Augenblicke im Leben ihres Mannes mitzuerleben.

Während sie so im Regen vor dem Scheiterhaufen gestanden und zugesehen hatte, wie der Rauch hoch zum Himmel stieg, war ihr vieles durch den Kopf gegangen: ihr Sohn, der jetzt nicht bei ihnen sein konnte, der ausgestorbene Palast, das von der Seuche verheerte Makrat. Sie dachte an die langen Jahre an Learcos Seite, an Jubel, Freude und Leid, an ein ganzes Leben, das hier in Rauch aufging.

Die Dubhe jener Jahre starb mit diesem Tag. Jene Dubhe, die dem Wunder einer fünfzigjährigen Friedenszeit beigewohnt hatte, floss mit dem Regen dahin. Und die frühere Dubhe, das junge, verlassene Mädchen, die Einbrecherin und Mörderin, kam langsam wieder zum Vorschein. Denn das war es, was die Gegenwart nun verlangte: Ein Kreislauf war vollendet, und die Geschichte wiederholte sich. Learco hatte für ihre besten Seiten gestanden, und mit ihm hatte sie Mut und Kraft verloren. Was ihr jetzt noch blieb, war aber ihre Zähigkeit.

Nach einem Gang durch die leeren Säle des Palastes wieder in ihrem Gemach, hatte sie sich im Spiegel betrachtet. Eine Gesichtshälfte war fast schwarz. Ein unauslöschliches Zeichen der Seuche. Die Trauer um Learco würde ihr auf ewig ins Gesicht geschrieben sein. Um Jahre gealtert sah sie sich, aber nicht besiegt, das nicht. Denn Learco hatte ihr ein Erbe hinterlassen, das sie zu bewahren und, sei es auch um den Preis ihres eigenen Lebens, zu schützen hatte.

In diesem Moment war der Bote eingetroffen, war atemlos, ohne anzuklopfen, mitten ins Zimmer gestürmt, hatte das Knie gebeugt und erklärt: »Majestät, ich habe eine wichtige Nachricht für Euch.«

Und die Königin hatte sich aufgesetzt und aufmerksam zugehört.

Nun betraten die beiden Frauen Theanas Zelt. Die Gläser, Fläschchen, Behälter mit Kräutern und Lösungen, die überall herumstanden, zeugten von der Arbeit der Hohepriesterin, die weiterhin fieberhaft nach einem Heilmittel forschte.

»Wie geht es dir?«, fragte Dubhe, während sie sich die müden Augen rieb.

Theana dachte, dass die Freundin in gewisser Weise wieder an das junge Mädchen erinnerte, das sie vor vielen Jahren kennengelernt hatte, nicht zuletzt durch ihre Kleider: schwarz, ganz aus Leder und Stiefel dazu. »Bis jetzt bin ich noch nicht erkrankt«, erklärte die Hohepriesterin. »Ich glaube fast, den Leuten kommt das schon verdächtig vor.« Sie nahm Platz und blickte die Königin aufmerksam an. »Nun erzähl mal, was sind das für gewichtige Gründe, die dich hergeführt haben?«

Schweigend erwiderte Dubhe den Blick, bevor sie endlich begann.

»Einer meiner Agenten, die ich in die Unerforschten Lande jenseits des Saars ausgesandt hatte, hat mir eine Botschaft zukommen lassen.«

Theana horchte auf. Sie hatte selbst an der Versammlung teilgenommen, in deren Verlauf Neor seiner Mutter nahegelegt hatte, im Land der Elfen Erkundigungen einzuholen.

»Einer meiner Hofmagier empfing die Botschaft. Sie klingt sehr wirr und lässt vermuten, dass sie unter schwierigsten Bedingungen verfasst wurde. Vielleicht ist meinem Agenten etwas Schlimmes zugestoßen.«

»Was besagt sie denn?«

»Es ist nur ein Fragment. Die Übertragung ist nicht recht gelungen, und deswegen ergibt der Text kaum einen Sinn.« Dubhe griff in ihre Tasche und holte eine Pergamentseite hervor.

Theana nahm sie entgegen. Wie sie sofort sah, handelte es sich um das Blatt, auf dem der Magier die von dem Agenten gesandte Botschaft festgehalten hatte: Unverkennbar war die spezielle Form der Schriftzeichen, wenn sie sich auf magische Weise dem Blatt einprägten. Aber sie sahen unregelmäßig aus, hastig hingeworfen, teilweise nicht zu entziffern.

»... Saar ... Elfen ... Grenze Land des Wassers ... beginnt von dort ... Gefahr ...«

Lange betrachtete Theana das Blatt, versuchte, den Sinn zu erfassen.

»Wie würdest du das deuten?«, fragte Dubhe.

»Es liegt etwas in der Luft«, antwortete Theana, »es droht eine neue Gefahr, die von hier, der Gegend um den Saar, ihren Ausgang nimmt. Und wieder stecken die Elfen dahinter ...«

Die Hohepriesterin schloss die Augen. Sie war furchtbar erschöpft. Die pausenlose Arbeit Tag und Nacht rieb sie auf. Aber das Schlimmste war die Vergeblichkeit. So lange beschäftigte sie sich nun schon mit dieser Krankheit, ohne einen entscheidenden Schritt weiterzukommen. Auch die Zusammenarbeit mit den Nymphen hatte bisher keine Früchte getragen. Und nun diese rätselhafte, unklare Botschaft, die von neuem Unheil zu künden schien.

»Was glaubst du, worauf wir uns gefasst machen müssen?«, fragte sie, als sie die Augen wieder öffnete.

Dubhe schüttelte den Kopf. »Ich weiß es nicht. Doch dass die Elfen irgendetwas im Schilde führen, steht wohl fest.«

Theana blickte sie an. »Warum bist du hier?«

»Das habe ich dir doch gerade gezeigt«, antwortete Dubhe, wobei sie auf das Pergamentblatt deutete. »Ich wollte mir vor Ort ein Bild von der Lage machen.«

»Aber du hast doch selbst eingeräumt, dass diese Botschaft nicht erkennen lässt, was genau uns droht. Und außerdem bist du allein gekommen. Nein, Dubhe, das ist es nicht, was dich hergeführt hat.«

Die Faust der Königin schloss sich wie im Krampf um das Pergament. Die Lippen zusammengekniffen, starrte sie zu Boden. »In Makrat ist kein Platz mehr für mich. Der Palast ist leer, und die Stadt ist dem Wahnsinn verfallen. Und zu Neor konnte ich nicht: Ich bin noch nicht vollständig genesen und will nicht das kleinste Risiko eingehen, den neuen König anzustecken. Was sollte ich also tun? Sulanas Ende wählen? Mich wie sie in meinem Gemach einschließen und in der Vergangenheit leben in der wehmütigen Erinnerung an Zeiten, die unwiderruflich dahin sind? Du weißt, es waren goldene Jahre für mich. Dieses halbe Jahrhundert war wie ein endlos langer Traum, ein Traum, wie er schöner nicht hätte sein können. Doch irgendwann kommt immer der Moment, da man aufwachen muss. Und für mich kam er, als ich vor Learcos Scheiterhaufen stand. Der Traum ist zu Ende, Theana. Ich muss dem Schicksal sehr dankbar sein für diese Zeit meines Lebens, für all das Schöne, das mir geschenkt wurde. Doch mehr habe ich nicht zu erwarten, in Makrat nicht, und nicht auf der ganzen Welt.«

Theana durchlief ein langer Schauer. Ja, sie wusste, wovon Dubhe sprach, kannte die Tiefe dieser Trauer. Seit Lonerins Tod ließ der Schmerz sie nicht mehr los, nagte an ihr, verzehrte ihre Seele, Tag für Tag, Stück für Stück. Sie wusste, dass der Tod ein langsamer, schmerzhafter Prozess sein konnte, der für sie in dem Moment begonnen hatte, als sie von Lonerin endgültig Abschied nahm. Und die Symptome dieser tödlichen Krankheit erkannte sie nun auch bei Dubhe.

»Dubhe, ich …«

Da entflammte plötzlich der Blick der Königin. Sie hob den Zeigefinger. »Doch eine Aufgabe bleibt mir noch«, erklärte sie, »eine Aufgabe, die mir wirklich am Herzen liegt. Für die Aufgetauchte Welt hat Learco seine besten Jahre geopfert, hat eine Utopie geschaffen, die in uns weiterlebt und nicht erlöschen darf. Dafür werde ich kämpfen. Dafür werde ich alles geben, damit dieser Traum erhalten bleibt und diese Welt, die Learco uns hinterlassen hat, dem Untergang entgeht.«

Sie schloss ein wenig die Augen und schwieg einen Moment.

»Deswegen bin ich hierhergekommen an die vorderste Front, wo Krieg herrscht, wo die Seuche wütet, wo der Traum meines Gemahls zu zerfallen scheint. Hier will ich beginnen, hier will ich mich einsetzen, egal, worin mein Einsatz bestehen mag.«

Theana bewunderte die innere Kraft ihrer alten Freundin, diese Entschlossenheit, von der ihre Worte durchdrungen waren. Wie sehr hatte sie sich doch verändert im Lauf der

Jahre. Sie hatte einen Halt gefunden, der ihr auch jetzt noch Festigkeit gab. Und während von ihr, der Theana früherer Zeiten, nur noch die Hülle übrig war, war Dubhe ungebrochen, beseelt von einem Kampfeswillen, der durch nichts zu erschüttern war.

Sie lächelte sie traurig an. »Was hast du vor?«

»Ich werde neue Kundschafter über den Saar schicken und, wenn es zum Krieg kommt, hier mein Hauptquartier aufschlagen. Auf meine Leute, meine Agenten, kann ich mich immer noch verlassen. Aber ich will im Verborgenen wirken. Neor ist jetzt der König, und wie ein König tritt er auf. Für mich ist es an der Zeit, wieder in den Schatten einzutauchen, mich wieder auf das zu besinnen, was ich als junges Mädchen beherrschte, bevor Learco in mein Leben trat und sich alles von Grund auf änderte. Denn du weißt: Die Finsternis, der Schatten, ist mein Reich.«

Lange blickten sie sich an, ohne etwas zu sagen. In diesen langen Friedensjahren hatten sie solch ein Einverständnis entwickelt, dass Worte manchmal überflüssig waren.

Dubhe erhob sich. »Ich bräuchte ein Zelt für mich. Und zunächst einmal muss ich mich ausruhen. Wir sehen uns dann morgen.« Und entschlossenen Schritts ging sie hinaus. Die Dubhe früherer Tage war wieder da.

Es regnete, und das Wasser prasselte gegen die Wände ihres Zeltes. Dubhe fühlte sich steif in den Gelenken. Die Pritsche und die Geräusche der Nacht erzählten ihr von früheren Zeiten, von ihrem Leben *vorher*. Es war schon unglaublich, wie jetzt die Gegenwart an die Vergangenheit anknüpfte, so als sei das Leben ein weiter Kreis und führe einen schließlich wieder genau dorthin zurück, wo alles begonnen hatte. Doch die verflossenen Jahren machten sich bemerkbar, und wie!, jedes einzelne. Sie überlegte, dass sie vielleicht doch nicht mehr für dieses harte Leben geschaffen war. Vielleicht hatten sich ihre Glieder zu sehr an die Annehmlichkeiten und den Luxus gewöhnt, so dass es ihr jetzt nicht mehr gelang, auf dem Boden zu schlafen, auf trockenem Laub, wie sie es als junges Mädchen so häufig getan hatte. Vor allem aber merkte sie, wie schwer es ihr fiel, allein zu schlafen.

Sie vermisste Learcos Körper neben sich, seine sanften, nur ein klein wenig keuchenden Atemzüge. Fünfzig Jahre hatten sie miteinander verbracht und sich in dieser Zeit so sehr aneinander gewöhnt, dass sie jetzt, so allein, kaum noch in den Schlaf fand.

Dies war wahrscheinlich auch der Grund, weshalb sie es überhaupt hörte: nicht ihre in den langen Friedensjahren abgestumpften Sinne, nicht die Wachsamkeit eines auf die Gefahren des Kampfes trainierten Körpers, sondern die Schlaflosigkeit, einerseits typisch für ihr Alter, andererseits aber auch bedingt durch die vielen Erinnerungen, die sie bedrängten. Es war ein Geräusch, das sich abhob vom Prasseln des Regens gegen die Zeltwände, dumpf und kurz, und sie an etwas Bestimmtes erinnerte.

Sie sprang auf und griff zum Schwert. Eine Waffe, die ihr eigentlich fremd war. Ganz im Gegensatz zum Dolch, der ihr zum Körperfortsatz geworden war, weil sie ihn immer mit sich trug. In den Jahren als Königin hatte sie dann auch den Umgang mit dem Schwert erlernt, was wichtig gewesen wäre, wenn sie eines Tages, was nicht ausgeschlossen war, das Heer hätte anführen müssen. Und als sie jetzt von Makrat aufgebrochen war, hatte sie Learcos Schwert mitgenommen, eine Art Amtsübergabe, ein sichtbares Zeichen von Learcos Traum, der sie immer begleiten sollte.

Einige Augenblicke stand sie wie blind im strömenden Regen und der Finsternis, doch dann zerriss ein greller Lichtschein die Nacht, weiter hinten, wo die Kranken gepflegt wurden. Es war eine Stichflamme, wie sie sie kannte und die einen scharfen Geruch freisetzte. Ihr Herz setzte einen Schlag aus.

Geschrei, Verwirrung. Menschen, die aufgeregt durcheinanderliefen und sich irgendwie zu retten versuchten, Soldaten, die noch fassungslos dastanden, weil sie nicht begriffen, was da vor sich ging.

Dubhe hob den Blick und sah es: ein gewaltiges Tier, das am milchigen, wolkenschweren Himmel hin und her schoss. Doch es sah anders aus als ein Drache, schmaler, der Kopf flacher, und ähnelte mit seinem länglichen, gewundenen Leib eher einer Schlange. Vor allem besaß es keine Vorderpranken, dafür aber immens große Flügel. Sogleich dachte Dubhe an Sans Lindwurm, der ihr von Anfang an unheimlich gewesen war.

Nur einen kurzen Moment stand sie fassungslos da, dann riss sie das Kampfgeschrei eines Heeres, das auf ihr Lager einstürmte, aus der Erstarrung.

Sie hatte noch nie mitten im Schlachtgetümmel gestanden, geschweige denn eine Heerschar angeführt. Gewiss hatte sie Learco seine Truppen in die Schlacht führen sehen, hatte miterlebt, wie er kämpfte in jenem ersten Jahr seiner Herrschaft, das sie an seiner Seite an der Front verbracht hatte. Aber selbst in einer Schlacht gekämpft hatte sie nie.

Und doch wusste sie, was zu tun war. Ihr Körper und die Erinnerung an die Bilder des kämpfenden Learco leiteten sie.

Das Schwert in der einen, den Dolch in der anderen Hand, warf sie sich auf die Feinde. Sie verschwendete keine Zeit damit, sich die Angreifer genauer anzuschauen, nahm nur nebenbei wahr, dass ihre Proportionen auf bestimmte Weise nicht menschlich waren.

Sie wusste, wohin sie sich wenden musste. Umgeben von niedergestochenen Körpern, Regen und Schlamm, lief sie zur Lagerleitung, nicht mehr als ein Zelt, in dem der General – ein Drachenritter –, der das Lager führte, mit seinen Männern zu Besprechungen zusammenkam. Es stand in Flammen. Ein junger Soldat kam gerade brennend, unmenschliche Schreie ausstoßend, herausgerannt. Entschlossen, sich von dem Grauen nicht aufhalten zu lassen, schaute Dubhe sich um. Wo war der Drachenritter? Sie musste ihn finden. Es war nur ein einziger Lindwurm. Mit einem Drachen ließe er sich bekämpfen.

Sie entdeckte den Mann nicht weit entfernt, umringt von einer Schar dieser so fremdartig aussehenden Soldaten, die wie ausgehungerte Geier über das Lager hergefallen waren. Sie rannte hin, um ihm beizuspringen.

Schwert und Dolch schwingend, spürte sie, wie ihre Gelenke knirschten, sich ihre Muskeln bis zum Zerreißen spannten.

Das ist nichts mehr für dich in deinem Alter. Dein Körper ist doch nicht mehr der, der er einmal war.

Da, ein brennender Schmerz im Rücken. Sie schrie auf und stürzte in den Morast. Über ihr ging der Kampf weiter. Sie hörte hektische Schritte, Schwerterklirren, Gebrüll …

Langsam führte sie eine Hand zum Rücken, zu einer klaffenden Wunde, aus der das Blut strömte. Da spürte sie plötzlich, wie etwas Schweres auf ihre Beine fiel, so dass sie sich kaum noch rühren konnte, und sah, dass sich die Angreifer in Scharen anderswohin wandten. Flammen, wieder neue Flammen und ein noch schärferer Brandgestank.

Dubhe versuchte, sich aufzurichten. Auf ihren Beinen lag ein Toter. Es war der Drachenritter.

Sie hatte Mühe, ihn fortzuschieben und sich von dem Gewicht zu befreien. Im Kampf war ihr das Schwert entglitten, doch es lag gleich neben ihr. Darauf stützte sie sich und stemmte sich hoch. Als sie merkte, dass ihre Beine sie immer noch trugen, begann sie zu rennen.

Sie musste Theana finden. Vielleicht wusste sie, wie man einen Drachen ritt, wie man es anstellte, ihn in den Kampf gegen den Lindwurm zu führen.

Da hallte ihr ein mächtiges Dröhnen durch den Schädel, und als sie aufblickte, sah sie, wie die Bestie im Gleitflug über das Lager schwebte und dabei unablässig ihren Feueratem ausstieß. Weitere Flammen. Und Dubhe musste hindurch, konnte sich nur auf den schwachen Schutz ihrer regendurchtränkten Kleider verlassen.

Die Schattenkämpferin blickte sich um. Zerstörung überall, brennende Zelte, Schreie, leblose Körper am Boden. Und dazwischen diese feindlichen Soldaten mit ihren seltsam schlanken Leibern, die jetzt fast ohne Widerstand durch das Lager stürmten. Dubhe begriff, dass hier nichts mehr zu retten war.

Einen Arm vor dem Mund, um sich gegen den beißenden Rauch zu schützen, der alles einhüllte, rannte sie einfach weiter. Mit letzten Kräften schaffte sie es, sich auf den Beinen zu halten. Da und dort trat ihr ein Feind in den Weg, und es kostete sie eine enorme Anstrengung, sich immer wieder dem Kampf zu stellen, die lahmen Muskeln anzuspannen, mit schweren Armen das Schwert zu führen. Parade, Schwung, Stoß und dann der dumpfe Schlag, wenn der Feind in den Schlamm sank. Und immer so weiter, im prasselnden Regen, verzweifelt.

Sie fand Theana am Boden liegend in ihrem bereits halb von den Flammen verschlungenen Zelt. Über ihr das, was von einem schweren Tisch übrig war. Gläser und Fläschchen verstreut am Boden, brennende Pergamentseiten um sie herum.

Sie stürzte zu ihr, befreite sie von den Holzbalken, die sie begraben hatten. »Bist du verletzt?«, rief sie.

Die Hohepriesterin schüttelte benommen den Kopf.

»Wir müssen hier fort«, sagte Dubhe und half ihr auf.

»Was ist denn überhaupt los?«

»Wir sind angegriffen worden. Das Lager ist wohl verloren. Wir haben keine andere Wahl, wir müssen hier fort.«

Einen Moment lang standen sie vor dem brennenden Zelt und schauten sich nach einem möglichen Fluchtweg um. Die Flammen waren überall, und anstatt sie zu löschen, schien der Regen sie noch stärker zu entfachen. Vor dem feuerroten Hintergrund zeichneten sich die schlanken Leiber der Angreifer ab, die zwischen den brennenden Zelten hin und her wuselten.

Theana und Dubhe versuchten, die allgemeine Verwirrung auszunutzen, und eilten durch den glitschigen Schlamm. Nur noch wenige Lagerbewohner waren am Leben und wehrten sich mit dem Mut der Verzweiflung.

»Der Wald, nur der Wald kann uns noch retten«, murmelte Dubhe.

So kämpften sie sich durch die Feuerwand, stürzten, rappelten sich wieder auf, erreichten humpelnd die ersten Bäumen, liefen aber immer weiter, atemlos, längst am Ende ihrer Kräfte. Irgendwann blieb Theana mit dem Fuß an einer Wurzel hängen, strauchelte und riss Dubhe mit sich zu Boden.

So lagen beide laut keuchend da, während der Regen weiter unaufhörlich auf sie niederprasselte.

Da, Schritte. Dubhe sprang auf. Nicht den Bruchteil eines Augenblicks dachte sie nach, sondern stürzte sich sofort mit aller Macht, das Schwert vorgereckt, auf den Verfolger. Wie Butter durchdrang die Klinge das Fleisch. Es war ein Jüngling mit blassem Gesicht und langem, glattem Haar, das ihm nass am Gesicht klebte und im Nacken zu einem Pferdeschwanz zusammengebunden war. Vor Schmerz und Entsetzen riss er die Augen weit auf. Sie waren violett.

Ein ersticktes Stöhnen entwich seinem Mund, dann sank er zu Boden, und es war wieder still. Nur noch das heftige Keuchen der beiden Frauen füllte die Dunkelheit.

»Ob das der einzige Verfolger war?«, fand Theana die Kraft zu fragen.

»Das hoffe ich«, antwortete Dubhe.

Mühsam richtete sie sich auf, und so standen sie da und betrachteten den am Boden liegenden Körper.

»Das ist ein Elf«, murmelte Dubhe. Und jetzt gab es keinen Zweifel mehr.

33

Das Ende von allem?

Adhara war lange Flüge auf einem Drachenrücken nicht gewohnt, und bald schon begannen sich ihre Beine zu verkrampfen. Auch das Kreuz schmerzte.

Sie rasteten immer nur kurz, höchstens fünf Stunden zum Schlafen in der Nacht, und waren auch bei Dunkelheit unterwegs.

Doch viel mehr noch als der Körper quälten Adhara ihre Gedanken. Amhal … Wo war er? Was tat er? Die Zeit nahm sie nur noch als eine Feindin wahr, die gegen sie arbeitete und alles daransetzte, ihr die einzige Sicherheit zu rauben, die sie im Leben hatte.

Und dann Amina. Hatte sie die Botschaft erhalten? Hatte sie ihren Vater informiert? Und wenn ja, wie würde Neor vorgehen? Würden sie Amhal aufhalten, ohne ihm etwas anzutun?

Sie tappte völlig im Dunkeln, und dieser Wust an Unsicherheiten und Zweifeln war wie ein entsetzliches Gefängnis, in dem sie mehr und mehr den Verstand zu verlieren glaubte.

»Ich muss nach Neu-Enawar hinein«, sagte sie zu dem Drachenritter einen Tag vor ihrer Ankunft. Zwölf Tage waren sie schon unterwegs, eine Ewigkeit. Und es war eine stille Reise. Taq war ein mürrischer, wortkarger Mann, und Adhara war so von ihren Sorgen eingenommen, dass es ihr nicht gelungen war, mit ihm vertraut zu werden. Nur wenige kurze

Gespräche hatten sie geführt, vor allem über die neue politische Lage im Land der Sonne.

Taq war besser auf dem Laufenden als sie selbst und erzählte ihr, was sich in ihrer Abwesenheit zugetragen hatte: vom Tod Learcos, vom Umzug des Hofes nach Neu-Enawar. An diesem Abend hatte Adhara geweint. Sie hatte Learco zwar nicht gekannt, aber sein Tod bedeutete auch für sie das unwiderrufliche Ende eines Lebensabschnitts. Den Hof, an dem sie gelebt hatte, gab es nicht mehr. Und damit auch keinen Ort, an den sie hätte zurückkehren und wo sie die entsetzlichen Dinge, die sie in den Wochen fernab des Palastes erlebt hatte, hätte vergessen können.

Ihre Bitte beantwortete Taq abweisend. »Das ist zu viel verlangt«, sagte er. Dann entblößte er einen Arm, der vollkommen schwarz war. »Das ist mein Passierschein. Aber wo ist deiner? Ich will nicht dafür verantwortlich sein, wenn du die Seuche nach Neu-Enawar einschleppst. Bis jetzt ist die Hauptstadt als einzige noch verschont geblieben.«

»In meinen Adern fließt Nymphenblut«, erklärte Adhara.

Er lachte verächtlich auf. »Wie willst du mir das beweisen?«

»Ihr wisst ja selbst, dass ich im Lager bei den Kranken gearbeitet habe. Und habe ich mich etwa angesteckt?«

Der Ritter betrachtete sie lange. Vielleicht war sie ihm doch nicht völlig gleichgültig, jetzt nach ihrer gemeinsamen Reise, hoffte Adhara.

»Ich muss an den Hof«, versuchte sie es weiter. »Dort habe ich gedient, bevor ich nach Damilar aufbrach. Ich war die Gesellschafterin der kleinen Prinzessin.«

Taq verstand nicht. »Am Hof war ich schon so lange nicht mehr … Woher soll ich wissen …«

Adhara umschloss seine Hände. »Ich schwöre Euch: Das ist die Wahrheit. Und was ich zu tun habe, duldet wirklich keinen Aufschub. Nehmt mich mit in die Stadt, ich flehe Euch an!«

Taq seufzte lange.

Erneute malte sich Adhara schwarze Flecken auf die Haut. »Du weißt, wenn du mich anlügst, habe ich vielleicht die ganze Stadt auf dem Gewissen und das Leben meines Königs«, sagte Taq mit ernster Miene.

»Ich lüge Euch aber nicht an«, versicherte Adhara zum wiederholten Mal.

Er blickte ihr in die Augen. »Dann will ich es dir glauben. Und mögen die Götter uns beschützen.«

Sie landeten auf der Freifläche des Heerespalastes.

Die Sonne war bereits untergegangen, und nur wenige Soldaten waren zu sehen. Alles verströmte eine Atmosphäre des Untergangs. Die Seuche hatte Neu-Enawar zwar noch nicht erreicht, doch genau wie Makrat zuvor war die Stadt schon im Niedergang begriffen und der Furcht zum Opfer gefallen.

Ein Wachsoldat trat ihnen entgegen, und Adhara betete, dass ihre Flecken überzeugend wirkten.

»Ich garantiere für sie. Sie hat die Kranken in Damilar gepflegt«, sprang Taq ihr überraschend bei.

Adhara starrte ihn aus großen Augen an.

»Und was will sie jetzt hier?«, fragte die Wache nach.

»Ihrer Schwester geht es nicht gut, und sie wollte heim, um sie zu betreuen.«

Der Mann blickte Adhara noch eine Weile zweifelnd an, schien ihnen dann aber doch Glauben zu schenken. »Haltet euch nach Einbruch der Dunkelheit lieber nicht draußen auf. Neu-Enawar ist ein gefährliches Pflaster geworden.«

So gingen sie weiter auf das Gebäude zu.

»Ich weiß gar nicht, wie ich Euch danken soll«, sagte sie an Taq gewandt, als sich ihre Wege vor dem Eingang trennten. Der Drachenritter wurde von seinem Vorgesetzten erwartet, während sie gleich weiter zu Amina in den Ratspalast musste. Auf die kleine Prinzessin kam jetzt alles an.

»Für die Reise hast du ja bezahlt«, erwiderte Taq abwehrend.

»Das meinte ich nicht.«

Der Drachenritter schaute sie an. »Du machst mir einen ehrlichen Eindruck und einen verzweifelten. Hoffentlich habe ich mich nicht getäuscht.«

Adhara lächelte traurig. »Danke«, wiederholte sie noch einmal und gab dem Ritter die Hand.

Sie hatte Glück. Am Eingangstor des Ratspalastes stand ein Wachsoldat, der sie kannte. Offenbar hatte Neor seine Männer mitgebracht.

Dennoch senkte er seine Lanze, als er sie sah. »Was willst du hier?«

»Ich muss ganz dringend mit Prinzessin Amina sprechen.«

Der Soldat beäugte sie misstrauisch. »Du bist einfach abgehauen, und niemand wusste, wo du warst. Jetzt steht alles unter Quarantäne, und …«

Adhara deutete auf ihre schwarzen Flecken. »Mich hat's auch erwischt, aber ich habe es überstanden«, erklärte sie. »Glaub mir, ich habe sehr wichtige Neuigkeiten für die Prinzessin, es geht um Leben und Tod.«

Die Wache schwankte noch einen Moment und nahm dann die Lanze hoch. »Komm, rasch. Ich bringe dich hin.«

Für den Hof waren nicht mehr als zehn Zimmer des Ratspalastes bereitgestellt worden, vor denen auffallend wenige Soldaten patrouillierten. Die übrigen Waffenträger waren anscheinend in die von der Seuche heimgesuchten Gebiete verlegt worden.

Sie waren noch nicht lange durch die Flure gestreift, als die Wache vor einer der vielen Türen stehen blieb. »Hier wohnt jetzt die Prinzessin.«

Adhara schluckte. Plötzlich hatte sie Angst vor dem Wiedersehen mit Amina. Wie würde das Mädchen reagieren? Ob sie ihr wieder vertrauen würde? Und wie mochte es ihr gehen?

Sie legte die Hand auf den Türknauf und öffnete, ohne anzuklopfen. Da saß sie, den Kopf auf die Fensterbank gelegt, elegant gekleidet, wie sie es früher immer abgelehnt und ihre Mutter sich gewünscht hatte. Das letzte Tageslicht spiegelte sich golden in ihrem blassen Gesicht.

Sie hob nur ein wenig den Kopf, als sie die Tür hörte, und sie schauten sich an. Adhara war erschüttert über die Leere in Aminas Blick, aber nur einen kurzen Moment, dann entflammten diese Augen von einem tiefen Hass. »Was willst du denn hier!?«, rief die Königstochter.

Adhara schloss die Tür hinter sich.

»Was fällt dir ein, diesen Raum zu betreten?!«, schrie das Mädchen weiter.

»Lass mich doch erklären …«

Amina sprang auf. »Erklären? Was denn? Das Gleiche wie in diesem dummen Brief, den du mir hingelegt hast. Was glaubst du denn? Nein, das durftest du einfach nicht tun, mich so allein lassen, während meine Großeltern sterben und diese ganze verdammte Welt untergeht? Du warst doch meine Freundin! Aber du hast mich verraten.«

Sicher hätte Adhara sich getroffen fühlen müssen von diesen Worten. Aber so war es nicht. Stattdessen freute sie sich, dass Amina ihre innere Stärke noch nicht ganz verloren hatte. Denn als sie das Zimmer betrat, hatte sie die Prinzessin in dieser teilnahmslosen Haltung und mit ihrem leeren Blick kaum wiedererkannt.

Und ohne auf die Vorwürfe einzugehen, trat sie nun einfach auf das Mädchen zu und nahm sie in den Arm, ganz fest, ließ ihr nicht die Möglichkeit, sich ihr zu entziehen.

»Lass mich los! Ich hasse dich! Ich hasse dich!«, kreischte Amina, während sie sich ihr zu entwinden versuchte. Doch das Schreien ging schon bald in ein Weinen über, und ohne es eigentlich zu wollen, ließ sie ihren Kopf an Adharas Brust sinken und schlang die Arme fest um ihren Hals. Sie hatte ihr so entsetzlich gefehlt in diesen Wochen des Grauens.

»Verzeih mir«, murmelte Adhara.

»Ich hasse dich«, schluchzte Amina immer weiter.

Für lange Erklärungen blieb keine Zeit.

»Hast du meine Botschaft erhalten?«

»Meinst du den Brief?«

»Nein, die magische Botschaft, die ich dir gesandt habe.«

Amina schien verwirrt. Sie schüttelte den Kopf.

»Du würdest sie als violettes Wölkchen wahrnehmen, hat der Magier mir erklärt …«

»Ach das? Dann habe ich mir das doch nicht eingebildet … Ich dachte schon, ich werde langsam verrückt, als ich es die ganze Zeit dort umherschweben sah … Das war eine Botschaft?«

Adhara raufte sich die Haare. Es war zu spät. Niemand im Palast war gewarnt worden.

»Wir müssen zu deinem Vater!«

»Willst du mir nicht erklären, was überhaupt los ist?«

Adhara tat es in wenigen, wirren Worten.

Amina wurde blass. »Soviel ich weiß, wollte mein Vater in den Heerespalast zu San in die unterirdischen Verliese«, murmelte sie mit kaum vernehmlicher Stimme. »Er müsste jetzt gerade dort sein.«

Adhara spürte, wie ihr die Luft wegblieb.

In aller Eile holte sich San sein Schwert, das in der Wachstube aufbewahrt wurde. Der Kerkertrakt war in eine unwirkliche Stille getaucht, doch schon vernahmen sie in der Ferne das Getrappel von vielen Stiefeln über ihren Köpfen.

»Wir müssen uns beeilen«, trieb er Amhal an.

»Du machst einen großen Fehler, Amhal«, versuchte Neor es noch einmal. »Ich weiß nicht, was er dir erzählt hat, aber er ist der Täter.«

»Schweig, verdammt!«, schrie der Jüngling. Er hielt ihm einen Dolch an die Kehle. Noch fester presste er ihn auf die

Haut, bis ein Blutstropfen über die Klinge lief. »Schweig, oder ich töte dich!«

Amhal spürte, wie Neors Adamsapfel an seiner Hand zuckte, wie sein Herz raste. Der Krüppel hatte Angst. Aber auch nicht mehr als er selbst. Amhal spürte die Furcht. Es war so ungeheuerlich, was er da tat.

Wie Blut aus einer Wunde strömte ihnen eine Schar Soldaten entgegen. Mit einem Zauber streckte San sie alle nieder. Brennende Leiber wanden sich schreiend am Boden.

»Komm, weiter!«, rief er Amhal zu.

Sie hasteten die erste Treppe hinauf, wo schon die nächsten Soldaten warteten. Wie eine Furie stürmte San auf sie los.

»Hier ist euer König!«, rief Amhal. »Lasst uns vorbei, oder ich töte ihn!«

Die meisten wichen zurück, wurden deshalb aber nicht von San verschont. Wieder machte er erbarmungslos alle nieder. Dieser Anblick, wie San verletzte, verbrannte, tötete, weckte Amhals eigene Mordlust, die nach mehr Blut, mehr Verderben verlangte. Die Verlockung war fast unwiderstehlich, doch er durfte ihr nicht nachgeben. Auf seinen Armen trug er den König, und um sich in den Kampf zu stürzen, hätte er die Geisel, ihre einzige Fluchtmöglichkeit, zurücklassen müssen.

»Er hat mir alles gestanden, Amhal. Sogar, dass er meinen Vater umgebracht hat«, versuchte Neor weiter, mit rauer Stimme, ihn zur Vernunft zu bringen.

»Sei still! Sei endlich still!«, fuhr Amhal ihn an, mehr um diese entsetzlichen Lügenmärchen zu übertönen, als in der Hoffnung, dass der König tatsächlich schweigen würde. Denn diese Worte rührten an etwas, nährten Zweifel, und er hatte das Gefühl, noch den Verstand zu verlieren. So ganz sicher war er sich nicht, ob er das Richtige tat. Die Bilder, die er jetzt vor Augen hatte – San, der tobend unaufhaltsam voranschritt und alles niedermetzelte –, wurden überlagert von den Szenen des Blutbades, das sie in dem Dorf angerichtet hatten, sowie auch all der anderen Male, da ihn die Tobsucht überwältigt und seine Seele in Besitz genommen hatte.

Was hat mich hierhergebracht? Was tue ich hier eigentlich?

Die Fragen rasten ihm durch den Kopf, während die Hand mit dem Dolch an der Kehle des Königs zitterte. Er spürte dessen glitschiges Blut an den Fingern, ein Gefühl, das ihm unerträglich war.

Sie stürmten hinaus aus dem Kerker und verloren sich im Labyrinth der Gänge des Heerespalastes. In Scharen traten ihnen Soldaten, sämtliche dort verbliebenen Kräfte entgegen, doch sobald sie den König erblickten, zögerten sie. Und San schlug zu, bahnte ihnen einen Weg mit der Gewalt seines Schwertes aus Schwarzem Kristall.

»Wo hast du Jamila?«, fragte er irgendwann

»In einem Wald, im Süden vor der Stadt.«

»Das ist zu weit … Aber das macht nichts«, antwortete San, und ein triumphierendes Grinsen umspielte seine Lippen.

Sie rannten, rannten, bis sie völlig außer Atem waren. Adhara vorneweg, und dahinter Amina, die Schritt zu halten versuchte. Alles, was zwischen ihnen gestanden hatte, war vergessen: Groll, Kränkungen, Schmerz. Jetzt galt es nur noch, nicht zu spät zu kommen. Doch tief in ihrem Herzen spürte Adhara, dass sie es nicht mehr schaffen würden, spürte, dass etwas ungeheuer Grausames, Unabwendbares bevorstand.

Das Ende, das ist das Ende, ging es ihr unablässig durch den Kopf, und es gelang ihr nicht, diese innere Stimme zum Schweigen zu bringen.

Als sie beim Heerespalast eintrafen, ging dort schon alles drunter und drüber. Soldaten hasteten vorüber, Befehle wurden gebrüllt, alle waren in heller Aufregung. Sie hasteten gerade über die Freifläche, wo Adhara kurz zuvor gelandet war, als ihnen ein Soldat in den Weg trat.

»Eure Hoheit!«, rief er fassungslos, und schon hatte er Amina am Arm gepackt und hielt sie fest.

Das Mädchen wehrte sich verzweifelt und schrie mit vom Rennen hochrotem Gesicht. »Lass mich los. San soll befreit werden. Und mein Vater ist im Kerker bei ihm.«

»Das wissen wir bereits«, antwortete die Wache, und Amina starrte ihn mit offenem Mund an.

Währenddessen drängte Adhara weiter, versuchte, die Absperrung zu durchbrechen oder zumindest einen Blick zu erhaschen auf das, was dort vor sich ging.

Und da sah sie es.

San, mit dem schwarzen Schwert in den Händen, der wie eine Furie alles niedermähte, was sich ihm in den Weg stellte. Und hinter ihm Amhal, im Arm den schmächtigen Leib von König Neor, dem er einen Dolch an die Kehle hielt.

Das Bild hatte etwas gleichzeitig Unsinniges und Grauenhaftes. Ihr stockte der Atem. Auch die noch unverletzten Soldaten betrachteten reglos und stumm die Szene. Jetzt hielt San keuchend inne und stieß dann einen lauten Pfiff aus. Die Erstarrung löste sich.

»Amhal!«, schrie Adhara aus Leibeskräften, während Amina unter Tränen nach ihrem Vater rief.

Amhal hörte nichts. Mit einem Mal schien ihm die Welt, hier im nächtlichen Neu-Enawar, ein absonderlich stiller Ort geworden zu sein. Und in dieser Stille gingen ihm ganz deutlich Neors Worte durch den Kopf, deren Sinn ihm aber immer unverständlicher wurde. Verworren hörten sie sich an, wie ein gotteslästerliches Gebet, und ihn schwindelte, so als verließen ihn nun die letzten Reste seines Verstandes. Was ihm blieb, war nur noch die Tobsucht, rein und unantastbar, seine letzte Zuflucht.

Dir fehlt nur noch dieser letzte Schritt. Gib dem Toben nach, und alles wird gut werden.

Es war ein beruhigender, tröstlicher Gedanke im Chaos

dieses trostlosen Ortes. Jetzt sah er, dass San blutete. Ein Schwerthieb musste ihn in die Seite getroffen haben. Dann lautes Flügelschlagen, und schon tauchte am Horizont ein furchterregendes Wesen auf: eine geflügelte Schlange, aus deren Maul Hunderte scharfe Reißzähne hervorstanden. Sans Lindwurm.

Die Stille wurde abgelöst von erregtem Stimmengewirr, aus dem Amhal klar und deutlich Sans Stimme heraushörte. »Wir haben es geschafft. Setz Neor ab und lass uns von hier verschwinden.«

»Noch ist es nicht zu spät, Amhal!« Das war Neors Stimme, fest, nicht mehr von Angst entstellt. »Folge ihm nicht! San ist ein Mörder, ein Ungeheuer. Im Grund weißt du es. Er hat deinen Meister töten lassen und meinen Vater, König Learco, umgebracht. Und er war es auch, der die Seuche in den Palast eingeschleppt hat. Komm zur Vernunft, Amhal. Du bist nicht so wie er. Ich weiß es. Du wärest niemals zu solchen Untaten fähig. Geh nicht mit ihm! Lass ihn ziehen auf seinem Lindwurm und bleibe hier bei uns! Es wird dir nichts geschehen. Mein Ehrenwort, ich sorge dafür, dass dir nichts geschieht! Aber folge ihm nicht!«

Amhal schluckte. »Schweig!«

»Er hat mir gestanden, wie er es getan hat, wie er Mira umgebracht hat. Und nicht der Hauch von Reue sprach dabei aus seinen Worten, aus seinen Augen.«

»Schweig!«, schrie Amhal, und seine Hand bewegte sich, fast von selbst, so als gehöre sie ihm nicht. Sie stach zu, versenkte die Klinge in Neors Kehle und riss sie wieder heraus, und das Blut sprudelte aus der Wunde hervor, warm und sanft. Nur ein einziges schwaches Zucken durchlief Neors Körper. Dann lag er leblos ins Amhals Armen. Und während das Blut unter dem Entsetzensgeschrei der Untertanen und Aminas verzweifeltem Heulen zu Boden rann, stand Amhal nur da und lächelte selig. Er hatte seine Wahl getroffen. Es war geschafft.

Er ließ den Körper zu Boden gleiten, bedachte die ihn entsetzt, aus irren Augen anstarrende Menge nur mit einem kurzen Blick und sprach dann eine Zauberformel. Sogleich bildete sich auf seiner Handfläche eine silberne Kugel, die größer und größer wurde. Die ersten Soldaten schienen sich von dem Schock erholt zu haben und rückten, die Waffen vorgereckt, auf ihn zu. Doch er hatte keine Angst. Immer noch lächelte er, wartete, dass die Energie in seinen Händen zusammenfloss zu einer gewaltigen Kraft, die alles verzehren würde in einem reinigenden Feuer.

Doch da erblickte er sie. Inmitten der Soldaten, die Augen geweitet von Furcht und Mitleid, in Tränen aufgelöst. Adhara.

Und etwas tief in seinem Herzen rührte sich. Er zögerte, und die Kugel in seinen Händen schrumpfte. Doch dann schleuderte er sie fort.

Ein grelles Licht erfasste alles um ihn herum, und für die Soldaten, die ihm am nächsten standen, gab es kein Entrinnen. Schon fingen sie Feuer und verbrannten elendig.

Amhal schwang sich hinter San auf den Lindwurm. »Los! Auf geht's!«, sagte er ruhig.

»Warum hast du gezögert?«, fragte sein Meister.

»Los!«, wiederholte Amhal nur.

Adhara sah dieses grelle Licht, und noch einmal schrie sie Amhals Namen in dem verzweifelten Versuch, ihn zu sich zu bringen. Dann völlige Blindheit. Als ihre Augen wieder etwas erkennen konnten, erblickte sie die verkohlten Leichen von sechs, sieben Soldaten. Andere lagen benommen am Boden, verletzt oder mit den Händen vor Augen. Und inmitten dieses Grauens Neors Körper, fast unversehrt. Die Augen geschlossen, so als schlafe er, und mit einem langen Schnitt über dem Kehlkopf, aus dem immer noch träge Blut hervorquoll.

Amina warf sich über den leblosen Leib, packte ihn und versuchte, ihn wachzurütteln.

Adhara musste an ihre erste Begegnung mit Neor denken, seine liebenswürdige Art, seine Feinfühligkeit, seine Klugheit. Und ihre Augen füllten sich mit Tränen.

Da hörte sie über sich gemächliche, regelmäßige Schläge. Sie schrak auf. Der Lindwurm hatte seine mächtigen Schwingen ausgebreitet und flog davon. Da sprang sie auf und rannte los.

Nein, es war noch nicht alles aus.

34

Die Wahrheit

Nicht weit vom Stadtzentrum Neu-Enawars entfernt ließ San den Lindwurm schon wieder hinuntergehen. Das Tier kauerte sich flach auf den Boden, und sie konnten absteigen.

Amhal blickte San verwundert an. »Bist du wahnsinnig geworden?«, fragte er respektlos. Alle seine Gefühle waren erkaltet. Wie taub war er. Nichts bewegte ihn, wenn er daran zurückdachte, was gerade geschehen war. Nur eine leichte Unzufriedenheit saß ihm in der Brust. Seine Wut war noch nicht besänftigt, sein Verlangen zu töten noch nicht gestillt.

»Hier sind wir sicher«, erwiderte San gelassen. »Außerdem finden wir hier das, was wir brauchen. Falls du es nicht bemerkt haben solltest, ich bin verletzt«, fügte er hinzu, wobei er ihm die klaffende Wunde über der Hüfte zeigte. Amhal stellte keine weiteren Fragen mehr.

Sie standen vor einer Holztür, mit einem Symbol im Sturz darüber, das Amhal nicht kannte. Es roch verbrannt. Sie stießen die Tür auf und traten ein: Zerstörung überall, die Wände waren geschwärzt von einem Feuer, auf dem Boden lagen zerborstene Medizingefäße, Glasscherben und verkohlte Leichen.

»Ist das dein Werk?«, fragte Amhal.

San kicherte. »Meine erste Tat, als ich in Neu-Enawar eintraf. Auch wenn es mir nicht befohlen war – es war sinnvoll. Zudem war mir danach. Ich bin sicher, du verstehst das.«

Ja, Amhal verstand.

Durch eine Reihe ausgebrannter Räume gelangten sie in einen Saal, in dem auf einem Regal noch einige heil gebliebene Krüge standen.

»Ich wusste doch, dass hier noch was zu finden ist«, murmelte San. Er ging die Kräuter durch, griff dann zu einem bestimmten Medizingefäß, öffnete es und zeigte es Amhal. »Kennst du das?«

Der schnupperte daran und schüttelte dann den Kopf.

»Wie ich sehe, werde ich dir noch ein wenig Heilkunst beibringen müssen. Das ist ein Kraut, das Entzündungen hemmt, sehr gut bei offenen Wunden. Heilzauber kennst du aber doch, oder?«

Amhal nickte.

»Dann hilf mir doch mal.«

Ein wenig mühsam legte er den ledernen Rock und auch das Hemd ab, das er darunter trug, und versuchte dann, sich die Wunde anzuschauen. Sie schien recht tief, aber nicht lebensgefährlich zu sein.

»Bist du so weit?«

Und sein Schüler begann.

Während sie so dasaßen zwischen den Trümmern dieses zerstörten Gebäudes und mit der Behandlung beschäftigt waren, sagte Amhal irgendwann: »Ich möchte, dass du mir alles erklärst. Ich möchte die Wahrheit wissen.«

San kicherte. »Das wollte Neor auch. Ist noch nicht lange her. Die Wahrheit.«

Amhals Augen funkelten.

Sans Lachen brach abrupt ab. »Du hast ihn getötet, weil du wusstest, dass er an der Wahrheit gar nicht interessiert war.«

Amhal antwortete nicht sofort, kümmerte sich nur weiter um die Wunde, so als denke er nach. »Ich will wissen, wer ich bin«, erklärte er dann. »Warum ich so bin, wie ich bin.« Er blickte auf. »Und was ich jetzt tun soll.«

»Du sollst alles erfahren, jetzt haben wir ja Zeit«, antwortete San seelenruhig. »Also hör zu!«

Amhals Miene zeigte keine Regung.

Da plötzlich bewegte sich etwas hinter ihnen.

Voller Verzweiflung hatte Adhara die Verfolgung aufgenommen, den Blick zum Himmel gerichtet, immer dem Lindwurm hinterher, der sich viel zu schnell entfernte. Sie war gerannt, gestrauchelt und immer wieder aufgestanden, hatte irgendeine Richtung eingeschlagen, als sie den Drachen aus den Augen verlor, und war umhergeirrt in der Hoffnung, irgendwie zu erahnen, wohin sie geflogen waren.

Sie wusste selbst nicht so recht, was sie da überhaupt tat. Klar war ihr nur, dass eigentlich alles aus war. Amhal hatte König Neor getötet. Nach solch einer entsetzlichen Tat gab es kein Zurück mehr. Erwischte man ihn, würde man ihn hinrichten, aber auch wenn er ihnen entkäme, würde nichts mehr so wie früher sein.

Doch die Sehnsucht, ihn zu retten, war immer noch nicht in ihr erloschen. Sie glaubte weiter daran, hielt krampfhaft daran fest, so als sei eben dies ihre Mission, eine Aufgabe, die ihr schon vor Jahrhunderten übertragen worden war, der einzige, wahre Grund, weshalb sie auf dieser Wiese aufgewacht war und bis zu dieser Stunde so und nicht anders gehandelt hatte.

Verzagt schleppte sie sich durch die Straßen, bog ab, mal hierhin, mal dorthin, verirrte sich und lief dennoch immer weiter, bis sie irgendwann eine Art Kloß im Hals spürte und ein unbekanntes Gefühl, das ihre Beine lähmte.

Mitten auf dem Weg blieb sie stehen, so als habe eine unsichtbare Kraft sie gepackt und halte sie fest.

Langsam drehte sie den Kopf. Da war ein schlichtes Tor mit einem ihr fremden Symbol im Sturz. Der Stein war von einem Brand geschwärzt, und die hölzerne Tür hing halb verkohlt nur noch in einer Angel.

Und ihr war, als erwache sie aus einem Traum, und plötzlich erinnerte sie sich. All die Bruchstücke ihrer Erinnerung verbanden sich mit der Wirklichkeit, und sie wusste ganz deutlich, dass sie von dorther kam, von diesem Ort mit der verbrannten Tür und dem eingeschwärzten Sturz.

Von einer Kraft angezogen, der sie nichts entgegensetzen konnte, trat sie über die Schwelle. Sie erinnerte sich, ja, *sie erinnerte sich*! Die steinerne Gewölbedecke, die engen Korridore, der muffige, schimmlige Geruch.

Hier war ich schon.

Wie in Trance bewegte sie sich durch die Räume, so als habe sie plötzlich vergessen, dass sie auf der Suche nach Amhal war. Dieser Lockruf, dem sie jetzt antwortete, war stärker als alles andere.

An manchen Stellen war das Dach eingestürzt, und der ätzende Brandgestank schnürte ihr die Kehle zu und trieb ihr die Tränen in die Augen. Ihr Gedächtnis, eben jenes, das fünf Monate lang irgendwohin verschwunden war, stellte diesen zerstörten Ort wieder her, zeigte ihn ihr, wie er einmal ausgesehen hatte, bevor das Feuer gekommen war. Und ihn.

Wer war er?

Sie erinnerte sich nicht.

Ein Laboratorium.

Ein Labyrinth aus Gängen mit niedrigen Decken.

Eine Unzahl gleicher Räume, die von Klagelauten erfüllt waren. Ein Tisch aus ungeschliffenem Holz, an den Wänden Regale voller Fläschchen und Krüge.

Und die Zellen. Die Zellen der *Kreaturen*.

In Adharas Kopf begann sich alles zu drehen. Und plötzlich überkam sie wieder eine sehr vertraute Empfindung, die alle anderen hinwegfegte. Sie erinnerte sich, was sie hergeführt hatte, und ihre Schritte wurden wieder schneller, so als sei ein Zauber gebrochen. So hastete sie durch die Flure, stieg über Trümmer hinweg und gelangte schließlich in einen Saal mit eingestürzter Decke. Auf dem Boden vom Feuer verzehrte Balken, rußgeschwärzte Ziegelsteine – und Amhal. Sie hatte ihn tatsächlich gefunden. Seine strahlenden Hände lagen auf Sans Hüfte, der vor ihm saß. Adhara fletschte die Zähne. Keinen Augenblick überlegte sie, wie sie vorgehen sollte.

»Amhal!«, rief sie

Er fuhr herum. Adhara erstarrte, als sie sein Gesicht sah, eine ausdruckslose Maske, hinter der nur Leere war. Nichts deutete darauf hin, dass er gerade einen Mann getötet hatte. Seine Züge waren starr, sein Blick war stumpf.

San machte eine unwirsche Handbewegung. »Was zum Teufel willst du?«

Wie versteinert stand Adhara da. Denn jetzt, da sie ihn, San, dort sitzen sah, hier an diesem Ort, *spürte* sie es plötzlich, wusste sie es: Die Geräusche, die sie damals vernommen hatte, waren Kampfeslärm gewesen, zu Boden stürzende Körper, Schmerzensschreie, Schwerterklirren. Und für die ganze Zerstörung, die sie danach mit eigenen Augen gesehen hatte, war nur ein einziger Mann verantwortlich. *Er*. San. Das nahm sie überdeutlich wahr. Das war sein Werk, er hatte diesen Ort zerstört. Damals hatte sie ihn nicht sehen können und war doch völlig sicher, dass er es war. Ein ganz in Schwarz gekleideter Mann.

»Das warst du«, murmelte sie. »Du hast dieses Blutbad angerichtet …«

San schob Amhal zur Seite und stand auf. Lächelnd. Und Adhara rührte sich nicht. Es war nicht nur die Klarheit all der so plötzlich und gleichzeitig zurückgekehrten Erinnerungen, die sie lähmte, sondern vor allem dieses undurchschaubare Lächeln, ein Lächeln, das sie, wie sie spürte, mehr hasste als alles andere auf der Welt.

Sie zog den Dolch. »Amhal wirst du nicht bekommen! Mira, Learco, ja den ganzen Hof hast du auf dem Gewissen. Aber ihn bekommst du nicht!«

San trat einige Schritte auf sie zu. »Ich nehme mir nichts,

was mir nicht zusteht! Amhal will es so, er verlangt danach, mit mir zu kommen.«

Da schnellte Adharas Arm vor, um auf ihn einzustechen.

Nur ein wenig zurückzuckend, wich San aus. »Ach, du willst Ernst machen …«, murmelte er mit grimmiger Miene.

»Ja, und wenn ich es mit dem Leben bezahle«, zischte Adhara.

»Gib dir keine Mühe. Das lohnt sich nicht für dich. Denn wer bist du denn schon? Ein Wesen, das ohne Seele geschaffen wurde. Und du maßt dir an, ihn zu verstehen, Amhal, der wie ich *über und jenseits* von allem steht? Wir sind von einer anderen Welt, und du hast keine Möglichkeit, uns zu erreichen.«

»Du hast Amhal immer nur Lügen erzählt, von Anfang an. Aber er ist noch nicht verloren.« Adhara starrte ihn aus flammenden Augen an. »Denn ich liebe ihn!«

San brach in Gelächter aus. »Du, ihn lieben? Du weißt doch gar nicht, wovon du redest.« Mit einem aufreizenden Schaben zog er Nihals schwarzes Kristallschwert aus der Scheide. »Es geht hier nicht um Liebe, kleines Fräulein. Sondern darum, wer wir sind. Es geht um das Schicksal, ein Schicksal, das uns fesselt und dem keiner entrinnt. Keine Kraft der Welt, am allerwenigsten deine törichte Liebe kann diese Tragödie, die sich vor deinen Augen abspielt, aufhalten.«

Er streckte ihr die Klingenspitze entgegen und nahm Angriffsposition ein.

»Und nun scher dich fort! Verschwinde aus dieser Geschichte, bevor sie dich zerquetscht. Denn das, was wir dir hier bieten, ist *die Geschichte*, die einzige, die in der Aufgetauchten Welt je erzählt wurde und die sich seit Generationen, Jahrhundert für Jahrhundert, stets wiederholt.«

Adhara ließ ihn diesen widersinnigen Wortschwall kaum beenden, da warf sie sich schon auf ihn und stieß zu, legte in diesen Dolchstoß alle Kraft, über die sie verfügte. Doch es war vergebens, ihr Arm prallte an einer silbernen Barriere ab, die sich im Nu um den Mann herum aufgebaut hatte. Sie wich zurück, während San zum Schlag ausholte.

So begann es, und es war, als sei dies alles bereits im Voraus festgelegt worden, ja, früher schon einmal geschehen: Wie sie sich bewegten, die Waffen führten, wie er zauberte und sie darauf antwortete, mit magischen Kräften, die wie selbstverständlich, instinktiv, wohltuend aus ihren Händen strömten. Wie Sans kristallenes Schwert und ihr Dolch vielfarbige Bögen in die modrige Luft zeichneten, ihre sich kreuzenden Klingen klirrten, wie die Zauberformeln, die beide ausstießen, durch den zerstörten Saal hallten, Formeln der Schwarzen Magie von San, und Abwehrzauber von Adhara, die ihr ganz natürlich über die Lippen kamen: All das war nicht neu!

Zornig wurde sich Adhara bewusst, dass San Recht hatte. Es war Geschichte. Es war die Geschichte der Aufgetauchten Welt. Dieser Kampf hatte bereits stattgefunden, und das nicht nur einmal, sondern unzählige Male im Lauf der Jahrhunderte. So stand es geschrieben. So musste es sein.

Amhal stand ihn einer Ecke und beobachtete, ohne einzugreifen, den Kampf.

Jetzt lösten sich die beiden wieder voneinander. San fasste sich an die Seite. Er blutete.

»Wäre ich im Vollbesitz meiner Kräfte, lebtest du schon lange nicht mehr. Oder habe ich dich vielleicht unterschätzt, und du bist doch mehr als ein bloßes Experiment?«

Wieder warf sie sich auf ihn, doch etwas bremste ihren Stoß. Wie versteinert starrte sie auf den Rücken eines Mannes, der buchstäblich aus dem Nichts vor ihr Gestalt angenommen hatte. Unwillkürlich wusste sie, wer er war.

»Nein, ein bloßes Experiment ist sie wirklich nicht!«

Es war die Stimme, die in ihren wirren Erinnerungen bis zur Erschöpfung immer wieder »Ich werde dich holen kommen« zu ihr gesagt hatte. Adhara erschauderte. Mit seinem

Schwert stieß der Mann Sans Klinge zur Seite und drehte sich zu ihr um.

»Bist du verletzt?«

Sein Bart, seine Haare, die Gesichtszüge, all das überlagerte sich mit dem Bild aus ihren Träumen, bis er ein Gesicht erhielt, dieser Fremde, der ihr versprochen hatte, zurückzukehren und sie zu holen.

»Wer bist du?«, murmelte Adhara.

Der Mann fand keine Zeit zu antworten. Ein Zischen, und Sans Schwert fuhr auf ihn nieder. Der Kampf hob wieder an, brutal, mit einem sicheren Sieger. Denn mit seinen Fechtkünsten schien dieser Fremde Sans geschmeidigen, kraftvollen, tödlichen Angriffen nicht annähernd gewachsen. Wieder ein mächtiger Hieb von der Seite, und der Mann wich zurück.

San nutzte die Gelegenheit, um zu verschnaufen. »Ich hätte nicht gedacht, dass einer überlebt hat«, murmelte er belustigt.

Der andere hob wieder sein Schwert. »Wir stehen unter Thenaars Schutz! Nichts kann uns aufhalten«, rief er.

San lachte auf. »Ach ja …? Dabei weißt du doch genau: Die Götter stehen auf meiner Seite! Mich kann nichts aufhalten! In die Geschichte, die sich hier zuträgt, kannst du nicht eingreifen. Denn sie ist festgeschrieben im Wesen der Aufgetauchten Welt.«

»Ich vielleicht nicht, aber sie!«, rief der Mann, wobei er Adharas Arm ergriff.

Mit einem Mal wurde San ernst. »Nein, sie ist nur ein Experiment, vielleicht gelungener als die anderen, aber dennoch nicht mehr als ein Experiment im Versuchslabor.«

Diesmal war es der Fremde, der lachte. Ein rätselhaftes Lachen. »Und warum hast du dir dann die Mühe gemacht, alle zu töten, die so sind wie sie? Sie ist die wahre Sheireen, und tief im Inneren spürst du das, Marvash.«

San fletschte die Zähne. »Lass sie gegen mich kämpfen, und wir werden sehen, wer siegreich sein wird.«

Noch fester packte der Fremde Adharas Arm. »Die Zeit ist noch nicht gekommen.«

»Was redet ihr denn da?« Adhara war zutiefst verwirrt. Wer war dieser Mann? Worüber redete er mit San? Und welche Rolle spielte Amhal in diesem sonderbaren Geschehen?

Sie machte sich los und streckte wieder den Dolch vor der Brust aus, während sie ein paar Schritte in Richtung Amhal zurückwich. »Euer irres Gefasel interessiert mich nicht.«

»Chandra, beruhig dich!«, forderte der Fremde sie auf, während er auf sie zutrat.

»Was mich interessiert, ist nur Amhal, verstanden? Und den nehme ich mit!«

Der Mann schüttelte den Kopf. »Er ist dein Feind, Chandra. Auch er ist ein Marvash.«

Adhara überhörte es. »Amhal, steh auf und lass uns gehen! Was zum Teufel haben wir hier noch zu suchen?!«, rief sie.

Jetzt erst schien Amhal aus seiner Teilnahmslosigkeit zu erwachen. Er stand tatsächlich auf, blickte Adhara wortlos an und zog sein Schwert.

Einen Moment lang glaubte sie es, glaubte, Amhal habe sich für das Leben entschieden. Es sei ihm gelungen, Sans Lügen zu durchschauen. Er würde ihr jetzt zur Seite stehen, und sie würden gemeinsam kämpfen, um diesem unheimlichen Ort zu entfliehen und sich dann eine neue Heimat zu suchen, wo die Worte, die sich San und dieser Fremde entgegengeschleudert hatten, keinen Sinn mehr ergaben.

Langsam trat Amhal auf sie zu – und setzte ihr die Schwertspitze an die Kehle. Adhara erstarrte.

»Amhal …«, murmelte sie.

San lächelte grimmig. »Ja, töte sie«, rief er. »Sie ist deine Feindin, ist es immer gewesen. Erledige sie jetzt, sonst musst du es später tun.«

Adhara schaute Amhal fest in die Augen, versuchte, ein stummes Flehen in ihren Blick zu legen, ihm zu verstehen zu geben, dass noch nicht alle Hoffnung verloren war. Doch seine eiskalten grünen Augen zeigten keine Regung, und jenes Licht, das sie so häufig schon darin entdeckt und für das sie so verzweifelt gekämpft hatte, schien gänzlich erloschen.

»Geh!«, sagte er.

San fuhr herum. »Nein, du musst sie töten! Vertrau mir, ich werde dir alles erklären. Aber töte sie!«

»Du bist verletzt. Wir müssen hier fort. Es war ein Fehler, hierherzukommen«, antwortete Amhal ihm.

San bleckte die Zähne, doch auf seiner Stirn perlte der Schweiß, und seine Wunde hatte wieder zu bluten begonnen.

»Amhal, ich beschwöre dich …«, versuchte es jetzt auch Adhara noch einmal.

»Geh!«, wiederholte er nur. Dann entfernte er sich einige Schritte, steckte sein Schwert zurück, hakte San unter und verschwand mit ihm im Dunkeln.

»Amhal!«, schrie Adhara und machte Anstalten, ihm nachzulaufen.

Doch der Fremde hielt sie am Arm fest. »Lass ihn ziehen. Das ist unsere einzige Hoffnung!«

»Nein, du verstehst das nicht …« Sie versuchte, sich dem Fremden zu entwinden, war aber zu erschöpft, und das nicht nur körperlich. Ihre Beine gaben nach, und sie fand sich, von heftigen Schluchzern geschüttelt, am Boden wieder, nahm die Hände vor die Augen und weinte hemmungslos. Da spürte sie, wie der Fremde zu ihr trat und ihr eine Hand auf die Schulter legte.

»Es ist vorbei«, murmelte er. »Es ist vorbei.«

Wie furchtbar Recht er hatte, dachte Adhara.

»Wer bist du?«, fragte sie, als sie sich ein wenig beruhigt hatte.

Er hob den Kopf. »Ich heiße Adrass.«

Sie konnte sich nicht an den Namen erinnern.

»So lange und so verzweifelt habe ich nach dir gesucht …«

»Wieso?«

Der Mann seufzte.

Er erzählte ihr von der Schar der Erweckten. Heilige, Märtyrer, Hüter des wahren Glaubens seien sie gewesen und hätten nichts unversucht gelassen, die anderen Mitglieder der Ordensgemeinschaft des Blitzes von der Richtigkeit ihrer Glaubenssätze zu überzeugen. Doch vergebens. Als Theana ihnen die Tür wies und sie sogar verfolgen ließ, seien sie in den Untergrund gegangen, um dort ihre Arbeit fortzusetzen. Nachdem alle Versuche, Marvash zu töten, noch bevor er in die Welt trat, gescheitert waren, hätten sie dann beschlossen, Sheireen zu suchen. Die gesamte Aufgetauchte Welt durchkämmten sie nach ihr, doch auch damit hatten sie kein Glück. Da sie aber wussten, dass es dringend geboten war, dem Feind zuvorzukommen, konnten sie nicht warten, bis Marvash auf den Plan trat und dann Sheireen gegen ihn aufstand. Sie musste schon bereitstehen. Und so kamen sie auf die Idee, Sheireen zu schaffen.

Mit Magie oder auf irgendeine andere Weise – egal. Aber es musste gelingen. Um jeden Preis.

Sie begannen damit, junge Mädchen zu rauben, sie ihren Familien zu entreißen und für ihre Ziele zu missbrauchen. Vergeblich. Zudem starben ihnen viele unter den Händen weg durch die machtvollen Siegel, die ihnen auferlegt wurden. So verfielen sie auf den Gedanken, es mit Leichen zu versuchen, an totem Fleisch zu experimentieren, das durch verschiedene Verbotene Zauber, die die Erweckten beherrschten, mit neuem Leben erfüllt werden sollte. Totes Fleisch, das sie zu formen, umzugestalten, zu verstärken versuchten.

»Mit vielen Leichen arbeiteten wir. Aber es war ein schwieriges Unterfangen. Ziel war es ja nicht, Tote ins Leben zurückzuholen, das heißt, ihre Seelen aus dem Jenseits zurückzurufen. Ein solches Sakrileg wollten wir nicht begehen. Es ging ausschließlich darum, einen Körper zu schaffen, der in der Lage sein würde, Marvash entgegenzutreten und ihn im Kampf zu bezwingen. Und das taten wir.«

Adrass schwieg, und Adhara spürte, wie ihr ein langer Schauer über den Rücken lief. Sie konnte es nicht fassen. »Das habt ihr hier also getrieben.«

Der Mann nickte mit betrübter Miene, für die Adhara nur Verachtung übrig hatte.

»›Kreaturen‹ nannten wir diese Geschöpfte, und der Einfachheit halber gaben wir ihnen keine Namen, sondern nummerierten sie mit elfischen Zahlen. Jeder von uns war mit einer dieser Kreaturen befasst und experimentierte nach eigener Methode mir ihr, belegte sie mit Siegeln, pflanzte ihr Kenntnisse und Fähigkeiten in Magie und Kriegskunst ein … Die entscheidende Prüfung erfolgte dann mit Dessars Lanze, einem Artefakt elfischen Ursprungs, dessen Kräfte nur von einer Geweihten entfaltet werden können. Man brachte die Kreaturen also zu der Lanze und ließ sie das Artefakt mit beiden Händen fest umklammern. Wäre dabei etwas in Gang gesetzt worden, hätte das bedeutet, dass nun die Geweihte gefunden war. Doch das war nie der Fall.«

Adhara zitterte. »Was wurde dann aus den … Kreaturen?«

»Sie starben.«

Sie fürchtete sich vor diesem Mann, erschauderte angesichts der Art und Weise, wie er über diese Leichen redete, die durch Experimente geschändet, dem Tod entrissen und dann wieder vernichtet wurden.

»Das waren keine richtigen Personen, verstehst du?«, erklärte Adrass, der ihre Verstörung bemerkte. Etwas ganz Ähnliches hatte San vorhin gesagt, und Adhara spürte, wie eine unbändige Wut ihre Adern durchfloss. »Sie waren nicht dazu geschaffen, eine Seele zu besitzen, waren nichts weiter als … Kreaturen eben.«

Adhara ballte die Fäuste. »Ich verstehe immer noch nicht, was das mit mir zu tun haben soll«, sagte sie. Aber das war gelogen.

Adrass lächelte. »Du bist Chandra, ›die Sechste‹ in der Elfensprache, weil du die Sechste bist, die wir geschaffen haben. Und du bist Sheireen.«

Da fuhr Adhara auf und warf sich auf Adrass, riss den Dolch hoch und setzte ihn dem Mann an die Kehle. »Du lügst! Ich habe eine Seele: Ich liebe, ich hasse, ich lebe! *Ich bin!*«

Adrass erbleichte, während er zu stammeln begann, zu erklären versuchte, was nicht erklärt werden konnte.

Angewidert von sich selbst, ließ Adhara die Waffe sinken. *Wenn du das tust, bist du auch nicht besser als San*, sagte sie sich.

Adrass rieb sich den Hals und versuchte, zu Atem zu kommen. »Ich weiß auch nicht, was du bist. Meine Glaubensbrüder haben mir eingeschärft, dass Kreaturen keine fühlenden Wesen sind. Aber ist es wirklich von Bedeutung, woher du kommst oder was du bist, ein seelenloses Experiment oder ein Geschöpf, das liebt und hasst? Du bist Sheireen, und meine Arbeit war von Erfolg gekrönt. Du bist mein Werk. Ich habe die Geweihte erschaffen!«

Adhara starrte ihn hasserfüllt an. »Du bist wahnsinnig …«

»Aber du erinnerst dich an mich. Das weiß ich. Also kannst du die Wahrheit nicht leugnen, kannst nicht abstreiten, was ich dir gerade erklärt habe, Chandra.«

»Nenn mich nicht so!«

Die Kehle schmerzte ihr. Sie konnte noch nicht einmal mehr schreien. Sie ließ sich zu Boden sinken, betrachtete ihre Hände. Wem hatten sie gehört, bevor Adrass sie zu neuem Leben erweckte? Was hatten sie getan, als sie einer anderen gehörten? Wer war sie gewesen, ein Leben zuvor?

»Dein Gedächtnis ist leer, weil es nichts gibt, woran du dich erinnern könntest«, fuhr Adrass fort, »bis auf die kurze Zeitspanne, die wir zusammen erlebt haben, von dem Augenblick, als ich dich wiedererweckte, als ich dich schuf mit meiner Magie, bis zu dem Tag, da alles zerstört wurde.«

Als San die Erweckten überfiel, wussten sie nicht, wer er war. Er kam über sie und brachte den Tod. Tötete jeden, der ihm vor das Schwert kam, und löschte auch alle Kreaturen aus. Alle. Bis auf eine: Chandra.

»Ich brachte dich in Sicherheit, versteckte dich in einem Geheimgang und sagte, du sollest dort auf mich warten.«

Ich werde dich holen kommen. Adhara erinnerte sich.

»Aber das schaffte ich nicht. Zwar konnte ich mich retten, aber nur, indem ich mich tot stellte, und ich kann dir versichern, ich war wirklich mehr tot als lebendig. Irgendwann schleppte ich mich ins Freie, rief um Hilfe …« Er brach ab und nahm die Hände vors Gesicht. »Es war entsetzlich, eine endlose Reihe von Widrigkeiten, die ich dir nicht im Einzelnen erzählen muss. Es ist eine traurige Geschichte.«

Er schaute sie mit glänzenden Augen an.

»Ich habe dich überall gesucht. Und nichts unversucht gelassen. Währenddessen stellte ich Nachforschungen zu dem Mann an, der uns überfallen hatte. Und ich fand heraus, wer er ist. Marvash. San ist Marvash.«

Das wusste Adhara bereits. Sie hatte es gespürt.

Du bist die Geweihte. Deshalb wusstest du es.

Sie schüttelte den Kopf. Nein, das stimmte nicht. Das war ein Irrtum. Sie war überhaupt nichts.

»Aber heute erst habe ich die ganze Wahrheit erkannt. Es gibt zwei Marvashs. San und Amhal. Du hast sie ja selbst kämpfen sehen, nicht wahr. Es sind zwei Zerstörer!«

Die Miene des Mannes wirkte angstverzerrt, aber das war nichts, verglichen mit dem Entsetzen, das Adharas Glieder erfasst hatte. »Ich … nein …«

»Du wirst gegen zwei Zerstörer kämpfen müssen. Und du wirst beiden töten müssen, San und Amhal.«

Die Welt um sie herum begann sich zu drehen. Alles schien sich aufzulösen angesichts dieser Worte, die so entsetzlich klar und gleichzeitig völlig verrückt waren. Kämpfen. Töten.

»Wir sind Freunde, Amhal und ich, er hat mir das Leben gerettet … Ich liebe ihn …«

Adrass legte ihr eine Hand auf den Mund. »Hüte dich vor solch gotteslästerlichen Worten! Er ist dein Feind. Unser Feind. Er ist das Böse, das du bekämpfen musst.«

Adhara sprang auf. »Das ist eine Lüge! Wag es nicht, sie zu wiederholen!«

»Verstehe doch, Chandra, das ist dein Schicksal. Dazu wurdest du geschaffen. Dazu habe ich dich geschaffen! Andere Geweihte vor dir haben es vollbracht, und du wirst ihnen in nichts nachstehen. Du wirst es tun, auch wenn du es gar nicht willst. Weil du nichts anders kannst.«

Adhara schüttelte immer noch den Kopf, so als wolle sie einen Alptraum loswerden. »Du irrst dich. Ich bin überhaupt nichts Besonderes. Vielleicht hast du mich erschaffen, vielleicht hast du ein wenig Gott gespielt, doch was dabei herauskam, hat nichts mit der Geweihten zu tun. Ich bin Adhara, das Mädchen von der Wiese, ich bin die Frau, die Amhal ins Leben führte, indem er ihr einen Namen und einen Lebenssinn schenkte!«

Adrass lächelte verständnisvoll und fuhr dann mit seiner Leier fort: »Du kannst nicht anders. Du kannst dich dieser Aufgabe nicht entziehen …«

Dieses Lächeln, diese von einer unerschütterlichen Gewissheit durchtränkten Worte, raubten ihr den Verstand. Wieder warf sie sich auf ihn. Sie stürzten zu Boden, und sie begann, ihn voller Hass mit heftigen Schlägen zu traktieren.

Wieder und wieder schlug sie zu, bis ihre Knöchel zu bluten begannen. Erst als er sich nicht mehr wehrte und leblos unter ihr lag, hörte sie auf. Da überkam sie ein Ekel vor sich selbst, vor diesem Groll, den die Verzweiflung in ihr genährt und der ihr die Hand geführt hatte.

Sie rückte von ihm ab und fand sich dann, gleich neben ihm, am Boden kniend wieder, völlig leer und erschöpft, und erbrach sich. Dann sprang sie auf und rannte davon, durch dieselben Gänge, durch die auch Amhal zuvor geflohen war, überließ sich ihren Füßen, die den Weg durch das Labyrinth zu kennen schienen und sie zu irgendeinem Ort führen würden, der sie nicht interessierte.

Und als sie endlich stehen blieb, war über ihr ein erbarmungslos klarer Sternenhimmel, der eine große Wiese überspannte. *Jene* Wiese. Die Wiese, wo alles begonnen hatte. Sie fiel auf die Knie, konnte nicht mehr weiter. Ein kalter Wind, der vom nahen Winter kündete, strich über das Gras.

Und dann überkamen sie die Erinnerungen, eine nach der anderen, wie Perlen an einer Schnur. Und endlich wusste sie, wer sie war.

Epilog

Bilder, die ihr wie Blitze durch den Kopf schießen. Abgerissene Geräusche.

Schreie und das Klirren von Schwertern.

Nichts.

Ein Ziegelsteingewölbe über ihr.

Nichts.

Ampullen, aufgeschlagene Bücher, Tränke.

Wieder nichts.

Dann er. Der Mann mit Bart, Glatze, besorgtem, fiebrigem Blick.

Er spricht, versucht, ihr etwas zu sagen, zieht sie vom Tisch herunter. Chandra spürt Schmerzen am ganzen Leib, hat aber nicht die Kraft, auch nur den Mund aufzumachen. Er lehnt sie gegen die Wand, schüttet ihr Wasser ins Gesicht. Ein Gefühl wie von Tausenden von Nadeln. Chandra schüttelt den Kopf, schafft es, die Augen ein wenig zu öffnen. Der Mann nimmt jetzt ihr ganzes Gesichtsfeld ein.

»Ich bringe dich an einen sicheren Ort, einverstanden? Hörst du mich?«

Es sind die ersten Worte, die Chandra erfasst. Alles tut ihr weh, und dann dieses Dröhnen, diese entsetzlichen Geräusche … Sie will lieber dort liegen bleiben, vielleicht dort sterben, aber in Frieden. An die vorhergehenden Tage hat sie nur eine sehr unbestimmte Erinnerung. An Schmerz vor allem, an

Worte, die ihr zugeflüstert wurden, Tränke, die sie einnehmen sollte, seltsames Licht. Sicher weiß sie nur, dass es entsetzlich war, eine Tortur. Weiter zurück ist nichts, nur Leere, nicht der Hauch einer Erinnerung.

Der Mann greift unter ihre Achseln, schleift sie irgendwohin. Sie hört ihn keuchen und möchte schreien vor Schmerz, doch sie kann nicht.

Sie befinden sich in einem düsteren Schlauch, in dem es schimmlig stinkt.

Jetzt schafft sie es, sich ohne fremde Hilfe zu bewegen. Sie kriecht durch die Finsternis, folgt diesem Mann.

Lass mich zurück, lass mich hier sterben …, denkt sie.

Ein Schloss schnappt auf. Die Geräusche sind jetzt gedämpfter, sie hört fast nichts mehr.

Der Mann stößt sie in einen Raum: Auch dort ist es eng, sie will sich wehren, hat aber keine Kraft dazu. Und so kann sie nicht verhindern, dass er sie dort einschließt.

»Hör zu, du wartest hier auf mich. Und sei ganz leise. Ich werde nicht lange fort sein. Verstehst du?«

Chandra nickt schwach.

»Ich werde dich holen kommen. Ich klopfe an die Wand, zweimal fest und einmal schwach.« Er macht es ihr vor. »So, verstehst du?«

Sie nickt wieder. Sie hat verstanden.

»Sehr gut. Und bleib hier, egal, was passiert.«

Dann schließt sich die Tür, und alles ist finster.

Dort drinnen bleibt sie, wartet und wartet. Sie weint, schlägt mit den Fäusten gegen die Wand, es scheint hoffnungslos, sie ist zu schwach, und niemand wird sie hören.

Dann denkt sie wieder an die Worte dieses Mannes. Er wird sie holen kommen. Ja, gewiss.

Die Zeit verrinnt und scheint doch stillzustehen. Ihre Sinne werden schärfer, sie hört Geräusche, ganz fern, nimmt den Schimmelgeruch wahr, der die Ziegelsteinwände zersetzt. Das matte Licht, das von oben einsickert, durch einen Spalt, der breit genug ist, um Luft einzulassen. Frische, saubere Nachtluft. Sie presst ein Auge gegen diesen Spalt, erkennt ein schwaches Licht, das eine Weile zu sehen ist und irgendwann erlischt. Dann beobachtete sie, reglos dahockend, wie das Schwarz der Nacht in ein Blau übergeht und schließlich ein blasses Rot. Das Licht wird heller. Aber niemand zeigt sich.

So vergehen Stunden, Tage? Sie weiß es nicht. Das Licht nimmt wieder ab, färbt sich schwach rot, so wie einige Stunden, zu viele Stunden zuvor, dann blau und wieder schwarz.

Und irgendwann beschließt sie: Ich muss hier fort. Mit aller Kraft presst sie sich gegen die Mauer, findet einen Stein, der sich nach außen schieben lässt. Und plötzlich dreht sich die Wand in ihren Angeln und geht auf. Sie stürzt hinaus und bleibt eine ganze Weile am Boden liegen.

Obwohl sie so schwach ist, gelingt es ihr, sich aufzurichten und den finsteren Gang, den sie gekommen sind, zurückzukriechen. Je weiter sie vordringt, desto deutlicher steigt ihr ein Brandgeruch in die Nase.

Die nächste Tür aus Ziegelsteinen. Diesmal weiß sie schon, wie sie zu öffnen ist. Sie stürzt hinaus – und findet sich in der Hölle wieder. Überall Rauch. Sie hustet. Auf dem Boden Trümmer und verbrannte Körperteile. Leichen. Sie erkennt Arme, Beine, Rümpfe, Köpfe, entstellte Gesichter. In unvorstellbarer Zahl. Chandra erbricht sich. Angst, eine düstere Furcht hat sie erfasst.

Er wird nicht mehr kommen, denkt sie, und ihr wird klar, dass sie auf sich allein gestellt ist. Sie durchquert die Räume, überklettert Trümmer und rauchende Balken, lässt sich von ihrem Instinkt leiten. Im Grund kennt sie den Weg. Er ist ihr beigebracht worden. Auf die gleiche Art wie alles Übrige auch. Indem man es auf irgendeine Weise ihrem Geist einpflanzte.

Sie biegt in einen Seitengang ein. Sie muss so schnell wie

möglich dort hinaus. Sie weiß, dass dieser Weg ins Freie führt. Aber die Anlage ist groß. Und ihr tut alles weh.

Immer wieder lehnt sie sich einen Moment gegen die Wand, stützt sich mit den Händen an der Mauer ab, schleppt sich weiter und weiter. Die Angst treibt sie hinaus. Der Gestank von verbranntem Fleisch hinter ihr setzt ihr zu, dreht ihr den Magen um, aber sie gibt nicht auf. Und langsam wird der Gestank schwächer.

Irgendwann geht der Gang mit den Ziegelsteinwänden in einen Erdstollen über. Der Gestank ist fast verschwunden.

Sie fragt sich, wo der Mann stecken mag, der sie abzuholen versprach. Was soll sie jetzt tun? Was wird sie draußen vorfinden? Ist dort ein Platz für sie?

Sie weiß nur das, was man sie gelehrt hat. Sie weiß, wie man kämpft, verfügt über magische Kenntnisse, weiß, was eine Geweihte ist. Aber was dort draußen liegt, weiß sie nicht. Weiß nichts, was über den dunklen, geheimnisvollen Ort, dem sie entstammt, hinausgeht.

Sie weint. Vor Erschöpfung und Angst. In ihrem Geist wird alles immer verworrener. Sie weiß nicht mehr, wo sie ist. Erinnert sich immer weniger an das, was passiert ist.

Ich muss hellwach sein, sonst bin ich verloren, sagt sie sich, kann jedoch nicht verhindern, dass ihr Bewusstsein mehr und mehr versickert wie Wasser in einem Erdloch. Irgendwann treibt sie nichts anderes mehr als der Wunsch, immer weiter hinaus zu gelangen. Das ist die einzige Sicherheit, die sie besitzt, das Einzige, was von ihr bleibt. Sie erinnert sich nicht mehr an das Gesicht des Mannes, weiß nicht mehr, dass jemand zu ihr gesagt hat, er werde sie holen kommen, erinnert sich an nichts mehr von sich selbst. Sie weißt nur, dass sie weiter muss.

Und endlich gelangt sie ins Freie. Sieht über sich einen großen weißen Kreis. Wie ein Fenster, das sich am dunklen Himmel öffnet. Darum herum ein Hof winziger flackernder Lichter. Sie ist mit ihren Kräften am Ende, hat Schmerzen überall. Nur noch wenige Schritte taumelt sie vorwärts und sinkt dann zu Boden.

Sie liegt auf einer Wiese, einer großen Wiese mit taubenetztem Gras, über das ein sanfter, erfrischender Wind streicht. Über ihr dieser unendliche Himmel, den sie noch nie gesehen hat.

Die Arme ausgestreckt, die Beine gespreizt, liegt sie da, die Kreatur, die alles vergessen hat: Wer sie ist und woher sie kommt und was ihr Schicksal sein sollte, und sinkt in einen tiefen Schlaf, der auch noch die letzten Reste ihres Bewusstseins auslöschen wird.

Und so geschah es, dass die Geschichte begann.

Register

Adhara Mädchen ohne Vergangenheit, das eines Tages auf einer Wiese erwacht und nicht weiß, wer sie ist und woher sie kommt. Ihren Namen erhielt sie von Amhal

Adrass Einer der Erweckten

Amhal Angehender Drachenritter; kämpft seit frühester Jugend schon gegen eine Mordlust an, die immer wieder durchbricht

Amina Tochter von Fea und Neor, Zwillingsschwester von Kalth

Aster Halbelf, der hundert Jahre zuvor den Versuch unternahm, die gesamte Aufgetauchte Welt zu unterwerfen; bekannt auch unter dem Namen »Tyrann«

Barmherzige Überlebende der Seuche, die sich um die Erkrankten kümmern

Chandra »Die Sechste« in der Elfensprache

Dalia	Schwester der Ordensgemeinschaft des Blitzes und Dienerin Theanas im Tempel
Damilar	Ortschaft mit einem Lager im Land der Sonne
Dohor	Vater Learcos, grausamer König des Landes der Sonne, der seine Herrschaft über die gesamte Aufgetauchte Welt auszudehnen plante
Dubhe	Königin des Landes der Sonne, einst eine sehr gewiefte Einbrecherin. Gemahlin Learcos
Elfen	In Urzeiten Bewohner der Aufgetauchten Welt, aus der sie fortzogen, als andere Rassen die Welt zu bevölkern begannen. Wanderten dann in die Unerforschten Lande aus
Erweckte	Geheimsekte, spaltete sich von der Ordensgemeinschaft des Blitzes ab
Fea	Gnomin, Gemahlin Neors
Gilde der Assassinen	Eine Geheimsekte, die einst den Thenaar-Kult pervertierte
Ido	Gnom, Drachenritter, tötete Dohor und machte dessen Eroberungsgelüsten ein Ende
Jamila	Amhals Drache
Kalth	Sohn von Fea und Neor, Zwillingsbruder Aminas
Kryss	Mysteriöse Gestalt, von der der Mann in Schwarz Befehle erhält

Laodamea	Hauptstadt des Landes des Wassers
Learco	König des Landes der Sonne, war der Garant der fünfzigjährigen Friedenszeit, die die Aufgetauchte Welt erlebte. Gemahl von Dubhe
Lonerin	Magier, verheiratet mit Theana, Jahre zuvor an einer Krankheit gestorben
Makrat	Hauptstadt des Landes der Sonne
Mann in Schwarz	Mysteriöse Gestalt, die alle Erweckten ausgelöscht hat und Amhal auf den Fersen ist
Marvash	»Zerstörer« in der Elfensprache
Mira	Drachenritter, Meister von Amhal
Neor	Einziger Sohn von Learco und Dubhe, nach einem Unfall gelähmt
Neu-Enawar	Einzige Stadt im Großen Land, Sitz des Gemeinsamen Rats der Aufgetauchten Welt und der Kommandantur des Vereinten Heeres
Nihal	Halbelfe, Heldin, die die Aufgetauchte Welt hundert Jahre zuvor vor dem Tyrannen rettete
Ordensgemeinschaft des Blitzes	Glaubensgemeinschaft, die Thenaar als höchsten Gott verehrt
Saar	Großer Fluss, der die Aufgetauchte Welt von den Unerforschten Landen trennt

Salazar	Turmstadt, Hauptstadt des Landes des Windes
San	Enkelsohn von Nihal und Sennar, kehrte nach langer Abwesenheit in die Aufgetauchte Welt zurück
Sennar	Mächtiger Magier, verheiratet mit Nihal
Sheireen	»Geweihte« in der Elfensprache
Unerforschte Lande	Alle unbekannten Gebiete jenseits des Saars
Theana	Magierin und Priesterin, Hohepriesterin der Ordensgemeinschaft des Blitzes
Tyrann	Name, unter dem Aster bekannt wurde

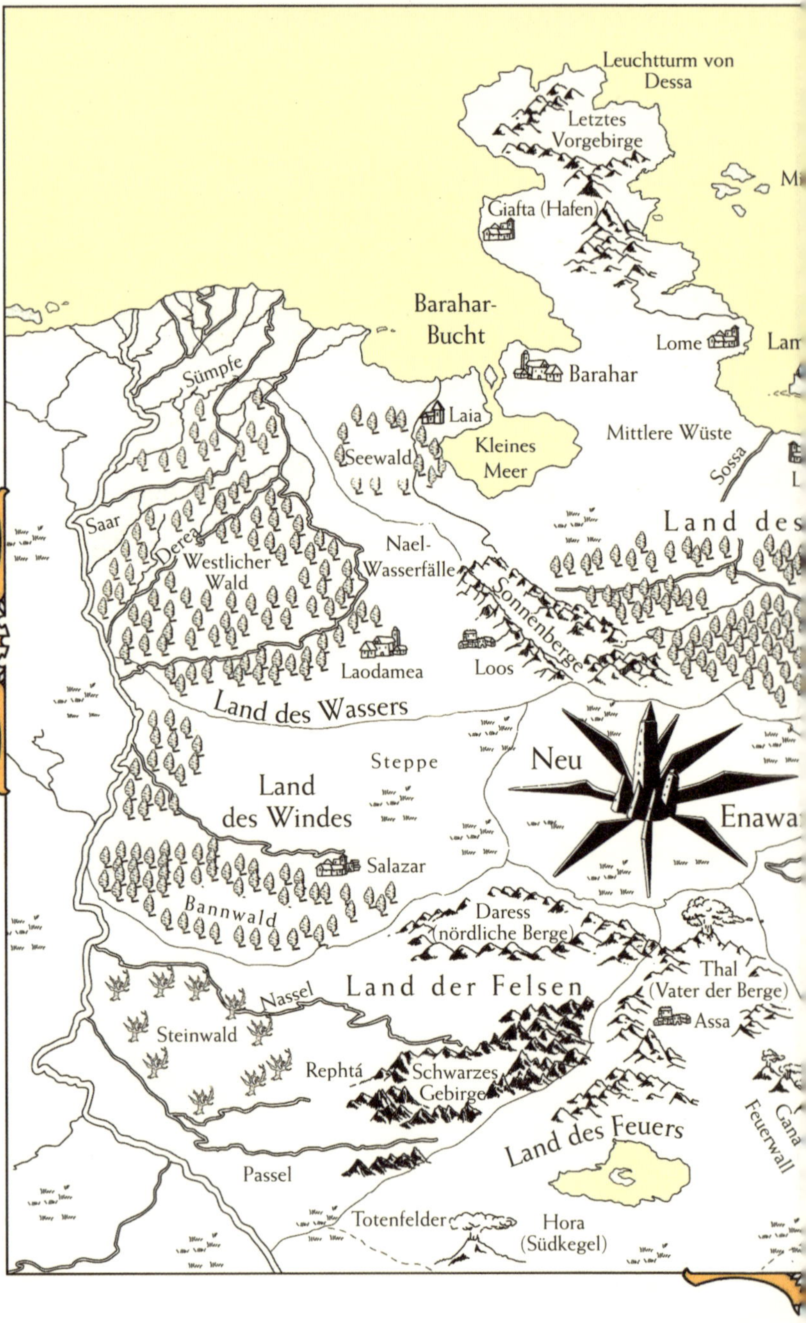
Leuchtturm von Dessa
Letztes Vorgebirge
Giafta (Hafen)
Barahar-Bucht
Lome
Barahar
Laia
Kleines Meer
Mittlere Wüste
Sossa
Sümpfe
Seewald
Saar
Derea
Westlicher Wald
Nael-Wasserfälle
Sonnenberge
Land des
Laodamea
Loos
Land des Wassers
Steppe
Neu
Enawa
Land des Windes
Salazar
Bannwald
Daress (nördliche Berge)
Thal (Vater der Berge)
Assa
Land der Felsen
Nassel
Steinwald
Rephtá
Schwarzes Gebirge
Land des Feuers
Feuerwall
Passel
Totenfelder
Hora (Südkegel)